De Bourne Missie

Robert Ludlum's

DE BOURNE MISSIE

Eric van Lustbader

Uitgeverij Luitingh

Mixed Sources
Productgroep uit goed beheerde bossen
en andere gecontroleerde bronnen
www.fsc.org Cert no. SCS-COC-001256
© 1996 Forest Stewardship Council

Uitgeverij Luitingh en Drukkerij HooibergHaasbeek vinden het belangrijk om op milieuvriendelijke en verantwoorde wijze met natuurlijke bronnen om te gaan

Oorspronkelijke titel: *The Bourne Objective*
Vertaling: Gert van Santen
Omslagontwerp: Rob van Middendorp
Omslagbeeld: Blacksheep Design
Omslagfotografie: Getty Images BV

ISBN 978 90 245 2928 5
NUR 332

www.boekenwereld.com
www.uitgeverijluitingh.nl
www.watleesjij.nu

*Voor Jaime Levine
wiens redactionele vaardigheden en
onbegrensd enthousiasme
het zoveel leuker maken.*

PROLOOG

Bangalore, India

De nacht daalde neer als een gordijn van fladderende insecten die tot leven waren gekomen bij het ondergaan van de zon. De herrie was afgrijselijk, evenals de stank van ongewassen lichamen, menselijke uitwerpselen, rottend voedsel en ontbindende lichamen. Het afval van Bangalore wiegde lijzig heen en weer als een zompig tij.

Leonid Danilovitsj Arkadin zat in een verduisterde kamer waar een geur hing van warm geworden elektronica, verschaalde rook en afkoelende *dosa*'s. Hij stak met zijn verchroomde aansteker een sigaret op en staarde naar de skeletbouw van Fase Drie, onderdeel van het steeds verder uitdijende Electronic City dat oprees uit de zich als een ziekte aan Bangalore vastklampende sloppenwijken. Electronic City, gebouwd in de jaren negentig, was tegenwoordig de wereldhoofdstad van technologische outsourcing. Vrijwel elk groot hightechbedrijf had hier ICT-kantoren, wat de stad tot het centrum maakte van de supportindustrie in het kielzog van de onafgebroken voortschrijdende technologie.

Goud uit beton, dacht Arkadin met ontzag. Hij had zich verdiept in de geschiedenis van de alchemie, waarvoor hij zich vanwege het transformerende karakter was gaan interesseren. Op dit vroege avonduur – dat wilde zeggen, vroeg voor de mensen in de outsourcingbusiness, die met hun kantoren nagenoeg alle gebouwen tot aan de nok toe vulden – was het in de lobby en de gangen even stil als in New York City om drie uur 's nachts. Het outsourcingvolk was ingesteld op de Amerikaanse werkdag, wat ze iets virtueels, iets spookachtigs gaf wanneer ze achter hun bureau zaten met hun draadloze headset op hun hoofd.

Na het fiasco in Iran, waar hij Maslov een vorstelijke loer had gedraaid, had hij hier zijn hoofdkwartier opgezet, weg van de mannen die hij ooit nog eens te grazen zou nemen; de mannen die inmiddels al wel achter hém aanzaten: Dimitri Iljinovitsj Maslov en Jason Bourne.

Vanuit zijn kantoorblok had hij een perfect uitzicht op het rechthoekige bouwterrein; een uitgraving waarin de sokkels voor de fundering van een nieuw kantoorpand werden geplaatst. Het geheel werd normaal gesproken verlicht door felle schijnwerpers zodat er 's nachts kon worden doorgewerkt, maar twee weken geleden was het project plotseling stilgelegd, en het was niet hervat. Als gevolg daarvan was de bouwput in bezit genomen door een leger van bedelaars, hoeren en groepjes jonge kinderen die probeerden voorbijgangers op te lichten.

Hij liet de rook uit zijn neusgaten stromen. Soms kon hij de onopvallende, katachtige voetstappen van zijn mannen horen die verspreid door de reeks vertrekken op strategische locaties waren geplaatst. Maar in dit vertrek was hij alleen met Hassan; een grote, breedgeschouderde software-expert die vaag naar printplaten en komijn rook. Arkadin had zijn eigen mannen meegenomen; stuk voor stuk toegewijde moslims, wat wel eens lastig was omdat Indiërs de pest hadden aan moslims. Hij had overwogen een stel sikhs in te huren, maar hij vertrouwde ze niet.

Hassan had bewezen onmisbaar te zijn. Hij was de computerprogrammeur geweest van Nikolai Yevsen; de verscheiden, maar niet-betreurde wapenhandelaar wiens nering Arkadin van Maslov had ingepikt. Hassan had alle gegevens van Yevsens klanten, leveranciers en contactpersonen gekopieerd en vervolgens de schijven gewist. Arkadin had Yevsens handel overgenomen en verdiende nu bergen geld met de levering van oorlogsmaterieel aan vrijwel elke lokale krijgsheer, despoot en terroristische organisatie op aarde.

Hassan zat voorovergebogen achter zijn computer en werkte met versleutelde software op de externe servers die Arkadin op een veilige locatie had geïnstalleerd. Hij was een man die leefde om te werken. In de weken na Hassans desertie en Yevsens dood in Khartoum had Arkadin hem niet één keer dit kantoor zien verlaten. Hij sliep na het nuttigen van een lichte lunch, van één uur tot precies halfdrie, en daarna ging hij weer achter de computer zitten.

Arkadins aandacht was maar gedeeltelijk bij Hassan. Op een tafeltje vlakbij stond een laptop met *hot-swappable drive-bays* waarin hij de harde schijf had geplaatst die een van zijn mannen van Gustavo Moreno had gestolen, vlak voordat de Colombiaanse drugsbaas was doodgeschoten in zijn compound in Mexico City. Hij keek ernaar en voelde hoe zijn gezicht verlicht werd door de spookachtige blauwe gloed – zo hard als marmer; zo hard als de eeltige vuist van zijn vader.

Hij drukte zijn sigaret uit en liet de bestanden, die hij al tientallen keren had bekeken, opnieuw aan zich voorbijgaan. Hij had een stel computerhackers in dienst, maar die had hij geen van allen – zelfs Hassan niet – deze schijf laten doorzoeken. Hij keek opnieuw naar het geheimzinnige bestand, dat pas na het draaien van een krachtig antivirusprogramma schoorvoetend zijn geheimzinnige icoon had prijsgegeven. Hij kon het nu zien, maar hij kon het niet openen. Het was versleuteld met een algoritme dat zijn encryptiesoftware nog steeds niet had kunnen kraken, hoewel het programma al meer dan vierentwintig uur draaide.

Moreno's laptop, die zich op een veilige plek bevond, was al even mysterieus als dit verborgen bestand. Het apparaat beschikte aan de zijkant over een poort die geen USB-bus bezat, te groot was voor een SD-kaart en te klein was om een vingerafdruklezer te kunnen zijn. Het was duidelijk iets wat op maat was gemaakt, maar met welk doel?

Wat was dat verdomme voor bestand? vroeg hij zich af. En

waar haalde een drugsbaron zo'n onbreekbaar algoritme vandaan – in elk geval niet bij een plaatselijke hacker in Cali of
Mexico City, dat was duidelijk.

Ondanks het feit dat hij in gedachten verzonken was, keek
Arkadin op, alsof hij het geluid niet zozeer had gehoord, als
wel geroken. Zijn oren leken zich te spitsen als die van een jacht-
hond, en vervolgens, terwijl hij zich naar achteren bewoog, de
schaduw in, zei hij: 'Hassan, wat is dat voor licht in de bouwput?'

Hassan keek op. 'Welk licht, meneer? Er zijn zoveel vuren...'

'Daar.' Arkadin wees. 'Nee, verder naar beneden. Sta even
op, dan kun je het beter zien.'

Op het moment dat Hassan opstond, versplinterde een regen
van semiautomatisch vuur de kantoorvensters en kregen Hassan, het bureau en het tapijt een storm van glaskristallen over
zich heen. Hassan sloeg achterover en lag het volgende moment
happend naar lucht op het tapijt. Uit zijn mond sijpelde bloed.

Arkadin had de harde schijf nog niet uit de laptop verwijderd of een tweede kogelregen drong door de versplinterde vensters naar binnen en boorde zich in de muur ertegenover. Hij
dook onder het bureau, greep een Skorpion vz-61 machinepistool en schoot de computer waarop Hassan had gewerkt aan
flarden. Inmiddels was het staccato van semiautomatisch vuur
ook in het kantoor zelf gestart. Het tumult van de schoten weerkaatste tussen de muren, onderbroken door geschreeuwde bevelen en het gegil van stervende mannen. Van zijn team kon hij
geen hulp verwachten, dat was duidelijk. Maar hij herkende de
taal waarin de laconieke bevelen werden uitgedeeld: Russisch
– Moskous Russisch.

Arkadin dacht dat Hassan iets zei, of in elk geval geluid
maakte, maar zijn woorden gingen verloren in de explosies van
geweervuur. Aangezien de aanvallers Russisch waren, twijfelde
Arkadin er niet aan dat ze het op Yevsens onschatbaar waardevolle informatie hadden gemunt. Hij zat nu in de tang tussen tegenstanders in de suite en buiten de versplinterde vensters.
Hij had maar heel weinig tijd om te reageren. Hij stond op en

haastte zich naar Hassan, die met gekwelde, bloeddoorlopen ogen omhoogkeek.

'Help... help me.' Hassans stem was schor van het bloed en de angst.

'Natuurlijk, vriend,' zei Arkadin zacht, 'maak je geen zorgen.'

Met een beetje geluk zouden zijn vijanden Hassan voor hém hebben aangezien, wat hem kostbare tijd zou geven om te ontsnappen. Maar niet als Hassan begon te schreeuwen. Hij stopte de harde schijf diep weg in zijn zak en drukte zijn schoen op Hassans keel totdat de man zijn rug kromde en zijn ogen bijna uit zijn hoofd puilden. Maar met een kapotte luchtpijp kon hij geen geluid maken. Achter zich, in de gang, hoorde Arkadin een chaotische maalstroom van tumult. Hij wist dat zijn mannen hem met hun leven zouden verdedigen, maar in dit geval leken ze volkomen verrast en mogelijk zelfs in de minderheid. Hij had maar een paar seconden om te handelen.

Zoals in alle moderne kantoorgebouwen waren ook hier de vensters vastgelijmd, mogelijk als voorzorgsmaatregel tegen zelfmoordpogingen die niettemin soms voorkwamen. Arkadin ramde een zijraampje open en glipte naar buiten, de rumoerige nacht in. Vijf verdiepingen beneden hem was de bouwput waar de sinistere nieuwe torenflat zou verrijzen. Enorme grondverzetmachines verhieven zich te midden van de geïmproviseerde kartonnen hutjes en kampvuren als draken met lange halzen die sluimerden in het halfduister.

Het strakke, postmoderne gebouw had onder het venster geen horizontale richels, maar tussen de ramen bevonden zich decoratieve verticale balken van staal en beton. Arkadin stapte op een van de balken terwijl een vuistvol kogels door de deur van zijn kantoor jankte – zijn mannen hadden hun dappere strijd met de indringers verloren.

De geuren van de Bangalorese nacht, van ghee, gefrituurde dosa's, betelsap en menselijke uitwerpselen, stegen als een giftige nevel op uit de vijf verdiepingen lager gelegen bouwput. Hij begon omlaag te klauteren langs de zuil van staal en beton.

Op dat moment werd hij zich bewust van dansende lichtbundels beneden hem. Nu ze erachter waren dat hij niet was omgekomen in zijn kantoor, werd de zoektocht in alle hevigheid voortgezet vanaf de grond. Plotseling besefte hij hoe kwetsbaar hij was terwijl hij als een spin tegen de wand van het gebouw kleefde, en hij stopte bij de derde verdieping. De vensters waren hier kleiner en dichter op elkaar geplaatst omdat deze verdieping gereserveerd was voor onder andere de airconditioning, de watervoorziening en het elektriciteitssysteem. Hij trapte met de punt van zijn laars tegen het raam beneden hem, maar zonder succes. Het glas was te sterk. Hij liet zich verder zakken en schopte tegen een metalen plaat onder het venster. Er ontstond een deuk, en een van de hoeken kwam los, maar de plaat bleef vastzitten. Hij liet zich nog een stukje verder zakken totdat hij, ondanks zijn levensgevaarlijke positie, in staat was zijn vingers in de opening tussen het metaal en de muur te schuiven. Hij zette kracht en slaagde erin de plaat los te wrikken. Er verscheen een rechthoekig gat dat juist groot genoeg leek voor zijn lichaam. Terwijl hij met beide handen de balk vastgreep, zwaaide hij zijn voeten in het gat. Vervolgens schoof hij zijn benen en zijn heupen naar binnen, en pas toen liet hij de balk los.

Heel even bungelden zijn hoofd en zijn romp in het niets en zag hij ondersteboven hangend hoe de lichtbundels vanuit de diepte omhoogkropen in zijn richting. Het volgende moment werd hij gevangen in hun schijnsel en zag hij niets meer. Plotseling klonken er luide stemmen – Russische keelklanken. Hij zette zich schrap en duwde zijn hele lichaam in het gat. Op de voet gevolgd door de scherpe knallen van automatisch geweervuur schoof hij het aardeduister in.

Hij bleef even liggen om op adem te komen en draaide zich om. Vervolgens begon hij zich met behulp van zijn voeten en knieën door de ruimte te wurmen, eerst de ene schouder, dan de andere. Deze methode werkte gedurende iets meer dan een meter – totdat hij op een of andere barrière stuitte. Hij keek op en kon nog juist een vage grijze vlek ontwaren die zich ergens in de zwartheid voor hem bevond, wat betekende dat er helemaal geen barrière was. De ruimte was plotseling smaller geworden. Hij zette zich af met zijn benen, maar daardoor leken zijn schouders alleen nog maar verder bekneld te raken, dus hij stopte en deed niets. Ondertussen probeerde hij zich te ontspannen en te bedenken hoe hij uit zijn benarde positie zou kunnen ontsnappen.

Hij deed ademhalingsoefeningen, waarbij hij de lucht steeds langzamer uitblies. Hij dwong zichzelf zijn lichaam te zien zonder botten, als oneindig flexibel, totdat zijn geest volledig overtuigd was. Vervolgens trok hij zijn schouders samen en bracht ze naar zijn borst, zoals hij ooit een slangenmens in het circus van Moskou had zien doen. Langzaam en heel voorzichtig zette hij zich af met de randen van zijn zolen. Eerst gebeurde er niets. Maar toen hij zich nog wat kleiner maakte, begon hij langzaam in voorwaartse richting te bewegen via de smalle doorgang en bereikte hij de andere kant. Even later stootte hij zijn hoofd tegen een rooster. Hij trok zijn benen zo ver op als in de kleine ruimte mogelijk was en stelde zich voor hoe ze door het traliewerk zouden breken. Vervolgens strekte hij zijn benen met zoveel kracht dat het rooster losschoot. Hij kwam terecht in een ruimte die op een kast leek en naar heet metaal en vet stonk.

Nadere inspectie onthulde dat het hok een elektrisch schakelstation voor een lift was. De deur aan de andere kant kwam uit op de liftschacht. Hij hoorde het schreeuwen van de Russische moordenaars. De liftcabine bewoog zich omlaag naar de derde verdieping. De mannen buiten moesten aan hun collega's in het gebouw hebben doorgegeven waar hij weer naar binnen was gegaan.

Hij keek om zich heen en zag aan de andere kant een verticale ladder die met bouten aan de muur was bevestigd. Maar voordat hij iets kon doen, zwaaide het luik boven in de liftcabine open. Een van de Russen stak zijn hoofd en borst naar buiten. Toen hij Arkadin zag, verscheen een machinepistool.

Arkadin dook weg terwijl een regen van kogels vonkend afketste op de muur waar zich een seconde eerder zijn hoofd had bevonden. Hij vuurde gehurkt en vanuit de heup een salvo in het gezicht van de Rus. De bovenkant van de cabine bevond zich nu bijna op hetzelfde niveau als hij. Hij nam een sprong en landde op het dak. Op het moment dat zijn laarzen het metaal raakten, kwam door het luik een spervuur van kogels omhoog dat hem bijna zijn evenwicht deed verliezen, maar hij liet zich niet tegenhouden. Hij nam een grote stap naar de andere kant van het dak, overbrugde in één sprong de lege ruimte en begon onmiddellijk via de ladder naar beneden te klimmen. Achter hem begon de lift omlaag te gaan. Een meter of twee beneden hem stopte hij.

Arkadin zette zich schrap en draaide zich half om. Toen hij in het geopende luik iets zag bewegen, vuurde hij drie korte salvo's af. Hij haastte zich verder omlaag; twee, drie treden per keer om een minder eenvoudig doelwit te zijn.

Zijn schoten werden beantwoord en de vonken spatten van de metalen sporten terwijl hij zich als een spin aan een draad omlaag liet zakken. Plotseling hield het schieten op, en toen hij een blik omhoogwaagde, zag hij dat een van de overlevende Russen uit de liftcabine was gekropen en nu via de ladder de achtervolging had ingezet.

Arkadin stopte lang genoeg om zijn wapen te richten, maar nog voordat hij kon vuren, liet de Rus zich boven op hem vallen. Grote gespierde handen grepen zich aan hem vast en rukten zijn armen bijna uit de kom. Hij zwaaide even gevaarlijk heen en weer door het extra gewicht en de snelheid van het vallende lichaam. Het volgende moment sloeg de Rus het wapen uit zijn hand. Het kletterde tegen de muur en verdween in het donker. Ondertussen hervatte de lift zijn reis omlaag.

De Rus had een hand op Arkadins keel en trok met de andere een k-Bar uit de schede. Hij drukte Arkadins kin omhoog zodat zijn keel vrijkwam. Het dikke, gemene lemmet schoot door de lucht en Arkadin ramde een knie omhoog. Het lichaam van de Rus kromde zich als een boog en kwam terecht onder de zich in benedenwaartse richting bewegende lift.

Hoewel hij zich schrap zette, raakte Arkadin bijna de lift toen het lichaam van de Rus werd losgerukt. Heel even hing hij ondersteboven, en het was zijn redding dat hij zijn voeten achter een sport van de ladder had gehaakt. Hij bleef een paar seconden hangen en oriënteerde zich. Vervolgens greep hij met zijn sterke handen de ladder vast, maakte zijn voeten los en liet ze zakken totdat hij weer rechtop stond. Zijn schouders brandden, maar ditmaal was hij erop voorbereid. Zijn voeten vonden de volgende sport, en hij hervatte zijn afdaling.

Beneden hem vervolgde de lift zijn reis omlaag, maar niemand stak zijn hoofd uit het geopende luik. Hij sprong op het dak en keek voorzichtig naar binnen; twee mannen, geen van beiden in leven. Hij liet zich omlaag zakken, pakte een van de wapens op en drukte op BASEMENT.

De kelder van het gebouw was een enorme parkeergarage met tl-verlichting. Er werd echter weinig gebruik van gemaakt aangezien de meeste mensen die hier werkten zich geen auto konden veroorloven. In plaats daarvan lieten ze zich met taxi's naar en van het werk rijden.

Behalve zijn eigen BMW, twee glanzende Mercedessen, een Toyota Qualis en een Honda City bevonden zich in de garage geen andere voertuigen. Arkadin controleerde ze; ze waren allemaal leeg. Hij liet zijn eigen auto staan, brak de Toyota open en slaagde er na wat prutsen met de elektronica in de wagen te starten. Hij ging achter het stuur zitten, zette de auto in de versnelling en reed over het kale beton naar buiten via de uitrit.

Met een vonkenregen van het chassis schoot Arkadin via de achterzijde het gebouw de slecht geplaveide straat op. Recht voor hem lag de bouwput. Tussen het puin en de reusachtige machines brandden zoveel vuren dat het leek alsof de boel op het punt stond in brand te vliegen.

Aan weerszijden hoorde hij het schorre brullen van zware motorfietsen. Twee Russen probeerden hem in de tang te nemen. Het was duidelijk dat ze hem aan beide kanten van de straat hadden opgewacht zodat ze hem hoe dan ook de pas af konden snijden, welke kant hij ook opging. Hij gaf plankgas, stak een kruising over en reed door het wankele hek dat rond de bouwput was geplaatst.

De neus van de Toyota dook direct omlaag en de auto schoot bijna loodrecht de put in. De schokbrekers vingen het grootste deel van de klap op, maar Arkadin stuiterde op en neer in zijn stoel toen de wagen de bodem raakte en met krijsende banden weer horizontaal kwam. Achter hem werden de twee motorfietsen gelanceerd die hem de put in volgden. Ze landden, dansten even wild op en neer en zetten hun jacht voort.

Hij zette regelrecht koers naar een van de vuren. Zwervers en hoertjes stoven uiteen. Terwijl hij door de vlammen reed, draaide hij scherp naar links. Daarbij slaagde hij er maar net in tussen twee enorme machines door te glippen en een berg afval te ontwijken. Vervolgens gaf hij het stuur een ruk naar rechts in de richting van een ander vuur en een nieuw groepje schooiers en daklozen.

Hij wierp een blik op zijn zijspiegel en zag dat een van de motorfietsen zich nog steeds achter hem bevond. Had hij de andere afgeschud? Hij naderde de vlammen en wachtte tot het laatste moment waarop de gloed het sterkst was – en trapte vervolgens keihard op de rem. Terwijl de mensen alle kanten op renden, klapte de motorfiets, waarvan de bestuurder half verblind was, op de achterkant van de Toyota. De Rus schoot de lucht in, landde met een klap op het dak van de auto en gleed er weer af.

Arkadin was al uitgestapt. Hij hoorde de motorrijder kreunen, zag dat de man probeerde op te staan en gaf hem een harde trap tegen de zijkant van het hoofd. Terwijl hij terugliep naar de auto raakten kogels de voorbumper. Hij dook weg. Het automatische pistool dat hij van de dode Rus in de lift had gepikt, lag buiten bereik op de passagiersstoel. Hij probeerde naar het bestuurdersportier te kruipen, maar werd steeds opnieuw teruggedreven door schoten die zich in de zijkant van de Toyota boorden.

Hij ging op zijn buik liggen en kroop onder de auto. De penetrante, stroperige lucht deed hem kokhalzen. Toen hij aan de andere kant tevoorschijn kwam en de deur van de Toyota opende, werd bijna zijn hoofd van zijn romp geschoten. Hij dook terug onder de auto om na te denken en besefte vrijwel onmiddellijk dat er weinig anders op zat dan de auto achter te laten. Vervolgens bedacht hij zich dat dit precies was wat zijn tegenstander wilde. Hij vroeg zich af hoe hij het voordeel van de Rus op de motorfiets teniet kon doen of in elk geval minimaliseren.

Hij sloot even zijn ogen en probeerde aan de hand van de kogelinslagen te bepalen waar de motorrijder zich bevond. Vervolgens draaide hij zich negentig graden en trok zich onder de Toyota vandaan door zijn vingers rond de voorbumper te haken.

Een nieuw salvo versplinterde de voorruit, maar omdat die van veiligheidsglas was, bleven de scherven hangen in een zo fijnmazig web van kristallen dat het raam ondoorzichtig werd en zijn achtervolger hem uit het oog verloor. De stinkende massa apathische daklozen reageerde nauwelijks. Hij zag hun gezichten terwijl hij zigzaggend door een kluwen van knokige schooiers rende die zo wit waren als as. Het volgende moment hoorde hij het rasperige hoesten van de motorfiets boven het gekwetter in Hindi en Urdu. Die verrekte lui bewogen zich als een zee die uiteenweek terwijl hij zich een weg baande door hun midden, en dat was precies de beweging die de Rus volgde – als de ping op een sonarscherm.

Even verderop zag hij een draagconstructie van metalen balken die op de diep in de grond gegraven sokkels was bevestigd, en hij rende eropaf. Luid brullend maakte de motorfiets zich los uit de menselijke branding, maar Arkadin was inmiddels verdwenen in de jungle van metaal.

De Rus naderde en minderde snelheid. Links van hem bevond zich een provisorische afrastering van golfplaten die al begon te roesten in de kleverige Indiase lucht. Hij draaide naar rechts, reed behoedzaam langs de metalen balken en tuurde in het peilloze duister waar de reusachtige sokkels als maaltanden in de grond stonden. Zijn AK-47 had hij in de aanslag.

Hij was halverwege toen Arkadin, die als een luipaard op

een steunbalk lag te wachten, zich op hem wierp. Het lichaam van de Rus draaide achterwaarts, zijn hand zette in een reflex het gas open en de motorfiets sprong naar voren. Maar door Arkadins gewicht was het rijwiel uit balans geraakt en kwam het voorwiel van de grond. Het chassis versnelde en raasde onder hen weg, en ze klapten allebei tegen een balk. De Rus raakte het metaal met zijn hoofd en de AK-47 schoot tollend uit zijn hand. Arkadin, die zich op hem wilde werpen, ontdekte dat een metaalscherf tot op het bot in de achterzijde van zijn dijbeen was gedrongen. Met een harde ruk die hem een moment de adem benam, trok hij de scherf uit zijn been. De Rus deed een uitval naar hem terwijl hij nog steeds sterretjes voor zijn ogen zag en zijn adem als stoom in zijn longen voelde. Hij moest een aantal klappen tegen de zijkant van zijn hoofd, ribben en borstbeen verwerken alvorens hij kon uithalen en de metaalscherf in het hart van de Rus kon drukken.

De Rus opende verbaasd zijn mond. Zijn ogen keken hem niet-begrijpend aan en rolden weg. Hij zakte in elkaar op de van bloed doortrokken grond. Arkadin draaide zich om en liep in de richting van de oprit die naar de straat voerde, maar hij voelde zich alsof hij was geïnjecteerd met een paralyticum. Zijn benen waren stijf en reageerden nauwelijks op de bevelen van zijn hersenen, die zich langzaam maar zeker in nevelen leken te hullen. Hij voelde zich koud en verward. Hij probeerde te ademen, maar het lukte niet, en hij viel voorover op zijn gezicht.

Het was alsof overal om hem heen vuren brandden. De stad stond in brand, de nachtelijke hemel had de kleur van bloed en klopte op het ritme van zijn zwoegende hart. Hij zag de ogen van de mannen die hij had gedood, rood als de ogen van ratten, en ze verdrongen zich rond hem. *Ik ben niet van plan om samen met jullie kapot te gaan*, dacht hij terwijl hij op het punt stond het bewustzijn te verliezen.

En misschien was het juist die gedachte die ervoor zorgde dat hij een moment rust nam, een paar keer diep ademhaalde en op dat moment van kalmte of zwakte wat water aannam van de mensen om hem heen, die, zo zag hij nu, geen bekende doden waren, maar onbekende levenden. Ze mochten dan vies en onverzorgd zijn en niets meer van het leven verwachten, maar ze herkenden een underdog als ze er een zagen, en dat bracht hun natuurlijke onbaatzuchtigheid naar boven. In plaats van hem kaal te pikken als een zwerm gieren namen ze hem in hun hart. Zijn niet de vertrapten, degenen die het zich nauwelijks kunnen veroorloven om iets weg te geven, veel eerder bereid om te delen wat ze hebben dan de miljonairs in hun bewaakte torens aan de andere kant van de stad? Dit waren Arkadins gedachten toen hij het water aannam en in ruil daarvoor een pak roepies uit zijn zak trok. Niet veel later voelde hij zich sterk genoeg om het plaatselijke ziekenhuis te bellen. Vervolgens scheurde hij een mouw van zijn hemd om het bloeden van zijn dij te stelpen. Er was een groep jongens, weglopers of kinderen van wie de ouders waren omgekomen bij een van de vele sektarische confrontaties die van tijd tot tijd de stad onveilig maakten; wervelwinden van haat en bloed. Ze keken naar hem alsof hij de held was uit een videogame – alsof hij niet echt was. Ze waren bang voor hem, maar ze kwamen ook op hem af als motten op een vlam. Hij gebaarde naar ze, en ze renden op hem af alsof ze elk een poot waren van een of ander reusachtig insect. Ze hadden de motorfiets van de Rus tussen hen in, en hij besefte dat ze het ding beschermden.

'Ik pak de motor niet af. Jullie mogen hem hebben,' zei hij in het Hindi. 'Willen jullie me even naar de straat helpen?'

Inmiddels was het geluid van een sirene aangezwollen tot een luid gehuil, en ondersteund door de weesjongens liep hij trekkend met zijn been de bouwput uit in de armen van de hulpverleners, die hem achter in de ambulance legden. Een van de verpleegkundigen controleerde zijn hartslag terwijl de andere zich om de wond bekommerde.

Tien minuten later werd hij op een inklapbare brancard de afdeling Spoedeisende Hulp binnengereden en op zijn buik op een bed gelegd. De ijskoude lucht gaf hem een gevoel alsof hij bij bewustzijn kwam na hoge koorts te hebben gehad. Terwijl hij het komen en gaan op de afdeling bestudeerde, kreeg hij een injectie voor een plaatselijke verdoving, waarna een chirurg zijn handen waste met desinfecterende gel uit een dispenser aan een zuil, operatiehandschoenen aantrok en vervolgens de wond schoonmaakte, desinfecteerde en hechtte.

Ondertussen had Arkadin tijd om over de inval na te denken. Hij wist dat het Dimitri Iljinovitsj Maslov was geweest die de actie had bevolen. Maslov was het hoofd van de Kazanskaja, de Moskouse maffia, gemeenzaam bekend als de *grupperovka*. Maslov was ooit zijn werkgever geweest, en Arkadin had hem zijn illegale wapenhandel afhandig gemaakt. De business was voor Maslov van cruciaal belang omdat het Kremlin de grupperovka hard aanpakte en stukje bij beetje de machtsbasis afbrak die de families sinds de glasnost hadden opgebouwd. Maar door de jaren heen had Dimitri Maslov bewezen dat hij anders was dan de andere grupperovkahoofden, die stuk voor stuk hun macht kwijtraakten of inmiddels in de gevangenis zaten. Maslov ging het voor de wind, zelfs in deze moeilijke tijden, want hij beschikte nog steeds over de politieke macht om tegen de autoriteiten in te gaan of ze in ieder geval op een afstand te houden. Hij was een gevaarlijke man en een nog gevaarlijker vijand.

Ja, overwoog Arkadin terwijl de chirurg het hechtdraad afknipte, *Maslov heeft de actie bevolen, maar hij heeft hem niet zelf uitgevoerd.* Maslov had zijn handen vol aan politieke vijanden die hem op alle mogelijke manieren het leven zuur maakten. Bovendien had hij al heel lang niet meer gewerkt, daardoor had hij de scherpte verloren die je alleen door de praktijk kunt onderhouden. Wie, vroeg Arkadin zich af, had hij deze klus gegeven?

Op dat moment – het leek door goddelijke interventie – ontving hij zijn antwoord, want daar, in de schaduw van het vertrek, genegeerd door de koortsachtig werkende staf en de kreunende patiënten, stond Vjatsjeslav Germanovitsj Oserov, Maslovs nieuwe onderbaas. Hij en Oserov waren al heel lang vijanden. Dat ging terug tot Arkadins voormalige woonplaats

Nizjni Tagil. Tussen hen bestond alleen maar haat en venijn. Hun meest recente ontmoeting lag nog vers in zijn geheugen – een onaangenaam incident in de hooglanden van noordelijk Azerbeidzjan waar hij een speciale eenheid trainde voor Maslov en ondertussen een plan beraamde om hem op te lichten. Hij had Oserov uitgedaagd en bijna tot moes geslagen – zijn meest recente gewelddadige reactie op de wreedheden die Oserov jaren terug in Arkadins woonplaats had begaan. Natuurlijk. Oserov was de perfecte man voor de actie, die, daar was hij van overtuigd, ook zijn dood tot doel had gehad, ongeacht of Maslov dat had bevolen.

Oserov, die met zijn armen voor zijn borst in de schaduw stond, leek zomaar wat voor zich uit te staren, maar in werkelijkheid observeerde hij Arkadin met de vastberaden concentratie van een havik die zijn prooi volgt. Zijn gezicht was pokdalig en vol littekens, het knoestige bewijs van de moorden die hij had gepleegd, de vechtpartijen waarin hij verzeild was geraakt en de ontmoetingen die hij had gehad met de dood. De hoeken van zijn brede mond met de dunne lippen krulden op in de vertrouwde boosaardige glimlach die tegelijkertijd vuil en neerbuigend was.

Arkadin zat vastgekluisterd aan zijn broek. Die zat rond zijn enkels omdat het te onhandig was geweest om hem helemaal uit te trekken. Hij voelde natuurlijk geen pijn in zijn dij, maar hij wist niet hoe de injectie die hij had gekregen van invloed zou zijn op zijn vermogen om te rennen.

'Klaar,' hoorde hij de chirurg zeggen. 'Hou de wond minstens een week goed droog. Ik schrijf u een antibioticum en een pijnstiller voor; die kunt u ophalen bij de apotheek wanneer u naar buiten gaat. U heeft geluk gehad. Het was een nette wond en u was hier voordat hij geïnfecteerd was.' De man lachte. 'Maar voorlopig even geen marathons.'

Een verpleegster legde een verband aan dat ze vastzette met chirurgische hechtpleisters.

'Het komende uur voelt u nog niks,' zei ze. 'Begin in elk geval voordat de verdoving is uitgewerkt met de medicatie.'

Oserov haalde zijn armen van elkaar en deed een stap van de muur. Hij keek nog steeds niet rechtstreeks naar Arkadin, maar hij had zijn rechterhand in zijn broekzak gestoken. Arkadin had geen idee van het soort wapen dat hij bij zich had, maar hij was niet van plan te wachten tot hij daarachter zou komen.

Hij vroeg de verpleegster hem te helpen met zijn broek. Toen hij zijn riem had vastgegespt en rechtop ging zitten, draaide ze zich om met de bedoeling te vertrekken. Arkadin zag hoe Oserovs lichaam zich spande.

Hij stond op van het bed en fluisterde de verpleegster in het oor: 'Ik ben geheim agent. Die man daar is door misdadigers gestuurd om mij te vermoorden.' De verpleegster keek hem met grote ogen aan, en hij voegde eraan toe: 'Doe wat ik zeg, dan is er niks aan de hand.'

Arkadin, die ervoor zorgde dat ze tussen hem en Oserov in bleef, liep naar rechts. Oserov volgde zijn bewegingen stap voor stap.

'Dat is niet de weg naar de uitgang,' fluisterde de verpleegster.

Arkadin liep verder en naderde het zuiltje waar de chirurg zijn handen had gedesinfecteerd. Hij kon zien dat de verpleegster steeds gespannener raakte.

'Mag ik alstublieft de beveiliging bellen?' fluisterde ze.

Ze bleven staan naast het zuiltje. 'Oké,' zei hij, en hij gaf haar een zo harde duw dat ze in een karretje met wasgoed viel. Een tweede verpleegster en een arts struikelden ook. In de verwarring zag hij vanuit de gang een bewaker verschijnen. Oserov kwam op hem af met een gevaarlijk uitziende stiletto in zijn hand.

Arkadin greep de dispenser met desinfecterende gel en rukte hem uit de klemmen. Hij haalde uit en ramde het ding tegen het hoofd van de bewaker, die in elkaar zakte op de linoleum vloer. Arkadin stak de dispenser onder een arm, sprong over het uitgestrekte lichaam van de bewaker en rende de gang in.

Oserov zat vlak achter hem en kwam snel dichterbij. Arkadin besefte dat hij zich onbewust inhield omdat hij bang was dat de hechtingen loskwamen. Kwaad op zichzelf duwde hij twee verbaasde coassistenten opzij en zette het op een lopen. De gang voor hem was leeg. Hij haalde zijn aansteker uit zijn zak en knipte hem aan. Vervolgens begon hij gel uit het pompje te drukken. Hij hoorde het stampen van Oserovs schoenen en kon zich bijna zijn versnelde ademhaling voorstellen.

Plotseling draaide hij zich om. In één beweging stak hij het licht ontvlambare antisepticum aan en wierp hij de dispenser in de richting van zijn steeds dichterbij komende achtervolger. Hij draaide zich om en maakte dat hij wegkwam, maar het volgende moment had de explosie hem al bereikt en werd hij de gang in geblazen.

Een jankend brandalarm verhief zich boven de kakofonie van gillende en schreeuwende stemmen, rennende voeten, wild om zich heen zwaaiende mensen en dansende vlammen. Hij rende verder, maar minderde vaart en begon tc lopen toen hij een hoek omging. Twee bewakers en een stel oudere artsen duwden hem opzij, en hij verloor bijna zijn evenwicht. Langs zijn been begon warm, onmisbaar bloed omlaag te sijpelen. Alles wat hij zag was kristalhelder, scherp omlijnd, kleurrijk en pulserend van leven. Hij hield de deur open voor een vrouw in een rolstoel met een baby in haar armen. Ze bedankte hem, en hij glimlachte zo vriendelijk dat ze ook glimlachte. Op hetzelfde moment stapte een team grimmig kijkende politieagenten naar binnen. Ze keurden hem geen blik waardig en haastten zich langs hem heen.

DEEL EEN

I

'Ja,' zei Suparwita, 'dat is de ring die Holly Marie Moreau van haar vader heeft gekregen.'

'Deze ring.' Jason Bourne hield het voorwerp omhoog. Het was een eenvoudige gouden ring met aan de binnenkant een inscriptie. 'Ik kan hem me niet herinneren.'

'Er zijn veel dingen uit je verleden die je je niet kunt herinneren,' zei Suparwita, 'Holly Marie Moreau is er een van.'

Bourne en Suparwita zaten in kleermakerszit op de vloer in het huis van de Balinese sjamaan, diep in de jungle van Karangasem in het zuidoosten van Bali. Bourne was teruggekomen naar het eiland om Noah Perlis in de val te laten lopen; de spion die Holly had vermoord, jaren terug. Hij had de ring uit Perlis' hand gewurmd nadat hij de man had gedood op nog geen tien kilometer van deze plek.

'Holly Maries vader en moeder zijn uit Marokko hiernaartoe gekomen toen ze vijf was,' zei Suparwita. 'Ze zagen eruit als vluchtelingen.'

'Waar waren ze voor op de vlucht?'

'Dat is moeilijk te zeggen. Als de verhalen over hen waar zijn, hebben ze in elk geval een prima plek uitgekozen om aan de religieuze vervolging te ontsnappen.' Suparwita stond officieel bekend als *Mangkoe*; een soort combinatie van hogepriester en sjamaan, maar ook nog iets meer, iets wat onmogelijk in westerse termen was uit te drukken. 'Ze zochten bescherming.'

'Bescherming?' Bourne fronste zijn wenkbrauwen. 'Waartegen?'

Suparwita was een knappe man van onduidelijke leeftijd. Zijn huid was van een diep nootbruin en zijn glimlach was breed en overweldigend en onthulde twee gelijkmatige rijen met witte tanden. Hij was groot voor een Balinees en straalde een soort bovennatuurlijke kracht uit die Bourne fascineerde. Zijn huis – een soort heilige der heiligen in een weelderige tuin waar het zonlicht naar binnen filterde, omringd door hoge gepleisterde muren – lag diep in de schaduwen zodat het er zelfs rond het middaguur relatief koel was. De vloer bestond uit samengepakt zand met daarop een tapijt van sisal. Her en der ontsproten aan de vloer en de muren merkwaardige zaken van onbestemde aard – kruiden, wortels, gedroogde bloemen in de vorm van een waaier – alsof ze leken te leven. De schaduwen, die de hoeken bijna deden overlopen, leken voortdurend in beweging, alsof ze gevormd waren uit een vloeistof in plaats van uit lucht.

'Tegen Holly's oom,' zei Suparwita. 'Ze hadden de ring van hem afgepakt.'

'Wist hij dat ze hem hadden gestolen?'

'Hij dacht dat hij de ring was kwijtgeraakt.' Suparwita hield zijn hoofd schuin. 'Er zijn mensen buiten.'

Bourne knikte. 'Dat komt zo meteen wel.'

'Ben je niet bang dat ze hier met getrokken wapens binnenvallen?'

'Ze laten zich pas zien wanneer ik vertrek. Ze zoeken mij, niet jou.' Bourne raakte de ring aan met zijn wijsvinger. 'Ga verder.'

Suparwita boog zich naar hen toe. 'Ze verschuilden zich voor Holly's oom. Hij had gezworen haar terug te brengen naar het land van de familie in het Atlasgebergte.'

'Het zijn Berbers. Natuurlijk, *Moreau* betekent "Moor",' peinsde Bourne. 'Waarom wilde Holly's oom haar terughalen naar Marokko?'

Suparwita keek Bourne even zwijgend aan. 'Dat moet je ooit hebben geweten.'

'Noah Perlis was de laatste die de ring had, dus hij moet Holly hebben vermoord om hem in zijn bezit te krijgen.' Bourne pakte de ring van hem aan. 'Waarom wilde hij hem hebben? Wat is er zo belangrijk aan een trouwring?'

'Dat,' zei Suparwita, 'hoort bij het verhaal dat je van plan was te ontrafelen.'

'Maar dat is alweer een tijd geleden. Ik zou niet weten waar ik moest beginnen.'

'Perlis had appartementen in een groot aantal steden,' zei Suparwita. 'Maar zijn basis was Londen, en daar ging Holly ook naartoe als ze naar het buitenland reisde in de achttien maanden voordat ze terugging naar Bali. Perlis moet haar hiernaartoe zijn gevolgd om haar te vermoorden en de ring te stelen.'

'Hoe weet je dat allemaal?' vroeg Bourne.

Er verscheen een oogverblindende glimlach op Suparwita's gezicht. Plotseling zag hij eruit als de geest die door Aladdin tevoorschijn was getoverd. 'Dat weet ik,' zei hij, 'omdat jij het me hebt verteld.'

Soraya Moore zag het verschil tussen de oude Central Intelligence en de nieuwe CI onder M. Errol Danziger op het moment dat ze het CI-hoofdkwartier in Washington, D.C., betrad. Zo was de beveiliging dusdanig opgevoerd dat het passeren van de achtereenvolgende checkpoints de indruk wekte dat je een poging deed een middeleeuws fort binnen te dringen. Bovendien herkende ze niet één van de dienstdoende beveiligingsbeambten. Elk gezicht had de harde, dreigende blik die alleen het Amerikaanse leger iemand kan bijbrengen. Het verraste haar niet. M. Errol Danziger was tenslotte vóór zijn benoeming tot DCI door de president, adjunct-directeur geweest van Signals Intelligence. Daarbij kon hij bogen op een lange en succesvolle carrière in het leger en vervolgens bij het ministerie van Defensie. Hij had bovendien een lange, succesvolle carrière als smerige klootzak. Nee, wat haar verbaasde was de snelheid waarmee de nieuwe DCI zijn eigen mensen binnen de destijds heilige muren van de CI had geïnstalleerd.

Vanaf het moment waarop het tijdens de Tweede Wereldoorlog de Office of Strategic Services was geweest, was het bureau zelfstandig geweest; volledig vrij van enige bemoeienis van het Pentagon of de daarvan deel uitmakende veiligheidsorganisatie NSA. Op aandringen van de steeds machtiger wordende minister van Defensie Bud Halliday werd de CI nu samengevoegd met de NSA – het unieke DNA werd verdund. M. Errol Danziger was algemeen directeur van deze organisatie en tevens stroman van minister Halliday.

Soraya, directeur van Typhon, een antiterroristische organisatie met moslimpersoneel die de bescherming genoot van de CI, vroeg zich af wat ze vond van de veranderingen die Danziger in gang had gezet gedurende de weken die ze in Caïro was geweest. Ze was blij dat Typhon semionafhankelijk was. Ze viel rechtstreeks onder de DCI en had niets met de commissarissen te maken. Ze was half Arabisch en kende al haar mensen. De meesten had ze persoonlijk uitgekozen. Ze zouden haar volgen door de poorten van de hel, als ze dat van hen zou vragen. Maar hoe zat het met haar vrienden en collega's van de CI? Zouden die blijven of vertrekken?

Ze stapte uit de lift op de verdieping van de DCI, die overgoten was met een spookachtig groen licht dat door het kogel- en bomvrije glas filterde. Ze meldde zich bij een jonge man, broodmager, met een blik van staal en een crewcut. Hij zat achter een bureau en bladerde door een stapel papieren. Op het naambordje stond: LT. R. SIMMONS READE.

'Goedemiddag, ik ben Soraya Moore,' zei ze. 'Ik heb een afspraak met de DCI.'

Lt. R. Simmons Reade keek op en schonk haar een neutrale blik die niettemin iets spottends leek uit te stralen. Hij droeg een blauw pak, een gesteven wit overhemd en een rood-met-blauwgestreepte regimentsdas. Zonder een blik op zijn computermonitor te werpen, zei hij: 'U hád een afspraak met directeur Danziger. Vijftien dagen geleden.'

'Ja, ik weet het,' zei ze. 'Ik was op missie; de losse eindjes wegwerken van een klus in het noorden van Iran die...'

Het groenachtige licht deed Reades gezicht langer, scherper en gevaarlijker lijken; als een soort wapen. 'U heeft een rechtstreeks bevel van directeur Danziger genegeerd.'

'De nieuwe DCI was nog maar net geïnstalleerd,' zei ze. 'Hij kon onmogelijk weten...'

'En toch weet directeur Danziger alles over u wat hij moet weten, mevrouw Moore.'

Soraya zette haar stekels op. 'Wat heeft dat verdomme te betekenen? En het is *directeur* Moore.'

'U loopt achter, mevrouw Moore,' zei Reade onverstoorbaar. 'U bent ontslagen.'

'Wat? Dat moet een grap zijn. Ik kan onmogelijk...'

Soraya had het gevoel dat ze omlaag werd gezogen, een put in die zojuist onder haar voeten was verschenen. 'Ik eis een gesprek met de DCI!'

Reades gezicht werd zo mogelijk nog harder. 'Uw *clearance* is vanaf nu ongeldig. Mag ik uw ID, creditcards en mobiele telefoon?'

Soraya boog zich naar voren en plaatste haar vuisten op het glanzende bureau. 'Wie denk jij verdomme wel dat je bent?'

'Ik ben de assistent van directeur Danziger.'

'Ik geloof er geen woord van.'

'Uw pasjes en ID werken niet meer. U kunt alleen nog naar buiten.'

Ze kwam weer overeind. 'Zeg maar tegen de DCI dat ik in mijn kantoor ben wanneer hij tijd heeft om me te debriefen.'

R. Simmons Reade reikte omlaag naast zijn bureau, pakte een kartonnen doos zonder deksel van de grond en schoof die over het bureau naar haar toe. Soraya keek erin en slikte zowat haar tong in. Daar, netjes opgestapeld, lagen alle persoonlijke voorwerpen die ze in haar kantoor had gehad.

'Ik kan alleen maar herhalen wat je me zelf hebt verteld.' Suparwita stond op, en Bourne volgde zijn voorbeeld.

'Dus toen was ik al met Noah Perlis bezig.' Het was geen vraag, en de Balinese sjamaan gaf geen antwoord. 'Maar waarom? En wat was zijn connectie met Holly Marie Moreau?'

'Ik ben er niet zeker van,' zei Suparwita, 'maar het lijkt erop dat ze elkaar in Londen hebben ontmoet.'

'En wat heeft die vreemde inscriptie in de ring te betekenen?'

'Je hebt haar me een keer laten zien in de hoop dat ik je kon helpen. Ik heb er geen idee van wat ze betekent.'

'Het is in elk geval geen moderne taal,' zei Bourne, die nog steeds naar details zocht in zijn beschadigde geheugen.

Suparwita kwam dichterbij staan en sprak zacht, zodat zijn stem niet meer was dan een fluistering. Niettemin drongen de woorden Bournes geest binnen als de steek van een wesp.

'Zoals ik al zei; je bent geboren in december, in de maand van Siwa.' Hij sprak de naam van de god Shiva uit zoals alle Balinezen dat doen. 'Je bent bovendien geboren op de dag van Siwa; de laatste dag van de maand, dat is zowel het einde als het begin. Snap je? Je bent voorbestemd te sterven en opnieuw geboren te worden.'

'Dat heb ik acht maanden geleden al gedaan, toen Arkadin me neerschoot.'

Suparwita knikte ernstig. 'Als ik je niet van tevoren een amaryllisaftreksel had gegeven, had je het waarschijnlijk niet overleefd.'

'Je hebt mijn leven gered,' zei Bourne. 'Waarom?'

Suparwita schonk hem opnieuw een verblindende glimlach. 'We zijn met elkaar verbonden, jij en ik.' Hij haalde zijn schouders op. 'Maar ik weet niet hoe of waarom.'

Bourne, die de noodzaak voelde om het over praktischer zaken te hebben, zei: 'Ze zijn met zijn tweeën. Ik ben het nagegaan voordat ik hier binnenkwam.'

'Dus je hebt ze gewoon hiernaartoe gehaald?'

Nu was het Bournes beurt om te lachen. Hij zei op samenzweerderige toon: 'Dat hoort allemaal bij het plan, beste man.'

Suparwita stak een hand op. 'Er is nog iets wat je moet weten en iets wat ik je moet leren voordat je je plan gaat uitvoeren.'

Hij zweeg lang genoeg om Bourne nieuwsgierig te maken.

Hij kende de sjamaan goed genoeg om te begrijpen wanneer er een ernstige kwestie werd besproken. Suparwita had dezelfde blik op zijn gezicht gehad voordat hij hem een paar maanden geleden in ditzelfde vertrek het amaryllisaftreksel had gegeven.

'Luister.' De glimlach was nu van het gezicht van de sjamaan verdwenen. 'Je zult binnen een jaar sterven. Dat zul je moeten doen om je dierbaren te redden; iedereen van wie je houdt en om wie je geeft.'

Ondanks al zijn training en al zijn mentale discipline voelde Bourne een golf van kou door zijn lichaam trekken. Het was één ding om gevaarlijke acties te ondernemen, om de dood steeds opnieuw een hak te zetten, vaak zelfs op het nippertje. Maar het was iets heel anders om in ondubbelzinnige bewoordingen verteld te worden dat je minder dan een jaar te leven had. Aan de andere kant, hij kon natuurlijk doen alsof het flauwekul was – hij was tenslotte een westerling, en er waren zoveel geloofssystemen op de wereld dat je negenennegentig procent ervan blindelings kon afschrijven. En toch – als hij in Suparwita's ogen keek, zag hij de waarheid. Net als de vorige keer hadden de bovennatuurlijke krachten van de sjamaan hem in staat gesteld de toekomst te zien, of in elk geval die van Bourne. *We zijn met elkaar verbonden, jij en ik.* Hij had Bourne al eerder van de dood gered; het zou dom zijn om nu aan hem te twijfelen.

'Weet je hoe of wanneer?'

Suparwita schudde zijn hoofd. 'Zo werkt het niet. De toekomstflarden die ik zie, zijn als dagdromen. Ze bevatten kleur en betekenis, maar er zijn geen beelden, geen details en geen duidelijkheid.'

'Je hebt ooit gezegd dat Shiva me zou helpen.'

'Dat klopt.' De glimlach keerde terug op Suparwita's gezicht terwijl hij Bourne een ander vertrek binnenloodste dat bezwangerd was met schaduwen en de geur van *frangipani* wierook. 'En de komende uren zullen een voorbeeld zijn van die hulp.'

Valerie Zapolski, de privéassistente van COO Rory Doll, bracht het bericht persoonlijk bij DCI M. Errol Danziger langs omdat haar baas, zoals ze zei, zoiets niet aan een computersysteem wilde toevertrouwen, zelfs niet als het zo zwaar beveiligd was als dat van de CI.

'Waarom is Doll zelf niet gekomen?' vroeg Danziger met gefronste wenkbrauwen zonder op te kijken.

'De directeur is even met iets anders bezig,' zei Valerie.

Ze was een kleine donkere vrouw met diepliggende ogen. Het beviel Danziger niet dat Doll haar had gestuurd.

'Wat? Leeft Jason Bourne nog? Krijg nou helemaal de...!'

Hij sprong van zijn stoel alsof hij werd geëlektrocuteerd. Hij las het rapport, dat kort was en allesbehalve gedetailleerd, en hij liep rood aan. Zijn hoofd trilde zichtbaar.

Vervolgens maakte Valerie de fatale fout om te proberen behulpzaam te zijn. 'Directeur, is er iets dat ik kan doen?'

'Doen? Dóén?' Hij keek haar aan alsof hij bijkwam uit een verdoving. 'Ja, je zou me kunnen vertellen dat dit een grap is; een slechte, zieke grap van Rory Doll. Want als dat niet zo is, ben je ontslagen.'

'Bedankt, Val,' zei Rory Doll, die achter zijn assistente in de deuropening was verschenen. 'Je kunt weer terug naar kantoor.' De opgeluchte blik op haar gezicht deed zijn schuldgevoel over het feit dat hij haar in de vuurlinie had geplaatst maar gedeeltelijk verdwijnen.

'Godverdomme,' zei Danziger. 'Ik zwéér je dat ik dat kreng ontsla.'

Doll liep het kantoor binnen en bleef voor Danzigers bureau staan. 'Als u dat doet, krijgt u met Stu Gold te maken.'

'Gold? Wie is Stu Gold nou godverdomme weer, en wat heb ik met hem te maken?'

'Hij is de advocaat van de CI.'

'Dan ontsla ik hem ook.'

'Onmogelijk, meneer. Zijn firma heeft een waterdicht contract met de CI, en hij is de enige die onbeperkt toegang heeft...'

De DCI maakte een snijdend gebaar met zijn hand. 'Dus jij denkt dat ik geen gerechtvaardigd motief kan vinden om haar de zak te geven?' Hij knipte met zijn vingers. 'Hoe heet ze?'

'Zapolski. Valerie A. Zapolski.'

'Oké, wat is dat? Russisch? Ik wil dat ze opnieuw wordt ge-screend, tot en met het merk nagellak dat ze gebruikt, begre-pen?'

Doll knikte diplomatiek. Hij was slank en had blond haar dat zijn elektriserende blauwe ogen deed oplichten als de vlam van een snijbrander. 'Helemaal, meneer.'

'En wee je gebeente als ik ook maar één onregelmatigheid in dat rapport tegenkom.'

Sinds Peter Marks onlangs was vertrokken, had de DCI een pesthumeur. Er was nog geen andere OPS-directeur genoemd. Marks was Dolls baas geweest, en Doll wist dat hij, als hij Dan-ziger kon laten zien dat hij loyaal was, een goede kans maakte om Marks' functie te krijgen. Maar vanbinnen was hij woest, en hij knarsetandde. Hij veranderde van onderwerp. 'We moe-ten het even over dat nieuwe stukje informatie hebben.'

'Dit is toch geen oude foto, hè? Of een of andere grap?'

'Was het maar waar.' Doll schudde zijn hoofd. 'Jason Bour-ne is gefotografeerd toen hij een visum aanvroeg op de lucht-haven van Denpasar op Bali, Indonesië...'

'Ik weet waar Bali is, Doll.'

'Ik wil alleen volledig zijn, meneer, conform uw instructies tijdens de oriëntatiedag.'

De DCI was nog steeds razend, maar zei niets. Hij hield het rapport en de bijbehorende korrelige zwart-witfoto van Bour-ne in zijn vuist – zijn gepantserde vuist, zoals hij hem graag noemde.

'Goed, om terug te komen op het onderwerp; zoals u kunt zien aan het elektronische bijschrift rechtsonder in de hoek is de foto drie dagen geleden genomen om negenentwintig minu-ten over twee 's middags, plaatselijke tijd. Onze verbindings-dienst is tot nu toe bezig geweest om vast te stellen of zich geen transmissiefouten of storingen hebben voorgedaan.'

Danziger haalde adem. 'Hij was dood. Bourne had dood moeten zijn. Ik was ervan overtuigd dat we hem definitief hadden uitgeschakeld. Hij verfrommelde de foto en gooide hem in de vuilnisbak naast de papierversnipperaar. 'Ik mag aannemen dat je in ieder geval weet waar hij nu is.'

'Ja, meneer.' Doll knikte. 'Hij zit momenteel op Bali.'

'Laat je hem in de gaten houden?'

'Vierentwintig uur per dag. Hij hoeft maar een stap te verzetten, en we weten het.'

Danziger dacht even na en zei vervolgens: 'Wie doet voor ons het natte werk in Indonesië?'

Doll had deze vraag verwacht. 'Coven. Maar als ik even zo vrij mag zijn, meneer; Soraya Moore heeft in haar laatste rapport uit Caïro beweerd dat Bourne een belangrijke rol heeft gespeeld in het voorkomen van de ramp in het noorden van Iran waarbij Black River is ontmanteld.'

'Bournes reputatie als ontspoorde agent wordt misschien nog wel overtroffen door zijn talent om – hoe zal ik het zeggen? – vrouwen om zijn vinger te winden. Moore is ongetwijfeld een van die vrouwen. Daarom staat ze nu op straat.' De DCI knikte. 'Schakel Coven in, Doll.'

'In orde, meneer, maar hij zal wat tijd nodig hebben om...'

'Zitten er nog mensen dichterbij?' zei Danziger ongeduldig.

Doll controleerde zijn aantekeningen. 'We hebben een extractieteam in Jakarta. Ik kan ze binnen een uur in een legerhelikopter hebben.'

'Regel het. En gebruik Coven als back-up,' beval de DCI. 'Geeft ze opdracht Bourne levend op te pakken. Ik wil hem uitgebreid, eh, ondervragen. Ik wil precies weten wat er in hem omgaat. Ik wil weten wat zijn geheimen zijn, hoe hij er voortdurend in slaagt ons een stap voor te blijven en hoe hij altijd weer aan de dood ontsnapt.' In Danzigers ogen lag een boosaardige schittering. 'Als we klaar met hem zijn, krijgt hij een kogel door zijn hoofd en zeggen we dat de Russen hem hebben vermoord.'

2

De lange Bangalorese nacht was bijna ten einde. De asgrauwe ochtendschemering die beladen was met de stank van ongezuiverd rioolwater, ziekte en menselijk zweet, en zwaar was van dreiging, plaatsvervangende woede en wanhoop, bracht geen kleur terug in de stad.

Arkadin vond een artsenpraktijk, brak in en pakte wat hij nodig had: hechtdraad, jodium, steriele gaasjes, verband en antibiotica ter vervanging van de spullen die hij in het ziekenhuis niet had kunnen afhalen. Terwijl hij met grote stappen over straat liep, besefte hij dat zijn bloedende dij verzorging nodig had. De wond was niet levensbedreigend, maar wel diep, en hij wilde niet nog meer bloed verliezen. En wat minstens zo belangrijk was: hij had een schuilplaats nodig waar hij de klok die Oserov in gang had gezet, kon laten stoppen met tikken; een plek om op adem te komen en zijn situatie te evalueren. Hij was woest op zichzelf omdat hij zich zo gemakkelijk door de vijand had laten verrassen. Maar hij was zich ook ten zeerste bewust van het feit dat zijn volgende stap van cruciaal belang zou zijn – een ramp kon gemakkelijk uitdraaien op een catastrofe van dodelijke proporties.

Nu zijn positie in Bangalore gecompromitteerd was, kon hij zijn lokale contacten niet langer vertrouwen. Dat betekende dat er nog maar één optie was: de enige plek waar hij absoluut veilig was. Onderweg toetste hij een gecodeerd nummer in dat hem toegang gaf tot een reeks beveiligde routers. Hij belde Stepan,

Loeka, Pavel, Alik en Ismael Bey, het boegbeeld van de Eastern Brotherhood, waarvan hij de leider was.

'We worden aangevallen door Maslov, Oserov – de hele Kazanskaja,' meldde hij iedereen kort en zonder omwegen. 'Vanaf dit moment zijn we in oorlog.'

Hij had ze goed getraind. Geen van hen stelde overbodige vragen, en ze bevestigden het bevel met een beleefde reactie. Daarna verbraken ze de verbinding om het plan voor te bereiden dat Arkadin maanden eerder had beraamd. Elke bevelhebber had zijn eigen specifieke rol en was verantwoordelijk voor zijn eigen stukje van dit plan dat zich letterlijk over de hele wereld uitstrekte. Als Maslov oorlog wilde, dan kreeg hij oorlog – en op meerdere fronten tegelijk.

Arkadin schudde zijn hoofd en bracht een blaffend lachje voort. Dit moment hing altijd in de lucht en was even onvermijdelijk als de volgende ademtocht. Nu híj aan zet was, bespeurde hij een tastbaar gevoel van opluchting. Geen tandengeknars meer, niet langer doen alsof je vrienden bent terwijl er alleen maar bittere vijandschap is.

Je bent er geweest, Dimitri Iljinovitsj, dacht Arkadin. *Je weet het alleen nog niet.*

Een waterig roze kleurtje verspreidde zich langs de hemel, en het was bijna alsof hij bij Chaaya was. Tijd voor een lastig telefoontje. Hij toetste een nummer in dat uit elf cijfers bestond. Een monotone stem aan de andere kant zei: 'Federaal Bureau Antinarcotica' in het Russisch. De inmiddels beruchte FSB-2, die onder Viktor Tsjerkesov de machtigste en meest gevreesde organisatie binnen de Russische regering was geworden, was zelfs de FSB – de opvolger van de KGB – voorbijgestreefd.

'Kolonel Karpov, graag,' zei Arkadin.

'Het is vier uur in de nacht. Kolonel Karpov is niet beschikbaar,' zei de stem, die wel iets leek op een van de levende doden uit een film van George Romero.

'Ik ook niet,' zei Arkadin met lichte spot, 'maar ik maak toch tijd vrij om met hem te spreken.'

'En wie mag u dan wel zijn?' zei de emotieloze stem in zijn oor.

'Mijn naam is Arkadin; Leonid Danilovitsj Arkadin. En verbind me nu met je baas.'

Hij hoorde de adem van de man even stokken. 'Moment alstublieft.'

'Zestig seconden,' zei Arkadin. Hij keek op zijn horloge en begon af te tellen. 'Niet langer.'

Achtenvijftig seconden later hoorde hij een reeks klikjes die gevolgd werd door een zware norse stem: 'Kolonel Karpov.'

'Boris Iljitsj, we hebben elkaar door de jaren heen al zo vaak bijna ontmoet.'

'Het zou prettig zijn als we dat bijna weg konden laten. Hoe weet ik dat je werkelijk Leonid Danilovitsj Arkadin bent?'

'Dimitri Maslov maakt je nog steeds het leven zuur, nietwaar?'

Toen Karpov niet reageerde, vervolgde Arkadin: 'Wie zou je anders de Kazanskaja op een zilveren schaal kunnen geven?'

Karpov lachte schor. 'De echte Arkadin zou zich nooit tegen zijn mentor keren. Ik weet niet wie je bent, maar je verspilt mijn tijd. Welterusten.'

Arkadin noemde een geheim adres dat zich in een van de geïndustrialiseerde buitenwijken van Moskou bevond.

Karpov zweeg even, maar Arkadin, die aandachtig luisterde, hoorde het scherpe sissen van zijn ademhaling. Alles hing af van dit gesprek; van de vraag of Karpov geloofde dat hij inderdaad Leonid Danilovitsj Arkadin was en dat hij de waarheid sprak.

'Wat moet ik met dat adres?' zei de kolonel ten slotte.

'Het is een pakhuis. Vanbuiten ziet het er precies zo uit als de andere honderd aan weerszijden ervan. Vanbinnen ook.'

'Je verveelt me, *gospadin* Zonder Naam.'

'Via de derde deur links, vlak bij de achtermuur, kom je in het herentoilet. Loop voorbij het urinoir naar het laatste hokje aan de rechterkant. Daar zit geen closet in, maar alleen een deur in de achtermuur.'

Er volgde een korte aarzeling. Toen zei Karpov: 'En verder?'

'Bereid je goed voor,' zei Arkadin. 'Zorg ervoor dat je tot de tanden toe bewapend bent.'

'Dus ik moet een team...'

'Nee! Je gaat alleen. En nog wat: je zegt tegen niemand dat je weggaat of waar je naartoe gaat. Zeg maar dat je naar de tandarts moet of dat je even een wip gaat maken – zolang je kameraden het maar geloven.'

Opnieuw een pauze, ditmaal duister en dreigend. 'Wie is de mol in mijn onderneming?'

'Kom nou, Boris Iljitsj, niet zo ondankbaar. Ik mag toch ook wel een lolletje hebben? Zeker nu ik je zoiets moois cadeau heb gedaan.' Arkadin haalde adem. De kolonel had toegehapt. Dit was het moment om de haak vast te slaan. 'Maar als ik jou was, zou ik niet het enkelvoud gebruiken – het gaat eerder om mollen.'

'Wat? Luister eens even!'

'Je kunt beter meteen gaan, kolonel, anders zijn de vogels straks gevlogen.' Hij grinnikte. 'Hier is mijn nummer. Ik weet dat het niet op je telefoon is te zien. Bel me maar zodra je terug bent, dan hebben we het erover. En misschien wel over nog veel meer.'

Hij verbrak de verbinding voordat Karpov kon reageren.

Tegen het einde van de werkdag keek Delia Trane vanachter haar bureau naar een 3D-computermodel van een uitgesproken slim explosief toestel. Ze probeerde een manier te vinden om het onschadelijk te maken alvorens de timer afging. Als ze faalde, zou diep in de bom een zoemer klinken – als ze met haar virtuele tang de verkeerde draad doorknipte of een verkeerde beweging maakte. Ze had de software die de virtuele bom had gemaakt, zelf gebouwd, maar dat betekende niet dat het voor haar eenvoudig was om het ding te demonteren.

Delia was een eenvoudig uitziende vrouw halverwege de dertig met fletse ogen, kortgeknipt haar en een huid die diep glansde door de genen van haar Colombiaanse moeder. Ondanks haar relatief jeugdige leeftijd en haar licht ontvlambare temperament was ze een van de meest gewaardeerde explosievenexperts van de ATF. Ze was ook Soraya Moores beste vriendin, en toen een bewaker van de receptie belde om te melden dat Soraya in de lobby stond, vroeg ze hem of hij haar naar boven wilde sturen.

De twee vrouwen hadden elkaar ontmoet door hun werk. Ze hadden zichzelf in elkaar herkend en elkaar gestimuleerd. Je trof zelden een gelijkgestemde geest in de hermetisch afgesloten publieke sector binnen de *Beltway*. Omdat ze elkaar tijdens een van Soraya's clandestiene operaties hadden leren kennen, hoefden ze hun werk en wat dat voor hen betekende – de ultieme relatiekiller van D.C. – niet voor elkaar te verbergen. Verder waren ze er allebei tegen wil en dank van doordrongen geraakt dat hun leven volledig verstrengeld was met de dienst en dat ze alleen geschikt waren voor werk waarover ze niet met gewone burgers konden praten, wat op een bepaalde manier hun bestaan en hun onafhankelijkheid als vrouw bevestigde en tevens aantoonde dat de waardering voor hen losstond van de seksevooroordelen die hier, net als vrijwel overal in Washington, bestonden. Samen namen ze het dagelijks als een stel amazones op tegen het establishment van D.C.

Delia concentreerde zich weer op haar model, dat voor haar een complete miniatuurwereld was. Een paar seconden later was ze weer volledig opgegaan in haar probleem, en ze vroeg zich geen moment af wat haar vriendin hier op dit uur van de dag te zoeken had. Toen er een schaduw op haar bureau viel, keek ze op. Ze zag onmiddellijk aan Soraya's gezicht dat er iets vreselijk mis was.

'Jeetje, ga even zitten voordat je in elkaar zakt,' zei ze, en ze trok een stoel naar het bureau. 'Wat is er aan de hand? Is er iemand dood?'

'Mijn baan.'

Delia keek haar vragend aan. 'Wat bedoel je?'

'Ik ben op straat gezet. Ontslagen,' zei Soraya. 'Op staande voet.'

'Wat is er in godsnaam gebeurd?'

'Ik ben Egyptische, moslima, vrouw. Onze nieuwe DCI heeft geen andere redenen nodig.'

'Maak je maar geen zorgen. Ik ken een prima advocaat die...'

'Laat maar.'

Delia fronste haar wenkbrauwen. 'Je laat hem hier niet mee wegkomen. Ik bedoel – dit is discriminatie, Raya.'

Soraya wuifde met een hand. 'Ik ben niet van plan de komende twee jaar van mijn leven te vergallen met een rechtszaak tegen de CI en minister Halliday.'

Delia leunde achterover. 'Dus het gaat helemaal tot aan de top?'

'Hoe kunnen ze me dit aandoen?' zei Soraya.

Delia stond op en kwam achter haar bureau vandaan om haar vriendin te troosten. 'Ik weet het. Het is alsof je gedumpt bent door je vriendje. Je dacht dat je hem kende, maar dan blijkt dat hij je alleen maar aan het lijntje heeft gehouden en dat hij al maanden vreemdgaat.'

'Nu weet ik hoe Jason zich moet hebben gevoeld,' zei Soraya chagrijnig. 'Voortdurend voor de CI de hete kolen uit het vuur halen en dan zoiets. Hij is opgejaagd als een wild beest.'

'Wees maar blij dat je er weg bent!' Delia kuste haar vriendin op het voorhoofd. 'Tijd voor een nieuwe start.'

Soraya keek haar aan. 'Echt? Wat dan? Ik ken alleen deze schaduwwereld. En Danziger is zo over de zeik omdat ik niet stante pede terug ben gekomen naar de CI, dat hij me op de zwarte lijst heeft gezet. Ik kan nooit meer bij een inlichtingendienst van de regering werken.'

Delia leek even na te denken. 'Weet je wat; ik moet nog even wat dingetjes doen en een telefoontje plegen, en dan gaan we een borrel drinken en een hapje eten. En daarna wil ik je wat laten zien. Wat denk je ervan?'

'Beter dan naar huis gaan en een bak ijs eten voor de tv.'

Delia lachte. 'Zo ken ik je weer.' Ze stak een vinger in de lucht. 'Maak je geen zorgen. We gaan vanavond zoveel lol maken dat je niet eens meer weet waarom je depri bent.'

Soraya schonk haar een scheef glimlachje. 'En kwaad?'

'Ja, daar gaan we ook wat aan doen.'

Bourne rende Suparwita's huis uit zonder om zich heen te kijken. Voor de mensen die hem in de gaten hielden, zou het lijken alsof hij dringende zaken had. Hij ging ervan uit dat ze hem zouden volgen.

Hij hoorde ze achter hem aankomen in het bos. Ze kwamen steeds dichterbij omdat hij zo doelgericht leek. Hij haastte zich door de struiken heen. Hij wilde ze zo dicht mogelijk in de buurt hebben zodat zijn agitatie op hen zou overgaan. Hij wist dat hij niet in levensgevaar verkeerde zolang ze hem niet hadden ondervraagd. Ze wilden weten wat hij over de ring wist. Ze hadden ongetwijfeld het gevoel dat ze discreet waren geweest, maar op Bali was niets geheim. Bourne had gehoord dat ze ernaar hadden gevraagd in Manggis, het dorpje even verderop. Zodra hij had beseft dat het Russen waren, was het voor hem duidelijk geweest dat ze voor Leonid Arkadin werkten. Hij had zijn vijand – het eerste product van Treadstones *ultimate soldier*-programma – voor het laatst gezien in het door strijd verscheurde noorden van Iran.

Nu, in het diepst van de smaragdgroene en omberkleurige jungle van Bali, schoot Bourne plotseling scherp naar rechts in de richting van een enorme *beringin* – wat westerlingen een banyan noemen – het Balinese symbool van onsterfelijkheid. Hij sprong in de beringin en klauterde naar boven via het labyrint van takken totdat hij hoog genoeg was om de omgeving te kunnen overzien. Vogels krijsten naar elkaar en insecten zoemden. Her en der staken speren van zonlicht door het weelderige bladerdak die de zachte grond de kleur van chocolade gaven.

Even later zag hij een van de Russen behoedzaam door het dichte struikgewas sluipen. In de holte van zijn linkerelleboog lag de loop van een AK-47. De wijsvinger van zijn rechterhand lag op de trekker, klaar om bij het minste of geringste te vuren. Hij naderde langzaam Bournes beringin. Af en toe keek hij omhoog en zocht hij met een norse blik het bladerdak af.

Bourne bewoog zich geruisloos door de takken en koos een gunstige positie. Hij wachtte totdat de Rus zich recht onder hem bevond – en liet zich vallen als een van de speren van zonlicht. Zijn hakken raakten de schouders van de Rus, ontwrichtten er een en deden de man zijn evenwicht verliezen. Bourne maakte zich klein, ving met een schouder zijn val op en rolde ongedeerd opzij. Hij was al bij de Rus voordat de man weer lucht had. Maar de Rus was goed getraind en trapte Bourne tegen zijn borstbeen.

Bourne kreunde. De Rus knarsetandde van pijn en probeerde op te staan. De tijd leek stil te staan, alsof het oerwoud rondom hen zijn adem inhield. Bourne haalde uit met zijn rechterhand en brak de botten in de ontwrichtte schouder van de Rus. De man kreunde, maar ramde op hetzelfde moment de kolf van zijn machinegeweer in Bournes zij.

Zwaar leunend op de AK-47 kwam de Rus overeind. Hij strompelde naar de plek waar Bourne tussen de klimplanten lag en richtte zijn geweer, maar Bourne nam de knieën van zijn tegenstander in een schaargreep waardoor de Rus tegen de grond klapte. Een kort salvo van het machinegeweer verdween in de lucht, en heel even regende het bladeren, stukjes schors en takjes. De Rus zwaaide met zijn AK-47 en probeerde het wapen als stormram te gebruiken, maar Bourne was hem voor. Een snelle slag met de zijkant van zijn hand brak zijn sleutelbeen. De muis van Bournes andere hand raakte ondertussen zijn neus met zoveel kracht dat het bot en het kraakbeen in de hersenen van de Rus terechtkwamen. Terwijl de man dood in elkaar zakte, pakte Bourne het aanvalsgeweer uit zijn bloederige greep. Hij zag de ruwe tatoeage van een slang rond een dolk die de Rus in de gevangenis had gekregen; een positief bewijs van het feit dat hij lid was van de grupperovka.

Bourne was bezig een rank van een klimplant los te trekken toen hij achter zich een zware stem hoorde.

'Laat dat wapen vallen,' zei de stem in het Russisch met een Moskous accent.

Bourne draaide zich langzaam om en zag zijn tweede achtervolger. Hij moest op het geluid van het geweervuur af zijn gekomen.

'Laat vallen, zei ik,' grauwde de Rus. Hij had ook een AK-47, en het wapen was op Bournes middenrif gericht.

'Wat wil je?' zei Bourne.

'Je weet donders goed wat ik wil,' zei de Rus. 'Laat dat geweer vallen en geef hier!'

'Geef wát hier? Zeg gewoon wat je wilt, dan geef ik het je.'

'Ik wil de ring. Meteen nadat je het geweer van mijn maat hebt laten vallen.' Hij maakte een gebaar met zijn hand. 'Schiet op, eikel. Anders knal ik je benen eraf, en als dat niet werkt – tja, je weet hoe pijnlijk een buikwond is en hoe lang je dan crepeert voordat je doodbloedt.'

'Je maat? Zonde van hem,' zei Bourne terwijl hij de AK-47 op de grond liet vallen.

Het was puur instinct van de Rus; hij ontkwam er niet aan even naar zijn omgekomen collega te kijken. De AK-47 die op de grond viel, trok zijn blik. Op dat moment haalde Bourne uit met de klimplant. De rank slingerde zich om de nek van de Rus, en met een harde ruk trok Bourne de man naar voren, waar hij in aanraking kwam met zijn stalen vuist. De Rus klapte dubbel. Bourne liet de rank los en ramde met zijn beide vuisten op de achterkant van zijn hals.

De Rus zeeg ineen. Bourne boog zich over hem heen en rolde hem op zijn rug. De man was nog steeds versuft. Hij hapte naar adem en spartelde als een vis op de bodem van een boot. Bourne gaf hem een klap in zijn gezicht om hem bij te brengen en drukte vervolgens een knie in zijn borstbeen. Daarbij gebruikte hij zijn volle gewicht.

De man staarde hem aan met blauwe ogen. Zijn gezicht was onnatuurlijk rood en in zijn mondhoek zat een druppel bloed.

'Waarom heeft Leonid jullie gestuurd?' zei Bourne in het Russisch.

De man knipperde met zijn ogen. 'Wie?'

'Hou op met die flauwekul.' Bourne drukte harder en de man kreunde. 'Je weet heel goed wie ik bedoel. Leonid Arkadin.'

De Rus staarde hem even verbaasd aan. Vervolgens lachte hij, ondanks de penibele situatie waarin hij verkeerde. 'Je denkt toch niet dat ik gek ben?' Uit zijn ooghoeken rolden tranen. 'Dat ik voor zo'n gore klootzak werk?'

Het antwoord van de Rus was te spontaan en te onverwacht om een leugen te zijn. Trouwens, waarom zou hij liegen? Bourne dacht even na om de situatie opnieuw in te schatten. 'Als je niet voor Arkadin werkt,' zei hij behoedzaam, 'voor wie dan wel?'

'Ik ben lid van de Kazanskaja.' Er klonk duidelijk iets van trots door in zijn stem, en ook dat was echt.

'Dus je bent door Dimitri Maslov gestuurd.' Niet lang geleden had Bourne het hoofd van de Kazanskaja onder nogal onplezierige omstandigheden ontmoet in Moskou.

'In zekere zin,' zei de Rus. 'Ik werk voor Vjatsjeslav Germanovitsj Oserov.'

'Oserov?' Bourne had nooit van hem gehoord. 'Wie is dat?'

'Directeur operations. Vjatsjeslav Germanovitsj plant de acties van de Kazanskaja en Maslov houdt zich met de regering bezig.'

Bourne dacht even na. 'Oké, dus jij werkt voor die Oserov. Waarom was het zo grappig dat ik dacht dat Arkadin je had gestuurd?'

De ogen van de Rus schoten vuur. 'Jij hebt zeker zuurkool in je hoofd in plaats van hersenen? Oserov en Arkadin kunnen elkaars bloed wel drinken.'

'Hoezo?'

'Dat is iets van jaren geleden.' Hij spuugde wat bloed uit. 'Is het verhoor afgelopen?'

'Waarom hebben ze zo de pest aan elkaar?'

De Rus grijnsde door zijn bebloede tanden. 'Donder op, man.'

'Komt in orde.' Bourne stond op, greep de AK-47 van de Rus en ramde de kolf tegen de zijkant van zijn hoofd.

3

'Ik had het kunnen weten,' zei Soraya.

Delia keek haar aan met een fonkeling in haar ogen. 'Wat?'

'Dat een verstokte speelster als jij me zou meenemen naar de beste besloten pokerclub van het district.'

Delia lachte. Ondertussen loodste Reese Williams hen een gang door waarvan de muren behangen waren met schilderijen en foto's van Afrikaanse wilde dieren, hoofdzakelijk olifanten.

'Ik heb een hoop over deze club gehoord,' zei Soraya tegen Williams, 'maar dit is de eerste keer dat Delia de moeite neemt om me te introduceren.'

'U zult er geen spijt van krijgen,' zei Williams over haar schouder, 'dat beloof ik u.'

Ze bevonden zich in haar statige huis van bruinrode zandsteen, niet ver van Dupont Circle. Reese Williams was de sterke rechterarm van politiecommissaris Lester Burrows en in meerdere opzichten onmisbaar voor hem, niet op de laatste plaats door haar goede contacten met hoge politici in D.C.

Williams opende de dubbele deuren naar een bibliotheek die was omgebouwd tot gokhol, compleet met een groene pokertafel, gemakkelijke stoelen voor zes personen en wolken van aromatische sigarenrook. Bij binnenkomst bestond het enige geluid in het vertrek uit het klikken van de fiches en het nauwelijks hoorbare fluisteren van een spel kaarten dat op professionele wijze werd geschud en vervolgens gedeeld aan de vier mannen die om de tafel zaten.

Behalve Burrows herkende Soraya twee senatoren – een jongere en een oudere – een machtige lobbyist, en... Ze zette grote ogen op. Wie was dat?

'Peter?' zei ze ongelovig.

Peter Marks keek op van het fiches tellen. 'Nee, maar. Soraya.' Hij stond direct op en zei: 'Ik doe even niet mee.' Vervolgens liep hij rond de pokertafel om haar in zijn armen te sluiten. 'Zeg, Delia, heb jij zin om in mijn plaats te spelen?'

'Waarom niet.' Ze draaide zich om naar haar vriendin. 'Peter komt hier regelmatig, en ik heb hem gebeld vanaf kantoor. Ik dacht dat je wel zin zou hebben in een praatje met een oud-collega.'

Soraya schonk Delia een glimlach en gaf haar een kus op de wang. 'Bedankt.'

Delia knikte, liep naar de tafel en ging zitten. Ze haalde haar gebruikelijke stapeltje fiches bij de bank en tekende een schuldbekentenis voor het bedrag.

'Hoe is het met je?' vroeg Marks terwijl hij Soraya op armlengte hield.

Soraya keek hem berispend aan. 'Wat denk je zelf?'

'Ik heb van mijn vrienden bij de CI gehoord wat Danziger je heeft geflikt.' Hij schudde zijn hoofd. 'Ik kan niet zeggen dat het me verbaast.'

'Hoezo?'

Marks loodste haar door de gang naar een rustig hoekje in de verlaten zitkamer, waar ze verzekerd waren van volledige privacy.

Openslaande deuren keken uit over een schaduwrijk pad met aan weerszijden loofbomen. Op de muren zat kakikleurig behang, en overal hingen foto's van Reese Williams in Afrika tussen leden van inheemse stammen. Op een aantal was ze te zien met een oudere man, mogelijk haar vader. Rond een open haard met een marmeren schoorsteenmantel stonden pluchen sofa's en leunstoelen met dikke kussens en gestreepte bekleding. Een lage glimmende houten tafel en een bijzettafel met twee dienbladen waarop flessen met sterke drank en kristallen glazen waren geplaatst, completeerden het geheel. Een huis met zoveel pracht en praal kon onmogelijk van een baan bij de gemeente worden betaald. Soraya vermoedde dat Reese uit een buitengewoon vermogende familie kwam.

Ze gingen naast elkaar op een comfortabele sofa zitten en draaiden zich half naar elkaar toe.

'Danziger zoekt gewoon naar excuses om de topmanagers van de CI te lozen,' zei Marks. 'Hij wil zijn eigen mensen – en dan bedoel ik de mensen van minister Halliday – op belangrijke posities, maar hij weet dat hij voorzichtig moet zijn om te voorkomen dat het lijkt alsof de oude garde wordt afgedankt, hoewel dat natuurlijk wel het plan is. Daarom ben ik vertrokken zodra ik wist dat hij zou komen.'

'Ik heb in Caïro gezeten. Ik wist niet eens dat je weg was bij de CI. Waar zit je tegenwoordig?'

'Privésector.' Marks zweeg even. 'Luister, Soraya, ik weet dat je je mond kunt houden, dus ik durf het wel aan om het je te vertellen.' Hij zweeg even, en zijn ogen schoten naar de deur, die hij doelbewust achter zich had gesloten.

'Ja?'

Marks boog zich een stukje naar voren zodat hun gezichten vlak bij elkaar waren. 'Ik werk voor Treadstone.'

Er volgden enkele seconden van onbehaaglijke stilte waarin alleen het tikken van de koperen scheepsklok op de marmeren schoorsteenmantel was te horen. Vervolgens deed Soraya een poging te lachen. 'Kom nou, Treadstone is dood en begraven.'

'Het oude Treadstone, ja. Maar er is een nieuw Treadstone, opgericht door Frederick Willard.'

De naam Willard veegde de glimlach van Soraya's gezicht. Ze kende Willards reputatie als *sleeper* van het oude Treadstone binnen de NSA. Hij had een belangrijke rol gespeeld bij het onthullen van de criminele ondervragingstechnieken van de voormalige directeur. Maar sindsdien leek hij van de aardbodem te zijn verdwenen. Peters informatie was dan ook beslist geloofwaardig.

Ze schudde haar hoofd met een zorgelijke blik. 'Ik snap het

niet. Treadstone was een clandestiene organisatie, zelfs voor CI-begrippen. Ze hebben de boel niet voor niks opgedoekt. Waarom zou je in godsnaam voor ze gaan werken?'

'Heel eenvoudig. Willard heeft net zo de pest aan Halliday als ik – en jij. Hij heeft beloofd dat hij Treadstone gaat gebruiken om Hallidays geloofwaardigheid en zijn machtsbasis te ruïneren. Daarom wil ik dat je voor ons komt werken.'

Ze keek hem verbaasd aan. 'Wat? Voor Treadstone werken?' Hij knikte, en ze kneep argwanend haar ogen samen. 'Wacht eens even. Dus jij wist dat ik ontslagen zou worden toen ik bij het hoofdkwartier naar binnen ging.'

'Iedereen wist het, Soraya, behalve jij.'

'Mijn god.' Ze sprong op en begon door het vertrek te ijsberen. Zonder dat ze er zelf erg in had, volgde ze met haar vingertoppen de boeken op de planken, de contouren van bronzen olifanten en de stof van de zware gordijnen. Peter was zo verstandig om niets te zeggen. Uiteindelijk bleef ze aan de andere kant van de kamer staan. Ze draaide zich naar hem om en zei: 'Geef me één goede reden waarom ik bij jullie zou komen werken – en kom alsjeblieft niet met de voor de hand liggende verhalen.'

'Oké, afgezien van het feit dat je een baan nodig hebt – denk eens even na. Als Willard zijn belofte nakomt en Halliday van het toneel verdwijnt, hoe lang denk je dan dat Danziger het nog volhoudt bij de CI?' Hij stond op. 'Ik weet niet hoe het met jou zit, maar ik wil de oude CI terug; de CI die decennialang door de Oude Man is gerund; de CI waar ik trots op kan zijn.'

'Je bedoelt de CI die Jason steeds weer voor zijn karretje spande wanneer dat zo uitkwam.'

Hij lachte om haar cynisme. 'Is dat niet wat inlichtingendiensten het beste doen?' Hij liep naar haar toe. 'Wees eerlijk, jij wilt toch ook de oude CI terug?'

'Ik wil weer directeur van Typhon zijn.'

'Ja, nou, hou er maar rekening mee dat Danziger de netwerken van Typhon die jij hebt opgebouwd binnen *no time* naar de verdommenis helpt.'

'Eerlijk gezegd kan ik, sinds ik vanmiddag het hoofdkwartier uitliep, alleen maar denken aan hoe het nu met Typhon moet.'

'Kom dan voor ons werken.'

'En hoe moet het als Willard de boel verprutst?'

'Dat gebeurt niet,' zei Marks.

'Niks is zeker in het leven, Peter. Dat zou jij toch moeten weten.'

'Oké, je hebt gelijk. Als hij de boel verprutst, kunnen we het allemaal schudden. Maar dan hebben we in elk geval het idee dat we er alles aan hebben gedaan om de CI terug te halen en dat we ons niet zomaar over ons heen hebben laten lopen door Halliday en een dolgedraaide NSA.'

Soraya zuchtte, en ze liep naar Marks. 'Waar heeft Willard in godsnaam de fondsen vandaan gehaald om Treadstone te financieren?'

Door deze vraag te stellen, besefte ze dat ze zijn aanbod had aanvaard. Ze wist dat ze eraan vastzat. Maar terwijl ze hierover nadacht, miste ze bijna de gekwelde blik op Peters gezicht. 'Dit ga ik niet leuk vinden, hè?'

'Ik vond het ook niks, maar...' Hij haalde zijn schouders op. 'Zegt de naam *Oliver Liss* je iets?'

'Was dat niet een van de bazen van Black River?' Ze keek hem even met grote ogen aan en barstte vervolgens in lachen uit. 'Dat meen je niet! Jason en ik hebben nog meegeholpen met het opblazen van Black River. Ik dacht dat ze alle drie waren aangeklaagd.'

'De partners van Liss wel, maar hij had al maanden voor jullie operatie alle banden met Black River verbroken. Niemand kon ook maar iets vinden dat hem in verband bracht met illegale activiteiten.'

'Dus hij wist het?'

Peter haalde zijn schouders op. 'Misschien heeft hij gewoon geluk gehad.'

Ze schonk hem een indringende blik. 'Daar geloof ik niks van, en jij ook niet.'

Marks knikte.

'Je hebt in elk geval gelijk dat het me absoluut niet bevalt. Wat zegt dat over Willards ethiek?'

Marks haalde diep adem en blies vervolgens langzaam de lucht uit zijn longen. 'Halliday speelt een vreselijk smerig spel – zo zout heb ik het nog nooit gegeten. Wat mij betreft, is alles geoorloofd om die man kapot te maken.'

'Zelfs een pact met de duivel?'

'Misschien hebben we een duivel nodig om een andere duivel te vernietigen.'

'Het kan allemaal nog zo waar zijn wat je zegt, Peter, maar dit is gevaarlijk terrein.'

Er verscheen een grijns op Marks' gezicht. 'Waarom denk je dat ik je bij de club wil hebben? Er komt straks een moment waarop iemand me uit de shit moet halen voordat ik erin stik. En daar kan ik geen betere partner voor wensen dan jij.'

Moira Trevor wierp, met haar Lady Hawk-pistool in haar dijholster, nog een laatste blik op de lege kantoren van haar nieuwe, maar in opspraak gebrachte onderneming, Heartland Risk Management, LLC. De sfeer was zo snel vergiftigd geraakt dat ze niet eens rouwig was om haar vertrek, hooguit verbijsterd dat het nog geen jaar had geduurd. Het enige dat resteerde, was stof. Er waren zelfs geen herinneringen die ze mee kon nemen.

Toen ze zich omdraaide om te vertrekken, zag ze een man in de deuropening staan. Hij droeg een duur driedelig kostuum, glanzend gepoetste Engelse gaatjesschoenen, en ondanks het goede weer had hij een netjes opgerolde paraplu met een harthouten handvat onder zijn arm.

'Mevrouw Trevor, neem ik aan?'

Ze keek hem recht in de ogen. Hij had haar als staalborstels, zwarte ogen en een accent dat ze niet kon plaatsen. Hij had een bruine papieren zak in zijn hand waar ze achterdochtig naar keek. 'En u bent?'

'Binns.' Hij stak zijn hand uit. 'Lionel Binns.'

'Lionel? Dat is zeker een grap? Wie heet er tegenwoordig nog Lionel?'

Hij keek haar aan zonder met zijn ogen te knipperen. 'Mag ik binnenkomen, mevrouw Trevor?'

'Wat was u van plan, dan?'

'Ik wil u een aanbod doen.'

Ze aarzelde even, maar knikte vervolgens. Hij passeerde de drempel zonder dat het leek alsof hij zich had bewogen.

Hij keek om zich heen en zei: 'Mijn hemel. Wat is hier gebeurd?'

'Desolation Row.'

Binns schonk haar een glimlachje. 'Ik ben ook fan van de vroege Dylan.'

'Wat kan ik voor u doen, meneer Binns?'

Ze verstrakte toen hij de bruine papieren zak omhoogbracht en hem opende.

Hij haalde er twee papieren bekers uit en zei: 'Ik ben zo vrij geweest om kardemomthee voor ons mee te nemen.'

De eerste aanwijzing. 'Heel vriendelijk,' zei Moira, en ze nam de thee aan.

Ze haalde het plastic dekseltje er af en keek naar de vloeistof. Die was licht van de melk. Ze nipte ervan. En erg zoet. 'Bedankt.'

'Mevrouw Trevor, ik ben advocaat. Mijn cliënt wil graag van uw diensten gebruikmaken.'

'Geweldig.' Ze keek om zich heen. 'Ik kan wel wat werk gebruiken.'

'Mijn cliënt wil dat u een laptop vindt die van hem is gestolen.'

Moira's beker bleef even halverwege haar lippen in de lucht hangen. Haar koffiekleurige ogen bestudeerden Binns op een ongewoon kritische manier. Ze had een zelfverzekerde blik en een daarmee overeenstemmende persoonlijkheid.

'Ik ben bang dat u me voor een privédetective houdt. Er zijn er genoeg in het district, en ze zijn allemaal...'

'Mijn cliënt wil u, mevrouw Trevor. Alleen u.'

Ze haalde haar schouders op. 'Dan heeft hij de verkeerde op het oog. Sorry. Daar doe ik niet aan.'

'O, maar u vergist zich.' Er was niets dreigends of zelfs maar onplezierigs in Binns' gezicht. 'Laten we even kijken of ik het goed heb begrepen. U was een uiterst succesvol agent van Black River. Acht maanden geleden bent u er uitgestapt en heeft u Heartland opgericht door bij uw voormalige werkgever de beste mensen weg te kapen. U krabbelde niet terug toen Black River probeerde u te intimideren. Sterker nog; u vocht terug en speelde een belangrijke rol bij het onthullen van de criminele activiteiten van het bedrijf. Uw voormalige baas Noah Perlis is nu dood, Black River is ontmanteld en twee van de belangrijkste oprichters zijn in staat van beschuldiging gesteld. U moet het zeggen als ik iets belangrijks ben vergeten.'

Moira was verbijsterd en zei niets.

'Vanuit het oogpunt van mijn cliënt,' vervolgde hij, 'bent u de perfecte kandidaat voor het opsporen en terughalen van zijn gestolen laptop.'

'En wat is precies dat oogpunt van uw cliënt?'

Er verscheen een grijns op Binns' gezicht. 'Interesse? Er zit voor u een leuke vergoeding aan vast.'

'Ik ben niet in geld geïnteresseerd.'

'Maar u heeft wel werk nodig?' Binns hield zijn hoofd schuin. 'Enfin, ik had het ook niet over geld, ofschoon uw gebruikelijke honorarium vooraf in zijn geheel zal worden voldaan. Nee, mevrouw Trevor, ik heb het over iets dat voor u veel waardevoller is.' Hij keek om zich heen. 'Ik heb het over de reden waarom u hier bent vertrokken.'

Moira verstijfde, en haar hart begon sneller te kloppen. 'Ik weet niet waar u het over heeft.'

'Er is een verrader binnen uw organisatie,' zei Binns zonder enige stembuiging. 'Iemand op de loonlijst van de NSA.'

Moira trok haar wenkbrauwen op. 'En wie is uw cliënt dan wel, meneer Binns?'

'Ik ben niet bevoegd om zijn identiteit te onthullen.'

'En ik neem aan dat u ook niet bevoegd bent om te vertellen hoe het komt dat hij zoveel over mij weet?'

Binns maakte een verontschuldigend gebaar met zijn handen.

Ze knikte. 'Best. Ik vind die verrader verdomme zelf wel.'

Opmerkelijk genoeg bracht deze reactie een katachtige glimlach op Binns' gezicht. 'Mijn cliënt zei al dat u dit zou antwoorden, maar ik geloofde hem niet. Nu ben ik hem duizend dollar schuldig.'

'Ik ben ervan overtuigd dat u dat bedrag wel weer terugverdient met wat creatief boekhouden.'

'Als u me wat beter leert kennen, zult u beseffen dat ik niet zo ben.'

'U bent wel erg optimistisch,' zei Moira.

Hij knikte. 'Misschien.' Hij draaide zich half om en gebaarde met de hand in de richting van de deuropening. 'Als u mij wilt volgen...' Toen ze geen aanstalten maakte om met hem mee te gaan, voegde hij eraan toe: 'Ik verzoek u mij voor één keer tegemoet te komen. Het neemt maar vijftien minuten van uw tijd in beslag. Wat heeft u te verliezen?'

Moira kon absoluut niets bedenken en liet zich door hem naar buiten loodsen.

Chaaya woonde in een penthouse in een van Bangalores glinsterende hoogbouwministeden; ommuurde woongemeenschappen die dag en nacht bewaakt werden tegen de tsunami van inbraak en vernieling die de stad in haar greep had. Maar of alle voorzorgsmaatregelen de stad buiten de citadel hielden of juist zijn bewoners erin opsloot, was een kwestie van perspectief.

Chaaya opende na zijn klopje de deur, zoals ze altijd deed, ongeacht het tijdstip waarop hij verscheen. Ze had eigenlijk ook geen keus. Ze was afkomstig uit een vermogende familie en woonde in de schoot van de weelde. Maar dat alles zou in rook opgaan als ze haar geheim kenden. Ze was hindoe, en de man waarop ze verliefd was, was een moslim; een doodzonde in de ogen van haar vader en drie broers als die op de hoogte zouden raken van haar misstap. Hoewel Arkadin haar geliefde nooit had ontmoet, had hij ervoor gezorgd dat haar geheim veilig was; Chaaya had alles aan hem te danken en gedroeg zich daarnaar.

Haar zwoele, donkere ogen waren nog zwaar van de slaap terwijl ze in haar dunne ochtendjas door haar lichte appartement schreed met de wulpse bevalligheid van een bollywoodactrice. Hoewel ze niet echt lang was, wekte ze die illusie door haar manier van bewegen. Zodra ze ergens binnenging, richtten alle blikken zich op haar, zowel van mannen als van vrouwen. Het interesseerde Arkadin absoluut niet wat ze van hem dacht. Ze was bang voor hem, en daar ging het om.

Hier, boven de daken, was het een stuk lichter, wat de bedrieglijke indruk wekte dat de dag al was begonnen. Aan de andere kant; dit appartement, dat een weerspiegeling was van het leven van hen beiden, zat vol bedrieglijke indrukken.

Ze zag direct het bloed op zijn been en loodste hem naar haar ruime badkamer vol spiegels en roze-met-goudgeaderd marmer. Terwijl hij zijn broek uittrok, zette zij de warme kraan open. Ze verwijderde bedreven de hechtingen, en hij vroeg haar of ze al eerder iets dergelijks had gedaan.

'Eén keer, lang geleden,' antwoordde ze geheimzinnig.

Dat was de reden waarom hij nu hier was, wanneer vertrouwen het enige was dat telde. Chaaya en hij herkenden iets in elkaar, iets van zichzelf, iets dat duister was en beschadigd. Ze waren allebei buitenstaanders, niet op hun gemak in de wereld waarin de meeste mensen woonden. Ze begaven zich het liefst langs de periferie, deels verborgen in de dansende schaduwen die anderen beangstigden. Ze stonden alleen en waren vreemden, zelfs voor zichzelf, maar juist daardoor konden ze het goed met elkaar vinden.

Terwijl ze zijn wond verzorgde en opnieuw hechtte, overwoog hij zijn volgende stap. Hij moest India uit, dat was duidelijk. Waar zou die hond van een Oserov denken dat hij naartoe zou gaan? Campione d'Italia in Zwitserland, waar de Eastern Brotherhood een villa had, of misschien het hoofdkwartier in München? Oserovs opties waren noodgedwongen beperkt; zelfs Maslov kon niet zomaar onbeperkt liquidatieteams de wereld rondsturen in de hoop dat ze hem wel ergens tegen zouden komen. Hij was niet iemand die mankracht of hulpbronnen verspilde, daarom stond hij nog steeds aan het hoofd van de machtigste grupperovkafamilie in een tijdperk waarin het Kremlin alles op alles zette om de maffia te ontmantelen.

Arkadin besefte dat hij naar een plek moest die absoluut veilig was. Hij moest een locatie kiezen die noch Oserov, noch Maslov ooit zou overwegen. En hij zou niemand binnen zijn organisatie vertellen waar hij was, in elk geval niet totdat hij had uitgevonden hoe Oserov het adres van zijn tijdelijke hoofdkwartier hier in Bangalore had achterhaald.

Hij moest vervoer zien te regelen om de stad en het land uit te komen. Maar eerst moest hij Gustavo Moreno's laptop uit zijn schuilplaats halen.

Toen Chaaya klaar was en ze naar de woonkamer waren gegaan, zei hij: 'Wil je het cadeautje even halen dat ik je heb gegeven?'

Chaaya hield haar hoofd schuin en er verscheen een glimlachje rond haar mondhoeken. 'Mag ik het dan eindelijk openmaken? Ik stik van nieuwsgierigheid.'

'Breng het maar hier.'

Ze haastte zich de woonkamer uit en kwam even later terug met een nogal grote zilverkleurige doos waaromheen een paars lint was gestrikt. Ze ging verwachtingsvol tegenover hem zitten met de doos op haar schoot. 'Mag ik hem nu openmaken?'

Arkadin bestudeerde de verpakking. 'Je hebt hem al opengemaakt.'

Er trok een angstige blik over haar knappe gezicht. Vervolgens forceerde ze een glimlachje. 'O Leonid, ik kon het niet helpen, en het is zo'n prachtige jurk. Ik heb nog nooit zulke zijde in mijn handen gehad. Hij moet je een fortuin hebben gekost.'

Arkadin stak zijn handen uit. 'De doos.'

'Leonid...' Maar ze deed wat hij van haar verlangde. 'Ik heb hem er niet uitgehaald, ik heb hem alleen maar aangeraakt.'

Hij trok het lint los dat ze, zo zag hij, uiterst zorgvuldig opnieuw had dichtgeknoopt, en legde vervolgens het deksel naast zich neer.

'Ik vind hem zo prachtig, ik zou iedereen die er zelfs maar bij in de buurt kwam, hebben vermoord.'

Hij had niet anders verwacht. Toen hij haar de doos had gegeven met de instructie hem niet te openen, had hij de hebzucht in haar ogen gezien en beseft dat ze nooit de kracht zou hebben om te gehoorzamen. Maar hij wist ook dat ze de doos met haar leven zou bewaken. Dat was Chaaya ten voeten uit.

De jurk, die inderdaad uitzonderlijk duur was geweest, was zorgvuldig in drieën gevouwen. Hij haalde de laptop tevoorschijn, die hij onopvallend tussen de plooiingen van de comfortabele stof had verborgen, en overhandigde haar de jurk.

Hij was zo druk met het losschroeven van de onderkant van de laptop om de harde schijf terug te plaatsen, dat hij nauwelijks de verrukte kreetjes en bedankjes hoorde waarmee ze hem overlaadde.

DCI M. Errol Danziger gebruikte zijn lunch meestal achter zijn bureau terwijl hij rapporten van zijn raad van commissarissen doornam om ze te vergelijken met die van hun tegenhangers die hij dagelijks van de NSA ontving. Twee keer per week at hij echter buiten het CI-hoofdkwartier. Hij ging altijd naar hetzelfde restaurant – het Occidental aan Pennsylvania Avenue – en dineerde er met dezelfde persoon, minister van Defensie Bud Halliday. Danziger, die zich maar al te goed bewust was van de wijze waarop zijn voorganger om het leven was gekomen, liet zich deze zestien blokken altijd vervoeren in een gepantserde GMC Yukon Denali, vergezeld van luitenant R. Simmons Reade, twee lijfwachten en een secretaresse. Hij was geen moment alleen. Hij hield niet van alleen zijn, wat waarschijnlijk het resultaat was van een jeugd vol schaduwen van ouderlijke ruzies en verlatingsangst.

Soraya Moore wachtte hem op. Ze had de agenda van de DCI losgepeuterd van haar voormalige directeur OPS, die voorlopig verantwoordelijk was voor Typhon. Zittend aan een tafeltje van het Café du Parc – behorend bij het Willard Hotel – dat grensde aan het terras van het Occidental, zag ze hoe de Denali exact om één uur arriveerde. Op het moment dat de achterdeur openging, stond ze op, en toen de complete entourage zich op het trottoir had verzameld, was ze de DCI zo dicht genaderd als de lijfwachten zouden toestaan. Een van hen, met een borst zo breed als het tafeltje waaraan ze had gezeten, ging zelfs voor haar staan en schonk haar een dreigende blik.

'Directeur Danziger,' sprak ze op luide toon over zijn schouder, 'ik ben Soraya Moore.'

De tweede lijfwacht legde een hand op zijn vuurwapen toen Danziger hun beval haar door te laten. Hij was een korte, vierkante man met afhangende schouders. Hij had het als zijn taak gezien de islamitische cultuur te bestuderen, wat zijn onwrikbare antipathie jegens deze religie – of beter, manier van leven – die hij qua regels en gebruiken achterlijk en zelfs middeleeuws vond, alleen maar had doen toenemen. Hij was er heilig van overtuigd dat islamieten, zoals hij ze in besloten kring noemde, hun religieuze overtuigingen nooit zouden kunnen verenigen met het tempo en de vooruitgang van de moderne wereld, wat ze ook beweerden. Achter zijn rug om, maar niet zonder enige bewondering, werd hij de Arabier genoemd; dit vanwege zijn openlijke wens de wereld te verlossen van islamitische terroristen en andere islamieten die dwaas genoeg waren hem voor de voeten te lopen.

Danziger kwam tussen zijn lijfwachten staan en zei: 'Dus u bent die Egyptische dame die het nodig vond om in Caïro te blijven, ondanks het feit dat u was teruggeroepen.'

'Ik had een opdracht in het veld, en daar zijn de kogels en bommen echt, en geen computersimulaties,' zei Soraya. 'En voor de goede orde, ik heb de Amerikaanse nationaliteit, net als u.'

'U bent in niets met mij te vergelijken, mevrouw Moore. Ik geef bevelen. Mensen die ze negeren, kunnen niet worden vertrouwd en werken niet voor mij.'

'U heeft me niet eens gedebrieft. Als u wist...'

'U moet leren luisteren, mevrouw Moore, u werkt niet langer voor de CI.' Danziger boog zich naar voren met de strijdlustige houding van een bokser in de ring. 'Ik heb geen behoefte om u te debriefen. U bent Egyptische. God mag weten waar uw loyaliteit ligt.' Hij schonk haar een boosaardige blik. 'Trouwens, misschien weet ik dat wel. Misschien wel bij Amun Chalthoum.'

Amun Chalthoum was het hoofd van al Mokhabarat – de Egyptische geheime dienst in Caïro – met wie Soraya onlangs had samengewerkt en bij wie ze in Caïro op bezoek was geweest toen Danziger haar had bevolen op staande voet terug te keren; dit in tegenstelling tot de richtlijnen van de CI. Tijdens de uitvoering van haar missie waren Amun en zij verliefd geworden. Ze was geschokt – of misschien was verbijsterd een beter woord – dat Danziger over zulke persoonlijke informatie beschikte. Hoe was hij daar in godsnaam achter gekomen?

'Soort zoekt soort,' zei hij. 'In de verste verte niet het professionele gedrag dat ik van mijn mensen verwacht, heulen – is dat niet het juiste woord – met de vijand.'

'Amun Chalthoum is geen vijand.'

'Het is in elk geval overduidelijk dat hij úw vijand niet is.' Hij deed een stap achteruit; een teken voor zijn lijfwachten om de gelederen te sluiten en ervoor te zorgen dat ze hem niet verder lastig kon vallen. 'Veel succes bij het vinden van een nieuwe betrekking bij de regering, mevrouw Moore.'

R. Simmons Reade gniffelde zelfgenoegzaam op de achtergrond alvorens zich om te draaien en in het kielzog van de DCI en zijn entourage het Occidental te betreden. Enkele omstanders staarden naar haar. Ze raakte met haar hand haar gezicht aan en besefte dat haar wangen gloeiden. Ze had Danziger eens goed de waarheid willen zeggen, maar dit was zijn terrein, en ze had zowel zijn intelligentie, als de hoeveelheid informatie waarover hij beschikte, terdege onderschat. Ze had domweg aangenomen dat minister Halliday de president had overgehaald een marionet te installeren; een onbenul die gedwee naar Hallidays pijpen danste. Ze had geen grotere vergissing kunnen maken.

Terwijl ze langzaam wegliep van de rampplek, zwoer ze die fout nooit meer te maken.

De man aan de telefoon – wie het ook mocht zijn – had op één punt gelijk: het pakhuis in de Moskouse buitenwijk was niet te onderscheiden van de andere eromheen. Boris Karpov, die schuilde in de schaduwen aan de overkant, controleerde het adres dat hij had genoteerd tijdens zijn telefoongesprek met de man die zich Leonid Arkadin had genoemd. Ja, het was de juiste locatie. Hij draaide zich om en gebaarde naar zijn mannen, die stuk voor stuk zwaarbewapend waren en kogelvrije vesten en oproerhelmen droegen. Karpov had een neus voor valstrikken, en dit zaakje stonk. Hij was voor geen goud alleen gekomen, ongeacht zijn bewapening; hij was niet van plan zijn nek in een strik te wagen die door Dimitri Maslov speciaal voor hem was opgehangen.

Waarom was hij dan hier, vroeg hij zich voor de honderdste keer sinds het telefoontje af. Omdat het, als de man inderdaad Leonid Danilovitsj Arkadin was en hij de waarheid sprak, een grote fout zou zijn om deze tip niet op te volgen. De FSB-2, en met name Karpov, zat al jaren achter Maslov en de Kazanskaja aan, maar zonder veel succes.

Zijn directe superieur – Melor Boekin, de man die hem bij de FSB had weggelokt met een promotie tot kolonel en een eigen legeronderdeel – had hem een mandaat gegeven om Dimitri Maslov en de Kazanskaja voor het gerecht te brengen. Karpov had de ster van Viktor Tsjerkesov bliksemsnel zien rijzen en was vastbesloten geweest om mee te doen. Tsjerkesov had de FSB-2 omgevormd van een antidrugsclub tot een nationale veiligheidsdienst die de veelgeroemde FSB naar de kroon stak. Boekin was een jeugdvriend van Tsjerkesov – wat over het algemeen de wijze was waarop dit soort dingen in Rusland werkten – en gevoelig voor wat hij te melden had. Boekin, die Karpovs mentor was, had Karpov een flink stuk op weg geholpen naar de top van de FSB-2.

Boekin was aan de telefoon geweest toen Karpov hem had

gezegd waar hij naartoe ging en waarom. Boekin had even geluisterd en vervolgens een instemmend gebaar gemaakt.

Nu had Karpov in alle stilte zijn team rond het doelwit geposteerd voor een frontale aanval op het pakhuis. Hij beval een van zijn mannen het slot uit de voordeur te schieten en ging hun voor naar binnen. Hij gebaarde naar zijn mannen dat ze de paden tussen de opgestapelde kratten moesten controleren. Het was uren na het einde van de normale werkdag, dus ze verwachtten geen arbeiders. En ze werden niet teleurgesteld.

Toen alle mannen zich in het pakhuis bevonden en zich hadden gemeld, loodste Karpov hen de toiletruimte binnen. Deze bevond zich achter de deur die de stem had beschreven. Links was het urinoir, en aan de andere kant bevonden zich de toilethokjes. Zijn mannen gooiden achtereenvolgens de deuren open, maar de toiletten waren allemaal leeg.

Karpov bleef voor het laatste hokje staan en stapte vervolgens naar binnen. Er was geen closet, alleen een tweede deur – in de achterwand. Karpov, die voelde hoe zich in zijn maag een kille klomp van angst begon te vormen, blies met een kort salvo uit zijn AK-47 het slot op.

Hij beende door de deuropening en betrad een ruimte met tegen de achterwand een verhoogde kantooropstelling die bereikbaar was via een metalen ladder.

Er was niemand aanwezig. De telefoonsnoeren waren uit de wandcontactdozen getrokken en de laden van de bureaus en de dossierkasten lachten hem uit met hun totale leegte en de overduidelijke haast waarmee de inhoud was weggehaald. Hij keek behoedzaam om zich heen, en zijn ervaren oog miste geen enkel detail. Maar er was niets. Absoluut niets.

Hij nam contact op met zijn mannen buiten het gebouw en kreeg bevestigd wat de ijsbal in zijn maag hem al had gezegd: niemand had het pakhuis verlaten of betreden vanaf het moment waarop ze hier waren gearriveerd.

'Shit!' Karpov plaatste zijn omvangrijke achterwerk op de hoekpunt van een bureau. De man aan de telefoon had het bij het rechte eind gehad. Hij had tegen Karpov gezegd het vóór zich te houden; dat Maslovs mensen anders gewaarschuwd zouden worden. Het moest Leonid Danilovitsj Arkadin zijn geweest.

De Rolls-Royce was kolossaal; een monster uit de jura van het automobieltijdperk. De auto stond glanzend als een zilveren trein naast het trottoir voor het kantoorgebouw. Lionel Binns, die haar voor was gegaan, opende het achterportier aan de kant van het trottoir. Toen Moira zich vooroverboog en instapte, kreeg ze een golf van wierook over zich heen. Ze nam plaats op de leren stoel en de advocaat sloot de deur achter haar.

Ze ging verzitten, en haar ogen wenden langzaam aan het sombere schemerduister. Ze zat naast een tamelijk grote, vierkante man met een walnootkleurige huid en verweerde ogen die zo donker waren als het binnenste van een diepe waterput. Hij had een donkere golvende haardos en een lange dikke baard met de krullen van Nebukadnezar. Nu snapte ze de kardemomthee. Hij was een of andere Arabier. Terwijl ze hem opnam, zag ze dat hij zijn kostuum, hoewel het duidelijk westers was, over zijn schouders en borst droeg als een berbergewaad.

'Fijn dat u bent gekomen,' zei hij met een stem zo zwaar als de donder; een stem die weerkaatste tussen de gepolitoerde walnoothouten vlakken in het ruime interieur. 'Bedankt voor uw vertrouwen.' Hij sprak met een zwaar accent, maar zijn Engels was foutloos.

Even later loodste de bestuurder, die zich achter een walnoothouten paneel bevond, de Rolls in zuidwaartse richting het verkeer in.

'U bent de cliënt van meneer Binns. Correct?'

'Dat klopt. Ik ben Jalal Essai en ik kom uit Marokko.'

Inderdaad. Een Berber. 'En uw laptop is gestolen.'

'Ook dat klopt.'

Moira, die met haar rechterschouder tegen de deur zat, voelde plotseling een rilling langs haar ruggengraat lopen. Het interieur leek ineens verstikkend klein, alsof de aanwezigheid van de man zijn lichaam had verlaten en zich nu via de stoel in haar probeerde te wurmen. Ze haalde diep adem en huiverde. De lucht leek te zinderen, alsof ze naar een fata morgana keek. 'Waarom ik? Ik begrijp het nog steeds niet.'

'Mevrouw Trevor, u heeft bepaalde, laten we zeggen, unieke vermogens die volgens mij van onschatbare waarde zijn bij het opsporen en terugbrengen van mijn laptop.'

'En die vermogens zijn...?'

'U heeft het met succes opgenomen tegen zowel Black River als de NSA. Denkt u dat er andere privédetectives zijn die dat kunnen zeggen?' Hij keek haar aan en glimlachte naar haar met grote witte tanden in een donker, kardemomkleurig gezicht dat gekenmerkt werd door platte vlakken, hoge jukbeenderen en diepliggende haviksogen. 'U hoeft geen antwoord te geven. Het was geen vraag.'

'Oké, dan zal ik u een vraag stellen: denkt u dat er clandestiene organisaties bij de diefstal betrokken waren?'

Essai leek even na te denken, hoewel Moira de indruk had dat hij het wel zeker wist.

'Dat is mogelijk,' zei hij ten slotte. 'Waarschijnlijk, zelfs.'

Moira kruiste haar armen voor haar borsten alsof ze zichzelf wilde beschermen tegen de manier waarop zijn logica haar vastberadenheid leek af te breken; tegen de golven van duistere energie die hij uitstraalde, alsof ze zich te dicht bij een deeltjesversneller bevond. Ze schudde haar hoofd. 'Het spijt me.'

Essai knikte. Het leek alsof niets wat ze zei of deed hem verbaasde.

'Hoe dan ook, dit is voor u.' Hij overhandigde haar een bruine enveloppe.

Moira keek ernaar met groeiend wantrouwen en een onverklaarbare angst. Waarom voelde ze zich als Eva bij de boom van kennis van goed en kwaad die op het punt stond een hap van de appel te nemen? Alsof haar handen een bevel van iemand anders gehoorzaamden, nam ze de enveloppe aan.

'Geen verplichtingen,' zei Essai. 'Daar kunt u van op aan.'

Ze aarzelde even en opende vervolgens de enveloppe. Er zat een foto in van een van de topagenten die ze van Black River had overgenomen. De man was in gesprek met de voormalige directeur operations van de NSA.

'Tim Upton? Is hij de mol van de NSA? Dit is toch niet gefotoshopt?'

Essai zei niets, en ze wierp haar blik op het begeleidende A4'tje met tijden en plaatsen waarop Upton in het geheim verschillende leden van de NSA had ontmoet. Ze slaakte een diepe zucht, leunde achterover in het kussen en borg het dossier weer op.

'Dit is erg genereus van u.'

Essai haalde zijn schouders op alsof het niets voorstelde. Het volgende moment remde de Rolls af en parkeerde naast het trottoir.

'Tot ziens, mevrouw Trevor.'

Moira pakte de portierkruk beet, maar draaide zich vervolgens om naar de bebaarde man en vroeg: 'Wat maakt die laptop van u eigenlijk zo waardevol?'

Essais glimlach straalde als een vuurtoren.

4

Bourne arriveerde in Londen op een deprimerend sombere, winderige ochtend. Een nevelige regen wervelde langs de Thames en onttrok de Big Ben aan het gezicht. Laaghangende wolken drukten als lood op de moderne hoogbouw van de stad. Het stonk er naar benzine en steenkool, maar misschien was het gewoon de neerslag van de industrie die door de wind werd verspreid.

Suparwita had hem het adres van Noah Perlis' appartement gegeven. Het was de enige specifieke aanwijzing die hij voor zichzelf had achtergelaten uit deze vergeten periode van zijn leven. Gezeten op de achterbank van de taxi waar hij op Heathrow in was gestapt, staarde hij zonder iets te zien naar het voorbijglijdende stadslandschap. Het kwam nu steeds vaker voor dat hij vergat dat hij vóór zijn geheugenverlies ook nog een leven had gehad. Maar soms – en dan voelde het bijna alsof hij een klap in zijn gezicht kreeg – kwam er onverwacht een flard boven water van iets wat verdwenen was; iets wat hij zich nooit meer zou kunnen herinneren. Op zo'n moment voelde hij zich klein; iemand die maar een half leven leefde; iemand met een schaduw die hij niet kon zien. En toch was die schaduw er. Hij vormde een deel van hem dat hij maar frustrerend zelden en heel kortstondig kon vatten. Het waren niet meer dan flitsen in de periferie van zijn blikveld.

Dat was hem op Bali overkomen toen hij een aantal weken terug bij zijn poging Suparwita te vinden de eerste tempel van het Pura Lempuyangcomplex was beklommen. Hij was precies op de plek gaan staan waarover hij had gedroomd en had vervolgens ontdekt dat hij daar, in de tijd voor zijn geheugenverlies, met Holly Marie Moreau had afgesproken. Er was een herinnering naar boven gekomen. Het was hem te binnen geschoten dat hij – op een te grote afstand om haar te kunnen helpen – had moeten toekijken hoe ze van de steile stenen trap was gevallen, haar dood tegemoet. Later had hij ontdekt dat Noah Perlis, die zich in de schaduw van de hoge, gebeeldhouwde stenen poort had verscholen, haar had geduwd.

Perlis' appartement bevond zich in Belgravia, een wijk in centraal Londen tussen Mayfair en Knightsbridge, in wat ooit een Georgian koopmanshuis was geweest, maar dat in de moderne tijd in afzonderlijke appartementen was opgedeeld. Het glanzend witte gebouw bezat een ruim terras dat uitkeek over een plein met bomen eromheen. Belgravia stond vol met Georgian rijtjeshuizen, ambassades en dure hotels; een heerlijke buurt om te voet op stap te gaan.

Het slot van de buitendeur was geen probleem, evenmin als dat op de deur van Perlis' appartement op de eerste verdieping. Bourne betrad een zeer ruime woonkamer die smaakvol en modern was gemeubileerd – waarschijnlijk niet door Perlis zelf, die ongetwijfeld geen tijd had voor dit soort banale zaken. Ondanks het zonlicht was het er bedompt en koud omdat er al een tijdje niemand had gewoond. Ergens in de periferie van Bournes geest roerde zich iets, alsof hij een overblijfsel gewaarwerd van de laatste keer dat Perlis hier was geweest. Maar het was alleen het zachte fluisteren van tochtende oude schuiframen en het slaapdronken dansen van stofkorreltjes in diagonale baleinen van zonneschijn.

Hoewel het appartement een duidelijk mannelijke uitstraling had – een whiskykleurige leren sofa, zwaar hout, donkere tinten op de muren – meende Bourne toch een vrouwenhand te zien waar het de accessoires betrof, zoals de tinnen kandelaar met de half gebrande ivoorkleurige kaarsen, de verfijnde Marokkaanse stoffen lampen en de fleurige Mexicaanse tegels in de keuken. Maar het was de smetteloze badkamer met de ro-ze-met-zwarte glazen retrotegels die onmiskenbaar de hand van een vrouw onthulde. Terwijl hij er was, keek hij zowel achter als in de stortbak om te zien of Perlis eventueel iets had vast-geplakt op deze favoriete verstopplaatsen.

Hij vond niets en begaf zich naar Perlis' slaapkamer, waar-voor hij zich het meest interesseerde. Slaapkamers waren ver-trekken waar mensen – zelfs degenen die zo professioneel en op hun veiligheid gesteld waren als Perlis – hun meest persoonlij-ke bezittingen bewaarden; voorwerpen die, als ze ontdekt zou-den worden, hun diepste geheimen zouden prijsgeven.

Hij begon met de kast, waarin rijen zwarte of donkerblau-we broeken en jasjes hingen – maar geen kostuums – stuk voor stuk in de mode van dit jaar. Iemand had blijkbaar voor Perlis gewinkeld. Bourne schoof de kleren opzij en klopte op de ach-terwand om na te gaan of er verborgen ruimtes waren, maar hij vond niets. Hij deed hetzelfde met de zijkanten en tilde ver-volgens de schoenen paarsgewijs op. Er waren geen verberg-plaatsen. Daarna onderzocht hij de ladekast. Hij voelde onder elke la voor het geval Perlis er iets onder had geplakt. Onder de benedenste la vond hij een Glock. Hij controleerde het wa-pen en zag dat het goed geolied en geladen was. Hij stak het in zijn zak.

Ten slotte liep hij naar het bed. Hij schoof het matras opzij om te zien of de boxspring papieren, foto's, USB-sticks of even-tueel een verborgen compartiment bevatte. Het was een kinder-lijk plekje om iets van waarde te verbergen, maar dat was pre-cies waarom de meeste mensen zoiets deden. Oude gewoontes zijn moeilijk af te leren. Hij trok de boxspring van het metalen onderstel zodat hij hem op zijn kant kon zetten, maar hij vond niets bijzonders. Hij zette het bed weer in elkaar, ging op de rand zitten en keek naar de zeven ingelijste foto's op de lade-kast. Ze waren zo geplaatst dat ze waarschijnlijk het laatste wa-ren dat Perlis zag voordat hij naar bed ging en het eerste wat hij zag wanneer hij 's ochtends opstond.

Perlis zelf kwam op zes ervan voor. Hij had een wandeling

in Hyde Park gemaakt met Holly Marie Moreau. Ze waren blijven staan bij een van de straatredenaars, en Noah had blijkbaar een toehoorder gevraagd of hij een foto van hen wilde maken. Op een andere foto – duidelijk genomen met de zelfontspanner – zaten ze in een bootje, mogelijk langs de bovenloop van de Thames. Holly lachte, misschien om iets wat Noah had gezegd. Ze leek ontspannen, wat Bourne, die Perlis kende en wist hoe hun tragische relatie was geëindigd, bijna misselijk maakte.

Op de derde foto was Noah schouder aan schouder te zien met een aantrekkelijke jonge man in een stijlvol driedelig kostuum. Zijn huid was donker en had exotische trekjes. Iets in het gezicht kwam Bourne bekend voor, alsof hij de man in zijn niet-herinnerde leven had gezien, of in elk geval iemand die op hem leek. Er was nog een foto van de twee mannen met elk een vrouw aan de arm in een modieuze Londense nachtclub. Op de achtergrond was een soort speeltafel te zien waarover groepjes mensen gebogen stonden. Bourne bestudeerde de vrouwen. Ze waren half verborgen achter de mannen en niet helemaal scherp, maar toen hij beter keek, herkende hij Holly... en Tracy. Wat voor hem als een schok kwam. Hij had Tracy een maand geleden ontmoet op een vliegtuig naar Sevilla, en ze waren bondgenoten geworden tijdens hun reis naar Khartoum, waar ze in zijn armen was gestorven. Pas later had hij ontdekt dat ze voor Arkadin werkte.

Dus Tracy, Perlis, Holly en de onbekende jonge man hadden iets gemeen. Welk merkwaardig toeval had hen samengebracht en ervoor gezorgd dat ze bevriend waren geraakt?

De volgende foto was een portret van de jonge man. Hij keek in de camera met een mengeling van argwaan en sardonische geamuseerdheid; een spottende glimlach zoals alleen telgen uit vermogende families die gebruiken; ofwel als wapen, of als lokmiddel. De zevende en laatste foto was van Perlis, de jonge man en Holly Marie Moreau. Waar was Tracy? Waarschijnlijk had ze de foto genomen of was ze op een van haar vele reizen. Hun gezichten werden van onderen belicht door de kaarsen op een rijkelijk versierde taart. Het was Holly's verjaardag. Ze stond iets naar voren gebogen tussen de twee mannen in en veegde met een hand haar lange haar uit haar gezicht. Ondertussen blies ze haar wangen op om de kaarsen uit te blazen. Haar blik leek gericht op iets in de verte, alsof ze nadacht over een wens. Ze zag er heel jong en volkomen onschuldig uit.

Bourne bestudeerde opnieuw het rijtje foto's, stond vervolgens op en begon ze op goed geluk uit de lijsten te halen. Op de achterkant van de verjaardagsfoto was een paspoort op naam van Perlis geplakt; een reservepaspoort. Hij stak het in zijn zak, zette het lijstje weer in elkaar en schoof de foto terug. Hij keek er onderzoekend naar. Hoe was Holly Marie Moreau eigenlijk geweest? Hoe had Perlis haar ontmoet? Waren ze geliefden geweest of gewoon vrienden, of had hij haar gebruikt? Had zij hém misschien gebruikt? Hij kamde een hand door zijn haar en wreef zijn hoofdhuid alsof hij daarmee zijn hersenen kon stimuleren zich iets te herinneren wat ze overduidelijk niet konden. Hij voelde even pure paniek, alsof hij zich in een klein bootje op een mistige zee bevond en het zicht in alle richtingen verwaarloosbaar was. Maar hoe hij ook zijn best deed, hij kon zich niets herinneren over de tijd die hij met haar had doorgebracht. Sterker nog, als hij op Bali niet over haar dood had gedroomd, zou hij zich haar niet eens hebben herinnerd. Kwam er dan nooit een einde aan deze nachtmerrie van geheugenverlies, van mensen die plotseling uit de dichte nevel van zijn verleden tevoorschijn kwamen en als schimmen in de periferie van zijn gezichtsveld dansten? Normaal gesproken had hij zijn emoties onder controle, maar hij wist waarom het ditmaal anders was. Hij kon nog steeds voelen hoe het leven uit Tracy Atherton wegsijpelde terwijl hij haar in zijn armen hield. Had hij Holly ook op die manier vastgehouden toen ze zwaargewond onder aan de steile trap van de Balinese tempel had gelegen?

Hij ging op het bed zitten, boog zich voorover en staarde in een put van herinneringen, van mensen die hem dierbaar waren maar nu niet meer leefden – vanwege hem? Omdat ze van hem hadden gehouden? Hij had van Marie gehouden, dat stond buiten kijf. Maar hoe zat het met Tracy? Kon je na een paar dagen of een week al van iemand houden? Zelfs een maand leek te kort om zoiets zeker te weten. En toch bleef Tracy door zijn geest spoken, levend krachtig, maar zo oneindig triest; iemand die hij wilde aanraken en met wie hij wilde praten. Maar dat was onmogelijk. Hij wreef met de muis van zijn handen in zijn ogen. En toen volgde de pijn van het besef dat Holly iets voor hem had betekend, dat ze naast hem had gelopen en misschien zelfs had gelachen, zoals ze met Noah Perlis had gedaan. Maar hij zou het nooit meer weten. Zijn enige herinnering aan haar was het moment waarop ze van de steile tempeltrap was gevallen, alsof het nooit zou ophouden. En nu was hij opnieuw alleen, omdat hij niet wilde dat Moira hetzelfde lot zou overkomen als alle anderen die hadden geprobeerd dicht bij hem te komen. Alleen. Altijd en voor eeuwig...

Tracy had gehuiverd, alsof ze voor het laatst de adem had uitgeblazen. *'Jason, ik wil niet alleen zijn.'*

'Je bent niet alleen, Tracy.' Hij herinnerde zich dat hij zijn lippen op haar voorhoofd had gedrukt. *'Ik ben bij je.'*

'Ja, ik weet het, het is goed, ik voel je om me heen.' Vlak voordat ze was gestorven, had ze een lange zucht geslaakt, als een kat die tevreden spint.

De gordijnen in Noah Perlis' appartement huiverden, alsof ze leefden, en een schrille, monotone lach kwam over zijn vertrokken lippen. Had Holly net als Tracy tegen hem gefluisterd: *Het is in ons meest duistere uur dat onze geheimen ons verteren?* Tracy kon onmogelijk weten dat elk uur van zijn leven met geheugenverlies zijn meest duistere uur was, en dat de geheimen die hem verteerden zelfs voor hém een raadsel waren. Hij miste Tracy. Hij miste haar met de pijn van een stiletto die tussen zijn ribben werd gestoken, en hij hapte naar lucht. De gordijnen beefden opnieuw in de tocht, en even voelde het alsof Tracy weer bij hem was en naar hem keek met haar grote blauwe ogen en haar verblindende glimlach die zo op die van Suparwita leek. Hij hoorde haar lach in het fluiten van de wind en hij voelde de koele rug van haar hand op zijn wang.

Hij had haar maar heel kort gekend, maar het waren dagen geweest waarin het gevaar de tijd had gecomprimeerd; dagen waarin het alleen nog maar om overleven was gegaan, waarin elk moment de smet van de dood had gehad en collega's vrienden voor het leven waren geworden.

Tracy had hem geraakt op een plek waar hij nooit iemand toeliet. Ze had zich een weg naar binnen gebaand en was vastbesloten te blijven, zelfs na haar dood.

En op dat moment, waarop hij zich zo dicht bij haar voelde en in gedachten haar stem hoorde, herinnerde hij zich iets wat ze had gezegd op de avond voordat ze was vermoord. *'Ik woon in Londen, Belgravia. Je zou mijn flatje eens moeten zien. Het is heel klein, maar het is van mij, en ik woon er heerlijk. Aan de achterkant is een binnenplaats met een perenboom waarin elke lente een stel huiszwaluwen nestelt. En 's avonds krijg ik meestal een serenade van een nachtzwaluw.'*

Zijn adem stokte. Was het werkelijk toeval dat zowel Tracy als Perlis in Belgravia had gewoond? Bourne geloofde niet in toeval, zeker niet waar het om deze mensen ging: Tracy, Holly, Perlis, de Hererra's, Nikolai Yevsen, Leonid Arkadin. Perlis en Yevsen waren dood, evenals Tracy en Holly, en god mocht weten waar Arkadin was. Daarmee vormden de Hererra's in zekere zin de spil van dit groepje.

Hij had alleen de foto van de knappe jonge man met het spottende glimlachje nog niet onderzocht. Waar had hij dat gezicht eerder gezien? Het kwam hem zo bekend voor dat hij er bijna gek van werd, alsof hij de man had gekend toen hij jonger was geweest... of ouder! In een vlaag van woede trok hij de kartonnen achterkant los. Op de rug van de foto was een sleutel geplakt. Hij trok hem los. Naar de grootte te oordelen was hij ofwel van een bagagekluis op een vliegveld of een treinstation, of... Aan de sleutel was met een dun draadje een stukje papier bevestigd waarop met de hand een aantal getallen waren geschreven. Een bankkluis. Hij draaide de sleutel om. In de andere kant was een logo geperst dat uit twee kleine met elkaar verbonden letters bestond: AB.

Alles viel op zijn plaats. De man was Diego Hererra, zoon en erfgenaam van Don Fernando Hererra. Hererra had samen met wijlen Nikolai Yevsen – die een maand geleden door Bourne was gedood – in de illegale wapenhandel gezeten. Don Hererra's legitieme bedrijf was het Aguardiente Bancorp: AB. Hij had Diego aan het hoofd geplaatst van het kantoor in Londen.

Noah Perlis was bevriend geweest met Diego Hererra, en ze kenden allebei Holly. Hij pakte de foto van het drietal op Holly's verjaardag, bekeek een voor een de gezichten en zag dezelfde samenzweerderige blik in hun ogen. Perlis was bevriend geweest met Holly en hij had haar vermoord. Die samenzweerderige blik van vriendschap... en dan moord.

En toen kwam het besef met de klap van een sneltrein. Hij maakte deel uit van dit groepje. Volgens Suparwita had Holly de ring gekregen van haar vader, had Perlis haar ervoor vermoord, en nu had hij hem. Hij haalde de ring tevoorschijn en speelde ermee tussen zijn vingers. Wat betekende de inscriptie?

Er was iets met het drietal op de foto – Perlis, Diego en Holly. Iets wat hem dwarszat. Wat was de basis geweest voor hun vriendschap? Was het seksueel geweest – een triootje? Een fysieke aantrekking die uiteindelijk niets voor Perlis had betekend? Of had hij om een speciale reden vriendschap met Holly gesloten? En hoe stond dit drietal met Tracy in verband? Er was hier iets aan de hand dat Bourne niet begreep; iets geheimzinnigs dat tegelijkertijd heel smerig was. Maar één ding wist hij zeker: om het geheim van de ring te ontsluieren, was het van cruciaal belang dat hij de relatie tussen deze mensen begreep.

De man die bij de raad van commissarissen van CI OPS als Coven bekendstond, was juist op tijd in Bali gearriveerd om rechtsomkeert te maken en Bourne naar Londen te volgen. Nu zat hij in een huurauto in Belgravia om met zijn verrekijker aan zijn ogen het raam van Noah Perlis' appartement op de eerste verdieping in de gaten te houden. De gordijnen bewogen opnieuw, en hij probeerde te ontdekken wie er in de woning aanwezig was. Op zijn schoot lag een PDF van Perlis' dossier, dat hij had opgevraagd. Hij wist alles over Perlis wat de CI wist. Toegegeven, dat was niet veel, maar het was voldoende geweest om ervoor te zorgen dat Coven zich nu afvroeg waarom Jason Bourne zich voor Perlis was gaan interesseren. Conform zijn oorspronkelijke missie had hij Jason Bourne moeten uitschakelen en hem in de boeien bij de CI moeten afleveren. Maar de opdracht was gewijzigd nadat hij het dossier van Perlis had opgevraagd. Direct nadat hij zijn verzoek had gedaan, was DCI Danziger aan de telefoon gekomen om hem uitgebreid te ondervragen over het waarom van zijn interesse in Perlis. Normaal gesproken stak Coven zijn neus niet in bestuurlijke zaken. Hij gaf de voorkeur aan infiltratie om vervolgens snel en efficiënt zijn natte klus te klaren en weer zonder gedoe te verdwijnen. Maar deze situatie was op een of andere manier anders. Zodra DCI Danziger zich persoonlijk met de zaak was gaan bemoeien, waren Covens nekharen rechtovereind gaan staan. Vervolgens had Danziger zijn vermoedens bevestigd en zijn nieuwsgierigheid aangewakkerd door de missie halverwege te wijzigen. Zijn orders waren nu het achterhalen van de relatie tussen Bourne en Perlis om de ontspoorde agent pas daarna af te leveren.

Het was midden op de dag, maar het was donker. De laaghangende bewolking liet haar eerste druppels los, en even later begon het hard te regenen. Plassen op de trottoirs, stroompjes in de goot, geratel op het autodak en tegen de voorruit. De wereld liep uit in kleurloze vlekken.

Coven was niet op de hoogte geweest van de wisseling van de wacht op DCI-niveau. Nat werk was nat werk. Hij had niet de indruk dat zijn professie – die zich afspeelde op lichtjaren van Washington – ooit in gevaar zou komen, wie er ook aan de touwtjes trok. Maar dat was voordat DCI Danziger nieuwe orders had uitgedeeld, wat hij in het gunstigste geval onprofessioneel vond en met een beetje pech rampzalig kon uitpakken.

Terwijl hij door de regen tuurde en Bourne uit het gebouw naar buiten kwam, vroeg Coven zich af of DCI Danziger een verborgen agenda had. Het zou niet voor het eerst zijn dat zoiets gebeurde. Maar deze man was nieuw. Hij was niet langzaam opgeklommen en had nauwelijks loyaliteit opgebouwd van mensen als Coven, die vierentwintig uur per dag hun leven op het spel zetten voor de dienst. De gedachte dat deze onderkruiper hem, Coven, mogelijk voor zijn eigen karretje zou spannen, maakte hem razend. Zodra hij Bourne het gebouw zag verlaten, besloot hij daarom de klus op zijn eigen manier af te handelen. DCI Danziger kon de pot op met zijn geheime agenda. Als Bourne iets bezat waar Danziger blijkbaar om zat te springen, kon Coven het misschien maar beter zelf inpikken.

'De geschiedenis van mijn hele familie staat op die laptop,' zei Jalal Essai.

'Dat lijkt me nauwelijks een reden voor het feit dat zowel Black River als de NSA erin geïnteresseerd is,' pareerde Moira.

'Nee, natuurlijk niet.'

Essai slaakte een zucht en leunde achterover in zijn stoel. Ze zaten aan een hoektafel in het hart van het terrasrestaurant van het Caravanserai, een klein exclusief boetiekhotel in Virginia waarvan Essai de eigenaar was. Aan drie zijden rezen met klimplanten begroeide bakstenen muren op. De vierde werd in beslag genomen door een rij enorme, openslaande deuren die naar het binnengedeelte van het restaurant voerden.

Er was muntthee voor hen op tafel gezet in combinatie met een sierlijke menukaart waarop verse daggerechten vermeld stonden. Moira was echter veel meer geïnteresseerd in haar gastheer. Hij was nu meer ontspannen, ofwel omdat ze op het punt stond akkoord te gaan met zijn voorstel, ofwel omdat ze zich in een omgeving bevonden die hij onder controle had. Hoewel het binnengedeelte van het restaurant iets meer dan halfvol was, was hun tafeltje het enige wat bezet was op het terras van tuintegels. Op beleefde afstand stond een waar leger van kelners, wachtend op een teken van hun meester. Er was iets typisch oosters aan de wijze van bediening waardoor het gemakkelijk was om je voor te stellen dat je je buiten de grenzen van de Verenigde Staten bevond. Ver daarbuiten.

'Ik zou natuurlijk kunnen liegen, maar ik heb te veel respect voor u.' Essai bevochtigde zijn lippen met de thee. 'De geschiedenis van mijn familie is van belang – mogelijk zelfs van groot belang – voor bepaalde elementen binnen uw regering, evenals een aantal individuen en organisaties in de privésector.'

'Waarom is dat zo?' vroeg Moira. 'En ik ben erg in details geïnteresseerd.'

Essai glimlachte. 'Ik wist op het moment dat we elkaar ontmoetten dat ik u zou mogen, en ik had gelijk.'

'Heeft u een weddenschap met meneer Binns?'

Essai lachte. Het was een zwaar geluid met een bijna bronzen randje dat griezelig veel leek op dat van een gong. 'Dus hij heeft u over onze weddenschap verteld?' Hij schudde zijn hoofd. 'Onze meneer Binns is een conservatief type; hij wilde niet verdergaan dan één gokje.'

Het viel Moira op dat hij het woord *onze* gebruikte, maar ze besloot het voorlopig te negeren. 'Laten we bij het begin beginnen.'

Essai nam nog een slok thee. Zoals dat voor de meeste Arabieren gold, behoorde een direct gesprek niet tot zijn repertoire. Hij prefereerde een omslachtige route die beide partijen de kans zou geven om waardevolle informatie te verzamelen alvorens er een zakelijke overeenkomst zou worden gesloten. Moira wist dat natuurlijk, maar Binns en Essai hadden haar overdonderd, en dat beviel haar helemaal niet. Ze moest weer vaste grond onder de voeten zien te krijgen na de reeks van verrassingen waarmee Essai haar in de Rolls had geconfronteerd, en ze besloot dat ze dat het beste kon bewerkstelligen als zij het tempo en de richting van het gesprek zou bepalen.

'Dit heeft iets met Noah te maken, nietwaar?' zei ze plotseling. 'Ik heb voor hem gewerkt bij Black River, en hij was betrokken bij die laptopzaak. Daarom heeft u mij gekozen, klopt dat?'

Essai keek haar recht in de ogen. 'U bent om meerdere redenen de juiste persoon voor deze opdracht, dat heb ik u al gezegd. En een daarvan is inderdaad uw relatie met Noah Perlis.'

'Wat heeft Noah gedaan? Heeft híj de laptop soms gestolen?'

Essai had zijn menukaart gepakt en bestudeerde de gerechten. 'Ah, de tongschar is de dagspecialiteit. Die kan ik u van harte aanbevelen.' Hij keek op, en zijn donkere ogen stonden ernstig. 'Hij wordt met authentieke Marokkaanse couscous geserveerd.'

'Hoe zou ik dat kunnen weigeren?'

'Fantastisch!' Hij keek opgetogen, en toen hij zich om wilde draaien, stond rechts van hem een kelner. Essai gaf de bestelling op en overhandigde de kelner de menukaarten. Toen ze weer alleen waren, plaatste hij zijn vingers als een piramide tegen elkaar en zei ongeveer op dezelfde toon: 'Uw verscheiden, maar naar ik aanneem niet betreurde baas, de heer Perlis, was nauw bij de zaak betrokken.'

Moira boog zich nieuwsgierig naar voren. 'En?'

Hij haalde zijn schouders op. 'Ik kan u niet meer vertellen zolang we geen overeenkomst hebben gesloten. Spoort u mijn laptop op of niet?'

Moira voelde zichzelf ademhalen, maar het was alsof ze uit haar lichaam was getreden; alsof ze van boven neerkeek op het tafereel. Dit was het. Ze kon nog nee zeggen, zelfs nu nog. Maar ze wilde deze opdracht niet weigeren. Ze had werk nodig; een nieuwe deur die zich voor haar opende, en aangezien deze man haar informatie had gegeven die haar nieuwe onderneming kon redden van de ondergang, besloot ze ja te zeggen.

'Goed,' hoorde ze zichzelf zeggen. 'Maar ik wil het dubbele van mijn gebruikelijke tarief.'

'In orde.' Essai knikte, alsof hij dit antwoord al had verwacht. 'Dat doet me deugd, mevrouw Trevor. Ik dank u uit de grond van mijn hart.'

'Bedank me maar wanneer ik uw laptop terugbreng,' zei ze. 'En nu over Noah.'

'Uw meneer Perlis was een soort loodsmannetje. Daarmee bedoel ik te zeggen dat hij graag met ideeën van anderen aan de haal ging.' Hij maakte een weids gebaar met zijn handen. 'Maar ik neem aan dat ik u niets nieuws vertel.'

Moira schudde haar hoofd.

'Dit was geen uitzondering. Meneer Perlis meldde zich nog-al laat voor de missie.'

In Moira's hoofd ging een alarmbelletje af. 'Hoe laat?'

'De missie om mij op illegale wijze mijn laptop afhandig te maken was het geesteskind van de CI. Om precies te zijn, de kleine DoN...'

'DoN?'

'Dead of Night,' legde Essai uit. 'Kent u die term niet?' Hij wuifde het weg – het deed er niet toe. 'De DoN-arm die be-kendstaat als Treadstone.'

Moira voelde zich als verdoofd. 'Wilde Alex Conklin uw lap-top hebben?'

'Inderdaad.' Essai leunde achterover terwijl het voorgerecht met de garnalen op tafel werd geplaatst. De kelner verdween zonder een woord te zeggen.

'En hij was het brein achter de diefstal?'

'O, nee, Conklin niet.'

Essai nam met zijn rechterhand zijn vork van tafel en laste een kort stilzwijgen in om behendig de garnalenkopjes van hun lichaam te scheiden.

Plotseling, met één kopje nog op zijn vork gespietst, boor-den zijn ogen zich in die van haar. Zijn blik was zo woest dat Moira instinctief haar hoofd naar achteren bewoog, alsof ze haastig probeerde uit de vuurlinie te ontsnappen.

'Het was uw vriend Jason Bourne die inbrak in mijn huis waar mijn familie eet en slaapt en lacht.'

Op dat in de tijd bevroren moment waarop haar hart leek stil te staan, herkende ze haar gevoel van desoriëntatie voor wat het werkelijk was: het beangstigende moment waarop de rem-men van je auto weigeren en je op hoge snelheid in de richting van een tegemoetkomend voertuig raast dat frontaal op je gaat botsen.

'Waar mijn vrouw mijn kleding naait, waar mijn dochter haar hoofd op mijn schoot legt en waar mijn zoon langzaam maar zeker leert een man te zijn.' Een diepgevoelde rilling als van een met wraakgevoelens doortrokken schreeuw maakte zijn stem schor. 'Jason Bourne heeft alles onteerd wat voor mij heilig is toen hij mijn laptop heeft gestolen.' Hij stak het kopje van de garnaal omhoog alsof het een banier was op het slagveld. 'En nu, mevrouw Trevor, gaat u hem terughalen, bij alles wat heilig is.'

5

De *City of London*, een gebiedje van ongeveer tweeënhalve vierkante kilometer, is de historische kern van de stad Londen. In de middeleeuwen omvatte de City: Londen, Westminster en Southwark. Deze gemeenten werden beschermd door een verdedigingsmuur die in de tweede eeuw was gebouwd door de Romeinen en waaromheen de moderne metropool zijn vele armen heeft uitgeslagen als een spin die zijn web weeft. Tegenwoordig is de City – die wel iets groter is geworden – het financiële centrum van Londen. Aguardiente Bancorp, grotendeels een zakenbank en niet zozeer een consumentenbank, had zijn enige vestiging aan Chancery Lane, even ten noorden van Fleet Street. Bourne keek naar buiten door de grote statige ramen op het zuidwesten en stelde zich voor hoe de Temple Bar moest zijn gebouwd; de historische poort die een eeuw geleden de City, het financiële centrum, verbond met de weg naar Westminster, de zetel van de regering. De Temple Bar, genoemd naar de Temple Church, ooit het domein van de tempeliers, werd bewaakt door standbeelden van een griffioen en twee draken. Bourne zag er uiteraard niet uit als Bourne, maar veel meer als Noah Perlis – het resultaat van enkele aankopen in een winkel voor theaterrekwisieten in Covent Garden.

Het interieur van de bank was sober – grijze steen en zwart marmer – wat paste bij een instelling die een meerderheid van de internationale bedrijven in de City tot haar klantenkring mocht rekenen. Het kerkachtig aandoende gewelfde plafond was zo hoog dat het nevelig leek, net als de hemel buiten – die zich, hoewel hij zijn ballast had uitgeworpen, evenmin liet verdrijven als de raven in de Tower. Bourne stak de zacht galmende vloer over naar de balie voor de kluisloketten, waar een gentleman die regelrecht uit een roman van Charles Dickens was weggelopen op hem stond te wachten. Hij had schouders zo smal als een kleerhanger, een grauwe huidskleur en kraalogen die eruitzagen alsof ze alles wat het leven te bieden had aan zich voorbij hadden zien gaan.

Bourne noemde zijn naam en gebruikte Perlis' paspoort om zich te legitimeren. De Dickenscartoon tuitte zijn lippen, hield met zijn leverkleurige handen het geopende identiteitsbewijs in het licht en tuurde met half dichtgeknepen ogen naar de kleingedrukte letters. Vervolgens sloot hij het document abrupt, zei: 'Een ogenblik, meneer,' en verdween in het mysterieuze inwendige van het bankgebouw.

In de lage glazen tussenschotten aan weerszijden van zijn loket keek Bourne naar de vage weerspiegelingen van de mensen achter hem – zowel klanten als bankpersoneel. Zijn blik viel op een gezicht dat hij herkende. Hij had het eerder die ochtend gezien in de winkel aan Tavistock Street. Er was absoluut niets bijzonders aan; sterker nog, het was in elk opzicht alledaags. Alleen Bourne, en misschien een handvol anderen met vergelijkbare ervaring, zouden de concentratie in de blik hebben opgemerkt, de manier waarop de ogen de immense lobby van de bank onderverdeelden in een strak wiskundig coördinatenstelsel. Bourne zag het gezicht in een vertrouwd patroon heen en weer bewegen. De man berekende hoe hij snel bij Bourne kon komen, prentte ontsnappingsroutes in zijn hoofd, zocht uit waar de bewakers stonden, enzovoorts.

Korte tijd later keerde de Dickenscartoon terug. Hij had nog steeds dezelfde blik op zijn gezicht – zo gesloten als de kluis van de bank.

'Deze kant op, meneer,' zei hij met een waterige stem die Bourne aan een gorgelende man herinnerde. Hij opende een paneel in het marmeren gedeelte van de muur, en Bourne stapte erdoor. De cartoon sloot af met de zachte klik van een vergrendelingsmechanisme en loodste Bourne tussen rijen glanzende houten bureaus door met daarachter een compleet peloton mannen en vrouwen in kostuums en mantelpakjes van onberispelijke snit. Sommigen telefoneerden, anderen spraken tegen klanten aan de andere kant van hun bureau. Niemand keek op toen de loketbeambte langsliep met Bourne in zijn kielzog.

Aan het einde van de rijen met bureaus drukte de Dickenscartoon op een zoemer naast een deur met ondoorzichtig glas waardoor alleen licht was te zien en verder niets. De zoemer werd beantwoord, de deur zwaaide open en de loketbeambte stapte naar binnen.

'Rechtdoor en dan naar links. Het kantoor in de hoek.' En vervolgens met een boosaardig glimlachje: 'De heer Hererra behandelt uw verzoek.' Hij sprák zelfs als een Dickenspersonage.

Bourne gaf de man een knikje en liep verder in de richting van het kantoor in de hoek. De deur was gesloten. Hij klopte aan, hoorde iemand zeggen: 'Binnen,' en opende de deur.

Hij betrad een ruim, duur gemeubileerd kantoor met een fantastisch uitzicht over de bruisende City, zowel de historische torens als de excentrieke postmoderne wolkenkrabbers; een mengeling van verleden en toekomst, overwoog Bourne niet helemaal op zijn gemak.

Behalve het gebruikelijke kantoormeubilair, bestaande uit bureau, stoelen, dressoir, kasten en dergelijke, was er ook een informele hoek die gedomineerd werd door een lederen sofa met bijbehorende stoelen, een koffietafel van glas en staal, lampen en een bijzettafel die als bar was ingericht.

Terwijl Bourne door het vertrek liep, kwam Diego Hererra, die nog meer op zijn vader leek dan op de foto's, achter zijn bureau vandaan. Met een brede glimlach op zijn gezicht stak hij zijn hand uit naar Bourne.

'Noah,' zei hij met een zware, joviale stem. 'Welkom thuis!'

Toen Bourne zijn hand aannam, werd vlak boven zijn rechternier het lemmet van een stiletto tegen zijn colbert gedrukt.

'Wie ben jij, verdomme?' zei Diego Hererra.

Bournes gezicht verraadde geen emotie. 'Dat zijn toch geen manieren voor een bankier?'

'Lul niet.'

'Ik ben Noah Perlis. Ik heb mijn paspoort...'

'Onzin,' zei Hererra op effen toon. 'Noah is nog geen week geleden op Bali vermoord door onbekenden. Heb jij dat soms gedaan?' Hij drukte de punt van de stiletto door Bournes colbert. 'Zeg wie je bent, anders laat ik je leegbloeden als een varken in het slachthuis.'

'Geweldig,' zei Bourne terwijl hij met zijn eigen arm die van Hererra vastklemde om te voorkomen dat het mes inderdaad schade zou aanrichten. Toen de bankier zijn spieren spande, zei hij: 'Eén beweging en ik breek je arm op zoveel plaatsen dat hij nooit meer fatsoenlijk werkt.'

Hererra's ogen spuwden vuur; de man kon zichzelf nauwelijks in bedwang houden. 'Vuile klootzak!'

'Rustig aan, Hererra. Ik ben een vriend van je vader.'

'Daar geloof ik niks van.'

Bourne haalde zijn schouders op. 'Bel hem maar. Zeg maar tegen hem dat Adam Stone in je kantoor is.' Bourne twijfelde er niet aan dat Hererra's vader zich de alias zou herinneren waarvan Bourne zich enkele weken geleden tijdens hun ontmoeting in Sevilla had bediend. Toen Diego Hererra zich niet ontspande, besloot Bourne het over een andere boeg te gooien. Zijn toon was nu duidelijk verzoenend. 'Luister, ik was een vriend van Noah. Een tijdje geleden kreeg ik instructies van hem. Als er iets met hem zou gebeuren, moest ik naar zijn appartement in Belgravia gaan, waar ik op een bepaalde plek een duplicaat van zijn paspoort zou vinden en de sleutel van een kluisje bij deze bank. Hij wilde dat ik de inhoud van de safe kreeg. Meer weet ik ook niet.'

Diego Hererra was niet overtuigd. 'Als je een vriend van hem was, waarom heeft hij het dan nooit over je gehad?'

'Ik neem aan dat het was om jou te beschermen. Je weet net zo goed als ik dat Noah een geheimzinnig leven leidde. Alles was netjes gecompartimenteerd, inclusief vrienden en compagnons.'

'En hoe zat het met kennissen?'

'Noah had geen kennissen.' Dit had Bourne afgeleid uit zijn korte, maar heftige ontmoetingen met Perlis in München en op Bali. 'Dat weet jij net zo goed als ik.'

Hererra gromde. Bourne stond op het punt eraan toe te voegen dat hij ook met Holly bevriend was geweest, maar zijn zesde zintuig en zijn jarenlange ervaring waarschuwden hem dat het beter was om dat niet te doen. In plaats daarvan zei hij: 'Ik was trouwens ook goed bevriend met Tracy Atherton.'

Dit leek Hererra iets te doen. 'Werkelijk?'

Bourne knikte. 'Ik was bij haar toen ze stierf.'

De bankier kneep zijn ogen half dicht. 'En waar was dat?'

'Het hoofdkantoor van Air Afrika,' zei Bourne zonder zelfs maar een moment te aarzelen. 'El Gamhuria Avenue 779, Khartoum, om precies te zijn.'

'Jezus.' Diego Hererra ontspande zich. 'Dat was een eersteklas tragedie.'

Bourne liet zijn arm los en Hererra klapte de stiletto dicht. Hij gebaarde naar de zithoek. Bourne ging zitten en Hererra liep naar de bar.

'Ik weet dat het vroeg is, maar volgens mij kunnen we wel een borrel gebruiken.' Hij schonk drie vingers Herradura Seleccion Suprema añejo tequila in twee dikke ouderwetse glazen, overhandigde er een aan Bourne en ging zelf ook zitten. Nadat ze allebei van hun drankje hadden genipt, vroeg hij: 'Wat is er aan het einde gebeurd?'

'Ze moest een schilderij afleveren,' zei Bourne langzaam. 'Ze kwam in een schotenwisseling terecht toen het kantoor werd overvallen door Russische veiligheidstroepen die achter Nikolai Yevsen aan zaten.'

Hererra keek hem aan. 'De wapensmokkelaar?'

Bourne knikte. 'Hij maakte gebruik van zijn eigen bedrijf, Air Afrika, om de contrabande op te pikken en af te leveren.'

Het gezicht van de bankier betrok. 'Voor wie werkte ze?'

Bourne bracht het glas naar zijn lippen en bestudeerde Diego's gezicht zorgvuldig zonder dat te laten blijken. 'Een man met de naam Leonid Danilovitsj Arkadin.' Hij nam nog een slok van de oude tequila. 'Ken je hem?'

Diego Hererra fronste zijn wenkbrauwen 'Waarom wil je dat weten?'

'Omdat,' zei Bourne langzaam en duidelijk, 'ik hem uit de weg wil ruimen.'

Hij leeft nog, dacht Leonid Arkadin. *Vjatsjeslav Germanovitsj Oserov is niet verbrand in dat ziekenhuis in Bangalore. Verdomme, die smeerlap leeft nog.*

Hij staarde naar een surveillancefoto van een man waarvan de rechterkant van het gezicht gruwelijk verminkt was. *Maar ik heb hem goed te pakken gehad*, dacht hij terwijl hij zijn eigen beenwond voelde, die goed genas, *dat staat vast.*

Hij had zich geïnstalleerd in een oud klooster; stoffig en droog als een achterhaalde filosofische tekst. Het bevond zich aan de rand van Puerto Peñasco, een kuststadje in het noordwesten van de Mexicaanse staat Sonora. Maar bijna alles in Puerto Peñasco was oud. Het was een vormloos geheel van industrieterreinen dat nog net werd gered door het brede witte strand met het warme water.

Puerto Peñasco stond bij weinig mensen op de kaart, maar dat was slechts een van de redenen waarom hij ervoor had gekozen. Zo staken rond dit jaargetijde grote aantallen studenten uit Arizona de grens over om te profiteren van de hoge golven, de goedkope hotels en een politiemacht die een oogje toekneep zolang er voldoende Amerikaanse dollars van eigenaar wisselden. Met zoveel jonge mensen om zich heen voelde Arkadin zich relatief veilig. Zelfs als Oserov en zijn liquidatieteam erin slaagden hem te vinden, zoals in Bangalore was gebeurd, zouden ze in het oog lopen als monniken op voorjaarsvakantie.

Hij kon er nog steeds niet bij dat Oserov hem in India had weten te vinden. Gustavo Moreno's laptop was inmiddels veilig, en hij was erin geslaagd verbinding te maken met de externe server waarop de contacten met zijn klanten werden bewaard, maar hij was zes van zijn mannen kwijt, en wat nog erger was: in zijn beveiliging zat blijkbaar een lek. Iemand binnen zijn organisatie sluisde informatie aan Maslov door.

Hij stond op het punt om naar het strand te gaan toen zijn mobiele telefoon ging, en omdat het bereik in dit godvergeten gat sterk varieerde, bleef hij waar hij was en keek hij naar de rijen wolken in het westen die oplichtten als neonreclames.

'Arkadin.'

Het was Boris Karpov. Hij voelde iets van voldoening. 'Heb je voor jezelf gehouden wat je ging doen?' De betekenisvolle pauze was voor hem voldoende. 'Je wilt toch niet zeggen dat er niemand was? Dat de boel was leeggehaald?'

'Wie zijn het, Arkadin? Wie zijn Maslovs mollen binnen mijn organisatie?'

Arkadin dacht even na en liet de kolonel de scherpe haak voelen. 'Ik ben bang dat het niet zo eenvoudig is, Boris Iljitsj.'

'Wat bedoel je?'

'Je had alleen moeten gaan. Je had me moeten vertrouwen,' zei Arkadin. 'Nu is jouw kant van de deal een stuk ingewikkelder geworden.'

'Welke deal?' vroeg Karpov.

'Neem de eerstvolgende internationale vlucht die je kunt krijgen.' Arkadin zag hoe de ondergaande zon de wolken met steeds meer kleur beschilderde totdat ze zo oververzadigd waren dat zijn ogen begonnen te tranen. Maar hij weigerde zijn blik af te wenden; de schoonheid was overweldigend. 'Zodra je op LAX arriveert – ik neem aan dat je weet wat dat is.'

'Natuurlijk. Dat is de internationale luchthaven van Los Angeles.'

'Wanneer je op LAX aankomt, bel je het nummer dat ik je nu geef.'

'Maar...'

'Jij wilt de mollen, Boris Iljitsj, dus geen gedraai. Gewoon doen.'

Arkadin verbrak de verbinding en liep via het strand naar het water. Hij boog zich voorover en rolde zijn broekspijpen op. De golfjes klotsten over zijn blote voeten.

'Arkadin heeft Tracy misschien niet zelf vermoord,' zei Bourne, 'maar hij is wel verantwoordelijk voor haar dood.'

Diego Hererra leunde bedachtzaam naar achteren terwijl hij het glas in zijn hand op een knie liet balanceren. 'Je bent verliefd op haar geworden, hè?' Hij stak een hand op met de palm naar voren. 'Je hoeft geen antwoord te geven. Iedereen was verliefd op Tracy. En ze deed er niet eens haar best voor.' Hij knikte. 'Wat mij betreft; ik denk dat dát het zo dramatisch maakte. Kijk, sommige vrouwen doen zo hard hun best dat je de wanhoop bijna kunt ruiken. Dan hoeft het voor mij niet meer. Maar met Tracy was het compleet anders. Ze had...' Hij knipte een paar keer met zijn vingers '... hoe zeg je dat ook alweer?'

'Zelfvertrouwen.'

'Ja, maar meer dan dat.'

'Zelfbeheersing.'

Diego Hererra dacht even na en knikte vervolgens resoluut. 'Ja, dat is het. Ze had een bijna onnatuurlijke zelfbeheersing.'

'Behalve als ze luchtziek was,' zei Bourne terwijl hij terugdacht aan die keer dat ze had overgegeven op die vreselijke vlucht van Madrid naar Sevilla.

Diego gooide zijn hoofd in zijn nek en lachte. 'Ze had inderdaad een broertje dood aan vliegen – jammer dat ze dat zo vaak moest doen.' Hij nam nog wat tequila in zijn mond en genoot van de smaak alvorens hij hem doorslikte. Vervolgens zette hij zijn glas weg. 'Ik neem aan dat je benieuwd bent naar de postume opdracht waarmee onze wederzijdse vriend je heeft opgezadeld.'

'Hoe eerder, hoe beter, lijkt me.' Bourne stond op en verliet samen met Diego Hererra het kantoor. Ze passeerden een aantal lege, schemerige gangen en betraden vervolgens een lange, licht naar beneden lopende tunnel die uitkwam in een geopende kluis. Bourne haalde zijn sleutel tevoorschijn en besefte dat hij Diego het nummer van de safe niet hoefde te zeggen; de bankier liep er recht op af. Bourne stak de sleutel in het linkerslot en Diego stak de moedersleutel in het andere.

'Allebei tegelijk op drie.'

Ze draaiden gelijktijdig hun sleutel om en het metalen deurtje ging open. Diego haalde de langwerpige doos tevoorschijn en bracht hem naar een rij hokjes met gordijntjes ervoor die zich aan één kant tegen de muur bevond. Hij plaatste de doos op een schap in een van de hokjes en zei: 'Ga je gang, Stone.' Hij gebaarde. 'Druk op deze bel als je klaar bent, dan kom ik je halen.'

'Bedankt.' Bourne stapte het hokje binnen, sloot het gordijn en nam plaats in de houten leunstoel. Een tijdlang luisterde hij alleen naar de zachte voetstappen van Diego Hererra die verdwenen in de verte. Verder deed hij niets. Uiteindelijk boog hij zich naar voren om de doos te openen. In de doos bevond zich alleen een boekje. Bourne haalde het eruit en opende het op de eerste pagina. Het leek een dagboek, of – toen hij wat verder las – een soort kroniek waarbij steeds opnieuw één gebeurtenis was bijgeschreven; afkomstig uit verschillende bronnen, zo bleek. Toen Bourne de eerste naam las, gingen de haren op zijn armen overeind staan. Hij keek onwillekeurig om zich heen, maar er was niemand. En toch voelde hij een aanwezigheid, een rusteloze energie van de geesten die uit Perlis' privéaantekeningen naar boven kwamen en zich rond zijn voeten verzamelden als stervende honden.

Leonid Arkadin, Vjatsjeslav Germanovitsj Oserov – of Slava, zoals Perlis hem noemde – en Tracy Atherton. Bourne begon te lezen. Langzaam maar zeker verscheen een randje zweet langs zijn haargrens.

Nat zand en zout water speelden tussen Arkadins tenen. Meisjes in minibikini's en magere knullen in surfbroeken tot over hun knokige knieën speelden volleybal of jogden vlak boven de vloedlijn het strand op en neer met een blik bier in hun hand.

Arkadin was razend omdat Maslov en vooral Oserov hem in een hoek hadden gedreven. Hij twijfelde er niet aan dat Oserov Maslov ervan had overtuigd direct achter hem aan te gaan. Een frontale aanval was niet Maslovs stijl; hij was een behoedzaam man, zeker in een tijd die zo gevaarlijk was voor hem en de Kazanskaja. De regering had hem in het vizier en hoefde alleen maar af te wachten totdat hij een fout maakte. Tot nu toe was hij er met behulp van slinkse trucjes en vrienden die bij hem in het krijt stonden in geslaagd om het Kremlin voortdurend een stap voor te blijven. Noch de opsporingsambtenaren, noch de openbaar aanklager hadden steekhoudende zaken tegen hem kunnen produceren. Maslov bezat nog voldoende informatie over meerdere belangrijke federale rechters. Voorlopig was hij nog even veilig.

Zonder zich daarvan bewust te zijn, was Arkadin de zee in gelopen, en nu stond het water boven zijn knieën en was zijn broek doorweekt. Niet dat zoiets hem op dit moment interesseerde. In Mexico kon hij zich een vleugje vrijheid veroorloven dat hij nooit eerder had geproefd. Misschien kwam het doordat het leven hier een stuk relaxter was en je kon genieten van een middagje vissen of het kijken naar de zonsopgang of tequila drinken tot diep in de nacht terwijl je met een donkerharige jonge vrouw danste van wie het fleurige rokje opwaaide bij elke pirouette die ze draaide. Geld – dat wilde zeggen in de hoeveelheden die hij gewend was – speelde hier absoluut geen rol. De mensen hadden een bescheiden inkomen en waren gelukkig.

Op dat moment zag hij haar – of tenminste, dat dacht hij. Ze verscheen op een golf als Venus op haar glanzende roze schelp. De rode zon scheen in zijn ogen, en hij moest ze half dichtknijpen en met zijn hand het licht tegenhouden, maar de vrouw die hij tevoorschijn had zien komen, was Tracy Atherton. Ze was lang en slank en ze had blond haar en blauwe ogen. Op haar gezicht lag de meest adembenemende glimlach die hij ooit had gezien. Maar het kon Tracy niet zijn, want ze was dood.

Hij keek naar haar terwijl ze zijn kant op kwam. Op een gegeven moment draaide ze even haar hoofd en keek ze hem recht in de ogen, en toen viel de droom in duigen. Hij draaide zich om in het laatste restje zonlicht.

Arkadin had Tracy ontmoet in Sint Petersburg, in de Hermitage. Hij werkte toen twee jaar in Moskou, voor Maslov. Ze bezocht het museum om de schatten van de tsaren te bekijken terwijl hij er was voor een vervelend rendez-vous met Oserov. Maar al zijn ontmoetingen met Oserov waren vervelend, en vaak liepen ze uit op geweld. Maslovs belangrijkste sluipmoordenaar in die tijd had in koelen bloede een kind omgebracht; een knulletje van nog geen zes jaar oud. Voor die obsceniteit had Arkadin het gezicht van de man kapotgeslagen en zijn schouder ontwricht. Hij zou hem meteen af hebben gemaakt als zijn vriend Tarkanian niet tussenbeide was gekomen. Sinds het incident was de haat tussen de mannen alleen maar toegenomen, totdat onlangs in Bangalore de vlam in de pan was geslagen. Maar Oserov was als een vampier; hij kon niet gemakkelijk worden gedood. Met een spottend lachje besloot Arkadin dat hij bij de volgende gelegenheid een houten spies door zijn hart zou slaan. Het feit dat Dimitri Maslov hen steeds opnieuw had gedwongen samen te werken, daarvan was Arkadin overtuigd, was sadistische opzet waarvoor Maslov ooit de prijs zou betalen.

Die ijzige winterochtend in Sint Petersburg was hij vroeg gekomen om zich ervan te verzekeren dat Oserov niet een of andere ingewikkelde valstrik voor hem had voorbereid. In plaats daarvan trof hij een lange, slanke blondine met grote korenblauwe ogen en een brede glimlach die een portret van keizerin Elizabeth Petrovna bewonderde. De blondine droeg een hertenleren jas tot op haar enkels met een hoge kraag van een onwaarschijnlijk hemelsblauw. Daaronder was nog juist een bloedrood zijden blouse te zien. Zonder enige introductie vroeg ze hem wat hij van het portret vond.

Arkadin, die absoluut geen aandacht had geschonken aan het schilderij, noch aan enig ander voorwerp van decoratieve aard in het immense museum, wierp een blik op het portret en zei: 'Het is geschilderd in 1758. Wat zou ik ervan moeten vinden?'

De blondine draaide zich naar hem toe en bekeek hem met dezelfde ontwapenende intensiteit waarmee ze het schilderij had bestudeerd. 'Dit is de geschiedenis van je land.' Ze wees met een lange vinger van haar slanke hand. 'Louis Tocque, de man die dit heeft geschilderd, was een van de grootste kunstenaars van die tijd. Hij is op verzoek van Elizabeth Petrovna helemaal van Parijs naar Rusland gereisd om haar te schilderen.'

Arkadin, de cultuurbarbaar, haalde zijn schouders op. 'Nou en?'

De glimlach van de blondine werd nog breder. 'Het feit dat hij dat deed, was een maatstaf voor de macht van Rusland en haar status in de wereld. In die tijd stonden Frankrijk en Rusland op goede voet met elkaar. Dit schilderij zou alle Russen trots moeten maken.'

Arkadin stond op het punt een cynische opmerking te plaatsen, maar hij wist zich nog juist in te houden en verplaatste zijn blik naar de luisterrijke vrouw op het schilderij.

'Is ze niet knap?' zei de blondine.

'Tja, ik heb nog nooit iemand ontmoet die ook maar in de verste verte op haar lijkt. Het is net alsof ze niet echt is.'

'Maar dat is ze wel.' De blonde vrouw maakte een gebaar alsof ze daarmee zijn blik op de keizerin kon richten. 'Stel je zelf eens in het verleden voor. Doe alsof je naast haar staat in het schilderij.'

En ineens, alsof hij voor het eerst naar het portret keek, of dat via de ogen van de blondine deed, hoorde Arkadin zichzelf haar stelling beamen. 'Ja,' zei hij. 'Ja, ze is eigenlijk best wel knap.'

'Kijk eens aan, dan heb ik hier in elk geval niet voor niks staan praten.' De glimlach van de blondine was nog even breed. Ze stak haar hand naar hem uit. 'Ik ben trouwens Tracy Atherton.'

Heel even overwoog Arkadin een valse naam op te geven, wat voor hem bijna een automatisme was. Maar in plaats daarvan zei hij: 'Leonid Danilovitsj Arkadin.'

Plotseling leek de lucht doortrokken van geuren uit vervlogen tijden; een kruidig, mysterieus aroma van rozen en cederhout. Pas veel later had hij ontdekt wat hem in haar had aangetrokken en er tegelijkertijd voor had gezorgd dat hij zich altijd een beetje had geschaamd; ze had hem steeds weer het idee gegeven dat hij een student was die niet hard genoeg voor een examen had gewerkt. In haar omgeving was hij zich er voortdurend bewust van geweest dat hij geen fatsoenlijke opleiding had genoten – hij had zich er naakt door gevoeld. Maar toch had hij al bij die eerste ontmoeting geweten dat ze bruikbaar was; dat hij kon registreren wat zij wist. Hij had van haar de waarde van kennis geleerd, maar een deel van hem had haar nooit vergeven voor de emotie die ze altijd bij hem had opgeroepen. Hij had op meedogenloze wijze gebruik van haar gemaakt, haar wreed behandeld en haar steeds afhankelijker van hem gemaakt.

Dat inzicht was natuurlijk pas later gekomen. Op dat moment ervoer hij alleen een toenemend gevoel van onvrede, en zonder een woord te zeggen, draaide hij zich om en liep hij weg om Oserov te zoeken, wiens gezelschap voorlopig te prefereren leek boven het geklets van dit schepsel.

Maar toen hij Oserov had gevonden, voelde hij zich helemaal niet beter, daarom stond hij erop het protocol te veranderen en uit de Hermitage te vertrekken. Ze liepen Millionaja Street in, waar ze een café vonden voordat hun wangen en lippen waren bevroren in de ijzige wind.

Het was gaan sneeuwen met een vreemd droog geritsel; alsof er roofdieren rondsnuffelden in het struikgewas. Arkadin zou nooit vergeten hoe Tracy Atherton plotseling was verschenen, haar hertenleren jas dansend rond haar enkels als bevroren schuim in de branding.

In die tijd, onmiddellijk nadat Dimitri Maslov Oserov en Misja Tarkanian had gestuurd om Arkadin uit de gevangenis van zijn woonplaats Nizjni Tagil te halen, was Oserov zijn superieur geweest; een feit dat Oserov hem steeds opnieuw onder de neus had gewreven. Oserov had hem uitgebreid uitgelegd hoe je fatsoenlijk een politicus vermoordde – de reden voor hun komst naar Sint Petersburg. De betreffende politicus was zo dom geweest zich tegen Maslov te keren en moest daarom zo snel en efficiënt mogelijk worden geëlimineerd. Arkadin kende de details, en Oserov wist dat hij die kende. Maar de zakkenwasser had het hele verhaal vrolijk nog een keer tot vervelens toe uiteengezet en de belangrijkste punten steeds herhaald alsof Arkadin een achterlijk joch van vijf was.

Niet veel mensen zouden Oserov hebben durven interrumperen, maar Tracy wel. Toen ze het café binnenkwam en Arkadin zag, beende ze vol zelfvertrouwen naar hun tafeltje en zei met haar zachte Britse accent: 'Hé, hallo, ik dacht wel dat ik je hier zou vinden.'

Oserov stopte midden in zijn verhaal en schonk haar een blik die de meeste mensen in steen zou hebben veranderd. Maar Tracy's glimlach werd alleen maar breder, en terwijl ze een stoel van een ander tafeltje naar zich toe trok, zei ze: 'Jullie vinden het toch niet erg als ik er even bij kom?' Ze ging zitten en bestelde een kop koffie voordat de mannen ook maar iets hadden kunnen zeggen.

Zodra de ober was vertrokken, verscheen er een duistere blik op Oserovs gezicht. 'Luister, dame, ik weet niet wie je bent of wat je hier komt doen, maar we zitten midden in een belangrijke bespreking.'

'Dat dacht ik al,' zei Tracy op neutrale toon, en ze wuifde met een hand. 'Ga gerust verder en let niet op mij.'

Oserov schoof zijn stoel naar achteren met een krassend geluid dat door merg en been ging. 'Hé, oprotten, mens.'

'Wind je niet op,' begon Arkadin.

'Hou je kop.' Oserov stond op en boog zich naar voren over de tafel. 'Als je niet stante pede opdondert, trap ik je hoogstpersoonlijk de tent uit.'

Tracy keek hem aan zonder met haar ogen te knipperen. 'Het is niet nodig om zulke taal te gebruiken.'

'Ze heeft gelijk, Oserov. Ik breng haar wel...'

Op dat moment pakte Tracy het uiteinde van Oserovs das, die dreigde in de koffie terecht te komen. Oserov wierp zich op haar, greep de kraag van haar jas vast en trok haar van haar stoel. Daarbij scheurde haar zijden blouse.

De ruzie trok ongewenste aandacht van de klanten en het

personeel. Hun missie was geheim, en Oserov bracht dat in gevaar.

Arkadin stond op en zei zacht: 'Laat haar los.' Toen Oserov niet gehoorzaamde, voegde hij er op een nog zachtere toon aan toe: 'Als je haar niet loslaat, rijg ik je hier ter plekke aan mijn mes.'

Oserov keek omlaag en zag het lemmet van de stiletto die Arkadin tegen zijn lever drukte. Zijn gezicht bewolkte nog meer, en in zijn harde, fonkelende ogen lichtte de haat op.

'Als je maar niet denkt dat ik dit vergeet,' zei hij op onheilspellende toon terwijl hij haar losliet.

Aangezien hij zijn blik nog steeds op Tracy had gericht, was het onduidelijk tegen wie Oserov sprak, maar Arkadin vermoedde dat hij hen beiden bedoelde. Om erger te voorkomen, kwam Arkadin achter het tafeltje vandaan om Tracy bij de elleboog te nemen en haar het café uit te loodsen.

De sneeuw wervelde in grote vlokken omlaag, en hun haar en schouders werden er vrijwel onmiddellijk mee bedekt.

'Nou, dat was interessant,' zei ze.

Arkadin bestudeerde haar gezicht en kon geen angst ontdekken. 'Ik ben bang dat je een erg vervelende vijand hebt gemaakt.'

'Je kunt beter weer naar binnen gaan,' zei Tracy alsof ze hem niet had gehoord. 'Zonder jas vries je hier dood.'

'Ik geloof niet dat je begrijpt...'

'Ken je Doma?'

Hij knipperde met zijn ogen. Luisterde die meid soms nooit naar wat iemand tegen haar zei? Maar de golven waarop ze zich voortbewoog, brachten hem steeds verder uit de kust. 'Dat restaurant bij de Hermitage? Dat kent iedereen.'

'Vanavond acht uur.' Ze schonk hem haar gepatenteerde glimlach en liet hem achter in de sneeuw, geobserveerd door een woest kijkende Oserov.

Het meisje dat hij voor Tracy had aangezien, was allang verdwenen, maar Arkadin kon nog steeds de natte sporen van haar smalle voeten zien in het zand voorbij de vloedlijn. Er waren nu kwallen in het water die een opaalblauw schijnsel verspreidden. Uit een radio verderop klonk een vrouwenstem die een trieste *ranchera* zong. De kwallen leken te deinen op de muziek. De avond begon te vallen, en een zwarte hemel bezaaid met sterren kwam zijn kant op. Arkadin slenterde terug naar het klooster. Hij stak kaarsen aan in plaats van elektrische lampen en luisterde naar trieste ranchera's in plaats van de tv aan te zetten. Van de ene op de andere dag was Mexico in zijn bloed gaan zitten.

Ik begin te begrijpen waarom Arkadin en Oserov doodsvijanden zijn, dacht Bourne terwijl hij opkeek van Perlis' notitieboek. *Haat is een krachtige emotie. Haat zorgt ervoor dat mensen die normaal gesproken slim zijn, fouten gaan maken of in elk geval minder goed opletten. Misschien heb ik eindelijk Arkadins achillespees gevonden.*

Hij had voorlopig genoeg gelezen. Hij sloot het deksel van de doos, stak het boek in zijn zak en drukte op de bel om te laten weten dat hij klaar was. Hoewel het oppervlakkig gezien merkwaardig leek dat Perlis zo'n ouderwetse methode gebruikte om volgens hem cruciale informatie op te slaan, was het bij nader inzien volkomen begrijpelijk. Elektronische media konden op zoveel manieren worden gehackt dat een handgeschreven document het antwoord was. Als je het vervolgens in een kluis bewaarde, was het volkomen veilig, en mocht dat nodig zijn, dan kon het onherstelbaar vernietigd worden met een gewone lucifer. De beste verdediging tegen computerhackers was tegenwoordig het werken met *lowtech* materiaal. Hackers waren in staat de meest geavanceerde elektronische beveiligingen te omzeilen en zelfs gewiste bestanden terug te halen.

Diego Hererra schoof het gordijntje opzij, pakte de metalen doos aan en plaatste die in de safe terug. De twee mannen sloten af met hun sleutels.

Terwijl ze de kluis uit liepen, zei Bourne: 'Ik wil je om een gunst vragen.'

Diego keek hem verwachtingsvol, maar vrijblijvend aan.

'Ik word gevolgd door een man. Hij bevindt zich in de bank en wacht totdat ik terugkom.'

Nu glimlachte Diego. 'Geen probleem. Ik kan je naar de deur brengen die gebruikt wordt door klanten die, laten we zeggen, wat meer discretie nodig hebben dan de gemiddelde bezoeker.' Ze bevonden zich bijna bij zijn kantoor toen er iets van bezorgdheid op zijn gezicht verscheen. 'Neem me niet kwalijk, maar waarom volgt die man je eigenlijk?'

'Geen idee,' zei Bourne, 'maar ik schijn dat soort types aan te trekken.'

Diego lachte. 'Noah maakte regelmatig zulke opmerkingen.'

Bourne besefte dat het niet lang meer kon duren voordat Diego Hererra hem zou vragen of hij voor het team van Perlis werkte. Hij begon Diego even aardig te vinden als zijn vader, maar dat was geen reden om hem de waarheid te vertellen. Hij knikte als stilzwijgend antwoord op Noahs niet onder woorden gebrachte vraag.

'Ik weet ook niet wie hij is, maar het is belangrijk dat ik daarachter kom,' zei Bourne.

Diego spreidde zijn handen. 'Ik sta tot uw dienst, *señor* Stone,' zei hij zoals het een echte Catalaan betaamt.

Diego mag dan in Londen wonen, dacht Bourne, *zijn hart ligt nog steeds in Sevilla.*

'Ik wil die man op straat hebben voordat ik zelf vertrek. Een brandalarm zou niet gek zijn.'

Diego knikte. 'Geen probleem.' Hij stak een vinger op. 'Maar op voorwaarde dat ik je morgenavond bij me thuis mag uitnodigen.' Hij gaf Bourne een adres in Belgravia. 'We hebben gemeenschappelijke vrienden. Het zou ongemanierd zijn als ik je mijn gastvrijheid niet zou aanbieden.' Er verscheen een grijns op zijn gezicht, en hij liet zijn regelmatige witte tanden zien. 'Ik stel voor dat we eerst een hapje eten, en als je daarna zin hebt om een gokje te wagen, kunnen we naar de Vesper Club op Fulham Road.'

Diego draaide niet om de hete brij heen; opnieuw precies zijn vader. En het kwam overeen met het profiel dat hij een paar weken geleden had samengesteld op basis van zijn speurtocht op het internet. De Vesper Club – een casino alleen voor leden waar uitsluitend hoge bedragen werden ingezet – was daarbij niet naar boven gekomen. Bourne sloeg deze anomalie op in zijn achterhoofd en maakte zich gereed om in actie te komen.

In het gebouw van de Aguardiente Bancorp ging een brandalarm af. Bourne en Diego Hererra keken toe terwijl de bewakers iedereen snel en methodisch de voordeur uit werkten. Bournes belager was er ook bij.

Bourne vertrok via de zijingang van de bank, en terwijl de klanten zich op het trottoir hadden verzameld, niet wetend wat ze moesten doen, bestudeerde hij zijn achtervolger. Daarbij hield hij de menigte tussen hen in. De man tuurde naar de hoofdingang om te zien waar Bourne bleef. Vanuit zijn positie kon hij ook de zijingang zien.

Bourne baande zich een weg door de menigte, die nu in omvang was verdubbeld als gevolg van nieuwsgierige voetgangers en automobilisten die uit hun raampje hingen om te zien wat er aan de hand was. Toen hij vlak achter de man stond, zei hij: 'Loop rechtdoor in de richting van Fleet Street.' Hij drukte zijn knokkels in de rug van de man. 'Iedereen denkt dat een schot met een demper de naontsteking van een vrachtwagen is.' Hij gaf met de muis van zijn hand een tik tegen zijn achterhoofd. 'Zei ik dat je achterom mocht kijken? Lopen.'

De man deed wat Bourne hem had opgedragen. Hij baande zich een weg tussen de mensen door en begon wat sneller te lopen. Hij had brede schouders en een vuilblonde crewcut, een gezicht zo leeg als een verlaten parkeerterrein en een ruwe huid, alsof hij een allergie had of jarenlang in de wind had gewerkt. Bourne wist dat de man iets zou proberen, waarschijnlijk al snel. Een zakenman die volledig opging in zijn mobiele telefoon, haastte zich in hun richting. Bourne voelde dat Crewcut in de richting van de man leunde en opzettelijk tegen hem aanbotste. Vervolgens liet hij zich opzij vallen. Toen hij zich om wilde draaien in de richting van Bourne en zijn vingers zich kromden om een 'cementblok' te vormen, trapte Bourne met de hak van een schoen tegen de achterkant van zijn knie. Op hetzelfde moment greep Bourne zijn rechterarm in een tang van elleboog en onderarm en brak het bot.

De man kreunde en klapte dubbel. Toen Bourne zich naar voren boog om hem overeind te trekken, deed de man een poging zijn knie in Bournes kruis te rammen, maar Bourne stapte opzij, en de knie raakte hem weliswaar pijnlijk, maar ongevaarlijk tegen zijn dijbeen.

Op dat moment werd Bourne zich bewust van een auto die op hoge snelheid en uit de verkeerde richting zijn kant op kwam. Hij gooide het lichaam van zijn achtervolger in het pad van het naderende voertuig, gebruikte de schouders om zich af te zetten en sprong over de motorkap. De bestuurder deed zijn best om snelheid te minderen en er klonken krijsende banden. Toen zijn schoenen het dak van de auto raakten, werd dat van binnenuit doorzeefd met kogels die hem zochten, maar het volgende moment gleed hij al van de kofferbak.

Achter zich hoorde hij een vloeibaar *bonk!* toen de auto het lichaam raakte, en nog geen seconde later bereikte de stank van verbrand rubber zijn neusgaten. Hij waagde een blik over zijn schouders en zag twee mannen bewapend met Glocks verschijnen – de bestuurder en de schutter. Terwijl ze zijn kant op draaiden, stroomde de grote groep personeelsleden en klanten die voor het gebouw van Aguardiente Bancorp had staan wachten, de straat op. Er werd geschreeuwd, cameratelefoons klikten als een bos vol krekels en de twee mannen konden geen kant meer op. Er verschenen nu ook nieuwsgierige voetgangers uit Fleet Street, en al snel klonk het vertrouwde janken van politiesirenes. Bourne, die zich een weg baande door het gedrang, maakte zich ongemerkt uit de voeten, haastte zich de hoek om, Fleet Street in en verdween in de stad.

6

'Ik ben hem kwijt,' zei Frederick Willard.

'Je bent hem wel vaker kwijtgeraakt,' merkte Peter Marks op, in zijn ogen behulpzaam.

'Dit is anders,' beet Willard hem toe. Hij droeg een klassiek kostuum met krijtstreep, een gesteven blauw overhemd met witte boord en manchetten en een marineblauwe vlinderdas met witte stippen. 'Als we niet allebei heel slim en omzichtig te werk gaan, kan dit wel eens definitief worden.'

Sinds hij voor het uit de as herrezen Treadstone was gaan werken, had Marks heel snel geleerd dat het een doodzonde was om Willards leeftijd als maatstaf voor zijn vitaliteit te beschouwen. De man mocht dan in de zestig zijn; hij rende nog steeds sneller dan het gros van de CI-agenten. En wat zijn hersenfuncties betrof – als het erom ging de beste oplossing voor een probleem te bedenken, vond Marks hem even goed als Alex Conklin, de oprichter van Treadstone. Daarbij beschikte hij over het buitengewone vermogen de zwakke punten van zijn tegenstander op te sporen en vervolgens de meest originele manieren te bedenken om er gebruik van te maken. Marks twijfelde er niet aan dat Willard een sadist was, maar dat was niets nieuws binnen hun beroepsgroep, waar lieden met alle denkbare psychologische stoornissen zich verzamelden als vliegen op een rottend lijk. De truc, zo had Marks ontdekt, was dat je van iedereen wist te achterhalen wat zijn of haar eigenaardigheden waren voordat ze die tegen je gingen gebruiken.

Ze zaten op een sofa in de foyer van een organisatie waartoe Oliver Liss behoorde. De organisatie was uitsluitend voor leden – en zo te zien ook uitsluitend voor mannen.

'De Monition Club,' zei Marks nadat hij voor de honderdste keer om zich heen had gekeken. 'Wat is dit eigenlijk voor tent?'

'Geen idee,' zei Willard humeurig. 'Ik heb de hele dag geprobeerd dat uit te zoeken, maar ik ben absoluut niks wijzer geworden.'

'Er moet toch iets zijn. Wie is bijvoorbeeld de eigenaar van dit gebouw?'

'Een holding op Grenada.' Willard kreunde. 'Blijkbaar een lege vennootschap, en daarna wordt het spoor alleen maar ingewikkelder. Ik weet niet wie die lui zijn, maar ze willen in elk geval niet dat iemand het te weten komt.'

'Dat is niet verboden,' zei Marks.

'Misschien niet, maar ik vind het verdacht.'

'Misschien moet ik er nog eens naar kijken.'

De ruimte galmde als een kathedraal en leek door de stenen muren, de gotische bogen en de vergulde kruisen aan een kerkelijke instelling te behoren. Dikke tapijten en bovenmaats meubilair droegen bij aan de benauwende stilte. Af en toe liep er iemand langs die kort iets besprak met de geüniformeerde vrouw achter het hoge bureau in het midden van de lobby om vervolgens weer in de schaduwen te verdwijnen.

De sfeer deed Marks denken aan het onveranderlijk slechte humeur van de nieuwe CI. Van wat hij van zijn voormalige collega's had opgepikt, was het ondersteunend personeel uitgebreid met nieuwe, strakke gezichten en waren de kantoren geïnfecteerd met een bijna verbitterde somberheid. De vergiftigde sfeer verzachtte het schuldgevoel dat hij had gehad toen hij bij de CI was weggegaan, vooral omdat hij er niet was geweest voor Soraya toen ze terug was gekomen uit Caïro. Aan de andere kant; Willard had hem verzekerd dat hij haar in zijn nieuwe functie beter kon helpen. '*Op die manier lijkt je advies objectiever en heeft het meer gewicht,*' had Willard gezegd. En hij had gelijk gehad. Marks was ervan overtuigd dat hij de enige was die haar had kunnen overhalen voor Treadstone te komen werken.

'Wat denk je?' vroeg Willard plotseling.

'Niks.'

'Fout geantwoord. Onze eerste prioriteit is een manier vinden om ons clandestiene contact met Leonid Arkadin te herstellen.'

'Waarom is Arkadin zo belangrijk? Afgezien natuurlijk van het feit dat hij Treadstones eerste project was en de enige die is ontsnapt.'

Willard schonk hem een dreigende blik. Hij stelde het niet op prijs dat zijn eigen woorden tegen hem werden gebruikt, zeker niet door een ondergeschikte. Dat was het probleem met Willard – een van zijn vele eigenaardigheden. Marks had al heel snel beseft dat Willard overtuigd was van zijn eigen superioriteit en iedereen navenant behandelde. Het feit dat in die overtuiging iets van waarheid zat, verstevigde zijn stalen greep alleen maar. Sterker nog, Marks vermoedde dat Willard vooral door zijn arrogantie in staat was geweest zijn positie als bestuurder bij de NSA te bemachtigen en al die jaren te behouden. Het moest zoveel gemakkelijker zijn om bevelen van je meerderen aan te nemen wanneer je wist dat je bezig was ze te naaien.

'Ik snap niet dat ik je dit nog moet uitleggen, Marks, maar in Arkadins geest bevinden zich de laatste geheimen van Treadstone. Conklin heeft een stapel psychologische technieken op hem losgelaten die we niet meer hebben.'

'En hoe zit het met Jason Bourne?'

'Vanwege de resultaten bij Arkadin, heeft Conklin die technieken niet op Bourne toegepast, dus in dat opzicht zijn ze verschillend.'

'Hoezo?'

Willard, wiens aandacht voor detail legendarisch was, strekte zijn armen zodat zijn manchetten even ver uit de mouwen van zijn colbert staken. 'Arkadin heeft geen ziel.'

'Wat?' Marks schudde zijn hoofd alsof hij het niet goed had gehoord. 'Ik kan het natuurlijk mis hebben, maar bij mijn weten bestaat er geen techniek om de ziel te vernietigen.'

Willard rolde met zijn ogen. 'In godsnaam, Peter, ik heb het niet over een of andere machine uit een sciencefictionroman.' Hij stond op. 'Maar vraag het de volgende keer als je naar de kerk gaat maar aan je pastoor. Het antwoord zal je verbazen.' Hij gebaarde Marks ook op te staan. 'Daar hebben we onze nieuwe heer en meester, Oliver Liss.'

Marks wierp een blik op zijn horloge. 'Veertig minuten te laat. Precies op tijd.'

Oliver Liss woonde aan de verkeerde kust. Hij zag eruit, gedroeg zich en zag zichzelf misschien wel als filmster. Hij was knap op een Hollywoodmanier, maar hij hoefde er niets voor te doen. Misschien had hij gewoon fantastische genen. Hoe dan ook, wanneer hij een kamer binnenkwam, had hij geen andere entourage nodig dan zijn eigen privézonnetje boven zijn hoofd. Hij was lang, slank en atletisch en wekte heel wat jaloezie bij de mannen die hij ontmoette. Hij hield van sterke drank, rood vlees en weelderige jonge vrouwen met blond haar. Kortom, hij was precies het type man dat Hugh Hefner voor ogen had gestaan toen hij *Playboy* bedacht.

Liss bracht een werktuiglijk glimlachje op zijn gezicht, beende langs het groepje en gebaarde dat ze hem moesten volgen door de poort van Cerberus om de officiële clubruimte te betreden. Het was tijd voor het ontbijt. De traditie van de Monition Club bepaalde blijkbaar dat deze maaltijd werd gebruikt op een ommuurd bakstenen terras dat uitkeek over een afgeschermd atrium met in het midden een nette kruidentuin – hoewel er in dit jaargetijde weinig meer te zien was dan kale grond en een structuur van lage gietijzeren afrasteringen, hoogstwaarschijnlijk om de munt bij de salie weg te houden.

Liss bracht hen naar een ruime tafel die met steen was ingelegd. Hij rook naar bijenwas en dure eau de toilette. Vandaag ging hij gekleed als een gentleman uit de provincie. Hij droeg een flanellen broek, een tweed colbert en een das met een op-druk van hongerig uitziende vossen. Zijn dure wijnrode mocas-sins glommen als spiegels.

Nadat ze hun versgeperste sap hadden besteld en opgedron-ken en van een pittige *French-press* koffie hadden genipt, kwam hij direct ter zake. 'Ik weet dat jullie het druk hebben gehad met het verhuizen naar een nieuw kantoor, de installatie van de elektronica, enzovoort, maar ik wil dat jullie daarmee stoppen. Ik neem voor die taken een officemanager aan. Jullie zijn alle-bei veel te waardevol om je met dat soort dingen bezig te hou-den.' Zijn stem was warm en helder. Hij wreef in zijn handen; een geliefde oom die opgetogen was over een familiereünie. 'Ik wil dat jullie je allebei met maar één zaak bezighouden. Het lijkt erop dat Noah Perlis door zijn vroegtijdige verscheiden een aantal losse eindjes heeft laten liggen.'

Willard leek enigszins uit het veld geslagen. 'Je wilt toch niet dat we in het chemisch afval van Black River gaan wroeten?'

'In geen geval. Ik ben zes maanden bezig geweest om mezelf los te maken van de organisatie die ik heb helpen oprichten om-dat ik zag aankomen dat het schip zou stranden. Stel je eens voor hoe dat voelt.' Hij stak een vinger op. 'O ja, Frederick, jij hebt wél een idee van wat ik heb meegemaakt.' Hij schudde zijn hoofd. 'Nee, Noah werkte voor mij persoonlijk aan deze spe-cifieke missie. Niemand van Black River was op de hoogte.' Hij leunde achterover toen het ontbijt werd geserveerd, en terwijl hij aan zijn perfect bereide *eggs Benedict* begon, vervolgde hij: 'Noah had een ring. Hij heeft die ring met veel moeite – en voor zover ik weet met persoonlijk verlies – weten te bemachtigen. Ik zal er geen doekjes om winden, het is een unieke ring. Hoe-wel hij aan de buitenkant op een eenvoudige gouden trouwring lijkt, is het iets heel anders. Kijk hier maar eens naar.' Hij over-handigde hem een aantal kleurenfoto's van het betreffende voor-werp.

'Zoals jullie zien is in de binnenkant een aantal symbolen ge-graveerd – grafemen, om precies te zijn.'

'Wat zijn grafemen?' vroeger Marks.

'Dat zijn de basiseenheden van taal – van elke taal.'

Willard kneep zijn ogen half dicht. 'Oké, maar wat is dat in godsnaam voor taal?'

'Een eigen taal, gemaakt van een oude Soemerische, Latijnse en god mag weten wat voor andere dode taal. Misschien wel een die voor de moderne wereld verloren is gegaan.'

'En je wilt dat we hiervoor alles laten vallen?' Marks keek ongelovig. 'Wie denk je dat we zijn, Indiana Jones?'

Liss, die ondertussen wat van zijn eieren naar binnen had gewerkt, glimlachte zelfgenoegzaam. 'Zo oud is dat ding ook weer niet, wijsneus. Sterker nog, de ring is waarschijnlijk niet meer dan een jaar of twintig geleden gemaakt.'

'Een ring?' Willard schudde zijn hoofd. 'En wat wil je daarmee?'

'*Eyes only.*' Liss knipoogde en tikte met een vinger tegen de zijkant van zijn neus. 'Hoe dan ook, Noah had de ring toen hij door Jason Bourne werd vermoord. Het is duidelijk dat Bourne hem heeft geëlimineerd om de ring te krijgen.'

Marks schudde zijn hoofd. Iedereen wist dat hij een hekel had aan Bourne. 'Waarom zou hij dat doen? Hij moet een goede reden hebben gehad.'

'Waar het om gaat, is dat Bourne opnieuw heeft gemoord zonder provocatie.' Liss schonk hem een harde blik. 'Als je Bourne vindt, heb je de ring.' Hij brak voorzichtig een eidooier en dipte er een driehoekig stuk toast in. 'Volgens een tip die ik heb gekregen, is Bourne in de aankomsthal van Heathrow gesignaleerd. Het zit er dus dik in dat hij naar Noahs appartement in Belgravia is gegaan. Begin daar maar. Ik heb de details naar jullie mobiele telefoons gestuurd en voor jullie een avondvlucht naar Heathrow geboekt, dus jullie kunnen morgenochtend na aankomst meteen aan de slag.'

Willard legde de foto's opzij en trok een gezicht dat in Marks' hoofd een alarmbel deed afgaan.

'Toen je akkoord ging met de financiering van Treadstone,' zei Willard op zachte, dreigende toon, 'zei je dat ik verantwoordelijk zou zijn voor de operaties.'

'Werkelijk?' Liss rolde met zijn ogen alsof hij probeerde zich iets te herinneren. Vervolgens schudde hij zijn hoofd. 'Nee. Nee, dat heb ik nooit gezegd.'

'Is dit... Wat is dit, een of andere grap?'

'Het lijkt me niet, nee.' Liss stak de driehoekige toast in zijn mond en begon smakelijk te kauwen.

'Ik heb mijn eigen agenda.' Willard gaf elk woord zorgvuldig een scherp randje mee. 'Ik heb een speciale reden voor de doorstart van Treadstone.'

'Ik ben me heel goed bewust van je obsessie met die Rus, Leonid Arkadin, maar het is een feit dat niet jij Treadstone hebt doorgestart – dat heb ik gedaan. Treadstone is van mij. Ik financier alles – jij werkt voor me. En als je dat anders ziet, heb je een behoorlijke misrekening gemaakt.'

Marks nam aan dat Willard inmiddels wel besefte dat hij door zijn overstap van de CI naar Oliver Liss de ene gehate superieur voor de andere had ingeruild. En zoals hij zelf had gezegd toen hij Marks had gerekruteerd; een deal met de duivel kun je niet terugdraaien. Ze zaten er allebei tot over hun oren in.

Liss wierp ook een blik op Willard. Hij glimlachte vriendelijk en wees met de puntjes van zijn vork, waaraan restjes gestold eigeel plakten. 'Je kunt beter gaan eten. Je ontbijt wordt koud.'

Na ergens een hapje te hebben gegeten – en meer van Perlis' verslag over de bloedvete tussen Arkadin en Oserov te hebben gelezen – keerde Bourne terug naar Belgravia; ditmaal naar de straat waar Tracy Atherton had gewoond. Het was er groen en koel tussen de mistslierten die in de goten wervelden en zich rond de schoorstenen van de rijtjeswoningen strengelden. Haar huis, dat er netjes uitzag en goed werd onderhouden, was identiek aan de aangrenzende woningen. Een steile trap voerde naar de voordeur, waarop, zo zag hij, een koperen plaat was bevestigd met daarop de namen van de mensen die in de zes appartementen woonden.

Hij drukte op de bel voor T. ATHERTON, alsof ze nog leefde en hij een middagje op bezoek kwam voor een drankje, een hapje, een vrijpartij en een gesprek over kunst en haar lange, complexe geschiedenis. Hij was verrast toen de zoemer klonk en de voordeur van het slot ging. Hij duwde de deur open en betrad een halletje. Het was er schemerig en waterkoud, zoals alleen een binnenruimte in Londen dat in de winter of de lente kan zijn.

Tracy's flat bevond zich op de tweede verdieping, een aantal smalle, erg steile trappen op waarvan de treden af en toe kraakten onder zijn gewicht. Het appartement bevond zich aan de achterkant, en hij herinnerde dat ze had gezegd: *Aan de achterkant is een binnenplaatsje met een perenboom waarin elke lente een stel huiszwaluwen nestelt.* Hij kon zich voorstellen dat de zwaluwen er nu ook nestelden. Het was een bitterzoete gedachte.

Hij liep behoedzaam naar de deur, die vervolgens op een kier openging. De gestalte die verscheen, werd van achteren verlicht, en heel even bleef hij stokstijf staan en begon zijn hart sneller te kloppen omdat hij ervan overtuigd was dat hij naar Tracy keek. Lang, slank, blond haar.

'Ja? Wat kan ik voor u doen?'

Haar ogen verbraken de betovering; ze waren bruin, niet blauw, en ze waren niet zo groot als die van Tracy. Hij kon weer ademhalen. 'Ik ben Adam Stone. Ik was een vriend van Tracy.'

'O, ja, Trace heeft me over u verteld.' Ze stak geen hand uit. De blik op haar gezicht was angstvallig neutraal. 'Ik ben Chrissie Lincoln, Tracy's zus.'

Ze maakte geen aanstalten om uit de deuropening weg te gaan. 'Ze heeft u ontmoet op een vlucht naar Madrid.'

'Het was een vlucht van Madrid naar Sevilla.'

'O, ja.' Chrissie observeerde hem bedachtzaam. 'Trace reisde zoveel. Het was maar goed dat ze vliegen leuk vond.'

Bourne besefte dat ze hem testte. 'Ze had de pest aan vliegen. Ze was vijf minuten nadat ze zich had voorgesteld al misselijk.' Hij wachtte totdat ze zou reageren. Ten slotte zei hij:

'Mag ik binnenkomen? Ik wil graag even met je over Tracy praten.'

'Waarom niet.' Ze maakte plaats, bijna met tegenzin.

Hij liep naar binnen en ze sloot de deur achter hem. Tracy had gelijk gehad; het appartement was erg klein, maar even mooi als zij was geweest. Meubels in botergeel en dieporanje, frisse, crèmekleurige gordijnen voor de ramen, her en der kussens met witte stippen, dierenprints en strepen om wat kleur aan te brengen. Hij liep door de woonkamer naar haar slaapkamer.

'Zoekt u iets, meneer Stone?'

'Zeg maar Adam.' Op een of andere manier wist hij dat er aan de achterkant openslaande deuren zouden zijn, en daar was de perenboom op het binnenplaatsje. 'Ik zoek de zwaluwen.'

'Hoe bedoelt u?' Haar stem klonk ineens wat hoger en dunner, en ze sprak sneller dan haar zus.

'Tracy zei dat er in de lente altijd huiszwaluwen in die perenboom broedden.'

Ze kwam naast hem staan. Haar haar rook naar citroen. Ze droeg een goedkoop katoenen herenoverhemd met opgestroopte mouwen, en haar armen waren gebruind. Haar spijkerbroek was niet zo'n moderne lowrider, maar een onverslijtbare Levi's met omgeslagen pijpen. De goedkope flatjes aan haar voeten waren afgetrapt bij de hielen, en ze zweette een beetje, alsof ze had schoongemaakt of een kast overhoop had gehaald. Ze droeg geen sieraden, zelfs geen trouwring. En toch was haar achternaam Lincoln, niet Atherton.

'Heeft u ze gevonden?' vroeg ze met een breekbaar stemmetje.

'Nee,' zei hij, en hij draaide zich om.

Ze trok haar wenkbrauwen op en zei een tijdlang niets.

'Chrissie?'

Toen ze geen antwoord gaf, liep hij naar de keuken om voor haar een glas koud water te halen. Ze nam het zwijgend aan en dronk er langzaam van, alsof het medicatie was.

Toen ze het glas had neergezet, zei ze tegen hem: 'Ik geloof dat ik u beter niet binnen had kunnen laten. Ik heb liever dat u weggaat.'

Bourne knikte. Hij had het appartement gezien. Hij wist niet wat hij ervan had verwacht, misschien wel helemaal niets, afgezien van haar geur die was blijven hangen tot lang nadat ze was vertrokken. De nacht die ze in Khartoum hadden doorgebracht, was veel intiemer geweest dan wanneer ze de liefde zouden hebben bedreven; dat was iets wat, ondanks de benaming, heel onpersoonlijk kon zijn, afstandelijk zelfs. De onthulling die later was gekomen, dat Tracy voor Leonid Arkadin had gewerkt, was als een klap in zijn gezicht geweest. Maar gedurende de weken na haar dood was hij geobsedeerd geraakt door de gedachte dat er iets niet klopte aan dat verhaal. Niet dat hij eraan twijfelde dat ze voor Arkadin had gewerkt, maar hij had ergens het idee dat het verhaal niet zo simpel was. Het was heel goed mogelijk dat hij hier was gekomen om naar een of ander bewijs te zoeken, een bevestiging van zijn vermoeden.

Ze waren inmiddels teruggelopen naar de voordeur, en Chrissie deed open. Toen hij op het punt stond te vertrekken, zei ze: 'Meneer Stone...'

'Adam.'

Ze probeerde te glimlachen, maar slaagde daar niet in. Haar gezicht leek gespannen en vol verdriet. 'Weet je wat er in Khartoum is gebeurd?'

Bourne aarzelde. Hij keek langs haar heen, de gang in, maar in gedachten zag hij Tracy's gezicht, bespat met bloed, terwijl hij haar wiegde in zijn schoot.

'Ik weet dat ik niet zo gastvrij ben geweest. Ik – ik ben nogal in de war.' Ze deed een stap naar achteren om hem opnieuw binnen te laten.

Bourne draaide zich om met een hand op de deels geopende deur. 'Haar dood was een ongeluk.'

Chrissie schonk hem een geschrokken en tegelijkertijd verwachtingsvolle blik. 'Hoe weet je dat?'

'Ik was erbij.'

Hij zag het bloed wegtrekken uit haar gezicht. Ze staarde

hem onbeweeglijk aan, alsof haar blik was vergroeid met de zijne; alsof ze in zijn ogen probeerde te zoeken naar schimmen van het afschuwelijke voorval.

'Zou je willen vertellen hoe ze is gestorven?'

'Ik denk niet dat je de details graag wilt horen.'

'Ja,' zei ze. 'Dat wil ik wel. Ik – ik moet het weten. Ze was mijn enige zus.' Ze sloot de deur en liep naar een leunstoel, maar ze ging niet zitten. Ze ging erachter staan en staarde voor zich uit. 'Ik heb een vreselijke tijd achter de rug sinds ik het nieuws heb gekregen. De dood van een zus is – zoiets is niet te vergelijken met de dood van iemand anders. Ik – ik kan het niet uitleggen.'

Bourne keek naar haar terwijl ze haar vingers in de hoge rug van de leunstoel groef.

'Ze werd geraakt door glasscherven. Een daarvan is door haar lichaam gegaan. Ze is in een paar minuten doodgebloed. Niemand had iets voor haar kunnen doen.'

'Arme Trace.' Ze had zo hard in de leuning van de stoel geknepen dat haar knokkels wit waren geworden. 'Ik heb nog zo gezegd dat ze niet moest gaan. En ik heb haar gesmeekt die rotopdracht niet aan te nemen.'

'Welke opdracht?'

'Die verrekte Goya.'

'Waarom heeft ze jou over die Goya verteld?'

'Het ging niet om het schilderij, maar om de opdracht. Ze zei dat het haar laatste zou worden. Ze wilde dat ik dat wist. Ik denk omdat ze wist dat ik absoluut niet zag zitten wat ze deed.'

Ze huiverde. 'Het was de belichaming van het kwaad, dat Zwarte Schilderij.'

'Je zegt dat alsof het leefde.'

Ze keerde hem de rug toe. 'In zekere zin was dat ook zo omdat het in verband stond met die man.'

'Arkadin.'

'Ze heeft nooit gezegd hoe hij heette. Van wat ik eruit op heb gemaakt, gaf hij haar extreem gevaarlijke opdrachten, maar hij betaalde zo goed dat ze ze allemaal accepteerde. Dat vertelde ze me tenminste.'

'Geloofde je haar dan niet?'

'Natuurlijk wel. Toen we jong waren, hebben we afgesproken dat we nooit tegen elkaar zouden liegen.' Haar haar was een tint donkerder dan dat van haar zus, en ook dikker, bijna weelderig, en haar gezicht was wat minder hoekig; zachter, opener. Het zag er ook vermoeider uit. Chrissie deed alles sneller dan Tracy, of misschien leek dat zo omdat ze alles deed in vlagen van nerveuze bewegingen die in gang werden gezet door kleine innerlijke uitbarstingen. 'De problemen ontstonden toen we ouder werden. Ik weet zeker dat er in haar privéleven veel dingen waren die ze niet met me wilde delen.'

'En je vroeg er nooit naar?'

'Het was haar beslissing om bepaalde dingen geheim te houden,' zei ze op verdedigende toon. 'Ik respecteerde dat gewoon.'

Hij volgde haar de slaapkamer in. Ze bleef staan en keek als verdoofd om zich heen, alsof ze haar zus zocht maar haar om onverklaarbare redenen niet kon vinden. Het licht dat door het venster naar binnen viel, werd door de perenboom versplinterd in ruiten en rechthoeken. Het had een warme tint, als van een sepiadruk. Ze begaf zich in een van de lichtere geometrische vormen.

Ze sloeg haar armen om haar middel, alsof ze probeerde haar emoties binnen te houden. 'Maar één ding weet ik zeker. Die man is een monster. Ze zou nooit uit vrije wil voor hem hebben gewerkt. Ik weet zeker dat hij iets over haar wist.'

Het was een echo van zijn eigen vermoedens. Misschien kon ze hem alsnog iets vertellen wat hij niet wist. 'Heb je enig idee wat dat kan zijn geweest?'

'Dat zei ik net. Trace was de meest gesloten persoon op aarde.'

'Dus je herinnert je niks, geen raar antwoord op een vraag, dat soort dingen?'

'Nee.' Chrissie rekte het woord uit tot twee lettergrepen. 'Ik bedoel – er was wel iets, maar dat was eigenlijk een beetje belachelijk.'

'Belachelijk? Hoezo?'

'Ik herinner me dat we een keer bij elkaar waren en dat het ineens leek alsof er niks meer was om over te praten nadat ik mijn eigen nieuwtjes had verteld. Het was trouwens oud nieuws allemaal, dus niet bepaald interessant, maar ik baalde er blijkbaar van want ik zei – op een leuke toon, hoor – dat ik het gevoel had dat ze een vriendje had en dat ze dat voor me verborgen hield.'

Bourne hield zijn hoofd een beetje schuin. 'En toen?'

'Nou, dat vond ze helemaal niet leuk. Ze kon er in elk geval niet om lachen. Ik bedoelde een vriendje of een man, maar ze zei heel kattig dat ik haar enige familie was.'

'Denk je niet dat...'

'Nee,' zei Chrissie met klem. 'Zo zat ze niet in elkaar. Ze kon niet goed met pa en ma overweg en ze stoorde zich aan alles wat ze deden. En zij stoorden zich vreselijk aan haar rebelse gedrag. Ik was de oppassende dochter. Ik zou in mijn vaders voetstappen treden en professor worden in Oxford. Maar Trace... God mag weten wat ze van haar dachten. Maar goed, vanaf het moment dat ze een jaar of dertien was, hadden ze voortdurend ruzie. Totdat ze op een dag vertrok en niet meer terugkwam. Nee, ik weet zeker dat ze zelf geen gezin wilde.'

'En dat vind je jammer?'

'Nee,' zei Chrissie op uitdagende toon. 'Daar heb ik bewondering voor.'

'Nou, dan mogen we uiteindelijk toch achter Bourne aan,' zei Marks. 'Dat is in elk geval iets. Hij is tenslotte de helft van Treadstone.'

'Doe niet zo stom,' beet Willard. 'Liss heeft niet eens de moeite genomen om het als zoenoffer aan te bieden. Hij besefte heel goed dat ik hem in zijn gezicht zou uitlachen. Hij weet dat ik de enige ben – onder zijn leiding, in elk geval – die bij Bourne kan komen zonder daar een gebroken nek of rug aan over te houden. Nee, dit was hij al vanaf het begin van plan. Het was de enige reden waarom hij akkoord is gegaan met de steun aan

Treadstone, en ik heb hem gewoon in de kaart gespeeld.'

'Het is anders een verdomd hoge prijs voor een ring,' zei Marks. 'Dat ding moet wel erg zeldzaam of kostbaar of belangrijk zijn.'

'Ik wil de foto van die inscriptie nog een keer bekijken,' peinsde Willard. 'Dat is onze beste kans om iets over de ring te weten te komen. Van Liss hoeven we niks te verwachten.'

Ze hadden met de handen in de zakken en de hoofden gebogen tegen de wind een wandeling gemaakt over de Mall, van het Washington Monument in de richting van het Lincoln Memorial, maar op het laatste moment hadden ze besloten een stukje om te lopen langs het Vietnam Veterans Memorial. Onderweg hadden ze elk op hun eigen wijze gecontroleerd of ze gevolgd dan wel afgeluisterd werden. Ze vertrouwden niemand, zeker Oliver Liss niet.

Ze bleven staan, en Willard staarde naar de muur, die een sombere uitstraling had in zijn eeuwige schaduw. Hij slaakte een diepe zucht en sloot zijn ogen. Op zijn lippen verscheen een mysterieus glimlachje met de steelsheid van een kat. 'Hij denkt dat hij me schaakmat heeft gezet, maar ik heb een koningin waar hij geen controle over heeft.'

Marks schudde zijn hoofd. 'Ik heb geen idee waar je het over hebt.'

Willard opende zijn ogen. 'Soraya Moore.'

Marks keek hem verschrikt aan. 'O, nee.'

'Ik heb je gevraagd of je haar wilde rekruteren, en dat heb je gedaan.'

Twee veteranen in uniform, van wie de ene de andere duwde omdat hij in een rolstoel zat, naderden over het lange, statige pad en stopten voor de namen. De veteraan in de rolstoel had geen benen. Hij overhandigde zijn vriend een klein boeket en een miniatuur van de Amerikaanse vlag op een houten voetje. Zijn vriend legde ze onder aan de muur waarin de namen van hun landgenoten voor eeuwig in steen waren gegrift.

Er lag een glinstering in Willards ogen toen hij het tafereel de rug toekeerde. 'Ik heb haar eerste opdracht: Leonid Arkadin opsporen.'

'Je zei dat je hem kwijt was,' zei Marks. 'Waar moet ze beginnen met zoeken?'

'Dat is haar probleem,' zei Willard. 'Ze is slim. Ik volg haar carrière al sinds ze bij Typhon ten tonele verscheen.' Hij glimlachte. 'Je moet een beetje vertrouwen hebben, Peter. Ze is een topper, en ze heeft een ingebouwd voordeel ten opzichte van jou en mij. Ze is een ontzettend knappe vrouw – heel begeerlijk –, wat betekent dat Arkadin haar al ruikt op een kilometer afstand.'

Zijn hersenen werkten op hun eigen merkwaardige wijze. 'Ik wil haar aan hem koppelen, Peter. Ik wil dat ze iets met elkaar krijgen zodat ze me kan vertellen wat hij doet en waarom.'

De twee veteranen hadden het hoofd gebogen en waren alleen met hun eigen gedachten. Ondertussen liepen toeristen en familieleden van andere gevallenen voorbij. Sommigen raakten her en der de namen aan. Een Japanse reisleidster hield haar gele vlaggetje in de lucht om haar druk fotograferende kudde om zich heen te verzamelen.

Marks kamde een hand door zijn haar. 'Jezus, je kunt niet van me verwachten – moet ik soms haar pooier gaan spelen?'

Willard keek alsof hij op een citroen zoog. 'Sinds wanneer zit jij bij de padvinders? Je werkt bij de CI. De Oude Man had gehakt van je gemaakt.'

'Ze is een vriendin van me, Fred. Al heel lang.'

'In deze business bestaan geen vrienden, Peter, alleen verbitterde lijfeigenen. Ik ben de slaaf van Liss, jij bent de mijne en zij is die van jou. Zo werkt het.'

Marks keek even sip als Willard had gedaan na hun ontbijt met Liss.

'Je geeft haar de opdracht voordat we naar het vliegveld gaan.' Willard keek op zijn horloge. 'Je hebt nog bijna zes uur om je voor te bereiden en te doen wat je moet doen.' Er verscheen een brede glimlach op zijn gezicht. 'Meer dan genoeg tijd voor een slimme vent als jij, nietwaar?'

7

'Het wordt tijd dat ik ga,' zei Bourne. 'We kunnen allebei wel wat slaap gebruiken.'

'Ik heb geen zin om te slapen,' zei Chrissie, en met een flauw glimlachje zong ze: *'Bad Dreams in the Night.'* Ze hield haar hoofd onderzoekend een beetje schuin. 'Kate Bush. Ken je haar muziek?'

'Is dat niet van *Wuthering Heights*?'

'Ja, mijn dochter, Scarlett, is een enorme fan. In Oxford hoor je niet veel Kate Bush, dat kan ik je vertellen.'

Het was na middernacht. Hij had zich buiten de deur gewaagd en was naar een Indiaas restaurant gegaan om wat te eten te halen. Na zijn terugkomst had Chrissie er een paar kleine hapjes van genomen. Vervolgens had ze gekeken naar hoe hij at. Gezien de gewelddadige gebeurtenissen bij de bank, eerder op de dag, kon hij de straat maar beter mijden – en misschien zijn hotel ook.

Terwijl hij keek naar de vrouw die tegenover hem op de sofa zat, herinnerde hij zich opnieuw een flard van het gesprek dat hij in Khartoum met Tracy had gehad, de avond voor haar dood.

In je geest kun je iedereen zijn en alles doen. Alles is plooibaar. Maar in de echte wereld is het zo verrekte moeilijk om dingen te veranderen dat je er doodmoe van wordt, het maakt niet uit wat.

Je zou jezelf natuurlijk een compleet nieuwe identiteit kun-

nen aanmeten, had hij geantwoord, *een waarbij het minder moeilijk is om veranderingen te bewerkstelligen omdat je dan je eigen verhaal maakt.*

Ze had geknikt. *Ja, maar daar zitten ook weer allerlei haken en ogen aan. Geen familie, geen vrienden – tenzij je er natuurlijk geen probleem mee hebt om een compleet geïsoleerd leven te leiden.*

'De avond voor haar dood,' zei hij nu, 'vertelde ze me iets dat me het gevoel gaf dat ze misschien, als alles anders zou zijn geweest, graag een eigen gezin zou hebben gehad.'

Het was heel even alsof alle lucht uit haar was verdwenen. 'Nou, dat is dan heel zuur.' Even later vervolgde ze op minder cynische toon: 'Weet je, de grap is – of eigenlijk is het natuurlijk verrekte triest, als je erover nadenkt – soms was ik jaloers op haar. Ze zat nergens aan vast, ze was niet getrouwd en ze kon gaan en staan waar ze wilde en wanneer ze wilde, en dat deed ze ook. Ze was in dat opzicht net een vuurpijl, zo wild was ze. Het was net alsof gevaar – ik weet het niet – een afrodisiacum voor haar was. Of misschien was het meer het gevoel dat mensen krijgen als ze een ritje in een achtbaan maken; het gevoel dat ze zó snel gaan dat ze bijna, maar net niet helemaal, de controle verliezen.' Er klonk een verbitterd lachje. 'De laatste keer dat ik in een achtbaan zat, werd ik misselijk.'

Een deel van hem had oprecht medelijden met haar, maar een ander deel – het professionele deel, de Bourne-identiteit – was op zoek naar een manier om dieper tot Chrissie door te dringen om na te gaan of er meer dingen waren die ze hem kon vertellen over Tracy en haar mysterieuze relatie met Leonid Arkadin. Hij zag haar slechts als middel tot een doel; een stapsteen, geen mens. Hij verafschuwde die afstandelijkheid, maar ze vormde deels de reden voor zijn succes. Dit was wie hij was, of in elk geval wat Treadstone van hem had gemaakt. Hoe je het ook wendde of keerde: hij was beschadigd, getraind en uiterst bedreven. Net als Arkadin. En toch bestond er een afgrond tussen hen, een peilloze diepte waarvan Bourne de bodem niet kon zien. Arkadin en hij stonden tegenover elkaar aan de rand van deze put die misschien voor iedereen onzichtbaar was, behalve voor henzelf. Ze zochten naar manieren om elkaar te vernietigen maar zelf te overleven. Er waren momenten waarop hij zich afvroeg of dat mogelijk was, of ze niet allebei moesten verdwijnen om de wereld van een van hen te verlossen.

'Weet je wat ik zou willen?' Ze keek hem aan. 'Herinner je je *Superman*? Oké, geen geweldige film, maar goed, Lois Lane gaat dood en Superman is er zo kapot van dat hij zichzelf lanceert. Hij vliegt om de aarde heen en gaat steeds sneller, sneller dan het geluid en sneller dan het licht – zo snel dat hij de tijd omkeert, teruggaat naar het moment vlak voordat Lois doodgaat en haar leven redt.' Haar blik was op zijn gezicht gevestigd, maar ze leek iets anders te zien. 'Ik zou willen dat ik Superman was.'

'Dan zou je teruggaan in de tijd en Tracy redden.'

'Als dat zou kunnen. Maar ook als het me niet zou lukken, zou ik in elk geval... zou ik in elk geval begrijpen wat ik verdomme met dat verdriet aan moet.' Ze probeerde diep adem te halen, maar slaagde er alleen in haar tranen te bedwingen. 'Ik heb het gevoel dat er een enorm gewicht op me drukt, alsof ik bij alles wat ik doe word vastgehouden door een anker, of Tracy's lichaam, koud en stijf en... stil.

'Dat gevoel gaat vanzelf voorbij,' zei Bourne.

'Ja, je zult wel gelijk hebben. Maar als ik dat nou niet wil?'

'Wil je haar dan achterna? Hoe moet het dan met Scarlett? Wat gebeurt er dan met haar?'

Chrissie begon te blozen en sprong op. Bourne liep achter haar aan terwijl ze de slaapkamer binnenging. Ze staarde door de openstaande deuren naar buiten, naar de perenboom, die nu overspoeld werd met zilverachtig maanlicht. 'Godsamme, Trace, waarom ben je weggegaan? Ik zweer het, als ze nu hier was, zou ik haar de strot omdraaien.'

'Of haar in elk geval laten beloven dat ze bij Arkadin uit de buurt blijft.'

Bourne hoopte dat het opnieuw noemen van Arkadins naam

misschien een herinnering boven zou brengen die ze over het hoofd had gezien. Hij had het gevoel dat ze zich op een cruciaal punt bevonden. Hij was niet van plan te vertrekken zolang ze hem er niet uitzette. Waarschijnlijk zou ze dat ook niet doen; hij was nu haar enige link met haar zus; hij was erbij geweest toen Tracy stierf. Dat betekende heel veel voor haar. Hij had het gevoel dat het hen dichter bij elkaar had gebracht en Tracy's onverwachte dood wat draaglijker maakte.

'Zeg, Chrissie,' zei hij op warme toon, 'heeft ze wel eens verteld hoe ze hem heeft ontmoet?'

Ze schudde haar hoofd en zei: 'Misschien in Rusland. Sint Petersburg? Ze was ernaartoe gegaan om een kijkje te nemen in de Hermitage. Ik herinner het me nog omdat ik met haar mee zou gaan, maar Scarlett kreeg plotseling een oorontsteking – hoge koorts, huilen, je kent het wel.' Ze schudde haar hoofd. 'Mijn god, wat zijn onze levens verschillend geweest! En nu… nu dit. Scarlett zal er wel kapot van zijn.'

Plotseling fronste ze haar wenkbrauwen. 'Waarom ben je hier eigenlijk naartoe gekomen, Adam?'

'Omdat ik een herinnering aan haar wilde hebben. En omdat ik nergens anders naartoe kon.' Hij besefte enigszins laat dat het de waarheid was, of in elk geval zoveel daarvan als hij bereid was met haar te delen.

'Ik ook niet,' zei ze met een zucht. 'Scarlett was op bezoek bij mijn ouders toen het telefoontje kwam. Ze had het zo naar haar zin – en nog steeds, te oordelen naar haar sms'jes.' Haar blik was op hem gevestigd, maar ze leek opnieuw iets anders te zien. 'Wat mij betreft, mag je wel wat rondkijken. Neem maar mee wat je wilt hebben.'

'Dat stel ik erg op prijs.'

Ze knikte afwezig en draaide zich weer om naar het binnenplaatsje en de perenboom. Even later stokte haar adem. 'Daar zijn ze!'

Bourne stond op en kwam naast haar staan bij het raam.

'Ze zijn terug,' zei hij. 'De zwaluwen.'

Arkadin werd wakker bij zonsopgang, trok een zwembroek aan en ging een stuk joggen op het strand. Er vlogen aalscholvers en pelikanen rond. Langs het water liepen gulzige zeemeeuwen die pikten aan de restanten van de drankfeesten van afgelopen nacht. Hij rende in zuidelijke richting totdat hij de rand van een van de grote vakantieoorden had bereikt en draaide daar om. Even later nam hij een duik en zwom veertig minuten. Toen hij terugkwam in het klooster, wachtten er meer dan twintig berichten voor hem op zijn mobiele telefoon. Een ervan was van Boris Karpov. Hij nam een douche, kleedde zich aan en sneed wat verse vruchten. Ananas, papaja, bananen en sinaasappels. Hij at het zoete fruit met een grote klodder yoghurt. Gek genoeg leerde hij in Mexico gezond te eten.

Hij veegde met de rug van zijn hand zijn mond af, pakte zijn telefoon en ging aan het werk. Hij kreeg te horen dat de recentste bestelling van een van Gustavo Moreno's toeleveringsbedrijven niet was aangekomen. De order was vertraagd en misschien zelfs verdwenen. Op het moment, zo werd hem gezegd, viel dat onmogelijk te zeggen. Hij gaf zijn man opdracht hem op de hoogte te houden en verbrak de verbinding.

Hij besloot zich persoonlijk met de vermiste zending bezig te houden en zo nodig strenge straffen uit te delen. Hij toetste het nummer van Karpov in.

'Ik ben in LAX,' zei de stem van Boris Karpov in zijn oor. 'Wat nu?'

'Nu gaan we een ontmoeting regelen,' zei Arkadin. 'Er is eind van de ochtend nog een vlucht naar Tucson. Bel van tevoren het vliegveld en reserveer een huurwagen – een twoseater met open dak. Hoe ouder en aftandser, hoe beter.' Hij gaf Karpov een routebeschrijving met instructies. 'Kom naar het ontmoetingspunt met gesloten dak. Houd er rekening mee dat je misschien een uur of langer moet wachten, totdat ik ervan overtuigd ben dat je aan alle voorwaarden van de afspraak hebt voldaan. Is dat duidelijk?'

'Ik ben er voor zonsondergang,' zei Karpov.

Bourne was nog wakker. Hij luisterde naar de geluiden van het appartement, het gebouw en de buurt; hij hoorde Londen in- en uitademen als een reusachtig monster. Hij keek op toen Chrissie in de woonkamer verscheen. Een uur geleden, tegen vieren, was ze naar de slaapkamer gegaan, maar aan het nachtlampje te zien en aan het ritselende geluid van omgeslagen pagina's te horen, was ze niet gaan slapen. Ze had het misschien niet eens geprobeerd.

'Slaap je nog niet?' Haar stem klonk zacht, bijna mompelend, alsof ze net wakker was geworden.

'Nee.' Hij was weer op de bank gaan zitten, en zijn geest was leeg en duister als de bodem van de zee. Maar de slaap wilde niet komen. Een keer dacht hij dat hij haar hoorde zuchten, maar het was het ademen van de stad geweest.

Ze ging in de andere hoek op de bank zitten en trok haar benen onder haar lichaam. 'Ik ben liever hier, als je dat niet erg vindt.'

Hij knikte.

'Je hebt nog helemaal niks over jezelf verteld.'

Bourne zei niets. Hij had geen zin tegen haar te liegen.

Buiten reed een auto langs, en vervolgens nog een. De rust werd even verbroken door het blaffen van een hond. De stad leek verstild, bevroren in ijs. Zelfs het hart klopte niet meer.

Er speelde een glimlachje rond haar lippen. 'Je bent net als Trace.'

Na een tijdje werden haar oogleden zwaar. Ze rolde zich op als een kat met haar hoofd op haar armen. Toen slaakte ze een zucht, en even later was ze in een diepe slaap. Niet veel later sliep hij ook.

'Je bent niet goed wijs,' zei Soraya Moore. 'Ik ben echt niet van plan om voor jou met Arkadin aan te pappen – of voor Willard, of wie dan ook.'

'Ik snap best dat je je zorgen maakt,' zei Marks, 'maar...'

'Nee, Peter, volgens mij doe je dat niet. In de verste verte niet. Anders had ik geen *maar* van je gehoord.'

Ze stond op en liep naar de reling. Ze zaten op een bankje bij het kanaal in Georgetown. Overal glinsterden lichtjes, en er lagen bootjes voor anker. Achter hen wandelden verliefde jonge stelletjes voorbij met drankjes in hun hand. Verderop klonk af en toe gelach van groepjes tieners die elkaar blijkbaar aan het sms'en waren. De avond was heerlijk zacht, en er waren nauwelijks wolken aan de hemel.

Marks stond op en liep naar haar toe. Hij slaakte een zucht, alsof híj degene was die zich gekwetst voelde, wat haar ergernis alleen maar deed toenemen.

'Waarom zijn vrouwen blijkbaar zo weinig waard,' zei ze met een verhit gezicht, 'dat mannen ze alleen voor hun lichaam gebruiken.'

Het was geen vraag, en Marks wist dat. Hij vermoedde dat haar boosheid voor een belangrijk deel veroorzaakt werd doordat juist hij het was – een goede en betrouwbare vriend – die dit van haar vroeg. Dat was natuurlijk ook Willards plan geweest. Hij wist dat Soraya deze opdracht als een belediging zou zien, misschien nog wel meer dan vrouwen die een minder positief zelfbeeld hadden. Hij wist ook dat Marks de enige was die dit aan haar kon verkopen. Sterker nog, Marks was ervan overtuigd dat ze Willard, als die haar de opdracht had gegeven, de huid vol had gescholden en zonder hem nog een blik waardig te keuren, was vertrokken. En toch, zoals Willard moest hebben voorzien, was ze hier. Hoewel ze zichtbaar kookte van woede, had ze hem niet de huid vol gescholden.

'Gedurende de eeuwen waarin vrouwen systematisch door mannen werden onderdrukt, hebben ze hun eigen unieke manieren bedacht om te krijgen wat ze wilden: geld, macht en sleutelposities in een door mannen gedomineerde samenleving.'

'Ik hoef geen preek over de rol van vrouwen in de geschiedenis,' beet ze hem toe.

Marks besloot haar opmerking te negeren. 'Je mag denken wat je wilt, maar het is een onbetwistbaar feit dat vrouwen over een uniek talent beschikken.'

'Wil je alsjeblieft ophouden met dat *uniek*?'

'Een talent om mannen aan te trekken, ze te verleiden, hun zwakke plekken te vinden en die tegen hen te gebruiken. Je weet beter dan ik wat een machtig wapen seks kan zijn als je het verstandig gebruikt – en dat geldt met name in de geheime dienst.' Hij keek haar aan. 'In *onze* wereld.'

'Jezus christus, wat ben jij een eikel, zeg!' Ze leunde met haar onderarmen op de reling en had haar handen samengevouwen, zoals een man dat zou doen, met het mannelijke zelfvertrouwen dat voor haar zo typerend was.

Marks haalde zijn mobiele telefoon tevoorschijn, opende een foto van Arkadin en gaf hem aan haar. 'Knappe vent, toch? En fascinerend ook, heb ik gehoord.'

'Ik walg van je.'

'Dat soort verontwaardiging past absoluut niet bij jou.'

'Maar Arkadin neuken zeker wel?' Ze gooide het telefoontje terug naar hem, maar hij ving het niet op.

'Je kunt tegensparrelen wat je wilt; het feit blijft dat spionagewerk je lust en je leven is. Je hebt er zélf voor gekozen. Niemand heeft je ooit gedwongen.'

'Nee? Waar ben jij dan nu mee bezig?'

Hij nam bewust een risico. 'Ik heb je geen ultimatum gegeven. Je kunt altijd weigeren.'

'En dan? Dan heb ik niks meer. Dan ben ik niks meer.'

'Je kunt altijd terug naar Caïro, met Amun Chalthoum trouwen en kinderen krijgen.'

Hij zei het niet onvriendelijk, maar het idee was dat wel, min zelfs. Hoe dan ook, op dat moment ging bij haar het licht aan. Plotseling besefte ze hoe grondig M. Errol Danziger haar leven had verziekt. Ze was ontslagen bij de CI, wat al erg genoeg was, maar hij had ervoor gezorgd dat ze bij geen enkel ander soortgelijk regeringsbureau aan de slag kon. De particuliere risicomanagementfirma's vielen ook af; ze was niet van plan betrokken te raken bij een huurlingenorganisatie als Black River. Ze keerde Marks de rug toe en beet op haar onderlip om de tranen van frustratie te bedwingen. Ze voelde zich zoals ze zich voorstelde dat vrouwen zich eeuwenlang moesten hebben gevoeld wanneer ze zich in de mannenwereld hadden gewaagd, bevelen hadden gehoorzaamd, meningen voor zich hadden gehouden, geheimen hadden opgespaard die onthuld waren tijdens het gefluisterde naspel van de bijslaap – totdat de dag was gekomen...

'Je bent bekend met dit soort mannen,' zei Marks. Hij deed zijn best om de urgentie die hij voelde uit zijn stem te houden. 'Het is een smeerlap, Raya. Je doet er goed aan.'

'Dat zeggen jullie allemaal.'

'Nee, we doen allemaal wat we moeten doen. Dat is alles.'

'Dat kun jij makkelijk zeggen. Jou wordt niet gevraagd om...'

'Je weet niet wat mij is gevraagd.'

Ze wendde zich opnieuw van hem af en hij keek naar haar terwijl ze over het Kanaal staarde, naar de vegen van licht op het water. De tieners links van hen barstten in lachen uit. Het was een rollende golf van geluid, die steeds intenser leek te worden terwijl hij rond het groepje wervelde.

'Ik zou er wat voor over hebben om nu een van hen te zijn,' zei Soraya zacht. 'Absoluut geen zorgen.'

Marks slaakte een geluidloze zucht van opluchting. Hij wist dat ze de bittere pil zou slikken die hij haar had voorgehouden. Ze zou de missie accepteren.

'Apart. Inderdaad heel apart.' In het warme schijnsel van de ochtendzon bestudeerde Chrissie de inscriptie aan de binnenzijde van de gouden ring die Bourne had buitgemaakt op Noah Perlis.

'Ik weet het een en ander van taalwetenschappen,' zei Bourne, 'maar dit is toch geen bekende taal?'

'Tja, dat is moeilijk te zeggen. Er zitten wat kenmerken van Soemerisch in, en misschien ook Latijn, maar het is het allebei niet.' Ze keek hem aan. 'Waar heb je hem vandaan?'

'Jij kunt er ook niks van maken, hè?'

Ze schudde haar hoofd. 'Nee.'

Ze had koffiegezet terwijl Bourne had rondgesnuffeld in de diepvries. Hij had wat broodjes gevonden, maar te oordelen naar de ijskristallen op de zak lagen ze er al een tijdje. Ze vonden wat jam en aten staande; ze zaten allebei vol nerveuze energie. Geen van beiden had het over de avond ervoor. Toen had Bourne haar de ring laten zien.

'Maar dat is mijn mening, en ik ben absoluut geen expert.' Ze gaf de ring aan Bourne terug. 'De enige manier om erachter te komen, is met dat ding naar Oxford gaan. Ik heb een vriend die professor is aan het Centre for the Study of Ancient Documents. Als iemand zoiets kan ontcijferen, dan is hij het wel.'

Het was na middernacht toen luitenant R. Simmons Reade zijn baas vond op een squashbaan in Virginia die de hele nacht open was. De DCI werkte zich er drie keer per week gedurende een uur of twee in het zweet met een van de instructeurs. Reade was de enige binnen de CI die, zonder zich daar ongemakkelijk bij te voelen, in staat was om Danziger slecht nieuws te brengen. Hij was Danzigers beste leerling geweest toen Danziger korte tijd had gedoceerd aan de Academy for Special Operations van de NSA. De Oude Man, die had neergekeken op alles waar de NSA voor stond, had de academie altijd Academy for Special Services genoemd zodat hij er gekscherend naar kon verwijzen als ASS.

Reade zat de game uit en liet de DCI vervolgens weten dat hij er was door de baan op te lopen, waar het ondanks de krachtige airconditioning warm was en naar zweet rook.

Danziger gooide zijn racket naar de instructeur, sloeg een handdoek om zijn nek en liep naar zijn assistent.

'Hoe erg is het?' Er waren geen inleidende verhalen nodig. Het feit dat Reade hem op dit tijdstip persoonlijk bezocht in plaats van telefoneerde, was voor Danziger voldoende.

'Bourne heeft het extractieteam geneutraliseerd. Ze zijn ofwel dood, of ze zitten in de cel.'

'Jezus christus,' zei Danziger. 'Hoe flikt die Bourne het toch? Geen wonder dat Bud wilde dat ik het overnam.'

Ze liepen naar een bankje en gingen zitten. Er was niemand

anders in de zaal. Het enige geluid was het zoemen van de air-conditioning.

'Is Bourne nog in Londen?'

Reade knikte. 'Ja, meneer. Op dit moment wel.'

'En Coven is er toch ook, luitenant?'

Danziger noemde hem alleen bij zijn rang als hij compleet over de zeik was. 'Ja, meneer.'

'Waarom heeft hij niet ingegrepen?'

'Het was een openbare locatie en er waren veel te veel getuigen om Bourne zomaar van de straat te halen.'

'Andere opties?'

'Helemaal niks, helaas,' zei Reade. 'Zal ik daar wat aan doen? Ik kan onze mensen bij de NSA...'

'Dat komt later wel, Randy. Momenteel kan ik niet op grote schaal mijn mensen gaan inzetten – dat is volgens Bud politiek gezien geen goed idee. We moeten zien te roeien met de riemen die we hebben.'

'Naar zijn *killrecord* te oordelen, is Coven verrekte goed.'

'Mooi zo.' De DCI sloeg met zijn handen op zijn dijen en stond op. 'Laat hem maar in actie komen. Zeg dat hij het helemaal op zijn eigen manier kan doen, zolang hij Bourne maar aflevert.'

8

Nadat Peter Marks haar had opgedragen Arkadin op te sporen en in te palmen, was Soraya Moore teruggegaan naar het appartement van Delia Trane, waar ze tijdelijk haar toevlucht had gezocht. Gedurende de afgelopen twee uur had ze met haar telefoon aan de lader een aantal van haar Typhon-agenten gebeld. Hoewel Typhon niet langer van haar was, kon dat niet worden gezegd van de mensen die ze had ingehuurd, getraind en begeleid voor uiterst specialistische opdrachten als het monitoren van de diverse soennitische en sjiitische groeperingen, opstandelingen, jihadisten en splinterpolitici in vrijwel elk land in het Midden- en het Verre Oosten. Ongeacht hun nieuwe orders en de vraag wie Typhon nu runde – hun loyaliteit lag bij haar.

Ze sprak nu met Youssef, haar contactpersoon in Khartoum. Arkadin was heel bekend in dat gedeelte van de wereld nu hij het grootste deel van de wapens leverde.

'Hij zit in elk geval niet in het Midden-Oosten,' zei Youssef, 'en hij houdt zich ook niet schuil in de bergen van Azerbeidzjan.'

'En hij is niet te vinden in Europa, Rusland of de Oekraïne. Dat heb ik ondertussen uitgezocht,' zei Soraya. 'Heb jij er enig idee van waarom hij is ondergedoken?'

'Zijn oude mentor, Dimitri Maslov, heeft een fatwa over hem uitgesproken – of hoe noemen ze dat ook alweer in Rusland?'

'Dat verbaast me niks,' zei Soraya. 'Maslov had hem ingehuurd om de wapenhandel van Nikolai Yevsen over te nemen. Daar was hij een paar weken geleden in Khartoum mee bezig. Maar vervolgens is hij ervandoor gegaan met Yevsens complete klantenbestand, dat ergens op een server stond.'

'Er wordt gezegd dat Maslov hem in Bangalore verrast heeft, maar er niet in geslaagd is hem te pakken te krijgen of te liquideren, en nu is hij verdwenen.'

'In de wereld van vandaag kan niemand verdwijnen,' zei Soraya. 'Niet lang, tenminste.'

'Maar je weet nu in elk geval waar hij níét is.'

'Dat is zo.' Soraya dacht even na. 'Ik zal iemand de beveiligingstapes van de grenspolitie in Noord- en Zuid-Amerika en misschien Australië laten controleren. Misschien komt daar iets uit.'

Voor zover Bourne zich dat kon herinneren, had David Webb twee keer de universiteit van Oxford bezocht, het oudste instituut van hoger onderwijs in de Engelssprekende wereld. Maar het kon natuurlijk ook vaker zijn geweest. In die tijd had het Centre for the Study of Ancient Documents zich in het Classics Centre van de Old Boys' School aan George Street bevonden. Tegenwoordig was het gevestigd in een nieuw gebouw, de ultramoderne Stelios Ioannou School for Research in Classical and Byzantine Studies aan 66 St Giles'. Het pand was even onverenigbaar met de studie van antieke talen als met de statige Oxfordse bouwwerken uit de achttiende en negentiende eeuw. Dit deel van St Giles' bevond zich in het centrum van Oxford, dat werd gesticht in de middeleeuwen en in 1191 stadsrechten kreeg. Het centrum stond bekend als *Carfax*, naar het Franse *carrefour*, of viersprong. En het was inderdaad de locatie waar de vier grote doorgaande wegen van Oxford, waaronder High Street, elkaar ontmoetten. Het was in zekere zin even beroemd als Hollywood and Vine, maar het bezat veel meer geschiedenis.

Chrissie had voor hun vertrek uit Londen haar vriend gebeld, een professor die Liam Giles heette. Oxford was maar een kleine negentig kilometer, en het kostte hun net iets meer dan een uur om er te komen met haar oude Range Rover. Tracy had de auto aan haar gegeven toen ze zoveel was gaan reizen.

De stad was precies zoals hij zich hem herinnerde. De mensen die er kwamen, waanden zich in de tijd van hoge hoeden, lange japons, paardenkoetsen en communicatie per brief. Het was alsof alles en iedereen bewaard was gebleven in amber. Alles in Oxford behoorde toe aan een ander, eenvoudiger tijdperk.

Toen Chrissie een parkeerplaats had gevonden, begon vanachter de wolken langzaam maar zeker de zon tevoorschijn te komen. Het werd direct een stuk warmer, alsof het eigenlijk lente was. Ze troffen professor Liam Giles in zijn kantoor, een ruim vertrek dat was ingericht als werkkamer annex laboratorium. De schappen stonden vol met manuscripten en dikke handgebonden boeken. Giles zat voorovergebogen achter een bureau en tuurde door een vergrootglas naar een stuk papyrus.

Volgens Chrissie bekleedde de professor de Richards-Bancroftleerstoel aan de vakgroep, maar toen hij opkeek zag Bourne tot zijn verrassing een man die waarschijnlijk net veertig was. Hij had een prominente neus en kin, en hoog op zijn enigszins kalende hoofd stond een klein brilletje met ronde glazen. Hij had dons op zijn onderarmen, die kort waren, als die van een kangoeroe.

Bournes enige zorg betreffende zijn bezoek aan Oxford was de mogelijkheid dat iemand hem zou herkennen als David Webb. Maar hoewel docenten en professoren vaak decennia bleven hangen, was de universiteit enorm en bestond ze uit een groot aantal gebouwen. Daarbij vonden ze zich ver van All Souls, het complex waar hij een aantal gastcolleges had gegeven.

Hoe dan ook, Giles accepteerde hem als Adam Stone. Hij leek oprecht blij om Chrissie te zien en vroeg belangstellend hoe het met haar ging. Hij informeerde ook naar Scarlett, die hij blijkbaar persoonlijk kende.

'Vraag haar eens of ze een keer langskomt,' zei hij. 'Ik heb een verrassing voor haar. Ik weet dat ze elf is, maar ze heeft de geest van een vijftienjarige, dus dit vindt ze vast geweldig.'

Chrissie bedankte hem en begon vervolgens over de ring en zijn mysterieuze inscriptie. Bourne overhandigde Giles het sieraad. De professor deed een speciale lamp aan en bestudeerde de inscriptie; eerst met het blote oog, en vervolgens onder een loep. Hij beende naar een van de kasten, haalde er een aantal handboeken uit en begon erin te bladeren. Daarbij liet hij zijn wijsvinger langs dicht op elkaar gedrukte teksten met kleine, handgetekende illustraties lopen. Hij vergeleek de ring met verschillende afbeeldingen. Na een tijdje keek hij naar Bourne en zei: 'Volgens mij zou het helpen als ik wat foto's van de ring kon maken. Is dat goed?'

Bourne zei hem dat hij zijn gang kon gaan.

Giles nam de ring mee naar een merkwaardig mechanisme met aan het uiteinde een glasvezelkabel. Hij klemde de ring zorgvuldig zó vast dat de glasvezelkabel zich in het midden bevond. Daarna overhandigde hij hun een bril met speciaal behandelde donkere glazen. Zelf zette hij er ook een op. Toen hij ervan overtuigd was dat ze beschermd waren, toetste hij twee commando's in op een computerkeyboard. Er volgde een reeks korte flitsen van verblindend blauw licht. Een blauwe laser.

De stille uitbarsting was alweer voorbij zodra hij was begonnen. Giles deed zijn bril af, en ze volgden zijn voorbeeld.

'Perfect,' zei de professor terwijl zijn vingers over het toetsenbord ratelden. 'Laten we maar eens kijken.'

Hij schakelde een in de muur ingebouwd plasmascherm in en er verscheen een reeks foto's op hoge resolutie; close-ups van de inscriptie. 'Zo ziet de tekst er voor het blote oog uit; als een gravure op een oppervlak dat driehonderdzestig graden rond loopt. Maar stel nu eens,' zei hij, 'dat hij bedoeld is om gelezen – of gezien – te worden in een plat vlak, zoals de meeste teksten.' Hij voegde de digitale afbeeldingen samen zodat ze een lange strook vormden. 'Wat we overhouden, is één lang woord.' Hij zoomde in. 'Tenminste, dat lijkt zo op het ronde oppervlak van de ring. Maar in deze platte versie zien we twee tussenruimtes. Eigenlijk kijken we dus naar drie afzonderlijke lettergroepjes.'

'Woorden,' zei Bourne.

'Daar lijkt het wel op,' zei Giles met een mysterieuze toon in zijn stem.

'Maar ik zie spijkerschrift,' zei Chrissie. 'Dat is vast Soemerisch.'

'Het ziet er inderdaad uit als Soemerisch,' zei Giles, 'maar het is Oudperzisch.' Hij schoof een van de geopende handboeken naar haar toe. 'Hier, kijk maar eens.' Vervolgens keek hij naar Bourne. 'Oudperzisch is afgeleid van het Soemerisch-Akkadisch, dus Christina's vergissing is begrijpelijk.' De affectie waarmee hij dit zei, maakte de opmerking een stuk minder hoogdravend. 'Maar er bestaat een cruciaal verschil tussen de twee, en zonder dat verschil is ontcijfering onmogelijk. Akkadiaans spijkerschrift wordt in complete lettergrepen geschreven terwijl het Oudperzische schrift semi-alfabetisch is. Elk symbool staat dus voor een letter.'

'Wat doen de Latijnse letters ertussen?' zei Chrissie. 'En die onbekende symbolen, vormen die een taal?'

Giles glimlachte. 'U heeft me voor een uiterst merkwaardig – en ik moet zeggen verrekte spannend – mysterie geplaatst, meneer Stone.' Hij wees op het scherm. 'Wat u hier ziet is een combinatie van Oudperzisch, Latijn en – tja, omdat we geen betere term hebben – iets anders. Ik ken volgens mij elke antieke taal die de mens heeft ontdekt en gecatalogiseerd, maar dit is beslist een buitenbeentje.' Hij wuifde met een hand. 'Maar daar kom ik zo direct nog op terug.'

Hij verplaatste met zijn muis de aanwijzer in horizontale richting tot vlak beneden de inscriptie. 'Het eerste dat ik erover zou willen zeggen, is dat er niet zoiets bestaat als een samengestelde taal – spijkerschrift en letters gaan gewoon niet samen. Dus als het niet per se een taal hoeft te zijn, wat is het dan wel?'

Bourne, die de inscriptie had bestudeerd, zei: 'Het is geheimschrift.'

Giles' ogen verwijdden zich achter zijn brillenglazen. 'Juist, meneer Stone. Heel goed gezien.' Hij knikte. 'Het lijkt inderdaad op geheimschrift, maar het is zoals alles rond deze inscriptie van een merkwaardig soort.' Hij paste het beeld nogmaals aan en rangschikte de blokken zo dat het Oudperzische spijkerschrift en de Latijnse letters in twee afzonderlijke groepen werden verdeeld. De derde groep werd gevormd door de 'letters' van de taal die de professor als buitenbeentje had omschreven.

'Severus,' zei Bourne, die het Latijnse woord vormde uit de lettermix.

'Dat kan van alles betekenen,' zei Chrissie, 'of niks.'

'Klopt,' zei Giles. 'Maar nu komen we bij het Oudperzisch.' Hij rangschikte de lettergrepen. 'Kijk, daar hebben we een tweede woord: *Domna*.'

'Wacht eens.' Chrissie dacht even na. 'In het jaar 187 is er een Septimius Severus tot Romeins senator benoemd door Marcus Aurelius. Severus is in 193 keizer geworden en heeft geregeerd tot aan zijn dood, achttien jaar later. Hij heeft een militaire dictatuur gevoerd als antwoord op de extreme corruptie van zijn voorganger, Commodus. Op zijn sterfbed sprak hij tegen zijn zoons de beroemde woorden: "Verrijk de soldaten en minacht alle anderen."'

'Fijne vent,' zei Giles.

'Er zijn nog wel meer interessante feiten over hem te melden. Hij is geboren in wat nu Libië is, en toen hij het Romeinse leger versterkte, voegde hij een reservekorps toe met soldaten uit de meest oostelijke landen van het Romeinse Rijk. Daar moeten ook een hoop mensen uit Noord-Afrika en verder bij hebben gezeten.'

'Wat heeft dat ermee te maken?' zei Giles.

Nu was het Chrissies beurt om een mysterieuze toon aan te slaan. 'Septimius Severus was getrouwd met Julia Domna.'

'Severus Domna,' zei Bourne. In zijn achterhoofd ging een alarm af, ver weg voorbij de sluiers die zijn geheugen niet kon doordringen. Misschien was het een flard van een déjà vu, of een waarschuwing. Hoe dan ook; het zou net als alle andere vrij rondzwevende fragmenten van zijn vorige leven die plotseling op mysterieuze wijze aan het oppervlak kwamen, een jeukend plekje worden op een plaats waar hij zich niet kon krabben. Hij zou net zo lang moeten zoeken totdat hij had gevonden hoe dit met hem in verband stond.

'Adam, is er iets?' Chrissie keek naar hem met een onzekere, bijna geschrokken uitdrukking op haar gezicht.

'Niks aan de hand,' zei hij. Hij zou beter op moeten passen met haar; ze was even alert als haar zus. 'Nog meer wetenswaardigheden?'

Ze knikte. 'En het wordt nog interessanter. Julia Domna was Syrische. Haar familie was afkomstig uit de antieke stad Emesa. Haar voorouders waren priesterkoningen van de machtige tempel van Baäl en erg invloedrijk in heel Syrië.'

'Oké,' zei Bourne. 'Dus we hebben hier een inscriptie – tegelijkertijd geheimschrift en anagram – die is gemaakt door het samenvoegen van een antieke westerse en oosterse taal.'

'Precies zoals Septimius Severus en Julia Domna het Westen met het Oosten verenigden.'

'Maar wat betekent het?' vroeg Bourne zich af. 'Ik heb de indruk dat we de sleutel nog missen.' Hij keek verwachtingsvol naar Giles.

De professor knikte. 'De derde taal. Ik denk dat u gelijk heeft, meneer Stone. De sleutel tot de betekenis van Severus Domna moet in het derde woord liggen.' Hij gaf de ring terug aan Bourne.

'Dus de taal is nog steeds een mysterie?' zei Chrissie.

'Nee hoor. Ik weet precies wat het is. Het is Oegaritisch; een dode, geschreven prototaal die ontstaan is in een kleine, maar belangrijke regio in Syrië.' Hij keek naar Chrissie. 'Net als Julia Domna.' Hij wees op het plasmascherm. 'Je kunt hier zien – en hier, en hier ook – dat het Oegaritisch een belangrijke schakel vormt tussen de vroegste prototalen en het geschreven woord zoals we dat vandaag kennen. Het is namelijk het eerste bewijs van de Levantijnse en Zuid-Semitische alfabetten. Met andere woorden, de Griekse, Hebreeuwse en Latijnse alfabetten vinden hun oorsprong in het Oegaritisch.'

'Dus u weet dat dit een Oegaritisch woord is,' zei Bourne,

'maar u weet niet wat het betekent.'

'Precies.' Giles liep naar het scherm, wees achtereenvolgens de Oegaritische letters aan en sprak ze uit. 'U ziet het, ik ken alle letters, maar dit woord is, net als de twee andere, een anagram. Hoewel het Oegaritisch wel tijdens de studie van talen uit het Midden-Oosten wordt behandeld, vrees ik dat het een uiterst beperkt en gespecialiseerd gebied is omdat in het algemeen wordt aangenomen dat het een doodlopende weg is – het is een ondersteunende in plaats van een actieve taal. Er zijn wereldwijd maar twee of drie wetenschappers die zich met het Oegaritisch bezighouden, en ik ben niet een van hen. Het zou me vreselijk veel tijd kosten om het anagram te ontcijferen – en die tijd heb ik eerlijk gezegd niet.'

'Het verbaast me dat er überhaupt mensen zijn die zoiets bestuderen,' zei Chrissie.

'Er is eigenlijk maar één reden voor het feit dat het gebeurt.' Giles liep terug naar zijn computertoetsenbord. 'Er is een kleine groep mensen die meent dat het Oegaritisch, eh, laten we zeggen magische krachten bezit.'

'Wat?' zei Bourne. 'Zwarte magie?'

Giles lachte. 'O, god, nee. Zo buitenissig ook weer niet. Deze mensen geloven dat het Oegaritisch een sleutel vormt tot de werking van alchemie; dat het Oegaritisch gemaakt is voor priesters om er het goddelijke mee op te roepen. Verder geloven ze dat alchemie een synthese is van Oegaritisch – het uitspreken van de juiste klanken in de juiste volgorde – en de bijbehorende wetenschappelijke protocollen.'

'Lood in goud,' zei Chrissie.

De professor knikte. 'Onder andere, ja.'

'Opnieuw het samengaan van Oost en West,' zei Bourne, 'net als *Severus* en *Domna*, en Oudperzisch en Latijn.'

'Fascinerend. Ik had het nog niet zo bekeken, maar inderdaad. Het klinkt vergezocht, ik weet het, en je moet het willen zien, maar nu we het toch over Julia Domna en haar afkomst hebben – kijk eens hier.' Giles' vingers dansten over het toetsenbord. Op het beeldscherm verscheen een kaart van het Midden-Oosten die snel inzoomde op het hedendaagse Syrië en vervolgens op een specifieke locatie in dat land. 'Het epicentrum van de Oegaritische taal was deze plek, waar de Grote Tempel van Baäl stond – volgens sommigen de machtigste van de oude heidense goden.'

'Kent u soms iemand van die Oegaritische experts, professor?' vroeg Bourne.

'Eén,' zei Giles. 'Hij is, hoe zal ik het zeggen, nogal excentriek. Maar dat geldt voor iedereen die zich met dit soort esoterische zaken bezighoudt. Het toeval wil dat ik online met hem schaak – of eigenlijk is het een soort protoschaakspel dat de oude Egyptenaren speelden.' Hij gniffelde. 'Ik zou hem de inscriptie per e-mail kunnen sturen, als u het goedvindt.'

'Ik vind het een prima idee,' zei Bourne.

Giles schreef de e-mail, voegde als bijlage een afbeelding van de inscriptie toe en verzond het bericht. 'Hij is dol op puzzels. Hoe lastiger, hoe beter. Als híj er niet uitkomt, komt niemand eruit.'

Soraya lag ontspannen in de kussens van het logeerkamerbed in Delia's appartement en droomde over Amun Chalthoum – de geliefde die ze in Caïro had achtergelaten – toen de mobiele telefoon in haar schoot begon te trillen. Ze had hem een paar uur eerder in de trilstand gezet om haar vriendin niet wakker te maken, die in haar eigen kamer lag te slapen.

Haar ogen openden zich met een ruk, en de nevelen van de slaap trokken op. Ze drukte de telefoon tegen haar oor en zei zachtjes: 'Ja.'

'We hebben beet,' zei de stem in haar oor. Het was Safa, een van de vrouwen in het netwerk van Typhon. Haar gezin was vermoord door terroristen in Libanon. 'Daar lijkt het in elk geval wel op. Ik ben bezig wat foto's naar je laptop te uploaden.'

'Wacht even,' zei ze.

Soraya had een internetkaart van een telefoonprovider in haar laptop, en ze schakelde hem in. Even later had ze verbinding. Ze zag dat het bestand binnen was en opende het. Er waren drie foto's. De eerste was een dossierfoto met een portret van Arkadin – dezelfde die Peter haar had laten zien, dus het was waarschijnlijk de enige fatsoenlijke foto die ze van hem hadden. Deze versie was alleen groter en duidelijker. Marks had gelijk gehad; het was een knappe vent – de ogen diep in de kassen en agressieve trekken. En blond. Was dat positief of negatief? Ze wist het niet. De twee andere waren duidelijk afkomstig van beveiligingscamera's. Ze waren vlak, en de kleuren waren slecht. Ze zag een grote, gespierde man die een goedkoop baseballpetje droeg met daarop het logo van de Dallas Cowboys. Waarschijnlijk had hij het op het vliegveld gekocht. Ze kon onvoldoende van zijn gezicht zien voor een positieve identificatie. Maar op de tweede CCTV-afbeelding had hij zijn hoed een stukje naar achteren geduwd om zijn hoofd te krabben. Zijn haar was heel zwart en glanzend, alsof het pas geverfd was. Hij moest ervan overtuigd zijn geweest dat hij zich buiten het bereik van de camera's bevond, dacht ze, terwijl ze zijn gezicht bestudeerde. Ze vergeleek de afbeelding met de dossierfoto.

'Volgens mij is hij het,' zei ze.

'Volgens mij ook. De foto's zijn van de beveiligingscamera's op het vliegveld van Dallas/Fort Worth, acht dagen geleden.'

Waarom zou hij naar Texas vliegen, vroeg Soraya zich af, *in plaats van naar New York of L.A.?*

'Hij is binnengekomen op een vlucht van Charles de Gaulle in Parijs onder de naam Stanley Kovalski.'

'Neem je me nou in de maling?' zei Soraya.

'Echt niet.'

De man had in elk geval gevoel voor humor.

9

Leonid Arkadin keek met samengeknepen ogen naar de afge-
leefde zandkleurige cabriolet die kwam aanhobbelen over de
weg naar de werf. De zon was een bloedig vaandel aan de horizon; het was opnieuw een verzengend hete dag geweest.

Met de verrekijker aan zijn ogen zag hij Boris Karpov de auto parkeren, uitstappen en zijn benen strekken. Met het dak
omlaag en zonder fatsoenlijke kofferbak had de kolonel geen
andere keus gehad dan de reis in zijn eentje te maken. Karpov
keek om zich heen, ook even in de richting waar Arkadin languit op zijn buik lag, maar zijn blik gleed verder zonder hem te
hebben gezien. Arkadin bevond zich perfect gecamoufleerd op
het golfplaten dak van een visloods en hield zijn omgeving in
de gaten via de kier onder een handbeschilderd bord met daarop: BODEGA – PESCADO FRESCO A DIARIO.

Vliegen bromden rusteloos, de stank van vis hing om hem
heen als een gifwolk en de warmte van de dag, opgeslagen in
het dakblik, brandde in zijn buik, knieën en ellebogen als de
vloer van een smeltoven, maar niets van dit alles stond zijn concentratie in de weg.

Hij keek toe hoe Karpov in de rij ging staan voor de zons-
ondergangscruise, een kaartje kocht en aan boord van de schoener stapte voor een rondvaart over de Zee van Cortés. Als de
bemanning – die uit grijze Mexicanen en zeelieden bestond –
buiten beschouwing werd gelaten, was Karpov zeker dertig jaar
ouder dan de gemiddelde opvarende. Te midden van overmoe-

dige meiden in bikini en hormoongestuurde dronken lummels zag hij eruit als een vis op het droge. Hoe slechter de kolonel zich op zijn gemak voelde, des te beter dat voor Arkadin was.

Tien minuten nadat de schoener was uitgevaren, klom hij van de visloods en slenterde hij naar de werf, waar de Cigarette – een lange, ranke boot van glasvezel en in feite een en al motor – was afgemeerd. Daar werd hij opgewacht door El Heraldo – god mocht weten waar de Sonoraanse man die naam vandaan had –, die voor hem de trossen los zou gooien.

'Alles geregeld, baas. Precies zoals u wilde.'

Arkadin glimlachte naar de Mexicaan en legde een krachtige hand op zijn schouder. 'Wat zou ik zonder jou moeten, vriend?' Hij stopte El Heraldo twintig Amerikaanse dollar toe.

El Heraldo, een kleine man met een tonvormige borstkas en de wijdbeense houding van een zeeman, grijnsde terwijl Arkadin in de Cigarette stapte. Hij opende de goed gevulde koelbox, stak zijn hand naar binnen en plaatste er een voorwerp in dat hij in een waterdicht *ziplock*-zakje had verpakt. Vervolgens begaf hij zich naar het stuurwiel. Toen hij de motoren startte, steeg uit het water bij het achterschip een zwaar, langgerekt en slijmerig grommen op dat vergezeld ging van blauwe rook. El Heraldo gooide de trossen van het voor- en achterschip los en wuifde naar Arkadin, die wegvoer van de aanlegplaats, tussen de boeien door die de vaargeul aangaven. Verderop was het diepe water, waar de warme kleuren van de ondergaande zon de kobaltblauwe golven pointilleerden.

De golven waren zo klein dat dit een rivier had kunnen zijn. *Net de Neva*, dacht Arkadin. In zijn herinnering keerde hij terug naar het verleden, naar Sint Petersburg bij zonsondergang; er lag ijs in de rivier, en boven hem dreef een hemel van fluweel. Hij zat tegenover Tracy aan een raamtafeltje in het Doma, en ze keken uit over het water. Behalve de Hermitage stonden langs de kade gebouwen met rijkversierde gevels die hem deden denken aan Venetiaanse palazzo's, onaangeraakt door Stalin of zijn communistische opvolgers. Zelfs de Admiraliteit was schitterend en bezat niets van de brutalistische architectuur die kon worden aangetroffen in vergelijkbare bouwwerken waardoor andere grote Russische steden werden verziekt.

Terwijl ze blini's met kaviaar aten, sprak Tracy over de tentoonstellingen in de Hermitage, en hij nam alles in zich op. Hij vond het vermakelijk dat niet ver daarvandaan, op de bodem van de Neva, verzwaard met loden pijpen, het vastgesnoerde lichaam van de politicus lag als een zak met rotte aardappels. De rivier was even vredig als altijd en de lichtjes van de monumenten dansten op het wateroppervlak en verhulden de ondoordringbare duisternis die zich daaronder bevond. Hij vroeg zich even af of er vissen in de rivier waren en wat ze zouden denken van het vreemde pakketje dat hij er eerder op de dag had afgeleverd.

Tijdens het dessert zei ze: 'Ik wil je iets vragen.'

Hij keek haar verwachtingsvol aan.

Ze aarzelde, alsof ze niet wist hoe ze verder moest gaan – en of ze überhaupt nog iets moest zeggen. Uiteindelijk nam ze een slokje water, en ze zei: 'Dit is niet gemakkelijk voor me, maar het feit dat we elkaar nauwelijks kennen, maakt het gek genoeg wat minder lastig.'

'Het is vaak gemakkelijker om met mensen te praten die je pas hebt ontmoet.'

Ze knikte, maar ze was bleek, en de woorden leken vast te zitten in de keel. 'Eigenlijk wil ik je om een gunst vragen.'

Arkadin had hierop gewacht. 'Als ik je kan helpen, doe ik dat. Waar gaat het om?'

Buiten, op de Neva, voer traag een rondvaartboot voorbij. De schijnwerpers verlichtten grote delen van de rivier en de gebouwen aan weerszijden van de kades. Ze hadden in Parijs kunnen zijn, een stad waar Arkadin regelmatig verdwaald was, al was het altijd maar voor korte duur geweest.

'Ik heb hulp nodig,' zei ze met een verloren stemmetje die tot gevolg had dat hij zijn ellebogen op tafel plaatste en zich naar voren boog in haar richting. 'Het soort hulp dat die vriend van je – hoe zei je ook al weer dat hij heette?'

'Oserov.'

'Precies. Ik ben altijd goed geweest in het inschatten van mensen. Die Oserov lijkt me het type man dat ik nodig heb, heb ik gelijk of niet?'

'En wat voor type man is dat?' zei Arkadin terwijl hij zich afvroeg waarom deze welbespraakte vrouw plotseling zoveel moeite had om de juiste woorden te vinden.

'*Disposable.*'

Arkadin lachte. Ze was een vrouw naar zijn hart. 'Waar heb je hem eigenlijk voor nodig?'

'Dat zeg ik liever zelf tegen hem.'

'Die man heeft een pesthekel aan je. Je kunt het beter eerst aan mij vertellen.'

Ze keek even naar buiten, naar de rivier en de kade aan de overkant, en vervolgens keek ze hem aan. 'Oké.' Ze haalde diep adem. 'Mijn broer zit in de problemen – zwaar in de problemen. Ik moet iets bedenken – een manier om hem definitief uit de ellende te halen.'

Was haar broer soms een of andere crimineel? 'Zodat de politie er niet achter komt, neem ik aan.'

Ze lachte, maar het klonk niet vrolijk. 'Ik zou willen dat ik hiermee naar de politie kon gaan. Maar dat is helaas onmogelijk.'

Arkadin trok zijn hoofd tussen zijn schouders. 'Wat heeft hij zich op de hals gehaald?'

'Hij ligt in de clinch met een woekeraar – hij heeft een gokprobleem. Ik heb hem wat geld gegeven om hem te helpen, maar dat heeft hij verspeeld, en toen hij weer niet kon betalen, heeft hij een kunstwerk van me gestolen dat ik aan een klant moest leveren. Ik heb de klant gelukkig tot bedaren kunnen brengen, maar als het ooit uitkomt, kan ik het vergeten.'

'En vanaf hier gaat het waarschijnlijk alleen maar bergafwaarts.'

Ze knikte somber. 'Hij is ermee naar een verkeerde heler gestapt en heeft een derde gekregen van wat hij had moeten krijgen. Hoe dan ook, het was lang niet genoeg. Als er niet snel iets gebeurt, laat de geldschieter hem liquideren.'

'Die geldschieter, heeft die voldoende gezag om dat voor elkaar te krijgen?'

'O ja.'

'Des te beter.' Arkadin glimlachte. Hij vond het leuk om haar te helpen, maar daarbij zag hij nu al – als een schaakspeler – hoe hij haar mat kon zetten. 'Ik regel het wel.'

'Ik wil alleen maar,' zei ze, 'dat je me aan Oserov voorstelt.'

'Ik heb je net gezegd dat je hem niet nodig hebt. Ik doe het met plezier.'

'Nee,' zei ze resoluut. 'Ik wil niet dat je erbij betrokken raakt.'

Hij spreidde zijn handen. 'Ik ben er al bij betrokken.'

'Ik wil niet dat je er nog meer bij betrokken raakt dan je nu al bent.' Het zachte lamplicht viel op haar alsof ze een intieme scène in een toneelstuk speelde; alsof ze op het punt stond dingen te zeggen die het publiek, na gespannen de adem te hebben ingehouden, naar lucht zou doen happen. 'En wat Oserov betreft; als ik hem niet verkeerd heb ingeschat, houdt hij meer van geld dan dat hij de pest aan me heeft.'

Arkadin lachte opnieuw; hij kon het niet helpen. Hij wilde zeggen dat hij haar verbood met Oserov te gaan praten, maar iets in haar ogen hield hem tegen. Hij had het gevoel dat ze op zou staan en weg zou lopen en dat hij haar nooit meer zou zien. En dat kon hij niet laten gebeuren, want dan zou de kans om haar te gebruiken op grond van de cruciale informatie die hij over haar bezat, verkeken zijn.

Het toenemende schokken van de Cigarette bracht Arkadin terug in het heden. Hij had het kielzog van de schoener gekruist en naderde het schip aan bakboordzijde. Hij schakelde de radio in en riep de kapitein van de schoener op, met wie hij eerder een afspraak had gemaakt.

Vijf minuten later dobberde hij naast de schoener. Er was een touwladder naar beneden gelaten waarlangs de nogal corpulente Boris Karpov omlaag klauterde.

'Een mooi plekje voor een onderonsje tussen twee Russen, nietwaar, kolonel?' zei hij met een grijs en een knipoog.

'Ik moet bekennen,' zei Karpov, 'dat ik me onze ontmoeting heel anders had voorgesteld.'

'Dat zal wel. Ik in de boeien zeker, of dood in een plas bloed.'

Karpov leek moeite te hebben met ademen. 'Je hebt een behoorlijke reputatie opgebouwd qua moorden en rotzooi trappen.'

'Het is lastiger dan je denkt om de geruchten waar te maken.' Arkadin zag tot zijn genoegen dat Karpov wat bleek rond zijn neus was en blijkbaar niet in de stemming voor kletspraat. 'Maak je geen zorgen, je voelt je weer beter zodra je aan land bent.'

Hij grinnikte toen de ladder werd opgetrokken en voer weg van de schoener, een flets kielzog achterlatend. De boeg kwam omhoog en de Cigarette doorkliefde de golven. Karpov liet zich met een hoorbaar *bonk* in een stoel vallen en stak zijn hoofd tussen zijn benen.

'Je kunt beter gaan staan,' stelde Arkadin voor, 'en naar een vast punt aan de horizon kijken – dat vrachtschip bijvoorbeeld. Dan voel je je een stuk minder beroerd.'

Even later volgde Karpov zijn advies op.

'En vergeet niet adem te halen.'

Arkadin zette koers in zuid-zuidoostelijke richting totdat ze zich op veilige afstand van de schoener bevonden. Hij nam gas terug, en even later bewogen ze zich met nog maar een slakkengangetje door het water. Arkadin draaide zich om naar zijn passagier.

'Eén ding moet ik onze regering nageven,' zei hij. 'Ze leren hun mensen hoe ze bevelen moeten opvolgen.' Hij maakte een spottende buiging. 'Gefeliciteerd.'

'Lazer op,' zei Karpov alvorens zich om te draaien en zijn maaginhoud over de reling in zee te dumpen.

Arkadin trok de door El Heraldo gevulde koelbox naar zich toe en haalde er een koude fles wodka uit. 'Laten we de formaliteiten maar overslaan. Hier heb je een borrel om je maag tot rust te brengen.' Hij overhandigde Karpov de fles. 'Maar doe me een lol en spoel je mond voordat je een slok neemt.'

Karpov nam een handvol zeewater, spoelde zijn mond en spuugde het zoute spul uit. Vervolgens schroefde hij de dop los en nam een grote slok. Zijn ogen sloten zich toen hij slikte.

'Dat is beter.' Hij gaf de fles terug aan Arkadin. 'En nu ter zake. Hoe eerder ik vaste grond onder de voeten heb, hoe beter.' Maar voordat Arkadin kon antwoorden, keerde Karpov hem de rug toe om opnieuw zijn maag te legen. Het klamme zweet brak hem uit, en hij bleef bekaf over de reling van de Cigarette hangen. Hij kreunde. En nog een keer toen Arkadin hem fouilleerde om te controleren of hij wapens of elektronische opnameapparatuur bij zich had.

Hij vond niets, deed een paar stappen opzij en wachtte totdat Karpov opnieuw zijn mond had gespoeld. 'Zo te zien kunnen we maar beter zo snel mogelijk naar de wal gaan.'

Arkadin plaatste de fles terug in de koelbox, gaf de kolonel een handvol ijsblokjes en ging weer achter het stuurwiel staan. Hij paste zijn koers iets aan en voer in zuidelijke richting verder achter een groepje wit met grijze pelikanen dat vlak boven het inktzwarte water perfect in formatie vloog. Ten slotte draaide hij de wijde monding van het Estero Morua estuarium in, waar hij in ondiep water voor anker ging. De oostelijke hemel was inmiddels gehuld in duisternis. In het westen leek een vuur te smeulen waarvan de sintels zachtjes oplichtten in een vergeefse poging de avond op afstand te houden.

Ze waadden door het water naar het strand, Arkadin met de koelbox op een gespierde schouder. Zodra ze aan land waren, ging Karpov in het zand zitten – of misschien was het beter te zeggen dat hij in elkaar zakte. Hij zag er verfomfaaid en nog steeds een beetje ziek uit terwijl hij met onbeholpen bewegingen zijn doorweekte schoenen en sokken uittrok. Arkadin, die rubberen sandalen droeg, had nergens problemen mee.

Hij verzamelde een stapel wrakhout en maakte een vuur. Hij had een Dos Equis achter de kiezen en had juist zijn tweede geopend toen de kolonel met een zwak stemmetje om een fles vroeg.

Arkadin reikte hem een klein pakketje aan, maar Karpov schudde zijn hoofd.

'Dan niet.' Arkadin stak zijn neus in een burrito van *carne asada* in een versgebakken tortilla en inhaleerde diep.

'Mijn god,' zei Karpov, en hij wendde zijn hoofd af.

'Ah, Mexico!' Arkadin begon met smaak van zijn burrito te eten. 'Jammer dat je niet naar me geluisterd hebt toen je Maslovs pakhuis binnenviel,' zei hij tussen twee enorme happen door.

'Praat me er niet van.' Karpov beet elk woord af alsof het Arkadins hoofd was. 'Het meest voor de hand liggende scenario was dat je op Maslovs orders een valstrik voor me zette. Wat had jij dan verwacht dat ik zou doen?'

Arkadin haalde zijn schouders op. 'Toch een gemiste kans.'

'Wat heb ik nou net gezegd?'

'Wat ik bedoel is dat je met iemand als Maslov nooit meer dan twee kansen krijgt.'

'Ik weet godverdomme ook wel wat je bedoelt,' zei de kolonel op verhitte toon.

Arkadin liet dit met bewonderenswaardige gelatenheid over zich heen komen. 'Nou ja, gebeurd is gebeurd.' Hij opende nog een flesje Dos Equis en gaf het aan Karpov.

De kolonel sloot zijn ogen; hij zag eruit alsof hij in gedachten tot tien telde. Toen hij zijn ogen weer opende, zei hij op een geforceerd ontspannen toon: 'Ik ben helemaal hiernaartoe gekomen om je verhaal aan te horen, dus ik mag godverdomme hopen dat je me iets nuttigs te vertellen hebt.'

Arkadin, die inmiddels zijn burrito had weggewerkt, veegde zijn handen af en nam nog een biertje om de maaltijd weg te spoelen. 'Je wilt de namen van de mollen. Dat neem ik je niet kwalijk. Ik zou ze ook willen als ik in jouw schoenen stond – en je krijgt ze ook. Maar eerst wil ik een paar garanties.'

'Daar gaan we,' zei Karpov vermoeid. Hij rolde zijn flesje over zijn bezwete voorhoofd. 'Oké, wat is je prijs?'

'Permanente immuniteit voor mij.'

'Geregeld.'

'En ik wil het hoofd van Dimitri Maslov op een zilveren schaal.'

Karpov keek hem nieuwsgierig aan. 'Wat hebben jullie toch tegen elkaar?'

'Een antwoord, graag.'

'Oké. Geregeld.'

'En ik heb zekerheid nodig,' drong Arkadin aan. 'Je hebt verdomme al ik weet niet wat gedaan, en die man heeft nog steeds een compleet leger in zijn zak – van FSB-apparatsjiks tot en met regionale politici en hoge rechters. Ik wil niet dat hij de dans ontspringt.'

'Tja, dat lijkt me eerlijk gezegd afhankelijk van de kwaliteit van de informatie die je me levert.'

'Maak je geen zorgen, kolonel. Mijn informatie is honderd procent betrouwbaar en maximaal belastend.'

'Oké, dan is de zaak geregeld, zoals ik al zei.' Karpov nam een slok van zijn bier. 'Verder nog wat?'

'Ja.'

Karpov, die een van zijn doorweekte schoenen had opgepakt, knikte mistroostig. 'Er zal ook eens een keer niks zijn.'

'Ik wil Oserov voor mezelf.'

Karpov fronste zijn wenkbrauwen terwijl hij een stukje zeewier uit de geruïneerde schoen verwijderde. 'Oserov is de tweede man binnen Maslovs organisatie. Het gaat lastig worden om hem uit de vuurlinie te houden.'

'Dat interesseert me geen reet.'

'Wat een verrassing,' zei Karpov op droge toon. Hij dacht even na, nam vervolgens een beslissing en knikte resoluut. 'Oké.' Hij stak een wijsvinger op. 'Maar ik waarschuw je. Wanneer ik in actie kom, heb je maximaal twaalf uur om met hem af te rekenen. Daarna is hij van mij, samen met de rest.'

Arkadin stak zijn hand uit om die van Karpov aan te nemen. De greep was krachtig en vol eelt; die van een arbeider. Dat sprak hem aan. Hij werkte dan wel voor de regering, maar hij was geen slappeling. Dit was een man die hem niet zou naaien, daar was Arkadin van overtuigd.

Precies op dat moment wierp Karpov zich op Arkadin. Hij plaatste een hand op zijn hals om zijn kin omhoog te duwen en drukte met de andere een scheermesje tegen zijn vrij gekomen keel.

'In je schoen.' Arkadin verroerde zich niet. 'Heel lowtech; heel slim.'

'Luister, stompzinnige idioot. Ik reageer heel slecht op mensen die me belazeren – je hebt me doelbewust de mist in laten gaan in dat pakhuis. Nu is Maslov gewaarschuwd en is hij op zijn hoede. Dat gaat het nog lastiger maken om hem uit te schakelen. Je hebt op geen enkele manier respect voor me getoond. Je bent een vuile moordenaar, de laagste levensvorm in een stinkende hoop stront. Je intimideert mensen, martelt ze, kwelt ze en vermoordt ze alsof een mensenleven geen enkele waarde heeft. Alleen al het feit dat ik bij je in de buurt ben, geeft me een smerig gevoel. Maar ik vind het belangrijker om Dimitri Maslov te pakken dan jou om zeep te helpen, dus ik zal me met mijn beslissing moeten verzoenen. Het leven hangt aan elkaar van compromissen, en met elk nieuw compromis krijg je meer bloed aan je handen. Daar heb ik me bij neergelegd. Maar als je wilt dat wij samenwerken, geef je me het respect dat ik verdien, anders zweer ik op mijn vaders graf dat ik ter plekke je keel doorsnijd, me omdraai en vergeet dat ik je ooit heb ontmoet.' Hij bracht zijn gezicht vlak voor dat van Arkadin. 'Is dat duidelijk, Leonid Danilovitsj?'

'Het lukt je nooit om Maslov te pakken zolang de mollen op hun plaats zitten.' Arkadin keek recht voor zich uit, naar de nachtelijke hemel, waar sterren fonkelden als verre ogen die vol verachting – of in elk geval onverschillig – neerkeken op de grillen van de mens.

Karpov gaf een ruk aan zijn hoofd. *Is dat duidelijk?*

'Helemaal.' Hij ontspande zich iets terwijl de kolonel het mes wegborg. Hij had gelijk gehad wat Karpovs karakter betrof: dit was geen man die je dwars moest zitten. Zelfs de gevreesde Russische bureaucratie moest voor hem op haar hoede zijn. Arkadin salueerde in stilte. 'Je eerste probleem is de mol in de keuken van de FSB-2.'

'Hoezo keuken?'

'Maslov heeft een van de chefs in zijn zak.'

Karpov zweeg. Alleen het zachte klotsen van het water was te horen, vermengd met het laatste gekrijs van meeuwen die een slaapplaats zochten voor de nacht. Van achter een lage wolkenpartij verscheen de maan, die een azuren sluier over hen wierp en miljoenen kleine hapjes nam uit de duistere zee zodat het leek alsof het ruwe wateroppervlak met speldenknoppen van licht werd bestrooid.

'Wie?' zei Karpov na een lange stilte.

'Ik weet niet of je dat wel wilt horen.'

'Ik ook niet, maar *what the fuck*, het is te laat om er nu mee te stoppen.'

'Dat lijkt me duidelijk.' Arkadin haalde een pakje Turkse sigaretten tevoorschijn en bood de kolonel er een aan.

'Ik probeer te minderen.'

'Zonde van je tijd.'

'We hebben het er nog wel een keer over als je hoge bloeddruk hebt.'

Arkadin stak een sigaret op, borg het pakje weg en inhaleerde diep. Terwijl de rook uit zijn neusgaten dreef, zei hij: 'Melor Boekin, je baas, werkt voor Maslov.'

Karpovs ogen schoten vuur. 'Vuile klootzak, zit je me nou weer te belazeren?'

Zonder iets te zeggen, haalde Arkadin het plastic zakje tevoorschijn dat hij onder in de koelbox had gelegd. Hij ritste het open en overhandigde de inhoud aan de kolonel. Vervolgens gooide hij een paar stukken hout op het vuur, dat inmiddels langzaam begon te doven.

Karpov schoof wat dichter naar het vuur om beter te kunnen zien. Arkadin had hem een goedkope prepaid mobiele telefoon gegeven van het type dat je bij elk benzinestation kunt kopen – een *burner*, wat betekende dat de gesprekken niet konden worden nagetrokken. Hij zette hem aan.

'Audio en video,' zei Arkadin terwijl hij met een stok het vuur opporde. Ter voorbereiding op deze dag – of een dag als deze – had hij de mobiele telefoon gebruikt om in het geheim een aantal ontmoetingen tussen Maslov en Boekin op te nemen waar hij bij was geweest. Hij wist dat de kolonel absoluut overtuigd zou zijn zodra hij het bewijsmateriaal had gezien.

Na een tijdje keek Karpov op van het kleine scherm. Zijn gezicht was grauw. 'Ik wil dit ding houden.'

Arkadin wuifde met een hand. 'Dat hoort bij de service.'

Ergens ver weg klonk het ronken van een vliegtuigje dat hun richting opkwam. Het was een geluid dat nauwelijks meer betekenis had dan het zoemen van een muskiet.

'Wie nog meer?' vroeg Karpov.

'In elk geval twee – hun namen staan in het telefoonboek – maar misschien zijn er meer. Ik ben bang dat je dat aan je baas moet vragen.'

Karpov fronste zijn voorhoofd. 'Makkelijker gezegd dan gedaan.'

'Met dit bewijs?'

Karpov zuchtte. 'Ik zal hem moeten verrassen en hem volledig van de buitenwereld moeten afsnijden zodat hij met niemand contact kan opnemen.'

'Riskant,' zei Arkadin. 'Aan de andere kant, als je met dit bewijsmateriaal naar president Imov gaat, wordt hij ongetwijfeld zo kwaad dat hij je met Boekin laat doen wat je wilt.'

Karpov leek over dit idee na te denken. Goed zo. Arkadin glimlachte in stilte. Melor Boekin had zijn bliksemcarrière via de rangen van de apparatsjiks hoofdzakelijk aan de president te danken, waarna hij was binnengehaald door Viktor Tsjerkesov, het hoofd van de FSB-2. In het Kremlin werd een oorlog gevoerd tussen Tsjerkesov en Nikolai Patroesjev van de FSB, een bekende volgeling van Imov. Tsjerkesov had zonder steun van de president een brede machtsbasis opgebouwd. Arkadin had zo zijn eigen redenen om Boekin een slechte naam te bezorgen. Als Karpov Boekin in de gevangenis zou weten te krijgen, zou zijn mentor, Tsjerkesov, niet veel later volgen. Tsjerkesov was de enige doorn in zijn oog die hij niet had kunnen verwijderen, maar nu zou Karpov dat voor hem regelen.

Toch had hij geen tijd om zich in zijn handen te wrijven. Zijn rusteloze geest was alweer bezig met persoonlijker zaken. Zoals de verschillende opties die er waren om zich te wreken op Karpov omdat die een mes tegen zijn keel had gehouden. In gedachten zag hij voor zich hoe hij de keel van de kolonel doorsneed met zijn eigen scheermes.

10

Moira en Jalal Essai hadden afgesproken in zijn hotelsuite in D.C. Ze beschikten over Essais *netbook* en het netbook van Moira, dat ze de dag ervoor had aangeschaft en waarvan ze wist dat het absoluut clean was. Ze had het al geüpgraded tot ver boven de oorspronkelijke specificaties.

Ze had hem willen vragen waar ze moest beginnen omdat ze ervan overtuigd was dat er met al haar systemen was geknoeid, maar ze had zich geen zorgen hoeven maken. Het bleek dat hij veel informatie over de laptop bezat en het geen probleem vond die met haar te delen. Nog niet zo lang geleden was hij in handen gevallen van Gustavo Moreno, een Colombiaanse drugsbaron die in een buitenwijk van Mexico City had gewoond. Moreno was een paar maanden geleden vermoord toen zijn compound was overvallen door een groep agenten die zich als Russische oliehandelaars had verkleed.

'Het team werd aangevoerd door kolonel Boris Karpov,' zei Essai.

Ook toevallig, dacht Moira. Maar ze wist hoe klein deze wereld was. Ze had over de kolonel gehoord van Bourne; ze waren vrienden, voor zover twee van dat soort mensen bevriend konden zijn.

'Dus Karpov heeft de laptop.'

'Jammer genoeg niet,' zei Essai. 'De laptop is een tijdje voor de overval gestolen door een van Moreno's eigen mensen.'

'Een van zijn eigen mensen? Iemand die voor een concurrent werkte?'

148

'Waarschijnlijk wel,' zei Essai. 'Ik weet het niet.'

'Hoe heet de dief?'

'Hier. Naam, foto, alles.' Essai draaide het scherm van zijn laptop in haar richting en opende de afbeelding. 'Maar het is letterlijk een doodlopende weg. Zijn lichaam is een week na de overval gevonden.'

'Waar?' vroeg Moira.

'Ergens buiten Amatitán.' Essai startte Google Earth en toetste een reeks coördinaten in. De wereldbol draaide rond totdat de noordwestkust van Mexico in beeld kwam. Hij wees. Amatitán lag in Jalisco, in het hart van de tequilastreek. 'Hier. Toevalligerwijs precies op de *estancia* van Moreno's zus, Berengária, hoewel die sinds haar huwelijk met de tequila-magnaat Narsico Skydel, Barbara Skydel heet.'

'Ik kan me een memo van Black River over Narsico herinneren. Is dat niet de neef van Roberto Corellos, de Colombiaanse drugsbaron die momenteel in de gevangenis zit?'

Essai knikte. 'Narsico heeft een tijdlang geprobeerd uit de buurt van zijn beruchte neef te blijven. Hij is al tien jaar niet in Colombia geweest. Maar het was blijkbaar onmogelijk om aan de reputatie van zijn familie te ontkomen, daarom heeft hij vijf jaar geleden zijn naam veranderd en zich ingekocht in de grootste tequiladistilleerderij van Mexico. Tegenwoordig is het bedrijf helemaal van hem, en de afgelopen twee jaar is het enorm gegroeid.'

'Dat huwelijk met Berengária zal hem weinig hebben geholpen,' merkte Moira op.

'Dat is nog maar de vraag. Ze heeft zich bewezen als uitgeslapen zakenvrouw. Volgens de meeste mensen zit zij achter de expansie. Ik heb de indruk dat ze veel meer dan haar man bereid is om berekende risico's te nemen, en tot op heden heeft ze geen enkele misstap begaan.'

'Hoe was haar relatie met Gustavo?'

'Volgens de rapporten waren ze behoorlijk close. Dat begon al op jonge leeftijd, vanaf het moment dat hun moeder stierf.'

'Denk je dat ze iets met zijn handel te maken had?'

Essai kruiste zijn armen voor zijn borst. 'Moeilijk te zeggen. Als dat al zo was, dan in elk geval niet openlijk. Er is absoluut niets wat haar met Gustavo's drugshandel in verband brengt.'

'Maar je zei dat ze een slimme zakenvrouw was.'

Hij fronste zijn wenkbrauwen. 'Denk je dat zij een mol had in de toko van haar eigen broer?'

Moira haalde haar schouders op. 'Wie zal het zeggen?'

'Die zouden toch allebei nooit zo stom zijn geweest?'

Moira knikte. 'Akkoord, maar als iemand ons wil laten geloven dat een van hen de mol heeft laten vermoorden, kan het geen kwaad eens met ze te praten. Maar eerst wil ik Roberto Corellos met een bezoekje vereren.'

Essai lachte de duistere glimlach die Moira's ziel verkilde. 'Ik denk, mevrouw Trevor, dat je al begonnen bent met het verdienen van je geld.'

Bourne en Chrissie waren op de terugweg en reden in een zware stortbui die plotseling was komen opzetten, toen Bournes telefoon ging.

'Meneer Stone.'

'Hallo, professor,' zei Bourne.

'Ik heb nieuws,' zei Giles. 'Ik heb een e-mail ontvangen van mijn schaakpartner. Het lijkt erop dat hij het raadsel van het derde woord heeft opgelost.'

'En wat is het?' vroeg Bourne.

'*Dominion.*'

'Dominion,' herhaalde Bourne. 'Dus de inscriptie aan de binnenkant van de ring bestaat uit drie woorden: *Severus Domna Dominion*. Wat betekent dat?'

'Tja, het zou een bezwering kunnen zijn,' zei Giles, 'of een *epithet*, een waarschuwing. Misschien zelfs – en nu ben ik bewust even heel creatief – de instructies om lood in goud te veranderen. Maar zonder extra informatie is zoiets onmogelijk te achterhalen.'

Op de weg voor hen bleef de regen staan, en de ruitenwissers dansten heen en weer in de voorgeschreven boog. Bourne keek in zijn zijspiegel, wat hij automatisch om de dertig seconden deed.

'Er is nog een interessant weetje over het Oegaritisch dat mijn vriend me vertelde, maar ik zie eerlijk gezegd het belang er niet van in. Zijn collega's en hij zijn vooral in de taal geïnteresseerd omdat er documenten bestaan – of in elk geval fragmenten – die afkomstig zouden zijn van het hof van koning Salomo. Het schijnt dat de astrologen van Salomo onder elkaar Oegaritisch spraken en dat ze geloofden in de alchemistische krachten ervan.'

Bourne lachte. 'Met al die legendes over het goud van koning Salomo snap ik best waarom de eerste wetenschappers geloofden dat alchemie de sleutel was om lood in goud te veranderen.'

'Om eerlijk te zijn – ik heb precies hetzelfde tegen hem gezegd.'

'Bedankt, professor. U heeft me erg geholpen.'

'Graag gedaan, meneer Stone. Een vriend van Christina is een vriend van mij.'

Terwijl Bourne zijn mobiele telefoon wegborg, zag hij dat de zwart met gouden vrachtwagen die zich een paar minuten geleden nog drie voertuigen terug en op een andere rijstrook had bevonden, nu vlak achter hen zat.

'Chrissie, ik wil dat je bij de eerstvolgende afslag van de snelweg gaat,' zei hij op rustige toon. 'Daarna zet je de auto aan de kant.'

'Is er iets aan de hand?'

Hij zei niets en keek steeds opnieuw in de zijspiegel. Even later stak hij een arm uit om de richtingaanwijzer uit te schakelen. 'Niet doen.'

Ze zette grote ogen op, en haar adem stokte even. 'Waarom doe je dat?'

'Doe gewoon wat ik tegen je zeg, dan komt alles goed.'

'Niet bepaald geruststellend.' Door de regen werd het verkeersbord met de eerstvolgende afrit zichtbaar, en ze ging naar de linkerrijstrook. 'Je maakt me bang, Adam.'

'Dat was niet mijn bedoeling.'

Ze reed de afrit op, die een scherpe bocht naar links maakte, en zette de auto in de berm. 'Wat is dan wel je bedoeling?'

'Van plaats wisselen,' zei hij. 'Ga eens opzij.'

Ze stapte met haar handen boven haar hoofd uit de Range Rover, rende met opgetrokken schouders om de auto heen en stapte weer in aan de passagierskant. Ze had haar deur nog niet eens helemaal dicht toen Bourne zag hoe achter hen in de bocht de vrachtwagen verscheen. Hij zette de auto onmiddellijk in de versnelling en reed op hoge snelheid weg.

De vrachtwagen bevond zich vrijwel direct vlak achter hen, alsof hij met een enterhaak aan de Range Rover vastzat. Bourne gaf plankgas, reed door rood en nam de oprit naar de snelweg. Het was niet echt druk, en hij slaagde erin tussen een aantal auto's door te laveren. Hij bedacht zich net dat een vrachtwagen een tamelijk onhandig voertuig was om iemand in te achtervolgen, toen er een grijze BMW naast hen kwam rijden.

Het portierraam gleed omlaag, en Bourne riep naar Chrissie dat ze weg moest duiken. Hij duwde haar omlaag en boog zich naar voren over het stuur. Een salvo uit een automatisch wapen deed zijn portierraam uiteenspatten, en hij kreeg handenvol glaskiezels en regen over zich heen. Op dat moment zag hij de zwart met gouden vrachtwagen die achter hem reed op hoge snelheid naderen; ze wilden hem insluiten.

Beide voertuigen slingerden van links naar rechts, en de zijkanten schuurden gevaarlijk tegen elkaar. Bourne waagde een blik in zijn achteruitkijkspiegel. De vrachtwagen zat vlak achter hen.

'Hou je vast,' riep hij tegen Chrissie, die met haar armen over haar hoofd zo ver naar voren gebogen zat als haar veiligheidsgordel dat toeliet.

Hij stuurde bij en trapte op de rem. Gedurende een fractie van een seconde gleed de Range Rover over het natte asfalt, maar hij corrigeerde onmiddellijk. De linker achterbumper raakte de vrachtwagen en werd in elkaar gedrukt. De Range

Rover zwaaide vervolgens opzij zodat de achterbumper aan de bestuurderskant – precies zoals hij had berekend – met grote kracht op de BMW klapte. Het gevolg was dat de BMW naar rechts schoot, waardoor de bestuurder de controle verloor en de wagen met zoveel kracht de vangrail raakte dat de rechterkant volledig in elkaar werd gedrukt. Het resultaat was een enorme vonkenregen en gekrijs van gefolterd metaal waarna de BMW uit de vangrail ontsnapte en begon te slingeren. De voorkant kwam recht op de Range Rover af. Bourne gooide zijn stuur om en sneed een gele Mini. Er klonk een misselijkmakend geluid van jankende banden, gevolgd door een kettingreactie van loeiende claxons en krakende spatborden. Bourne versnelde om gebruik te maken van de ruimte die was ontstaan. Hij laveerde tussen de auto's door, en toen hij het meeste verkeer achter zich had gelaten, ging hij weer naar de rechterbaan.

'Jezus,' fluisterde Chrissie. 'Jezus christus.'

De Range Rover danste nog na op zijn schokbrekers en Bourne wierp een blik in zijn achteruitkijkspiegel. De geruïneerde BMW en de zwart-met-gouden vrachtwagen waren nergens meer te zien.

Na een ongeluk, zelfs als dat nog goed is afgelopen, wordt alles stil. Of misschien wordt het menselijk oor, dat net als de rest van het organisme getraumatiseerd is geraakt, tijdelijk doof. Hoe dan ook, het was doodstil in de SUV toen Bourne de snelweg en even later ook de A-weg verliet om een tijdje door straten met groothandels en pakhuizen te rijden waar niemand angstig gilde, geen claxons kwaad toeterden of remmen piepten; waar nog steeds orde heerste, en de chaos van de snelweg aan een ander universum leek toe te horen. Hij stopte niet voordat hij een verlaten huizenblok had gevonden, waar hij de auto aan de kant zette.

Chrissie zweeg, en haar gezicht was spierwit. Haar handen beefden in haar schoot. Ze stond op het punt in huilen uit te barsten, zowel van angst als van opluchting.

'Wie ben jij in godsnaam?' zei ze na een tijdje. 'Waarom proberen die mensen je te vermoorden?'

'Ze willen de ring,' zei Bourne kort. Na wat er zojuist was voorgevallen, had ze in elk geval recht op een deel van de waarheid. 'Ik weet niet waarom, dat probeer ik uit te zoeken.'

Ze keek hem aan. Zelfs haar ogen waren bleek, of misschien was dat een speling van het licht. Bourne dacht van niet.

'Had Trace ook iets met die ring te maken?'

'Misschien, ik weet het niet.' Bourne startte de motor van de auto en reed weg. 'Maar haar vrienden wel.'

Ze schudde haar hoofd. 'Dit gaat me allemaal veel te snel. De hele wereld staat op zijn kop. Ik weet niet meer wat voor of achter is.'

Ze kamde haar handen door haar haar, en toen besefte ze iets merkwaardigs. 'Waarom gaan we terug naar Oxford?'

Hij keek haar scheef aan. Even verderop was de oprit naar de snelweg. 'Ik houd er niet van als mensen op me schieten, net als jij. Ik wil die BMW wat beter bekijken – en de bestuurder.' Toen hij haar verschrikte blik zag, voegde hij eraan toe: 'Maak je geen zorgen. Ik stap uit bij de plaats van het ongeluk. Ben je in staat om te rijden?'

'Natuurlijk.' Hij sloeg links af en reed de snelweg op in de richting van Oxford. De ergste regen was voorbij; het miezerde alleen nog wat. Hij zette de ruitenwissers een tandje lager. 'Sorry voor de schade.'

Ze huiverde en schonk hem een geforceerd glimlachje. 'We konden er weinig aan doen.'

'Wanneer komt Scarlett terug van je ouders?'

'Volgende week pas, maar ik kan haar oppikken wanneer ik wil,' zei ze.

'Oké.' Bourne knikte. 'Ik wil niet dat je teruggaat naar je woning in Oxford. Kun je ergens anders naartoe?'

'Ik ga wel naar de flat van Tracy.'

'Slecht idee. Die lui hebben me daar waarschijnlijk opgepikt.'

'En het huis van mijn ouders?'

'Dat kun je ook beter niet doen. Ik stel voor dat je Scarlett ophaalt en ergens naartoe gaat waar je nog nooit bent geweest.'

'Denk je niet dan...?'

Hij haalde doelbewust de Glock tevoorschijn die hij in het appartement van Perlis had gevonden en legde het wapen in het handschoenenkastje.

'Wat is dat?'

'We zijn gevolgd, waarschijnlijk vanaf Tracy's flat. Ik wil niet het risico lopen dat die lui achter het bestaan van Scarlett komen en dat ze te weten komen waar je ouders wonen.'

'Maar wie zijn die mensen?'

Hij schudde zijn hoofd.

'Dit is een nachtmerrie, Adam.' Haar stem klonk breekbaar, alsof haar woorden van glas waren. 'Waar was Trace in godsnaam bij betrokken?'

'Ik zou willen dat ik het antwoord wist.'

Het verkeer aan de andere kant van de snelweg stond stil, wat aangaf dat ze de plaats van de crash naderden. De auto's aan hun kant reden stapvoets. Dat zou het voor hem minder lastig maken om uit te stappen terwijl Chrissie het stuur kon overnemen.

'En wat ga jij doen?' vroeg ze, terwijl hij de Range Rover in zijn vrij zette.

'Maak je over mij maar geen zorgen,' zei hij. 'Ik ga terug naar Londen.' Haar bezorgde blik zei hem dat ze hem niet geloofde. Hij gaf haar het nummer van zijn mobiele telefoon. Toen hij zag dat ze een pen uit haar handtasje haalde, voegde hij eraan toe: 'Onthou het. Ik wil niet dat je het opschrijft.'

Bourne stapte uit de auto, en Chrissie schoof naar de bestuurdersstoel. 'Adam.' Ze stak haar hand naar buiten en greep zijn arm vast. 'Wees in godsnaam voorzichtig.'

Hij glimlachte. 'Ik red me wel.'

Maar ze liet hem niet los. 'Waarom doe je dit?'

Hij dacht aan Tracy, stervend in zijn armen. Hij had haar bloed op zijn handen.

Hij boog zich naar voren, stak zijn hoofd door het portierraam en zei: 'Ik ben haar iets schuldig dat ik haar nooit terug kan betalen.'

Bourne sprong over de vangrail naar de andere kant van de door regen glad geworden snelweg. Hij naderde de plaats van de crash, en zijn hersenen werkten in ijltempo. Ondertussen nam hij de chaos van ambulances, hulpdiensten en politiewagens in zich op. De agenten en verpleegkundigen waren afkomstig uit de wijde omtrek, wat goed uitkwam voor hetgeen hij in gedachten had. De plaats van de crash was nog niet afgezet. Hij zag een lichaam op de grond liggen, afgedekt met een stuk zeildoek. Een team van forensisch experts onderzocht het gebiedje rond de dode man. Er werden notities en digitale foto's gemaakt, er werd overlegd, en bij stukjes forensisch bewijsmateriaal werden plastic markers geplaatst. Elke druppel bloed, elke scherf van een kapotte achterlamp, stukjes gescheurde stof, de glaskristallen van een gebarsten raam, een olievlek – alles werd van verschillende kanten gefotografeerd.

Bourne begaf zich naar de zijkant van een van de ambulances en glipte onopvallend naar binnen om in het handschoenenvak naar een legitimatiebewijs te zoeken. Hij vond niets en probeerde de zonnekleppen. Rond een ervan zat een elastiek. Hij trok de klep omlaag en vond een bundeltje documenten. Een ervan was een verlopen legitimatiebewijs. Het verbaasde hem altijd dat mensen zo gehecht raakten aan hun eigen geschiedenis dat ze alleen met de grootste moeite afscheid konden nemen van tastbare bewijzen ervan. Hij hoorde iemand aankomen, pakte een stel latex handschoenen en liet zich aan de andere kant naar buiten glijden. Ondertussen bevestigde hij het legitimatiebewijs op zijn jas om zich vervolgens vastberaden tussen de politieagenten en verpleegkundigen te begeven die aan de hand van de chaos op het asfalt probeerden te achterhalen wat er was voorgevallen.

Hij wierp een vluchtige blik op de BMW; de vangrail had de wagen doorboord als een harpoen en hij was total loss. Bourne zag de plaats waar hij met Chrissies auto de achterbumper had geraakt. Hij ging er op zijn hurken naast zitten en veegde de lakschilfers van haar Range Rover weg. Hij had juist het nummerbord in zijn hoofd geprent toen een inspecteur van politie naast hem neerhurkte.

'En? Wat denk je?' Het was een bleke man met een slecht gebit en bijpassende adem. Hij zag eruit alsof hij was grootgebracht op lauw bier, *bangers and mash* en stroop.

'Die lui moeten echt gejakkerd hebben, anders had die wagen nooit zoveel schade gehad.' Bourne sprak met een schorre stem in zijn beste Zuid-Londense accent.

'Koutje? Of allergisch?' vroeg de inspecteur. 'Je kunt maar beter goed voor jezelf zorgen met dit rotweer.'

'Ik wil de slachtoffers zien.'

'Oké.' De inspecteur stond met krakende knieën op. Zijn handen waren rood en zaten vol met kloofjes; het gevolg van een lange, barre winter in een slecht verwarmd kantoor. 'Deze kant op.'

Hij loodste Bourne tussen groepjes mensen door naar de plaats waar het lichaam lag en tilde het zeildoek op zodat Bourne het kon bekijken. Het lichaam zag eruit alsof alle botten gebroken waren. Bourne verbaasde zich over het feit dat de man verhoudingsgewijs oud was – hij schatte eind veertig of begin vijftig. Heel vreemd voor een beul.

De polsen van de inspecteur rustten op zijn benige knieën. 'Zonder legitimatie wordt het een hele klus om zijn vrouw op de hoogte te stellen.'

De dode man droeg een gouden trouwring om de middelvinger van zijn rechterhand. Bourne vond dat opmerkelijk, maar hij was niet van plan zijn mening – of om het even wat – met de inspecteur te delen. Hij wilde de binnenkant van de ring zien.

'Even kijken,' zei Bourne, en hij trok de ring van de vinger. Deze was een stuk ouder dan het exemplaar dat hij zelf bezat. Hij hield hem omhoog om hem beter te kunnen bekijken. De ring zat vol met krassen, zag er vaal uit en was in de loop der tijd dunner geworden. Het duurde zeker honderd jaar of langer voordat goud zo dun werd. Hij draaide de ring om. In de binnenkant stond een inscriptie. Ja, hij herkende het Oudperzisch en het Latijn. Hij draaide de ring tussen zijn vingers en hield hem dichter bij zijn ogen. Er waren maar twee woorden: *Severus Domna*. Het derde woord, *Dominion*, ontbrak.

'Iets gevonden?'

Bourne schudde zijn hoofd. 'Ik had gehoopt op een inscriptie – "Voor Bertie, van Matilda," zoiets.'

'Weer een doodlopende weg,' zei de inspecteur met een zuur gezicht. 'Godsamme, ik verga van de pijn in mijn knieën.' Hij stond kreunend op.

Nu wist Bourne waar Severus Domna voor stond: een groep of genootschap. Hoe je ze ook wilde noemen, één ding was duidelijk – ze hadden zich aanzienlijke moeite getroost om hun bestaan verborgen te houden voor de wereld. En nu waren ze om een of andere reden tevoorschijn gekomen en riskeerden ze hun geheime status – en dat alleen voor de ring met hun naam erin en het woord *Dominion*.

11

Oliver Liss, die in de Old Town van Alexandria over North Union Street liep, keek hoe laat het was en stapte vervolgens een drogisterij binnen van een grote winkelketen waar ze de gekste dingen verkochten. Hij passeerde de afdelingen gebits- en voetverzorging, koos een goedkope prepaid telefoon met dertig belminuten en liep ermee naar de kassa, waar een Indiase vrouw het ding inpakte, samen met een exemplaar van *The Washington Post*. Hij betaalde contant.

Weer op straat, met de krant onder zijn arm, trok hij de blisterverpakking kapot om vervolgens onder een grauwe hemel zonder sterren naar de plaats te lopen waar hij zijn auto had geparkeerd. Hij stapte in en sloot de telefoon aan op zijn draagbare lader, die in minder dan vijf minuten voor een volle accu zou zorgen. Hij had de avond ervoor weinig nachtrust gehad. Eigenlijk had hij niet één keer fatsoenlijk geslapen sinds hij akkoord was gegaan met de financiering van het uit de as herrezen Treadstone.

Het was niet voor het eerst dat hij zich afvroeg of hij de juiste beslissing had genomen, en vervolgens probeerde hij zich te herinneren wanneer hij voor het laatst uit vrije wil een zakelijke beslissing had genomen. Ruim een decennium geleden was hij benaderd door een man die zichzelf Jonathan had genoemd, hoewel Liss al snel was gaan vermoeden dat het niet zijn werkelijke naam was. Jonathan had gezegd dat hij deel uitmaakte van een groot internationaal collectief. Als Liss het slim zou spelen – als hij Jonathan tevreden zou stellen en zodoende ook het collectief – zou Jonathan ervoor zorgen dat het collectief vaste klant zou worden bij Liss. Jonathan had daarop voorgesteld een risicomanagementbedrijf te zoeken dat als dekmantel zou dienen. Het collectief zou vervolgens in het geheim de Amerikaanse gewapende strijdkrachten op crisislocaties kunnen bevoorraden. Op die manier was Black River ontstaan. Jonathans groep had het startkapitaal geleverd, precies zoals hij had beloofd, en de twee partners ingebracht. Het was hetzelfde collectief dat hem, bij monde van Jonathan, van tevoren had gewaarschuwd voor gebeurtenissen die Black River niet veel later zouden opblazen. De groep had ervoor gezorgd dat hij buiten alle onderzoeken en hoorzittingen van het congres was gebleven en dat hij geen strafblad had gekregen, geen processen had moeten bijwonen en niet de onvermijdelijke gevangenisstraf opgelegd had gekregen.

Vervolgens, slechts enkele weken na deze wonderbaarlijke redding, had Jonathan een nieuw voorstel gedaan. Of eigenlijk was het helemaal geen voorstel geweest, maar een bevel: het leveren van startkapitaal voor Treadstone. Hij had nog nooit van Treadstone gehoord, maar ze hadden hem een versleuteld bestand gegeven met daarin alle details over de oprichting en de missie. Hij had toen ook vernomen dat er nog maar één lid van Treadstone in leven was: Frederick Willard. Hij had contact opgenomen met Willard, en de rest was gelopen zoals hem was voorspeld.

Af en toe stond hij zichzelf de luxe toe om zich af te vragen hoe het mogelijk was dat deze groep kon beschikken over een zo onuitputtelijke hoeveelheid geheime informatie. Wat waren hun bronnen? Het leek niet uit te maken of de gegevens afkomstig waren van Amerikaanse, Russische, Chinese of Egyptische geheime diensten, om er maar een paar te noemen. De informatie was altijd van de hoogste kwaliteit en altijd correct.

Het meest mysterieuze aspect van dit hoofdstuk uit zijn leven was wel het feit dat hij nog nooit iemand van deze mensen persoonlijk had ontmoet. Jonathan deed zijn voorstellen telefonisch, en hij accepteerde ze altijd zonder het geringste protest. Hij was niet iemand die graag geknecht werd – maar hij genoot van elk moment dat hij in leven was, en zonder deze mensen zou hij al lang geleden het tijdelijke met het eeuwige hebben verwisseld. Hij had alles te danken aan de groep van Jonathan.

Jonathan en zijn collega's waren compromisloze opdrachtgevers – maximaal gemotiveerd en extreem doelgericht – maar ze waren erg royaal met hun vergoeding. Door de jaren heen had de groep Liss beloond op een manier die hij zelfs in zijn stoutste dromen niet had kunnen vermoeden. En dat was nog een aspect van zijn bestaan dat het mysterie alleen maar groter maakte: de schijnbaar onbeperkte rijkdom van de groep. En wat minstens zo belangrijk was: de groep beschermde hem. Jonathan had hem dat beloofd; een belofte die stamde uit de tijd waarin hij was gered van de ramp die ertoe had geleid dat zijn voormalige partners van Black River de rest van hun leven in een federale gevangenis moesten doorbrengen.

Een *bliep* maakte hem erop attent dat de mobiele telefoon volledig was opgeladen. Hij haalde hem van de lader, zette hem aan en toetste een lokaal nummer in. Na twee keer overgaan, werd de verbinding tot stand gebracht, en hij zei: 'Bestelling.' Er volgde een korte pauze waarna een van tevoren opgenomen vrouwenstem zei: 'Prediker drie: zes-twee.'

Het was altijd een Bijbelboek. Hij had er geen idee van waarom. Hij verbrak de verbinding en pakte de krant op. 'Prediker' refereerde aan het sportkatern. 'Drie: zes-twee' betekende derde kolom, zesde paragraaf, het tweede woord.

Hij liet zijn vinger over de aangegeven kolom lopen en vond het woord van de dag: *steal*.

Hij pakte opnieuw zijn mobiele telefoon en toetste een tiencijferig nummer in. 'Steal,' zei hij toen na één keer overgaan de telefoon werd opgenomen. In plaats van een stem hoorde hij een reeks elektronische klikjes toen het complexe netwerk van *servo's* en *switchers* zijn telefoontje omleidden naar een afgelegen ontvanger die zich god mocht weten waar bevond. Even later volgde de kille klank van encryptieapparatuur die werd geactiveerd en ten slotte een stem die zei:

'Hallo, Oliver.'

'Middag, Jonathan.'

De encryptie vertraagde de spraak en ontdeed hem van emotie en toon waardoor de stem onherkenbaar werd en een robotkarakter kreeg.

'Heb je ze op pad gestuurd?'

'Ze zijn een uur geleden vertrokken. Ze zijn morgenochtend vroeg in Londen.' Het was dezelfde stem die hem het dossier van de ring had gestuurd. 'Ze hebben hun orders, maar...'

'Ja?'

'Willard heeft het alleen maar over Arkadin en Bourne en het Treadstoneprogramma dat hen heeft gecreëerd. Hij zegt dat hij een methode heeft ontdekt om hun... *bruikbaarheid* – volgens mij was dat wat hij zei – te verhogen.'

Jonathan grinnikte. Dat nam Liss tenminste aan, hoewel het op hem overkwam als een droog geritsel, als van een zwerm insecten in hoog gras.

'Ik wil dat je bij hem uit de buurt blijft, Oliver, is dat duidelijk?'

'Uiteraard. Helemaal.' Liss wreef met zijn knokkels over zijn voorhoofd. *Wat was Jonathan in godsnaam van plan?* 'Maar ik heb tegen hem gezegd dat hij zijn plannen moet uitstellen totdat de ring is gevonden.'

'Precies volgens de instructies.'

'Willard was er niet blij mee.'

'Je meent het?'

'Ik heb het gevoel dat hij van plan is om eruit te stappen.'

'En wanneer dat gebeurt,' zei Jonathan, 'doe je niets om hem tegen te houden.'

'Hè?' Liss was met stomheid geslagen. 'Daar begrijp ik niks van.'

'Alles loopt op rolletjes,' zei Jonathan even voordat hij de verbinding verbrak.

Soraya, die zich op het vliegveld van Dallas/Fort Worth bevond, benaderde elk autoverhuurbedrijf met een foto van Arkadin. Niemand herkende hem. Ze at een hapje, kocht een paperback en stilde haar lekkere trek met een Snickers. Langzaam genietend van haar reep liep ze naar het bureau van de luchtvaartmaatschappij waarmee Arkadin het land was binnengekomen, en ze vroeg naar de chef van dienst.

Dit bleek een grote man genaamd Ted, die American football had gespeeld maar te zwaar was geworden – wat deze mannen vroeg of laat allemaal overkomt. Hij keek haar aan door zijn stoffige brillenglazen en nodigde haar, nadat hij naar haar naam had gevraagd, uit in zijn kantoortje.

'Ik werk voor Continental Insurance,' zei ze, en ze nam een hapje van haar Snickers. 'Ik probeer een man te vinden die Stanley Kovalski heet.'

Hij leunde even naar achteren en vouwde zijn dikke handen over zijn buik. 'U maakt zeker een geintje?'

'Nee,' zei Soraya, 'dat doe ik niet.' Ze gaf hem de gegevens van Kovalski's vlucht.

Ted slaakte een zucht en haalde zijn schouders op. Hij draaide zijn stoel rond en wierp een blik op zijn computerterminal. 'Kijk nou,' zei hij, 'daar heb ik hem al.' Hij draaide zich weer om. 'Maar nu even serieus. Waar kan ik u mee helpen?'

'Ik wil graag weten waar hij van hieruit naartoe is gegaan.'

Ted lachte. 'Nu weet ik zeker dat dit een of andere grap is. Deze luchthaven is een van de grootste en drukste ter wereld. Uw meneer Kovalski kan overal en nergens naartoe zijn gegaan.'

'Hij heeft geen auto gehuurd,' zei Soraya. 'En hij heeft geen aansluitende binnenlandse vlucht genomen omdat hij hier in Dallas door de douane is gegaan. Maar om helemaal zeker te zijn, heb ik de cctv-opnamen gecontroleerd.'

Ted fronste zijn voorhoofd. 'U gaat wel grondig te werk, dat moet ik u nageven.' Hij dacht even na. 'Ik zal u iets vertellen dat u waarschijnlijk nog niet wist. We hebben hier een aantal regionale luchtvaartmaatschappijen die ook passagiersvluchten verzorgen.'

'De opnamen van die beveiligingscamera's heb ik ook gecontroleerd.'

Ted glimlachte. 'Maar ik weet zeker dat u de cctv-opnamen van de chartervluchten niet heeft gecontroleerd – want die hebben ze niet.' Hij scheurde een vel papier van een blok en begon te schrijven. Even later overhandigde hij haar het lijstje. 'Dit zijn de namen.' Hij knipoogde naar haar. 'Veel succes.'

Ze had succes bij de vijfde naam die Ted had genoteerd. Een piloot herinnerde zich Arkadins gezicht, hoewel zijn klant niet de naam Stanley Kovalski had opgegeven.

'Hij zei dat hij Slim Pickens heette.' De piloot trok een gezicht. 'Was er niet een acteur met die naam?'

'Toeval,' zei Soraya. 'Waar heeft u meneer Pickens naartoe gebracht?'

'Tucson International Airport, *ma'am.*'

'Hm, Tucson.'

Wat had Arkadin in godsnaam in Tucson te zoeken? dacht Soraya. En plotseling viel het kwartje.

Mexico.

Bourne, die zich had ingeschreven in een klein hotelletje in Chelsea, nam een douche om het zweet van zijn lichaam te wassen. De spieren van zijn hals, schouders en rug waren nog pijnlijk van de botsing en zijn daaropvolgende vlucht van de snelweg.

Alleen al het denken van de woorden *Severus Domna* zond echo's door zijn geest. Het was om gek van te worden dat hij niet in staat was om de herinneringen uit zijn mistige verleden te plukken. Hij was ervan overtuigd dat hij ooit had geweten wat het was. Maar waarom? Was de groep het doelwit geweest van een Treadstonemissie waarop Conklin hem had gestuurd? Hij had de Dominionring ergens vandaan, van iemand en om een of andere specifieke reden, maar alles buiten die drie vage feiten was een ondoordringbare nevel. Waarom had Holly's vader de ring van zijn broer gestolen? Waarom had hij hem aan Holly gegeven? Wie was haar oom en wat had hij met de ring te maken? Bourne kon die vragen niet meer aan Holly stellen. Dat betekende dat alleen haar oom overbleef, wie hij ook mocht zijn.

Hij draaide de kraan dicht, stapte uit de cabine en wreef zich droog met een handdoek. Misschien moest hij terug naar Bali. Zouden Holly's ouders allebei nog leven, en zouden ze daar nog wonen? Misschien wist Suparwita dat, maar hij had geen telefoon. De enige manier om contact met hem op te nemen, was teruggaan naar Bali en het hem persoonlijk vragen. Maar plotseling kreeg hij een idee. Er was een betere manier om de benodigde informatie te krijgen. Met het plan dat in hem opkwam, zou hij bovendien twee vliegen in één klap slaan omdat Leonid Arkadin erdoor in de val zou lopen.

Terwijl zijn hersenen op topsnelheid werkten, trok hij de kleren aan die hij op weg naar het hotel had gekocht bij Marks & Spencer in Oxford Street, waaronder een donker kostuum en een zwarte coltrui. Hij poetste zijn schoenen met het setje dat hij in de hotelkamer had gevonden en nam een taxi naar het huis van Diego Hererra op Sloane Square.

Het bleek een victoriaanse woning met een schuin leistenen dak en twee taps toelopende torentjes die als hoorns afstaken tegen de avondhemel. Een koperen deurklopper in de vorm van een hertenkop wierp een stoïcijnse blik op naderende bezoekers. Nadat Bourne had aangeklopt, was het Diego zelf die de deur opende.

Hij glimlachte fijntjes. 'Ik zie dat je niet te lijden hebt gehad van je avontuur, gisteren.' Hij gebaarde met een hand. 'Kom binnen, kom binnen.'

Diego droeg een zwarte broek en een stijlvol smokingjasje, dat waarschijnlijk beter op zijn plaats was geweest in de Vesper Club. Bourne had nog steeds het kledinginstinct van een hoogleraar en voelde zich in avondkleding even ongemakkelijk als in een middeleeuws harnas.

Diego loodste Bourne door een ouderwetse salon, die verlicht werd door antieke lampen met melkglazen kappen, een eetkamer binnen waarin een glanzende mahoniehouten tafel centraal stond. Boven de tafel hing een kristallen kroonluchter die het getemperde schijnsel van duizend sterren op het diamantkleurige behang en de eiken lambrisering wierp. Er was voor twee personen gedekt. Terwijl Bourne plaatsnam, schonk Diego hun een glas uitstekende sherry in voor bij de bordjes met gegrilde verse sardines, *papas fritas*, flinterdunne plakjes roze serranoham, schijfjes chorizo met vetspikkels en een bord met drie Spaanse kazen.

'Ga je gang,' zei Diego nadat hij tegenover Bourne aan tafel had plaatsgenomen. 'Zo doen we dat in Spanje.'

Tijdens het eten was Bourne zich ervan bewust dat zijn gastheer hem observeerde. Uiteindelijk zei Diego: 'Mijn vader was erg verheugd over je bezoek aan mij.'

Verheugd of geïnteresseerd? vroeg Bourne zich af. 'Hoe is het met Don Fernando?'

'Z'n gangetje.' Diego at als een vogel die pikte van zijn voedsel. Hij had ofwel geen honger, of hij zat ergens mee. 'Hij mag je graag, wist je dat?'

'Ik heb tegen hem gelogen over wie ik was.'

Diego lachte. 'Dan ken je mijn vader niet. Ik ben ervan overtuigd dat hij alleen maar wilde weten of je een vriend of een vijand was.'

'Ik ben een vijand van Leonid Arkadin, dat weet hij in elk geval wel.'

'Precies.' Diego spreidde zijn handen. 'Dat hebben we met elkaar gemeen. Dat is wat ons met elkaar verbindt.'

Bourne schoof zijn bord van zich af. 'Nu je daar toch over begint – ik vroeg me eigenlijk af hoe dat precies zat.'

'Hoe bedoel je?'

'We hebben allemaal Noah Perlis gekend. Je vader kende Perlis toch ook?'

Diego vertrok geen spier. 'Om eerlijk te zijn – nee. Noah was mijn vriend. We gingen wel eens naar het casino – de Vesper Club – en dan speelden we de hele nacht. Dat deed Noah het liefst wanneer hij in Londen was. Zodra ik wist dat hij zou komen, regelde ik alles van tevoren – zijn kredietlimiet, de fiches.'

'En de meisjes, natuurlijk.'

Diego grijnsde. 'Natuurlijk, de meisjes.'

'Wilde hij Tracy niet zien – en Holly?'

'Als ze hier waren, maar ze waren meestal de stad uit.'

'Maar jullie waren stelletjes.'

Diego fronste zijn wenkbrauwen. 'Waarom denk je dat?'

'Als ik de foto's in Noahs flat moet geloven...'

'Wat wil je daarmee zeggen?'

Diego's houding veranderde bijna onmerkbaar. Hij leek opeens een subtiele spanning uit te stralen die afkomstig was uit zijn diepste wezen. Bourne zag tevreden dat zijn vragen een gevoelige snaar hadden geraakt.

Bourne haalde zijn schouders op. 'Niks, eigenlijk, alleen dat jullie in die foto's zo close lijken.'

'Zoals ik al zei, we waren vrienden.'

'Volgens mij was het meer dan vriendschap.'

Diego keek op zijn horloge. 'Als je zin hebt in een gokje, is dit het moment om naar Knightsbridge te gaan.'

De Vesper Club was een high society casino in het chique Londense West End. Het was een discrete onderneming die vanaf de straat absoluut niet opviel en een complete tegenpool vormde van de schreeuwerige nachtclubs in New York en Miami Beach, waar niets te gek is.

Binnen in het restaurant was het een en al boterzachte leren muurbankjes. Er was een lange, meanderende bar met koper en glas en neonverlichting, en de speelgelegenheden in de bijvertrekken waren ingericht met marmer, spiegels en stenen zuilen met Dorische kapitelen. Ze liepen langs de fruitmachines. Even verderop bevond zich de ruimte voor *electronic gaming* waar luide rockmuziek en schelle verlichting leken te roepen: *Hier moet je zijn!* Bourne keek even naar binnen en zag een bewaker staan. De club ging er blijkbaar van uit dat jongere bezoekers sneller geneigd waren problemen te veroorzaken dan de oudere, meer gesettelde clientèle.

Via een brede trap met maar enkele treden bereikten ze de

iets lager gelegen casinozaal, die een stuk rustiger was, maar niet minder weelderig ingericht. Hier konden alle bekende spellen worden aangetroffen, zoals baccarat, roulette, poker en blackjack. De ovale ruimte was gevuld met het geroezemoes van bezoekers, draaiende roulettewielen, roepende croupiers en het alomtegenwoordige getinkel van glazen. Ze liepen in de richting van een groene gecapitonneerde deur die bewaakt werd door een grote man in een smoking. Zodra hij Diego zag, verscheen er een glimlach op zijn gezicht, en hij knikte beleefd.

'Alles goed, meneer Hererra?'

'Uitstekend, Donald.' Hij gebaarde. 'Dit is een vriend van me, Adam Stone.'

'Goedenavond, meneer.' Donald opende de deur, die naar binnen draaide. 'Welkom in de Empire Suite van de Vesper Club.'

'Dit is de plek waar Noah graag pokerde,' zei Diego over zijn schouder. 'Uitsluitend hoge inzetten en ervaren spelers.'

Bourne keek om zich heen naar de donkere muren, de massief marmeren vloer en drie niervormige tafels; naar de opgetrokken schouders en geconcentreerde blikken van de mannen en vrouwen die rond het groene laken zaten en de kaarten analyseerden, hun tegenstanders inschatten en op basis daarvan hun inzet bepaalden. 'Ik wist niet dat Noah er zo warmpjes bij zat dat hij met geld kon smijten.'

'Dat kon hij ook niet. Ik schoot hem voor.'

'Was dat niet riskant?'

'Niet met Noah.' Diego grijnsde. 'Als het om poker ging, was hij onoverwinnelijk. Voordat er een uur voorbij was, had ik mijn geld al terug – plus nog een leuk extraatje. Ik speelde met de winst. Het was voor ons allebei een prima deal.'

'Kwamen de meisjes hier ook?'

'Welke meisjes?'

'Tracy en Holly,' zei Bourne op geduldige toon.

Diego keek bedachtzaam. 'Ik geloof wel dat ze een paar keer mee zijn gegaan.'

'Maar je weet het niet zeker.'

'Tracy hield van gokken, maar Holly niet.' Diego's schouder-ophalen was een poging om zijn toenemend gevoel van onbehagen te verbergen. 'Maar dat wist je waarschijnlijk wel.'

'Tracy hield niet van gokken.' Bourne hield elk spoor van beschuldiging uit zijn stem. 'Ze had de pest aan haar werk; dat was dag in dag uit gokken.'

Diego keek hem aan met ontstentenis op zijn gezicht; of was het angst?

'Ze werkte voor Leonid Arkadin,' vervolgde Bourne. 'Maar dat wist je waarschijnlijk wel.'

Diego ging met z'n tong langs zijn lippen. 'Daar had ik eigenlijk geen idee van.' Hij keek alsof hij wilde gaan zitten. 'Maar hoe... hoe kan dat?'

'Arkadin chanteerde haar,' zei Bourne. 'Hij wist iets over haar. Wat was dat?'

'Ik... ik weet het niet,' zei Diego met onvaste stem.

'Je moet het me vertellen, Diego. Het is van cruciaal belang.'

'Hoezo? Waarom is dat van cruciaal belang? Tracy is dood – zij en Holly zijn allebei dood. En Noah is er ook niet meer. Is het niet beter om de zaak gewoon te laten rusten?'

Bourne kwam een stap dichterbij. Hoewel hij zachter sprak, was zijn stem vol dreiging. 'Maar Arkadin leeft nog. Hij was verantwoordelijk voor Holly's dood. En het was je vriend Noah die Holly vermoord heeft.'

'Nee!' Diego verstijfde. 'Dat bestaat niet. Noah zou nooit...'

'Ik was erbij toen het gebeurde, Diego. Noah duwde haar van een trap boven aan een tempel op Bali. Dat zijn de feiten, vriend, niet de verzinsels die jij me probeert te verkopen.'

'Ik wil een borrel,' zei Diego met een stem die dun en schor was van ontzetting.

Bourne pakte hem bij de elleboog en loodste hem naar het barretje achter in de Empire Suite. Diego liep onvast en met stijve benen, alsof hij al dronken was. Hij zakte in elkaar op een barkruk en bestelde een dubbele whisky – nu even geen verfijnde sherry voor hem. Hij sloeg de whisky in drie lange teugen achterover en bestelde er vervolgens nog een. Die zou hij ook in zijn geheel hebben leeggedronken als Bourne het glas niet uit zijn bevende hand had gepakt en het op het zwart granieten barblad had gezet.

'Noah heeft Holly vermoord.' Diego zat als een zoutzak op zijn kruk en staarde in de whisky naar een verleden dat hij plotseling niet meer herkende. 'Jezus, wat een nachtmerrie.'

Diego leek geen man die regelmatig grove taal bezigde. Hij was duidelijk uit zijn doen, wat aangaf dat hij niet op de hoogte was van zijn vaders illegale wapenhandel. En hij wist blijkbaar ook niet wat Noah voor de kost had gedaan.

Plotseling draaide hij zijn hoofd en keek hij naar Bourne. 'Maar waarom? Waarom zou hij zoiets doen?'

'Hij wilde iets van haar hebben. Blijkbaar wilde ze hem dat niet vrijwillig geven.'

'En daarom heeft hij haar maar vermóórd?' Diego keek ongelovig. 'Wat ben je voor iemand als je zoiets doet?' Hij schudde langzaam en somber zijn hoofd. 'Ik kan me niet voorstellen dat iemand haar iets aan zou willen doen.'

Het viel Bourne op dat Diego niet had gezegd: *Ik kan me niet voorstellen dat Noah haar iets aan zou willen doen.* 'Noah was blijkbaar heel anders dan ik dacht.' Hij verzuimde eraan toe te voegen: *En Tracy ook.*

Diego reikte naar zijn glas en leegde zijn tweede dubbele whisky. 'Mijn god,' fluisterde hij.

Bourne zei op vriendelijke toon: 'Hoe zat dat nou met jullie vieren, Diego?'

'Ik wil nog een borrel.'

Bourne bestelde dit keer een enkele voor hem. Diego graaide naar het glas alsof het een zwemvest was dat een drenkeling werd toegeworpen. Aan een van de tafels verzamelde een vrouw in een glitterjurk haar fiches. Ze stond op en vertrok. Haar plaats werd ingenomen door een man met de schouders van een rugbyspeler. Een oudere gezette vrouw met een grijze permanent die blijkbaar net binnen was gekomen, nam aan de tafel in het midden plaats. Alle drie de tafels waren volledig bezet.

Diego nam twee krampachtige slokken van de whisky en zei

vervolgens op verslagen toon: 'Tracy en ik hadden iets met el-kaar. Niks serieus, want we gingen ook met andere mensen om – zij in elk geval. Het was maar af en toe, en vrij oppervlakkig. We hadden gewoon lol, verder niks. We wilden niet dat onze vriendschap eronder zou lijden.'

Iets in zijn stem waarschuwde Bourne op zijn hoede te zijn. 'Maar dat is niet het hele verhaal, hè?'

Diego's sombere blik verdiepte zich, en hij keek de andere kant op. 'Nee,' zei hij. 'Ik werd verliefd op haar. Het was niet mijn bedoeling, en ik wilde het ook helemaal niet,' voegde hij eraan toe alsof het in zijn macht had gelegen die keus te ma-ken. 'Ze deed er absoluut niet moeilijk over, en ze was heel lief. Maar toch...' Zijn stem dreef weg op een golf van trieste her-inneringen.

Bourne vond het tijd om verder te gaan. 'En Holly?'

Diego leek te ontwaken uit zijn dagdroom. 'Noah heeft haar verleid. Ik heb het zien gebeuren. Ik vond het ergens wel amu-sant, en ik dacht dat het geen kwaad kon. Vraag me alsjeblieft niet waarom.'

'Wat is er gebeurd?'

Diego zuchtte. 'Het bleek dat Noah stapelgek was op Tracy. Maar zij wilde niks met hem te maken hebben, dat heeft ze hem op de man af gezegd.' Hij nam opnieuw een slok van zijn whis-ky. Hij dronk het alsof het water was. 'Maar wat ze niet zei, zelfs niet tegen mij, was dat ze Noah eigenlijk helemaal niet mocht, of in elk geval niet vertrouwde.'

'Hoe bedoel je dat?'

'Tracy nam Holly heel erg in bescherming. Ze zag dat Noah zich aan Holly begon op te dringen omdat hij háár niet kon krijgen. Ze vond Noah maar cynisch en destructief, terwijl Hol-ly de relatie veel serieuzer nam. Maar Tracy was ervan over-tuigd dat die in een drama zou eindigen – een drama voor Hol-ly.'

'Waarom zei ze niet tegen Noah dat hij ermee op moest hou-den?'

'Dat heeft ze ook gedaan. Maar hij zei tegen haar – op een

veel te lompe manier, als je het mij vraagt – dat ze zich er niet mee moest bemoeien.'

'Heb jij met hem gepraat?'

Diego leek zich opnieuw een stuk ellendiger te voelen. 'Ik weet het, dat had ik moeten doen, maar ik geloofde Tracy niet, of misschien koos ik er wel voor om haar niet te geloven omdat ik...'

'Omdat je je handen niet vuil wilde maken?'

Diego knikte, maar hij keek Bourne niet in de ogen.

'Je moet toch je bedenkingen hebben gehad wat Noah betrof.'

'Ik weet het niet, misschien wel. Maar ik wilde gewoon in ons geloven. Ik wilde geloven dat alles op zijn pootjes terecht zou komen, dat we het wel zouden redden omdat we om elkaar gaven.'

'Jullie gaven inderdaad om elkaar, alleen niet op de juiste manier.'

'Als ik er nu op terugkijk, lijkt alles een leugen; was niemand degene die hij zei te zijn en sprak nooit iemand de volledige waarheid. Ik begrijp niet eens meer wat we eigenlijk in elkaar zagen.'

'Dat is het punt, nietwaar?' zei Bourne op niet onvriendelijke toon. 'Jullie wilden allemaal iets van iemand anders in de groep; jullie hebben stuk voor stuk je vriendschap gebruikt om er op een of andere manier zelf beter van te worden.'

'Alles wat we samendeden, alles wat we zeiden of elkaar toevertrouwden – het was allemaal een leugen.'

'Niet noodzakelijkerwijs,' zei Bourne. 'Je wist toch dat Tracy voor Arkadin werkte?'

'Ik heb toch gezegd dat ik dat niet wist.'

'Weet je nog wat je zei toen ik vroeg wat Arkadin over haar wist?'

'Je zei dat Tracy dood was – dat zij en Holly allebei dood waren en dat het beter was om de zaak te laten rusten.' Hij keek Diego recht in de ogen. 'Dat is het antwoord van iemand die precies weet wat hem is gevraagd.'

Diego sloeg met een vlakke hand op de bar. 'Ik heb haar beloofd dat ik het tegen niemand zou vertellen.'

'Dat begrijp ik,' zei Bourne op welwillende toon. 'Maar als je het nu geheimhoudt, is ze daar ook niet mee geholpen.'

Diego maakte een handgebaar alsof hij een herinnering wilde uitvegen. Aan een tafel verderop zei een man: 'Ik ben weg.' Hij schoof zijn stoel naar achteren, stond op en rekte zich uit.

'Oké.' Diego's ogen ontmoetten die van Bourne. 'Ze zei dat Arkadin had geholpen haar broer uit de problemen te halen, en dat hij dat vervolgens tegen haar was gaan gebruiken.'

Bourne wilde bijna zeggen: *Maar Tracy had helemaal geen broer.* Hij herstelde zich en zei: 'En wat nog meer?'

'Niks. Het was na... voordat we gingen slapen. Het was al heel laat en ze had te veel gedronken. Ze was de hele avond in mineur geweest, en na afloop huilde ze aan één stuk. Ik vroeg of ik iets verkeerd had gedaan, en toen begon ze nog harder te huilen. Ik heb haar heel lang vastgehouden. Toen ze uiteindelijk kalmeerde, heeft ze het me verteld.'

Er klopte iets helemaal niet. Volgens Chrissie hadden ze geen broer, maar Tracy had Diego het tegenovergestelde verteld. Een van de twee zussen had gelogen, maar welke? Welke reden kon Tracy hebben gehad om tegen Diego te liegen, en welke reden kon Chrissie hebben om tegen hem te liegen?

Op dat moment zag Bourne vanuit zijn ooghoek iets bewegen. De man die zijn fiches had opgepakt, begaf zich in de richting van de bar, en twee stappen later wist Bourne dat hij recht op hen afkwam.

Hoewel de man niet groot was, had hij een indrukwekkende uitstraling. Zijn zwarte ogen leken te smeulen in een gezicht met de kleur van gelooid leer. Zijn volle haardos en de dichte baard pasten bij zijn ogen. Hij had een haviksneus, een brede mond met dikke lippen en wangen als betonplaten. Een klein diagonaal litteken deelde een van zijn borstelige wenkbrauwen in tweeën. Zijn armen hingen losjes en ontspannen naast zijn lichaam, maar bewogen zich niet. Hierdoor lag zijn zwaartepunt laag.

Het was deze manier van lopen die verried dat hij een pro was; een man met wie van 's morgens vroeg tot 's avonds laat de dood meeliep. En het waren precies die dingen die in hem een herinnering opriepen en door de tot wanhoop drijvende sluier van Bournes geheugenverlies prikten.

Er liep een rilling van herkenning langs Bournes ruggengraat: dit was de man die hem had geholpen de Dominionring in bezit te krijgen.

Bourne liep een paar stappen van Diego weg. Deze man, wie het ook was, kende hem niet als Adam Stone. Terwijl Bourne dichterbij kwam, stak de man zijn hand uit, en er verscheen een glimlach op zijn gezicht.

'Jason, dat is een tijd geleden.'

'Wie ben jij? Hoe ken je me?'

De glimlach verloor zijn glans. 'Ik ben het, Jason. Ottavio. Herken je me niet meer?'

'Absoluut niet.'

Ottavio schudde zijn hoofd. 'Ik begrijp er niks van. We hebben samengewerkt in Marokko, die klus van Alex Conklin...'

'Nu even niet,' zei Bourne. 'De man die ik bij me heb...'

'Diego Hererra, ik weet wie dat is.'

'Hererra kent me als Adam Stone.'

Ottavio knikte en was onmiddellijk scherp. 'Ik begrijp het.' Hij wierp een blik over Bournes schouder. 'Waarom stel je ons niet even aan elkaar voor?'

'Volgens mij is dat geen goed idee.'

'Aan Hererra's gezicht te zien, is het vreemd als je het niet doet.'

Bourne zag in dat hij geen keus had. Hij draaide zich om op de hak van zijn schoen en loodste Ottavio naar de bar.

Bourne stelde hen aan elkaar voor: 'Diego Hererra, dit is Ottavio...'

'Moreno,' zei Ottavio, en hij stak zijn hand uit naar Diego.

Op het moment dat Diego de hand wilde aannemen, schoten zijn ogen wijd open van schrik en zeeg zijn lichaam ineen op de barkruk. Toen zag Bourne hoe de man met het litteken het slanke keramische lemmet van een mes terugtrok dat hij heel behendig in Diego's borstkas had gestoken. De punt was licht naar boven gebogen, net als zijn glimlach, die nu uiterst onaangenaam leek.

Bourne greep hem bij zijn overhemd en trok hem met zijn voeten van de grond, maar de man met het litteken liet Diego's hand niet los. Hij was vreselijk sterk, en zijn greep was als een bankschroef. Bourne draaide zich om naar Diego, maar zag dat het leven al uit zijn lichaam wegvloeide. De punt van het mes had waarschijnlijk zijn hart doorboord.

'Hier maak ik je voor af,' fluisterde Bourne.

'Nee, Jason. Dat doe je niet. Ik sta aan de goede kant, weet je nog?'

'Ik weet helemaal niks, zelfs je naam niet.'

'Dan zul je me gewoon moeten vertrouwen. We moeten hier zien weg...'

'Jij gaat nergens heen,' zei Bourne.

'Je zult me moeten vertrouwen. Je hebt geen andere keus.' De man met het litteken wierp een blik op de deur, die juist open was gegaan. 'Kijk maar wat het alternatief is.'

Bourne zag uitsmijter Donald de Empire Suite betreden. Hij werd vergezeld door twee andere gespierde mannen in smoking. En met een elektriserende schok die door merg en been ging, besefte Bourne dat ze alle drie een gouden ring aan de wijsvinger van hun rechterhand droegen.

'Severus Domna,' zei de man met het litteken.

DEEL TWEE

12

In de absolute stilte van hun kortstondige inactiviteit was het enige geluid het gefluister van gokkers die geld verloren. Ottavio overhandigde Bourne een paar speciaal afgeschermde oordoppen en zei op zachte toon: 'Nu.'

Bourne drukte de oordoppen in zijn gehoorbuizen. Hij zag dat Ottavio met de wijsvinger en de middelvinger van zijn linkerhand iets uit zijn zak haalde dat op een stalen kogel leek. Alleen het ruwe oppervlak en de oordopjes wezen op wat het kon zijn: een USW – een ultrasoon wapen.

Ottavio liet het USW op de grond vallen, waar het over de gladde marmeren tegels in de richting van de drie Severus Domna-agenten rolde die zich tussen hen en de groene gecapitonneerde deur bevonden. Het USW werd geactiveerd zodra het de grond raakte en produceerde een AFS – een *area field of sound* – dat het binnenoor van alle aanwezigen hevig irriteerde en golven van duizeligheid opwekte die de mensen in elkaar deed zakken.

Bourne volgde Ottavio langs de tafels. Hij sprong over uitgestrekte lichamen. Donald en de twee andere uitsmijters lagen op de grond tussen de gokkers en de dealers, maar toen de man met het litteken over een van de uitsmijters stapte, stak hij een hand omhoog en gaf hij een harde ruk aan de achterkant van zijn jasje waardoor hij achteroverviel. De uitsmijter gaf hem een harde klap vlak boven het rechteroor. Bourne liep om de vallende Ottavio heen. Toen de uitsmijter opstond, herkende

Bourne hem als de man die in de electronic gaming-zaal de boel in de gaten had gehouden. Hij droeg oordopjes om zichzelf te beschermen tegen de harde rockmuziek. Ze waren niet van het type dat Bourne en de man met het litteken gebruikten, maar ze hadden het geluidsveld voldoende tegengehouden om gevoelens van desoriëntatie te voorkomen.

Bourne ramde zijn vuist in de zij van de uitsmijter. De man gromde, en toen hij zich omdraaide, had hij een Walther P99 in zijn hand. Bourne drukte de muis van zijn hand op de pols van de uitsmijter. Hij wurmde de Walther los en sloeg met de kolf naar zijn gezicht, maar de man dook weg. Bourne drukte hem tegen de muur. Het volgende moment raakte de uitsmijter hem vol op zijn rechter biceps, wat Bournes arm gevoelloos maakte. De uitsmijter, die probeerde zijn voordeel te vergroten, haalde uit naar Bournes solar plexus, maar Bourne pareerde de klap en won daarmee wat tijd om het gevoel in zijn rechterarm terug te krijgen.

Er volgde een woest en zwijgend gevecht in een vertrek vol mensen die over speeltafels hingen of als gemorste *Jell-O* op de grond lagen. De geluidloze razernij was een waas van intense beweging in een ruimte die daar normaal gesproken van verstoken was. Het gaf het halsbrekende geven en nemen van dit man-tegen-mangevecht iets onheilspellends, alsof ze zich onder water bevonden.

Juist op het moment dat zuurstofrijk bloed terugstroomde in Bournes rechterarm, slaagde zijn tegenstander erin door zijn verdediging te breken en opnieuw dezelfde plaats te raken. Bournes arm viel langs zijn zij alsof hij plotseling van steen was, en hij zag de triomfantelijke grijns op het gezicht van de uitsmijter. Hij maakte een schijnbeweging, maar de man trapte er niet in, en zijn grijns verbreedde zich. Het volgende moment maakte Bournes linkerelleboog contact met zijn keel en brak het tongbeen. De uitsmijter bracht een vreemd klikkend geluid voort, zakte in elkaar en bleef liggen.

Ottavio was inmiddels overeind gekomen en herstellende van de klap op zijn hoofd. Bourne opende de deur, en gezamenlijk wandelden ze de grote casinozaal in. Ze liepen snel, maar niet snel genoeg om geen aandacht op zichzelf te vestigen. Het geluidsveld was bovendien niet tot hier doorgedrongen. Alles ging zijn gangetje en nog niemand vermoedde wat er in de Empire Suite was voorgevallen. Maar Bourne wist dat het een kwestie van tijd was voordat het hoofd beveiliging of een van de managers op zoek zou gaan naar Donald of een van de twee andere uitsmijters.

Bourne probeerde de vaart erin te houden, maar de man met het litteken bleef achter.

'Wacht,' zei hij, 'wacht.'

Ze hadden hun oordopjes verwijderd, en het raspen en ritselen van het decadente wereldje rondom hen drong zich aan hen op als het brullen van een woeste branding.

'We kunnen niet wachten,' zei Bourne. 'We moeten maken dat we hier wegkomen voordat...'

Maar het was al te laat. Een man met een kaarsrechte rug en de no-nonsense-uitstraling die behoorde bij een gezagspositie, beende door de casinozaal in hun richting. Er waren te veel mensen om hen heen voor een confrontatie, maar Bourne zag Ottavio niettemin in de richting van de manager lopen.

Bourne was hem voor en zei met een brede glimlach: 'Bent u de manager?'

'Ja. Andrew Steptoe.' Hij wierp een blik over Bournes schouder in de richting van de groene gecapitonneerde deur waar Donald had moeten staan. 'Ik ben bang dat ik momenteel nogal druk ben. Ik...'

'Donald zei dat iemand u erbij zou halen.' Hij nam Steptoe bij de arm en zei op vertrouwelijke fluistertoon: 'Ik zit midden in zo'n fantastische *high-stake battle* die zich af en toe ineens voordoet, als u begrijpt wat ik bedoel.'

'Ik ben bang dat ik niet...'

Bourne draaide hem weg van de deur naar de Empire Suite. 'Natuurlijk wel, een *mano-a-manoduel* aan de pokertafel. Ik weet zeker dat u het begrijpt. Ik heb gewoon nog even wat geld nodig.'

Geld was het magische woord, en hij had nu Steptoe's on-verdeelde aandacht. Hij zag achter de rug van de manager hoe op het gezicht van de man met het litteken een sluw glimlach-je verscheen. Bourne loodste Steptoe in de richting van de kas-sa, die zich rechts van de ruimte met de fruitmachines bevond, gemakkelijk bereikbaar vanaf de ingang zodat klanten direct na aankomst hun fiches konden kopen en de incidentele win-naar bij vertrek zijn geld kon ophalen – als hij er tenminste in slaagde ongeschonden de andere verleidingen te weerstaan die het speelhuis nog voor hem in petto had.

'Om hoeveel geld gaat het?' Steptoe slaagde er niet in de zweem van hebzucht uit zijn stem te houden.

'Een half miljoen,' zei Bourne zonder aarzelen.

Steptoe wist niet of hij zijn wenkbrauwen moest fronsen of zijn lippen moest likken. 'Ik ben bang dat ik u niet ken...'

'James. Robert James.' Ze naderden de kassa. Even verder-op was de voordeur. 'Ik ben een collega van Diego Hererra.'

'Ah, ik begrijp het.' Steptoe tuitte zijn lippen. 'Maar ons be-drijf kent u niet persoonlijk. U moet begrijpen dat we niet zo-maar een dergelijk bedrag...'

'O, nee, maar dat is niet wat ik bedoel.' Bourne deed alsof hij geschrokken was. 'Ik wil alleen uw toestemming om het pand tijdens het spel te verlaten zodat ik het benodigde bedrag kan regelen en in het spel kan blijven.'

Nu fronste de manager zijn voorhoofd. 'Zo laat nog?'

Bourne straalde zelfvertrouwen uit. 'Ik laat het geld telefo-nisch overboeken. Dat kost twintig minuten – hooguit dertig.'

'Tja, het is erg ongebruikelijk.'

'Een half miljoen pond is een hoop geld, meneer Steptoe, dat heeft u zelf gezegd.'

Steptoe knikte. 'Inderdaad.' Hij slaakte een zucht. 'Ik neem aan dat we het gezien de omstandigheden wel kunnen toestaan.' Hij schudde een vermanende vinger. 'Maar maakt u wel haast, meneer. Ik kan u niet meer geven dan een halfuur.'

'Begrepen.' Bourne schudde de hand van de manager. 'Heel erg bedankt.'

Bourne en de man met het litteken draaiden zich om, liepen de trap op, de hal door en via de glazen deuren de winderige Londense avond in.

Een paar blokken verderop, nadat ze een hoek om waren gegaan, gooide Bourne de man met het litteken ruw tegen de zijkant van een geparkeerde auto. 'En nu wil ik weten wie je bent,' zei hij, 'en waarom je Diego hebt vermoord.'

De man met het litteken greep naar zijn mes, maar Bourne pakte zijn pols vast. 'Geen geintjes meer,' zei hij. 'Ik wil antwoorden.'

'Ik zou je nooit wat doen, Jason, dat weet je.'

'Waarom heb je Diego vermoord?'

'Hij had opdracht gekregen je vanavond rond een bepaalde tijd mee te nemen naar de club.'

Bourne herinnerde zich dat Diego op zijn horloge had gekeken en had gezegd: *Als je zin hebt in een gokje, is dit het moment om naar Knightsbridge te gaan.* Een aparte manier om zoiets te zeggen – tenzij deze man de waarheid sprak.

'Wie heeft Diego opgedragen me daar mee naartoe te nemen?' Maar Bourne wist het antwoord al.

'De Severus Domna heeft hem onder druk gezet – ik weet niet hoe – maar ze hebben hem heel nauwkeurige instructies gegeven over hoe hij je moest verraden.'

Bourne herinnerde zich dat Diego nauwelijks had gegeten, alsof hij belangrijker zaken aan zijn hoofd had gehad. Was het zijn verraad geweest? Had Ottavio gelijk?

De man met het litteken keek Bourne recht in de ogen. 'Je weet echt niet meer wie ik ben, hè?'

'Dat zei ik toch.'

'Ik ben Ottavio Moreno.' Hij wachtte heel even. 'De broer van Gustavo Moreno.'

Bourne bespeurde een nauwelijks merkbare zindering van herkenning toen de sluiers van zijn amnesie even een stukje leken op te waaien.

'We hebben elkaar ontmoet in Marokko.' Bournes stem klonk zachter dan gefluister.

'Ja.' Er verscheen een glimlach op het gezicht van Ottavio Moreno. 'We zijn vanuit Marrakech het Atlasgebergte ingegaan, weet je nog?'

'Geen flauw idee.'

'Godsamme!' Het gezicht van Ottavio Moreno straalde verrassing uit, misschien zelfs ontzetting. 'En de laptop? Wat weet je nog van de laptop?'

'Welke laptop?'

'Herinner je je de laptop niet?' Hij greep Bourne bij zijn armen. 'Kom op, Jason. We hadden in Marrakech afgesproken om de laptop te pakken te krijgen.'

'Hoezo?'

Ottavio Moreno fronste zijn wenkbrauwen. 'Jij had gezegd dat het een sleutel was.'

'Wat voor sleutel?'

'Tot de Severus Domna.'

Op dat moment hoorden ze het vertrouwde janken van politiesirenes.

'Die gaan naar de Empire Suite,' zei Moreno. 'Kom op, wegwezen.'

'Ik ga nergens heen met jou,' zei Bourne.

'Maar je moet wel – dat ben je me verschuldigd,' zei Ottavio Moreno. 'Jij hebt Noah Perlis om zeep geholpen.'

'Met andere woorden,' zei minister van Defensie Bud Halliday terwijl hij door de rapporten bladerde die voor hem lagen, 'als we pensionering, natuurlijke afvloeiing en overplaatsingsverzoeken – die allemaal, zo zie ik hier, versneld zijn gehonoreerd – meerekenen, is een kwart van de CI van de Oude Man inmiddels vertrokken.'

'En alle vacatures zijn opgevuld door onze eigen mensen.' DCI Danziger nam niet de moeite de voldoening uit zijn stem te houden. Zoveel begrip de minister voor vertrouwelijkheid had, zo groot was zijn hekel aan besluiteloosheid. Danziger nam het rapport van hem aan en borg het zorgvuldig op. 'Ik denk dat we over hooguit een paar maanden een derde van de oude garde hebben vervangen.'

'Mooi zo, perfect.'

Halliday wreef met zijn grote vierkante handen over de zich inmiddels in zijn maag bevindende spartaanse lunch. Het gonsde in het Occidental van roezemoezende politici, verslaggevers, persvoorlichters en lobbyisten. Ze hadden hem stuk voor stuk op hun eigen discrete manier gegroet, of dat nu met een schichtig glimlachje was geweest, een eerbiedig knikje, of, zoals in het geval van de invloedrijke oudere senator Daughtry – een snelle handdruk en een rustiek *how-dee-do*. Senatoren uit *swing states* probeerden zelfs in jaren zonder verkiezingen hun machtsbasis te vergroten, en beide partijen deden hun uiterste best om bij hem in de gunst te komen. Zo ging het binnen de *Beltway*.

De twee mannen bleven een tijdlang zwijgend zitten. Het restaurant begon leeg te lopen, en de spelers uit de politieke arena verspreidden zich om terug te keren naar hun werk. Maar het duurde niet lang of hun plaatsen werden ingenomen door toeristen in gestreepte shirts en met baseballcaps die ze bij een straatventer op de Mall hadden gekocht en waarop CIA of FBI was gedrukt. Danziger ging verder met zijn lunch, die zoals gebruikelijk een stuk substantiëler was dan Hallidays kale steak. Op het bord van de minister lagen alleen nog wat kleine plasjes bloed met daarin wat bolletjes gestold vet.

Halliday was in gedachten bij de droom die hij zich niet kon herinneren. Hij had artikelen gelezen die stelden dat dromen een noodzakelijk onderdeel vormden van de slaap – remslaap, zo noemden de intellectuelen het. Zonder deze remslaap zou een mens op den duur krankzinnig worden. Maar hij kon zich geen enkele droom herinneren. Zijn complete slapende bestaan was als een perfect witte muur waarop nog geen krabbel was geschreven.

Hij huiverde. Maar wat kon hem dat eigenlijk schelen? Nou, dat wist hij wel. De Oude Man had hem ooit toevertrouwd dat hij aan dezelfde merkwaardige ziekte leed – zo had de Oude Man het genoemd, een ziekte. Vreemd dat ze ooit vrienden waren geweest, meer dan vrienden, nu hij eraan terugdacht – hoe hadden ze het eigenlijk genoemd? Bloedbroeders. Als jonge mannen hadden ze elkaar al hun tics en rare gewoontes toevertrouwd; de geheimen die in de meest duistere hoeken van hun ziel hadden gewoond. Wanneer was het eigenlijk fout gegaan? Waarom waren ze zulke gezworen vijanden geworden? Misschien was het omdat hun politieke visie langzaam maar zeker steeds verder uiteen was gaan lopen. Maar vrienden zouden daarmee om moeten kunnen gaan. Nee, hun scheiding had met verraad te maken, en voor mannen als zij was loyaliteit de ultieme – en enige – vriendschapstest.

De waarheid was dat ze verraad hadden gepleegd aan dat wat ze als jonge mannen hadden opgebouwd, naarmate hun idealisme was afgebrand in de smeltkroes van de Amerikaanse hoofdstad, waar ze allebei hun zelfgekozen levenslange straf zouden uitzitten. De Oude Man was bij John Foster Dulles in de leer geweest toen hij met Richard Helms in contact was gekomen. Het waren mannen geweest met een volkomen verschillende achtergrond, werkwijze en – dat was het belangrijkste – ideologie. En aangezien ze van ideologie hun professie hadden gemaakt en die professie hun leven was geworden, hadden ze geen andere keus gehad dan elkaar voortdurend op de nek te zitten en te proberen elkaar op elke denkbare manier tegen te werken en het leven zuur te maken.

Decennialang was de Oude Man hem te slim af geweest, maar nu waren de rollen omgedraaid. De Oude Man was dood, en hij kon beschikken over de erfenis waarop hij al lang geleden zijn zinnen had gezet: totale controle over de CI.

Danziger schraapte zijn keel en bracht Halliday terug van de afgrond van het verleden.

'Is er nog iets dat we vergeten zijn?'

De minister keek hem aan zoals een kind een mier of een kever bestudeert; met de nieuwsgierigheid die gereserveerd is voor een soort die zo ver beneden hem staat dat de afstand ondenkbaar lijkt. Danziger was beslist geen domme man. Daarom had Halliday hem ook gekozen als het paard dat hij van hot naar her kon verplaatsen over het schaakbord van de Amerikaanse geheime diensten. Maar afgezien van zijn bruikbaarheid op het bord zag hij Danziger als vervangbaar. Halliday had zichzelf buitenspel geplaatst zodra hij het verraad van de Oude Man had gevoeld. Hij had weliswaar een vrouw en twee kinderen, maar aan hen dacht hij zelden. Zijn zoon was een dichter – hoe verzón hij het? En zijn dochter? Tja, hoe minder woorden er aan haar en haar vrouwelijke partner werden vuilgemaakt, des te beter. En wat zijn vrouw betrof; die had hem ook verraden door het leven te schenken aan twee ontgoochelingen. Afgezien van officiële plechtigheden, waar de strikte code van de Washingtonse familiewaarden voorschreef dat ze hem escorteerde, leefden ze volkomen gescheiden van elkaar. Ze hadden al jaren niet meer in hetzelfde vertrek geslapen, laat staan het bed met elkaar gedeeld. Het kwam wel eens voor dat ze samen ontbeten; een kleine marteling waaraan Halliday altijd zo snel mogelijk trachtte te ontsnappen.

Danziger boog zich vertrouwelijk naar voren over de tafel. 'Als er iets is waarmee ik u kan helpen, hoeft u het maar te...'

'Ik denk dat je me met een vriend verwart,' antwoordde Halliday fel. 'Zodra ik jou om hulp moet vragen, stop ik een pistool in mijn strot en haal ik de trekker over.'

Hij stond op en liep weg zonder nog een blik over zijn schouder te werpen, Danziger achterlatend met de rekening.

Arkadin, die eindelijk alleen was nu Boris Karpov in het klooster sliep, schonk zichzelf een mescal in en nam het glas mee naar buiten in de drukkende Sonoraanse nacht. Het ochtendgloren zou nu snel de sterren doen verwateren en ze uiteindelijk volledig doen oplossen. De kustvogels waren al wakker en verlieten hun nesten om het strand af te struinen.

Arkadin haalde diep adem en toetste een nummer in op zijn mobiele telefoon. Er werd niet opgenomen. Aangezien hij wist dat er geen voicemail was, besloot hij op te hangen, maar juist op dat moment sprak een schorre stem in zijn oor.

'Wie in de onheilige naam van St. Stefan is daar?'

Arkadin lachte. 'Ik ben het, Ivan.'

'Nee, maar, Leonid Danilovitsj,' zei Ivan Volkin.

Volkin was ooit een van de machtigste mannen binnen de grupperovka geweest. Omdat hij aan geen van de families gelieerd was, was hij jarenlang onderhandelaar geweest – tussen families en tussen de bazen van bepaalde families en corrupte zakenlieden en politici. Kortom, hij was een man aan wie vrijwel iedereen wel iets te danken had. En hoewel hij allang met pensioen was, werd hij tegen de gewoonte in alleen maar machtiger naarmate hij ouder werd. Hij was bovendien dol op Arkadin, wiens merkwaardige afdaling in de onderwereld hij had gevolgd sinds de dag waarop Maslov hem vanuit zijn geboorteplaats Nizjni Tagil naar Moskou had gebracht.

'Ik dacht dat het de president was,' zei Ivan Volkin. 'Ik had tegen hem gezegd dat ik hem deze keer niet kon helpen.'

Het idee dat de president van de Russische Federatie Ivan Volkin belde om een gunst, deed Arkadin grinniken. 'Pech voor hem,' zei hij.

'Ik heb wat informatie verzameld over je probleem. Je hebt inderdaad een mol, vriend. Ik ben erin geslaagd het aantal kandidaten terug te brengen tot twee, maar verder ben ik niet gekomen.'

'Dat is meer dan genoeg, Ivan Ivanovitsj. Ik ben je eeuwig dankbaar.'

Volkin lachte. 'Weet je, je bent zo'n beetje de enige op aarde van wie ik niks hoef te hebben.'

'Ik zou je bijna alles kunnen geven wat je wilt.'

'Dat weet ik, maar ik vind het eerlijk gezegd een hele verademing om ook nog iemand te kennen die me niks schuldig is en die ik hetzelfde schuldig ben. Tussen ons verandert nooit iets, hè, Leonid Danilovitsj.'

'Nee, Ivan Ivanovitsj, helemaal niks.'

Nadat Volkin hem de namen van de twee verdachten had gegeven, zei hij: 'Ik heb nog een stukje informatie voor je dat je wel interessant zult vinden. Ik vind het vreemd dat geen van beide verdachten connecties heeft met de FSB of welke andere Russische geheime dienst dan ook.'

'Wie heeft die spion dan in mijn organisatie geplaatst?'

'Je mol doet enorm zijn best om zijn identiteit geheim te houden. Hij draagt een donkere bril en een sweatshirt met een kap, dus er is geen goede foto van hem. Maar de man die hij steeds ontmoet, is geïdentificeerd als Marlon Etana.'

'Vreemde naam.' Diep in Arkadins geest luidde een klok, maar hij kon de klepel niet vinden.

'En wat er nog vreemder is: ik kan absoluut geen informatie over Marlon Etana vinden.'

'Ah, waarschijnlijk een valse naam.'

'Dat zou je verwachten, ja,' zei Volkin. 'Maar dat betekent antecedenten om het personage echt te maken. Ik ben absoluut niets tegengekomen, behalve dat hij medeoprichter is van de Monition Club, die vestigingen over de hele wereld heeft, maar waarvan het hoofdkwartier in Washington, D.C. schijnt te staan.'

'Een *deep-cover*tak van de CI, of een van de vele Hydrakoppen van het Amerikaanse ministerie van Defensie.'

Ivan Volkin maakte diep in zijn keel een dierlijk geluid. 'Ik hoor het wel als je het weet, Leonid Danilovitoj.'

'Ik wil alles weten,' had Arkadin een paar maanden eerder tegen Tracy gezegd, 'wat je ontdekt over Don Fernando Hererra, zelfs de kleinste stukjes informatie die compleet onbelangrijk lijken.'

'Inclusief de regelmaat waarmee hij het toilet bezoekt?'

Hij keek haar aan met een woeste schittering in zijn blik, maar hij bewoog zich niet en knipperde zelfs niet met zijn ogen. Ze zaten in een cafeetje in Campione d'Italia, het schilderachtige Italiaanse belastingparadijs dat verscholen lag in de Zwitserse Alpen. Het dorpje lag tegen een helling aan de oever van een helder bergmeer vol glazig ultramarijn, bezaaid met scheepjes in alle soorten en maten, van roeibootjes tot miljoenenjachten compleet met heliplat, de bijbehorende wentelwiek en op de grootste schepen natuurlijk de beeldschone dames.

Vlak voor aankomst had Arkadin naar een onfatsoenlijk groot jacht gekeken waarop twee modellen met lange benen stonden te lonken op een manier alsof ze een fotoshoot deden. Ze hadden de perfect gebruinde huid waarvan alleen maîtresses zich meester wisten te maken. Hij nipte van een kopje espresso dat vrijwel volledig schuilging in zijn grote vierkante hand en dacht: *Het is goed om de koning te zijn.* Vervolgens zag hij de naakte harige rug van deze specifieke koning, en hij draaide zich vol afschuw om. *Je kunt de man uit de hel halen, maar je kunt de hel niet uit de man halen.* Dit was Arkadins motto.

Toen was Tracy verschenen en was hij de hel van Nizjni Tagil vergeten, die hem kwelde als een terugkerende droom. Nizjni Tagil was de plaats waar hij was geboren en opgegroeid, waar hij drie tenen was kwijtgeraakt aan de ratten toen zijn moeder hem in een kast had opgesloten, waar hij zo vaak had gemoord en bijna was vermoord dat hij de tel was kwijtgeraakt. Nizjni Tagil was de plaats waar hij alles was kwijtgeraakt en waar hij, zo zou je kunnen zeggen, was gestorven.

Hij had voor Tracy een espresso met sambuca besteld, daar hield ze van. Terwijl hij naar haar beeldschone gezicht keek, verbaasde hij zich opnieuw over zijn tegenstrijdige gevoelens. Hij voelde zich enorm tot haar aangetrokken, maar tegelijkertijd haatte hij haar. Hij haatte haar om haar immense kennis. Steeds als ze haar mond opende, herinnerde ze hem aan zijn gebrekkige opleiding. Wat de zaak nog erger maakte, was het feit dat hij, steeds als hij met haar samen was, iets waardevols leerde. Hoe vaak gebeurt het niet dat we onze leraren verachten; de mensen die met hun superieure kennis de baas over ons spelen en ons met die kennis en hun ervaring in het gezicht slaan. Steeds als hij iets had geleerd, werd hij eraan herinnerd hoezeer hij met haar verbonden was, hoezeer hij haar nodig had. En daarom behandelde hij haar zoals iemand met een bipolaire stoornis dat zou doen. Hij hield van haar, beloonde haar na elke opdracht met meer en meer geld en overlaadde haar tussendoor met geschenken.

Ze had nooit het bed met hem gedeeld. Hij had ook nooit een poging gedaan om haar te verleiden, uit vrees dat hij door de heftige emoties zijn stalen zelfbeheersing zou verliezen en haar bij de keel zou grijpen om haar te wurgen totdat haar tong naar buiten stak en haar ogen omhoogrolden in haar hoofd. Hij zou haar dood betreuren. In de afgelopen jaren was ze onmisbaar gebleken. Door de inside-information die ze hem had verstrekt, had hij haar welgestelde klanten kunnen afpersen, en degenen die hij niet chanteerde, gebruikte hij als pion in zijn schaakspel en liet hij over de hele wereld drugs leveren in de kratten waarin hun kostbare kunst werd verscheept.

Tracy bestreek de rand van haar kopje met het schijfje citroen. 'Wat is er zo speciaal aan Don Fernando?'

'Drink je espresso nou maar op.'

Ze staarde naar haar kopje, maar raakte het niet aan.

'Is er iets?' vroeg hij ten slotte.

'Kunnen we deze niet gewoon overslaan?'

Hij keek even naar haar zonder iets te zeggen. Plotseling boog hij zich naar voren om onder het tafeltje haar knie in een pijnlijke greep te nemen. Haar hoofd schoot omhoog en haar ogen ontmoetten de zijne.

'Je weet wat de afspraak is,' zei hij zacht, maar op dreigende toon. 'Je stelt geen vragen; je doet wat je gezegd wordt.'

'Maar niet bij deze man.'

'Bij allemaal.'

'Maar dit is een aardige man.'

'Al-le-maal.'

Ze staarde hem aan zonder met haar ogen te knipperen.

Hij vond het vreselijk als ze zo deed; dat ondoorgrondelijke masker dat over haar gezicht gleed en hem het gevoel gaf dat hij een onnozel joch was dat niet fatsoenlijk had leren lezen. 'Ben je soms vergeten dat ik belastende informatie over je bezit? Wil je soms dat ik je klant vertel hoe jij je broer hebt geholpen zijn schilderij te stelen zodat hij zijn schulden kon afbetalen? Wil je echt de komende twintig jaar van je leven in de gevangenis doorbrengen? Het is een hel, geloof mij maar.'

'Ik wil ermee stoppen,' zei ze met verstikte stem.

Hij lachte. 'Jezus, wat ben je toch een stom wijf.' *Ik moet je toch één keer aan het janken kunnen krijgen*, zo dacht hij. 'Je kunt er niet mee ophouden. Je hebt een vast contract – getekend in bloed, als het ware.'

'Ik wil ermee ophouden.'

Hij liet haar knie los en leunde naar achteren. 'Trouwens, Don Fernando Hererra is maar bijzaak – voorlopig, tenminste.'

Ze beefde haast onmerkbaar, en onder haar linkeroog was een zenuwtrekje verschenen. Ze pakte de espresso en dronk het kopje in één teug leeg. Er klonk zacht gerinkel toen ze het neerzette.

'Achter wie zit je aan?'

Dat scheelde maar weinig, dacht hij. *Heel weinig*. 'Een bijzondere man,' had hij gezegd. 'Een man die zich Adam Stone noemt. En deze opdracht wijkt een beetje af van de rest.' Vervolgens had hij een weids gebaar gemaakt met zijn handen. 'Hij heet natuurlijk niet echt Adam Stone.'

'Hoe dan wel?'

Arkadins glimlach was boosaardig geweest. Hij had zich omgedraaid en nog twee espresso's besteld.

Het morgenrood spreidde zijn vleugels uit over Puerto Peñasco terwijl deze flard van Arkadins herinnering oploste in het duister. Een verfrissend briesje van zee bracht de geur van een nieuwe dag. Er waren vrouwen geweest in zijn leven – Jelena, Marlene, Devra en anderen, van wie de namen hem even ontschoten waren. Maar niemand was zoals Tracy geweest. Die drie – Jelena, Marlene en Devra – hadden iets voor hem betekend, hoewel hij met geen mogelijkheid kon zeggen wat. Ze hadden elk op hun eigen manier geprobeerd zijn leven een andere richting te geven, maar ze hadden het geen van allen verrijkt. Behalve Tracy, zijn Tracy. Hij balde zijn vuisten. Maar was ze zijn Tracy eigenlijk wel geweest? O, nee. Dat mocht hij willen.

Regen trommelde op het dak van het huis, en dikke druppels vloeiden in grillige stroompjes langs de ramen. In de verte klonk het rommelen van een naderend onweer. De vitrages bewogen zachtjes. In het holst van de nacht lag Chrissie volledig aange-

kleed op het lits-jumeaux naar het raam te staren dat even vol
met spikkels zat als het ei van een roodborstje. Scarlett lag opgerold op het andere bed en ademde gelijkmatig in haar slaap.
Chrissie wist dat ze ook moest slapen, dat ze haar rust nodig
had. Maar na het voorval op de snelweg stonden haar zenuwen
zo strak gespannen dat ze ze bijna kon horen. Een paar uur geleden had ze overwogen een halve Lorazepam te nemen om wat
te kunnen slapen, maar de gedachte dat ze zou wegdoezelen,
maakte haar nog nerveuzer.

Ze had het pas werkelijk op haar zenuwen gekregen toen ze
Scarlett had opgehaald bij haar ouders. Haar vader, die altijd
onmiddellijk leek aan te voelen als er iets met haar aan de hand
was, had ze er niet van kunnen overtuigen dat alles in orde was.
Ze zag nog steeds zijn magere, langgerekte gezicht voor zich
toen ze Scarlett had opgepakt om haar in de Range Rover te
zetten. Het was dezelfde verslagen blik geweest die omlaag had
gestaard toen Tracy's kist werd neergelaten in het graf. Nadat
ze was ingestapt, slaakte Chrissie een zucht van verlichting omdat ze de tegenwoordigheid van geest had gehad de suv zo te
parkeren dat hij de krassen aan de zijkant niet kon zien. Ze
wuifde vrolijk naar hem toen ze wegreed. Hij stond nog in de
deuropening toen ze de hoek omging en uit zijn gezichtsveld
verdween.

Nu, uren later en kilometers daarvandaan, lag ze op bed in
een huis van een vriendin die op zakenreis was naar Brussel. Ze
had de sleutels afgehaald bij de broer van de vrouw. En nu lag
ze in het donker te luisteren naar het kraken en kreunen en mur-
melen van een vreemd huis. De wind klauwde aan de schuiframen in een poging zich een weg naar binnen te banen. Ze huiverde en trok de deken strakker tegen zich aan, maar ze voelde
zich er niet beter door. De centrale verwarming hielp ook nauwelijks. In haar botten was een kilte getrokken die veroorzaakt
werd door haar tintelende zenuwen en de angst die rondsloop
in haar geest.

We zijn gevolgd, waarschijnlijk vanaf Tracy's flat, had Adam
gezegd. *Ik wil niet het risico lopen dat die lui achter het bestaan*

van Scarlett komen en dat ze te weten komen waar je ouders wonen.

Het idee dat deze mensen die Adam wilden vermoorden op de hoogte konden zijn van het bestaan van haar dochter maakte haar misselijk. Ze wilde zich hier veilig voelen, geloven dat het gevaar geweken was nu hij niet langer bij haar was. Maar de twijfel bleef haar achtervolgen. Opnieuw een donderslag, dichterbij ditmaal, en vervolgens een regensalvo tegen het vensterglas. Ze schoot overeind en hapte naar adem. Haar hart bonkte, en ze greep naar de Glock die Adam haar had gegeven om zichzelf te beschermen. Ze had wel wat ervaring met wapens, maar dat waren jachtgeweren geweest. Ondanks de tegenwerpingen van haar moeder had haar vader haar op zondagen in de winter, wanneer het licht had gevroren en de zon zwak was geweest en nauwelijks kleur meer had gehad, meegenomen om te jagen. Ze herinnerde zich de sidderende flank van een hert, en hoe ze ineen was gekrompen toen haar vader het dier in het hart had geschoten. Ze herinnerde zich ook de blik in de grote ogen toen haar vader zijn mes in de buik had gestoken. De bek had half opengehangen, alsof het dier, vlak voordat het dood was geschoten, op het punt had gestaan om genade te smeken.

Scarlett maakte huilgeluidjes in haar slaap. Chrissie kwam overeind en leunde opzij om het haar van haar dochter te strelen, wat ze altijd deed als ze naar droomde. Waarom moesten kinderen gekweld worden door nachtmerries, zo vroeg ze zich af, terwijl ze daar later als volwassenen al voldoende mee te maken zouden krijgen? Waar was de zorgeloze jeugd die zij had gehad? Was het een hersenschim? Had zij ook nachtmerries en angsten gekend? Ze kon het zich niet herinneren – wat een zegen.

Maar ze wist één ding. Tracy zou om dergelijke gedachten hebben gelachen. *Het leven is niet zonder zorgen.* Ze hoorde het haar zus nog zeggen. *Waar heb jij gezeten? Het leven is op zijn best moeizaam. En als je pech hebt is het een complete nachtmerrie.*

Wat zou haar ertoe hebben gebracht om zoiets te zeggen? vroeg Chrissie zich af. *Wat is er met haar gebeurd terwijl ik in Oxford met mijn hoofd in de boeken zat?* Plotseling was ze ervan overtuigd dat ze Tracy in de steek had gelaten, dat ze had moeten zien hoe moeilijk ze het had. Aan de andere kant, hoe had ze haar kunnen helpen? Tracy was opgeslokt door een wereld zo vreemd en zo ver weg dat Chrissie – daar was ze van overtuigd – hem onmogelijk had kunnen bevatten. Zoals ze evenmin kon bevatten wat er vandaag was gebeurd. Wie was Adam Stone? Ze twijfelde er niet aan dat hij met Tracy bevriend was geweest, maar ze vermoedde inmiddels dat hij meer was – een collega, zakenpartner of misschien zelfs haar baas. Er was iets dat hij haar niet had verteld of niet had willen vertellen. Het enige dat ze zeker wist, was dat het leven van haar zus een geheim was geweest, en dat van Adam was dat ook. Ze hadden deel uitgemaakt van dezelfde vreemdsoortige wereld; een wereld waarbij ook zij nu tegen haar wil betrokken was geraakt. Ze huiverde opnieuw. Toen Scarlett weer rustig was, kroop ze op het andere bed met haar rug tegen die van haar dochter aan. De warmte van haar eigen vlees en bloed sijpelde langzaam haar koude lichaam binnen. Haar oogleden werden zwaar, en ze liet zich langzaam meevoeren naar de vredige diepten van de slaap.

Ze schrok wakker door een scherp geluid. Ze bleef heel even roerloos liggen en luisterde naar de regen, de wind en Scarlett, die ademde in het ritme van het huis. Ze spitste haar oren en wachtte af of ze het geluid opnieuw zou horen. Had ze het gedroomd – of had ze misschien niet eens geslapen? Na wat een lange tijd leek, stapte ze uit Scarletts bed. Ze boog zich voorover en reikte onder het kussen naar de Glock. Ze liep geruisloos naar de halfgeopende slaapkamerdeur en keek naar buiten. Ze zag de wigvormige lichtvlek van de lamp die ze in de slaapkamer aan de andere kant van de overloop had laten branden zodat Scarlett en zij 's nachts het toilet konden vinden zonder zich ergens aan te stoten.

Ze sloop op haar tenen de gang in en luisterde opnieuw. Daarbij werd ze zich bewust van het zweet dat van onder haar armen omlaag lekte langs haar lichaam. Haar adem voelde heet in haar keel. Elke seconde die verstreek, deed niet alleen haar angst toenemen, maar ook de hoop dat ze het geluid had gedroomd. Halverwege de overloop tuurde ze omlaag via het trapgat dat naar de duistere woonkamer voerde. Toen ze de andere kant had bereikt, bleef ze besluiteloos staan. Ze had zichzelf er juist van overtuigd dat ze het geluid had gedroomd, toen ze het opnieuw hoorde.

Behoedzaam plaatste ze de ene blote voet voor de andere om van het halfduister af te dalen in de zwartheid. Pas wanneer ze helemaal beneden was, kon ze bij de schakelaar om het licht in de woonkamer aan te doen. In het donker leek de trap een stuk steiler en verraderlijker. Ze overwoog even om terug te gaan en een zaklamp te zoeken, maar bedacht zich vervolgens dat ze misschien in paniek zou raken als ze zich nu zou omdraaien. Ze ging verder, stap voor stap. De treden waren van hout, glanzend gepolijst en er lag helaas geen loper. Ze gleed één keer uit en verloor bijna haar evenwicht, maar kon zich vasthouden aan de trapleuning. Haar hart bonkte in haar keel.

Rustig aan, Chrissie, zei ze tegen zichzelf. *Wind jezelf in godsnaam niet zo op. Er is helemaal niemand in huis.*

Het geluid klonk opnieuw, luider ditmaal omdat ze zich er dichterbij bevond. Op dat moment wist ze het zeker: er was iemand binnen.

Even na zonsondergang van de dag waarop Karpov zijn lange reis terug naar Moskou was begonnen, voeren Arkadin en El Heraldo uit in de Cigarette. Arkadin koerste de ranke powerboot van de steiger weg zonder de boordverlichting te hebben ingeschakeld, wat verboden was, maar noodzakelijk. Bovendien – zo was hij al snel te weten gekomen – veranderde in Mexico de grens tussen wat legaal en illegaal was vaker dan de frontlinie in een oorlog. Om nog maar te zwijgen van het feit dat voor zaken die illegaal waren over het algemeen een handhavingsprobleem bestond.

Het krachtige gps-systeem van de Cigarette bevond zich in een kastje met een ruim zonnescherm waardoor er geen licht naar buiten lekte, de blauwfluwelen schemering in. Aan de hemel in het oosten ontsproten langzaam sterren die er reikhalzend naar uit hadden gezien hun luister tentoon te spreiden.

'Tijd,' zei Arkadin.

'Acht minuten,' antwoordde El Heraldo terwijl hij op zijn horloge keek.

Arkadin stelde zijn koers een paar graden bij. Ze bevonden zich inmiddels buiten het gebied waar de *policía* patrouilleerde, maar hij ontstak zijn lichten nog niet. Het gps-scherm vertelde hem alles wat hij moest weten. De speciale geluiddempers die El Heraldo op de uitlaat had geïnstalleerd, werkten perfect; de Cigarette maakte nauwelijks geluid terwijl hij op hoge snelheid over het water scheerde.

'Vijf minuten,' meldde El Heraldo.

'Bijna binnen gezichtsafstand.'

Dat was voor El Heraldo het teken om het stuurwiel over te nemen. Arkadin tuurde ondertussen in zuidelijke richting door een krachtige nachtkijker met militaire specificaties.

'Ik heb ze,' zei hij even later.

El Heraldo ging onmiddellijk op halve snelheid varen.

Arkadin, die de naderende boot bestudeerde – een jacht dat minstens vijftig miljoen dollar moest hebben gekost – zag met zijn verrekijker de infrarode flitsen: twee lange, twee korte.

'Alles in orde,' zei hij. *'Full stop.'*

El Heraldo schakelde de motoren uit en de Cigarette voer op zijn eigen impuls nog een stukje verder. Recht vooruit doemde het jacht op uit het duister. Ook daar was alle verlichting uit. Terwijl Arkadin zich voorbereidde, zette El Heraldo de nachtkijker op om vervolgens achter het infraroodbaken plaats te nemen. Het jacht was met een identiek baken uitgerust, en zo konden de twee schepen zonder verlichting en zonder incidenten langszij varen.

Aan bakboordzijde van het jacht werd een touwladder uitgerold, en El Heraldo bevestigde die aan de Cigarette. Een in het zwart geklede man klom omlaag en reikte hem een kartonnen doos aan. El Heraldo nam de doos aan en zette hem op het dek van de Cigarette.

Arkadin sneed de doos open met een zakmes. Er zaten blikjes met voorverpakte organische maïstortilla's in. Arkadin opende er een en trok de rol tortilla's eruit. In de rol zaten vier in plastic gewikkelde pakketjes met een wit poeder. Hij stak het lemmet van zijn mes in een van de pakketjes, proefde de inhoud en knikte tevreden. Hij gebaarde naar de man van het jacht, stopte het zakje cocaïne terug in het blikje en plaatste het in de doos. El Heraldo gaf de doos terug.

De man verdween via de ladder, en van het jacht klonk een fluitje. Arkadin wachtte. Even later werden met een verplaatsbare lier twee grote pakketten aan boord getakeld. De pakketten, die een meter of twee lang waren, lagen horizontaal in het net als een stel tonijnen.

Zodra de pakketten op het dek van de Cigarette lagen, rolde El Heraldo ze uit het net, dat onmiddellijk weer verdween in de richting van het jacht. Nadat El Heraldo de touwladder had losgemaakt, werd ook die weggehaald.

Van het jacht klonk opnieuw een fluitje. El Heraldo, die zijn plek achter het stuurwiel weer had ingenomen, zette de Cigarette in zijn achteruit en begon van het jacht weg te varen. Toen ze voldoende afstand hadden gemaakt, vertrok het jacht in noordelijke richting om zijn reis langs de Sonoraanse kust voort te zetten.

Terwijl El Heraldo de Cigarette een rondje liet draaien zodat ze in oostelijke richting terug konden varen naar de kust, pakte Arkadin een zaklamp. Hij ging op zijn knieën zitten en sneed de verpakking van beide pakketten aan één kant open. Vervolgens bescheen hij met zijn lamp de inhoud.

De gezichten van de twee mannen zagen er bleek uit in het licht, behalve op de plaats waar hun baard was gaan groeien. Ze waren nog steeds versuft van het narcoticum dat hun in Moskou bij hun ontvoering was toegediend. Maar hun ogen, die al een paar dagen geen daglicht hadden gezien, wilden niet en traanden onophoudelijk.

'Avond, heren,' zei Arkadin, die zelf onzichtbaar was achter het felle schijnsel van de zaklamp. 'De reis zit er eindelijk op – voor een van jullie, welteverstaan. Stepan, Pavel, jullie waren allebei mijn kapiteins, twee van mijn meest vertrouwde mannen. En toch heeft een van jullie me verraden.'

Hij toonde hun hoe het licht het lemmet van zijn mes in een witte streep veranderde. 'In het komende uur gaat een van jullie bekennen en me alles vertellen wat hij weet over zijn verraad. Zijn beloning is een snelle, pijnloze dood. Zo niet... hebben jullie wel eens iemand gezien die van dorst is omgekomen? Nee? Je mag hopen dat je zoiets nooit hoeft mee te maken. Niemand zou zo aan zijn einde mogen komen.'

Chrissie verstijfde. Ze wist even niet wat ze moest doen en voerde een innerlijke strijd met haar vlucht-of-vechtreflex. Ten slotte haalde ze diep adem en deed ze een poging rationeel na te denken. Terug naar boven was zinloos. Dan zou ze vastzitten op de eerste verdieping en zou de indringer dichter bij Scarlett zijn. Ze mocht nu alleen maar aan haar dochter denken. Wat er ook gebeurde, haar veiligheid was nu het enige dat telde.

Ze nam voorzichtig een stap en toen nog een. Nog vijf treden te gaan voordat ze het licht aan kon doen. Ze vervolgde behoedzaam haar weg met haar rug tegen de muur. Het geluid klonk opnieuw, en weer verstijfde ze. Het leek erop dat iemand die via de keuken het huis binnen was gekomen, nu de woonkamer betrad. Ze bracht de Glock in de aanslag en bewoog hem langzaam heen en weer. Ondertussen probeerde ze met samengeknepen ogen iets in het donker te onderscheiden. Maar behalve een gedeeltelijk silhouet van de bank en een arm van een leunstoel bij de open haard zag ze niets, zeker geen beweging, hoe steels ook.

Nog een stapje lager; opnieuw iets dichter bij de lichtschakelaar. Ze bevond zich er nu nog maar een trede vandaan. Ze boog zich naar voren, stak haar hand uit en...

Haar adem stokte, en haar bovenlichaam bewoog zich onwillekeurig een stuk naar achteren. Er was iemand vlak bij haar, onder aan de trap. Het volgende moment voelde ze beweging aan de andere kant van de leuning. Ze richtte de Glock.

'Wie is daar?' Ze schrok van haar eigen stem, alsof die uit een droom kwam of van iemand anders was. 'Blijf staan, ik heb een pistool.'

'Cookie, waar heb jij in godsnaam een pistool voor nodig?' zei haar vader vanuit het donker.. 'Ik wist dat er iets mis was. Wat is hier gaande?'

Ze deed het licht aan en daar stond hij. Zijn gezicht was bleek en vertrokken van spanning.

'Pap?' Ze knipperde met haar ogen alsof ze niet kon geloven dat hij het was. 'Wat doe jij hier?'

'Waar is Scarlett?'

'Boven. Ze ligt te slapen.'

Hij knikte. 'Goed zo, laten we dat dan maar zo houden.'

Hij legde zijn hand op de loop van de Glock en duwde hem naar beneden. 'Kom, dan steek ik de haard aan en vertel jij me wat er aan de hand is.'

'Er is niks aan de hand, pap. Weet mam dat je hier bent?'

'Je moeder maakt zich net zoveel zorgen als ik. Als er iets is, gaat ze altijd koken, en dat is precies wat ze nu doet. Ze wil dat ik jou en Scarlett mee naar huis neem.'

Ze stapte als een slaapwandelaar van de trap de woonkamer in. Haar vader deed een paar lampen aan. 'Dat kan niet, pap.'

'Waarom niet?' Hij wuifde het weg. 'Laat ook maar, ik had er niet op gerekend.' Hij boog zich voorover om wat houtblokken op het rooster te leggen. Vervolgens keek hij om zich heen. 'Waar zijn de lucifers?'

Hij liep naar de keuken. Ze hoorde hem laden opentrekken en erin rommelen.

'Het is niet dat ik het niet waardeer, pap, maar je had hier echt niet midden in de nacht naartoe hoeven komen. Ben je me gevolgd? En hoe ben je trouwens binnengekomen?' Ze liep in de richting van de keuken.

Eeltige vingers werden over haar mond geplaatst en op hetzelfde moment trok iemand de Glock uit haar hand. Een maal-stroom van mannelijke geuren. Het volgende moment zag ze haar vader bewusteloos op de grond liggen, en ze begon zich te verzetten.

'Hou je rustig,' fluisterde een stem in haar oor. 'Als je niet luistert, neem ik je mee naar boven en schiet ik je dochter over-hoop waar je bij bent.'

13

Nadat Soraya op het vliegveld van Tucson was gearriveerd, begaf ze zich regelrecht naar de balies van de autoverhuurbedrijven. Ze liet alle medewerkers de foto van Stanley Kovalski zien, maar zonder resultaat. Ook de naam stond niet in hun computer. Niet dat ze dat had verwacht. Een prof van Arkadins niveau zou niet zo dom zijn om een auto te huren onder dezelfde valse naam waarmee hij het land was binnengekomen. Maar ze liet zich niet uit het veld slaan en vroeg bij elk bedrijf naar de manager. Omdat ze de datum en het tijdstip had waarop Arkadin door de luchthaven was gekomen, had ze het zo geregeld dat ze min of meer rond dezelfde tijd zou arriveren. Ze vroeg de managers wie er negen dagen eerder dienst hadden gehad. Dat waren in alle gevallen dezelfde mensen, behalve een; een vrouw met de onwaarschijnlijke naam Biffy Flisser, die ontslag had genomen en een baan als receptioniste had aangenomen bij het Best Western-hotel op de luchthaven. Geen van de baliemedewerkers herkende Arkadin.

De manager was zo vriendelijk om het Best Western te bellen, en Biffy Flisser stond op Soraya te wachten toen ze de koele, ruime lobby betrad. Ze gingen in de lounge zitten en bestelden een drankje. Biffy was een vriendelijk meisje en had er geen bezwaar tegen om Soraya te helpen.

'Ja, die ken ik,' zei ze terwijl ze op Soraya's telefoon tikte, waarop de foto van de bewakingscamera was te zien. 'Ik bedoel, ik ken hem natuurlijk niet echt, maar hij heeft die dag wel een auto gehuurd.'

'Dat weet je zeker?'

'Ja.' Biffy knikte. 'Hij wilde een langlopend contract. Een maand, of zes weken, zei hij. Ik zei dat we daar speciale tarieven voor hadden, en dat zag hij wel zitten.'

Soraya zweeg even. 'Weet je nog hoe hij heette?' vroeg ze terloops.

'Dit is belangrijk, hè?'

'Het zou me in elk geval een stuk verder helpen.'

'Oké, even kijken.' Ze trommelde met haar gelakte vingernagels op het bureaublad. 'Volgens mij was het iets van Frank, Frank Nogwat...' Ze dacht heel diep na, en plotseling klaarde haar gezicht op. 'O ja! Frank Stein. Frank Norman Stein, om precies te zijn.'

Frank N. Stein. Soraya barstte in lachen uit.

'Hè?' Biffy snapte het niet. 'Wat is daar zo grappig aan?'

Die Arkadin was een echte grapjas, dacht Soraya terwijl ze terugreed naar het vliegveld. Maar plotseling vroeg ze zich af of dat wel zo was. Waarom zou hij met opzet een opvallende naam gebruiken? Waarschijnlijk was hij van plan de auto ergens te dumpen zodra hij de grens was gepasseerd.

Plotseling voelde ze zich doodmoe. Niettemin vervolgde ze haar onderzoek. Ze ging terug naar de manager van het autoverhuurbedrijf en gaf hem de valse naam die Arkadin had gebruikt. 'Wat voor auto heeft hij gehuurd?'

'Momentje.' De manager begaf zich achter zijn computerterminal en toetste de naam en de datum in. 'Een zwarte Chevrolet, een oudje, uit zevenentachtig. Een rammelkast, maar dat vond hij best.'

'Houden jullie auto's zo lang?'

De manager knikte. 'Hier in de woestijn roesten ze niet. En aangezien veel van onze auto's worden gestolen, is het de moeite waard om oude bakken te verhuren. De klanten vinden de lage prijzen trouwens ideaal.'

Soraya noteerde de informatie, inclusief het kenteken, maar ze had er niet veel hoop op dat de auto, zelfs als hij gevonden werd, naar Arkadin zou leiden. Vervolgens huurde ze zelf een auto, bedankte de manager en liep een cafeetje binnen om een ijskoffie te drinken. Ze had meerdere malen haar hoofd gestoten door buiten New York, Washington of L.A. ijsthee te bestellen – Amerikanen dronken hun ijsthee mierzoet.

Terwijl ze op haar bestelling wachtte, vouwde ze een gedetailleerde kaart van Arizona en noordelijk Mexico open. Mexico was een groot land, maar ze vermoedde dat Arkadin zich niet verder dan een kilometer of tweehonderd van het vliegveld zou bevinden. Waarom zou hij anders Tucson hebben gekozen terwijl hij regelrecht naar Mexico City of Acapulco had kunnen vliegen? Nee, besloot ze, zijn bestemming moest in het noordwesten van Mexico liggen, misschien zelfs vlak over de grens.

Haar ijskoffie arriveerde, die ze zwart en zonder suiker dronk. Terwijl ze genoot van de bittere nasmaak die via haar keel haar maag bereikte, tekende ze een cirkel met een diameter van tweehonderd kilometer rond de luchthaven. Dat was haar zoekgebied.

Zodra Soraya zijn kantoor had verlaten, haalde de manager een sleutel uit zijn broekzak om daarmee de onderste lade aan de rechterkant van zijn bureau te openen. Er lagen dossiermappen in, een pistool dat op zijn naam stond en een portretfoto. Hij hield de foto in het licht en keek er een tijdje naar. Vervolgens tuitte hij zijn lippen. Hij draaide de foto om, las in gedachten het lokale nummer en toetste het in op zijn kantoortelefoon.

Toen de mannenstem aan de andere kant opnam, zei hij: 'Er was daarnet iemand die naar uw man zocht – de man op de foto die ik van u heb gekregen... Ze zei dat ze Soraya Moore heette, en ik heb geen reden om daaraan te twijfelen... Geen officiële legitimatie, nee... Ik heb precies gedaan wat u zei... Dat wordt een eitje... Nee, natuurlijk snapt u dat niet. Ik bedoel dat het doodeenvoudig wordt, want ik heb haar een auto verhuurd...'

'... *een Toyota Corolla, zilverblauw, kenteken... D van David,*

V *van Victor*, N *van Nancy, drie-drie-zeven-acht.*'

Er volgde nog wat informatie, maar die was voor Soraya niet interessant. Het afluisterapparaatje dat ze onder het bureaublad van de manager had bevestigd, had zijn werk perfect gedaan. De stem van de man kwam kristalhelder door. Jammer dat ze de stem aan de andere kant van de lijn niet kon horen. Maar ze wist nu dat iemand het vliegveld van Tucson in de gaten had gehouden en waarschijnlijk nog andere in de buurt van de grens met Mexico. Ze wist ook dat deze mensen haar naar Mexico zouden volgen. Maar één ding viel vooral op: de persoon naar wie de manager had getelefoneerd, was niet vertrouwd met Amerikaanse uitdrukkingen. Dat betekende dus dat het geen Mexicanen waren, want zo dicht in de buurt van de grens maakten die er een bijna fetisjistische gewoonte van om alle denkbare Amerikaanse zegswijzen te kennen. De man moest een buitenlander zijn, mogelijk een Rus. En als het, zoals ze vermoedde, een van Arkadins mensen was die in positie was gebracht om uit te kijken naar een executie-eenheid van Dimitri Maslov, zou ze wel eens geluk kunnen hebben.

Het eerste wat Peter Marks deed nadat hij op Heathrow was uitgestapt, was Willard bellen.

'Waar ben jij?' vroeg Marks.

'Hoe minder je weet, des te beter.'

Marks reageerde gepikeerd. 'Het laatste wat iemand in het veld wil, is blind vliegen,' beet hij.

'Ik probeer je te beschermen voor Liss. Als hij je belt – en dat doet hij – zeg je hem naar waarheid dat je niet weet waar ik ben, en daarmee is voor jou de kous af.'

Peter toonde bij de pascontrole zijn officiële regerings-ID. De man zette een stempel in zijn paspoort en gebaarde dat hij verder kon lopen. 'Maar voor jou niet.'

'Laat dat maar aan mij over, Peter. Je hebt al genoeg op je bord met die ring van Bourne.'

'Ik zal hem toch eerst moeten vinden,' zei Marks terwijl hij naar de bagageband liep.

'Je hebt al eerder met Bourne te maken gehad,' zei Willard. 'Ik ga ervan uit dat je hem kunt vinden.'

Marks bevond zich inmiddels buiten in een typisch druilerige Londense ochtend. Hij wierp een blik op zijn horloge. Het was nog erg vroeg, en de hemel spuwde nu al onregelmatige regensalvo's.

'Niemand kent Bourne echt,' zei hij, 'zelfs Soraya niet.'

'Dat komt omdat niets aan hem logisch lijkt,' merkte Willard op. 'Hij is compleet onvoorspelbaar.'

'Jij hebt niet echt recht om te klagen. Ik bedoel, Treadstone heeft hem zo gemaakt.'

'Dat is absoluut niet waar,' zei Willard op verhitte toon. 'Wat er ook met hem is gebeurd – dat geheugenverlies van hem heeft hem definitief veranderd. En nu we het daar toch over hebben; ik wil dat je een bezoekje brengt aan inspecteur Lloyd-Philips. Bourne is mogelijk betrokken bij een moord in de Vesper Club in het West End gisteravond. Begin daar maar met zoeken.'

Marks maakte een paar korte notities in de palm van zijn hand. 'Ik snap helemaal niks van jou.' Hij stond in de rij voor een taxi en schuifelde af en toe een stukje naar voren. Hij sprak op zachte toon en bedekte zijn mond met zijn hand. 'Je hebt je uit de naad gewerkt om hem te helpen op Bali, en nu klink je alsof je hem wilt gaan onderzoeken alsof hij een of andere freak is.'

'Hij *is* ook een freak, Peter. Een levensgevaarlijke freak. Hij heeft Noah Perlis al geliquideerd, en nu is hij mogelijk betrokken bij een andere moord. Hoeveel bewijs wil je nog hebben voordat je beseft dat hij volledig de weg kwijt is? Ik wil niet dat je dat vergeet of je doel uit het oog verliest. Door de training van Treadstone is hij de ultieme krijger geworden, maar toen is hij door een onvoorziene gebeurtenis nog verder veranderd – een krankzinnig toeval, of een speling van de natuur; noem het maar zoals je zelf wilt. Hij is iets geworden waarvan we niet weten wat het is, maar hij is in elk geval meer dan hij eerst was. Daarom speel ik hem uit tegen Arkadin. Ik heb je al eerder gezegd dat Arkadin het eerste Treadstone-project was. Hij heeft een vreselijk zware training ondergaan die – enfin, na zijn ontsnapping en verdwijning heeft Conklin besloten de training aan te passen en minder... extreem te maken.'

Marks, die inmiddels het begin van de rij had bereikt, stapte in de eerstvolgende taxi, nam plaats op de achterbank en gaf de chauffeur het adres van een klein hotel in het West End waar hij al eerder was geweest.

'Als Treadstone vooruit wil komen; als het succes wil hebben; en als het zijn belofte wil vervullen, dan moeten we uitzoeken wie van de twee het gaat redden.' De stem van Willard zeurde in Marks' oor als een wesp die onvermoeibaar keer op keer tegen een venster vloog. 'Afhankelijk van wie er in leven blijft, weten we hoe we verder moeten gaan.'

Marks staarde uit het raampje naar buiten, maar hij zag niets. 'Even voor de goede orde. Als Arkadin dus als winnaar uit de bus komt, ga je terug naar de oorspronkelijke trainingsmethode.'

'Inclusief wat aanpassingen die ik in gedachten heb.'

'Maar stel dat Bourne Arkadin te grazen neemt? Je weet niet...'

'Dat klopt, Peter, we zitten natuurlijk wel met een x-factor. Het proces gaat daarom langer duren. We zullen Bourne in een gecontroleerde omgeving moeten bestuderen. We...'

'Wacht eens even. Wil je hem opsluiten?'

'Hem blootstellen aan herhaalde reeksen psychologische tests, ja, ja.' Willard klonk ongeduldig, alsof hij iets heel duidelijk had uitgelegd, maar Marks te dom was om het te begrijpen. 'Dit is de kern van Treadstone, Peter. Dit is waar Alex Conklin zijn leven aan heeft gewijd.'

'Maar waarom? Ik snap het gewoon niet.'

'Dat deed de Oude Man ook niet; niet echt.' Willard slaakte een zucht. 'Soms denk ik wel eens dat Alex de enige Amerikaan is die wat geleerd heeft van de fouten tijdens de Vietnamoorlog. Hij was zo geniaal dat hij Irak en Afghanistan zag aankomen. Hij zag de nieuwe wereld aankomen. Hij wist dat de oude methoden van oorlogvoeren even achterhaald waren en evenzeer tot falen gedoemd als de napoleontische wetgeving.

Terwijl het Pentagon miljarden uitgaf aan het verzamelen van slimme bommen, kernonderzeeërs, stealthbommenwerpers en supersonische straaljagers, concentreerde Alex zich op de bouw van dat ene oorlogswapen waarvan hij wist dat het effectief zou zijn: mensen. De missie van Treadstone was vanaf de eerste dag het bouwen van het ultieme menselijke wapen: onverschrokken, meedogenloos, en vaardig in bedrog, infiltratie, misleiding en vermomming. Een wapen met duizend gezichten dat iedereen kon zijn, overal naartoe kon, zonder wroeging elk doel kon uitschakelen en terug zou komen om de volgende opdracht in ontvangst te nemen.

En nu zie je wat een visionair Alex was. Wat hij zag, is inderdaad gebeurd. Wat wij creëren in het Treadstone-programma wordt het machtigste wapen van Amerika, ongeacht hoe slim de vijand is of hoe afgelegen de plaats is waar hij zich bevindt. Denk jij dat ik iets wat zo waardevol is, ga begraven? Ik heb een pact met de duivel gesloten om Treadstone te kunnen laten herrijzen.'

'En stel nu eens,' zei Marks, 'dat de duivel een ander plan heeft met Treadstone?'

'Dan,' antwoordde Willard, 'zullen we op een of andere manier met de duivel moeten afrekenen.' Er volgde een korte pauze. 'Arkadin of Bourne, het maakt me niet uit. Alleen het resultaat van hun confrontatie interesseert me. En de winnaar gebruik ik hoe dan ook als prototype voor het volgende project van Treadstone.'

'Begin maar bij het begin,' zei Bourne. 'Zo te horen is het een nachtmerrie.'

'In grote lijnen,' zei Ottavio Moreno, en hij slaakte een zucht, 'komt het erop neer dat je het recht niet had om Noah Perlis uit de weg te ruimen.'

De twee mannen bevonden zich in een *safe house* in Thamesmead, een nieuwe wijk tegenover het London City Airport, aan de andere kant van de rivier. Het was zo'n modern doosachtig huis van het type dat in alle buitenwijken uit de grond schoot en even krakkemikkig was als het eruitzag. Ze waren ernaartoe gereden in Moreno's grijze Opel – een onopvallender auto kon je in Londen niet vinden. Ze hadden wat koude kip en pasta uit de ijskast gegeten met daarbij een redelijke fles Zuid-Afrikaanse wijn. Vervolgens waren ze naar de woonkamer gegaan waar ze zichzelf letterlijk op de bank hadden laten vallen.

'Perlis heeft Holly Moreau vermoord.'

'Perlis was business,' merkte Ottavio Moreno op.

'Dat was Holly volgens mij ook.'

Ottavio Moreno knikte. 'Maar toen werd het persoonlijk, nietwaar?'

Bourne wist niet goed wat hij moest zeggen aangezien het antwoord voor hen allebei duidelijk was.

'Nou ja, gedane zaken nemen geen keer,' zei Moreno, die Bournes stilzwijgen uitlegde als instemming. 'Wat je vergeten schijnt te zijn, is dat ik Perlis had ingehuurd om de laptop te vinden.'

'Hij had geen laptop. Hij had alleen die ring.'

Moreno schudde zijn hoofd. 'Vergeet die ring nou even en probeer je de laptop te herinneren.'

Bourne had het gevoel dat hij langzaam maar zeker steeds dieper wegzakte in drijfzand. 'Je hebt het al eerder over die laptop gehad, maar ik kan me er niks van herinneren.'

'In dat geval herinner je je zeker ook niet meer hoe je hem uit het huis van Jalal Essai hebt gestolen.'

Bourne schudde hulpeloos zijn hoofd.

Moreno drukte heel even zijn duimen in zijn ogen. 'Ik begrijp wat je bedoelde toen je zei dat ik aan het begin moest beginnen.'

Bourne zei niets en bestudeerde hem nauwkeurig. Het probleem met mensen uit zijn verleden die plotseling opdoken, was altijd hetzelfde: wie waren ze echt, en vertelden ze hem de waarheid? Tegen een man zonder geheugen kun je gemakkelijk liegen. Sterker nog, zo overwoog Bourne, het was waarschijnlijk zelfs grappig om dat te doen en vervolgens te kijken hoe hij zou reageren.

'Je had opdracht gekregen om een laptop te stelen.'

'Van wie?'

Moreno haalde zijn schouders op. 'Alex Conklin, neem ik aan. Maar goed, we hadden contact in Marrakech.'

Opnieuw Marokko. Bourne boog zich naar voren. 'Waarom zou ik contact met jou opnemen?'

'Ik was Alex Conklins contactpersoon daar.' Toen Bourne hem een sceptische blik schonk, voegde hij eraan toe: 'Ik ben een halfbroer van Gustavo. Mijn moeder is een Berberse uit het Atlasgebergte.'

'Je vader heeft de bloemetjes flink buitengezet.'

'Oké, lach er maar om. Ik zal je echt je nek niet omdraaien.' Ottavio Moreno lachte. 'Christus, wat een gestoorde wereld is dit.' Hij schudde ongelovig zijn hoofd. 'Oké. Mijn vader was bij heel wat zaakjes betrokken, en de meeste waren illegaal, dat geef ik eerlijk toe. Maar wat dan nog? Hij moest vaak op reis en kwam in heel wat vreemde landen terecht.'

'En hij had niet alleen een neus voor zaken,' zei Bourne.

Ottavio Moreno knikte. 'Precies. Hij had een oog voor exotische vrouwen.'

'Lopen er nog andere halve Morenootjes rond?'

Moreno lachte. 'Dat zou me niks verbazen, mijn vader kennende. Maar als dat al zo is, weet ik er niks van.'

Bourne besloot dat het liefdesleven van Moreno senior hem niet veel verder zou brengen. 'Oké. Dus je zegt dat jij Conklins contactpersoon in Marrakech was.'

'Dat zég ik niet,' zei Ottavio Moreno met gefronste wenkbrauwen, 'ik wás die contactpersoon.'

'Ik neem aan dat je geen gecancelde cheques van Treadstone meer hebt.'

'Ha, ha,' zei Moreno, maar het was geen lach. Hij haalde een pakje Gauloises Blondes tevoorschijn, schudde er een uit en stak hem aan. Terwijl hij naar Bourne staarde, blies hij de rook naar het plafond. Ten slotte zei hij: 'Heb ik gelijk als ik denk dat we op één lijn zitten?'

'Geen idee. Wat denk jij?'

Bourne stond op en liep naar de keuken om een glas koud water in te schenken. Hij was kwaad op zichzelf, niet op Moreno. Hij wist dat hij op dit moment erg kwetsbaar was, en dat beviel hem absoluut niet. Sterker nog: als je dit soort werk deed, kon je je zoiets niet veroorloven.

Hij liep terug naar de woonkamer en nam plaats op een leunstoel tegenover de bank waar Ottavio Moreno nog rustig zat te roken. Hij zag eruit alsof hij mediteerde. In Bournes afwezigheid had hij de televisie aangezet, en nu keek hij naar het bbc News. Het geluid was uit, maar de beelden van de Vesper Club waren maar al te vertrouwd. Boven op de politieauto's en de wagens van de hulpdiensten flitsten zwaailichten. In de deuropening van de club verschenen twee verpleegkundigen die een brancard droegen. Het lichaam dat erop lag, was in een deken gewikkeld dat het gezicht bedekte. Er werd overgeschakeld naar een nieuwslezer in de bbc-studio die herkauwde wat even eerder voor hem was opgeschreven. Bourne gebaarde, en Moreno zette het volume hoger. Maar er was geen interessante informatie voor hen, en Moreno zette het geluid weer uit.

'Het wordt nu een stuk lastiger om Londen uit te komen,' zei Bourne afgemeten.

'Ik ken meer manieren om Londen uit te komen dan zij.' Moreno gebaarde naar de politieagent op televisie die werd geïnterviewd.

'Ik ook,' zei Bourne. 'Dat is het probleem niet.'

Moreno boog zich naar voren. Hij drukte zijn sigaret uit in een foeilelijke asbak met een onduidelijke vorm en stak meteen een nieuwe op. 'Als je denkt dat ik me ga verontschuldigen, kun je lang wachten.'

'Het is te laat voor verontschuldigingen,' zei Bourne. 'Wat is er zo belangrijk aan die laptop?'

Moreno haalde zijn schouders op.

'Perlis had de ring,' zei Bourne. 'Hij heeft Holly vermoord om hem in zijn bezit te krijgen.'

'De ring is een symbool van Severus Domna. Alle leden dragen hem of hebben hem bij zich.'

'Is dat alles? Als er verder niks belangrijks aan is, waarom heeft Perlis Holly er dan voor vermoord?'

'Ik weet het niet. Misschien dacht hij dat het ding hem op een of andere manier naar de laptop zou brengen.' Moreno drukte opnieuw zijn sigaret uit. 'Zeg, hoor es. Ben je zo wantrouwig omdat Gustavo mijn halfbroer was?'

'Dat zou ik niet durven uitsluiten,' zei Bourne.

'Ja, nou, mijn grote broer heeft me verdomme sinds ik me kan herinneren het leven zuur gemaakt.'

'Wees dan maar blij dat hij dood is,' zei Bourne droogjes.

Moreno keek Bourne even zwijgend aan. 'Jezus. Jij denkt dat ik zijn drugshandel heb overgenomen.'

'Ik zou dom zijn als ik dat niet op zijn minst had overwogen.'

Moreno knikte chagrijnig. 'Oké.' Hij leunde naar achteren en spreidde zijn handen. 'Maar hoe kan ik dan laten zien dat ik aan jouw kant sta?'

'Zeg het maar.'

Moreno kruiste zijn armen voor zijn borst en dacht even na. 'Wat herinner je je over Perlis, Holly, Tracy en Diego Hererra?'

'Vrijwel niks,' zei Bourne.

'Ik neem aan dat je Diego hebt uitgevraagd. Wat heeft hij je verteld?'

'Over hun vriendschap en hun romantische verwikkelingen.'

Moreno trok zijn wenkbrauwen op. 'Wat voor romantische verwikkelingen?'

Toen Bourne het hem vertelde, lachte hij. '*Mano*, die Diego heeft je compleet op het verkeerde been gezet. Er was absoluut geen romantiek tussen hen, alleen vriendschap – nou ja, totdat Holly de ring ging dragen. Een van hen – misschien Tracy, ik weet het niet – raakte geïnteresseerd in de inscriptie. Naarmate haar belangstelling toenam, werd Perlis nieuwsgieriger. Hij nam een foto van de inscriptie en liet hem aan Oliver Liss zien, die op dat moment zijn baas was. Dat leidde regelrecht tot Holly's dood.'

'Hoe weet jij dat allemaal?'

'Ik heb voor Black River gewerkt totdat Alex Conklin me rekruteerde als agent voor Treadstone. Dat vond die ouwe wel mooi – hij had een bloedhekel aan Liss. Die man is de meest corrupte uitbuiter die je in deze business tegenkomt. Hij genoot van de ellende van anderen, belazerde voortdurend politici en gaf zijn agenten opdracht tot het plegen van misdaden en wreedheden waar de regering haar handen liever niet aan vuilmaakte. Totdat jij hielp Black River te ontmantelen, was Liss zo ongeveer de meest succesvolle hedendaagse chaosmakelaar, en dat zegt een hoop, geloof mij maar.'

'Dat verklaart nog steeds niet hoe...'

'Een tijd geleden werkte Perlis voor mij, voordat Liss hem overnam en voor privémissies ging inzetten.'

Bourne knikte. 'De ring was zo'n privémissie.'

'Het is er een geworden. Perlis had hulp nodig, dus hij kwam naar mij. Ik was de enige die hij vertrouwde. Hij zei dat Liss, zodra hij de ring zag, volledig uit zijn dak ging. Vervolgens heeft hij Perlis opdracht gegeven de laptop te zoeken.'

'De laptop die ik met jouw hulp van Jalal Essai had gepikt.'

'Precies.'

Bourne trok zijn wenkbrauwen op. 'Maar wat is er dan mee gebeurd?'

'Je moest hem afleveren aan Conklin persoonlijk, maar dat deed je niet.'

'Waarom niet?'

'Je zei dat je iets over de laptop had ontdekt – iets waarvan je vermoedde dat Conklin niet wilde dat je het wist. Vervolgens heb je de missie persoonlijk aangepast.'

'Wat heb ik ontdekt?'

Moreno haalde zijn schouders op. 'Dat heb je me nooit verteld, en ik was te goed getraind om het te vragen.'

Bourne was diep in gedachten verzonken. Het mysterie van de ring werd steeds groter. Gezien Liss' reactie toen hij de ring zag, leek het voor de hand te liggen dat hij op een of andere manier met de laptop in verband stond. Als Moreno hem tenminste de waarheid vertelde. Hij had het gevoel alsof hij zich in een spiegeldoolhof bevond waarbij elke reflectie steeds op een andere manier vervormd werd, zodat het onmogelijk was om de realiteit te onderscheiden van alle zorgvuldig geconstrueerde fantasieën; onmogelijk om de waarheid te onderscheiden van slim verwoorde verzinsels.

De nieuwslezer op televisie was overgegaan naar de buitenlandse berichten, maar het beeld van Diego Hererra's lichaam dat uit de Vesper Club werd gedragen, bleef door Bournes geest spoken. Was het nodig geweest om hem te vermoorden, zoals Moreno had gezegd, of had Moreno een ander, duisterder motief dat hij voor Bourne probeerde te verzwijgen? De enige manier om dat uit te vinden, was Moreno in de buurt houden en hem op een subtiele manier allerlei vragen blijven stellen totdat er een schakel in zijn pantser kapot zou gaan – of totdat bleek dat hij te vertrouwen was.

'Wat weet je eigenlijk van Essai?' vroeg Bourne.

'Behalve dat hij zitting heeft in de bestuursraad van Severus Domna – niet veel. Hij komt uit een illustere familie die haar wortels heeft in de twaalfde eeuw, als ik me niet vergis. Zijn voorouders hebben deelgenomen aan de Moorse invasie van Andalusië. Een van hen heeft daar een jaar of wat de scepter gezwaaid.'

'En tegenwoordig?'

'Tegenwoordig is er niemand geïnteresseerd in Berbers of Amazigh, zoals we onszelf noemen.'

'En hoe zit het met Severus Domna zelf?'

'Ah, daar weet ik wel het een en ander van. Om te beginnen moet ik zeggen dat er heel weinig bekend is over de groep. Ze vliegen zo ver onder de radar dat de voetafdrukken die ze achterlaten bijna onzichtbaar zijn of in elk geval gemakkelijk kunnen worden gewist. Niemand weet hoe groot de groep is, maar de leden vind je in alle uithoeken van de wereld. Ze bekleden stuk voor stuk hoge posities binnen regeringen, media en criminaliteit. En ze zitten in elke bedrijfstak.'

'Wat is hun doel?' Bourne dacht aan het woord *Dominion* dat in zijn ring stond. 'Wat willen ze?'

'Macht, geld, controle over wat er in de wereld gebeurt – wie zal het zeggen. Het is maar een gok, maar dat wil toch iedereen?'

'Het is wel wat de geschiedenis leert,' erkende Bourne.

Ottavio Moreno lachte. 'Maar niet veel mensen trekken daar lering uit.'

Bourne haalde adem en blies langzaam de lucht uit zijn longen. Hij vroeg zich af wat hij over de laptop had ontdekt dat hem ertoe had gebracht zijn missie aan te passen. Hij was zich er niet van bewust dat hij andere Treadstone-missies had aangepast, al was het maar omdat hij zich herinnerde dat hij tot de moord op Conklin een goede verstandhouding met de baas had gehad.

Toen hij dit noemde, zei Moreno: 'Je zei dat ik tegen Conklin moest zeggen dat Essai de laptop niet had en dat je niet wist wat ermee was gebeurd.'

'En heb je dat gedaan?'

'Ja.'

'Waarom zou je dat doen? Treadstone betaalde je salaris en Conklin was je baas.'

'Ik weet het eigenlijk niet precies,' bekende Ottavio Moreno. 'Het enige wat ik kan bedenken is dat er een fundamenteel verschil bestaat tussen de mensen die in het veld werken en de mensen op kantoor. Ze begrijpen niet altijd elkaars motieven. Als de mensen in het veld elkaar niet af en toe rugdekking geven, zijn ze nergens.' Hij borg het pakje Gauloises weg. 'Toen je me vertelde dat je iets had gevonden dat belangrijk genoeg was om de missie te veranderen, geloofde ik je.'

'Zo, dus u dacht, laat ik de beroemde Corellos eens met een bezoekje vereren?'

Roberto Corellos, de neef van Narsico Skydel, schonk Moira een zelfgenoegzaam glimlachje. Hij zat in een comfortabele leunstoel. Het vertrek was ruim en licht. Het was ingericht met hoogpolig tapijt, porseleinen lampen en schilderijen aan de muren en het zag eruit als een normale woonkamer. Maar zoals

Moira op het punt stond te ontdekken, leken de gevangenissen in Bogota absoluut niet op die in de rest van de wereld.

'De Amerikaanse pers wil de beroemde Corellos spreken nu hij in La Modelo zit – nu het veilig is.' Hij haalde een sigaar uit het borstzakje van zijn guayabera, beet met veel vertoon de punt eraf en ontstak hem met een oude zippo. Met opnieuw een minzaam glimlachje zei hij: 'Een cadeautje van een van de vele bewonderaars.' Het was niet direct duidelijk of hij de Robusto dan wel de zippo bedoelde.

Hij blies een wolk aromatische rook in de richting van het plafond en legde een in linnen gehuld been over het andere. 'Voor welke krant werkte u ook alweer?'

'Ik ben correspondent voor *The Washington Post*,' zei Moira. De benodigde papieren had ze van Jalal Essai gekregen. Ze wist niet waar hij ze vandaan had, en dat kon haar ook niet schelen. Het enige dat voor haar telde, was dat ze goed genoeg waren voor controle door een overheidsfunctionaris. Hij had haar verzekerd dat dat het geval was, en voorlopig had hij gelijk gehad.

Ze was nog geen vierentwintig uur geleden in Bogota gearriveerd en had direct toestemming gekregen voor een vraaggesprek met Corellos. Het verraste haar enigszins dat het eigenlijk niemand leek te interesseren.

'U mag van geluk spreken dat u vandaag bent gekomen. Over een week ben ik hier weg.' Corellos staarde naar de gloeiende punt van de sigaar. 'Dit is voor mij een soort vakantie geweest.' Hij maakte een wuivend gebaar met een hand. 'Ik heb alles wat ik wil – eten, sigaren, hoeren, je kunt het zo gek niet bedenken – en ik hoef er geen vinger voor uit te steken.'

'Niet gek,' zei Moira.

Corellos keek naar haar. Hij was een aantrekkelijke man, als je van ruig en spieren hield. En door zijn donkere, smeulende ogen en zijn intens viriele uitstraling had hij beslist charisma. 'U moet één ding over Colombia weten, *señorita* Trevor. Het land is niet in handen van de regering, nee, nee, nee. In Colombia is de macht opgesplitst tussen de FARC – de Revolutionaire

Gewapende Strijdkrachten van Colombia – en de drugsbaronnen. Zeg maar de linkse guerrilla's en de rechtse kapitalisten.' Zijn lach klonk even schor en vrolijk als de schreeuw van een ara. Hij leek volledig ontspannen, alsof hij thuis was in plaats van in de meest beruchte gevangenis van Bogota. 'De FARC heeft veertig procent van het land onder controle en wij de andere zestig.'

Moira was sceptisch. 'Dat lijkt me nogal overdreven, señor Corellos. Zou ik niet beter alles wat u me vertelt met een korrel zout kunnen nemen?'

Corellos reikte achter zich en legde een semiautomatische Taurus-PT92 tussen hen in op tafel.

Moira was sprakeloos.

'Het magazijn zit vol. U mag het controleren als u wilt.' Hij leek te genieten van haar geschokte reactie. 'Of u neemt het mee, als souvenir. Maakt u zich geen zorgen, ik heb er genoeg.'

Hij lachte opnieuw. Vervolgens schoof hij de Taurus opzij. 'Luister, señorita. Volgens mij bent u hier niet helemaal op uw plaats – dat geldt trouwens voor de meeste gringo's. Vorige maand was het hier totale oorlog. De guerrilla's van de FARC tegen de, eh, zakenlui. Het was een grootschalig conflict, compleet met AK-47's, fragmentatiegranaten, dynamiet, noem maar op. De bewakers bleven natuurlijk op een afstand. De gevangenis werd omsingeld door het leger, maar dat greep niet in omdat wij een stuk beter bewapend zijn dan zij.' Hij knipoogde naar haar. 'Dat heeft de minister van Justitie u zeker niet verteld.'

'Nee, dat klopt.'

'Dat verbaast me niks. Het was een bloedbad, dat kan ik u vertellen.'

Moira was gefascineerd. 'Hoe is het afgelopen?'

'Ik ben tussenbeide gekomen. De FARC heeft respect voor me. *Escúchame*, ik ben niet tegen ze – zeker niet waar ze voor staan. De regering is een aanfluiting. Ze weten dat ik aan hun kant sta en dat ik mijn mensen optrommel om ze te steunen – zolang ze ons tenminste met rust laten. Ik interesseer me geen donder voor politiek – rechts, links, fascist, socialist, al die mooie woorden zijn voor mensen die niks beters te doen hebben met dat trieste leven van ze. Ik heb het te druk met geld verdienen, dat is *mijn* leven. De rest van de mensheid kan wat mij betreft in de stront zakken.'

Hij tikte de as van zijn sigaar in een koperen asbak. 'Maar goed. Ik respecteer de FARC ook; ik moet wel, ik ben een pragmaticus. Zij hebben het grootste deel van Bogota in handen – niet wij. En zij hebben hun eigen bevrijdingsprogramma voor de gevangenissen. Een voorbeeld: twee weken geleden heeft de FARC in La Picota, de andere gevangenis hier, een complete muur opgeblazen en achtennegentig mensen bevrijd. Voor een gringo zal zoiets wel krankzinnig klinken; onmogelijk, heb ik gelijk of niet? Maar zo doen we dat in Colombia.' Hij grinnikte. 'Je kunt zeggen wat je wilt over de FARC, maar ze hebben wel kloten, en dat respecteer ik.'

'Als ik u goed begrepen heb, señor Corellos, is dat het énige wat u respecteert.' Moira reikte zonder een woord te zeggen naar de Taurus, haalde het wapen uit elkaar en zette het weer in elkaar. Ondertussen keek ze Corellos recht in de ogen.

Toen ze het pistool terug had gelegd, zei Corellos: 'Waarom wilt u me eigenlijk spreken, señorita? Waarom bent u hier echt? Niet voor een verhaal in de krant, lijkt me.'

'Ik heb uw hulp nodig,' zei ze. 'Ik ben op zoek naar een laptop die Gustavo Moreno in zijn bezit had. Vlak voor hij stierf, is de computer verdwenen.'

Corellos maakte een weids gebaar met zijn armen. 'Waarom komt u voor zoiets naar mij toe?'

'U was Moreno's leverancier.'

'Nou en?'

'De man die de laptop heeft gestolen – een van Moreno's mannen die voor een onbekende partij werkte – is dood gevonden buiten Amatitán, op de estancia van uw neef in Mexico.'

'Dat mietje – moest zo nodig een gringonaam aannemen! Ik wil niks met die vent te maken hebben. Voor mij is hij dood.'

Moira dacht even na. 'Misschien wilde iemand hem terugpakken door hem de moord op de man van Moreno in de schoenen te schuiven.'

Corellos snoof. 'O. En dan laten we het zeker aan de Mexicaanse politie over om de zaak uit te zoeken en hem te arresteren? Doe me een lol, zeg! Als het om het oplossen van misdaden gaat, zijn het volslagen idioten. Het enige wat ze kunnen, is steekpenningen aannemen en siësta houden. Trouwens, Berengária zou ook meteen verdacht zijn. Nee, als ik Narsico dood wilde hebben, had u hém wel in Amatitán gevonden.'

'Wie runt Moreno's zaken dan tegenwoordig? Aan wie verkoopt u?'

Corellos kneep zijn ogen half dicht en blies wat sigarenrook uit.

'Ik wil niemand laten arresteren,' zei ze. 'Daar wordt geen mens wijzer van. Ik ben alleen in de laptop geïnteresseerd, en ik wil weten hoe ik dat ding te pakken krijg.'

Corellos drukte zijn sigaar uit. Hij maakt een gebaar, en iemand – duidelijk geen bewaker – kwam binnen met een fles tequila en twee shotglazen die hij tussen Corellos en Moira op tafel zette. 'Ik laat wat te eten brengen. Wat wilt u hebben?'

'Wat u neemt.'

Hij knikte en sprak even met de jonge man, die zich vervolgens discreet terugtrok. Hij boog zich naar voren en schonk tequila in. Toen ze allebei hun glas leeg hadden, zei hij: 'U moet begrijpen waarom ik Narsico haat tot in het diepst van mijn wezen.'

Ze haalde haar schouders op. 'Ik ben een *gringa*. Wij nemen dat soort dingen niet zo serieus. Maar ik weet wel dat u hem niet uit de weg heeft laten ruimen.'

Hij wuifde haar woorden weg. 'Dat is wat ik bedoel met begrijpen. Zo'n zak als hij om zeep helpen is nog veel te goed voor hem.'

Ze begon langzaam te begrijpen waar dit gesprek naartoe ging. 'Dus u heeft iets anders in gedachten.'

Daar was opnieuw de aralach. 'Het is al geregeld. Mensen die zeggen dat wraak een gerecht is dat koud moet worden opgediend, hebben geen Colombiaans bloed in hun aderen. Waarom zou je wachten als je een fantastische kans op een presenteerblaadje krijgt aangeboden?'

De jonge man kwam terug met een schaal vol lekkernijen – een verzameling bordjes met onder andere rijst, bonen, gebakken chilipepers en zeebanket. Hij zette de schaal neer, en Corellos gebaarde dat hij kon gaan. Corellos nam onmiddellijk een bordje met garnalen in een vurig rode saus en stak ze met kop en al in zijn mond. Terwijl hij de saus van zijn vingertoppen zoog, vervolgde hij: 'Weet u wat de beste manier is om een man te pakken te nemen, señorita? Via zijn vrouw.'

Nu begreep ze het. 'U heeft Berengária verleid.'

'Ja. Ik heb hem belazerd en te schande gezet, maar dat is nog niet alles. Narsico wilde het met alle geweld verder schoppen dan zijn familie, en daarom heb ik dat onmogelijk voor hem gemaakt.' Corellos' ogen fonkelden. 'Ik heb Berengária benoemd tot opvolger van haar broer.'

Heel slim gedaan, dacht Moira. Essai had gezegd dat er geen enkel bewijs was van haar betrokkenheid. 'Denkt u dat zij de mol in haar broers onderneming heeft geplaatst?'

'Als ze een overzicht van Gustavo's klanten had willen hebben, had ze dat gewoon aan hem kunnen vragen, maar dat heeft ze nooit gedaan – in elk geval niet toen hij nog leefde.'

'Wie kan het anders hebben gedaan?'

Hij keek haar sceptisch aan. 'Weet ik veel. Wel duizend mensen. Zal ik even een lijstje voor u maken?'

Moira negeerde zijn sarcasme. 'En u?'

Hij lachte. 'Wat? U heeft wel humor. Gustavo verdiende een fortuin voor me en deed het zware werk erbij. Waarom zou ik dat verkloten?'

Wist Corellos dat Moreno's klantenbestand op de laptop stond, of vermoedde hij dat? vroeg Moira zich af. Essai leek haar niet het type man dat de handel van een Colombiaanse drugsbaas wilde overnemen. Zijn uitgangspunt was het feit dat iemand hem bestolen had, en dat hij zijn eigendom terug wilde. Ze boog zich naar voren met haar ellebogen op tafel. '*Es-*

cúchame hombre. Iemand is er met die laptop vandoor gegaan. Als het Berengária niet was, dan moet het iemand anders zijn geweest die Gustavo's handel wilde overnemen, en het is een kwestie van tijd totdat die persoon in actie komt.'

Corellos pakte een bordje met gebakken chilipepers en stak ze een voor een in zijn mond. Zijn expressieve lippen glommen van het vet, maar hij leek niet van plan ze schoon te vegen.

'Ik weet absoluut niks van die zaak,' zei Corellos koeltjes.

Moira geloofde hem. Als hij wel op de hoogte was geweest, zou hij er allang iets aan hebben gedaan. Ze stond op. 'Misschien weet Berengária er meer van.'

Zijn ogen versmalden zich. 'Vergeet het maar. Wat zij weet, weet ik ook.'

'Maar u zit hier een heel eind van Jalisco.'

Corellos lachte op een akelige manier. 'Je kent me niet echt goed, hè, *chica*.'

'Ik wil die laptop hebben, *hombre*.'

'*That's the spirit!*' Hij maakte diep in zijn keel een geluid dat verrassend veel op het spinnen van een tijger leek. 'Het wordt laat, *chica*. Waarom blijf je vannacht niet hier? Ik garandeer je dat mijn accommodatie een stuk beter is dan alles wat je in de stad tegenkomt.'

Ze glimlachte. 'Ik dacht het niet. Maar bedankt voor je gastvrijheid – en je eerlijkheid.'

Er verscheen een brede grijns op Corellos' gezicht. 'Alles voor een schone dame.' Hij stak een waarschuwende vinger op. '*Cuidad, chica*. Ik ben blij dat ik niet in je schoenen sta. Berengária is een piranha. Als je haar een vinger geeft, verslindt ze je met huid en haar.'

Toen Peter Marks bij het appartement van Noah Perlis arriveerde, krioelde het van de CI-agenten, waarvan hij er twee kende. Jesse McDowell kende hij zelfs heel goed. McDowell en hij hadden twee missies gedaan voordat Marks naar het management was gepromoveerd.

Toen McDowell Marks zag, wenkte hij. Hij nam hem even

apart en zei op gejaagde toon: 'Wat doe jij hier verdomme, Peter?'

'Ik ben op missie.'

'Nou, wij ook, dus je kunt beter maken dat je wegkomt voordat een van Danzigers overijverige *newbies* je in de gaten krijgt.'

'Dat gaat niet lukken, Jesse.' Peter stak zijn nek uit om een blik over McDowells schouder te werpen. 'Ik ben op zoek naar Jason Bourne.'

'Dan wens ik je veel geluk, man.' McDowell schonk hem een sardonische grijns. 'Hoeveel rozen zal ik naar de begrafenis sturen?'

'Luister, Jesse, ik ben net met het vliegtuig uit D.C. gekomen. Ik ben moe, ik heb honger, ik ben chagrijnig en ik heb absoluut geen zin in stompzinnige spelletjes met jou of andere tinnen soldaatjes van Danziger.' Hij maakte aanstalten om langs McDowell te lopen. 'Denk je soms dat ik bang voor jullie ben, of voor Danziger?'

McDowell maakte een afwerend gebaar met zijn handen. 'Oké, oké. Ik snap het.' Hij nam Marks bij de elleboog. 'Ik zal je even op de hoogte brengen, maar niet hier. Ik werk nog steeds voor Danziger.' Hij loodste Marks de deur uit en de gang in. 'Laten we even naar de pub gaan en een biertje pakken. Als ik een paar biertjes achter m'n kiezen heb, ben ik voor niks en niemand bang.'

The Slaughtered Lamb was het type Londense pub waarover al eeuwen wordt geschreven. Het plafond was laag, het was er schemerdonker en er hing een geur van verschaald bier en oude sigarettenrook waarvan nog steeds flarden tussen de dranklucht leken te drijven.

McDowell koos een tafeltje tegen een muur met houten panelen, bestelde twee biertjes op kamertemperatuur en voor Marks een bord bangers and mash. Toen het eten kwam en Marks eraan rook, voelde hij zich misselijk worden. Hij liet de ober het bord weer meenemen en bestelde een paar broodjes met kaas.

'Dit onderzoek maakt deel uit van de lopende zaak tegen

Black River,' zei McDowell.

'Ik dacht dat die zaak gesloten was.'

'Dat dacht iedereen.' McDowell dronk zijn glas leeg en bestelde nog een biertje. 'Maar blijkbaar heeft een of andere hoge ome het op Oliver Liss gemunt.'

'Liss is bij Black River weggegaan voordat de pleuris uitbrak.'

McDowells tweede biertje werd gebracht. 'Er zijn verdachtmakingen geuit in zijn richting. Het feit dat hij is opgestapt, pleit hem niet automatisch vrij. Het is heel goed mogelijk dat hij een van de architecten was van de criminele activiteiten van Black River. Het is onze taak om dat vermoeden met harde bewijzen te bevestigen, en aangezien Noah Perlis het schoothondje van Liss was, doorzoeken we nu zijn appartement.'

'Een naald in een hooiberg,' zei Marks.

'Misschien.' McDowell nam een grote slok van zijn bier. 'We hebben trouwens een foto gevonden van ene Diego Hererra. Wist je dat die gast gisteravond is doodgestoken in een chic casino in het West End de Vesper Club?'

'Niks over gehoord,' zei Marks. 'Wat heb ik daarmee te maken?'

'Alles, man. De kerel die Diego Hererra waarschijnlijk heeft neergestoken, is gezien met Jason Bourne. Ze hebben de club samen verlaten, een paar minuten na de moord.'

Soraya reed recht naar het zuiden, net als Arkadin – die de naam Frank N. Stein had aangenomen – volgens haar had gedaan. Het begon langzaam te schemeren toen ze Nogales binnenreed. Ze bevond zich nog steeds in Arizona. Even over de grens, in de Mexicaanse staat Sonora, lag de zusterstad, Nogales.

Ze parkeerde haar auto en stak op haar gemak het stoffige centrale plein over. Ze vond een café met een terrasje, zocht een tafeltje en bestelde een bord *tamales* met een Corona. Haar Spaans was een stuk beter dan haar Frans en haar Duits – wat erop neerkwam dat het uitstekend was. En haar donkere huid, Egyptische bloed en prominente neus konden hier gemakkelijk voor Azteeks worden aangezien. Ze leunde naar achteren, ontspande zich en liet haar blik over de mensen glijden die boodschappen deden, een hapje aten op een terrasje of hand in hand over straat liepen. Er waren veel oude mensen. Ze zaten op bankjes, kaartten wat en praatten met elkaar. Het verkeer was druk en lawaaierig – veel oude stoffige auto's vol deuken en roestige vrachtwagens, beladen met groenten en fruit. Nogales leefde van de landbouw. Uit de zusterstad kwamen onafgebroken goederen binnen die hier werden verpakt en vervolgens over de gehele Verenigde Staten werden gedistribueerd.

Ze had haar laatste tamale naar binnen gewerkt en zat aan haar tweede Corona toen ze een oude zwarte Chevrolet zag. Het was een stoffige, logge bak, maar het kenteken klopte niet, en ze nam nog een slok bier. Ze sloeg het dessert over en bestelde koffie.

Juist toen de ober het minuscule kopje voor haar op tafel plaatste, zag ze over zijn schouder opnieuw een zwarte Chevy. Ze stond op toen hij wegliep. Het kenteken kwam overeen met dat op de auto die Arkadin had gehuurd, maar de bestuurder was een achttienjarige punker. Hij parkeerde bij het café en stapte uit. Hij had een hanenkam, en zijn armen zaten vol met tatoeages van slangen en vogels met grote pluimen. Soraya herkende de quetzal, de heilige vogel van de Azteken en de Maya's. Ze dronk haar koffie in één teug op, legde wat bankbiljetten op tafel en liep naar de punker.

'Hé, makker, waar heb je die auto vandaan?' vroeg ze aan hem.

Hij bekeek haar van onder tot boven, schonk haar een spottend lachje en zei met zijn blik op haar borsten: 'Wat heb jij daarmee te maken?'

'Ik ben niet van de politie, als je daar soms bang voor bent.'

'Waarom zou ik bang moeten zijn?'

'Omdat die Chevy een huurwagen is uit Tucson – dat weet je net zo goed als ik.'

De punker bleef haar aankijken met zijn spottende blik. Hij zag eruit alsof hij die elke ochtend voor de spiegel oefende.

'En? Wat vind je ervan?'

De punker keek verbaasd. 'Waarvan?'

'Mijn borsten.'

Hij glimlachte ongemakkelijk en wendde zijn blik af.

'Luister,' zei ze, 'ik ben niet in jou of in je auto geïnteresseerd. Ik wil wat informatie over de man die hem gehuurd heeft.'

Hij spuugde op de grond en zei niets.

'Doe niet zo idioot,' zei ze. 'Je zit al genoeg in de problemen. Ik kan ervoor zorgen dat ze verdwijnen.'

De punker zuchtte. 'Ik heb echt geen idee. Ik heb de auto in de woestijn gevonden. Hij was verlaten.'

'Hoe heb je hem gestart – draadjes met elkaar verbonden?'

'Dat was niet eens nodig. Het sleuteltje zat nog in het contactslot.'

Kijk, dat was interessant. Het betekende waarschijnlijk dat Arkadin hem niet meer nodig had, en dat betekende dat hij niet langer in Nogales was. Soraya dacht even na. 'Als ik de grens over wil, wat is dan de beste manier?'

'De grenspost is een paar kilometer naar...'

'Daar wil ik niet langs.'

De punker kneep zijn ogen half dicht en keek haar aan alsof hij haar voor het eerst zag. 'Ik heb honger,' zei hij. 'Ik lust wel een warme hap.'

'Oké,' zei ze, 'maar verder geen geintjes.'

Toen hij lachte, knapte de broze schil van zijn gekunstelde stoerheid en kwam een gezicht tevoorschijn van een gewone knul die een trieste blik op de wereld had.

Ze nam hem mee naar het café waar hij *burritos de machaca* bestelde en een groot bord *cowboy beans* met *chiles pasados*. Zijn naam was Álvaro Obregón. Hij kwam uit Chihuahua. Zijn familie was naar het noorden verhuisd om werk te zoeken en was hier terechtgekomen. Met hulp van zijn oom hadden zijn ouders een baan gekregen bij een *maquiladora*, waar ze fruit en groenten verpakten. Hij vond zijn zus een slet, en zijn broer zat de hele dag op zijn gat in plaats van zijn handen uit de mouwen te steken. Zelf had hij werk bij een veeboer. Hij was naar de stad gekomen om wat spullen op te halen die de boer telefonisch had besteld.

'Ik vond het eerst wel vetgaaf hiernaartoe te gaan,' zei hij. 'Ik had wat dingen gelezen over het Amerikaanse Nogales, en er zijn hier een hoop te gekke lui geboren, bijvoorbeeld Charlie Mingus. De muziek van die gast zuigt, maar hij is echt chill, weet je. En wat dacht je van Roger Smith? Zie je het voor je? Ann-Margret krikken! Maar de coolste chick is Movita Castaneda. Wedden dat je daar nooit van hebt gehoord?'

Toen Soraya zei dat ze haar inderdaad niet kende, verscheen er een grijns op zijn gezicht. 'Ze zat in *Flying Down to Rio* en *Mutiny on the Bounty*, maar ik heb haar alleen in *Tower of Terror* gezien.' Hij lepelde het laatste restje bonen op. 'Maar goed, ze is met Marlon Brando getrouwd. Dat was pas een toffe acteur – totdat hij zo vet werd als een olifant in elk geval.'

Hij veegde met de rug van zijn hand zijn mond af en smakte met zijn lippen. 'Maar de lol was er hier gauw af. Ik bedoel, kijk eens om je heen. Wat een gat!'

'Je hebt anders een leuke baan,' merkte Soraya op.

'O ja? Ruilen? Wat een klotejob.'

'Maar je hebt wel vast werk.'

'Een rat verdient meer dan ik.' Hij schonk haar een zuur glimlachje. 'Maar ik kom in elk geval niet om van de honger.'

'En dat brengt ons terug bij mijn oorspronkelijke vraag. Ik wil naar Mexico.'

'Wat heb je daar te zoeken? Mexico is een *fucking* stinkland.'

Soraya glimlachte. 'Wie moet ik daarvoor hebben?'

Álvaro Obregón deed alsof hij uitgebreid over haar vraag moest nadenken, maar Soraya vermoedde dat hij het antwoord al wist. Hij liet zijn blik over het plein glijden. De verlichting was aangegaan en de mensen gingen een hapje eten of begaven zich naar huis na snel nog wat inkopen te hebben gedaan. Het rook naar *refried beans* en andere scherpe en zure ingrediënten die gebruikt werden bij het koken in *norteño*-stijl. Uiteindelijk zei hij: 'Tja, er zijn aan de andere kant van de grens wel wat *polleros*.' Dat waren mensen die je tegen betaling over de grens brachten zonder dat je de douane en de grenspolitie passeerde. 'Er is er eigenlijk maar één die echt goed is, maar je hebt geluk, want hij heeft vanochtend vroeg een migrantengezin uit Mexico gehaald. Hij is nu hier, en ik kan je aan hem voorstellen. Hij heet Contreras, maar ik weet zeker dat hij niet echt zo heet. Ik heb zelf met hem gewerkt.'

Soraya twijfelde niet aan dat laatste. 'Maak maar een afspraak met je *compadre* Contreras.'

'Het gaat wel geld kosten. Honderd Amerikaanse dollar.'

'Dat is pure diefstal. Vijftig.'

'Vijfenzeventig.'

'Zestig. Dat is mijn laatste bod.'

Álvaro Obregón legde zijn hand op tafel met de palm naar boven en Soraya gaf hem een briefje van twintig en een van tien. Het geld verdween zo snel dat het leek alsof het nooit had bestaan.

'De rest bij aflevering,' zei ze.

'Wacht hier,' zei Álvaro Obregón.

'Waarom bel je hem niet, dat scheelt tijd?'

Álvaro Obregón schudde zijn hoofd. 'Geen contact via mobieltjes. Dat zijn de spelregels.' Hij stond rustig op en slenterde vervolgens weg in het trage tempo dat blijkbaar typerend was voor Nogales.

Soraya zat iets meer dan een uur alleen. Ze genoot van de met sterren bezaaide hemel en de vrolijke wijsjes van een lokale *banda* die muziek uit Sinaloa speelde met nogal veel blazers erin. Enkele mannen vroegen haar ten dans, maar ze wees hen beleefd doch resoluut af.

Juist toen het bandje zijn tweede *cumbia* inzette, zag ze Álvaro Obregón tevoorschijn komen uit de schaduw. Hij had een man bij zich, waarschijnlijk Contreras de pollero. Ze schatte hem halverwege de veertig, en hij had een gezicht als een landkaart die te vaak was uitgevouwen en weer opgevouwen. Contreras was lang en mager en had de licht gebogen benen van iemand die al zijn hele leven cowboy was. En net als een cowboy droeg hij een hoed met een brede rand, kachelpijpjeans en een wildwestoverhemd met biezen en parelmoeren drukknopen.

De man en de jongen gingen zitten zonder een woord te zeggen. Van dichtbij had Contreras de zongebleekte ogen van een man die gewend was aan alsem, stof en de verzengende hitte van de woestijn. Zijn huid leek op leer dat te lang was gelooid.

'Volgens de jongen wilt u naar het zuiden.' Contreras sprak tegen haar in het Engels.

'Klopt.' Soraya had eerder dergelijke ogen gezien bij beroepsgokkers. Ze leken door je heen te kijken.

'Wanneer?'

Een man van weinig woorden, dat beviel haar wel. 'Hoe eerder hoe liever.'

Contreras keek omhoog naar de maan, alsof hij een coyote was die op het punt stond ernaar te gaan huilen. 'Wassende maan,' zei hij. 'Vanavond is beter dan morgen, en morgen is beter dan overmorgen. Later...' Hij haalde zijn schouders op alsof hij wilde zeggen dat het dan geen zin meer had.

'Wat kost het?' vroeg ze.

Hij keek haar opnieuw aan zonder een spier te vertrekken. 'U kunt bij mij niet afdingen zoals bij de jongen.'

'Oké.'

'Vijftienhonderd. De helft vooraf.'

'Een kwart. Het restant wanneer ik veilig aan de andere kant ben.'

Rond Contreras' mond speelde even een klein zenuwtrekje. 'Je hebt gelijk, knul, ze is inderdaad een kreng.'

Soraya voelde zich niet beledigd. Ze wist dat het als compliment was bedoeld. Zo praatten deze mensen nu eenmaal, daar kon ze niets aan veranderen, en ze was ook zeker niet van plan om dat te proberen.

Contreras haalde zijn schouders op en maakte aanstalten om op te staan. 'Ik heb u gewaarschuwd.'

'Weet u wat,' zei Soraya, 'ik doe het als u voor mij even naar een foto wilt kijken.'

Contreras bestudeerde haar gezicht en liet zich vervolgens terugzakken in de stoel. Hij stak zijn hand uit, precies zoals Álvaro Obregón had gedaan. De jongen leerde snel.

Soraya bladerde door de foto's op haar mobiele telefoon totdat ze de afbeelding van de beveiligingscamera had gevonden. Ze legde de telefoon in de geopende hand van de pollero. 'Kent u deze man? Het kan zijn dat u hem een dag of negen, tien geleden naar het zuiden heeft gebracht.' Dat had ze opgemaakt uit het verhaal van Álvaro Obregón over de verlaten zwarte Chevrolet die hij in de woestijn had gevonden. Arkadin was buiten de officiële kanalen om naar Mexico gereisd.

Contreras keek niet naar de foto, maar bleef zijn kleurloze ogen op haar gericht houden. 'Ik doe niet aan afdingen,' herhaalde hij. 'Wilt u dat ik u een gunst verleen?'

Soraya aarzelde even, maar knikte vervolgens. 'Ik denk het wel.'

'Ik doe niet aan gunsten.' Hij keek naar de foto. 'Mijn vergoeding is nu tweeduizend dollar.'

Soraya leunde achterover en kruiste haar armen voor haar borst. 'U probeert van me te profiteren.'

'Wat gaat het worden?' zei Contreras. 'Over een minuut is het drieduizend.'

Soraya blies de lucht uit haar longen. 'Oké, oké.'

'Laat eerst de kleur maar eens zien.'

Daarmee bedoelde hij dat hij het geld wilde zien – alles – om ervan verzekerd te zijn dat ze kon betalen. Toen ze naar zijn tevredenheid de biljetten van honderd dollar had uitgeteld, knikte hij.

'Ik heb hem tien dagen geleden over de grens gebracht.'

'Zei hij waar hij naartoe ging?'

Contreras snoof. 'Hij heeft zijn bek niet opengedaan, zelfs niet toen hij me het geld gaf. Maar ik vond het best.'

Soraya speelde haar laatste kaart. 'Waar dénkt u dat hij naartoe is gegaan?'

Contreras hield even zijn hoofd schuin, alsof hij iets rook in de wind. 'Zulke mannen zie je niet in de woestijn, da's een ding wat zeker is. Ik kon zien dat hij een hekel had aan de warmte. En hij zocht zeker geen werk in de maquiladora's in Sonora.

Dit was typisch een eigen baas.' Hij keek haar aan en kneep zijn ogen half dicht. 'Net als u.'

'En wat blijft er dan over?'

'De kust, dame. Zeker weten dat hij naar de kust ging.'

Bourne lag te slapen toen Chrissie belde. Het geluid van zijn mobiele telefoon maakte hem klaarwakker, en het lukte. Hij drukte een duim tegen zijn oog en nam op.

'Adam.'

Hij was direct op zijn hoede door de spanning in dat ene woord, en hij vroeg: 'Wat is er gebeurd?'

'Ik... er is hier iemand die met je wil praten. O, Adam!'

'Chrissie? Chríssie!'

Een stem die hij niet kende, sprak: 'Stone, Bourne, of hoe je jezelf ook wilt noemen – je kunt maar beter meteen deze kant op komen. De vrouw en haar dochter zitten zwaar in de shit.'

Bourne greep de telefoon steviger vast. 'En wie mag jij dan wel zijn?'

'Ik heet Coven. Ik wil dat je meteen hiernaartoe komt.'

'Waar ben je?'

'Ik vertel je waar je moet zijn. Luister goed, want ik herhaal niks.' Coven lepelde een complete waslijst op met snelwegen, A-wegen, bochten en het aantal te rijden kilometers. 'Ik verwacht je hier over negentig minuten.'

Bourne keek naar Moreno, die naar hem gebaarde. 'Ik weet niet of het me lukt om...'

'Dat gaat je prima lukken,' verzekerde Coven hem. 'En zo niet, dan wordt dat een pijnlijke zaak voor het meisje – elk kwartier dat je te laat bent opnieuw. Ben ik duidelijk geweest?'

'Helemaal,' zei Bourne.

'Goed zo. De tijd begint nú te lopen.'

14

Frederick Willard spendeerde acht volle uren op het internet om uit te zoeken wie de eigenaar van de Monition Club was, wat de organisatie deed, waar het geld vandaan kwam en wie de leden waren. Tevergeefs. Hij nam tussendoor drie keer een korte pauze; twee om het toilet te bezoeken en een om een bedroevend slechte Chinese maaltijd naar binnen te werken die hij online had besteld en had laten bezorgen. Overal om hem heen waren arbeiders bezig om de nieuwe kantoren van Tread stone te renoveren, elektronische apparatuur te installeren, speciaal ontworpen geluiddichte deuren te plaatsen en muren te schilderen waarvan een dag tevoren het behang was verwijderd.

Willard had het geduld van een schildpad, maar ten slotte gaf ook hij het op. Hij verliet het pand om een frisse neus te halen en zijn hoofd te verlossen van alle verfdampen en stukadoorskalk. Ondertussen overdacht hij de situatie.

Veertig minuten later was hij terug op kantoor. Nadat hij zijn cv had uitgeprint, ging hij naar huis om te douchen, te scheren en een kostuum met stropdas aan te trekken. Hij poetste zijn schoenen totdat ze glommen. Met het cv opgevouwen in zijn borstzak, reed hij naar de Monition Club. Hij stalde zijn auto in een ondergrondse openbare parkeergarage in de buurt.

Met veerkrachtige tred liep hij de stenen trap op en betrad de indrukwekkende lobby. Achter de hoge receptie in het midden zat dezelfde vrouw als de vorige keer. Hij liep naar haar toe en vroeg naar het hoofd van de afdeling Personeelszaken.

'Wij hebben geen hoofd Personeelszaken,' zei ze zonder ook maar iets van een glimlach op haar gezicht. 'Wat kan ik voor u doen?'

'Ik wil graag iemand spreken die belast is met het aanstellen van personeel,' zei Willard.

De vrouw keek hem even aarzelend aan en zei vervolgens: 'We hebben geen vacatures.'

Willard zette zijn meest zoetgevooisde stem op en glimlachte. 'Toch zou ik u heel erkentelijk zijn als u degene die daarover gaat, zou laten weten dat ik hem – of haar – graag even zou spreken.'

'Dan heb ik wel een cv nodig.'

Willard overhandigde het haar.

De receptioniste wierp er een blik op, glimlachte en zei: 'Uw naam, alstublieft?'

'Frederick Willard.'

'Momentje, meneer Willard.' Ze toetste een intern nummer in en prevelde iets in de microfoon van haar draadloze headset. Nadat ze de verbinding had verbroken, keek ze hem aan en zei: 'Neemt u even plaats, meneer Willard. Er komt zo iemand naar u toe.'

Willard bedankte haar en liep vervolgens naar de bank waar hij met Peter Marks op Oliver Liss had gewacht. De receptioniste ging verder met het beantwoorden van de telefoon en het doorverbinden van gesprekken. Willard vond het een vreemd ouderwets systeem. Het was alsof het personeel van de Monition Club niet over een buitenlijn beschikte.

Het idee intrigeerde hem, en hij begon de vrouw beter te bestuderen. Hoewel ze jong was en er in eerste instantie als een gewone receptioniste uitzag, begon hij al snel de indruk te krijgen dat ze een volledig andere functie had. Zo leek zíj degene die besloten had of hij al dan niet iemand te zien kreeg. Ook leek het alsof ze elk telefoontje natrok.

Na ongeveer een halfuur verscheen een slanke, jonge man via een deur die in eerste instantie een wandpaneel had geleken. Hij droeg een steenkoolgrijs kostuum van klassieke snit. Op zijn stropdas was iets geborduurd wat op een goudstaaf leek. Hij liep rechtstreeks naar de receptioniste, boog zich een stukje naar voren en sprak op zo'n zachte toon tegen haar dat Willard zelfs in de stilte van de lobby niet kon horen wat de man zei of wat de receptioniste antwoordde.

Vervolgens draaide hij zich om en liep met een vrijblijvend glimlachje rond zijn lippen op Willard af.

'Meneer Willard, wilt u mij volgen?'

Hij wachtte niet op antwoord en draaide zich op zijn hakken om.

Willard liep de lobby door. Toen hij langs de receptie liep, zag hij dat de vrouw naar hem keek.

De jonge man loodste hem via de deur een schemerige gang in met houten wandpanelen. Er lag tapijt, en aan de muren hingen schilderijen met middeleeuwse jachttaferelen. Aan weerszijden waren deuren die stuk voor stuk gesloten waren. Willard hoorde absoluut niets aan de andere kant. De kantoren waren ofwel leeg, wat hij betwijfelde, of geluiddicht – opnieuw erg merkwaardig voor een plek waar normaal wordt gewerkt. Als die plek tenminste geen deel uitmaakte van een inlichtingendienst.

Uiteindelijk bleef de man staan voor een deur aan de linkerkant. Hij klopte een keer en opende de deur vervolgens naar binnen.

'De heer Frederick Willard,' kondigde de jonge man op merkwaardig vormelijke wijze aan terwijl hij over de drempel stapte.

Willard, die hem volgde, zag dat hij zich niet in een kantoor bevond, maar in een bibliotheek – een verrassend grote bibliotheek. Tegen drie van de muren stonden boekenkasten die van de grond tot aan het plafond reikten. De vierde muur was een gigantisch venster dat uitkeek op een kleine, maar schitterend ingerichte kloostertuin met in het midden een fontein in Moorse stijl. Het geheel zag eruit als iets uit de zestiende eeuw.

Voor het venster stond een grote eettafel van dik donker hardhout die tot hoogglans was opgewreven. Op regelmatige afstand rond de tafel waren zeven houten stoelen met een hoge rug geplaatst. In een ervan zat een man met ronde schouders, dik haar dat vanaf zijn brede voorhoofd in zilveren vleugels naar achteren was gekamd en een huid met de kleur van honing. Hij las geconcentreerd in een groot dik boek dat opengeslagen voor hem lag. Toen hij opkeek, werd Willard geconfronteerd met twee doordringende blauwe ogen, een grote haviksneus en een kille glimlach.

'Kom binnen, heer Willard,' zei hij zonder dat er iets aan zijn glimlach veranderde. 'We hadden u al verwacht.'

'Ze gebruiken pleziervaartuigen – kapitale jachten,' zei Contreras.

'Om op en neer te varen langs de kust,' zei Soraya.

'Dat is de veiligste manier om goederen die in centraal Mexico van de Colombiaanse kartels worden overgenomen, naar het noorden te vervoeren.'

Het uitspansel boven de woestijn was zo immens en met zoveel sterren bezaaid dat de nacht op sommige plaatsen behangen leek met een ijsblauwe nevelsluier. Een flinterdunne maansikkel hing laag aan de hemel en gaf nauwelijks licht. Contreras keek op zijn horloge; hij kende het rooster van de patrouilles op zijn duimpje.

Ze zaten gehurkt in de schaduw van een enorme bos alsem en een reusachtige cactus. Als ze spraken, was het op nauwelijks hoorbare fluistertoon. Ze volgde het voorbeeld van de pollero zodat haar stem, net als die van hem, de klank had van de droge woestijnwind.

'De man die u zoekt, houdt zich met drugs bezig, geloof mij maar,' zei Contreras. 'Waarom zou iemand als hij anders buiten de grensposten om naar Mexico willen?'

Het was kouder dan ze had verwacht, en ze huiverde.

'Hij moet met iemand hebben afgesproken, anders zou hij regelrecht naar Nogales zijn gegaan, een auto hebben gestolen en in westelijke richting naar de kust zijn gereden.'

Soraya stond op het punt om antwoord te geven toen Contreras een wijsvinger tegen zijn lippen legde. Ze spitste haar oren, en even later hoorde ze wat hij had gehoord: het zachte kraken van schoenzolen in het zand, niet ver van hen vandaan. Toen er een schijnwerper werd ingeschakeld, vertrok Contreras geen spier, wat betekende dat hij het had verwacht. De lichtbundel zwaaide rond in een boog; niet over het gebiedje waar zij zich hadden verscholen, maar verderop, vóór hen, waar de onzichtbare landsgrens zich uitstrekte, desolaat, en verwaaid door de wind. Ze hoorde iemand grommen. Het volgende moment werd het licht uitgeschakeld. Langzaam stierf het geluid van voetstappen weg.

Ze wilde juist gaan verzitten toen Contreras haar tegenhield. Zelfs in het duister onder de sterren kon ze voelen hoe zijn ogen haar dreigend aankeken. Ze hield haar adem in. Een paar seconden later werd opnieuw de verblindende lichtbundel ingeschakeld. Een ander deel van de woestijn verderop werd afgezocht. Even later verscheurden drie geweerschoten de stilte. Op de plek waar de kogels zich in de grond hadden geboord, stegen kleine zandstormpjes op.

Er klonk een kort, gorgelend geluid, wat ook een lach kon zijn geweest. Het licht werd weer gedoofd. Alles was weer stil. Ze hoorde alleen het ruisen van de wind die zijn ronde deed.

Nu kunnen we verder, zeiden Contreras' lippen geluidloos tegen haar.

Ze knikte en volgde hem met verkrampte benen achter de alsem vandaan, waarna ze een boog naar rechts maakten en zich over het vlakke terrein van de Verenigde Staten in een stevig tempo richting Mexico begaven. Er was niets dat de overgang naar het andere land markeerde.

In de verte hoorde ze een coyote huilen, maar ze kon niet zeggen aan welke kant van de grens het dier zich bevond. Even later sprong een prairiehaas opzij, en ze schrok. Haar hart bonkte in haar keel en ze hoorde een vreemd soort zingen in haar oren, alsof haar bloed te snel door haar aderen werd gepompt.

Contreras, die voor haar liep, zette er stevig de pas in. Hij bleef geen moment staan en raakte niet één keer de weg kwijt. Hij wist precies wat hij deed, en ze voelde zich veilig met hem in de buurt. Het was een vreemde en enigszins verwarrende gewaarwording die haar deed denken aan Amun, aan Caïro en aan hun tijd in de Egyptische woestijn. Was het nog maar een paar weken geleden? Het leek alsof ze hem al maanden niet had gezien, en naarmate de tijd verstreek, werden hun sms'jes steeds korter en minder frequent.

De sterren waren inmiddels verdwenen en de nacht was zo donker als de bodem van de oceaan, alsof er over een paar uur geen dageraad zou zijn, geen zon die zou opkomen aan de verre, oostelijke hemel. Er klonk een donderslag, maar het geluid kwam van ver weg, uit een ander land.

Ze liepen lange tijd door een vlak, monotoon landschap dat nauwelijks leven leek te bevatten. Eindelijk zag Soraya de gloed van elektrische verlichting, en niet veel later loodste Contreras haar het Mexicaanse Nogales binnen.

'Ik ga tot hier,' zei de pollero. Hij keek niet naar het licht, maar naar de zwartheid van de oostelijke buitenwijken.

Soraya overhandigde hem de rest van het geld en hij stak het in zijn zak zonder het na te tellen.

'Het Ochoa heeft schone kamers, en het personeel stelt geen vragen.' Vervolgens spuugde hij terloops tussen zijn stoffige cowboylaarzen. 'Ik hoop dat u vindt wat u zoekt,' zei hij.

Ze knikte en zag hem met onbekende bestemming vertrekken in oostelijke richting. Toen de nacht hem had opgeslokt, draaide ze zich om. Ze liep totdat het zand overging in samengepakte grond en vervolgens in straten en trottoirs. Ze vond het Ochoa zonder problemen. Er was een of ander feest gaande dat de hele nacht zou duren. Het centrale plein baadde in licht. Aan de overkant speelde een mariachiband snelle en bijna vals klinkende muziek en overal waren kraampjes waar vers gemaakte taco's en *quesadilla's* werden verkocht. Daartussendoor wandelden en dansten en waggelden de mensen, dronken en vrolijk vloekend naar de muzikanten en naar iedereen die maar wilde luisteren. Soms werd ergens gevochten en steeg geschreeuw op uit de menigte. Een paard hinnikte en snoof en stampte met zijn hoeven.

De lobby van het Ochoa was nagenoeg verlaten. De receptionist, een kleine man met een pezig lichaam en het gezicht van een prairiehond, keek een Mexicaanse soap op een draagbaar tv'tje met slechte ontvangst. Hij ging volledig op in het programma en leek absoluut niet geïnteresseerd in hetgeen buiten zijn bedompte hok gebeurde. Hij keek nauwelijks naar Soraya en overhandigde haar een sleutel nadat ze het tarief voor een nacht had betaald, dat stond aangegeven op een kaart boven zijn hoofd. Hij vroeg niet om haar paspoort of enige vorm van legitimatie. Wat hem betrof, had ze een massamoordenares kunnen zijn.

Haar kamer bevond zich op de tweede verdieping, en, omdat ze een rustig plekje had gevraagd, aan de achterkant. Er was echter geen airconditioning. Ze opende het raam en wierp een blik naar buiten. De kamer keek uit op een smerig steegje en een kale bakstenen muur; de achterkant van een ander gebouw, waarschijnlijk een restaurant, te oordelen naar de lange rij met vuilnisbakken naast de ingang, die alleen werd afgesloten door een hordeur. Een kale fluorescerende lamp wierp een flets, blauw licht op de vuilnisbakken. De schaduwen waren paars, als van kneuzingen. Terwijl ze ernaar keek, werd de hordeur geopend door een man in een vlekkerig schort die op het deksel van een van de vuilnisbakken ging zitten. Hij draaide een joint, stak hem op en inhaleerde met gesloten ogen de rook. Ze hoorde geluiden. Aan het begin van het steegje stond een stelletje te vrijen tegen de muur. De kok, die volledig opging in zijn eigen wereldje, negeerde hen. Misschien hoorde hij hen niet eens.

Ze draaide haar rug naar het raam en liet haar blik door de kamer glijden. Die was, zoals Contreras had gezegd, schoon en netjes. Zelfs de badkamer was in orde. Ze kleedde zich uit en draaide de kraan van de douche open. Zodra het water op temperatuur was, stapte ze in de cabine. Ze genoot van de warmte en spoelde het zweet en het vuil van haar lichaam. Haar spieren begonnen zich langzaam te ontspannen. Hetzelfde gold voor haar geest. Plotseling werd ze overvallen door een golf van vermoeidheid, en ze besefte dat ze uitgeput was. Ze stapte uit de douche en droogde zich af. De dunne, ruwe badstof maakte haar huid rood beneden de lichtbruine tint.

Door de douche was de atmosfeer in de kamer benauwd geworden. Met de handdoek rond haar lichaam liep ze naar het venster in de hoop op wat frisse lucht. Toen zag ze de twee mannen die tegen de muur van het restaurant leunden. In het schijnsel van de fluorescerende lamp zag ze dat een van hen iets controleerde op zijn smartphone. Ze dook weg achter het verschoten gordijn – een fractie van een seconde voordat de tweede man omhoogkeek naar haar raam. Ze kon nog net zijn gezicht zien; donker en gesloten als een vuist. Hij zei iets tegen zijn collega, die vervolgens ook naar haar raam keek.

Het Ochoa was niet langer veilig. Ze liep naar het bed, trok haar vieze kleren aan en haastte zich naar de deur. Toen ze hem opendeed, drongen twee mannen de kamer binnen. De eerste trok haar handen achter haar rug terwijl de andere een lap stof tegen haar mond en neus drukte. Ze probeerde haar adem in te houden en zich vrij te worstelen uit de ijzeren greep, maar ze slaagde er niet in. Het stille, vergeefse gevecht duurde ruim een minuut, maar had alleen tot gevolg dat haar longen zonder zuurstof kwamen te zitten. Uiteindelijk, ondanks haar wilskracht, nam haar autonome zenuwstelsel het over, en ze haalde adem, en nog een keer. Een weerzinwekkende geur drong haar lichaam binnen en ze schreeuwde het uit. Ze kreeg tranen in haar ogen die omlaag stroomden langs haar wangen. Ze probeerde een teug verse lucht binnen te krijgen. Toen daalde de zwartheid over haar neer en verslapte haar lichaam in de armen van haar overweldiger.

Arkadin zag de rugvin door het water snijden. Naar het formaat te oordelen, was het een grote haai; een meter of drie, drieënhalf. Hij bevond zich nu vlak bij het achterschip van de Cigarette. Niet verwonderlijk gezien de hoeveelheid bloed in het water.

Arkadin had zich drie uur met Stepan beziggehouden, en de

man was een bloederig wrak. Hij lag op zijn zij in foetushouding en jammerde onophoudelijk. Bloed liep in roze stroompjes uit duizend snijwonden en vermengde zich met het zeewater op het dek.

Pavel had de ondervraging gadegeslagen – het bloedvergieten en uiteindelijk Stepans geschreeuwde getuigenis dat hij onschuldig was – en toen was het zijn beurt geweest. Hij had verwacht dat Arkadin zijn vissersmes ook op hem zou gebruiken, maar een belangrijk aspect van een ondervraging was de verrassing – de gruwel van het onverwachte.

Arkadin had Pavels voeten aan de lier vastgebonden en hem met het hoofd omlaag vlak buiten het achterschip in zee laten zakken. Hij liet de tijd onder water bij elke onderdompeling langer worden zodat Pavel er bij de zesde of zevende keer van overtuigd was dat hij zou verdrinken. Vervolgens had Arkadin onder beide ogen een snee gemaakt waarna hij Pavel bloedend in het water had laten zakken. Dat was ongeveer een minuut of veertig zo doorgegaan. Toen was de haai verschenen. Pavel moest het dier hebben gezien. Toen El Heraldo hem boven water takelde, zag hij er doodsbang uit.

Arkadin maakte gebruik van Pavels zwakte en beukte uit alle macht drie keer snel achterelkaar tegen zijn borstkas, waarbij hij twee of drie van Pavels ribben brak. Pavel hapte naar lucht, maar ademhalen veroorzaakte ondraaglijke pijnen. El Heraldo gehoorzaamde aan het teken van zijn baas en liet Pavel weer in het water zakken. De haai kwam nieuwsgierig dichterbij.

Pavel raakte in paniek en begon te dansen aan de kabel. De nieuwsgierigheid van de haai nam hierdoor alleen maar toe. Haaien hadden slechte ogen en moesten zich daarom verlaten op hun geur en het bewegen van de prooi. Deze rook naar vers bloed en bewoog zich onbeholpen; blijkbaar was hij gewond. Het dier schoot in de richting van de spartelende man.

Arkadin zag de rugvin plotseling versnellen en tilde zijn arm op; het teken voor El Heraldo om Pavel op te halen. Vlak voordat zijn hoofd en schouders uit het water kwamen, begon Pavels lichaam te sidderen en wild heen en weer te zwaaien – de haai hapte toe. Toen Pavel boven water kwam, slaakte El Heraldo een verstikte kreet. Hij trok zijn pistool, boog zich over de achtersteven van de Cigarette en schoot het magazijn leeg in het reusachtige dier.

Het water kolkte woest en kleurde zwart met het bloed van de haai. Arkadin begaf zich naar de lier, draaide hem en liet de schreeuwende en huilende Pavel op het dek zakken. Arkadin liet El Heraldo zijn pleziertje. Sinds hij drie jaar eerder zijn jongere broer had verloren aan een tijgerhaai, kreeg El Heraldo een moordzuchtige blik in zijn ogen zodra hij een rugvin zag. El Heraldo had dit gruwelijke stukje familiegeschiedenis onthuld op een avond dat hij erg dronken en somber was.

Arkadin keek naar Pavel. Wat door de herhaalde bijna-verdrinkingen in gang was gezet, had de haai afgemaakt. Pavel zag er niet uit. De haai had een hap uit zijn linkerschouder en -wang genomen. Hij bloedde als een rund, maar dat was niet het ergste. Hij was volkomen getraumatiseerd door de aanval van de haai. Zijn ogen hadden een starende blik en puilden bijna uit de kassen. Ze schoten van links naar rechts, maar keken naar niets. Zijn tanden klapperden oncontroleerbaar en hij verspreidde de stank van ontlasting.

Arkadin, die dit alles negeerde, ging op zijn hurken naast zijn kapitein zitten, legde een hand op zijn hoofd en zei: 'Pavel Mikhailovitsj, mijn beste vriend, we zitten met een groot probleem dat moet worden opgelost. En alleen jij kunt dat. Ofwel Stepan, ofwel jij hebt informatie doorgesluisd aan iemand buiten onze organisatie. Stepan zweert dat hij het niet is geweest, en ik ben bang dat alleen jij als schuldige overblijft.'

Pavel, die huilde en gilde van pijn en angst, reageerde niet, totdat Arkadin de achterkant van zijn hoofd van het dek trok.

'Verman je, Pavel Mikhailovitsj! Concentreer je! Je leven hangt aan een zijden draadje.' Toen Pavels blik op hem bleef rusten, glimlachte Arkadin, en hij streelde zijn haar. 'Ik weet dat je pijn hebt, vriend – je bloedt godverdomme als een varken dat net is geslacht! Maar dat is allemaal zo achter de rug.

El Heraldo lapt je op voordat je het weet. Hij is een meester, geloof mij maar.

Oké, Pavel Mikhailovitsj, we doen het als volgt. Jij vertelt me voor wie je werkt, welke informatie je hebt doorgespeeld, kortom, alles, en dan lappen we je op. Dan ben je weer zo goed als nieuw. Sterker nog, ik laat lekken dat Stepan de mol was. Dan kan je opdrachtgever zich weer ontspannen en kun jij gewoon verder met het doorspelen van informatie – met dien verstande dat je alleen de informatie doorspeelt die ik je geef. Nou? Hoe klinkt dat? Afgesproken?'

Pavel kreunde, en vervolgens knikte hij. Het was duidelijk dat hij nog niet durfde te praten.

'Goed zo.' Arkadin keek naar El Heraldo. 'Ben jij uitgespeeld?'

'Die smeerlap is dood.' El Heraldo spuwde met enige voldoening in het water. 'En nu komen zijn vriendjes zich aan hem te goed doen.'

Arkadin wierp een blik op Pavel en dacht: *Net als bij deze smeerlap.*

De man met de indringende blauwe ogen maakte een gebaar. 'Gaat u zitten, meneer Willard. Kan ik u iets te drinken aanbieden?'

'Ik lust wel een glas whisky,' zei Willard.

De jonge man die Willard had begeleid, verdween. Even later kwam hij terug met een dienblad met daarop een ouderwets glas met whisky, een tumbler met water en een met ijs.

Het was alsof iemand anders op Willards benen liep, een stoel naar achteren trok en aan tafel plaatsnam. De jonge man zette de drie glazen voor Willard neer, liep de bibliotheek uit en sloot de deur geruisloos achter zich.

'Ik begrijp niet hoe u mij kunt verwachten,' zei Willard. Maar toen herinnerde hij zich dat hij urenlang het internet had afgezocht op zoek naar informatie over de Monition Club. 'Het IP-adres van mijn computer is beveiligd.'

'Niets is beveiligd.' De man pakte het boek vast, draaide het om en schoof het naar Willard. 'Vertelt u mij eens; wat is dit volgens u?'

Willard zag een illustratie die uit letters en merkwaardige symbolen bestond. Hij herkende de Latijnse karakters, maar de andere zeiden hem niets. Plotseling voelde hij een rilling langs zijn ruggengraat lopen. Als hij zich niet vergiste, kwamen deze letters overeen met de inscriptie op de foto's die Oliver Liss hem en Peter Marks had laten zien.

Hij keek op in de elektriserende blauwe ogen en zei: 'Ik zou niet weten wat dit was.'

'Vertel eens, meneer Willard; hoe is uw kennis van de geschiedenis?'

'Vrij goed.'

'Dan kent u ongetwijfeld het verhaal van koning Salomo.'

Willard haalde zijn schouders op. 'Beter dan de meeste mensen, denk ik.'

De man tegenover hem leunde achterover en vouwde zijn handen over zijn slanke buik. 'Het leven van Salomo en de periode waarin hij leefde, zijn gehuld in mythes en legenden. Net als bij de Bijbel is het vaak moeilijk, zo niet onmogelijk om waarheid en fictie van elkaar te onderscheiden. Waarom? Omdat zijn volgelingen er belang bij hadden dat de waarheid werd versluierd. Rond de geheime bewaarplaats van Salomo's goud doen de meest bizarre verhalen de ronde. Het zou om zulke reusachtige hoeveelheden gaan dat ze het voorstellingsvermogen ver overstijgen. Tegenwoordig worden de verhalen stelselmatig door historici en archeologen genegeerd en worden ze afgedaan met argumenten als schromelijk overdreven of pure onzin. Waar zou al dat goud bijvoorbeeld vandaan zijn gekomen? Uit Salomo's legendarische mijnen? Zelfs als de koning tienduizend slaven had gehad, zou hij in zijn korte leven onmogelijk zo'n immense hoeveelheid hebben kunnen vergaren. Tegenwoordig wordt er dus van uitgegaan dat het goud van koning Salomo nooit heeft bestaan.'

Hij boog zich naar voren en tikte met zijn gebogen wijsvinger op de illustratie. 'Maar deze reeks van letters en symbolen vertelt een heel ander verhaal. Het is een aanwijzing – of eigenlijk veel meer dan een aanwijzing. Het is een sleutel die degenen die willen luisteren vertelt dat het goud van koning Salomo echt bestaat.'

Willard moest onwillekeurig grinniken.

'Heb ik soms iets grappigs gezegd?'

'Neem me niet kwalijk, maar ik kan dit dramatische gebazel moeilijk serieus nemen.'

'Tja, het staat u vrij te vertrekken. Nu meteen, als u wilt.'

De man schoof het geopende boek terug naar zijn kant van de tafel, maar Willard stak een hand uit en hield hem tegen.

'Ik zou eigenlijk liever blijven.' Willard schraapte zijn keel. 'U had het over waarheid en fictie.' Hij zweeg even. 'Misschien zou het helpen als u uw naam zou zeggen.'

'Benjamin El-Arian. Ik ben een van een handvol inwonende wetenschappers die de Monition Club in dienst heeft om te bestuderen hoe de antieke geschiedenis van invloed is op het heden.'

'Nogmaals, neem me niet kwalijk, maar ik geloof voor geen meter dat ik zomaar ben uitgenodigd voor een sollicitatiegesprek met een of andere wetenschapper nadat ik acht uur op het internet heb gezocht naar informatie over de Monition Club. Nee, meneer El-Arian, u bent misschien wel een wetenschapper, maar dat kan onmogelijk het hele verhaal zijn.'

El-Arian bestudeerde hem een tijdje. 'Volgens mij, meneer Willard, bent u veel te verstandig en te opmerkzaam om ook maar iets van wat ik zeg amusant te vinden.' Hij trok het boek naar zich toe en sloeg de pagina om. 'En laten we niet vergeten dat u degene bent die naar ons is gekomen, waarschijnlijk met het doel om informatie los te krijgen.' Zijn ogen lichtten op en straalden even iets van vrolijkheid uit. 'Of was u van plan hier te solliciteren met het doel ons te infiltreren, zoals u bij de NSA heeft gedaan?'

'Het verbaast me dat u dat weet. Die informatie ligt niet bepaald op straat.'

'Meneer Willard,' zei El-Arian, 'er is niets over u dat we niet weten. Inclusief uw rol in Treadstone.'

Ah, daar komt de aap uit de mouw, dacht Willard. Hij zweeg, en zijn gezichtsuitdrukking was volkomen neutraal, maar hij bestudeerde Benjamin El-Arian alsof die een spin was in het hart van zijn web.

'Ik weet dat Treadstone voor u een heet hangijzer is,' zei El-Arian, 'dus ik zal u vertellen wat ik weet. Aarzel niet me te corrigeren als ik dingen zeg die niet kloppen. Treadstone is opgericht door Alexander Conklin als onderdeel van de Central Intelligence. Zijn geesteskind heeft maar twee producten opgeleverd: Leonid Danilovitsj Arkadin en Jason Bourne. U heeft Treadstone nieuw leven ingeblazen onder de hoge bescherming van Oliver Liss, maar Liss terroriseert u inmiddels nog erger dan de CI uw voorganger het leven zuur maakte.' Hij zweeg even om Willard tijd te geven hem te corrigeren of tegenwerpingen te maken. Toen zijn gast bleef zwijgen, knikte hij. 'Maar goed, dat is alleen een inleidend verhaaltje.' Hij tikte opnieuw op het geopende boek. 'Aangezien Liss u opdracht heeft gegeven de gouden ring met deze inscriptie te zoeken, is het voor u misschien interessant om te weten dat Liss niet als onafhankelijke entiteit opereert.'

Willard verstijfde. 'Voor wie werk ik dan precies?'

El-Arians glimlach had een sardonisch randje. 'Tja, dat ligt nogal ingewikkeld, zoals alles in deze zaak. De man die het project financiert en de informatie heeft geleverd, is Jalal Essai.'

'Nooit van gehoord.'

'Dat is ook niet de bedoeling. Jalal Essai beweegt zich niet binnen uw kringen. Sterker nog; Essai doet net als ik zijn best om te voorkomen dat mensen als u erachter komen wie hij is. Hij is lid van de Monition Club – of liever gezegd, dat was hij. Een paar jaar geleden is deze specifieke ring verdwenen. Het is de enige in zijn soort, en de reden daarvoor zal ik u zo direct duidelijk maken.'

El-Arian stond op, liep naar een van de boekenkasten en drukte op een verborgen knop. Een deel van de kast zwaaide naar buiten en onthulde een theeservies dat bestond uit een geciseleerde koperen pot, een schaal met minuscule, met poedersuiker bestoven cakejes en zes glazen die even smal waren als een shotglas, maar drie keer zo hoog. Hij plaatste alles op een dienblad en nam dat mee terug naar de tafel.

Hij schonk op plechtige wijze thee voor hen in en gebaarde vervolgens naar de cakejes om aan te geven dat Willard zichzelf mocht bedienen. Hij ging zitten en nipte genoeglijk van zijn glas dat, zo ontdekte Willard, zoete muntthee bevatte; een typisch Marokkaans drankje.

'Goed, terug naar ons gesprek.' El-Arian pakte een cakeje en stak het in zijn mond. 'De inscriptie in de ring zegt ons het volgende: het goud van koning Salomo is geen fictie. De inscriptie bevat specifieke Oegaritische symbolen. Salomo had een groep zieners in dienst. Deze zieners, of in elk geval sommigen van hen, waren bedreven alchemisten. Ze hadden ontdekt dat door het op een bepaalde manier declameren van Oegaritische woorden en zinsneden in combinatie met wetenschappelijke procedures die ze hadden ontwikkeld, lood in goud kon worden veranderd.'

Willard keek El-Arian verbijsterd aan. Hij wist niet of hij moest lachen of huilen. 'Lood in goud?' zei hij ten slotte. 'Letterlijk?'

'Letterlijk.' El-Arian liet een tweede cakeje in zijn mond verdwijnen. 'En dat is het antwoord op het schijnbaar onoplosbare mysterie dat ik zojuist noemde, namelijk hoe Salomo in zo'n kort leven zoveel goud wist te verzamelen.'

Willard ging verzitten. 'Is dat wat jullie hier doen? Sprookjes najagen?'

El-Arian produceerde opnieuw een mysterieuze glimlach. 'Zoals ik al zei, het staat u vrij om te vertrekken wanneer u wilt. Maar ik zie het u nog niet doen.'

Willard stond op, uit pure chagrijnigheid. 'Wat weet u daarvan?'

'Omdat u het idee – ook al bent u nog niet overtuigd – eenvoudig te fascinerend vindt.'

Willard toonde zijn eigen mysterieuze glimlach. 'Zelfs als het een sprookje is.'

El-Arian schoof zijn stoel naar achteren en liep naar de boekenkast waar hij de thee en de cakejes had gehaald. Hij reikte in de schaduw en haalde iets tevoorschijn dat hij mee terugnam en voor Willard op tafel legde.

Willard bleef El-Arian even aankijken en liet vervolgens zijn blik naar het tafelblad gaan. Voor hem lag een gouden munt. Hij zag er antiek uit en bevatte een afdruk van een pentagram. In de lege ruimte tussen de punten waren de karakters GRAM, MA, TUM, TL, TRA gegraveerd. Het symbool in het midden van de ster was zo versleten dat het onleesbaar was.

'Dat pentagram is het symbool van koning Salomo, hoewel verschillende bronnen het afbeelden als een ster met zes punten, een kruis met Hebreeuwse letters en zelfs een Keltische knoop. Maar in de ring die hij altijd droeg, en die magische krachten zou bezitten, was het pentagram gegraveerd. Er wordt gezegd dat hij er demonen mee kon strikken en met dieren kon spreken.'

Willard lachte. 'U gelooft dat soort flauwekul toch niet?'

'Natuurlijk niet,' zei El-Arian. 'Maar het staat wel vast dat deze gouden munt afkomstig is uit de schat van Salomo.'

'Ik zie niet in hoe u daar zo zeker van kunt zijn,' zei Willard. 'Er bestaat geen expert die zoiets kan verifiëren.'

El-Arians mysterieuze glimlach keerde terug. 'We hebben wel de ouderdom kunnen vaststellen. Maar nog veel belangrijker is het andere feit dat we hebben ontdekt,' zei hij. 'Draai de munt eens om.'

Tot Willards verbijstering zag de achterkant er volkomen anders uit.

'U ziet het, deze kant is niet van goud,' zei El-Arian. 'Hij is gemaakt van lood; het oorspronkelijke metaal van voor het moment van de transformatie in goud.'

15

Moira vertrok in de vroege ochtend uit Guadalajara. Ze bevond zich in het hart van het blauwe agaveland in de Mexicaanse staat Jalisco. De hemel was reusachtig, en in het scherpe azuur waren slechts enkele wolken geschilderd. De zon was verzengend en de ochtend werd al snel heet. Rond het middaguur moest ze de ramen sluiten en de airconditioning aanzetten. Haar mobiele telefoon had regelmatig geen bereik, en zonder haar gps was het lastig Amatitán te vinden.

Ze gebruikte de tijd om haar gesprek met Roberto Corellos in het juiste perspectief te plaatsen. Waarom had hij haar verteld dat hij Berengária had gekozen om de zaak van haar broer over te nemen? Waarom zou hij in vredesnaam een vrouw zijn levensonderhoud toevertrouwen? Moira had veel mannen als Corellos ontmoet, en geen van hen had verlichte opvattingen over vrouwen gehad. Neuken, koken en kinderen krijgen – dat was het enige waar vrouwen goed voor waren.

Ze dacht urenlang over deze vragen na, totdat ze uiteindelijk Amatitán zag liggen. Corellos had een enorme behoefte aan wraak. Voor een zo heetgebakerde man met zijn temperament was wraak een erezaak. Zijn neef bedriegen was voor hem niet genoeg. Het lag voor de hand dat Corellos Narsico wilde verstrikken in het soort van leven dat zijn neef zo wanhopig achter zich had proberen te laten. Dát was wraak.

Als Berengária inderdaad de erfgename was van het drugskartel, dan lag het voor de hand dat de zaken achter de schermen door een man zouden worden gerund. Maar wie? Corellos zou het haar niet vertellen. Ze had bovendien niets dat hij wilde, afgezien misschien van haar lichaam, maar ze was niet van plan om dat onderdeel van de onderhandelingen te maken. Berengária was een heel ander verhaal. Ze mocht dan een piranha zijn, maar Moira had al eerder met piranha's te maken gehad. Wat vooral haar argwaan had gewekt, was dat Corellos zich geen zorgen had gemaakt over het feit dat de dief van de laptop nu toegang had tot Gustavo's klantenbestand. Daarvoor kon maar één reden zijn: Corellos deed al zaken met hem.

Aan weerszijden passeerden eindeloze velden met blauwe agaven. Arbeiders zwoegden in het veld, zwetend en kreunend van inspanning. De estancia van Skydel was even verderop.

Als Essais laptop – de computer die van Gustavo Moreno was gestolen – de lijst met klanten van de drugsbaron bevatte, en daar was ze inmiddels van overtuigd, moest er nog iets anders op te vinden zijn dat van groot belang was voor haar werkgever, en ze durfde er vergif op in te nemen dat het niets te maken had met zijn familiegeschiedenis, zoals hij beweerde. Waarom had Essai dan tegen haar gelogen? Wat verborg hij?

'Oliver Liss heeft tegen u gelogen vanaf de eerste dag dat hij u heeft ontmoet,' zei Benjamin El-Arian.

'Ik verwacht van iedereen dat hij tegen me liegt,' zei Willard. 'Dat is een onvermijdelijk bijverschijnsel van het leven dat ik leid.'

De twee mannen liepen in de Moorse kloostertuin buiten de bibliotheek van de Monition Club. Hier werden ze beschut tegen de wind. De zon, die hoog aan de hemel stond, drapeerde zijn warmte over hun schouders.

'Dus u heeft daar vrede mee?'

'Natuurlijk niet.' Willard haalde diep adem. In de kloostertuin was een plant of kruid dat hij prettig vond ruiken en dat hem vertrouwd voorkwam. 'Mijn leven is een gevecht. Ik zeef de leugens. Ik heb mezelf getraind om er voorbij te kijken. En dan handel ik dienovereenkomstig.'

'U weet toch dat Oliver Liss absoluut niet van plan is om u Treadstone naar eigen inzicht te laten besturen?'

'Natuurlijk, maar ik had iemand nodig om Treadstone weer van de grond te krijgen. Er is absoluut geen overlap tussen zijn agenda en de mijne. Maar het was Liss of niemand.'

'En nu is er dus iemand anders,' zei El-Arian. 'Liss werkt voor Jalal Essai. Zoals gezegd. Hij was lid van de Monition Club. Momenteel werkt hij voor zichzelf.'

'Waarom zou hij dat doen?' vroeg Willard.

'Dezelfde reden die u ervan weerhield de bibliotheek uit te lopen.'

'Het goud van koning Salomo?'

El-Arian knikte. 'Zodra hij ontdekte dat de ring van Salomo niet verloren was gegaan, besloot hij dat hij het goud voor zichzelf wilde.'

Willard bleef staan en draaide zich half om naar El-Arian. 'Over hoeveel goud hebben we het hier eigenlijk?'

'Het is lastig om dat met enige zekerheid te zeggen, maar als ik een schatting moest maken, zou ik een bedrag tussen de vijftig en honderd miljard dollar noemen.'

Willard floot zachtjes. 'Dat is genoeg om een compleet leger te kopen.' Vervolgens krabde hij aan de zijkant van zijn hoofd. 'Wat ik niet begrijp is waarom u me dit allemaal vertelt.'

'Bourne heeft Salomo's ring,' zei El-Arian. 'En de andere Treadstoneman, Leonid Arkadin, is in het bezit van een bepaalde laptop. Een paar jaar geleden kreeg Bourne van Alex Conklin opdracht die laptop van Jalal Essai te stelen. Dat heeft hij gedaan, maar om redenen die we niet kennen, heeft hij hem nooit bij zijn baas afgeleverd. We hebben er jaren vergeefs naar gezocht. Het was alsof het ding compleet van de aardbodem was verdwenen. Maar toen kregen we via een agent bericht van een van onze mollen dat Arkadin de gestolen laptop had. U vraagt zich natuurlijk af hoe hij eraan was gekomen? Dat zit zo. Een Colombiaanse drugsbaron genaamd Gustavo Moreno is ongeveer een maand geleden omgekomen bij een overval, maar de laptop met zijn uitgebreide klantenbestand is niet in zijn compound aangetroffen. Arkadin heeft het ding op een of andere manier laten verdwijnen, en nu is hij bezig Moreno's business over te nemen.'

'Hebben we het over dezelfde laptop? Die van Jalal Essai is gestolen?'

'Ja.'

'Hoe is dat ding in godsnaam bij Gustavo Moreno terechtgekomen?'

El-Arian haalde zijn schouders op. 'Dat mysterie moet nog worden opgelost.'

Willard dacht hier even over na. 'Jullie lijken me niet geïnteresseerd in een lijst met drugsdealers,' zei hij. 'Wat is er zo bijzonder aan die laptop?'

'De harde schijf bevat een verborgen bestand met de sleutel tot het goud van koning Salomo.'

Willard leek verbijsterd. 'U gaat me toch niet vertellen dat Arkadin weet waar het goud is?'

El-Arian schudde zijn hoofd. 'Ik betwijfel of Arkadin op de hoogte is van het bestaan van het verborgen bestand. Zoals ik al zei; hij heeft de laptop gestolen vanwege Moreno's klantenlijst. Maar zelfs als hij wél van het bestand weet, kan hij er niet bij. Het is beveiligd.'

'Niets is beveiligd,' zei Willard. 'Dat heeft u net zelf tegen me gezegd.'

'Behalve dit bestand. Er is geen *decryptie*-programma of computer op aarde waarmee het ontsloten kan worden. Er is maar één manier om het bestand te lezen. De laptop heeft een speciale lezer. Als je Salomo's ring erin plaatst, wordt de inscriptie aan de binnenkant gelezen en kan het bestand worden geopend.'

'Dus Essai had de laptop,' zei Willard. 'En hoe zat het met de ring?'

'Jalal Essai had ze allebei.'

'Dat begrijp ik niet. Waarom is hij dan niet zelf achter het goud van Salomo aangegaan?'

'Omdat hij, zelfs als hij erin was geslaagd het bestand te openen, niets had kunnen doen.' El-Arian, die van het zonlicht in de schaduw stapte, leek zowel qua grootte als aanwezigheid van omvang te veranderen; alsof er twee van hem waren die niet exact met elkaar gesynchroniseerd waren. 'Het bestand mist een deel van de instructies.'

'En Essai heeft die instructies niet.'

'Precies.'

'Wie dan wel?' vroeg Willard.

'Ze bevinden zich in een speciaal beveiligd vertrek in een huis in Tineghir, een stad in het Marokkaanse Atlasgebergte.'

Willard schudde zijn hoofd. 'Ik weet dat het makkelijk is dat achteraf te vragen, maar waarom had Essai het beheer over de ring en de laptop?'

'Zijn familie is de oudste en meest religieuze. Ze vonden dat hij de beste keus was.'

Er volgde een korte stilte waarin beide mannen de misrekening betreurden.

'Wat ik nog steeds niet begrijp is waarom dit *nu* allemaal gebeurt. Er moet een moment zijn geweest waarop jullie zowel de ring als de laptop in bezit hadden. Waarom hebben jullie het goud toen niet opgehaald?'

'Dat hadden we zeker gedaan,' zei El-Arian, 'maar het was onmogelijk. We misten dat deel van de instructies. Na decennia te hebben gezocht, werd de volledige set bij toeval ontdekt nadat door een aardbeving in Iran een schat aan archeologische informatie was blootgelegd. Een belangrijk deel ervan was afkomstig uit de grote Bibliotheek van Alexandrië van vóór de eerste brand. Een perkamentrol bevatte informatie over het hof van koning Salomo.'

'En die kwam aan het licht nadat de ring was verdwenen en de laptop was gestolen.'

'Precies.' El-Arian spreidde zijn handen. 'Nu weet u hoe uw agenda en die van ons samenvallen. U wilt Bourne en Arkadin samenbrengen om definitief te bepalen wie de ultieme krijger is. Wij willen de ring van Salomo en de laptop.'

'Neem me niet kwalijk, maar ik zie het verband niet.'

'Wij hebben tevergeefs geprobeerd Arkadin de laptop afhandig te maken. Ik ben elke man kwijtgeraakt die ik op hem af heb gestuurd en ik heb geen zin meer om mensen die ik persoonlijk ken de dood in te jagen. Ik weet bovendien dat de CI al jaren probeert Bourne uit de weg te ruimen – ook zonder succes. We krijgen alleen wat we willen als we deze mannen samenbrengen.'

'De kans is groot dat Bourne de ring van Salomo bij zich heeft, maar hoe zit dat met Arkadin en de laptop?'

'Hij verliest hem tegenwoordig geen seconde uit het oog.'

Ze liepen verder, rond de centrale fontein, waar een roodborstje water dronk en zenuwachtig in hun richting keek.

'Als ik Oliver Liss al niet geloofde,' zei Willard, 'waarom zou ik ú dan geloven?'

'Ik verwacht niet dat u mij gelooft,' zei El-Arian. 'Maar om te demonstreren dat ik oprecht ben, stel ik u het volgende voor: u helpt mij Bourne en Arkadin bij elkaar te krijgen – iets wat u sowieso wilt –, dan zorg ik ervoor dat Oliver Liss u niet meer lastigvalt.'

'Hoe was u van plan dat voor elkaar te krijgen? Liss is een man met veel macht.'

'Gelooft u mij maar, meneer Willard; Liss weet niet wat macht is.' Benjamin El-Arian draaide zich naar hem toe. Het zonlicht viel op zijn ogen, die leken te vonken als een startende motor. 'Hij verdwijnt uit uw leven.'

Willard schudde zijn hoofd. 'Ik ben bang dat beloften niet voldoende zijn. Ik wil de helft vooraf en de rest wanneer ik Bourne en Arkadin bij elkaar heb.'

El-Arian spreidde zijn handen. 'We hebben het over een man, niet over geld.'

'Dat is uw probleem,' zei Willard. 'Ik breng het balletje aan het rollen zodra u uw woorden in daden omzet – maar geen moment eerder.'

'Tja.' El-Arian glimlachte. 'Dan zal ik maar eens aan de slag moeten om voor de heer Liss een verandering van omgeving te organiseren.'

De haciënda van Skydel lag in het hart van de uitgestrekte estancia. Hij was gebouwd in Spaans koloniale stijl met witgepleisterde muren, bewerkte houten rolluiken, smeedijzeren traliewerk en golvende terracotta dakpannen. Nadat Moira had aangeklopt, werd de deur geopend door een vrouw in het uniform van een huishoudster. Ze escorteerde haar, nadat ze zich had voorgesteld, via een foyer met terrazzovloer en een grote koele woonkamer naar een patio met tegels van natuursteen die uitkeek op een tennisbaan, een uitgestrekte tuin en een zwembad waar een vrouw – waarschijnlijk Berengária Moreno – baantjes aan het trekken was. Naar alle kanten strekten zich de velden met de alomtegenwoordige blauwe agave uit.

De zware geur van ouderwetse rozen kwam haar tegemoet toen de huishoudster haar voorging naar een man aan een tafel van glas en smeedijzer, beladen met voedsel op schaaltjes van Mexicaanse vuurvaste klei en kannen met rode en witte sangria, gevuld met schijfjes vers fruit.

De man stond op toen hij haar zag naderen, en er verscheen een brede glimlach op zijn gezicht. Hij droeg een korte badstoffen kamerjas en een zwembroek tot over zijn knieën. Zijn lichaam was slank en behaard.

'Barbara!' riep hij over zijn schouder. 'Onze gast is er!'

Hij stak zijn hand uit en pakte die van Moira vast. 'Middag, señorita Trevor. Narsico Skydel. Aangenaam kennis te maken.'

'Het genoegen is geheel aan mij,' zei Moira.

Skydel gebaarde naar de stoelen. 'Doe alsof u thuis bent.'

'Dank u.' Moira koos een stoel bij hem in de buurt.

'Wit of rood?'

'Wit, graag.'

Hij schonk twee glazen witte sangria in, overhandigde haar er een en ging vervolgens zitten. 'U zult wel honger hebben na zo'n lange reis.' Hij wees op het voedsel. 'Ga gerust uw gang.'

Tegen de tijd dat ze een bordje had gevuld, had Berengária Moreno – die hier Barbara Skydel werd genoemd – haar baantjes achter de rug. Ze droogde zich af en liep via het stenen pad naar de patio. Barbara was een lange, slanke vrouw. Ze had haar natte haar uit haar knappe gezicht gehaald en droeg het in een staart. Moira stelde zich haar voor met Roberto Corellos terwijl ze haar man bedroog. Barbara had inmiddels de patio bereikt en liep blootsvoets op hen af. Haar hand voelde koel, stevig en zakelijk aan.

'Volgens Narsico's agent schrijft u een stuk over tequila, klopt dat?' Haar stem was laag voor een vrouw, en erg helder van klank, alsof ze op jeugdige leeftijd had leren zingen.

'Dat klopt.' Moira nipte van haar sangria.

Narsico begon met zijn introductiepraatje en vertelde dat tequila was gemaakt van de *piña*, het hart van de agave.

Barbara onderbrak hem. 'Wat voor soort verhaal schrijft u?' Ze ging tegenover hen zitten, aan de andere kant van de tafel, wat Moira veelbetekenend vond. Het zou meer voor de hand liggen om tijdens een interview naast je echtgenoot te gaan zitten.

'Het wordt een verhaal vanuit een sociologisch perspectief. De oorsprong van tequila, wat het betekend heeft voor de Mexicanen, dat soort dingen.'

'Dat soort dingen,' echode Barbara. 'Om te beginnen is tequila helemaal geen Mexicaanse drank.'

'Maar de Mexicanen kenden de agave al wel.'

'Natuurlijk.' Barbara Skydel pakte een bordje en vulde het met hapjes van verschillende schalen. 'De piña werd al eeuwenlang gekookt en als snoep verkocht. Toen vielen de Spanjaarden binnen. Het waren de Spaanse franciscaners die zich in deze vruchtbare vallei vestigden en in 1530 de stad Santiago de Tequila stichtten. En het waren de franciscaners die op het idee kwamen om uit de suikers van de piña's een sterke likeur te distilleren.'

'En zo,' zei Moira, 'was de agave het zoveelste aspect van de Mexicaanse cultuur dat de conquistadores zich toe-eigenden en veranderden.'

'Eigenlijk is het nog veel erger.' Barbara likte haar vingers af, wat Moira aan Roberto Corellos deed denken. 'De conquistadores hielden het bij het vermoorden van Mexicanen. Maar de franciscaners, die met hen mee zijn gereisd, hebben de Mexicaanse manier van leven afgebroken en vervangen door de wrede Spaanse versie van het katholicisme. Vanuit etnisch oogpunt bezien, was het de Spaanse kerk die de Mexicaanse cultuur kapot heeft gemaakt.' Ze glimlachte breeduit. 'De conquistadores waren gewoon soldaten die het op het Mexicaanse goud hadden voorzien. De franciscaners waren de soldaten van God; het was hen om de Mexicaanse ziel te doen.'

Terwijl Barbara zichzelf een glas bloedrode sangria inschonk, schraapte Narsico zijn keel. 'Zoals u ziet, is mijn vrouw tegenwoordig een verwoed pleitbezorgster van de Mexicaanse manier van leven.'

Hij leek door de discussie in verlegenheid gebracht, alsof hij vond dat zijn vrouw slechte manieren had getoond. Moira vroeg zich af hoe lang Barbara's overtuigingen al voor spanningen zorgden tussen het tweetal. Was hij het niet met haar eens, of vond hij dat haar uitgesproken mening op dit punt slechte reclame was voor zijn bedrijf, wat ten slotte volledig afhankelijk was van de consument?

'Was u dan niet altijd die mening toegedaan, señora Skydel?'

'Ik ben opgegroeid in Colombia. Ik kende alleen de strijd van mijn volk tegen onze dictators en de fascistische legers.'

Narsico slaakte een theatrale zucht. 'Mexico heeft haar veranderd.'

Moira hoorde een vleugje verbittering in zijn stem. Ze bestudeerde Barbara terwijl ze at; een elementaire handeling die vaak meer over mensen onthulde dan ze beseften. Barbara at snel en strijdlustig, alsof ze haar voedsel moest verdedigen, en Moira vroeg zich af hoe haar jeugd was geweest. Als enige meisje was haar waarschijnlijk, net als haar moeder, als laatste de maaltijd opgediend. Ze concentreerde zich ook volledig op het eten, en Moira had de indruk dat het een sensuele ervaring voor de vrouw was. Ze keek met plezier naar de manier waarop deze vrouw at, ze vond het vertederend, en ze dacht opnieuw aan Corellos' omschrijving van haar als een piranha.

Op dat moment ging Narsico's mobiele telefoon over. Hij

nam op, kwam overeind en excuseerde zich. Moira merkte dat Barbara hem negeerde toen hij de haciënda binnenliep.

'Zoals u ziet,' zei Barbara, 'zijn er verschillende manieren om dit verhaal te vertellen.' Ze had een erg directe manier van spreken en naar je kijken wanneer ze iets zei. 'Ik zou graag invloed uitoefenen op de manier waarop u het vertelt.'

'Dat heeft u al gedaan.'

Barbara knikte. Ze was een van die begenadigde vrouwen met een prachtige botstructuur, een gladde huid en een strak, atletisch lichaam – stuk voor stuk eigenschappen die een natuurlijke weerstand boden tegen het verstrijken van de tijd. Het was onmogelijk om haar leeftijd te raden. Te oordelen naar haar manier van doen, schatte Moira haar net veertig, maar ze zag er zeker een jaar of vijf, zes jonger uit.

'Waar komt u vandaan?'

'Ik kom toevallig net uit Bogotá,' zei Moira. Ze wist dat ze een risico nam, maar er was geen tijd om iets voor te bereiden, en ze wilde gebruikmaken van Narsico's afwezigheid. 'Ik heb met Roberto Corellos gesproken, Narsico's neef.' Ze bestudeerde zorgvuldig het gezicht van de andere vrouw. 'En toevallig een oude vriend van u.'

Er gleed iets donkers en kils over het gezicht van Berengária Moreno. 'Ik zou niet weten wat u bedoelt. Ik heb Corellos nog nooit gesproken,' zei ze koeltjes.

'Maar misschien is er wel iets anders tussen u beiden gebeurd?'

Barbara bewoog zich enkele seconden niet. Toen ze haar mond opende, zag ze er niet langer knap of zelfs maar aantrekkelijk uit en wist Moira precies wat Corellos had bedoeld. *Daar zul je de piranha hebben*, dacht ze.

Met een zachte stem vol dreiging zei Barbara: 'Ik kan je zo op straat laten donderen of je in elkaar laten slaan of desnoods...' Ze slikte haar laatste woorden in.

'Of wat?' zei Moira om haar te stangen. 'Me laten vermoorden? Ik weet net zo goed als jij dat je echtgenoot daar de ballen niet voor heeft.'

Barbara Skydel barstte onverwacht in lachen uit. 'O, *jesus mio*, kun je het je voorstellen?' Maar ze hield vrijwel onmiddellijk op. 'Roberto had je nooit mogen vertellen wat er is gebeurd.'

'Dat zul je met hem moeten bespreken.'

Moira zag dat Barbara een blik op het huis wierp, waar Narsico met de telefoon tegen zijn oor achter een van de openslaande deuren heen en weer liep.

Barbara stond op. 'Zullen we even een wandelingetje maken?'

Moira aarzelde, dronk vervolgens haar glas leeg en volgde Barbara langs de tennisbaan naar de tuin. Toen ze buiten gehoorsafstand van de haciënda waren en omringd werden door stoffige dwergdennen, draaide Barbara zich naar haar om en zei: 'Je interesseert me. Wie ben je, want je bent echt geen verslaggeefster.'

Moira zette zich schrap. 'Waarom denk je dat?'

Barbara boog zich naar haar toe op de dreigende manier van bepaalde mannen. 'Roberto zou een verslaggeefster nooit over ons hebben verteld. Hij zou je geen donder hebben verteld.'

'Wat zal ik zeggen?' Moira haalde haar schouders op. 'Hij vond me zeker leuk.'

Barbara snoof. 'Roberto vindt niemand leuk – en hij houdt alleen van zichzelf.' Ze hield haar hoofd schuin, en haar dreigende houding maakte onverwacht plaats voor een verleidelijke blik. Ze duwde Moira met haar rug tegen een boomstam, bracht een hand omhoog en rolde een sliertje van Moira's haar rond haar middelvinger. 'Dan heb je hem geneukt – of in elk geval gepijpt.'

'Hij heeft me met geen vinger aangeraakt.'

Barbara streelde Moira's wang met de rug van haar hand. Was Barbara jaloers, wilde ze haar versieren of probeerde ze haar gewoon in het nauw te drijven?

'Je hebt hem op een of andere manier geraakt. Hoe heb je dat voor elkaar gekregen?'

Moira glimlachte. 'Ik was de beste van de klas bij het stoeipoezenpracticum.'

Barbara's lange vingers voelden als veren tegen haar wang en oor. 'Wat heeft Roberto in jou gezien? Hij is een barbaar en een varken, maar hij is vreselijk goed in het inschatten van mensen. Ik vraag me nog steeds af waarom je hier bent.' Ze drukte haar lippen op Moira's wang. 'In elk geval niet om mijn echtgenoot te interviewen. Dat lijkt me wel duidelijk.'

Moira besefte dat Barbara een schok nodig had om de balans weer in haar voordeel te laten doorslaan. 'Ik onderzoek de moord op de man die een paar weken geleden op jullie land is gevonden.'

Barbara deed een stap naar achteren. 'Ben je van de politie? Is de Amerikáánse politie in de moord geïnteresseerd?'

'Ik ben niet van de politie,' zei Moira. 'Ik werk voor de regering.'

Barbara's adem stokte. 'Christus,' zei ze. 'Dus daarom heeft Roberto met je gepraat.'

Moira zei: 'Luister, Berengária, ik wil dat je me naar de plek brengt waar het lichaam is gevonden. Nu meteen.'

Bourne, die in Ottavio Moreno's grijze Opel reed, volgde nauwkeurig de aanwijzingen die Coven hem had gegeven. Ottavio zat naast hem en bracht alle aankopen in gereedheid. Het was stil. Het enige geluid bestond uit het zoemen van de banden op de weg en het fluiten van tegemoetkomend verkeer dat zich door de gesloten ramen een weg naar binnen wurmde.

'Twintig minuten,' zei Bourne ten slotte.

'We redden het wel,' antwoordde Ottavio zonder zijn blik van zijn werk te halen. 'Maak je geen zorgen.'

Bourne maakte zich geen zorgen. Dat lag niet in zijn aard. En als dat ooit wel zo was geweest, had zijn training bij Treadstone dat er wel uitgeslagen. Hij dacht aan Coven – ongetwijfeld een codenaam voor een ci-agent. Hij wist dat de ci beschikte over een harde kern van buitendienstmedewerkers die zich in nat werk specialiseerden. Hij moest, voordat hij Coven ontmoette, alles over hem te weten zien te komen, en er was maar één persoon die hem daarbij kon helpen.

Hij haalde zijn mobiele telefoon tevoorschijn en toetste een nummer in dat hij al geruime tijd niet had gebruikt. Toen de vertrouwde stem antwoordde, zei hij: 'Peter, met Jason Bourne.'

Peter Marks was op weg naar de Vesper Club waar inspecteur Lloyd-Philips op hem wachtte, toen het telefoontje kwam. Er trok een rilling langs zijn ruggengraat toen hij Bournes stem hoorde.

'Waar heb jij verdomme gezeten?' schreeuwde Marks achter in zijn grote Londense taxi.

'Ik heb je hulp nodig,' zei Bourne. 'Wat weet je van Coven?'

'Die CI-agent?'

'Je zei niet ónze agent. Ben je weg bij de CI, Peter?'

'Ik heb inderdaad nog niet zo lang geleden ontslag genomen.' Marks moest zijn best doen om zijn hartslag omlaag te krijgen tot een acceptabel niveau. Hij moest uitzoeken waar Bourne zich bevond en vervolgens bij hem in de buurt zien te komen. 'Danziger was bezig de sfeer zodanig te verzieken dat ik er geen zin meer in had. Hij is langzaam bezig iedereen eruit te werken die loyaal is aan de Oude Man.' Hij hoestte toen er opnieuw een rilling door zijn lichaam trok, en hij huiverde. 'Wist je dat hij Soraya de laan uit heeft gestuurd?'

'Nee.'

'Jason, ik wil... Ik ben blij dat je nog leeft.'

'Peter, even over Coven.'

'Oké, Coven. Veel gevaarlijker dan hij kom je ze niet tegen. En een hoog succespercentage.' Marks dacht even na. 'Keiharde vent, meedogenloos, een vuile smeerlap.'

'Zou hij een kind iets aandoen?'

'Hè?'

'Je hebt me wel gehoord,' zei Bourne.

'Jezus, ik denk het niet. Hij heeft zelf een gezin; je kunt het geloven of niet.' Marks haalde adem. 'Wat is er in godsnaam aan de hand, Jason?'

'Ik heb nu geen tijd...'

'Luister, ik ben naar Londen gestuurd om uit te zoeken wat er in de Vesper Club is voorgevallen.'

'Dat incident in de Vesper Club is pas gisteravond gebeurd. Als je echt in Londen bent...'

'Dat ben ik. Ik ben nu op weg naar de Vesper Club.'

'Lul niet, Peter. Je zat al in het vliegtuig toen ik de club binnenkwam. Voor wie werk je tegenwoordig?'

'Willard.'

'Voor Treadstone dus.'

'Precies. We werken voor dezelfde...'

'Ik werk niet voor Treadstone of Willard. Sterker nog,' vervolgde Bourne, 'zodra ik Willard tegenkom, draai ik hem de nek om. Hij heeft me verraden. Waarom heeft hij dat gedaan, Peter?'

'Geen idee.'

'De groeten, Peter.'

'Wacht! Niet ophangen. Ik moet je spreken.'

Er volgde een korte stilte. Marks voelde dat zijn hand zo erg zweette dat de telefoon bijna uit zijn vingers gleed. 'Alsjeblieft, Jason. Dit is belangrijk.'

'Ga je me niet vragen waarom ik met de man was die Diego Hererra heeft doodgestoken?'

'Je mag het zeggen, als je wilt. Maar eerlijk gezegd interesseert het me geen bal. Je zult er je redenen wel voor hebben gehad.'

'Goed zo. Willard heeft je prima afgericht.'

'Je hebt gelijk, Willard is een zak. Hij heeft er alles voor over om Treadstone weer tot leven te brengen.'

'Hoezo?'

Marks aarzelde. Het had hem altijd tegengestaan om mee te liften op Willards droom, maar hij had het gevoel gehad dat hij geen keus had gehad. En Willard had hem natuurlijk perfect kunnen bespelen met zijn wraakgevoelens voor Danziger en poppenspeler Bud Halliday. Zodra Willard hem had beloofd een manier te bedenken om Halliday te gronde te richten en Danziger met hem, had hij ingestemd. Maar Willard had een fout gemaakt toen hij Marks had gevraagd Bourne te verraden. Willard, die niet over enige loyaliteit beschikte – behalve als het om Treadstone ging – begreep absoluut niets van het concept persoonlijke toewijding, laat staan dat hij ook maar enig besef had van de kracht ervan.

Hij haalde diep adem en zei: 'Willard wil jou en Arkadin tegenover elkaar zetten om erachter te komen welk trainingsprotocol van Treadstone superieur is. Als Arkadin jou om zeep helpt, gaat hij terug naar de oorspronkelijke protocollen, doet hij wat kleine aanpassingen en kan hij rekruten gaan trainen.'

'En als ik Arkadin pak?'

'Dan wil hij je gaan bestuderen om erachter te komen hoe je door je geheugenverlies bent veranderd. Op basis daarvan kan hij dan het trainingsprogramma aanpassen.'

'Een aap in een kooi.'

'Ik ben bang van wel, ja.'

'En het is de bedoeling dat jij me mee terugneemt naar Washington?'

'Nee. Zo simpel ligt het niet. Maar laten we ergens afspreken, dan leg ik alles uit.'

'Misschien, Peter. Als ik zeker weet dat ik je kan vertrouwen.'

'Dat kun je, Jason. Absoluut.' Marks geloofde het hartstochtelijk, met elke vezel van zijn wezen. 'Wanneer kunnen we...'

'Nu even niet. Wat ik nu van je nodig heb, is alles wat je weet over Coven, met name zijn methodiek, zijn voorkeuren en waartoe hij in staat is als puntje bij paaltje komt.'

Bourne luisterde naar Peter Marks en sloeg alles op wat de man zei. Ter afsluiting gaf hij aan dat hij nog contact zou opnemen, en hij verbrak de verbinding. Gedurende de minuten die volgden, concentreerde hij zich op het drukke verkeer zodat zijn onderbewustzijn aan het probleem kon werken – de vraag hoe hij Coven kon neutraliseren zonder Chrissie en Scarlett in gevaar te brengen.

Even later zag hij een bord George Street, en hij herinnerde zich direct zijn middag in Oxford. Toch waren zijn gedachten niet bij Chrissie en professor Giles. Alsof het gisteren was gebeurd, herinnerde hij zich zijn bezoek aan het Centre for the Study of Ancient Documents in de Old Boys' School in George Street. Hij was als David Webb gegaan, professor Linguïstiek, maar diep binnen in hem had de Bourne-identiteit zijn invloed doen gelden. Hij wist – hij wist alleen niet hóé hij het wist – dat hij op dat moment nog steeds in het bezit was geweest van de laptop die hij van Jalal Essai had gestolen. Hij had zijn colleges in Oxford een tijdje opgeschort en zich ingeschreven bij het Centre for the Study of Ancient Documents. Maar wat had hij daar gedaan? Wat had hij onderzocht? Hij kon het zich niet herinneren. Hij wist alleen wel dat hij door de dingen die hij daar had ontdekt, besloten had de laptop te houden. Maar wat had hij er vervolgens mee gedaan? Het lag aan de rand van zijn herinnering, als de smalle zonnecirkel tijdens een verduistering. Hij had het bijna. Bijna.

Het volgende moment kwam de afslag naar rechts die Coven had beschreven en moest hij het loslaten. Het was tijd de confrontatie met Coven aan te gaan.

16

'Vanaf hier zullen we moeten lopen.' Barbara klom uit de jeep. Ze had zich ondanks de hitte verkleed en droeg nu een spijkerbroek, cowboylaarzen en een houthakkershemd waarvan ze de mouwen had opgerold tot aan haar ellebogen.

Moira volgde haar. Hoewel ze een kleine twee kilometer in westelijke richting waren gereden, bevonden ze zich nog binnen de grenzen van de uitgestrekte estancia. In de verte rezen stofblauwe heuvels op, en de zoete, bijna gefermenteerde geur van de blauwe agaves maakte de lucht loodzwaar. De zon hing nog net boven de horizon. De grond, die de warmte van de dag had opgeslagen, zinderde van de hitte. Naar het westen toe was de hemel oogverblindend wit.

'Ai, Narsico zei dat het allemaal wel over zou waaien, maar ik had toch gelijk.'

'Hoezo?' vroeg Moira.

'Zo gaat het altijd met die dingen.'

'Welke dingen?' drong Moira aan.

'De kleinste dingen veroorzaken de grootste problemen.'

'Dus jij vindt moord een klein ding?'

Barbara stak minachtend haar neus in de lucht. 'Je denkt toch niet dat ik me ook maar enigszins interesseer voor iemand die ik niet ken?'

'Hoe is het politieonderzoek afgelopen?' vroeg Moira terwijl ze over het dorre, met struikgewas begroeide terrein liepen.

'Zoals altijd.' Barbara kneep haar ogen dicht tegen de felle zon. 'Een inspecteur uit Tequila heeft wat mensen verhoord, maar het slachtoffer is nooit geïdentificeerd en niemand heeft het lichaam opgeëist. De inspecteur heeft een paar weken de deur platgelopen om ons en het personeel de gekste vragen te stellen. God, wat was die man vervelend. Hij bleef er maar op hameren dat er een reden moest zijn waarom het slachtoffer op onze estancia was gevonden. Op een gegeven moment waren wij de hoofdverdachten, maar die lui zijn zo stom dat ze uiteindelijk gedwongen waren de zaak op te geven. Daarna hebben we niks meer gehoord. Voor zover ik weet, is de zaak gesloten.'

'Dat is het Mexicaanse perspectief,' zei Moira. 'Voor ons heeft de moord grote gevolgen gehad.'

De bezorgdheid die Moira eerder had gehoord, was terug in Barbara's stem. 'Wat voor gevolgen?'

'We weten bijvoorbeeld dat het slachtoffer voor je overleden broer heeft gewerkt in zijn compound buiten Mexico City. Er is dus een link tussen jou en het slachtoffer.'

'Heeft hij voor Gustavo gewerkt? Daar had ik geen idee van. Ik had niks met Gustavo's zaken te maken.'

'Werkelijk? Het feit dat je met zijn leverancier de koffer in bent gedoken, maakt dat nogal ongeloofwaardig.'

'En wat nog meer?'

Moira reageerde met opzet niet. Het zag ernaar uit dat ze de plaats delict naderden, of in elk geval de plek waar het lichaam was gedumpt, want Barbara ging langzamer lopen en begon om zich heen te kijken.

'Hier is het.' Barbara wees op een stukje grond een paar meter verderop. 'Daar is het lichaam gevonden.'

In dit droge klimaat waren voetafdrukken die weken oud waren nog duidelijk zichtbaar, maar hier viel weinig eer aan te behalen omdat de politie alle sporen had vertrapt. Moira liep langzaam om de plek heen en bestudeerde de grond.

'Er is niet gegraven, en er is ook nauwelijks wat veranderd. Ik heb niet de indruk dat de plaats delict fatsoenlijk is onderzocht.'

'Dat is ook niet gebeurd. Ze hebben ons hiernaartoe gehaald terwijl ze hier bezig waren,' zei Barbara.

Moira startte met het serieuze gedeelte van haar onderzoek. Ze trok een paar latex handschoenen aan en begon in het zand en tussen de plantjes te wroeten. Op een of andere mysterieuze manier was Jalal Essai erin geslaagd om de forensische foto's van het slachtoffer te pakken te krijgen. Daarop lag de man op zijn linkerzij. Zijn polsen waren vastgebonden achter zijn rug, zijn knieën waren gebogen en zijn hoofd lag met het gezicht naar beneden. Hieruit kon worden opgemaakt dat hij op het moment van zijn dood waarschijnlijk op zijn knieën had gezeten. Essai had ook geprobeerd het autopsierapport te pakken te krijgen, maar dat was zoekgeraakt bij de lijkschouwer of de politie, die beide incompetentie kon worden verweten.

'En nog iets,' zei ze in een poging Barbara verder onder druk te zetten. 'We weten dat het slachtoffer de compound minder dan dertig minuten vóór de overval waarbij je broer is omgekomen, heeft verlaten.' Ze keek omhoog in Barbara's ogen. 'Dat betekent dat hij van tevoren moet zijn gewaarschuwd.'

'Waarom kijk je naar mij?' zei Barbara. 'Ik zei toch dat ik niks met Gustavo's business te maken had.'

'Blijf je dat zeggen totdat ik je geloof?'

Barbara kruiste haar armen voor haar borst. 'Godsamme, kreng. Ik heb niks met die dode man te maken.'

Moira zocht naar een patroonhuls. Op de foto's was duidelijk te zien dat het slachtoffer met een klein kaliber pistool was doodgeschoten; een schot door de schedelbasis. Het feit dat op de huid of de kleding van het slachtoffer geen kruit of brandwonden waren aangetroffen, gaf aan dat de moordenaar niet van dichtbij had geschoten, wat je wel zou verwachten als je iemand met een klein kaliber wapen en één kogel wilde doden.

Na veertig minuten heel secuur de toplaag van de grond te hebben onderzocht, had ze nog niets gevonden. Ze had inmiddels een compleet rondje om de plaats delict gemaakt op een realistische afstand van de plek waar het lichaam was gevonden. Het was mogelijk dat het slachtoffer elders was vermoord en later hier was gedumpt, maar dat vond ze niet aannemelijk. Als de moordenaar niet alleen het slachtoffer het zwijgen op had willen leggen, maar bovendien de Skydels bij de moord had willen betrekken, moest de misdaad op hun grond hebben plaatsgevonden.

In een wijdere omtrek van de moordlocatie groeide meer struikgewas, en Moira ging weer op haar knieën zitten om de grond onder de grijsgroene planten te onderzoeken. De zon zakte weg achter een dichte band van wolkenstrepen, en in de valse schemering daalde een blauwgrijze deken over het landschap neer. Moira ging op haar billen zitten om te wachten totdat het weer lichter zou worden. Toen de zon weer langzaam tevoorschijn kwam, begonnen lichtende rood met gouden scherven zich schuin in de plaats delict te boren. Hun schaduwen strekten zich achter hen uit als die van slungelige reuzen.

Vanuit een ooghoek zag Moira een ijle lichtflits – als van een diamantfacet – die onmiddellijk weer verdween. Ze draaide haar hoofd en kroop op handen en voeten naar de plek waar ze de flits had gezien. Er was niets. Ze voelde met haar vingers in de grond, duwde ze naar voren en ploegde de stoffige aarde om.

En plotseling lag hij daar in de palm van haar hand terwijl het zand tussen haar vingers door liep. Ze pakte hem voorzichtig tussen duim en wijsvinger om hem in het zonlicht te houden. Opnieuw een flits, en ze las de merktekens op de huls. Haar hart begon sneller te kloppen.

Barbara kwam een stap dichterbij. 'Heb je wat gevonden?' Haar stem klonk bijna ademloos.

Moira stond op. 'Is het ooit in je opgekomen dat het slachtoffer misschien met opzet op jullie estancia is doodgeschoten?'

'Hè? Hoezo?'

'Zoals ik al zei, hij werkte voor je broer, Gustavo. Maar hij werd ook door iemand anders gebruikt. Die iemand anders heeft hem vlak voor de overval getipt zodat hij kon ontsnappen. Maar waarom is hij getipt, als hij een paar uur na de ontsnapping toch zou worden vermoord?'

Barbara zweeg en schudde haar hoofd.

'Toen hij uit Gustavo's compound vertrok, heeft hij ook de laptop van je broer meegenomen, en daar stonden al zijn contactpersonen in.'

Barbara likte haar lippen. 'Dus degene die hem gebruikt heeft, heeft hem vermoord?'

'Ja.'

'Doodgeschoten op mijn estancia.'

'Precies. Om jullie in de zaak te betrekken,' zei Moira. 'Het is puur geluk geweest – in de vorm van incompetente politiemensen – dat jullie het er zonder kleerscheuren van af hebben gebracht.'

'Maar waarom zou iemand mij de schuld van die moord in de schoenen willen schuiven?'

'Ik speculeer nu,' zei Moira, 'maar ik zou me kunnen voorstellen dat die persoon jou uit de weg wilde hebben.'

Barbara schudde opnieuw zwijgend haar hoofd.

'Denk eens na. De persoon die Gustavo's laptop in bezit heeft, kan zijn complete handel overnemen. Hij is van plan voor zichzelf te beginnen en iedereen die hem in de weg staat van kant te maken.'

Barbara staarde haar met grote ogen aan. 'Ik geloof er niks van.'

'En dat is het moment waarop deze patroonhuls te hulp schiet.' Moira hield het voorwerp omhoog. 'Volgens de forensische foto's is het slachtoffer doodgeschoten met één kogel in de schedelbasis. Het vreemde was dat de moordenaar een klein kaliber handwapen had gebruikt, hoewel hij niet vlak achter het slachtoffer stond. Ik had de indruk dat er speciale munitie was gebruikt, en ik had gelijk.'

Ze legde de huls in Barbara's geopende hand. Barbara hield hem omhoog en keek in het laatste restje daglicht naar de merktekens.

'Ik kan het niet lezen.'

'Dat komt omdat het Russisch is. De fabrikant is Tula. Deze huls is afkomstig van een speciale kogel met een holle kern die gevuld is met cyanide. Die dingen zijn uiteraard illegaal en alleen in Rusland te koop. Je kunt ze niet eens via het internet krijgen.'

Barbara keek haar aan. 'Dus de moordenaar is een Rus.'

'De man die Gustavo's business heeft overgenomen.' Ze knikte. 'Inderdaad. Ik weet dat jullie alleen maar een front vormen voor de onderneming van je broer. En ik weet ook dat Roberto en jij een nieuwe partner hebben.'

Dat was de druppel. Barbara's masker viel af. 'Godverdomme, ik heb nog zo tegen Roberto gezegd dat Leonid hem zou naaien, maar hij lachte me recht in mijn gezicht uit.'

'Leonid?' Moira's hart miste een slag. 'Is jullie partner Leonid Arkadin?'

'Ik hoor het Roberto nog zeggen: "*Wat weet jij ervan, je bent een vrouw. Vrouwen hoeven alleen te weten wat ze verteld is, verder niks.*"'

Moira pakte haar arm beet. 'Barbara, is Leonid Arkadin jullie partner?'

Barbara wendde haar blik af en beet op haar lip.

'Zeg je niks omdat je loyaal bent, of omdat je bang bent?'

Moira zag dat rond Barbara's lippen een dun glimlachje was verschenen. 'Ik ben loyaal aan niemand. Dat loont niet in deze branche. Nog iets dat mijn man niet begrijpt.'

'Dus je bent bang voor Arkadin.'

Barbara draaide met een ruk haar hoofd om. In haar ogen lag een woeste blik. 'Die klootzak heeft verdomme de boel belazerd en Roberto een poot uitgedraaid. Hij beweerde dat hij Gustavo's klantenbestand had. Roberto zei dat het zijn mensen waren, maar volgens Arkadin was dat verleden tijd. Hij zei dat Gustavo dood was, dat hij het bestand had en dat de klanten dus ook van hem waren. De beste oplossing was volgens hem de winst te delen, en als Roberto het daar niet mee eens was, zou hij ze benaderen zonder Roberto's toestemming en zou hij ze gewoon via andere leveranciers bevoorraden.

Roberto heeft drie keer geprobeerd Arkadin uit de weg te ruimen, maar alle drie de pogingen zijn mislukt. Daarna vond

Arkadin het welletjes. *"Zak maar in de stront,"* zei hij. *"Ik hou Gustavo's klanten voor mezelf. Zoek het zelf maar uit."* Ik dacht dat Roberto een hartaanval kreeg. Ik heb heel wat uit de kast moeten halen om hem te kalmeren.'

'Dat zal je man leuk hebben gevonden,' zei Moira droogjes.

'Mijn man is een mietje,' zei Barbara, 'dat zul je zo wel zien. Maar hij is gek op me en hij heeft ook zijn nuttige kanten.' Ze maakte een weids gebaar met haar armen. 'Bovendien zou zijn bedrijf zonder mij over de kop gaan.'

De zon was inmiddels achter de bergen in het westen verdwenen. Het werd nu zo snel donker dat het was alsof de hemel met een immense zwarte deken werd afgedekt.

'Laten we teruggaan naar de jeep,' zei Moira terwijl ze de patroonhuls van Barbara aannam.

Op de weg terug naar de haciënda zei Barbara: 'Ik neem aan dat jij Arkadin kent.'

Moira wist alleen wat Bourne haar had verteld. 'Goed genoeg om te weten dat hij binnenkort de complete handel van Corellos overneemt. Zo gaat Arkadin te werk.' Op die manier had hij zich ook de wapenhandel van Nikolai Yevsen in Khartoum toegeëigend. Hij zou een manier bedenken om een bewaker uit La Modelo of een FARC-gevangene om te kopen, of misschien wel een van Corellos' vele vrouwen in de gevangenis, en die genoeg betalen om zijn of haar angst voor de drugsbaron te compenseren. Het zou niet lang meer duren of Corellos zou dood worden aangetroffen in zijn luxeueze cel.

'Arkadin is toch al kwaad op Roberto en mij,' zei Barbara terwijl ze de jeep over de onverharde weg reed. 'De laatste zending heeft vertraging opgelopen. De boot moest het water uit voor reparatie omdat de motor oververhit was geraakt. Als je Mexico een beetje kent, weet je dat zulke reparaties niet binnen een paar uur of zelfs maar binnen een dag zijn geregeld. De boot is morgenavond klaar, maar ik weet zeker dat hij er moeilijk over gaat doen.' Haar handen omvatten het stuur met zoveel kracht dat haar knokkels wit uitstaken.

'Ik snap het, Berengária, echt waar.'

'Waarom doe je zo lullig tegen me? Ik heet al jaren Barbara.'

'Ik vind dat je trots moet zijn op je echte naam in plaats van hem te verwerpen.'

Toen Berengária geen antwoord gaf, vervolgde Moira: 'Arkadin heeft zijn eigen spelregels, en daar wijkt hij nooit van af. Houd er maar rekening mee dat zowel jij als Roberto er door die vertraging op achteruitgaat.'

Berengária staarde recht voor zich uit. 'Ik weet het.'

'En nog iets, *mami*, als deze zending om een of andere reden haar bestemming niet bereikt, krijg je iemand anders op bezoek, en dat is iemand die echt niet zo vriendelijk en begrijpend is als ik. Het gebeurt hoe dan ook zoals Arkadin het wil.'

Berengária dacht een tijdlang zwijgend na. De zon was al achter de paarse bergen gegleden en de wolken leken van de hemel geveegd. In het oosten werd het langzaam donker. De rit leek lang te duren, alsof Berengária rondjes reed; alsof ze liever niet terugging naar de haciënda. Uiteindelijk trapte ze op de rem en zette ze de jeep in zijn vrij. Ze keek naar Moira.

'En stel nu eens,' zei ze op uitgesproken vinnige toon, 'dat ik het op mijn manier wil?'

Moira besefte tevreden dat het balletje was gaan rollen; dat Berengária eindelijk wist wat ze wilde. Ze beantwoordde haar vinnigheid met een grijns. 'Ik denk dat ik je daar wel mee kan helpen.'

Berengária keek haar recht in de ogen met een intensiteit die een andere vrouw misschien een gevoel van onbehagen had gegeven. Maar Moira begreep wat ze wilde, wat hun quid pro quo zou zijn. Ze bewonderde deze vrouw, maar ze had tegelijkertijd medelijden met haar. Het was voor een vrouw al moeilijk genoeg om zich staande te houden in een mannenwereld, maar om tussen latino's overeind te blijven, moest je absoluut een amazone zijn. En toch, boven al haar persoonlijke gevoelens, bevond zich het besef dat Berengária haar doelwit was. Ze zou er hoe dan ook voor zorgen dat ze van haar zou krijgen wat ze nodig had. En nu wist ze hoe ze dat moest doen.

Ze boog zich langzaam naar voren, nam Berengária's hoofd in haar handen en drukte haar lippen op die van de andere vrouw.

Berengária's ogen verwijdden zich gedurende een fractie van een seconde om zich daarna trillend te sluiten. Haar lippen ontspanden zich en bewogen zich langzaam van elkaar, en vervolgens gaf ze zich over aan de kus.

Moira verwelkomde het moment van haar capitulatie met een gevoel van triomf en compassie. Toen voelde ze Berengária's hand in haar hals, wat de passie in haar losmaakte, en ze slaakte een zucht in Berengária's zoete mond.

'Mijn naam is Lloyd-Philips – inspecteur Lloyd-Philips.'

Peter Marks stelde zich voor en schudde de aangeboden hand, die bleek en slap was en vol met nicotinevlekken zat. Lloyd-Philips droeg een goedkoop kostuum waarvan de manchetten versleten waren. Hij had een rossige snor en dunnend haar dat waarschijnlijk ooit dezelfde kleur had gehad, maar er nu uitzag alsof het met as was bestrooid.

De inspecteur probeerde te glimlachen, maar slaagde daar niet echt in. Misschien waren de spieren die hij daarvoor nodig had, verschrompeld, zo overwoog Marks zuur. Hij liet Lloyd-Philips zijn neppapieren zien, die moesten aantonen dat hij werkte voor een privéonderneming onder auspiciën van de DOD en zodoende het Pentagon achter zich had.

Ze stonden in de verlaten lobby van de Vesper Club, die door de politie was afgezet als plaats delict.

Marks zei: 'Een van de vermeende daders is mogelijk een man waarin mijn superieuren geïnteresseerd zijn. Ik zou daarom graag even de betreffende CCTV-opnamen van gisteravond bekijken.'

Lloyd-Philips haalde zijn magere schouders op. 'Waarom niet? We zijn al bezig flyers met de foto's van de twee mannen te drukken om uit te delen aan de Londense politie en het personeel van alle treinstations, luchthavens en scheepvaartterminals.'

De inspecteur liep met hem mee naar het casino en loodste hem vervolgens via een gang naar een van de achterkamers. Het was er vreselijk warm en het rook naar elektronica. Een technicus achter een ingewikkeld uitziend bedieningspaneel met schuiven, draaiknoppen en een computertoetsenbord keek even op en ging vervolgens weer verder met zijn werk. Tegen de muur waren twee rijen met monitors geplaatst die elk een ander stukje van het casino toonden. Voor zover Marks dat kon beoordelen, miste er geen millimeter – zelfs de toiletruimte ontbrak niet.

Lloyd-Philips boog zich naar de technicus en mompelde iets waarna de man knikte en toetsen begon in te drukken. De inspecteur deed Marks denken aan personages die je in Britse spionageromans vaak tegenkwam. Zijn norse blik en de verveelde manier van doen wezen erop dat hij een beroepsbureaucraat was die één oog dicht had en het andere op zijn naderende pensioen gericht hield.

'Daar gaat-ie,' zei de technicus.

Een van de monitors werd zwart, en het volgende moment was er beeld. Marks zag de bar in het zaaltje voor *high rollers*. Vervolgens verschenen Bourne en de man die hij als de vermoorde Diego Hererra herkende. Ze bleven in beeld en spraken met elkaar, maar ze hadden hun rug gedeeltelijk naar de camera zodat het onmogelijk was om te achterhalen wat ze zeiden.

'Diego Hererra betrad de Vesper Club rond vijf over halftien gisteravond,' zei Lloyd-Philips op zijn licht verveelde schoolmeesterachtige toon. 'Hij had deze man bij zich.' De inspecteur wees op Bourne. 'Adam Stone.'

Er verscheen een andere man in beeld – waarschijnlijk de moordenaar. Toen deze op Bourne en Diego Hererra afstapte, werd de zaak pas interessant.

Marks leunde gespannen naar voren. Bourne was voor Hererra gaan staan alsof hij niet wilde dat de moordenaar dichterbij zou komen. Maar er gebeurde iets merkwaardigs toen ze met elkaar in gesprek kwamen. Bournes houding veranderde. Het was bijna alsof hij de moordenaar kende, maar te oordelen naar zijn aanvankelijke gezichtsuitdrukking kon dat onmogelijk het geval zijn. Toch stond Bourne hem toe mee te komen naar de bar en vlak voor Hererra te gaan staan. Het volgende moment zakte Diego in elkaar. Bourne greep de moordenaar bij zijn revers, wat hij in eerste instantie al had moeten doen. Maar toen gebeurde er nog iets vreemds. Bourne verzuimde de moordenaar een pak slaag te geven. Marks begreep er helemaal niets meer van toen hij zag hoe het tweetal het gezamenlijk opnam tegen de drie uitsmijters die uit de hoofdzaal van het casino kwamen.

'En daar hebben we het,' zei inspecteur Lloyd-Philips. 'De dader gebruikt een soort hoogfrequent geluidswapen waardoor iedereen het bewustzijn verliest.'

'Heeft u de moordenaar geïdentificeerd?' vroeg Marks.

'Nog niet. Hij is op geen van onze netwerken te vinden.'

'Maar deze club is alleen voor leden. De manager moet weten wie hij is.'

Lloyd-Philips schonk hem een onmiskenbaar geërgerde blik. 'Volgens de ledenadministratie van de club is de naam van de verdachte Vincenzo Mancuso, maar hoewel er in Engeland drie mannen zijn met die naam, voldoet geen van hen aan de beschrijving van de man op de tape. We hebben inmiddels agenten op pad gestuurd om de drie Vincenzo Mancuso's te ondervragen. Er woont maar een van hen in de omgeving van Londen, en ze hebben alle drie kloppende alibi's.'

'En het forensisch onderzoek?' vroeg Marks.

De inspecteur keek alsof hij Marks' hoofd van zijn romp wilde bijten. 'Er zijn geen verdachte vingerafdrukken gevonden en er is geen spoor van het moordwapen. Ik heb mijn mannen in een omtrek van twee kilometer rond de pub alle vuilnisbakken, rioolputjes enzovoorts laten controleren. Ze hebben zelfs in de rivier gedregd, hoewel niemand verwachtte dat het mes daar zou worden gevonden. Al ons speurwerk is tot op heden vruchteloos geweest.'

'En hoe zit het met die andere man – Adam Stone?'

'Verdwenen als sneeuw voor de zon.'

Dat betekent dat het onderzoek stilligt, overwoog Marks. *Dit is een high profile moordonderzoek. Geen wonder dat hij chagrijnig is.*

'Adam Stone is de man in wie mijn superieuren geïnteresseerd zijn.' Marks nam de inspecteur bij de arm en loodste hem weg van de technicus. 'Zij – en ik – zouden het als een persoonlijke gunst zien als u Stones foto zou willen weglaten van de flyer.'

Lloyd-Philips glimlachte – en dat zag er niet prettig uit. Op zijn tanden zaten dezelfde nicotinevlekken als op zijn vingertoppen.

'Ik heb een complete carrière opgebouwd met het niet verlenen van persoonlijke gunsten. Zo houd ik mijn handen schoon en mijn pensioen intact.'

'Toch zouden mijn superieuren van de DOD het uitermate op prijs stellen als u een uitzondering zou willen maken.'

'Luister, knul, je staat hier alleen omdat ik zo'n fatsoenlijke vent ben.' De blik van de inspecteur was plotseling even hard als zijn stem. 'Voor mijn part zijn die superieuren van je vijfsterrengeneraals, maar in Londen ben ík de baas. Míjn superieuren – de regering van Hare Majesteit – zijn er helemaal niet blij mee dat jullie hier met z'n allen de boel op stelten komen zetten en ons als slaafjes behandelen. En mij persoonlijk bevalt het ook voor geen meter.' Hij stak een waarschuwende vinger in de lucht. 'Ik zeg het maar één keer: donder op voordat ik echt over de zeik raak en je als belangrijke getuige achter de tralies laat zetten.'

'Nou, bedankt voor de gastvrijheid dan maar, inspecteur,' zei Marks droogjes. 'Voor ik ga, zou ik nog graag een kopietje hebben van de foto's van Stone en de niet-geïdentificeerde man.'

'Als ik je daarmee weg kan krijgen.' Lloyd-Philips tikte de technicus op de schouder. De technicus vroeg het nummer van Marks' mobiele telefoon en drukte op een knop. Het volgende moment verscheen op het schermpje een digitale still van de beveiligingstape waarop de twee mannen naast elkaar stonden.

'Oké.' De inspecteur richtte zich tot Marks. 'Ik hoop dat ik er geen spijt van krijg. Zolang je bij mij uit de buurt blijft, heb je niks te vrezen.'

Buiten op straat vocht de zon om een plekje tussen de haastig voortjagende wolken. Overal rondom Marks brulde de stad. Hij bekeek de foto op zijn smartphone, toetste vervolgens Willards privénummer in en kreeg direct zijn voicemail. Willard had zijn telefoon uitstaan, wat Marks gezien het tijdstip in Washington enigszins merkwaardig vond. Hij sprak een gedetailleerd bericht in en vroeg Willard de foto van de man die Diego Hererra aan het mes had geregen door de databank van Treadstone te halen, die een combinatie was van de bekende lettersoep CI, NSA, FBI, DOD en nog wat andere instanties waartoe Willard toegang had.

Van een politieagent buiten de club aan wie hij zijn ID toonde, kreeg Marks het woonadres van Diego Hererra. Hij arriveerde veertig minuten later, juist toen een zilverkleurige Bentley limousine de hoek omdraaide en voor het huis van Hererra stopte. Er stapte een chauffeur in livrei uit die haastig rond de glanzende grille liep en de achterdeur opende. Het volgende moment verscheen een lange, gedistingeerde heer die op een oudere versie van Diego leek. Met een sombere blik en een zware tred beklom de man de trap naar Diego's voordeur, waar hij een sleutel in het slot stak.

Voordat hij naar binnen kon gaan, haastte Marks zich naar hem toe. 'Meneer Hererra,' zei hij, 'ik ben Peter Marks.' Toen de oudere man zich naar hem omdraaide, voegde Marks eraan toe: 'Gecondoleerd met uw verlies.'

De oudere Hererra zweeg. Hij was een knappe man met leeuwachtige witte manen die hij lang over zijn kraag droeg volgens de huidige Catalaanse stijl. Maar onder zijn getaande huid leek hij asgrauw. 'Kende u mijn zoon, señor Marks?' vroeg hij ten slotte.

'Ik ben bang dat ik dat genoegen niet heb gehad, meneer.'

Hererra knikte enigszins afwezig. 'Het ziet ernaar uit dat Diego erg weinig mannelijke vrienden had.' Zijn mond vertrok in een parodie op een glimlach. 'Hij had een voorkeur voor vrouwen.'

Marks deed een stap naar voren en toonde zijn legitimatiebewijs. 'Ik weet dat dit voor u een moeilijke tijd is, en ik wil me bij voorbaat verontschuldigen als ik ongelegen kom, maar ik wil even met u praten.'

Hererra leek door Marks heen te kijken alsof hij geen woord had gehoord van wat hij had gezegd. Maar plotseling focuste hij zijn ogen. 'Weet u iets over zijn dood?'

'Dit is geen gesprek voor op straat, señor Hererra.'

'Nee, natuurlijk niet.' Hererra maakte een nerveuze beweging met zijn hoofd. 'Neemt u mij niet kwalijk, señor Marks. Waar zijn mijn manieren?' Hij maakte een gebaar. Hij had enorm grote, vierkante handen; de handen van een vakman. 'Komt u binnen, dan kunnen we praten.'

Marks liep de trap op, stapte over de drempel en betrad het huis van Diego. Hij hoorde de oudere man achter hem binnenkomen en de deur sluiten. Het volgende moment voelde hij het lemmet van een mes tegen zijn keel. Diego Hererra's vader stond vlak achter hem en hield hem in een verbazingwekkend krachtige greep.

'Zo, vuile smeerlap,' zei Hererra, 'en nu ga je me alles vertellen wat je weet over de moord op mijn zoon, of ik zweer je bij de tranen van Christus dat ik je strot doorsnijd.'

17

Bud Halliday zat in een halfrond muurbankje in de White Knights Lounge, een bar in een afgelegen buurt van een klein stadje in Maryland waar hij vaak kwam om zich te ontspannen. Hij koesterde een bourbon met water terwijl hij zijn geest probeerde te zuiveren van alle troep die zich er in de loop van de lange dag had opgehoopt.

Zijn ouders waren afkomstig uit prominente Philadelphiaanse families met een stamboom die terugging tot respectievelijk Alexander Hamilton en John Adams. Ze waren op jonge leeftijd getrouwd, en, zoals bij dit slag mensen te verwachten was, ook weer gescheiden. Zijn moeder, een society nestrix, woonde tegenwoordig in Newport, Rhode Island. Zijn vader, geplaagd door longemfyseem als gevolg van jarenlang verstokt roken, reed rammelend rond over het terrein van zijn landhuis, omringd door zuurstoftanks en een stel Haïtiaanse verpleegsters. Halliday had met beiden geen contact meer. Hij had zich afgekeerd van hun hermetisch afgesloten goudgerande societywereldje toen hij op zijn achttiende, tot hun ontzetting en gêne, vrolijk dienst had genomen bij de marine. Tijdens het opleidingskamp had hij zich voorgesteld hoe zijn moeder in zwijm zou vallen als ze het nieuws hoorde, hetgeen hem veel voldoening had geschonken. Wat zijn vader betrof, die had waarschijnlijk het uiteinde van zijn sigaar opgegeten, zijn vrouw de schuld gegeven van deze teleurstelling om vervolgens te vertrekken naar zijn verzekeringsmaatschappij, die hij op meedogenloos succesvolle wijze runde.

Toen hij zag dat zijn glas leeg was, wenkte Halliday de ober en bestelde nog een bourbon.

De tweeling arriveerde tegelijkertijd met zijn borrel, en hij bestelde voor hen chocolade martini's. Ze namen plaats aan weerszijden van hem. De een was gekleed in groen, de ander in blauw. De groene was roodharig en de blauwe blond. Vandaag tenminste. Zo waren ze, Michelle en Mandy. Ze liepen graag te koop met hun frappante gelijkenis, maar benadrukten tegelijkertijd ook altijd hun verschillen. Ze waren lang, ruim een meter tachtig, en hun rondingen waren even weelderig als hun lippen. Ze hadden als fotomodel kunnen werken of misschien zelfs als actrices, gezien de vakkundige wijze waarop ze hun rol speelden, maar ze waren geen van beiden dom of ijdel. Michelle was theoretisch wiskundige en Mandy werkte als microbiologe bij het CDC. Michelle, die een leerstoel aan een aantal Amerikaanse topuniversiteiten had kunnen bekleden, werkte voor DARPA – het Defence Advanced Research Projects Agency – en bedacht nieuwe cryptografische algoritmes die de snelste computers op de knieën brachten, zelfs als ze parallel werden geschakeld. Haar laatste vondst maakte gebruik van heuristische technieken, wat betekende dat het systeem leerde van elke poging de code te kraken, een soort autodidactische entiteit die zich voortdurend aanpaste. Er was een fysieke sleutel nodig om hem te ontsluiten.

Nooit eerder waren twee creatieve geesten in een zo verrukkelijk en erotisch omhulsel verpakt, dacht Halliday terwijl de ober de chocolade martini's voor hen op tafel zette. Ze hieven gedrieën het glas in een stilzwijgende toost op een nieuwe gezamenlijke nacht. Wanneer ze niet werkten, waren de meisjes dol op seks, chocolade en seks – in die volgorde. Maar hun werk zat er nog niet op voor vandaag.

'Wat denk je van de ring?' vroeg Halliday aan Michelle.

'Het was wel handig geweest,' zei ze, 'als je me de echte had gegeven in plaats van een stel foto's.'

'Maar als je van de foto's uit moet gaan, wat maak je er dan van?'

Michelle nipte van haar drankje alsof ze tijd nodig had om haar gedachten te ordenen of om te bedenken hoe ze het aan Halliday zou uitleggen, die vergeleken met haar en haar tweelingzus een mentale dwerg was.

'Het lijkt me aannemelijk dat de ring een fysieke sleutel is.'

Halliday was een en al oor. 'En dat houdt in?'

'Wat ik al zei. Het kan het algoritme zijn waar ik momenteel aan werk, maar de inscriptie aan de binnenkant van de ring lijkt me de baard van een sleutel.' Halliday keek haar aan met een vragende blik, en ze besloot het over een andere boeg te gooien. Ze haalde een viltstift tevoorschijn en begon op Hallidays servet te tekenen.

'Kijk, dit is een gewone sleutel. Hij heeft een baard met een uniek patroon dat alleen in een specifiek slot past. De meeste gewone sloten hebben een cilinder met zes pennen die bestaan uit twee delen van verschillende lengte. Wanneer de sleutel in de cilinder wordt gestoken, tillen de tanden van de baard de pennen zo op dat de breukvlakken op gelijke hoogte komen. Hierdoor kan de schacht in de cilinder draaien en kan het slot worden geopend.

Stel je nu eens voor dat elk ideogram van de inscriptie in de ring als tand functioneert. Steek de ring in het juiste slot en presto, Sesam open u!'

'Is zoiets mogelijk?' vroeg hij.

'Alles is mogelijk, Bud. Dat weet je toch?'

Halliday staarde gebiologeerd naar haar tekening. Haar theorie vereiste een stevige portie inlevingsvermogen, maar deze vrouw was een genie. Hij kon het zich niet veroorloven een door haar geopperd idee van tafel te vegen, hoe geschift dat in eerste instantie ook klonk.

'En wat gaan we vanavond doen?' vroeg Mandy, die zich duidelijk verveelde bij het onderwerp.

'Ik heb honger.' Michelle borg haar pen weg. 'Ik heb de hele dag nog niks gegeten, alleen een Snickers die ik in mijn la vond, maar dat ding was zo oud dat de chocola wit was geworden.'

'Drink je glas dan leeg,' zei Halliday.

Ze zette een pruilmondje op. 'Je weet hoe ik word als ik drink op een lege maag.'

Halliday gniffelde. 'Ik heb er het een en ander over gehoord.'

'Het is allemaal waar,' zei Mandy. En met een compleet andere stem op de toon van een zangeres met veel vibrato: 'Die troela gaat he-le-maal uit haar dak!'

'En deze,' zei Michelle met precies dezelfde stem, 'zit al op het dak!'

Ze gooiden allebei hun hoofd naar achteren en lachten precies even lang. Halliday, die van de een naar de ander keek en zijn hoofd van links naar rechts bewoog, had het gevoel dat hij van veel te dichtbij naar een tenniswedstrijd keek.

'Hè, hè, daar is-ie!' zei Mandy toen ze het ontbrekende lid van hun viertal zag naderen.

'We dachten al dat je niet zou komen,' zei Michelle.

Halliday pakte zijn servet met het diagram en verborg het in zijn schoot. Beide meisjes merkten het, maar ze zeiden niets en glimlachten naar de nieuwkomer.

'Ze hadden me met geen tien paarden kunnen tegenhouden.' Jalal Essai ging zitten en kuste Mandy in haar nek op het plekje waar ze dat het lekkerst vond.

Peter Marks bleef roerloos staan. De man achter hem rook naar tabak en woede. Het mes dat hij tegen Marks' keel drukte, was vlijmscherp, en Marks, die ruime ervaring had op dit gebied, twijfelde er niet aan dat Hererra hem de keel zou doorsnijden.

'Señor Hererra, dit soort dramatische toestanden zijn echt niet nodig,' zei hij. 'Ik vertel u graag alles wat ik weet. Laten we alstublieft rustig blijven en ons hoofd erbij houden.'

'Ik ben volkomen rustig,' zei Hererra op grimmige toon.

'Oké.' Marks probeerde te slikken. Zijn keel was plotseling droog. 'Maar ik wil alvast bij voorbaat zeggen dat ik niet veel weet.'

'Zolang het maar meer is dan die schoft van een Lloyd-*Shithead* aan me kwijt wilde. Hij zei dat ik me beter kon bezighouden met het repatriëren van mijn zoon naar Spanje – wat volgens hem pas mogelijk is wanneer de patholoog-anatoom met hem klaar is.'

Nu begreep Marks waarom Hererra woest was. 'Ik ben het met u eens dat de inspecteur een nogal onaangenaam heerschap is.' Hij slikte. 'Maar dat doet er nu niet toe. Ik wil waarschijnlijk net zo graag als u weten waarom Diego is vermoord. Geloof me, ik ben vastbesloten om erachter te komen.' Dat was waar. Marks zou Bourne nooit vinden als hij niet wist wat er afgelopen nacht in de Vesper Club was gebeurd en waarom Bourne samen met de moordenaar de benen had genomen alsof ze de beste vrienden waren. Er klopte iets niet.

Hij voelde Hererra's ademhaling in zijn nek, diep en gelijkmatig, wat uitermate beangstigend was. Het betekende dat de man, ondanks zijn verdriet, in het volledige bezit van zijn vermogens was. Dit wees erop dat hij een sterk karakter had; het zou pure zelfmoord zijn om hem te belazeren.

'Ik kan u trouwens,' zo vervolgde Marks, 'een foto laten zien van de man die uw zoon heeft vermoord.'

Het lemmet in Hererra's grote vuist trilde even en werd vervolgens weggehaald. Marks deed een stap opzij en draaide zich om naar de oudere man.

'Ik begrijp hoe u zich voelt, señor Hererra.'

'Heeft u een zoon, señor Marks?'

'Nee, meneer. Ik ben niet getrouwd.'

'Dan kunt u zoiets onmogelijk begrijpen.'

'Ik ben een zus verloren toen ik twaalf was. Ze was nog maar tien. Ik was zo woest dat ik alles kapot wilde maken wat ik tegenkwam.'

Hererra keek hem even aan en zei vervolgens: 'Dan begrijpt u het inderdaad.'

Hij loodste Marks de woonkamer binnen. Marks nam plaats op een sofa, maar Hererra bleef staan om te kijken naar de foto's van zijn zoon en zijn vele vriendinnen die op de schoorsteenmantel stonden. Er gebeurde minutenlang niets. Hererra zweeg, en Marks wilde de oudere man niet storen bij het verwerken van zijn verdriet.

Na verloop van tijd draaide Hererra zich om. Hij liep naar Marks toe en zei: 'Nu wil ik die foto wel zien.'

Marks haalde zijn smartphone tevoorschijn, bladerde naar de mediasectie en opende de foto die hij van Lloyd-Philips' technicus had gekregen.

'Hij staat aan de linkerkant,' zei Marks, en hij wees op de nog niet-geïdentificeerde man.

Hererra nam de telefoon aan en bleef zo lang naar het schermpje staren dat Marks het gevoel kreeg dat hij in steen was veranderd.

'En de andere man?'

Marks haalde zijn schouders op. 'Iemand die toevallig in de buurt was.'

'Vertel eens wat meer over hem. Hij komt me bekend voor.'

'Volgens Lloyd-Shithead heet hij Adam Stone.'

'Werkelijk?' Hererra's gezicht verstrakte.

Marks tikte ongeduldig op het schermpje. 'Señor, dit is belangrijk. Kent u de man links op de foto?'

Hererra duwde de telefoon terug in Marks' hand, liep naar de bar en schonk zichzelf een brandy in. Hij dronk de helft in één slok op en zette vervolgens voorzichtig het glas neer in een poging zichzelf te kalmeren. 'Godallemachtig,' prevelde hij.

Marks stond op en liep naar hem toe. 'Señor, ik kan u helpen als u dat wilt.'

Hererra keek hem aan. 'Hoe? Hoe kunt u me helpen?'

'Ik ben goed in het opsporen van mensen.'

'Kunt u de moordenaar van mijn zoon opsporen?'

'Met een beetje hulp zou het wel moeten lukken, ja.'

Hererra leek het voorstel in overweging te nemen. Plotseling nam hij een beslissing, en hij knikte. 'De man links op de foto is Ottavio Moreno.'

'Kent u hem?'

'O, ja, señor. Ik ken hem heel goed. Al sinds hij een kleine jongen was. Ik hield hem altijd in mijn armen wanneer ik in Marokko was.' Hererra pakte zijn glas en leegde het in één teug. Zijn blauwe ogen leken vaal, maar Marks zag de storm van razernij, ver weg in de schaduwen achter het intelligente voorhoofd.

'Wacht eens even, wilt u soms zeggen dat Ottavio de halfbroer is van Gustavo Moreno, de vermoorde Colombiaanse drugsbaron?'

'Ik zeg u dat hij mijn peetzoon is.' De woede kolkte naar boven en bereikte zijn kaakgewricht. Zijn hand beefde. 'Daarom weet ik dat hij Diego onmogelijk kan hebben vermoord.'

Moira en Berengária Moreno lagen ineengestrengeld in elkaars armen. De luxueuze slaaphut rook naar muskus, scheepsolie en de zee, en het jacht beneden hen schommelde zachtjes, alsof het hen in slaap wilde wiegen. Maar ze wisten, allebei op hun eigen manier, dat van slapen geen sprake kon zijn. Het jacht zou het dok over minder dan twintig minuten verlaten. Ze kwamen langzaam overeind. Hun lichamen zaten vol blauwe plekken van het liefdesspel en hun zintuigen waren overbelast, alsof ze ruimte en tijd hadden verlaten. Ze kleedden zich zwijgend aan en verschenen enkele minuten later aan dck. De fluwelen hemel boog zich met beschermende armen over hen heen.

Na een kort gesprek met de kapitein knikte Berengária naar Moira. 'Ze hebben alle tests gedaan. De motor loopt als een zonnetje. Geen vertragingen meer.'

'Laten we hopen van niet.'

Pailletten van sterrenlicht fonkelden in het water. Berengária had hen in Narsico's eenmotorige Lancair IV-P naar Lic gevlogen – Gustavo Díaz Ordaz International Airport aan de kust van de Stille Oceaan. Van daaruit was het maar een kort ritje naar het surfersparadijs Sayulita, waar het jacht lag. Alles bij elkaar had de reis net iets meer dan anderhalf uur geduurd.

Moira stond naast Berengária. De bemanning, die druk bezig was met het treffen van de voorbereidingen, schonk geen aandacht aan hen. Berengária hoefde alleen nog maar van boord te gaan.

'Heb je Arkadin gebeld?'

Berengária knikte. 'Ik heb hem gesproken terwijl jij je opfriste. Hij is vlak voor zonsopgang bij de boot. Na de vertraging zal hij wel aan boord willen komen om persoonlijk de hele lading te controleren. Je moet voor die tijd klaar voor hem zijn.'

'Maak je geen zorgen.' Moira raakte haar arm aan, wat een nieuwe rilling veroorzaakte in de andere vrouw. 'Wie is de ontvanger?'

Berengária legde haar arm rond Moira's middel. 'Dat hoef je echt niet te weten.'

Toen Moira niets zei, leunde Berengária tegen haar aan en slaakte een diepe zucht. 'Mijn god, wat een gekkenhuis is dit. Ik haat mannen. Stuk voor stuk!'

Berengária rook naar kruiden, geuren waar Moira van hield. Ze vond het fascinerend om een andere vrouw te verleiden. Er was niets afstotelijks aan, het hoorde gewoon bij het werk. En het was weer eens wat anders; een uitdaging in elke zin van het woord. Ze hield van seks, maar afgezien van een aangenaam, maar onbeduidend experiment tijdens haar studie, was ze altijd heteroseksueel geweest. Berengária straalde gevaar uit, en dat trok haar aan. Eigenlijk was het liefdesspel met haar een stuk bevredigender geweest dan met een aantal mannen waarmee ze had geslapen. In tegenstelling tot die mannen – en met uitzondering van Bourne – wist Berengária wanneer ze vurig moest zijn en wanneer teder. Ze nam de tijd om Moira's gevoelige plekjes te zoeken en zich daar vervolgens op te concentreren totdat Moira steeds opnieuw haar toppunt van genot bereikte.

Het was geen verrassing dat ze in niets leek op Roberto Corellos' geringschattende beschrijving van haar als piranha. Ze was zowel hard als kwetsbaar, en van een complexiteit waarvoor een man als Corellos doof, stom en blind was. Ze was haar eigen weg gegaan in een wereld vol mannen en had op meedogenloze wijze het bedrijf van haar echtgenoot gerund en uitgebreid. En toch was ze even bang geweest voor haar broer als ze nu was voor Corellos en Leonid Arkadin. Moira kon zien dat Berengária zich geen illusies maakte. Haar macht stelde niets voor in vergelijking met die van hen. Ze dwongen van hun troepen een respect af dat zij nooit zou kunnen genieten, hoe hard ze ook haar best deed.

Opnieuw voelde Moira gemengde gevoelens van bewondering en medelijden, ditmaal omdat Berengária, nadat Moira was vertrokken voor haar rendez-vous met Arkadin, een onduidelijk lot te wachten stond. Gevangen tussen de corroderende macht van Corellos en de verachtelijke zwakte van Narsico zag de toekomst er voor haar niet best uit.

En daarom kuste ze haar hard op de lippen en drukte ze haar dicht tegen zich aan; omdat het de laatste keer zou zijn en Berengária in elk geval dat kleine beetje troost verdiende, hoe vergankelijk ook.

Ze liet haar tong langs Berengária's oor glijden. 'Wie is de klant?'

Berengária huiverde en trok haar dichter naar zich toe. Ten slotte leunde ze een stukje naar achteren om Moira in de ogen te kunnen kijken. 'Een van Gustavo's oudste en beste klanten; daarom zorgt de vertraging voor zoveel problemen.'

Er glinsterden tranen in haar ogen, en Moira besefte dat ze het wist; dat deze avond zowel het begin als het einde voor hen was geweest. Deze opmerkelijke vrouw koesterde geen illusies. En heel even voelde Moira de scherpe pijn van het verlies; wanneer iemand ten volle beseft dat een oceaan of een continent twee mensen scheidt die elkaar ooit vasthielden.

Ten slotte gaf Berengária zich over, en ze liet het hoofd zakken. 'Hij heet don Fernando Hererra.'

Soraya werd wakker met de smaak van de Sonoraanse woestijn in haar mond. Ze probeerde zich om te draaien en kreunde; ze had overal pijn. Toen ze haar ogen opende en omhoogkeek, zag ze vier mannen die haar aanstaarden, twee aan weerszijden. Ze hadden een donkere huid, net als zij, en ze hadden net als zij gemengd bloed. *It takes one to know one*, dacht ze versuft. Deze mannen waren deels Arabisch. Ze leken zo op elkaar dat ze broers konden zijn.

'Waar is hij?' vroeg een van de mannen.

'Waar is wie?' zei ze terwijl ze probeerde zijn accent te identificeren.

Een andere man – die aan de andere kant stond – ging ontspannen op zijn hurken zitten op de wijze waarop alleen een
woestijn-Arabier dat kan.

'Mevrouw Moore – Soraya, als ik zo vrij mag zijn – jij en ik
zijn allebei op zoek naar dezelfde persoon.' Zijn stem klonk rustig, zelfverzekerd en met de nonchalance van een vriend die een
rechtvaardige oplossing voor een meningsverschil probeert te
vinden. 'Een zekere Leonid Danilovitsj Arkadin.'

'Wie zijn jullie?' vroeg ze.

'Wij stellen de vragen,' zei de man die als eerste had gesproken. 'Jij geeft de antwoorden.'

Ze probeerde op te staan, maar besefte dat ze was vastgebonden. De touwen om haar polsen en enkels waren vastge-
maakt aan tentharingen die in de grond waren geslagen.

De hemel lekte het eerste licht van de dageraad, en roze ten-
takels kropen als een spin in haar richting.

'Mijn naam is niet belangrijk,' zei de hurkende man die naast
haar zat. Een van zijn ogen was bruin, zo zag ze, en het andere waterig blauw, bijna melkachtig, als een opaal, alsof het was
aangetast door een ziekte. 'Alleen wat ik wil, is belangrijk.'

Deze twee zinnen leken zo absurd dat ze bijna moest lachen.
Mensen waren herkenbaar door hun naam. Zonder naam was
er geen persoonlijke geschiedenis of signalement mogelijk en
was er alleen een onbeschreven blad papier. Maar dat was ken-
nelijk wat hij wilde. Ze vroeg zich af hoe ze dat kon veranderen.

'Als je niet vrijwillig praat,' zei hij, 'zullen we iets anders
moeten proberen.'

Hij knipte met zijn vingers, en een van de andere mannen
overhandigde hem een bamboe kooitje. De man zonder naam
nam voorzichtig de handgreep vast, zwaaide ermee voor
Soraya's gezicht en plaatste het tussen haar borsten. Er zat een
enorme schorpioen in.

'Zelfs als hij me steekt,' zei Soraya, 'ga ik er niet dood aan.'

'O, maar ik wil ook helemaal niet dat je doodgaat.' De man zonder naam opende het deurtje en begon de schorpioen met een haring naar buiten te porren. 'Maar als je ons niet vertelt waar Arkadin zich schuilhoudt, krijg je toevallen, gaan je hartslag en bloeddruk omhoog, ga je wazig zien – moet ik verdergaan?'

De schorpioen was hard en glimmend zwart. De staart kromde zich in een hoge boog over zijn pantser. Toen de stralen van de zon hem raakten, leek hij op te lichten, alsof hij van binnenuit van energie werd voorzien. Soraya probeerde er niet naar te kijken en deed een poging de angst te onderdrukken die in haar opkwam. Maar haar instinctieve reactie was moeilijk onder controle te houden. Ze hoorde haar hart in haar oren kloppen en voelde beneden haar borstbeen pijn opkomen naarmate haar vrees toenam. Ze beet op haar lip.

'En als je vaker wordt gestoken zonder behandeling – tja, het is nog maar de vraag wat er dan gaat gebeuren.'

Met de gratie van een balletdanser waagde het schepsel zich verder op zijn acht poten totdat het in het dal tussen Soraya's borsten stond. Ze vocht tegen de drang om het uit te schreeuwen.

Oliver Liss lag op een smal bankje in de gewichthefruimte van zijn fitnessclub. Zijn borst en armen glommen van het zweet en er hing een handdoek om zijn nek. Hij was bezig met zijn derde set van vijftien bicepsoefeningen toen de vrouw met het rode haar binnenkwam. Ze was lang, had vierkante schouders en een rechte rug en een enorme bos hout voor de deur. Hij had haar al een paar keer eerder gezien. Hij had de manager honderd dollar toegestoken en wist inmiddels dat ze Abby Sumner heette. Ze was vierendertig, gescheiden en had geen kinderen. Ze was een van de vele advocaten die zich in het zweet werkte voor het ministerie van Justitie. Hij gokte erop dat haar lange werktijden in haar scheiding hadden geresulteerd, maar het waren diezelfde werktijden die hem aantrokken. Dan had ze minder tijd om hem in de weg te lopen zodra de affaire was begonnen. Hij twijfelde er geen moment aan dat het zover zou komen. De vraag was alleen wanneer.

Liss deed zijn laatste reps, plaatste de halters terug in het rek en droogde zich af terwijl hij zijn strategie doornam. Abby was rechtstreeks naar de drukbank gelopen en schoof na haar gewichten te hebben geselecteerd onder de halter. Dat was voor Liss het teken. Hij stond op, liep naar de drukbank en keek haar aan met zijn filmsterrenglimlach. 'Heb je soms een spotter nodig?'

Abby Sumner keek hem aan met grote blauwe ogen. Vervolgens beantwoordde ze zijn glimlach.

'Graag. Ik kan wel iemand gebruiken. Ik heb er net een hoger gewicht opgezet.'

'Je ziet niet zo vaak een vrouw bankdrukken – tenzij ze ergens voor traint.'

Abby Sumners glimlach bleef op zijn plaats. 'Ik moet op mijn werk vaak zwaar tillen.'

Liss lachte zachtjes. Ze tilde de gewichten uit de haltersteunen en begon aan haar reps terwijl hij zijn handen vlak onder de halter hield voor het geval er iets mis zou gaan. 'Zo te horen, kan ik je maar beter niet boos maken.'

'Nee,' zei ze. 'Dat is niet verstandig.'

Ze leek nauwelijks tot geen moeite te hebben met het hoge gewicht. Liss had wel een probleem; hij kon zijn ogen nauwelijks van haar borsten houden.

'Probeer je rug recht te houden,' zei hij.

Ze drukte haar rug tegen de bank. 'Dat vergeet ik altijd als ik mijn gewicht verhoog. Bedankt.'

Na haar eerste set van acht reps hielp hij haar de halter in de steunen te plaatsen. Terwijl ze even op adem kwam, zei hij: 'Ik heet Oliver, en ik zou graag een keer met je uit eten gaan.'

'Interessant idee.' Abby keek hem aan. 'Maar ik combineer zaken niet met privé.'

Als reactie op zijn verbaasde gezichtsuitdrukking schoof ze onder de halter vandaan en stond op. Ze was werkelijk een indrukwekkende vrouw, dacht Liss. Ze wierp een blik op de sap-bar, waar een goedverzorgde man een fosforescerend groen glas met grassap dronk. De man leegde zijn glas, zette het op de bar en kwam op zijn gemak hun kant op.

Abby plaatste haar sporttas op de bank, stak haar hand er-in en haalde een aantal opgevouwen vellen papier tevoorschijn die ze Liss overhandigde.

'Oliver Liss, mijn naam is Abigail Sumner. Deze rechterlijke beslissing van de minister van Justitie van de Verenigde Staten machtigt mij en Jeffrey Klein' – hier gebaarde ze naar de gras-sapdrinker, die inmiddels naast haar stond – 'u aan te houden in verband met een onderzoek naar tenlasteleggingen die tegen u zijn gedaan toen u directeur van Black River was.'

Liss staarde haar aan. 'Wat een flauwekul. Er is allang een onderzoek ingesteld en ik ben vrijgesproken.'

'Er zijn nieuwe bezwarende feiten boven water gekomen.'

'Wat voor feiten?'

Ze knikte naar de papieren die ze hem had overhandigd. 'U vindt het overzicht in de rechterlijke beslissing van de minister van Justitie.'

Hij vouwde de beslissing open, maar kon zich niet op de let-ters concentreren. Hij deed een poging de papieren terug te ge-ven. 'Dit moet een of andere vergissing zijn. Ik ga niet met jul-lie mee.'

Klein haalde zijn handboeien tevoorschijn.

'Alstublieft, meneer Liss,' zei Abby, 'maak dit nu niet verve-lender dan het is.'

Liss keek om zich heen alsof hij een ontsnappingsroute zocht of op het laatste moment nog hulp verwachtte van Jonathan, zijn beschermengel. Waar wás Jonathan? Waarom had hij Liss niet voor dit nieuwe onderzoek gewaarschuwd?

Kolonel Boris Karpov keerde naar Moskou terug met een hart van steen. Zijn bezoek aan Leonid Arkadin was in veel opzich-ten ontnuchterend geweest. Hij zat diep in de problemen. Mas-lov had een aantal apparatsjiks binnen de FSB-2 omgekocht, waaronder Melor Boekin, Karpovs directe superieur. Zoals alle informatie die Arkadin hem had geleverd, was het bewijs even vernietigend als onomstotelijk.

Karpov, die op de achterbank van de zwarte FSB-2 Zil zat, staarde al vanaf Sjeremetjevo International Airport wezenloos uit het venster. Zijn chauffeur reed inmiddels de stad binnen.

Arkadin had Karpov voorgesteld met het bewijsmateriaal naar president Imov te gaan. Alleen al dit feit maakte Karpov achterdochtig. Aan de andere kant; zelfs als Arkadin zijn eigen redenen had om hem naar Imov te laten gaan, bestond er een kans dat hij het zou doen. Het risico was alleen enorm, zowel voor zijn carrière als voor hem persoonlijk.

Hij had twee opties. Hij kon met het bewijsmateriaal tegen Boekin naar Viktor Tsjerkesov gaan, het hoofd van de FSB-2. Het probleem was alleen dat Boekin een beschermeling van Tsjerkesov was. Als het bewijs tegen Boekin openbaar werd gemaakt, zou Tsjerkesov automatisch ook verdacht zijn. Het deed er niet eens toe of hij al dan niet op de hoogte was van Boekins verraad – hij zou uitgerangeerd zijn en gedwongen zijn ontslag te nemen. Maar voordat het zover zou komen, zou Tsjerkesov het vernietigende bewijsmateriaal tegen zijn vriend al hebben laten verdwijnen – met Karpov erbij.

Hij moest erkennen dat Arkadin gelijk had. Het bewijsmateriaal voorleggen aan president Imov was de veiligste optie. En Imov zou Tsjerkesov maar al te graag een hak zetten. Sterker nog; misschien zou hij zelfs zo dankbaar zijn dat hij een vertrouwenspersoon binnen de FSB-2 – zoals Karpov – als nieuwe bureauchef zou aanstellen.

Hoe meer Karpov erover nadacht, des te beter het idee leek. En toch was daar op de achtergrond dat zeurderige stemmetje dat tegen hem zei dat hij, zodra alles achter de rug was, diep bij Arkadin in het krijt zou staan. En dat, zo besefte hij instinctief, was een allesbehalve prettig idee. Maar het gold natuurlijk alleen als Arkadin dan nog in leven was.

Karpov lachte geluidloos en instrueerde zijn chauffeur een omweg te maken via het Kremlin. Hij leunde achterover in zijn stoel, pakte zijn mobiele telefoon en koos het nummer van het presidentiële paleis.

Een halfuur later werd hij toegelaten tot de ambtswoning van president Imov, waar twee bewakers hem escorteerden naar een kille wachtruimte met een hoog plafond. Boven zijn hoofd hing als een reusachtig bevroren spinnenweb een sierlijke kroonluchter van kristal en klatergoud die een gefacetteerd schijnsel wierp op het met zijde en brokaat gestoffeerde Italiaanse meubilair.

Vanaf zijn zitplaats zag hij dat de bewakers, die aan weerszijden van het vertrek positie hadden gevat, hem onafgebroken gadesloegen. Een klok op een gevlekte marmeren schoorsteenmantel tikte klaaglijk en sloeg zowel het halve als het hele uur. Karpov liet zich wegzinken in een meditatievorm die hij gebruikte om de tijd te doden tijdens de vele eenzame nachten die hij door de jaren heen had moeten doorbrengen in meer vreemde landen dan hem lief was. Anderhalf uur na zijn aankomst verscheen een jong lid van het bedienend personeel om hem op te halen. Karpov was onmiddellijk klaarwakker. Hij voelde zich bovendien verkwikt. De lakei glimlachte, en Karpov volgde hem door zoveel gangen en zoveel hoeken om dat hij moeite had om zich voor te stellen waar in het immense paleis hij zich bevond.

President Imov zat achter een Lodewijk XIV-bureau in zijn comfortabel gemeubileerde studeerkamer. In de open haard brandde een opgewekt vuur. Achter hem, tegen de coulissen van de gemarmerde Russische hemel, rezen de indrukwekkende koepels van het Rode Plein op als buitenaardse projectielen.

Imov schreef met een ouderwetse vulpen in een notitieboek. De lakei trok zich discreet terug en sloot de dubbele deuren achter zich. Imov keek op. Hij zette zijn bril met draadmontuur af en gebaarde naar de leunstoel tegenover het bureau. Karpov liep over het tapijt, ging zonder een woord te zeggen zitten en wachtte geduldig totdat het gesprek zou beginnen.

Imov keek hem even aan met zijn smalle en enigszins langgerekte leigrijze ogen. Misschien stroomde er wat Mongools bloed door zijn aderen. Hoe dan ook, hij was een vechter. Hij had gevochten voor het presidentschap en vervolgens nog harder zijn best moeten doen om zijn positie te behouden door een aantal sterke opponenten te verslaan.

Imov was geen grote man, maar hij was niettemin indrukwekkend. Zijn persoonlijkheid kon een balzaal vullen als dat hem zo uitkwam. Voor de rest was het respect dat zijn ambt afdwong voldoende.

'Kolonel Karpov, ik vind het opmerkelijk dat u mij wilt spreken.' Imov hield zijn vulpen vast alsof het een dolk was. 'U behoort toe aan Viktor Tsjerkesov, een *silovik* die zich openlijk tegen Nikolai Patroesjev heeft gekeerd, zijn collega van de FSB, en dus ook tegen mij.' Hij liet zijn pen behendig een pirouette draaien tussen zijn vingers. 'Kunt u mij vertellen waarom ik zou luisteren naar wat u te zeggen heeft en waarom uw baas u heeft gestuurd in plaats van persoonlijk langs te komen?'

'Ik ben hier niet op verzoek van Viktor Tsjerkesov. Hij heeft er zelfs geen idee van dat ik hier ben, en ik zou graag zien dat dat zo bleef.' Karpov legde de mobiele telefoon met het bezwarende bewijsmateriaal tegen Boekin op het bureau en haalde zijn hand weg. 'En verder behoor ik aan niemand toe, ook niet aan Tsjerkesov.'

Imovs blik bleef op Karpovs gezicht gericht. 'Werkelijk? Aangezien Tsjerkesov u bij Nikolai heeft weggehaald, moet ik zeggen dat dat goed nieuws is.' Hij tikte met de achterkant van de pen op het bureaublad. 'En toch ben ik bang dat ik die bewering met een korrel zout moet nemen.'

Karpov knikte. 'Volkomen begrijpelijk.'

Zijn blik verplaatste zich naar de mobiele telefoon, en die van Imov volgde. 'En wat hebben we hier, Boris Iljitsj?'

'De FSB-2 is voor een deel verrot,' zei Karpov langzaam en op duidelijke toon. 'Het bureau moet gezuiverd worden, liefst zo snel mogelijk.'

Imov reageerde in eerste instantie niet. Vervolgens legde hij de vulpen neer, pakte de mobiele telefoon op en zette hem aan. Er klonk geruime tijd geen geluid in de studeerkamer, zelfs niet, zo merkte Karpov op, de gedempte voetstappen van secretariaatsmedewerkers en ondersteunend personeel, waarvan het hier moest krioelen. Het was natuurlijk mogelijk dat het kantoor geluiddicht was en beveiligd tegen afluisteren.

Toen Imov klaar was, hield hij de telefoon precies zo in zijn hand als hij zijn vulpen had vastgehouden – alsof het een wapen was.

'En wie, Boris Iljitsj, zou volgens u de FSB-2 moeten zuiveren van deze rotting?'

'De keus is aan u.'

President Imov gooide zijn hoofd in zijn nek en lachte. Na in zijn ogen te hebben gewreven, reikte hij in een la. Hij opende een rijkversierde, zilveren humidor en haalde er twee havannasigaren uit. Hij overhandigde er een aan Karpov, beet het puntje van de zijne en stak hem aan met een gouden aansteker die hij van de president van Iran had gekregen. Toen Karpov een luciferboekje tevoorschijn haalde, lachte Imov opnieuw en schoof de gouden aansteker over het bureau in zijn richting.

Karpov vond de aansteker opmerkelijk zwaar. Hij knipte hem aan en zoog genotvol de sigarenrook zijn mond binnen.

'We moeten zo snel mogelijk een begin maken, meneer de president.'

Imov keek naar Karpov door een sluier van rook. 'Stel niet uit tot morgen, wat je vandaag kunt doen, Boris Iljitsj.' Hij draaide zijn stoel rond en liet zijn blik over de uivormige koepels van het Rode Plein glijden. 'Veeg die hele klotetent leeg – definitief.'

Het was eigenlijk heel ironisch, zo dacht Soraya. Hoewel ze meer dan twee ogen hadden – ze kon absoluut niet meer herinneren hoeveel precies – konden schorpioenen niet goed zien en waren ze voor het waarnemen van beweging en trillingen afhankelijk van minuscule trilharen op hun poten. En de enige beweging werd momenteel veroorzaakt door het stijgen en dalen van haar borst.

De man zonder naam bekeek de roerloos op zijn potentiële slachtoffer zittende schorpioen een tijdlang met gemengde gevoelens van ongeduld en minachting. Het dier wist duidelijk niet waar het was of wat het wilde. Plotseling tikte de man met het uiteinde van de tentharing op de kop van de schorpioen. De plotselinge aanval deed het dier schrikken en maakte het razend. Het volgende moment boorde de staart zich trillend in zijn prooi. Soraya's adem stokte. De man zonder naam gebruikte de tentharing om het schepsel terug te loodsen in zijn kooi. Hij sloot het deurtje en vergrendelde het.

'Goed,' zei de man zonder naam, 'of we wachten totdat het gif begint te werken, of je vertelt ons waar we Arkadin kunnen vinden.'

'Zelfs als ik het wist,' zei Soraya, 'zou ik het jullie niet vertellen.'

Hij fronste zijn wenkbrauwen. 'Dus ik kan je niet op andere gedachten brengen?'

'Loop naar de hel.'

Hij knikte, alsof hij haar koppigheid had verwacht. 'Het wordt interessant om te zien hoe lang je het nog uithoudt nadat de schorpioen je acht of negen keer heeft gestoken.'

Met een futloos handgebaar gaf hij de schorpioenman een teken om het deurtje van de kooi opnieuw te openen toen hij met een oorverdovende knal achteruit werd geblazen in een golf van bloed en versplinterd bot. Soraya keek opzij en zag hem uitgestrekt op de grond liggen; zijn hoofd was verdwenen. Er werden opnieuw schoten afgevuurd, en toen ze de andere kant op keek, lagen de andere mannen ook op de grond. De man zonder naam greep naar zijn kapotte schouder en beet van pijn op zijn lip. Er naderden twee benen in stoffige laarzen.

'Wie?' Soraya keek op, maar omdat de eerste reacties op het schorpioengif zich aandienden en de zon in haar ogen scheen, kon ze niets zien. Haar hart leek uit haar borst te willen ontsnappen en haar hele lichaam leek te kloppen alsof ze hoge koorts had. 'Wie?'

De mannelijke gestalte ging op zijn hurken zitten. Met de rug van zijn zongebruinde hand mepte hij het kooitje van haar borst. Even later voelde ze hoe de touwen waarmee ze was vastgebonden, los werden gemaakt, en ze schudde ze van zich af. Toen ze omhoogkeek, hield iemand een cowboyhoed boven haar hoofd zodat de brede rand haar tegen het felle zonlicht beschermde.

'Contreras,' zei ze, toen ze zijn gegroefde gezicht zag.

'Ik heet Antonio.' Hij stak een arm onder haar schouders en hielp haar te gaan zitten. 'Noem me maar Antonio.'

Soraya begon te huilen.

Antonio bood haar zijn pistool aan. Het was een interessant stukje maatwerk: een Taurus Tracker .44 Magnum – een handwapen voor een jager – waaraan een houten geweerlade was bevestigd. Ze pakte het pistool aan en hij hielp haar overeind. Ze voelde zich beverig en het was alsof haar hersenen in brand stonden. Aan haar voeten lag de man zonder naam die haar met ontblote tanden aanstaarde. Toen ze hem in de ogen keek, zag ze dat hij haar ook aankeek. Haar wijsvinger kromde zich rond de trekker. Ze richtte de Taurus en drukte af. Er trok een krachtige schok door de man zonder naam, alsof hij aan onzichtbare kabels vastzat die hem even van de grond rukten. Toen werd alles stil en bleef hij roerloos liggen met in zijn blinde ogen de reflectie van de opkomende zon.

Soraya droogde haar tranen.

18

Coven ging met een beangstigende kalmte te werk. Gedurende de uren nadat hij Chrissie en Scarlett had gekneveld, had hij zich vertrouwd gemaakt met het huis. Chrissies vader had hij vastgebonden en met een prop in zijn mond in een kast gezet. Hij had ze veertig minuten alleen gelaten voor een ritje naar een ijzerhandel, waar hij de grootste draagbare generator had gekocht die hij nog in zijn eentje kon verplaatsen. Bij terugkeer had hij zijn gevangenen gecontroleerd. Chrissie en haar dochter lagen nog steeds veilig vastgebonden op het lits-jumeaux op de eerste verdieping. De vader sliep of was bewusteloos. Het interesseerde Coven niet welk van de twee. Vervolgens had hij de generator naar de kelder gesleept en zonder problemen op het elektrische systeem aangesloten als back-up voor het geval het licht uit zou gaan. Hij voerde een test uit. Het ding tikte als een aftandse staande klok en was veel te klein voor zijn taak. Zelfs na vermindering van het aantal groepen moest hij vaststellen dat hij hooguit tien minuten licht zou hebben voordat de generator het zou begeven. Nou ja, hij moest het er maar mee doen.

Vervolgens ging hij naar boven, waar hij een tijdje naar Chrissie en Scarlett keek terwijl hij een sigaret rookte. Hoewel de dochter nog geen tiener was, was ze knapper dan haar moeder. Als hij een ander soort mens was geweest, zou hij zijn voordeel hebben gedaan met dat jonge, tere lichaam, maar hij verfoeide die geperverteerde karaktertrek. Hij was een scrupuleus mens, een man met een rechtschapen moraal. Zo ging hij ook met zijn werk om. Het was zijn manier om gezond van geest te blijven in wat hij als een krankzinnige wereld beschouwde. Zijn privéleven was heel alledaags en even saai als het grijze bestaan van een buschauffeur. Hij had een vrouw – zijn middelbare-schoolvriendinnetje – twee kinderen en een hond die Ralph heette. Hij had een hypotheek, een getikte moeder die hij onderhield en een broer in het gesticht – hoewel dat tegenwoordig niet meer zo werd genoemd – die hij om de twee weken een bezoekje bracht. Als hij thuiskwam van een langdurige, zware en vaak bloederige missie, kuste hij zijn vrouw op de lippen. Daarna ging hij naar zijn kinderen – of ze nu aan het spelen waren, voor de tv zaten of al in bed lagen – en inhaleerde hun melkzoete geur. Even later at hij een maaltijd die zijn vrouw had klaargemaakt, waarna hij haar mee naar boven nam om haar suf te neuken.

Hij stak een nieuwe sigaret aan met de peuk van de andere en staarde naar moeder en dochter die met armen en benen wijd naast elkaar waren vastgebonden op het bed. Het meisje was nog een kind, ongeschonden. De gedachte haar iets aan te doen, deed hem walgen. Wat de moeder betrof – die deed hem niks. Ze was te mager en zag er futloos uit. Wat hem betrof mocht een ander haar hebben. Tenzij Bourne hem dwong haar te doden.

Weer beneden doorzocht hij de provisiekast. Hij opende een blik witte bonen in tomatensaus van Heinz en schepte de inhoud koud eruit met twee vingers. Ondertussen luisterde hij naar de geluiden om zich heen en ademde hij in elk vertrek de geuren in. Hij sloeg alles op in zijn geest. Kortom, hij liep net zolang door het huis totdat hij zich met elke eigenaardigheid en elk hoekje en gaatje vertrouwd had gemaakt. Nu had hij het voordeel aan zijn kant. Nu was het zíjn territorium; de plaats waar híj zou zegevieren.

Ten slotte liep hij naar de woonkamer, waar hij alle lampen aandeed. Op dat moment hoorde hij het schot. Hij sprong op, haalde zijn Glock uit de lederen holster en trok de gordijnen opzij om door het voorkamerraam naar buiten te kijken. Hij verstrakte toen hij Jason Bourne zigzaggend en op hoge snelheid in de richting van de voordeur zag rennen, gevolgd door een grijze Opel. De auto maakte een schuiver om vervolgens met piepend rubber en een fontein van grind vlak voor het huis tot stilstand te komen. Het voorportier ging open en de chauffeur vuurde een schot af op Bourne. Hij miste. Bourne bevond zich inmiddels op de trap. Coven haastte zich naar de voordeur met zijn Glock in de aanslag. Hij hoorde opnieuw twee schoten, dook op zijn knieën en zwaaide de deur open. Bourne lag met zijn gezicht naar beneden op de trap en een bloedvlek spreidde zich uit over zijn jas.

Coven dook in elkaar toen er een volgend schot klonk. Hij sprong naar buiten en vuurde snel achtereen. De schutter dook terug in de Opel. Coven greep met zijn vrije hand Bournes jas en trok het lichaam de woonkamer in. Hij vuurde nog een schot af en hoorde hoe de schutter de Opel in de versnelling zette om op hoge snelheid weg te rijden. Coven trapte de deur achter zich dicht.

Hij controleerde Bournes pols en liep naar het raam, trok opnieuw de gordijnen opzij en liet zijn blik over de oprit glijden. De schutter en de Opel waren nergens te zien.

Coven liep weer naar Bourne, boog zich over de roerloze gestalte en drukte de loop van de Glock tegen zijn slaap. Hij was juist bezig hem om te draaien toen de lichten knipperden, dimden en vervolgens weer aangingen. Vanuit de kelder hoorde hij het tikken van de generator. Hij had nog net tijd om te beseffen dat de stroom van het huis was afgesneden toen Bourne de Glock opzij mepte en hem een harde vuistslag op zijn borstbeen gaf.

'De man die je zoekt is in Puerto Peñasco.' Antonio gaf Soraya haar mobiele telefoon terug. 'Mijn compadre, de havenmeester van de marina, kent de gringo. Hij woont momenteel in het oude Santa Teresa-klooster, dat al jaren leegstaat. Hij heeft een Cigarette waarmee hij elke avond na zonsondergang de zee op gaat.'

Ze zaten in een zonnig wijnlokaal aan Calle de Ana Gabriela Guevara in Nogales. Antonio had Soraya geholpen met opruimen en vervolgens ijs geregeld voor in het kompres dat ze op de plek tussen haar borsten legde waar de schorpioen haar had gestoken. De rode plek zwol gelukkig niet op, en de symptomen die ze in de woestijn had gevoeld, waren inmiddels voor het grootste gedeelte verdwenen. Ze had Antonio ook gevraagd of hij zes flessen water voor haar wilde kopen, waarvan ze meteen begon te drinken om haar vochthuishouding weer op orde te brengen en het gif sneller uit haar lichaam te krijgen.

'Na ongeveer een uur voelde ze zich een stuk beter. Ze kocht nieuwe kleren in de winkel op Plaza Kennedy, en daarna gingen ze een hapje eten.

'Ik rijd je wel naar Puerto Peñasco,' zei Antonio.

Soraya stopte het laatste restje van de *chilaquiles* in haar mond. 'Volgens mij heb je wel wat beters te doen. En ik ga niet nog meer geld aan je uitgeven.'

Antonio trok een gezicht. Op de terugweg naar Nogales had hij haar verteld dat zijn werkelijke naam Antonio Jardines was. Contreras was de naam die hij voor zakelijke doeleinden gebruikte. 'Dat vind ik een belediging. Behandel je zo de man die je leven heeft gered?'

'Ik ben je heel dankbaar.' Soraya leunde naar achteren en keek hem aan. 'Ik begrijp alleen niet waarom je zo in mij geïnteresseerd bent.'

'Tja, hoe zal ik dat eens uitleggen?' Antonio nipte van zijn *café de olla*. 'Mijn leven speelt zich af tussen Nogales in Arizona en Nogales in Sonora. Een godvergeten saai stuk woestijn waarvan al heel wat mannen aan de drank zijn geraakt. Het enige waar ik me mee bezighoud, zijn die klote-*migras*, en dat stelt echt niet veel voor.' Hij maakte een weids gebaar met zijn handen. 'En er is nog iets. Het leven hier is een en al verwaarlozing. Je zou kunnen zeggen dat het leven hier gedefinieerd wordt door verwaarlozing. Van het type waaraan je langzaam kapotgaat en waarvan heel Latijns-Amerika vergeven is. En het interesseert de mensen allemaal geen donder. Het enige waar ze warm voor lopen is geld.' Hij dronk zijn laatste restje café de olla op. 'En toen kwam jij ineens.'

Soraya dacht hierover na. Ze nam de tijd omdat ze geen vergissing wilde begaan, hoewel ze hier eigenlijk nergens zeker van kon zijn. 'Ik wil niet met de auto naar Puerto Peñasco,' zei ze ten slotte. Ze had er gedurende de maaltijd over nagedacht. Het feit dat Antonio had gezegd dat Arkadin in het bezit was van een Cigarette, had de doorslag gegeven. 'Ik wil er met de boot naartoe.'

Antonio's ogen schitterden en hij wees op haar met zijn wijsvinger. 'Kijk, dat bedoel ik nou. Je denkt niet als een vrouw; je denkt als een man. Dat zou ik ook doen.'

'Kan je compadre bij de jachthaven dat regelen?'

Hij grinnikte. 'Zie je wel, je hebt me toch nodig.'

Bourne deelde een tweede vuistslag uit. Hij was door Ottavio Moreno met losse flodders beschoten en zat nu onder het varkensbloed uit een plastic zak die hij had doorgeprikt. Coven, die in het geheel niet op de vuistslagen reageerde, ramde de kolf van de Glock tegen Bournes voorhoofd. Bourne greep zijn pols en draaide hem met kracht om. Vervolgens greep hij een van Covens vingers en brak hem. De Glock vloog over de vloer en belandde in de buurt van het haardrooster.

Bourne duwde Coven van zich af en kwam op een knie overeind, maar Coven trapte zijn been onder hem vandaan en Bourne viel achterover. Coven zat onmiddellijk boven op hem en begon op Bournes gezicht in te slaan. Bourne bleef stilliggen. Coven stond op en haalde uit naar Bournes ribben met de hak van zijn schoen. Schijnbaar zonder te hebben bewogen, greep Bourne de voet vast voordat die hem kon raken en rukte de enkel naar links.

Coven kreunde toen zijn kootbeen knapte. Hij kwam hard op de vloer terecht, rolde onmiddellijk opzij en kroop op handen en voeten naar het haardrooster, waar de Glock lag.

Bourne pakte een koperen beeldje van een bijzettafel en smeet het naar Coven. Het beeldje raakte hem op het achterhoofd waardoor hij met zijn gezicht tegen de vloer sloeg. Zijn kaken klapten dicht, en het bloed gulpte uit zijn neus. Dat weerhield hem er echter niet van de Glock te grijpen en zich in één vloeiende beweging half om te draaien en een schot te lossen. De kogel raakte de tafel naast Bourne, die vervolgens omviel waardoor de lamp op zijn hoofd terechtkwam.

Coven probeerde opnieuw te vuren, maar Bourne wierp zich op hem en worstelde hem op zijn rug. Ondertussen had Coven achter zich een pook gevonden, en hij haalde uit. Maar Bourne rolde weg, en de pook stuiterde tegen de vloer. Coven begon stekende bewegingen te maken en perforeerde Bournes jas. Hij dreef het uiteinde van de pook in de houten vloer en kwam vervolgens kreunend overeind. Hij pakte de asschep uit de open haard, drukte de lange koperen steel op Bournes keel en begon kracht te zetten met zijn hele gewicht.

Het was honderdachtennegentig kilometer van Nogales naar Las Conchas, waar een vriend van Antonio's maat de boot die hen op zou pikken naartoe had gevaren. Ze hadden om een grote boot gevraagd, zo opvallend mogelijk; een jacht dat Arkadins aandacht zou trekken en vast zou houden totdat hij het goed had bekeken. Voor hun vertrek had ze in het winkelcentrum van Nogales de meest uitdagende bikini gekocht die ze kon vinden. Toen ze hem aan Antonio had geshowd, waren zijn ogen bijna uit zijn schedel gepuild.

'*¡Madre de Dios, qué linda muchacha!*' had hij uitgeroepen.

Om de zichtbare bijverschijnselen van de schorpioensteek zo veel mogelijk te verdoezelen, kocht ze een zeer dunne omslagdoek, en ook een stel badlakens, een enorme zonnebril van Dior, een modieuze zonneklep en een paar tubes zonnebrandcrème, waarmee ze zich onmiddellijk begon in te smeren.

Antonio's vriend heette Ramos, en hij was met de juiste boot gekomen: groot en opzichtig. De dieselmotoren ronkten en gorgelden toen Antonio en zij aan boord gingen en Ramos hun het benedendek liet zien. Hij was een kleine, donkere, dikke man met krullend zwart haar, tatoeages op zijn indrukwekkende armen en een bereidwillige glimlach.

'Ik heb ook wapens als jullie ze nodig hebben – pistolen en semiautomatisch spul,' zei hij behulpzaam. 'Geen extra kosten, behalve voor gebruikte munitie.'

Soraya bedankte hem, maar zei dat wapens niet nodig waren.

Niet lang nadat ze weer bovendeks waren gekomen, gooide Ramos de trossen los. Puerto Peñasco bevond zich op nog geen tien kilometer in noordelijke richting.

Boven het ronken van de dieselmotoren uit zei Ramos: 'Arkadin gaat meestal pas na zonsondergang met de Cigarette op pad, dus we hebben nog een paar uur. Ik heb visgerei aan boord. We kunnen naar het *51-mile reef* varen; daar zit een hoop heilbot, zwarte zeebaars en rode snapper. Wat denken jullie ervan?'

Soraya en Antonio visten ongeveer anderhalf uur in de buurt van het rif. Toen hielden ze het voor gezien en zetten ze hun reis voort in de richting van de jachthaven. Ze naderden in een boog rond de landtong, en Ramos nam gas terug omdat ze in de buurt van de aanlegsteiger kwamen. Hij wees op de plaats waar de Cigarette lag afgemeerd. Er was geen spoor van Arkadin, maar Soraya zag een oudere Mexicaan die bezig was de boot klaar te maken voor vertrek. De Mexicaan had een donkere huid en een gezicht dat getekend was door hard werken, blakend zonlicht en zoute zeewind.

'Jullie hebben geluk,' zei Ramos. 'Daar komt hij net aan.'

Soraya keek in de richting die Ramos aangaf en zag een gespierde man de steiger op lopen. Hij droeg een honkbalpet, een zwart met groene surfbroek, een versleten Dos Equis t-shirt en rubberen sandalen. Ze deed onmiddellijk haar omslagdoek af. Haar donkere geoliede huid glom in het zonlicht.

De lengte van de steiger besloeg de volledige jachthaven zodat ze ruim de tijd had om Arkadin te bestuderen. Hij had kortgeknipt donker haar, een hard gezicht waar niets van af te lezen viel en de vierkante schouders van een zwemmer. Zijn armen en benen leken meer op die van een worstelaar en waren lang en gespierd. Hij zag eruit alsof hij alle reden had om zelfverzekerd te zijn en hij leek vrijwel zonder inspanning te lopen; alsof hij planeerde en zijn voeten van kogellagers waren gemaakt. Hij straalde een energie uit die ze niet thuis kon brengen – als van een vulkaan. Het gaf haar een onbehaaglijk gevoel. Hij had bovendien iets vertrouwds dat haar bijna fysiek pijn deed. En plotseling besefte ze met een elektriserende schok die haar tot in het diepst van haar wezen raakte, wat het was: hij bewoog zich precies als Jason.

'Oké, daar gaan we.' Ramos stuurde de boot naar de steiger en schakelde de motoren in de vrijstand zodat ze langzaam naar de ligplaats naast de Cigarette dreven.

Arkadin zei iets tegen de Mexicaan en lachte. Het volgende moment verscheen de boot van Ramos in de periferie van zijn gezichtsveld. Hij keek op, kneep zijn ogen half dicht tegen de felle zon – en zijn blik viel op Soraya. Zijn neusvleugels trilden toen hij haar gezicht zag en vervolgens haar opwindende lichaam, dat bijna naakt was in de minuscule bikini – beter nog, vond Soraya, want nu viel er nog iets te raden. Ze hief een arm op om de zonneklep op haar hoofd recht te zetten, hoewel het gebaar in werkelijkheid was bedoeld om de sensualiteit van haar exotische lichaam te accentueren.

Toen draaide hij zich weer om, en hij zei iets tegen de Mexicaan waarom hij moest lachen. Soraya was teleurgesteld. Haar vingers grepen de reling vast alsof ze die wilde wurgen.

'Die gringo is gewoon een *fucking maricón*,' zei Antonio.

Soraya lachte. 'Doe niet zo idioot.' Maar zijn commentaar compenseerde het gevoel dat ze een nederlaag had geleden. 'Ik ben ook niet echt een uitdaging voor hem.' Plotseling kreeg ze een idee. Ze draaide zich om naar Antonio en legde haar armen op zijn schouders. Ze keek hem recht in de ogen en zei: 'Kus me. Vlug. En niet stoppen.'

Antonio leek maar al te graag aan haar verzoek te voldoen. Hij sloeg zijn armen rond haar middel en drukte zijn lippen op de hare. Zijn tong leek zich naar binnen te branden toen hij tussen haar tanden haar mond binnendrong. Soraya kromde haar rug en vormde haar lichaam naar het zijne.

Ramos manoeuvreerde de boot net iets te dicht in de buurt van de Cigarette, wat tot gevolg had dat de gringo en El Heraldo zich omdraaiden. El Heraldo rende vloekend en zwaaiend naar de boeg, en ondertussen observeerde de gringo Soraya en Antonio in hun amoureuze omhelzing. Hij leek plotseling wel geïnteresseerd.

Ramos schreeuwde een verontschuldiging, stuurde de boot een stukje naar achteren en legde aan. Een hulpje van de jachthaven stond klaar om voor en achter de meertouwen vast te leggen. Ramos zette de motoren uit en wierp hem de trossen toe. Vervolgens stapte hij van de boot om naar het kantoortje van de havenmeester te lopen. Arkadin bleef naar Soraya en Antonio Jardines kijken; hij had zich geen centimeter verroerd.

'Oké, genoeg,' zei Soraya in Antonio's mond. *'¡Basta, hombre! ¡Basta!'*

Antonio liet haar met tegenzin gaan, en ze duwde hem eerst met een hand van zich af en vervolgens met beide handen. Ze had zich nog niet losgemaakt, of ze zag Arkadin naderen over de steiger.

'*Mano*, je lijkt verdomme wel een *pulpo*,' zei ze op luide toon – en niet alleen om zich ervan te verzekeren dat Arkadin het kon horen.

Antonio, die helemaal opging in zijn rol, grijnsde naar haar en veegde zijn lippen af met de rug van zijn hand. Het volgende moment was Arkadin aan boord om zich met de kwestie te bemoeien.

'Hé, maricón, wat heb jij hier te zoeken? Rot op,' zei Antonio.

Arkadin duwde hem met een arm van de boot het water in. De Mexicaan op de Cigarette lachte luid.

'Waar slaat dat in godsnaam op?' vroeg Soraya op kille toon.

'Hij deed je pijn.' Arkadin zei het alsof het een bewezen feit was.

'Wat weet jij daarvan?' Soraya bleef hem met een onderkoelde blik aankijken.

'Hij is een man en jij bent een vrouw,' zei Arkadin. 'Ik weet precies waar hij mee bezig was.'

'Misschien vond ik het wel lekker.'

Arkadin lachte. 'Misschien wel. Zal ik die zakkenwasser even op de steiger helpen?'

Soraya keek omlaag naar Antonio, die proestend boven water kwam. 'Dat had ik zelf ook gekund.' Vervolgens keek ze Arkadin aan. 'Laat die zakkenwasser maar waar hij is.'

Arkadin lachte opnieuw en bood haar zijn arm aan. 'Misschien heb je een verandering van omgeving nodig.'

'Wie weet. Maar in elk geval niet met jou.'

Ze duwde hem opzij, stapte van de boot en liep langzaam en uitdagend weg over de steiger.

Bourne voelde zijn longen branden. Hij zag zwarte vlekken voor zijn ogen. Het zou niet lang meer duren of de steel van de asschep op zijn keel zou zijn tongbeen breken, en dan zou het allemaal voorbij zijn. Hij stak zijn arm uit, greep Covens gebroken enkel vast en kneep er zo hard in als hij kon. Coven schreeuwde het uit van de pijn en schoot met een ruk overeind. De druk verdween van Bournes keel. Hij mepte de schep weg en rolde opzij.

Coven vond de Glock en richtte het wapen op Bourne met een moordzuchtige blik in zijn ogen. Op dat moment stopte het tikken van de generator en werd het huis in duisternis gehuld. Coven vuurde. Hij miste op een haar, en Bourne rolde weg in de schaduw. Hij hield zich tien seconden stil en rolde verder. Coven vuurde opnieuw, maar het schot was mijlenver naast. Hij had er duidelijk geen idee van waar Bourne zich bevond.

Bourne kon horen dat Coven zich verplaatste. Nu het licht was gedoofd, had Coven niet langer het voordeel van het eigen terrein. Coven zou een andere manier moeten bedenken om zijn dominante positie terug te winnen.

Als Bourne in zijn schoenen zou staan, zou hij proberen bij Chrissie en Scarlett te komen en zo druk uit te oefenen om hem uit zijn schuilplaats te lokken. Hij gaf geen kik en luisterde geconcentreerd om erachter te komen in welke richting Coven zich bewoog. Dat was van links naar rechts. Hij kroop voorbij de open haard. Waar ging hij naartoe? Waar hield hij zijn gijzelaars gevangen?

Bourne maakte in gedachten een plaatje van wat zijn geest had geregistreerd toen Coven hem naar binnen had gesleept. Hij zag de open haard, de twee gestoffeerde leunstoelen, het bijzettafeltje met de lamp, de sofa en de trap naar de eerste verdieping.

Coven verraadde zichzelf door een krakende trede. Bourne kwam zonder ook maar een seconde te verspillen uit zijn schuilplaats tevoorschijn. Hij greep de lamp, rukte de kabel uit het stopcontact en smeet het ding tegen de muur links van hem terwijl hij op de leunstoel sprong. Coven vuurde twee schoten af in de richting van het lawaai. Het volgende moment sprong Bourne over de trapleuning.

Hij wierp zich op Coven, smeet hem tegen de muur en kwam boven op hem terecht. Hoewel Coven verrast was, slaagde hij erin nog twee schoten te lossen. Hij miste opnieuw, maar de vlammen veroorzaakten een brandwond op Bournes wang. Vervolgens probeerde Coven hem met de loop van de Glock een mep te verkopen. Bourne trapte naar achteren en versplinterde een leuningstijl. Hij rukte een helft uit de onderregel en sloeg ermee naar Covens gezicht. Coven kreunde terwijl zijn bloed tegen de muur spatte en hij rolde weg om een volgende klap te ontwijken. Hij haalde uit met zijn voet en ramde de zool van zijn schoen in Bournes gezicht. Bourne viel achteruit tegen de muur en zette zich schrap. Coven vuurde opnieuw twee keer in het kleine trappenhuis.

Beide schoten zouden Bourne hebben geraakt als hij niet over de leuning was gesprongen. Hij bleef roerloos in het donker hangen. Toen hij Coven de trap op hoorde kruipen, trok hij zichzelf omhoog. Hij klom over de leuning en rende met drie treden tegelijk naar de eerste verdieping. Hij wist nu twee dingen: Coven ging naar zijn gijzelaars, en het magazijn van de Glock was leeg. Coven had tijd nodig om te herladen en was nu het kwetsbaarst.

Maar toen Bourne de overloop op de eerste verdieping bereikte, kon hij nergens beweging onderscheiden. Hij ging op zijn hurken zitten om te luisteren en wachtte af. Meer vensters betekende licht, maar het schemerschijnsel was zwak en veranderlijk doordat de takken van de overgroeiende bomen tegen het huis aan schuurden. Hij zag vier deuren: vier kamers, twee aan weerszijden. Hij opende de eerste deur links. Het vertrek was leeg. Hij haastte zich naar binnen en legde zijn oor tegen de binnenmuur die aan de volgende kamer grensde. Hij hoorde niets en ging terug naar de deur. Terwijl hij de gang in rende en de eerste kamer rechts binnenstormde, vuurde Coven. Bourne had hem de tijd gegeven om zijn wapen te herladen.

Hij verspilde geen moment. Hij haastte zich naar het raam, opende het en klom op de vensterbank. Daar werd hij geconfronteerd met een dichte wirwar van eikentakken. Hij klom in de boom en baande zich een weg naar het venster van de tweede kamer aan de rechterkant. Er bewoog een schaduw, en hij bleef roerloos zitten. Hij kon vaag een lits-jumeaux onderscheiden en had de indruk dat er twee gestalten op lagen: Chrissie en Scarlett?

Hij reikte naar de tak die zich min of meer horizontaal boven zijn hoofd bevond, begon heen en weer te zwaaien om de benodigde impuls op te bouwen en lanceerde zichzelf vervolgens met zijn benen naar voren door het raam. Het oude glas versplinterde in duizend kristallijnen fragmenten, en Coven bracht instinctief zijn armen omhoog om zijn gezicht te beschermen.

Bourne stormde de kamer in en wierp zich op Coven. De twee mannen klapten tegen de muur tegenover het raam en belandden boven op elkaar op de grond. Bourne gaf Coven drie vuistslagen en deed vervolgens een greep naar de Glock. Maar Coven had dit aan zien komen, en zodra Bourne uit zijn dekking kwam, bracht hij hem een mokerslag toe op zijn verbrande en bloedende kaakbeen. Bourne sloeg achterover en Coven richtte de Glock. Niet op Bourne, maar op Scarlett, die vastgebonden op het dichtstbijzijnde bed lag. Vanaf de plaats waar hij op de grond lag, kon hij Chrissie, die op het bed bij het raam lag, niet raken.

Coven ademde zwaar, maar slaagde erin te zeggen: 'Oké, opstaan. Je hebt vijf seconden om je handen achter je hoofd te vouwen. Anders gaat het meisje eraan.'

'Alsjeblieft, Jason. Doe wat hij zegt.' Chrissies stem klonk hoog en schor door een doodsangst die grensde aan hysterie. 'Hij mag Scarlett geen pijn doen.'

Bourne wierp een blik op Chrissie en maakte een schaarbeweging waarmee hij Covens uitgestoken arm omlaag rukte en weg van Scarlett.

Coven vloekte en deed een poging zijn arm los te worstelen om de Glock opnieuw te richten. Dat was zijn fout. Met Covens arm als hefboom slingerde Bourne zijn bovenlichaam overeind en naar voren. De kopstoot raakte Coven op zijn toch al gebroken en bloederige neus. Coven huilde van pijn, maar bleef proberen zijn arm los te trekken. Bourne trapte met de onderkant van zijn schoen tegen Covens knieschijf en verbrijzelde hem. Coven zakte in elkaar en Bourne trapte opnieuw tegen de knie. Covens ogen begonnen te wateren en hij begon te beven.

Bourne wrikte de Glock uit zijn hand en drukte de loop in Covens rechteroog.

Coven spande haast onmerkbaar zijn spieren, maar Bourne zag het en zei: 'Geen geintjes, anders kom je deze kamer niet levend uit. En wie zorgt er dan voor je vrouw en je kinderen?'

Het bloeddoorlopen oog waarmee Coven nog kon zien, leek tot rust te komen. Maar toen Bourne de loop weghaalde, schoot Coven plotseling overeind op zijn schouder en heup. Bourne liet hem gelaten begaan en stond Coven toe hem naar achteren te drijven om hem ook zijn laatste restje energie te laten verbruiken. Ten slotte liet hij de kolf van de Glock op Covens schedel terechtkomen waardoor zijn oogkas werd verbrijzeld. Coven probeerde te schreeuwen, maar er kwam geen geluid uit zijn mond. Zijn ogen rolden omhoog in zijn hoofd en hij zakte in elkaar voor Bournes voeten.

19

Boris Karpov wandelde over het winderige Rode Plein en haalde diep adem terwijl hij zich afvroeg hoe hij te werk zou gaan tegen Boekin en de levensgevaarlijke Tsjerkesov. President Imov had hem alles gegeven waarom hij had gevraagd, inclusief absolute geheimhouding totdat hij alle mollen in de FSB-2 had geïdentificeerd. De beste persoon om mee te beginnen was Boekin. Hij wist dat hij Boekin kon breken, en zodra hij dat had gedaan, zouden de andere mollen vanzelf naar boven komen.

Het sneeuwde licht. De vlokken waren klein en droog en dwarrelden in de wind. In de goudkleurige en gestreepte uivormige koepels weerspiegelden lichtjes, en toeristen namen foto's met flitslicht van elkaar met op de achtergrond de sierlijke architectuur. Hij nam even een moment de tijd om dit vredige schouwspel in zich op te nemen; een schouwspel dat tegenwoordig steeds zeldzamer werd in Moskou.

Hij draaide zich om en liep terug naar zijn limousine. De chauffeur, die hem zag naderen, startte de motor. Hij stapte achter het stuur vandaan en opende het achterportier voor zijn baas. Er liep een lange blonde vrouw voorbij in een roodachtige jas van vossenbont en kniehoge laarzen. De chauffeur keek haar na terwijl Karpov in de auto stapte. De deur sloeg met een zware dreun achter hem dicht.

'Naar het hoofdkwartier,' zei hij tegen de chauffeur die achter het stuur plaatsnam. De man knikte zonder iets te zeggen.

Hij zette de limousine in de versnelling en ze reden het Kremlin uit.

De rit naar het hoofdkwartier van de FSB-2 aan de ulitsa Znamenka duurde elf minuten, afhankelijk van het verkeer – wat op dit moment niet zo'n ramp was. Karpov was in gedachten verzonken. Hij probeerde een manier te bedenken om Boekin alleen te spreken en hem af te snijden van zijn contactpersonen. Hij besloot hem voor het diner uit te nodigen. Onderweg zou hij zijn chauffeur opdracht geven om naar het enorme bouwterrein aan de ulitsa Varvarka te rijden; een dode zone voor mobiele telefoons waar hij ongestoord met Boekin over diens verraad kon spreken.

De chauffeur stopte voor een rood licht, maar toen het groen werd, zette hij de auto niet in de versnelling. Door zijn portierraam van rookglas zag Karpov dat er een Mercedes limousine naast hen was komen staan. Het achterportier ging open en er verscheen een gestalte. Het was te donker om te zien wie het was, maar het volgende moment werd het achterportier van zijn auto geopend – vreemd, aangezien zijn chauffeur de portieren altijd automatisch vergrendelde. De gestalte bukte, stapte in en nam plaats op de stoel naast hem.

'Boris Iljitsj, altijd goed je weer te zien,' zei Viktor Tsjerkesov.

Hij had een glimlach als een hyena, en zo rook hij ook, merkte Karpov op.

Tsjerkesov, wiens gele ogen hem een roofzuchtige, bijna bloeddorstige uitstraling gaven, boog zich een stukje naar voren om iets tegen de chauffeur te zeggen. 'De ulitsa Varvarka, lijkt me. Het bouwterrein.' Vervolgens leunde hij naar achteren. Zijn weerzinwekkende glimlach leek licht te geven in het halfduister van de limousine. 'We willen tenslotte niet gestoord worden, nietwaar, Boris Iljitsj.'

Het was geen vraag.

Mandy en Michelle lagen ineengestrengeld te slapen zoals ze altijd deden na een lang erotisch samenzijn. Bud Halliday en Jalal Essai daarentegen hadden zich teruggetrokken in de woonkamer van het appartement dat ze in gezamenlijke eigendom hadden onder een zo goed gedocumenteerde schuilnaam dat de woning nooit naar hen kon worden getraceerd.

Uit beleefdheid, en niet omdat het zijn eigen keuze was, nipte Halliday van een glas zoete muntthee. Hij keek naar Essai, die tegenover hem zat.

'Trouwens,' zei Halliday met zijn meest nonchalante stem, 'dat wilde ik je nog vertellen. Oliver Liss is gearresteerd.'

Essai kwam half overeind. 'Wat? Waarom heb je dat niet meteen gezegd?'

Halliday gebaarde naar de deur waarachter de tweeling lag te slapen.

'Maar... wat is er gebeurd? Hij was toch veilig?'

'Het lijkt erop dat er tegenwoordig niemand meer veilig is.' Halliday zocht naar de humidor. 'Het ministerie van Justitie is onverwacht een nieuw onderzoek gestart naar zijn connecties in de tijd dat hij directeur was van Black River.' Hij keek plotseling op en doorboorde Essai met zijn blik. 'Zouden ze ook bij jou uit kunnen komen?'

'Ik ben compleet geïsoleerd,' zei Jalal Essai. 'Daar heb ik vanaf het begin voor gezorgd.'

'Goed zo. Laat Liss de klere maar krijgen. Wij gaan gewoon verder.'

Jalal Essai leek in de war. 'Verbaast het jou dan niet?'

'Ik had de indruk dat Oliver Liss zich al een tijdlang op dun ijs begaf.'

'Maar ik heb hem nodig,' zei Jalal Essai.

'Correctie: je hád hem nodig. Toen ik zei dat wij gewoon verdergingen, meende ik dat.'

Halliday vond zijn in leer gebonden humidor en haalde een sigaar tevoorschijn. Hij bood hem Essai aan, die afsloeg. Halliday beet het puntje eraf, nam hem in zijn mond en stak hem aan. Hij rolde de sigaar door de vlam terwijl hij de rook uitblies.

Essai zei: 'Liss had inderdaad zijn langste tijd wel gehad.'

'Zo mag ik het horen.' Halliday voelde zich rustiger nu hij een trek had genomen. Wanneer hij seks met Michelle had gehad, ging zijn hart altijd zo tekeer dat het pijn deed. Dat mens leek verdomme wel een turnster.

Essai schonk zichzelf nog een kop thee in. 'Met Liss volgde ik alleen orders op van een organisatie die ik achter me had gelaten.'

'En nu doen wij samen zaken,' zei Halliday.

Essai knikte. 'Honderd miljard in goud.'

Halliday fronste zijn wenkbrauwen en staarde naar het gloeiende uiteinde van zijn sigaar. 'Heb je er geen spijt van dat je Severus Domna hebt verraden? Het is tenslotte je eigen soort mensen.'

Essai negeerde de racistische opmerking. Hij was immuun geworden voor Halliday zoals je een irritante wrat leert te negeren. 'Mijn soort mensen is niet anders dan jouw soort. Je hebt er altijd bij die goed, slecht of lelijk zijn.'

Halliday lachte zo hard dat hij bijna stikte in de rook. Hij boog zich al hoestend en proestend naar voren, en de tranen kwamen uit zijn ogen.

'Ik moet het je nageven, Essai; voor een Arabier ben je echt oké.'

'Ik ben een Berber – een Amazigh.' Essai zei het zonder een spoor van rancune in zijn stem.

Halliday keek hem aan door de rook. 'Maar je spreekt toch Arabisch?'

'Onder andere, en ook Berbers.'

Halliday spreidde zijn handen uit alsof dit antwoord zijn gelijk bewees. Jalal en hij hadden elkaar op de universiteit ontmoet, waar Essai twee jaar als uitwisselingsstudent had doorgebracht. Het was overigens vanwege Essai geweest dat Halliday geïnteresseerd was geraakt in wat hij zag als de groeiende Arabische dreiging voor de westerse wereld. Hoewel Essai moslim was, was hij strikt genomen een outsider binnen de sterk versplinterde en godsdienstig gemaakte Arabische wereld. Door de lens van Essais wereldbeeld had Halliday beseft dat

het slechts een kwestie van tijd was voordat de sektarische con-
flicten in de Arabische wereld zich naar buiten hun grenzen zouden gaan verplaatsen en tot oorlogen zouden uitgroeien. Precies om die reden had hij zijn best gedaan om vriendschap te
sluiten met Essai. Pas veel later, toen Essai zijn belangstelling
voor de doelen van Severus Domna was gaan verliezen, had hij
beseft dat Essai naar de Verenigde Staten was gestuurd, en wel
specifiek naar zíjn universiteit, om hém tot vriend en bondge-
noot te maken.

Toen Essai uiteindelijk steeds hebzuchtiger was geworden en
had bekend wat zijn oorspronkelijke beweegredenen waren geweest, had dat al Hallidays vooroordelen jegens Arabieren bevestigd. Hij had Essai toen gehaat. Hij had zelfs overwogen hem
te vermoorden. Maar uiteindelijk had hij zijn wraakfantasieën
aan de kant gezet toen hij, net als Essai, het goud van koning
Salomo had geroken. Wie kon een dergelijke schat weerstaan?
Essai en hij, zo had Halliday in een misselijkmakend moment
van inzicht beseft, hadden meer gemeen dan in het licht van
hun compleet verschillende achtergrond mogelijk leek. Aan de
andere kant waren ze allebei soldaten van de nacht die in een
wereld van schaduwen woonden aan de rand van de gecivili-
seerde beschaving met het doel die te beschermen tegen destruc-
tieve elementen vanbuiten en vanbinnen.

'Severus Domna verschilt in niets van de gemiddelde tiran –
of het nu een fascist, een communist of een socialist is,' zei Jalal Essai. 'Ze bestaan om macht te verzamelen en de leden in
staat te stellen wereldgebeurtenissen te beïnvloeden zodat ze
nog meer macht kunnen accumuleren. De gewone menselijke
politiek is daarmee vergeleken volkomen irrelevant, net als religie.'

Essai leunde naar achteren en sloeg één been over het andere. 'In het begin werd Severus Domna gemotiveerd door het verlangen naar verandering, het samenkomen van geesten uit het
oosten en westen, uit islam, christendom en judaïsme. Een no-
bel doel, dat moet ik toegeven, en een tijdlang leek het te lukken, al was het op beperkte schaal. Maar uiteindelijk viel ook

deze altruïstische onderneming – zoals alle – ten prooi aan de menselijke aard.'

Plotseling boog hij zich naar voren, en hij ging op de rand van de sofa zitten. 'Laat ik je dit vertellen: de mens kent geen sterkere motivatie dan hebzucht. Zelfs angst valt erbij in het niet. Hebzucht maakt mensen – net als seks – dom, en blind voor angst of voor de behoefte aan wat dan ook. Hebzucht heeft de doelstellingen van Severus Domna zo verminkt dat ze van ondergeschikt belang zijn geworden. De leden bewezen uiteindelijk alleen nog lippendienst aan de oorspronkelijke missie, maar ondertussen was Severus Domna totaal verrot vanbinnen.'

'En wat zegt dat over ons?' Halliday nam een trek van zijn sigaar. 'Wij zijn net zo inhalig als Severus Domna, misschien nog wel erger.'

'Maar wij zijn ons bewust van wat ons beweegt,' zei Jalal Essai met een glinstering in zijn ogen. 'Dat staat ons heel helder voor de geest.'

Scarlett staarde met grote ogen naar Bourne terwijl hij haar losmaakte. Haar wangen zaten onder de tranensporen. Ze huilde niet meer, maar ze beefde onbedwingbaar en haar tanden klapperden.

'Is met mam alles goed?'

'Je moeder is oké.'

'Wie ben jij?' Ze begon weer te huilen, nu in vlagen. 'Wie was die man?'

'Ik ben Adam en ik ben een vriend van je moeder,' zei Bourne. 'Ik heb gevraagd of ze me wilde helpen, en toen heeft ze me meegenomen naar Oxford, naar professor Giles. Weet je nog wie dat is?'

Scarlett knikte, en ze snotterde: 'Professor Giles is heel aardig.'

'Hij vindt jou ook heel erg aardig.'

Hij sprak op geruststellende toon, en ze leek wat te kalmeren. 'Je vloog de kamer in als Batman.'

'Ik ben Batman niet.'

'Dat weet ik ook wel,' zei ze op enigszins verontwaardigde toon, 'maar je zit onder het bloed en je bent niet eens gewond.'

Hij plukte aan zijn natte hemd. 'Dat is geen echt bloed. Ik heb het er zelf op gedaan om de man die jou en je moeder heeft vastgebonden voor de gek te houden.'

Ze schonk hem een taxerende blik. 'Ben je soms geheim agent, zoals tante Tracy?'

Bourne lachte. 'Tante Tracy was geen geheim agent.'

'Echt wel.'

De gepikeerde toon in haar stem vertelde Bourne dat hij haar niet als een kind moest behandelen.

'Waarom denk je dat?'

Scarlett haalde haar schouders op. 'Als je met haar praatte, liet ze nooit het achterste van haar tong zien. Volgens mij had ze alleen maar geheimen. En ze was altijd verdrietig.'

'Zijn geheim agenten dan zulke verdrietige mensen?'

Scarlett knikte. 'Daarom worden ze geheim agent.'

Die opmerking had iets heel puurs en diepzinnigs, maar Bourne ging er niet verder op in. 'Professor Giles en je moeder hebben me geholpen met een probleem. Helaas wilde die man iets van me hebben.'

'Dat wilde hij dan wel heel graag hebben.'

'Ja, dat klopt.' Bourne glimlachte. 'Het spijt me heel erg dat ik jou en je moeder in gevaar heb gebracht, Scarlett.'

'Ik wil naar haar toe.'

Bourne nam het meisje in zijn armen. Ze was ijskoud. Hij droeg haar naar het bed bij het raam. Chrissie zat onder de glasscherven. Ze was bewusteloos.

'Mama!' Scarlett sprong uit Bournes armen. 'Mama, word wakker!'

Bourne, die de angst in Scarletts stem hoorde, boog zich over Chrissie. Haar pols was in orde en ze ademde gelijkmatig.

'Alles is goed, Scarlett.' Hij kneep zachtjes in Chrissies wangen. Haar oogleden trilden, en vervolgens gingen ze langzaam open. Ze keek hem aan.

'Scarlett?'

'Die is hier bij me, Chrissie.'

'En Coven?'

'Adam vloog door het raam als Batman, mam,' zei Scarlett, trots op haar nieuwe ontdekking.

Chrissie keek naar Bournes hemd en fronste haar wenkbrauwen. 'Wat een bloed.'

Scarlett greep de hand van haar moeder vast. 'Dat is nep, mam.'

'Alles is in orde,' zei Bourne. 'Nee, beweeg je nog maar even niet.' Hij begon voorzichtig al het glas weg te halen. 'Oké, knoop je blouse eens los.' Maar haar vingers trilden te erg om de knopen fatsoenlijk vast te kunnen houden.

'Mijn armen doen vreselijk pijn,' zei ze zacht. Ze draaide haar hoofd en glimlachte naar haar dochter. 'Wat ben ik blij dat alles goed met je is, lieverd.'

Scarlett begon opnieuw te huilen. Chrissie keek naar Bourne terwijl hij de knopen losmaakte en haar blouse uittrok zodat de laatste glasscherven zonder schade aan te richten aan weerszijden van haar lichaam op het bed vielen.

Vervolgens tilde hij haar op. Toen ze naast het bed was, zette hij haar op de grond. Chrissie huiverde toen ze over Covens levenloze lichaam stapte. Ze gingen de volgende kamer in om een sweater voor haar en Scarlett te pakken. Het meisje begon in een soort verlate reactie opnieuw te huilen toen ze op haar knieën ging zitten om haar sweater aan te trekken – een geel ding met een patroon van roze konijntjes die ijsjes aten. Halverwege de trap begon ze weer te snikken.

Chrissie sloeg een arm om haar schouder. 'Alles is goed, schat. Alles is goed. Mama is bij je,' fluisterde ze steeds opnieuw.

Toen ze op de begane grond kwamen, zei ze tegen Bourne: 'Coven heeft mijn vader gekneveld. Hij moet hier ergens zijn.'

Bourne vond hem in een keukenkast, vastgebonden en met een prop in zijn mond. Hij was bewusteloos, ofwel door de klap die de bult op zijn linkerslaap had veroorzaakt, of door gebrek aan zuurstof. Bourne legde hem op de keukenvloer en maakte hem los. Het was donker, en er was nog geen elektriciteit.

'Mijn god, is hij dood?' zei Chrissie die met Scarlett de keuken binnenkwam.

'Nee. Zijn pols is oké.' Hij haalde zijn vinger van de halsslagader en begon de man los te maken.

Chrissie, die de moed in de schoenen zonk toen ze haar vader zo hulpeloos zag liggen, begon zachtjes te huilen, maar daardoor begon Scarlett ook te huilen. Ze beet op haar lip en drong haar tranen terug. Ze liet koud water in de wasbak lopen, maakte een vaatdoekje nat en vulde een glas. Ze ging naast haar dochter op de grond zitten en drukte het doekje tegen Bournes wang, die inmiddels flink was gezwollen en een lelijke kleur had.

Haar vader was mager, zoals veel oudere mensen. Zijn gezicht was getekend door de tijd en niet helemaal symmetrisch waardoor Bourne vermoedde dat hij kortgeleden een beroerte had gehad. Bourne bewoog voorzichtig zijn schouders op en neer en zijn ogen openden zich langzaam terwijl hij met zijn tong langs zijn droge lippen ging.

'Kun je hem rechtop laten zitten?' vroeg Chrissie. 'Dan kan ik hem wat water geven.'

Bourne zette hem voorzichtig overeind.

'Pap? Páp?'

'Waar is die smeerlap die me een knal heeft verkocht?'

'Die is dood,' zei Bourne.

'Toe, pap, neem een slok water.' Chrissie observeerde haar vader zorgvuldig, bang dat hij elk moment het bewustzijn weer kon verliezen. 'Dan voel je je wat beter.'

Maar de oude man keek niet naar haar en tuurde ingespannen naar Bourne. Hij likte opnieuw zijn lippen en accepteerde het glas dat zijn dochter voor zijn mond hield. Zijn grote adamsappel danste spastisch op en neer toen hij dronk. Hij verslikte zich.

'Rustig aan, pap.'

Zijn hand ging omhoog, en ze nam het glas van zijn mond weg. Toen wees hij met zijn wijsvinger naar Bourne.

'Ik ken jou.' Zijn stem klonk als schuurpapier op metaal.

Bourne zei: 'Dat lijkt me sterk.'

'Nee, nee. Je kwam in het Centrum toen ik directeur was. Dat is natuurlijk jaren geleden, toen het Centrum nog in de Old Boys' School in George Street was gevestigd. Maar ik zal het nooit vergeten omdat ik een ex-collega moest bellen die Basil Bayswater heette; een van de grootste eikels die ik ooit heb gekend. Hij had een klapper gemaakt op de beurs en is vervolgens gaan rentenieren in Whitney. Speelt tegenwoordig alleen nog maar een of ander antiek schaakspel. Zonde van de tijd.

Maar jij.' Hij tikte met zijn wijsvinger op Bournes borst. 'Ik vergeet nooit een gezicht. Ik mag doodvallen als jij professor Webb niet bent! Ja, dat is het! David Webb!'

20

Peter Marks ontving een kort en bondig telefoontje van Bourne en stemde er met gemengde gevoelens mee in naar het adres te komen dat hem werd opgegeven. Eigenlijk verbaasde het hem dat Bourne hem überhaupt terugbelde. Aan de andere kant, Bourne klonk alsof hij zichzelf niet was, waardoor Marks zich afvroeg in wat voor situatie hij terecht zou komen. Zijn relatie met Bourne liep via Soraya en was puur eenrichtingsverkeer. Hij wist het een en ander van haar geschiedenis met Bourne, en hij had zich altijd afgevraagd of haar persoonlijke gevoelens haar mening over hem hadden gekleurd.

Het officiële CI-verhaal was al een tijdlang dat Bourne als gevolg van zijn geheugenverlies onvoorspelbaar en daardoor gevaarlijk was. Hij was een ontspoorde agent die aan niets en niemand loyaal was, en zeker niet aan de CI. Hoewel de CI in het verleden gedwongen was geweest om gebruik van hem te maken, was dat altijd door deceptie en onder dwang geweest omdat er geen andere manier leek te zijn om hem in het gareel te houden. En zelfs die methoden waren niet probleemloos gebleken. Hoewel Marks zich bewust was van Bournes recente werk, waaronder het ten val brengen van Black River en het voorkomen van een oorlog met Iran, wist hij vrijwel niets van de man. Bourne was een compleet mysterie. Het was zinloos om zijn reactie in welke situatie dan ook te voorspellen. En dan was er nog het feit dat veel mensen die hadden geprobeerd bij hem in de buurt te komen een plotselinge en gewelddadige dood waren gestorven. Soraya was gelukkig niet een van hen, maar Marks vroeg zich wel eens bezorgd af of dat misschien niet gewoon een kwestie van tijd was.

'Slecht nieuws?' vroeg don Fernando Hererra.

'Alleen maar weer meer van hetzelfde,' zei Marks. 'Ik moet naar een vergadering.'

Ze zaten in de woonkamer van Diego Hererra's huis, omringd door foto's van hem. Marks vroeg zich af of de vader het pijnlijk vond om hier te zijn of juist een troost.

'Señor Hererra, kunt u voordat ik ga misschien nog iets meer over uw peetzoon vertellen? Weet u soms waarom hij gisterenavond in de Vesper Club was of waarom hij Diego doodgestoken zou kunnen hebben? En wat voor soort relatie hadden ze eigenlijk?'

'Geen, om maar bij uw laatste vraag te beginnen.'

Hererra haalde een sigaret tevoorschijn en stak hem op, maar hij leek niet geïnteresseerd hem te roken. Zijn ogen schoten door de kamer alsof hij bang was zijn blik te lang op een bepaald voorwerp te laten rusten. Hij leek nerveus. Maar waarom?

Ten slotte keek Hererra Marks aan. De as van zijn niet-gerookte sigaret dwarrelde geluidloos op het tapijt en bleef liggen tussen zijn voeten. 'Diego was niet op de hoogte van Ottavio's bestaan, tenminste voor zover het zijn relatie met mij betrof.'

'Waarom zou hij Diego dan hebben willen vermoorden?'

'Dat kan hij onmogelijk hebben gewild, daarom weiger ik te geloven dat hij het heeft gedaan.'

Hererra instrueerde zijn chauffeur om Marks naar het dichtstbijzijnde autoverhuurbedrijf te rijden. Hij stond erop dat Marks en hij telefoonnummers uitwisselden. Marks hoorde in gedachten opnieuw de woorden van ongeloof toen hij het adres dat Bourne hem had gegeven in het gps-programma op zijn smartphone invoerde.

'Ik wil op de hoogte blijven van uw onderzoek,' zei Hererra. 'U heeft me beloofd dat u de moordenaar van mijn zoon zou vinden. Ik wil u erop attent maken dat ik alle beloften die aan mij worden gedaan uitermate serieus neem.'

Marks zag geen enkele reden om aan hem te twijfelen.

Een kwartier nadat hij bij het autoverhuurbedrijf was weg-gereden, zoemde zijn telefoon. Het was een sms'je van Soraya. Een paar minuten later belde Willard.

'Is er nieuws?'

'Ik heb contact gemaakt,' zei Marks. Hij bedoelde met Bourne.

'Weet je waar hij is?' Willard leek iets sneller te spreken.

'Nog niet,' loog Marks. 'Maar dat duurt niet lang meer.'

'Mooi, dan ben ik nog op tijd.'

'Op tijd voor wat?' vroeg Marks.

'De missie is ietwat bijgesteld. Ik wil dat je een ontmoeting regelt tussen Bourne en Arkadin.'

Marks zocht naar een verborgen betekenis in Willards stem. Er was iets veranderd aan het thuisfront. Hij had er een gru-welijke pesthekel aan als hij niet op de hoogte was; dat gaf hem het gevoel dat hij in het nadeel was. 'En de ring?'

'Luister je eigenlijk wel naar wat ik zeg?' beet Willard. 'Doe gewoon wat je wordt opgedragen.'

Nu wist Marks zeker dat hem informatie over een belangrij-ke ontwikkeling werd onthouden. Hij voelde langzaam de ou-de woede over de machinaties van zijn superieuren weer boven-komen.

'Heeft Soraya Moore al contact opgenomen?' vervolgde Wil-lard.

'Ja. Ik heb net een sms'je van haar gekregen.'

'Neem contact met haar op,' zei Willard, 'en coördineer je inspanningen. Zorg ervoor dat Bourne en Arkadin naar de vol-gende locatie komen.' Hij gaf Marks een adres op. 'Het is aan jou hoe je het voor elkaar krijgt, maar ik heb iets voor je dat Arkadin waarschijnlijk wel interessant vindt.' Hij vertelde Marks wat El-Arian hem had verteld over het missende stukje informatie dat nodig was om het bestand op de laptop te kun-nen openen. 'Je hebt tweeënzeventig uur.'

'Tweeënzeventig?' Maar de verbinding was al verbroken.

Bij de volgende kruising controleerde Marks de gps-kaart op

zijn smartphone om zich ervan te vergewissen dat hij tijdens het gesprek met Willard niet toevallig een afslag had gemist. De ochtend was zonnig begonnen, maar er was bewolking op komen zetten die alle kleuren in grijstinten veranderde. En nu begon het zachtjes te regenen waardoor zelfs de scherpste randen en hoeken van gebouwen en borden leken te vervagen.

Het verkeerslicht sprong op groen. Toen hij de kruising was overgestoken, zag hij een witte Ford achter zich die op dezelfde rijstrook reed als hij. Marks wist heel goed wanneer hij gevolgd werd. Hij had de witte Ford al eerder gezien, een paar auto's achter hem, maar toen was hij een paar keer verdwenen achter een grote vrachtwagen met groenten. In de Ford zat alleen een chauffeur; een man met een donkere zonnebril. Marks drukte het gaspedaal in, en zijn huurauto schoot naar voren. Maar hij schakelde te gehaast zodat de motor tegenstribbelde met luid gekraak van metaal. Er was zelfs een moment waarop de auto even leek te aarzelen en hij bang was dat hij de versnellingsbak had vernield, maar plotseling sprong de auto zo snel vooruit dat hij bijna op de vrachtwagen voor hem klapte. Hij schoot naar de rechterbaan en gaf plankgas. De witte Ford volgde hem.

Hij bevond zich in een deel van Londen met druk verkeer, boetieks en grotere warenhuizen. Een bord met informatie over een ondergrondse parkeergarage verscheen zo snel dat hij op het allerlaatste moment zijn stuur moest omgooien om de ingang niet te missen. Hij schuurde met de linkerkant van zijn voorbumper langs de betonnen muur, corrigeerde en reed met piepende banden via de afrit de met tl-balken verlichte spelonk binnen.

Hij zette de auto op een plek die zo krap was dat hij via het portierraam naar buiten moest klimmen. Ondertussen hoorde hij banden piepen, en hij vermoedde dat de witte Ford nog steeds vlak achter hem zat. Naast de lift was een trappenhuis, en hij dook naar binnen op het moment dat er een witte auto voorbijflitste. Het trappenhuis stonk naar olie en urine. Terwijl hij met drie treden tegelijk naar boven rende, hoorde hij een autoportier dichtslaan en vervolgens het snelle geklak van schoenzolen op beton. Een paar seconden later klonken beneden hem gejaagde voetstappen die zijn kant op kwamen.

Toen hij een hoek omging, struikelde hij bijna over een zwerver, die zo dronken was dat hij het bewustzijn had verloren. Marks boog zich voorover, sleepte de man met ingehouden adem de trap op en legde hem vlak om de hoek neer. Vervolgens zocht hij boven aan de trap een schuilplaats in de schaduw, waar hij rustig ademend wachtte.

Het geluid van rennende voeten kwam steeds dichterbij, en Marks zette zich schrap. Zijn achtervolger kwam de hoek om en zag de dronkaard te laat, precies zoals Marks had gepland. Hij struikelde en viel voorover. Op dat moment sprong Marks de trap af. Hij ramde zijn knie in het hoofd van de man. Die viel naar achteren, struikelde opnieuw over de zwerver en kwam languit op zijn rug terecht.

Marks zag dat hij een Browning-M 1900 onder zijn jas vandaan haalde. Hij slaagde erin de hand met het wapen opzij te trappen voordat de man vuurde. De knal was zo oorverdovend dat de dronkaard zijn ogen opende en met een ruk overeind kwam. De man met de Browning greep de dronkaard bij de revers van zijn jas en drukte de loop van het wapen tegen zijn slaap.

'Jij gaat met mij mee.' Hij had een zwaar accent, mogelijk uit het Midden-Oosten. 'Anders blaas ik zijn kop eraf.' Hij gaf zo'n harde ruk aan de dronkaard dat er speekselslierten van zijn lillende lippen spatten.

'Hé, eikel!' schreeuwde de dronkaard compleet in de war. 'Lazer es effe op!'

De achtervolger, die blijkbaar snel beledigd was, gaf de dronkaard een klap op zijn hoofd met de loop van de Browning. Op dat moment wierp Marks zich op hem. De muis van zijn hand maakte contact met de kin van zijn achtervolger en duwde die omhoog waardoor de nek vrijkwam. Terwijl hij worstelde met het pistool, ramde hij zijn vuist in de keel van de man. Het kraakbeen liet los en de schutter zakte in elkaar. De man hapte naar adem, maar kreeg geen zuurstof meer in zijn longen. Zijn ogen stonden wijd open en rolden in hun kassen. Hij bracht alleen nog maar dierlijke geluiden voort, maar al snel kwam ook daaraan een einde.

De dronkaard draaide zich met verbazingwekkende behendigheid om en trapte de schutter in zijn kruis. 'Nou piep je wel anders, hè, achterlijke zeiksnor!' Vervolgens strompelde hij de trap af zonder zelfs maar een blik over zijn schouder te werpen.

Marks doorzocht haastig de zakken van zijn achtervolger, maar vond alleen de sleutels van de witte Ford en een pak bankbiljetten. Geen paspoort of andere vorm van legitimatie. De man had een donkere huid, zwart krullend haar en een volle baard. *Eén ding is zeker*, dacht Marks, *hij is niet van de ci. Maar voor wie werkte hij dan, en waarom zat hij in godsnaam achter mij aan?* Hij vroeg zich af wie er kon weten dat hij hier was, afgezien van Willard en Oliver Liss.

Op dat moment hoorde hij een politiefluitje, en hij beseftc dat hij moest maken dat hij wegkwam. Hij wierp nog een laatste blik op de dode man in de hoop op een of andere manier nog iets te vinden waarmee hij te identificeren was, bijvoorbeeld een tatoeage, of...

Toen zag hij de gouden ring aan de middelvinger van de rechterhand. Hij bukte en trok hem los. Misschien was er aan de binnenkant wel een naam in gegraveerd.

Dat was niet het geval. Maar er was iets veel interessanters.

Soraya zag Leonid Arkadin terug in het verlaten restaurant van de jachthaven. Hij was waarschijnlijk naar haar op zoek geweest. Hoe dan ook; ze was zo in beslag genomen door haar pittige garnalen met gele rijst dat ze hem niet binnen had zien komen. Haar ober bracht haar een drankje – een *tequini*, zo noemde hij het – van de man aan de bar. Soraya keek op, en het was natuurlijk Arkadin. Ze nam het martiniglas op, keek hem recht in de ogen en glimlachte. Hij had geen verdere aansporing nodig.

'Je weet niet van ophouden, dat moet ik je nageven,' zei ze toen hij op zijn dooie gemak naar haar toe kwam slenteren.

'Als ík je geliefde was, zou ik je nooit alleen laten eten.'

'Mijn voormalige *poolboy*? Die heb ik de laan uit gestuurd.'

Hij lachte en gebaarde naar het tafeltje waaraan ze zat. 'Mag ik?'

'Liever niet.'

Hij ging toch zitten en plaatste zijn drankje op tafel alsof hij daarmee zijn territorium wilde afbakenen. 'Als je mij laat bestellen, betaal ik je eten.'

'Dat is echt niet nodig,' zei ze op effen toon.

'Het heeft niets met nódig te maken.' Hij stak zijn hand op en de ober haastte zich in hun richting. 'Doe mij maar een steak, *rare*, en een portie *tomatillo's*.' De ober knikte en vertrok.

Arkadin glimlachte, en Soraya verbaasde zich erover hoe oprecht hij leek. Zijn ogen straalden een diepe warmte uit die haar beangstigde.

'Ik heet Leonardo,' zei hij.

Ze snoof. 'Doe niet zo idioot. Niemand in Puerto Peñasco heet Leonardo.'

Hij keek beteuterd, als een jochie van vijf dat op heterdaad was betrapt met zijn hand in de koektrommel. Ze begon te begrijpen hoe hij met vrouwen omging. Ze zag hoe onweerstaanbaar en fascinerend hij was. Hij straalde de geborgenheid uit van een man met macht die zich ook kwetsbaar kon opstellen. Welke vrouw kon zich daartegen verzetten? Ze lachte in stilte en voelde zich weer beter, alsof ze eindelijk weer vaste grond onder de voeten had en ze vol vertrouwen verder kon met haar missie.

'Je hebt gelijk,' zei Arkadin. 'Het is Leonard, gewoon Leonard.'

'Penny.' Ze reikte hem een hand die hij kort in de zijne hield. 'Wat doe je in Puerto Peñasco, Leonard?'

'Vissen, racen.'

'In je Cigarette?'

'Ja.'

Soraya stak juist de laatste garnaal in haar mond toen zijn steak en tomatillo's werden gebracht. De steak was rare en overladen met chilipepers. Arkadin begon te eten. *Die man moet een maag van gietijzer hebben*, dacht ze.

'En jij?' vroeg hij tussen twee happen door.

'Ik ben hier voor het weer.' Ze duwde de tequini van zich af.

'Is hij niet lekker?'

'Ik drink geen alcohol.'

'Alcoholiste?'

Ze lachte. 'Moslima. Ik ben Egyptische.'

'Dan spijt het me dat ik je een ongepast drankje heb laten brengen.'

'Geen probleem.' Ze wuifde zijn woorden weg. 'Dat had je onmogelijk kunnen weten.' Ze glimlachte. 'Maar het is wel lief.'

'Ha! Als ik één ding niet ben, dan is het wel lief.'

'O?' Ze hield haar hoofd een beetje schuin. 'Wat ben je dan wel?'

Hij veegde het bloed van zijn lippen en leunde even naar achteren. 'Tja, om je de waarheid te vertellen – ik ben eigenlijk nogal een harde. Dat vonden mijn partners ook, zeker toen ik ze uitkocht. En mijn vrouw trouwens ook.'

'Is die ook verleden tijd?'

Hij knikte en at verder. 'Alweer bijna een jaar.'

'Kinderen?'

'Doe me een lol, zeg.'

Arkadin had een gave voor het opdissen van kletsverhalen, dacht ze bewonderend. 'Ik ben ook niet echt een zorgzaam type,' zei ze min of meer naar waarheid. 'Ik richt me volledig op mijn bedrijf.'

Hij vroeg haar wat ze deed zonder op te kijken van zijn steak.

'Import-export,' zei ze. 'Van en naar Noord-Afrika.'

Hij vestigde langzaam, maar heel doelbewust zijn blik op haar. Ze voelde haar hart bonken in haar borst. Het was, zo dacht ze, alsof je een haai aan de haak probeerde te slaan. Ze wilde beslist geen fouten maken, en ze voelde een rilling langs haar ruggengraat lopen. Ze bevond zich dicht bij de afgrond;

het moment waarop haar fictieve zelf zou samenvallen met haar echte persoon. Dit moment was waarom ze was gaan doen wat ze deed. Het was waarom ze Peters aanbod voor deze opdracht had geaccepteerd en waarom ze het vernederende aspect van wat er van haar verwacht werd, opzij had gezet. Niets van dat alles deed er nu toe. Het ging erom dat ze aan de rand van de afgrond stond. Dit moment was waar ze voor leefde, *en Peter had dat veel eerder geweten dan zij.*

Arkadin veegde opnieuw zijn mond af. 'Noord-Afrika. Interessant. Mijn voormalige partners deden regelmatig zaken in Noord-Afrika. Ik had het niet zo op hun methoden – en eerlijk gezegd ook niet op de mensen waarmee ze zaken deden. Dat was een van de redenen waarom ik besloot ze uit te kopen.'

Hij improviseerde snel, vond Soraya. Ze begon steeds meer plezier te krijgen in het gesprek.

'Wat voor producten doe jij?' vroeg ze.

'Computers, randapparatuur, onderhoudscontracten, dat soort dingen.'

Dat geloof ik graag, dacht ze geamuseerd. Ze zette een bedachtzaam gezicht op. 'Ik zou je in contact kunnen brengen met wat betrouwbare mensen, als je wilt.'

'Misschien kunnen jij en ik wel zaken doen.'

Beet! dacht ze met een gevoel van trots. *Tijd om de haai binnen te halen, maar heel langzaam en voorzichtig.*

'Hm. Ik weet het niet. Ik zit al bijna aan mijn maximale capaciteit.'

'Dan moet je uitbreiden.'

'Ja hoor. En waar haal ik het geld vandaan?'

'Ik heb geld.'

Ze keek hem behoedzaam aan. 'Vergeet het maar. We weten helemaal niks van elkaar.'

Hij legde zijn mes en vork op het bord en glimlachte. 'Dan stel ik voor dat we daar meteen iets aan gaan doen.' Hij stak een vinger in de lucht. 'Sterker nog; ik kan je iets laten zien waarmee ik je misschien over de streep kan trekken.'

'En wat mag dat dan wel zijn?'

'Eh-eh-eh. Dat is een verrassing.'

Hij wenkte de ober en bestelde twee espresso's zonder haar te vragen of ze er ook een wilde. Toevallig was dat wel het geval. Ze wilde zo alert mogelijk zijn omdat ze er niet aan twijfelde dat er vanavond een moment zou komen waarop ze zijn amoureuze avances het hoofd zou moeten bieden op een manier die hem niet de aandacht mocht doen verliezen, maar hem alleen nog maar nieuwsgieriger naar haar zou maken.

Ze spraken over koetjes en kalfjes terwijl ze hun espresso dronken en zich langzaam maar zeker meer op hun gemak begonnen te voelen bij elkaar. Toen Soraya zag hoe relaxed hij was, stond ze zichzelf ook toe wat te ontspannen – voor zover ze daar tenminste toe in staat was. Maar vanbinnen voelde ze de spanning van stalen kabels die door haar lichaam zongen. Dit was een man met enorm veel charme en charisma. Ze kon zich voorstellen dat veel vrouwen door zijn magnetisme als vanzelf in zijn omloopbaan werden getrokken. Maar tegelijkertijd herkende het gedeelte van haar dat hem van een objectieve afstand observeerde, dat hij gewoon een show opvoerde en dat ze niet de ware Arkadin zag. Na een tijdje begon ze zich af te vragen of er überhaupt iemand bestond die de ware Arkadin kende. Hij had zichzelf zo succesvol afgeschermd voor anderen dat hij waarschijnlijk niet eens meer bij zichzelf kon. En op dat moment leek hij op een verdwaald jongetje dat lang geleden uit zijn vaderland was verbannen en niet meer in staat was de weg naar huis te vinden.

'Goed,' zei hij terwijl hij zijn lege kopje op tafel zette, 'zullen we gaan?' Hij legde wat bankbiljetten neer en stond van tafel op zonder haar reactie af te wachten. Hij stak een hand uit, en na een moment van weloverwogen aarzelen accepteerde ze hem en stond ze hem toe haar uit haar stoel te helpen.

Het was een rustige avond, zwaar als fluwelen draperieën en zonder zelfs maar het geringste briesje. Er was geen maan, maar de sterren schitterden in een uitgestrekte zwartheid. Ze liepen weg van het water en vervolgens een stukje naar het noorden, parallel aan het strand. De lichtvegen van Puerto Peñasco rechts van hen leken deel uit te maken van een schilderij; een andere wereld.

Straatlantaarns maakten plaats voor sterrenfonkeling, en plotseling doemden in het duister de lichten op van een groot stenen bouwwerk dat vaag religieus van aard leek. In de stenen boven de houten deur met ijzerbeslag zag ze het kruis.

'Dit was ooit een klooster.' Arkadin deed de deur van het slot en stapte opzij om haar binnen te laten. 'Mijn tweede thuis.'

Het interieur was schaars gemeubileerd en geurde naar wierook en waskaarsen. Ze zag een bureau, een aantal leunstoelen, een eettafel met acht stoelen en een soort kerkbank met slecht passende kussens. Alles was van zwaar, donker hout en niets leek ook maar enigszins comfortabel.

Terwijl ze door de woonkamer liepen, stak Arkadin dikke, roomkleurige kaarsen aan die op ijzeren standaards van variabele lengte waren geplaatst. In combinatie met het kolossale stenen interieur van het klooster zorgde dit voor een authentiek middeleeuws effect. Ze glimlachte. Ze nam aan dat hij een poging deed om een romantische sfeer te creëren – of beter gezegd, de juiste sfeer om haar te verleiden.

Hij opende een fles rode wijn, schonk die leeg in een bovenmaatse Mexicaanse bokaal en vulde een tweede exemplaar met guarasap. Hij overhandigde haar het drankje en zei: 'Kom. Deze kant op.'

Hij loodste haar verder door de schemering en bleef regelmatig staan om kaarsen aan te steken. De wand aan de andere kant werd vrijwel geheel in beslag genomen door een bakstenen open haard met het formaat van een vuurplaats in een Engelse *baronial hall*. Ze rook de geur van oude as en creosoot die zich na decennia van gebruik – en te oordelen naar wat ze zag, jaren van verwaarlozing – op de chamottesteen had afgezet.

Arkadin stak een opvallend grote kaars aan die hij vasthield als een fakkel, en hij liep ermee in de richting van de schaduwen rond de open haard. De ondoordringbare duisternis begon met tegenzin plaats te maken voor het wispelturige schijnsel van de vlam.

Naarmate de schaduwen zich terugtrokken, verscheen in de open haard een vorm – een stoel. Op de stoel zat een gestalte. De gestalte was met zijn enkels aan de stoelpoten vastgebonden. Zijn polsen bevonden zich achter de leuning en waren vastgebonden achter zijn rug.

Naarmate Arkadin dichterbij kwam met de kaars, kroop het schijnsel van de vlam omhoog van de enkels via de benen naar het bovenlichaam, en ten slotte werd het gezicht van de gestalte onthuld, dat onder het bloed zat en zo gezwollen was dat één oog dichtzat.

'En wat vind je van je verrassing?' zei Arkadin.

De bokaal met vruchtensap gleed uit Soraya's handen en viel aan scherven op de grond.

De man in de stoel was Antonio.

Het was net een schaakspel. Bourne staarde naar de oude man en probeerde hem te plaatsen als directeur van het Centre for the Study of Ancient Documents in de tijd dat hij als David Webb in Oxford had gewerkt. De oude man staarde terug en raakte elke seconde dat hij naar Bourne keek meer overtuigd van zijn gelijk.

Chrissie staarde de beide mannen aan, alsof ze probeerde te raden wie van de twee de ander schaakmat zou zetten. 'Adam, heeft mijn vader gelijk? Heet je echt David Webb?'

Bourne zag een uitweg – de enige uitweg – maar die beviel hem absoluut niet. 'Ja,' zei hij, 'en nee.'

'Dus je heet niet Adam Stone.' Chrissies stem had een metalig randje. 'Dat betekent dat je tegen Trace hebt gelogen. Ze kende jou als Adam Stone, en zo ken ik je ook.'

Bourne draaide zich naar haar om. 'Adam Stone is evengoed mijn echte naam als David Webb dat ooit was. Ik heb in verschillende periodes van mijn leven verschillende namen gehad. Maar het zijn maar namen.'

'Klootzak!' Chrissie stond op, keerde hem de rug toe en beende de keuken in.

'Die is écht boos,' zei Scarlett terwijl ze hem aankeek met

haar elf jaar oude gezicht; knap maar nog niet volledig gevormd.

'Ben jíj boos?' vroeg Bourne.

'Ben je dan geen professor?'

'Ja hoor, reken maar,' zei Bourne. 'Ik ben professor in de linguïstiek.'

'Dan is het wel oké. Heb je soms een heleboel geheime identiteiten?'

Bourne lachte. Wat een heerlijk kind. 'Wanneer dat nodig is.'

'Bat-signaal!' Ze hield haar hoofd schuin en zei op de recht-voor-zijn-raapmanier van een kind: 'Waarom heb je tegen mam en tante Tracy gelogen?'

Bourne wilde iets over Tracy zeggen, maar bedacht zich net op tijd dat haar tante, voor zover Scarlett dat wist, nog in leven was. 'Ik was in een van mijn geheime rollen toen ik je tante ontmoette. Tracy heeft je moeder over mij verteld. Het was gewoon de beste manier om ervoor te zorgen dat ze naar me luisterde.'

'Maar als je niet professor David Webb bent, wie ben je dan verdomme wel?' zei Chrissies vader, die langzaam maar zeker weer op krachten begon te komen.

'Ik was Webb in de tijd dat ik u kende,' zei Bourne. 'Ik ben niet onder valse voorwendselen naar Oxford gekomen.'

'Wat doe je hier eigenlijk met mijn dochter en mijn kleindochter?'

'Dat is een lang verhaal,' zei Bourne.

Er verscheen een sluwe blik op het gezicht van de oude man. 'Ik durf te wedden dat het iets met mijn oudere dochter te maken heeft.'

'In zekere zin.'

De oude man balde een vuist. 'Die verrekte inscriptie.'

Er trok een rilling langs Bournes ruggengraat. 'Welke inscriptie?'

De oude man keek hem verbaasd aan. 'Herinner je je dat niet meer? Ik ben dr. Bishop Atherton. Je bent naar me toe gekomen met een tekening van een zinsnede die volgens jou een inscriptie was.'

En toen herinnerde Bourne het zich. Hij herinnerde zich alles.

Deel drie

21

Antonio zat in elkaar gezakt in de woeste duisternis van de vuurplaats; een duisternis zo dicht en zwart dat ze niet alleen het licht, maar ook het leven zelf leek uit te wissen.

Soraya deed een paar stappen in zijn richting en tuurde in het schemerdonker.

'Hij is in elk geval niet je poolboy,' zei Arkadin. 'Dat is wel duidelijk.'

Ze zweeg. Ze besefte dat hij met haar had aangepapt om informatie los te krijgen. Dat was op zich een hoopvol teken, en het gaf aan dat Antonio niet had gepraat, ondanks het pak slaag dat hij had gekregen.

Ze besloot dat ze het beste boos kon worden, en ze draaide zich om naar Arkadin. 'Wat heeft dit godverdomme te betekenen?'

Toen Arkadin glimlachte, was het als een wolf die tevoorschijn kwam tussen de dennenbomen. 'Ik weet graag wie mijn toekomstige partners zijn.' Zijn glimlach verbreedde zich, als messen die uit hun schede werden getrokken. 'Zeker wanneer ze als rijpe vruchten in mijn schoot vallen.'

'Partners?' Ze lachte schril. 'Je bent niet goed bij je hoofd, Russische grapjas. Ik zou nog niet met je samenwerken als...'

Hij greep haar vast en drukte zijn lippen op die van haar, maar dat had ze aan zien komen, en ze gaf hem een knietje. Zijn handen beefden even, maar hij liet haar niet los. Hoewel de wolfachtige grijns geen moment van zijn gezicht verdween, glinsterden er tranen in zijn ooghoeken.

'Je krijgt me nooit,' zei ze zacht maar ijskoud, 'hoe dan ook.'

'O, jawel,' zei hij op even kille toon, 'want jij bent hiernaar-toe gekomen voor mij.'

Daar had Soraya niet van terug. Ze hoopte maar dat het gewoon een slag in de ruimte was, anders kon ze het wel schudden. 'Laat Antonio gaan.'

'Geef me één reden.'

'Daarna praten we.'

Hij masseerde voorzichtig zijn pijnlijke onderbuik. 'We hebben al gepraat.'

Ze grijnsde. 'Dan proberen we een andere vorm van communicatie.'

Hij legde een hand op haar borst. 'Wat dacht je hiervan?'

'Maak hem los.' Soraya moest moeite doen om niet te knarsetanden. 'Laat hem gaan.'

Arkadin leek over haar verzoek na te denken. 'Lijkt me geen goed idee,' zei hij ten slotte. 'Hij is belangrijk voor je, en dat maakt hem een waardevol machtsmiddel.' Hij reikte in zijn zak, haalde een stiletto tevoorschijn en knipte hem open terwijl hij naar Antonio liep. 'Wat zal ik als eerste afsnijden? Een oor? Een vinger? Of moet ik misschien nog wat lager gaan?'

'Als je hem ook maar *iets* doet...'

Hij draaide zich om. 'Ja?'

'Als je hem ook maar een haar op zijn hoofd krenkt, zul je nooit meer kunnen slapen als ik naast je lig.'

Hij schonk haar een sluwe grijns. 'Ik slaap nooit.'

Ze begon zich langzaam zorgen te maken over Antonio toen haar mobiele telefoon ging. Ze nam op zonder op eventuele toestemming van Arkadin te wachten.

'Soraya?' Het was Peter Marks.

'Ja.'

'Is er iets?' Hij had de spanning in haar stem gehoord.

Ze keek Arkadin recht in de ogen. 'Alles loopt pico bello.'

'Arkadin?'

'Reken maar.'

'Geweldig, dus je hebt contact gemaakt.'

'Helemaal.'

'Ik begrijp dat je een probleem hebt. Nou ja, je zult het snel moeten oplossen, want onze missie is dringend geworden.'

'Wat is er aan de hand, dan?'

'Je moet binnen tweeënzeventig uur met Arkadin op het volgende adres zijn.' Hij noemde het adres dat Willard hem had gegeven.

'Maar dat is een onmogelijke klus.'

'Dat begrijp ik, maar het moet gebeuren. Bourne en hij moeten bij elkaar komen, en dat is de plaats waar Bourne straks is.'

In het duister vóór haar verscheen een speldenprik van licht. *Ja,* dacht ze, *het zou misschien toch kunnen lukken.* 'Oké,' zei ze tegen Peter, 'ik ga er met spoed achteraan.'

'En zorg ervoor dat hij zijn laptop bij zich heeft.'

Soraya blies de lucht uit haar longen. 'En hoe moet ik dat volgens jou voor elkaar zien te krijgen?'

'Tja, dat mag je zelf bepalen. Je verdient niet voor niks zoveel.'

Hij verbrak de verbinding voordat ze kon zeggen dat hij de klere kon krijgen. Met een geërgerde grom stopte ze haar telefoon in haar zak.

'Problemen op de zaak?' vroeg Arkadin op spottende toon.

'Niks dat niet kan worden opgelost.'

'Ik hou wel van mensen die van wanten weten.' Hij zwaaide met zijn mes om haar te treiteren. 'Ga je dit probleem ook oplossen?'

Soraya zette een bedachtzaam gezicht op. 'Misschien.' Ze liep langs hem heen naar de open haard waar Antonio naar haar keek met het oog dat niet dichtzat. Ze zag tot haar verrassing dat hij een grijns op zijn gezicht had.

'Maak je geen zorgen,' zei hij met een schorre stem. 'Ik vermaak me wel.'

Zonder dat Arkadin het zag, legde ze haar wijsvinger op haar lippen om hem vervolgens op de zijne te drukken. Toen ze hem weghaalde, zat er bloed op. Ze draaide zich om naar Arkadin.

'Dat hangt helemaal van jou af.'

'Dat lijkt me niet. Jij bent aan zet.'

'Oké. Dit is wat we gaan doen.' Haar gezicht verscheen in het flakkerende kaarslicht. 'Jij laat Antonio gaan, dan vertel ik jou hoe je Jason Bourne kunt vinden.'

Hij barstte in lachen uit. 'Je bluft.'

'Als het om iemands leven gaat,' zei ze, 'bluf ik nooit.'

'Maar wat weet iemand die in de import-export werkt van Jason Bourne?'

'Heel eenvoudig.' Soraya had haar antwoord al klaar. 'Hij gebruikt mijn onderneming af en toe als dekmantel.' Het verhaal was geloofwaardig genoeg om vertrouwen te wekken.

'En waarom denkt een importeur annex exporteur dat ik wil weten waar Jason Bourne is?'

Ze hield haar hoofd schuin. 'Wil je het weten of niet?' Dit was niet het moment om terug te krabbelen of zwakheid te tonen.

'En wat als je niet bent wie je zegt?'

'Wat als jíj niet bent wie je zegt?'

Hij zwaaide met een wijsvinger. 'Nee, ik denk niet dat jij een import-exportbedrijf hebt.'

'Dat maakt het alleen maar fascinerender.'

Hij knikte. 'Ik moet bekennen dat ik wel van mysteries hou, vooral als ze me dichter bij Bourne brengen.'

'Waarom heb je zo de pest aan hem?'

'Hij is verantwoordelijk voor de dood van iemand van wie ik hield.'

'Ach, schei uit,' zei ze. 'Jij hebt nooit van iemand gehouden.'

Hij deed een stap in haar richting, maar of het nu een dreigement was of dat hij dichter bij haar wilde komen, viel moeilijk te zeggen.

'Jij gebruikt mensen alleen maar, en als je klaar met ze bent, verfrommel je ze als een gebruikte Kleenex en gooi je ze weg.'

'En Bourne dan? Die is net als ik.'

'Nee,' zei ze, 'Bourne lijkt in niets op jou.'

Zijn glimlach verbreedde zich, en voor het eerst klonk zijn

stem niet dreigend of ironisch: 'Ah, eindelijk heb ik wat bruikbare informatie over je.'

Ze spuugde hem bijna in het gezicht, maar ze besefte dat dat hem alleen nog maar vrolijker zou maken omdat ze daarmee zou aangeven hoe dicht hij de waarheid was genaderd.

Plotseling leek er iets in hem te veranderen. Hij stak een hand uit en liet zijn vingertoppen over haar kaak lopen. Vervolgens wees hij op Antonio met de punt van zijn stiletto. 'Ga je gang, maakt die zeikerd maar los.'

Terwijl ze opnieuw naar de open haard stapte en op haar knieën ging zitten om Antonio te bevrijden, voegde hij eraan toe: 'Ik heb hem niet meer nodig. Ik heb jou.'

'Oké. Ik zal je vertellen hoe het zover is gekomen.' Chrissie stond in de keuken met haar gezicht naar het raam boven de gootsteen. Buiten viel niets te zien, behalve de grijsheid van de dageraad die als dun gaas in de boomtoppen hing. Ze had niets gezegd toen Bourne binnen was gekomen, maar ze begon uit zichzelf te praten toen ze voelde dat hij naast haar stond.

'Hoe wát zover is gekomen?' zei Bourne tegen de stilte.

'Waarom ik tegen je heb gelogen.' Chrissie draaide de warmwaterkraan open, hield haar handen eronder en begon ze te wassen alsof ze Lady Macbeth was. 'Op een dag,' zei ze, 'ongeveer een jaar nadat Scarlett was geboren, keek ik in de spiegel en zei ik tegen mezelf: *Je hebt een lichaam dat is opgegeven.* Een man kan zoiets misschien niet begrijpen, maar ik had mijn lichaam opgegeven voor het moederschap, en dat betekende dat ik mezelf had opgegeven.'

Haar handen bewogen zich door het water en bleven maar wassen. 'Vanaf dat moment begon ik mezelf te haten en daardoor ook mijn leven, inclusief Scarlett. Dat kon ik natuurlijk niet laten gebeuren, dus begon ik ertegen te vechten, maar het gevolg was dat ik in een afschuwelijke depressie raakte. Mijn werk begon eronder te lijden, dus het was niet meer dan logisch dat de vakgroep me vriendelijk en op een gegeven moment zelfs dringend verzocht een tijdje verlof te nemen. Uiteindelijk ging ik akkoord. Ik bedoel, ik had gewoon geen keus. Maar toen ik de deur van mijn kantoor achter me dichtdeed en ik Oxford uitreed, half versuft als Avalon in de mist, wist ik dat er iets drastisch moest veranderen. Ik wist dat het geen toeval was dat ik mezelf had opgesloten op een plek waar nooit iets veranderde. Ik was net als mijn vader veilig in Oxford, waar alles van tevoren werd gepland en bepaald. Waar je niet de mogelijkheid had om ook maar enigszins ergens van af te wijken. Daarom reageerde hij zo op de keuzes die Trace in haar leven maakte – ze beangstigden hem. En daarom trok hij zo tegen haar van leer. Pas op de dag dat ik Oxford verliet, begreep ik onze familiedynamiek en hoe die op mij van invloed was geweest. Het kwam in me op dat ik mijn veilige leventje misschien wel voor hem had gekozen in plaats van voor mezelf.'

Ze draaide de kraan dicht en droogde haar handen met een theedoek. Ze zagen er rood en ruw uit. 'Ik moet ervoor zorgen dat mijn familie hier wegkomt.'

'Er komt zo een vriend langs, daarna vertrekken we,' zei Bourne.

'Waar is Scarlett?'

'Bij je vader.'

Ze draaide zich om en keek door de deuropening naar de woonkamer. 'Scarlett houdt in elk geval van mijn ouders.' Ze zuchtte. 'Laten we even naar buiten gaan. Ik krijg hier haast geen lucht.'

Ze opende de keukendeur en ze kwamen in de bedauwde ochtend terecht. Het was fris, en als ze spraken, kwamen er kleine wolkjes waterdamp uit hun mond. De stammen van de bomen waren nog zwart, alsof de wortels zich vasthielden aan het duister van de nacht. Chrissie huiverde en sloeg haar armen om haar lichaam.

'Wat is er eigenlijk gebeurd?' zei Bourne.

'Ik snap het nog steeds niet. Het was gewoon puur toeval dat ik Holly ontmoette.'

Bourne was sprakeloos. 'Holly Marie Moreau?'

Ze knikte. 'Ze was op zoek naar Trace en vond mij.'

Alles in deze puzzel lijkt terug te grijpen op Holly, dacht hij. 'En zijn jullie toen bevriend geraakt?'

'Meer dan bevriend, en minder,' zei ze. 'Ik besef wel dat zoiets niet te begrijpen is.' Ze haalde haar schouders op. 'Ik ben voor haar gaan werken.'

Bourne fronste zijn wenkbrauwen. Hij voelde zich als een mijnwerker die voetje voor voetje door een onverlichte tunnel loopt, maar niettemin instinctief weet welke kant hij op moet. 'Waar was ze mee bezig?'

Chrissie slaakte een gegeneerd lachje. 'Ze noemde zichzelf eufemistisch een *stocker*. Ze ging af en toe een week of twee, drie naar Mexico. Op verzoek van een klant bevoorraadde ze daar *narcorrancho's*, onbewoonde landgoederen van Mexicaanse drugsbaronnen. Ze liggen in de woestijn, meestal in het noorden, in Sonora, maar ook wel in wat zuidelijker staten als Sinaloa. Afgezien van een beheerder en misschien een paar bewakers woont er niemand fulltime.

Hoe dan ook, ze nam me mee naar Mexico City, naar de *after-hours* clubs, de bordelen, waar ze meisjes selecteerde van een lijst die ze wekelijks updatete, als een kalender of een dagplanner. We namen de meisjes mee naar de narcorrancho van de betreffende klant. Er was meestal maar een handvol Mexicanen wanneer we arriveerden; wat dagloners en zwaarbewapende soldaten die vervelende opmerkingen tegen ons maakten maar de meisjes nastaarden alsof God ze net persoonlijk had gebracht. Ik moest het interieur wat opvrolijken en de meisjes in hun kamers installeren. De dagloners deden het zware werk.

Na verloop van tijd kwamen de auto's – Lincoln Town Cars, Chevy Suburbans, Mercedessen –, stuk voor stuk gepantserd en met geblindeerde ramen. Bewakers vormden een kordon – alsof het oorlog was en we in een legerkamp zaten. Daarna kwamen er mensen met vers vlees, fruit, kratten bier, kratten tequila en natuurlijk bergen cocaïne. Er werden steaks gegrild en complete varkens en lammeren aan het spit geroosterd. De salsa- en discomuziek werd steeds harder gezet. De mannen achter de barbecues stonken naar zweet en bier, dus die wilde je niet in je buurt hebben. En vervolgens arriveerden de bazen met hun lijfwachten – en dan was het net de Dag van de Dood, het grootste feest van Mexico.'

Bournes hersenen werkten zo snel dat het hem zelfs duizelde. 'Ik neem aan dat een van Holly's klanten Gustavo Moreno was, klopt dat?'

'Gustavo Moreno was haar beste klant,' zei Chrissie.

Ja, dacht de Bourne, *zo moet het zijn geweest. Alweer een stukje van de puzzel.*

'Hij gaf veel meer uit dan alle anderen. Hij feestte de hele nacht door. Hoe later het werd, hoe wilder en rumoeriger het eraan toeging.'

'Je was een heel eind van Oxford, professor.'

Ze knikte. 'En ook een heel eind van de beschaving. Maar zo was Holly. Ze leidde een dubbelleven. Ze zei dat ze genoeg ervaring had door haar jeugd in Marokko – haar familie was streng religieus. Als vrouw had je daar weinig rechten en als meisje nog minder. Haar vader had blijkbaar gebroken met zijn broer – Holly's oom en het hoofd van de familie – en met de rest van de familie. Volgens Holly hadden ze slaande ruzie gehad. Daarna heeft hij haar en haar moeder mee naar Bali genomen, wat het tegenovergestelde was van hun dorp in het Atlasgebergte. Ze heeft nooit iemand over haar geheime leven in Mexico verteld.'

Dat is niet waar, dacht Bourne. *Ze heeft het mij verteld, of ik ben er op een of andere manier achter gekomen. En zo is de laptop waarschijnlijk in handen van Gustavo Moreno gekomen. Ik moet hem aan hem hebben gegeven. Maar waarom? In deze puzzel*, zo dacht hij, *is altijd wel weer een nieuw leeg plekje dat opgevuld moet worden; een nieuwe vraag die beantwoord moet worden.*

Chrissie keek hem aan. 'Ik neem aan dat je Holly hebt gekend.'

Toen hij geen antwoord gaf, zei ze: 'Je zult wel geschrokken zijn van wat ik je net heb verteld.'

'Het spijt me dat ik tegen je heb gelogen.'

'We hebben tegen elkaar gelogen.' Chrissie slaagde er niet in een zweem van verbittering uit haar stem te houden.

'Ik heb te veel ervaring met liegen.' Hij had het gevoel dat hij Holly had gevraagd hem mee naar Mexico te nemen op een van haar reisjes. Of had hij haar onder druk gezet om dat te doen?

'Waarom ben je ermee opgehouden?' vroeg hij.

'Je zou kunnen zeggen dat ik een openbaring heb gehad in de Sonoraanse woestijn. Het is niet zo vreemd dat we elkaar hebben ontmoet. We waren allebei op de vlucht voor ons ou- de leven, voor wie we waren. Of je kunt eigenlijk beter zeggen dat we de weg kwijt waren geraakt en dat we niet meer wisten wie we waren of wie we wilden zijn. We deden in elk geval vre- selijk ons best om ons af te zetten tegen wat de mensen van ons verwachtten.' Ze keek omlaag naar haar rode handen alsof ze ze niet herkende. 'Ik dacht op een gegeven moment dat het le- ven dat ik achter me had gelaten – het beschermde wereldje van Oxford – niet echt was. Maar uiteindelijk besefte ik dat Hol- ly's leven niet echt was.'

De hemel was langzaam lichter geworden. Vogels riepen van- uit de boomtoppen en een voorzichtig briesje bracht de geur van vochtige aarde, van levende dingen.

'Op een avond, heel laat, liep ik een logeerkamer binnen, of dat dacht ik tenminste. En daar zat Holly boven op Gustavo Moreno. Ik heb even staan kijken, alsof ze vreemden waren in een pornofilm. En toen dacht ik: *Fuck, dat is Holly.* Je zou kun- nen zeggen dat ik toen wakker ben geworden.' Ze schudde haar hoofd. 'Maar ik denk niet dat Holly ooit wakker is geworden.'

Bourne had ook niet die indruk. Triest, maar waar. Holly was veel dingen geweest voor veel mensen, maar nooit op de- zelfde manier. Die meervoudige identiteit had haar in staat ge- steld zichzelf dieper in te graven en zich voor iedereen te ver- bergen terwijl ze, daar was hij van overtuigd, vooral bang was geweest van haar oom.

Op dat moment stak Scarlett haar hoofd om de deur, en ze zei: 'Hé, we hebben bezoek.'

In de woonkamer stonden Ottavio Moreno en Peter Marks. Ze namen elkaar behoedzaam op.

'Wat heeft dit verdomme te betekenen?' zei Bourne.

'Dit is Ottavio Moreno, de man die Diego Hererra heeft neergestoken,' zei Marks tegen Bourne. 'En jíj neemt hem in bescherming?'

'Dat is een lang verhaal, Peter,' zei Bourne. 'Ik leg het wel uit in de auto...'

Marks richtte zich tot Moreno. 'Jij bent de broer van Gustavo Moreno, de Colombiaanse drugsbaron.'

'Dat klopt,' zei Ottavio Moreno.

'En de peetzoon van don Fernando Hererra, de vader van de man die je hebt doodgestoken.'

Moreno zweeg, en Marks vervolgde: 'Ik kom net bij don Fernando vandaan. Hij is kapot. Dat kun je je wel voorstellen. Of misschien ook niet. Hoe dan ook, hij kan niet geloven dat jij zijn zoon hebt vermoord. Maar de politie is ervan overtuigd dat jij de schuldige bent.' Zonder op antwoord te wachten, draaide hij zich om naar Bourne. 'Hoe heb je dit in godsnaam kunnen laten gebeuren?'

Op dat moment maakte Ottavio Moreno een tactische fout. 'Ik denk dat je beter even kunt dimmen,' zei hij. Hij had zijn mond moeten houden, maar hij voelde zich waarschijnlijk gekwetst door de woorden van Marks.

'Ga me niet vertellen wat ik moet doen,' zei Marks op verhitte toon.

Bourne was deels geneigd om de twee mannen hun ruzie te laten uitvechten, maar hij moest ook rekening houden met Chrissie en haar familie, en hij besloot tussenbeide te komen. Hij nam Marks bij de elleboog en loodste hem de voordeur uit, zodat ze ongestoord konden praten. Maar voordat hij ook maar iets had kunnen zeggen, stormde Moreno naar buiten.

Hij rende regelrecht op Marks af, maar was nog niet halverwege toen een schot uit de bomen hem in volle vlucht leek te bevriezen. Op het moment dat hij in elkaar zakte, klonk een tweede schot dat een stuk uit zijn schedel blies. Bourne was inmiddels achter Moreno's Opel gesprongen. Marks haastte zich achter hem aan, en opnieuw verscheurde een schot de stilte van de vroege ochtend.

Marks wankelde en viel.

Boris Karpov vergezelde Viktor Tsjerkesov naar het bouwterrein aan de ulitsa Varvarka. Ze wurmden zich door een opening in de afrastering van harmonicagaas en daalden via een glooiing in de dode zone af. Tsjerkesov bleef doorlopen totdat ze zich diep in het moeras van roestende stalen draagbalken en gebarsten betonblokken bevonden. Her en der ontsproot boosaardig ogend onkruid als plukjes haar op de rug van een reus.

Tsjerkesov hield hem staande toen ze de gehavende carrosserie van een verlaten vrachtwagen naderden die was ontdaan van zijn banden, elektronica en motor. Het vehikel helde schuin naar één kant als een schip op weg naar de bodem van de zee. De vrachtwagen was groen, maar iemand had hem op artistieke wijze bespoten met obscene, zilverkleurige graffiti.

Rond Tsjerkesovs mond verscheen een zenuwtrekje als imitatie van een glimlach terwijl hij de graffiti de rug toekeerde.

'Goed, Boris Iljitsj, zou je misschien zo vriendelijk willen zijn me te vertellen wat de bedoeling was van je onverwachte ontmoeting met president Imov?'

Karpov, die geen andere uitweg zag, gaf gehoor aan het verzoek. Tsjerkesov onderbrak hem niet één keer en luisterde bedachtzaam terwijl Karpov uitlegde wat hij te weten was gekomen over Boekin en de mollen onder zijn bevel. Toen hij uitgesproken was, knikte Tsjerkesov. Hij haalde een Tokarev-TT pistool tevoorschijn maar richtte het niet op Karpov, of in elk geval nog niet meteen.

'Tja, Boris Iljitsj, de vraag voor mij is wat ik nu moet doen. Ik zal om te beginnen moeten bedenken wat ik met jou ga doen. Zal ik je neerschieten en je hier laten creperen?' Hij leek even serieus over deze optie na te denken. 'Tja, om eerlijk te zijn – ik denk niet dat ik daar veel baat bij zou hebben. Door rechtstreeks naar Imov te gaan, heb je jezelf onaantastbaar gemaakt.

Als je vermoord wordt of verdwijnt, start Imov een grootscheeps onderzoek, en dan staat er vroeg of laat iemand bij mij voor de deur. Je kunt je wel voorstellen dat zoiets voor mij erg ongelegen zou komen.'

'Ik denk dat het meer dan ongelegen zou komen, Viktor Deljagovitsj,' zei Karpov zonder enige stembuiging. 'Het zou het begin zijn van je einde en de triomf van Nikolai Patroesjev, je grootste vijand.'

'Er zitten tegenwoordig grotere vissen in de zee dan Nikolai Patroesjev.' Tsjerkesov zei het op zachte, nadenkende toon, alsof hij even was vergeten dat Karpov voor hem stond. Maar plotseling was hij weer terug in de realiteit, en hij keek de kolonel recht in de ogen. 'Goed, ik kan je dus niet om zeep helpen. En dat is maar beter ook, Boris Iljitsj, want ik mag je wel. Sterker nog, ik bewonder je vasthoudendheid en je intelligentie. Ik neem daarom maar niet eens de moeite om je om te kopen.' Hij gromde. Het klonk als een mislukt lachje. 'Je zou wel eens de laatste eerlijke man binnen de Russische geheime dienst kunnen zijn.' Hij gebaarde met de Tokarev. 'Goed, wat betekent dit voor ons?'

'We staan pat,' bood Karpov aan.

'Nee, nee, nee. Niemand heeft iets aan een impasse, zeker jij en ik niet en zeker niet op dit moment. Jij hebt Imov bewijs in handen gegeven tegen Boekin, en Imov heeft je een opdracht gegeven. Onze enige kans is dat je die gewoon uitvoert.'

'Dat zou voor jou pure zelfmoord zijn,' merkte Karpov op.

'Alleen als ik aanblijf als hoofd van de FSB-2,' zei Tsjerkesov.

Karpov schudde zijn hoofd. 'Dat begrijp ik niet.'

Tsjerkesov droeg een zendertje met microfoon in zijn oor. 'Je kunt naar beneden komen,' zei hij tegen iemand aan de andere kant van de lijn.

Er lag een grijns op zijn gezicht die Karpov nooit eerder had gezien. Hij deed een stap in de richting van de kolonel en maakte een gebaar. 'Kijk eens wie er op bezoek komt, Boris Iljitsj.'

Karpov draaide zich om en zag Melor Boekin zich een weg banen tussen het puin door.

'Zo,' zei Tsjerkesov, en hij drukte Karpov de Tokarev in de hand. 'Doe je plicht.'

Karpov hield de Tokarev achter zijn rug terwijl Melor Boekin hen naderde. Hij vroeg zich af wat Tsjerkesov hem had verteld, want Boekin was volledig ontspannen en leek niets te vermoeden. Hij zette grote ogen op toen Karpov de Tokarev tevoorschijn haalde en op hem richtte.

'Viktor Deljagovitsj, wat heeft dit te betekenen?' zei hij.

Karpov schoot hem in de rechterknie, en de man zakte in elkaar als een oude fabrieksschoorsteen die werd opgeblazen.

'Wat doe je nou?' riep hij terwijl hij met zijn handen zijn kapotte knie omvatte. 'Ben je gek geworden?'

Karpov stapte op hem af. 'Ik weet van je verraad, en president Imov ook. Wie zijn de andere mollen binnen de FSB-2?'

Boekin staarde hem met grote ogen aan. 'Hè, wat? Mollen? Ik weet niet waar je het over hebt.'

Karpov schoot kalm en weloverwogen zijn linkerknie kapot. Boekin gilde, en hij kronkelde over de grond als een wurm.

'Geef antwoord!' beval Karpov.

Boekins ogen waren bloeddoorlopen. Hij zag bleek en hij beefde van angst en pijn. 'Boris Iljitsj, betekent ons verleden dan niets voor je? Ik ben je mentor. Ik heb je de FSB-2 binnengehaald.'

Karpov boog zich over hem heen. 'Heel toepasselijk dus dat ik degene ben die jouw smeerboel opruimt.'

'Maar, maar, maar,' sputterde Boekin, 'ik volgde alleen maar bevelen op.' Hij wees op Tsjerkesov. 'Zíjn bevelen.'

'Het liegen gaat hem zo gemakkelijk af,' zei Tsjerkesov.

'Nee, Boris Iljitsj, het is de waarheid, ik zweer het.'

Karpov ging naast Boekin op zijn hurken zitten. 'Ik weet hoe we dit probleem kunnen oplossen.'

'Godverdomme, ik moet naar een ziekenhuis,' kreunde Boekin. 'Ik lig hier dood te bloeden.'

'Ik wil eerst de namen van de mollen weten,' zei Karpov. 'Daarna zien we wel wat we met je doen.'

Boekins bloeddoorlopen ogen schoten heen en weer tussen hem en Tsjerkesov.

'Vergeet hem maar,' zei Karpov. 'Ik ben degene die bepaalt wat er met jou gebeurt.'

Boekin slikte en noemde vervolgens de namen van drie mannen binnen de FSB-2.

'Bedankt,' zei Karpov. Hij stond op en schoot Boekin een kogel tussen de ogen.

Vervolgens richtte hij zich tot Tsjerkesov. 'Waarom zou ik jou ook niet meteen uit de weg ruimen of arresteren?'

'Je mag dan onkreukbaar zijn, Boris Iljitsj, maar je weet heel goed aan welke kant van het brood de boter zit.' Tsjerkesov haalde een sigaret tevoorschijn en stak hem op. Hij wierp niet één blik op zijn dode luitenant. 'Ik kan voor jou de weg vrijmaken om hoofd van de FSB-2 te worden.'

'Dat kan president Imov ook.'

'Dat klopt.' Tsjerkesov knikte. 'Maar Imov kan niet voorkomen dat een van de andere commandanten polonium in je thee doet of midden in de nacht een stiletto tussen je ribben steekt.'

Karpov besefte maar al te goed dat Tsjerkesov nog steeds de macht bezat om elke potentiële vijand binnen de FSB-2 van het toneel te laten verdwijnen. Hij was de enige die voor Karpov het pad kon bereiden.

'Even voor alle duidelijkheid,' zei hij. 'Dus jij stelt voor dat ik jouw baan overneem?'

'Ja.'

'Maar wat gebeurt er dan met jou? Imov wil bloed zien.'

'Logisch. Maar dan zal hij me wel eerst moeten vinden.'

'Je bent toch niet van plan om ertussenuit te knijpen en onder te duiken?' Karpov schudde zijn hoofd. 'Dat zie ik je niet doen.'

'Ik ook niet, Boris Iljitsj. Ik zoek het een stapje hogerop.'

'Hoger dan de FSB?'

'Hoger dan het Kremlin.'

Karpov fronste zijn wenkbrauwen. 'En waar hebben we het dan over?'

Tsjerkesovs ogen glinsterden. 'Vertel eens, Boris Iljitsj, heb je wel eens gehoord van Severus Domna?'

22

Marks greep met een van pijn vertrokken gezicht naar zijn linkerdij. De onzichtbare sluipschutter bleef vuren. Bourne sprong achter de auto vandaan, greep Marks beet en sleepte hem in veiligheid.

'Hou je hoofd omlaag, Peter.'

'Zeg dat maar tegen Moreno,' zei Marks. 'Mijn hoofd zit er tenminste nog op.'

'Graag gedaan.' Bourne inspecteerde de wond en zag dat de kogel geen slagader had geraakt. Hij scheurde een mouw van Marks' overhemd en gebruikte die als tourniquet door hem boven de wond rond zijn dij vast te binden.

'Dit zal ik niet vergeten,' zei Marks.

'Nee, dat doe ik wel voor je,' zei Bourne op een zo sardonische toon dat Marks moest lachen.

Bourne liep voorovergebogen rond de voorkant van de Opel. Hij haalde ontspannen adem en liet zijn blik langs de bosrand glijden. Het was nog niet zo lang geleden dat hij in een van de bomen was geklommen, en hij gebruikte zijn eidetische geheugen, dat geperfectioneerd was door zijn Treadstone-training, om de beste schuilplaatsen voor een sluipschutter te lokaliseren. Afgaande op hoe Ottavio Moreno en Marks waren gevallen, kon hij zich een vrij duidelijk beeld vormen van de locatie waar de schutter zich moest bevinden. Hij verplaatste zich in de positie van de man. Welke plek zou tegelijkertijd een goede schuilplaats zijn en onbelemmerd zicht bieden op de voorkant van het huis?

Hij hoorde de bezorgde stem van Chrissie en besefte dat ze hem al een tijdje riep. Hij haastte zich terug naar de andere kant van de Opel en antwoordde: 'Ik ben oké. Blijf binnen totdat ik jullie kom halen.'

Hij sloop weer naar de achterkant van de auto, trok een sprintje en verdween tussen de bomen. Minstens drie kogels boorden zich in de motorkap van de Opel. Bourne had sinds het begin van de aanval de schoten geteld, en hij had berekend dat de sluipschutter zijn wapen na het laatste salvo moest herladen. Hij had maar een paar seconden nodig gehad om de beschutting van de bomen te bereiken. Nu was het tijd voor de jacht.

Tussen de dennenbomen en de eiken klampten eeuwige schaduwen zich aan de wirwar van takken vast. Her en der filterde licht omlaag door kleine diamantjes die twinkelden en fonkelden terwijl de wind met het bladerdak speelde. Bourne sloop ineengedoken door de struiken en vergewiste zich er voortdurend van dat hij niet op takjes of dennenappels trapte. Hij maakte geen geluid. Om de vijf of zes stappen bleef hij staan om te kijken en te luisteren, zoals een vos of een hermelijn doet, alert op zowel prooi als vijanden.

Hij zag vaag iets bewegen; iets dat zwart en bruin was. Het was alweer verdwenen voordat zijn hersenen de kans hadden gehad het te registreren. Hij begaf zich ernaartoe. Hij overwoog heel even via de bomen te gaan, maar bedacht zich dat vallende takken en twijgjes hem waarschijnlijk al snel zouden verraden. Op een gegeven moment veranderde hij van richting en begon hij zich in een cirkel te verplaatsen om de sluipschutter van de zijkant te naderen. Ondertussen keek hij regelmatig achter en boven zich.

Het glanzen van metaal verderop deed hem zijn pas versnellen. Vanachter de stam van een eik zag hij de rechterschouder en heup van de sluipschutter. Hij liet zich achter een dichtbebladerde struik op zijn knieën zakken en kroop vervolgens verder totdat hij zich achter de man bevond. Een smalle ruimte tussen twee dennenbomen bood een uitstekend zicht op de voordeur en het tuinpad. Bourne ving een glimp op van Ottavio Moreno die op de grond lag in een plas bloed. Marks hield zich schuil achter Moreno's Opel. Bourne vermoedde dat de sluipschutter wachtte op het moment dat er iemand in actie zou komen. Hij leek van plan iedereen dood te schieten die zich buiten het huis waagde. Was hij van de NSA of de CI? Of zou hij een soldaat van Severus Domna zijn? Er was maar één manier om daarachter te komen.

Bourne naderde uiterst behoedzaam, maar de sluipschutter moest hem op het laatste moment hebben gehoord want hij ramde de houten geweerlade van zijn Dragoenov-SVD naar achteren in Bournes maag. Vervolgens draaide hij zich bliksemsnel om waarbij hij de loop van het wapen met grote kracht tegen Bournes schouder zwaaide. Hij was een slanke man met een plat gezicht, kleine zwarte ogen en een ingedrukte neus.

De sluipschutter bleef op Bourne inhakken totdat hij hem op de knieën had gedwongen en ten slotte, met een laatste uithaal van de Dragoenov, op zijn rug. De man drukte de loop van het geweer in zijn borst.

'Verroer je niet. En geen woord,' zei hij. 'Hier met die ring.'

'Welke ring?' zei Bourne schor.

De sluipschutter haalde uit met de Dragoenov en verkocht Bourne een oplawaai tegen zijn kaak, die onmiddellijk begon te bloeden. Maar op hetzelfde moment trapte Bourne met de zool van zijn schoen tegen de knie van de man. Die knakte naar binnen met het gekraak van botten. De man hapte naar adem en liet zich op zijn goede knie vallen. Bourne rolde ondertussen opzij, maar de sluipschutter had al afgedrukt. De kogel boorde zich in de grond op de plek waar Bourne een fractie van een seconde eerder nog had gelegen. Het schot versplinterde een oude rottende plank waaruit lange roestige spijkers staken.

Zittend op een knie begon de sluipschutter zijn Dragoenov als knots te gebruiken. Hij zwaaide ermee heen en weer om Bourne op een afstand te houden, maar raakte langzaam buiten adem. Ten slotte slaagde hij er met een uiterste krachtsinspanning in om balancerend op een been overeind te komen.

Dat was het moment waarop Bourne zich met zijn schouder naar voren op de man wierp. Ze vielen allebei op de grond. De sluipschutter deed een poging om Bourne in de lange spijkers te duwen die uit de plank staken. Maar Bourne wist zich los te worstelen, en de strijd om het bezit van de Dragoenov begon. Totdat Bourne een elleboog optilde en die in de adamsappel van de sluipschutter ramde. De man hapte naar adem en Bourne gaf hem een vuistslag tegen de zijkant van zijn hoofd. Het lichaam van de sluipschutter verslapte.

Bourne controleerde zijn vingers – geen ring. Vervolgens doorzocht hij zijn zakken. Volgens zijn Franse paspoort heette de man Farid Lever, maar dat zei Bourne niets. Het paspoort kon evengoed vals zijn, en hij had geen tijd om dat uit te zoeken. Lever, of wie het ook was, had vijfduizend Britse ponden, tweeduizend euro en autosleutels op zak.

Hij leegde het magazijn van de Dragoenov, gooide het geweer in het bos en sloeg de sluipschutter in het gezicht om hem weer bij bewustzijn te krijgen.

'Wie ben je?' zei Bourne. 'En voor wie werk je?'

De zwarte ogen keken hem uitdrukkingsloos aan. Bourne reikte naar beneden en kneep in de kapotte knie van de sluipschutter. Zijn ogen gingen wijd open en zijn adem stokte, maar er kwam geen geluid uit zijn mond. Daar zou wat Bourne betrof snel verandering in komen. Deze man had twee mensen neergeschoten van wie er een dood was. Hij opende de mond van de sluipschutter en duwde zijn vuist naar binnen. De man kokhalsde en kromde zijn rug. Hij probeerde zich los te wurmen door zijn hoofd heen en weer te bewegen, maar Bourne hield hem stevig vast. Toen hij zijn handen optilde, sloeg Bourne ze omlaag. Hij begon harder te duwen, en zijn vuist verdween steeds dieper in de keel van de sluipschutter.

Zijn ogen begonnen te tranen, en hij hoestte. Hij moest opnieuw kokhalzen. Vervolgens kwam zijn maaginhoud naar boven. Hij probeerde te kotsen, maar het kon nergens naartoe. Nog even en hij zou stikken, en de ontzetting verscheen op zijn gezicht. Hij begon verwoed te knikken.

Zodra Bourne zijn vuist tevoorschijn haalde, rolde de sluipschutter opzij om over te geven. Zijn ogen traanden en het snot liep uit zijn neus. Hij beefde over zijn hele lichaam. Bourne pakte hem bij zijn schouders en legde hem op zijn rug. Zijn gezicht zag er niet uit; hij leek op een straatjoch dat compleet in elkaar geslagen was door een club snotapen uit een andere buurt.

'Oké. Nog een keer,' zei Bourne. 'Wie ben je en voor wie werk je?'

'Fa... Fa... Farid Lever.' Het was te begrijpen dat hij moeite had met praten.

Bourne hield het Franse paspoort voor zijn neus. 'Nog een leugen en ik druk dit ding door je strot, en dan haal ik het er niet uit.'

De sluipschutter slikte, en vervolgens huiverde hij door de zure smaak in zijn mond. 'Farid Kazmi. Ik werk voor Jalal Essai.'

Bourne waagde een sprong in het duister. 'Severus Domna?'

'Dat was hij.' Kazmi zweeg, ofwel om op adem te komen, of om meer speeksel in zijn mond te krijgen. 'Ik heb water nodig. Heb je wat water voor me?'

'Die twee mannen die je hebt neergeschoten, hadden ook water nodig. Een van hen is dood, de ander niet, maar zij hebben allebei ook niks,' zei Bourne. 'Ga verder. Je had het over Jalal Essai...'

'Jalal was lid van Severus Domna. Hij heeft met hen gebroken.'

'Dat is vragen om problemen. Hij moet een goede reden hebben gehad.'

'De ring.'

'Hoezo?'

Kazmi's tong kwam uit zijn mond in een poging zijn droge lippen te bevochtigen. 'De ring is van hem. Hij heeft heel lang gedacht dat hij kwijt was, maar nu weet hij dat zijn broer hem jaren geleden van hem heeft gestolen. Jij hebt hem.'

Dus Jalal Essai is Holly's gevreesde oom, dacht Bourne. De puzzel begon eindelijk vorm aan te nemen. Holly de hedoniste aan de ene kant, en haar oom Jalal, de religieuze extremist, aan de andere. Stel nu dat Holly's vader Marokko had verlaten om haar te beschermen tegen zijn broer, die Holly vanwege haar karakter ongetwijfeld het leven zuur had gemaakt? En wie zou er na zijn dood tussen Holly en haar oom hebben gestaan? In een verblindende flits van herinnering kwam het antwoord boven: dat was híj. Holly had hem op een of andere manier gerekruteerd om haar tegen Jalal Essai te beschermen. Dat had hij gedaan, maar de eigenaardige relatie tussen Holly, Tracy, Perlis en Diego Hererra – een relatie waarover ze hem niets had verteld – had haar de das omgedaan. Perlis had van haar het verhaal over de ring gehoord en haar daar vervolgens om vermoord.

'Ik moest de ring kostte wat het kost te pakken zien te krijgen,' zei Kazmi, die Bourne terugbracht in het heden.

'Ongeacht het aantal levens dat het zou kosten.'

Kazmi knikte, en hij huiverde even van de pijn. 'Ongeacht het aantal levens.' Ergens in die zwarte ogen lag iets op de loer. 'En Jalal zal hem krijgen ook.'

'Waarom zeg je dat?'

Er verscheen een serene blik op Kazmi's gezicht, en Bournes hand schoot naar zijn mond. Maar het was te laat. Hij had met zijn maaltanden een valse kies kapotgemaakt, en het cyanide dat erin had gezeten, was al bezig zijn lichaamsfuncties stop te zetten.

Bourne ging op zijn hurken zitten. Nadat Kazmi de laatste adem had uitgeblazen, stond hij op en liep hij terug naar het huis.

Peter Marks lag op de grond en bewoog zo min mogelijk; bewegen zou alleen maar voor meer bloedverlies zorgen. Hoewel hij uitstekend was getraind, was hij nooit eerder gewond geraakt in het veld – of waar dan ook. Hij had ook nooit een ongeluk gehad en was zelfs nooit van de fiets of van de trap gevallen. Hij lag erbij alsof hij dood was en hoorde zijn adem zagende geluiden maken bij het inademen en weer uitademen. Hij voelde het bloed kloppen in zijn been alsof het een tweede hart had ontwikkeld; een hart dat kwaadaardig was, zwart als de nacht; een hart dat dicht bij de dood was of waarin de dood was binnengedrongen als een dief.

Marks voelde hoe zijn leven op het punt stond hem voortijdig ontnomen te worden, net als dat van zijn zus. Hij voelde zich nu heel dicht bij haar, alsof hij haar op het allerlaatste moment uit het rampvliegtuig had weten te halen en haar dicht tegen zich aan drukte terwijl ze door de wolken zweefden. Deze plotselinge gewaarwording van de kleinheid van zijn eigen leven beangstigde hem niet direct, maar veranderde wel zijn perspectief. Daar lag hij, hulpeloos en bloedend terwijl hij naar een mier keek die worstelde met een pas gevallen blad; een nieuw blad, een lichtgroen blad dat tot voor kort nog vol leven was geweest. Het blad was duidelijk te groot voor de mier, maar het insect liet zich niet ontmoedigen en bleef het recalcitrante loof verder slepen en trekken en rukken over kiezels en wortels, de grote hindernissen van zijn wereld. Marks hield van die mier. Hij weigerde op te geven, ongeacht de moeilijkheden in zijn leven. Hij bleef volhouden. Marks besloot dat ook te gaan doen. Hij besloot goed voor zichzelf te gaan zorgen en voor de mensen om wie hij gaf – zoals Soraya. En dat zou hij gaan doen op een manier die hij zich, voordat hij was neergeschoten, nooit had kunnen voorstellen, laat staan voorzien.

En zo lag hij daar een tijdlang stil op de grond terwijl hij alleen het incidentele ruisen van de wind door de bomen hoorde. Toen hij Chrissies stem hoorde, riep hij: 'Hallo, ik ben Peter Marks. Ik ben in mijn been geraakt. Moreno is dood en Adam is achter de scherpschutter aan.'

'Ik kom naar buiten om je te halen.'

'Blijf waar je bent,' riep hij terug. Hij sleepte zichzelf een stukje naar voren en deed een poging om met zijn rug tegen de Opel te gaan zitten. 'Het is hier niet veilig.'

Maar het volgende moment zat ze op haar hurken naast hem, veilig achter de door kogels beschadigde zijkant van de auto.

'Dat was geen slim idee,' zei hij.

'Graag gedaan.'

Dat was de tweede keer vandaag dat iemand dat tegen hem zei, en het beviel hem absoluut niet. Sterker nog; zijn hele leven beviel hem op dit moment niet, en hij vroeg zich even verward af hoe hij in deze afschuwelijke situatie verzeild was geraakt. Hij hield van niemand, en voor zover hij dat kon beoordelen, was er ook niemand die van hem hield – niet op dit moment, in elk geval. Hij nam aan dat zijn ouders van hem hadden gehouden op hun eigen norse, dominante manier, en zijn zus in elk geval ook. Maar wie nog meer? Zijn laatste vriendin had hem, zoals te verwachten was, na zes maanden gedumpt omdat ze de eenzaamheid en het gebrek aan aandacht niet langer had kunnen verdragen. Vrienden? Een paar. Maar die had hij gebruikt, zoals Soraya – of ze hadden hem gebruikt. Hij voelde zich plotseling misselijk, en hij huiverde.

'Je raakt in een shock,' zei Chrissie, die hem beter begreep dan hij zich kon voorstellen. 'Ik breng je naar binnen, daar is het lekker warm.'

Ze hielp hem overeind op zijn goede been. Hij sloeg zijn arm om haar heen en ze liepen samen naar het huis. Hij slaagde er maar met moeite in overeind te blijven en struikelde over een steen of een wortel waardoor ze bijna vielen.

Godsammelazarus, dacht hij, *ik zit vandaag wel vol zelfmedelijden*, en hij walgde nog meer van zichzelf dan hij toch al had gedaan.

Chrissies vader, die naar buiten was gekomen, haastte zich naar Marks' andere kant om haar te helpen met de zware last. Zodra ze binnen waren, trapte de oude man de deur dicht.

Bourne stuitte geheel onverwacht op de vrouw. Ze lag half begraven in knisperende dode bladeren. Haar gezicht lag van hem af, haar ogen waren gesloten en haar lange haar zat onder het bloed, maar uit haar houding viel niet op te maken of ze nog leefde. Waarschijnlijk een buurvrouw die een wandeling had gemaakt en de pech had gehad Kazmi te ontmoeten. Onder de bladeren zag hij stukjes van haar rood met zwart geblokte flanellen hemd, jeans en wandelschoenen. Zo te zien had iemand haastig dode bladeren over haar heen geschopt.

Hij moest terug naar Peter Marks en naar de mensen in het huis, maar hij kon de vrouw onmogelijk laten liggen zolang hij niet wist of ze nog leefde, en zo ja, hoe ernstig haar verwondingen waren. Hij kwam behoedzaam dichterbij, boog zich naar voren en voelde met een hand haar halsslagader.

Plotseling opende ze haar ogen. Haar hand kwam omhoog met een jachtmes erin. De punt schoot in de richting van zijn bovenlichaam en sneed, terwijl hij naar achteren sprong, door zijn shirt en over de huid van zijn borstbeen. Ze kwam overeind om het karwei af te maken. Bladeren dwarrelden van haar lichaam als pas omgewoelde aarde van een levend lijk. Bourne greep haar pols vast en duwde het mes weg van hem, maar ze had een tweede mes in haar andere hand. Hij zag het te laat, en de punt drong door tot op het bot van zijn schouder.

Ze was goed getraind en verbazingwekkend sterk. Ze maakte een schaarbeweging met haar benen rond zijn rechterenkel en liet hem struikelen. Hij viel achterover, en het volgende moment zat ze boven op hem. Hij had één pols vast, maar het andere lemmet kwam als een zeis op hem af om zijn keel door te snijden. Met een van de lange spijkers als stootwapen, ramde hij de verrotte plank tegen de zijkant van haar hals en doorboorde haar halsslagader.

Een fontein van bloed spoot in boogjes door de lucht op het ritme van haar al snel steeds trager kloppende hart. De vrouw viel achterover in de bladeren die haar eerder hadden begraven. Ze keek hem aan met dezelfde mysterieuze glimlach als Kazmi; de glimlach die hem het gevoel had gegeven dat Jalal Essai nog niet klaar was met hem; de glimlach die hem extra waakzaam had gemaakt; de glimlach die hem had doen besluiten de plank met de spijkers op te rapen en verborgen te houden in zijn linkerhand. Hadden Kazmi en de vrouw samengewerkt? Was ze zijn back-up geweest? Het leek op een duivels plan dat Jalal Essai tot een geduchte vijand maakte met wie hij een moeizaam en duister verleden deelde; een vijand die ongetwijfeld een diepe haat jegens hem koesterde.

Terwijl Chrissie en haar vader Peter Marks in een stoel zetten, hoorden ze geweerschoten. Chrissies adem stokte. Ze rende naar de deur en trok hem open, ondanks haar vaders luidkeels geroepen waarschuwing. In de schaduwen van de deuropening tuurde ze naar buiten over het tuinpad en voorbij de Opel in de richting van het bos verderop. Maar ze zag niets, ondanks het feit dat ze haar uiterste best deed om met haar blik het gebladerte te doorboren, op zoek naar een teken dat Bourne nog leefde. Stel dat hij gewond was en hulp nodig had?

Ze had juist besloten om achter hem aan te gaan, zoals Tracy volgens haar onder dergelijke omstandigheden zou hebben gedaan, toen ze hem uit het bos zag komen. Maar nog voordat ze een stap kon doen, rende er iemand langs haar heen de trap af.

'Scarlett!'

Scarlett sprintte het tuinpad af, rende met een boogje rond de dode man, passeerde de achterkant van de auto en wierp zichzelf in Bournes armen.

'Dit is echt bloed – van jou,' zei ze enigszins buiten adem, 'maar ik kan je helpen.'

Bourne stond op het punt haar vriendelijk weg te duwen toen haar oprechte bezorgdheid hem van gedachten deed veranderen. Ze wilde hem echt helpen, en dat kon hij haar niet ontnemen. Hij ging naast haar op zijn knieën zitten zodat ze zijn snijwonden en blauwe plekken kon bekijken.

'Ik haal opa's verbanddoos wel,' zei ze. Maar ze maakte geen aanstalten om weg te gaan en speelde met haar vingers in de grond zoals kinderen doen als ze zich schamen of niet weten wat ze moeten zeggen. Plotseling keek ze hem aan. 'Gaat het een beetje?'

Hij glimlachte. 'Stel je voor. Ik ben gestruikeld over een steen.'

'Alleen maar snijwonden en blauwe plekken?'

'Dat is alles.'

'Gelukkig maar. Ik...' Ze stak iets in de lucht om het aan hem te laten zien. 'Kijk eens wat ik heb gevonden. Zou hij van meneer Marks zijn? Die heeft hier een tijdje op de grond gelegen.'

Bourne nam de ring van haar aan en veegde het vuil eraf. Het was een Severus Domna-ring. Waar was die vandaan gekomen?

'Ik zal het aan meneer Marks vragen zodra we binnen zijn.' Hij stak de ring in zijn zak.

Op dat moment bereikte Chrissie hen. Ze was buiten adem, niet alleen van het rennen, maar ook van angst omdat haar dochter opnieuw aan gevaar was blootgesteld.

'Scarlett,' zei ze.

Bourne zag dat ze op het punt stond haar dochter een reprimande te geven, maar toen besefte ze dat het meisje uiterst geconcentreerd Bournes verwondingen bestudeerde. Ze hield, net als Bourne, wijselijk haar mond om haar de kans te geven dit miniatuurdrama op haar eigen manier uit te spelen.

'Als ik je snijwonden heb verbonden,' zei Scarlett, 'komt alles weer goed.'

'Tja, laten we dan maar naar binnen gaan, dokter Lincoln.'

Scarlett giechelde. Bourne stond op, en ze liepen met zijn drieën zwijgend naar het huis, waar Bourne zich rechtstreeks naar Marks begaf. Chrissies vader behandelde hem met spullen uit een opvallend goed uitgeruste eerstehulpkit. Marks had zijn ogen gesloten en leunde met zijn hoofd naar achteren. Bourne vermoedde dat de professor hem een pijnstiller had gegeven.

'De eerstehulpkit is afkomstig uit mijn vaders auto,' zei Chrissie terwijl Scarlett naar verband en jodium zocht. 'Hij heeft zijn hele leven gejaagd.'

Bourne nam in kleermakerszit op het tapijt plaats en liet Scarlett haar werk doen.

'Het is gelukkig geen problematische wond,' zei professor Atherton over zijn eigen patiënt. 'De kogel is regelrecht door het vlees gegaan, dus de kans op een infectie is klein, zeker nu ik de boel heb schoongemaakt.' Hij vroeg Scarlett of ze hem het jodium wilde overhandigen en bracht het aan op twee steriele gaasjes. Die drukte hij op de ingangs- en de uitgangswond om vervolgens het geheel deskundig in te pakken met medische tape. 'Ik heb vroeger wel erger gezien,' zei hij. 'Het enige probleem is nu dat hij moet rusten, en hij moet zo snel mogelijk vloeistof binnenkrijgen. Hij heeft een hoop bloed verloren, maar lang niet zoveel als hij zonder tourniquet kwijt zou zijn geweest.'

Hij keek op van zijn patiënt en wierp een blik op Bourne. 'Je ziet er bedonderd uit, hoe je ook mag heten.'

'Ik wil u wat vragen, professor.'

De oude man snoof. 'Is dat het enige wat je doet? Vragen stellen?' Hij legde een hand op de leuning van Marks' stoel en hielp zichzelf overeind. 'Je mag me vragen wat je wilt, maar dat betekent niet per definitie dat ik je antwoord geef.'

Bourne stond ook op. 'Heeft Tracy een broer gehad?'

'Wat?'

Chrissie fronste haar wenkbrauwen. 'Adam, ik heb toch al gezegd dat Tracy mijn enige...'

Bourne stak een hand op. 'Ik vraag je vader niet of jij en je zus een broer hadden. Ik vraag of Trácy een broer had.'

Op het gezicht van professor Atherton verscheen een onheilspellende blik. 'Wel alle gloeiende potkachels! Als ik jonger was geweest, had ik je een draai om je oren gegeven voor zo'n rotinsinuatie.'

'U heeft de vraag niet beantwoord. Had Tracy een broer?'

Het gezicht van de professor stond nu op onweer. 'Je bedoelt een halfbroer.'

Chrissie deed een stap in de richting van de twee mannen. Ze stonden tegenover elkaar als straatvechters die op het punt stonden een vete te beslechten. 'Adam, waarom wil je...?'

'Maak je niet druk om niks,' zei haar vader, haar protest wegwuivend. En vervolgens tegen Bourne: 'Dus je wilt weten of ik seksuele omgang heb gehad met een andere vrouw en of daar iets van is gekomen?'

'Precies.'

'Absoluut niet,' zei professor Atherton. 'Ik heb altijd van de moeder van mijn dochters gehouden en ik ben altijd trouw aan haar geweest.' Hij schudde zijn hoofd. 'Ik denk dat je behoorlijk in de war bent.'

Maar Bourne gaf zich niet zomaar gewonnen. 'Tracy heeft

voor een bloedlink sujet gewerkt, en ik wilde weten waarom. Ik kon me namelijk niet voorstellen dat ze zoiets vrijwillig zou doen. Toen kwam Chrissie met een deel van het antwoord. Tracy heeft die man blijkbaar verteld dat ze een broer had die in de problemen zat.'

Plotseling veranderde professor Athertons houding compleet. Alle kleur trok weg uit zijn gezicht. Hij zou zijn gevallen als Chrissie hem niet vast had gepakt. Ze loodste hem voorzichtig naar de stoel tegenover die van Marks en liet hem zitten.

'Pap?' Ze ging naast hem op haar knieën zitten en nam zijn klamme hand in de hare. 'Wat is hier gaande? Is er een broer van wie ik niks weet?'

De oude man bleef zijn hoofd maar schudden. 'Ik had er geen idee van dat ze het wist,' mompelde hij, alsof hij tegen zichzelf sprak. 'Hoe is ze er in godsnaam achter gekomen?'

'Dus het is waar.' Chrissie wierp een blik op Bourne en richtte zich vervolgens weer tot haar vader. 'Waarom hebben mam en jij ons nooit iets verteld?'

Professor Atherton slaakte een diepe zucht en veegde vervolgens met de rug van een hand over zijn bezwete voorhoofd. Hij keek zijn dochter uitdrukkingsloos aan, alsof hij haar niet erkende of verwachtte iemand anders te zien.

'Ik wil er niet over praten.'

'Maar je moet wel!' Ze rechtte haar rug en boog zich vervolgens naar hem toe als om haar woorden meer gewicht te geven. 'Je hebt geen keus, pap. Je móét me over hem vertellen.'

Haar vader bleef zwijgen en verroerde zich niet, alsof hij een tijdlang koorts had gehad en pas net weer beter was.

'Hoe heet hij?' drong ze aan. 'Dat is toch wel het minste wat je me kunt vertellen?'

Haar vaders blik ontweek die van haar. 'Hij had geen naam.'

Chrissie bewoog haar bovenlichaam een stuk naar achteren, alsof ze een klap in haar gezicht had gehad. 'Dat begrijp ik niet.'

'Waarom zou je ook?' zei professor Atherton. 'Je broer is doodgeboren.'

23

Jalal Essai was een ten dode opgeschreven man, en dat wist hij. Zittend op een stoel in zijn verduisterde slaapkamer dacht hij na over de volgende feiten: breken met Severus Domna was geen gemakkelijke beslissing geweest – of eigenlijk was de beslissing heel simpel geweest, alleen de feitelijke implementatie niet. Maar het was altijd moeilijk, zo dacht Essai, jezelf met opzet in gevaar te brengen. Hij was pas naar zijn beslissing gaan handelen nadat hij alle mogelijke implementatiemethoden had uitgewerkt. Daarvoor had hij in gedachten een overzicht gemaakt van alle paden die hij kon bewandelen. Vervolgens had hij ze een voor een geëlimineerd totdat uiteindelijk het pad met de minste bezwaren, het meest aanvaardbare risiconiveau en de grootste kans op succes was overgebleven. Deze methodische manier van werken gebruikte hij bij het nemen van elke beslissing: het was het meest logische proces. Het had bovendien het voordeel dat het zijn geest tot rust bracht, net als bidden tot Allah of mediteren op een zen koan.

En zo zat hij volkomen onbeweeglijk in de duisternis van zijn appartement, in de zwartheid van zijn slaapkamer waar alle luiken gesloten waren tegen de straatverlichting en de koplampen van de incidenteel passerende auto of vrachtwagen. De nacht, en de dreiging van de nacht. De nacht was voor hem wat een kop espresso was voor anderen; een vredige en bevredigende toestand van reflectie. Hij was in staat om door het duister te navigeren, zelfs door nachtmerries, omdat Allah hem gezegend had met het licht van de oprechte gelovige.

Het was drie uur. Hij wist wat er komen ging, en daarom had hij ervoor gekozen niet te vluchten. Iemand die op de vlucht is, vormt buiten zijn eigen territorium een uitstekend doelwit. Eén misrekening, en hij sterft. Essai was niet van plan een misrekening te maken. In plaats daarvan had hij zijn slaapkamer geprepareerd voor het onvermijdelijke, en hij was bereid – graag zelfs – om op zijn plaats te blijven zitten totdat de vijand zich zou vertonen.

Eerst hoorde hij het geluid. Het was een zacht krassen, als van muizen, en het klonk uit de woonkamer, uit de richting van de voordeur. Het geluid hield al snel weer op, maar hij wist dat de vijand het slot op zijn deur moest hebben geopend, want er was iemand in het appartement. Hij bewoog zich nog steeds niet. Hij had geen reden om zich te bewegen. Hij wierp een blik op het bed, waar een bult onder de dekens de ogen van zijn vijand zou doen geloven dat er iemand lag te slapen.

Het karakter van de duisternis veranderde en werd dieper door de aanwezigheid van een andere mens. Essais focus vernauwde zich nog verder. Zijn vijand, die zich nu in de *kill zone* bevond, boog zich over het bed.

Essai voelde de beweging als een luchtverplaatsing toen zijn vijand een dolk tevoorschijn haalde en die in de slapende gestalte op het bed stak. De plastic huid werd doorboord en besproeide de bedoelde moordenaar met een geiser van accuzuur waarmee Essai de opblaasbare sekspop had gevuld.

Zijn vijand reageerde voorspelbaar. Hij viel achterover op de grond en begon wild om zich heen te slaan in een vergeefse poging het zuur van zijn gezicht, nek en borst te vegen, maar dat verspreidde zich daardoor alleen maar verder over zijn lichaam. Hij hapte naar lucht, maar omdat het zuur zijn lippen en zijn tong wegvrat, kon hij geen woorden of zelfs maar een schreeuw uit zijn mond krijgen. Een nachtmerriescenario voor hem, dacht Essai terwijl hij eindelijk opstond.

Hij knielde over de vijand – de man die Severus Domna had gestuurd om hem te doden voor zijn verraad – en glimlachte de glimlach der rechtvaardigen, rechtschapenen in de weldadige ogen van Allah, en terwijl hij een wijsvinger op zijn lippen legde, fluisterde hij: 'Ssssst.' Het klonk zo zacht dat alleen hij en zijn vijand het konden horen.

Hij pakte de dolk van de sluipmoordenaar van de grond en liep behoedzaam naar de deur van de slaapkamer. Daar ging hij met zijn rug tegen de muur staan en wachtte af. Ondertussen maakte hij zijn geest leeg. In die hemelse leegheid diende zich de meest waarschijnlijke route aan die de tweede man zou nemen. Hij wist dat er een tweede man was, net zoals hij wist dat zijn moordenaar geen pistool zou gebruiken om hem te doden. Dat waren de belangrijkste modi operandi van Severus Domna: onopvallendheid en back-up. Het waren modi operandi die hij zelf had toegepast toen hij achter Jason Bourne en de ring aan was gegaan.

Een diagonale schaduw die over de breedte van de gang viel, bevestigde zijn theorie. Nu wist hij waar de tweede moordenaar zich bevond – of eigenlijk, waar hij zich had bevonden, want hij verplaatste zich. Zijn collega had voldoende tijd gehad om zijn opdracht uit te voeren, en nu kwam de tweede man controleren of er misschien iets mis was.

En er was zeker iets mis; een feit dat bevestigd werd toen de dolk, die door Essai met grote nauwkeurigheid was geworpen, tussen twee ribben zijn borstkas binnendrong en zijn hart doorboorde. Hij viel met een doffe dreun op de grond, als een gnoe die gegrepen was door een leeuw. Essai liep naar hem toe, ging op zijn knieën zitten en vergewiste zich ervan dat hij geen pols meer had; dat er geen leven resteerde. Vervolgens ging hij terug naar zijn slaapkamer, waar de eerste sluipmoordenaar nog lag te kronkelen op de grond en steeds meer ongecoördineerde bewegingen maakte.

Hij knipte een lamp aan en bestudeerde het gezicht van de man. Hij herkende hem niet, maar dat had hij ook niet verwacht. Severus Domna zou niet iemand sturen die hij van gezicht kende. Hij hurkte naast de man en zei: 'Ik heb medelijden met je, vriend. Ik heb medelijden met je omdat ik ervoor gekozen heb je leven – en daarmee je lijden – niet te beëindigen. In plaats daarvan laat ik je zoals je bent.'

Hij haalde een burner tevoorschijn en toetste een lokaal nummer in.

'Ja?' zei Benjamin El-Arian.

'Ik heb een bestelling voor je die kan worden opgehaald,' zei Essai.

'Dat moet een vergissing zijn. Ik heb niks besteld.'

Essai hield de mobiele telefoon vlak voor de mond van de sluipmoordenaar, die geluiden maakte als van een angstige koe.

'Wie is dat?'

Er was iets in El-Arians stem veranderd; de toon had nu iets koortsachtigs dat Essai, die de telefoon weer aan zijn oor had, in staat was te herkennen.

'Ik schat dat je nog een halfuur hebt voordat je moordenaar het loodje legt. Zijn leven ligt in jouw handen.'

Essai klapte de telefoon dicht, liet hem op de grond vallen en vermaalde hem onder de hak van zijn schoen.

Vervolgens richtte hij zich nog een laatste keer tot de sluipmoordenaar. 'Vertel Benjamin El-Arian wat hier is gebeurd. Daarna kan hij met je doen wat hem goeddunkt. Zeg tegen hem dat iedereen die hij op me afstuurt hetzelfde lot wacht. Dat is alles. Zijn tijd – en de jouwe – zijn voorbij.'

Moira, die aan de stuurboordkant van het jacht stond, keek naar het uitwisselen van infraroodsignalen met behulp van een nachtkijker die de kapitein haar even tevoren had overhandigd. Het jacht naderde langzaam en de Cigarette draaide bij. Ze paste haar gezichtsveld iets aan en zag behalve de seiner twee gestalten in de Cigarette; een man en een vrouw. De man was ongetwijfeld Arkadin, maar wie was de vrouw, en waarom zou hij nog iemand aan boord hebben? Berengária had haar verteld dat Arkadin tijdens hun ontmoetingen alleen een stuurman bij zich had; een oude Mexicaan die El Heraldo heette.

De kapitein hield de motoren van het jacht in de vrijstand, zodat het traag door de zwarte golven gleed op zijn eigen impuls. Inmiddels kon Moira Arkadins gezicht zien. De vrouw die naast hem stond – was Soraya Moore!

Ze liet de nachtkijker bijna overboord vallen. *Wat zullen we nou beleven?* dacht ze. Voor elk plan gold dat er een kink in de kabel kon komen – en dit was die van haar.

Het zachte klotsen van het water was het enige dat ze hoorde toen de Cigarette langszij kwam. Een lid van de bemanning gooide een touwladder omlaag en een tweede bediende de lier. Ondertussen waren twee anderen bezig de lading aan dek te brengen. Berengária had de procedure tot in het kleinste detail uitgelegd. Er werd een kist in het net geplaatst die omlaag getakeld zou worden naar de Cigarette zodat Arkadin de inhoud kon inspecteren.

Terwijl dit gebeurde, leunde Moira over de reling om te kijken naar de mensen in de Cigarette. Soraya zag haar als eerste, en haar mond vormde een O van stomme verbazing.

What the hell? zeiden haar lippen geluidloos tegen Moira, die moest lachen. Ze reageerden allebei hetzelfde op het feit dat ze elkaar hier ontmoetten.

Vervolgens zag Arkadin haar. Hij beklom met een fronsende blik de touwladder, sprong aan boord van het jacht en trok een Glock 9mm die hij op haar maag richtte.

'Wie ben jij?' zei hij. 'En wat doe je aan boord van mijn boot?'

'Deze boot is niet van jou. Hij is eigendom van Berengária,' zei Moira in het Spaans.

Arkadins ogen versmalden zich. 'En jij? Ben jij ook eigendom van Berengária?'

'Ik ben eigendom van niemand,' zei Moira, 'maar ik behartig Berengária's belangen.' Ze had gedurende de hele reis langs de kust van Mexico de mogelijke antwoorden op zijn vragen overwogen. Waar het uiteindelijk op neerkwam, was het volgende: Arkadin was op de eerste plaats een man en op de tweede plaats een moordzuchtige crimineel.

'Echt iets voor een vrouw om een vrouw te sturen,' zei Arkadin, even laatdunkend als Roberto Corellos.

'Berengária is ervan overtuigd dat je haar niet meer vertrouwt.'

'Dat klopt.'

'Misschien vertrouwt ze jou ook niet meer.'

Arkadin schonk haar een dreigende blik, maar zei niets.

'Dit is een vervelende situatie,' erkende Moira. 'En geen manier om zaken te doen.'

'En hoe stelt de vrouw van wie jij geen eigendom bent zich voor dat we dit oplossen?'

'Je zou om te beginnen die Glock kunnen opbergen,' merkte Moira op.

Inmiddels was Soraya de touwladder opgeklommen. Ze zwaaide haar benen over de koperen reling van het jacht en sprong op het dek. Ze leek de situatie in te schatten en keek van Moira naar Arkadin en weer terug.

'Krijg de klere,' zei Arkadin. 'En Berengária ook.'

'Als ze een man had gestuurd, hadden jullie elkaar waarschijnlijk al afgemaakt.'

'Die zou ik zonder pardon hebben afgemaakt,' zei Arkadin.

'Dus een man sturen zou niet slim zijn geweest.'

Arkadin snoof. 'Jezus, we staan hier niet in de keuken.' Hij schudde ongelovig zijn hoofd. 'Je bent niet eens gewapend.'

'Daarom schiet je me ook niet neer,' zei Moira. 'En daarom luister je naar me als ik praat, als ik onderhandel en als ik een manier voorstel om verder te gaan zonder wederzijds wantrouwen.'

Arkadin bestudeerde haar zoals een havik naar een mus kijkt. Mogelijk zag hij haar niet langer als een bedreiging, of misschien was het tot hem doorgedrongen wat ze tegen hem had gezegd. Hoe dan ook, hij liet de Glock zakken en stak het wapen achter zijn rug in zijn broekriem.

Moira keek Soraya doordringend aan. 'Maar ik onderhandel niet met iemand die ik niet ken. Berengária heeft me verteld over jou en je bootsman, El Heraldo, maar nu zie ik hier een vrouw. Ik hou niet van verrassingen.'

'Dan ben je niet de enige.' Arkadins hoofd bewoog zich met

een ruk in Soraya's richting. 'Een nieuwe partner, op proef. Als ze niet bevalt, eindigt ze met een gat in haar achterhoofd.'

'O, gaat dat zo eenvoudig?'

Arkadin liep naar Soraya, maakte van zijn duim en wijsvinger een pistool en drukte de loop tegen de onderkant van haar schedel. 'Boem.' Vervolgens draaide hij zich om, glimlachte uiterst charmant en zei: 'Dus zeg het maar.'

'Er zijn te veel partners,' zei Moira botweg.

Arkadin zweeg even. 'Wat mij betreft,' zei hij ten slotte, 'ik ben absoluut niet in partners geïnteresseerd.' Hij haalde zijn schouders op. 'Helaas hoort dat bij zakendoen. Maar als Berengária ermee wil stoppen...'

'We dachten eerder aan Corellos.'

'Maar ze is zijn minnares.'

'Dit is zakelijk,' zei Moira. 'Wat ze met Corellos heeft gedaan was om de vrede te bewaren.' Nu was zij degene die haar schouders ophaalde. 'En het is haar beste wapen.'

Arkadin leek haar in een nieuw licht te zien. 'Corellos is erg machtig.'

'Corellos zit in de gevangenis.'

'Waarschijnlijk niet lang meer.'

'En daarom,' zei Moira, 'pakken we hem nu.'

'Pakken?'

'Uit de weg ruimen, om zeep helpen, uitschakelen, noem het maar hoe je het wilt.'

Arkadin zweeg even en barstte vervolgens in lachen uit. 'Waar heeft Berengária jou in godsnaam gevonden?'

Moira wierp een blik op Soraya, waagde een niet al te riskante gok en dacht: *Min of meer dezelfde plek als waar je je eigen nieuwe partner vandaan hebt.*

'Waarom zou ze dat doen?' Professor Atherton had zijn hoofd in zijn handen. 'Waarom zou Tracy iemand vertellen dat ze een broer had?'

'Zeker als ze zich daarmee aan Arkadin verplichtte,' voegde Chrissie eraan toe.

'Ze deed meer dan alleen maar haar broer noemen,' zei Bourne. 'Ze verzon een ingewikkelde leugen over dat hij nog leefde en tot over zijn oren in de schulden zat. Het leek bijna alsof ze iets zocht dat Arkadin tegen haar kon gebruiken.'

Chrissie schudde haar hoofd. 'Maar dat slaat nergens op.'

Dat deed het wel, dacht Bourne, als ze opdracht had gekregen om met Arkadin aan te pappen. Bijvoorbeeld om te kunnen rapporteren waar hij zich mee bezighield en waar hij zich bevond. Maar hij was niet van plan om dat met deze mensen te bespreken.

'Die vraag kan wachten,' zei hij. 'Met die schoten in het bos is het beter als we hier vertrekken.' Hij richtte zich tot professor Atherton. 'Ik kan Marks dragen, kunt u zelf lopen?'

De oude man knikte nors.

Chrissie gebaarde. 'Ik help je wel, pap.'

'Let jij maar op je dochter,' zei hij knorrig. 'Ik kan voor mezelf zorgen.'

Chrissie pakte de eerstehulpkit in. Ze nam hem onder haar arm en liep hand in hand met Scarlett naar buiten. Bourne hielp Marks overeind en nam hem op zijn schouder.

'Daar gaan we,' zei hij terwijl hij de professor naar buiten loodste.

Chrissie bracht haar vader naar zijn auto, die achter het huis stond. Bourne zette Marks in de huurwagen, die wonder boven wonder geen schade had. Chrissie keerde de auto van haar vader en Scarlett stapte in.

Bourne liep even naar haar toe.

'Wat gebeurt er nu?' vroeg ze.

'Jij pakt gewoon je leven weer op.'

'Mijn leven.' Ze lachte opgelaten. 'Mijn leven – en dat van mijn familie – worden nooit meer hetzelfde.'

'Misschien is dat juist wel goed.'

Ze knikte.

'Hoe dan ook, het spijt me.'

'Dat hoeft niet.' Ze glimlachte lusteloos. 'Ik was heel even Tracy, en nu besef ik dat ik nooit als zij heb willen zijn; ik dacht het alleen.' Ze legde even een hand op zijn arm. 'Ik ben blij dat ik je heb leren kennen. Je hebt haar in elk geval wat geluk gegeven.'

'Een avond of twee.'

'Dat is meer dan veel mensen in hun hele leven krijgen.' Ze haalde haar hand weg. 'Trace heeft haar eigen leven gekozen; het heeft haar niet gekozen.'

Bourne knikte. Hij kwam overeind en keek nog even op de achterbank. Toen hij op het glas tikte, opende Scarlett het raam. Hij legde iets in haar hand en sloot haar vingers.

'Dit blijft tussen ons,' zei Bourne. 'Je mag er pas naar kijken als je thuis bent en alleen op je kamer zit.'

Ze knikte plechtig.

'Oké, we gaan,' zei Chrissie zonder naar Bourne te kijken.

Scarlett draaide het venster weer omhoog. Ze zei iets wat Bourne niet kon horen. Hij legde zijn vlakke hand tegen het raam. Aan de andere kant drukte Scarlett haar hand op die van hem.

Marks had de sleutel in het contactslot laten zitten en nu startte Bourne de motor.

Het was een combinatie van geluid en trillingen die Marks uit zijn verdoving deed ontwaken toen Bourne vanaf het tuinpad de weg opreed.

'Waar ben ik in godsnaam?' mompelde hij met schorre stem.

'Op weg naar Londen.'

Marks knikte als een dronken man die zijn best deed om zichzelf weer vertrouwd te maken met hoe de wereld werkt. 'Fuck, wat doet mijn been pijn.'

'Je bent neergeschoten en je hebt wat bloed verloren, maar je overleeft het wel.'

'Oké.' Het volgende moment veranderde er iets in zijn gezicht, en er trok een rilling door zijn lichaam toen hij zich de recente gebeurtenissen herinnerde. Hij draaide zijn hoofd naar Bourne. 'Luister, het spijt me. Ik heb me als een zak gedragen.'

Bourne reageerde niet en reed zwijgend verder.

'Ik ben op pad gestuurd om jou te zoeken.'

'Dat had ik inmiddels begrepen.'

Marks wreef met zijn knokkels in zijn ogen in een poging de laatste spinnenwebben uit zijn hoofd te verwijderen. 'Ik werk tegenwoordig voor Treadstone.'

Bourne zette de auto aan de kant. 'Sinds wanneer is Tread-stone weer operationeel?'

'Sinds Willard een geldschieter heeft gevonden.'

'En wie mag dat dan wel zijn?'

'Oliver Liss.'

Bourne moest lachen. 'Arme Willard. Van de regen in de drup.'

'Precies.' Marks klonk somber. 'Het is één grote puinhoop.'

'En jij maakt deel uit van die puinhoop.'

Marks slaakte een zucht. 'Eigenlijk hoop ik deel uit te maken van de oplossing.'

'Werkelijk? En hoe zie je dat voor je?'

'Liss wil iets dat jij hebt – een ring.'

Iedereen zit achter de Dominionring aan, dacht Bourne, maar hij zei niets.

'Die zou ik jou afhandig moeten maken.'

'Ik zou wel eens willen weten hoe je van plan was dat aan te pakken.'

'Ik heb er eerlijk gezegd geen flauw idee van,' zei Marks, 'en ik ben er ook niet langer in geïnteresseerd.'

Bourne zweeg.

Marks knikte. 'Je hebt alle recht om sceptisch te zijn. Maar het is de waarheid. Willard belde me vlak voordat ik bij het huis arriveerde. Hij zei tegen me dat de missie was aangepast en dat ik je naar Tineghir moest brengen.'

'In het zuidoosten van Marokko.'

'Ouarzazate, om precies te zijn. Arkadin wordt daar blijk-baar ook naartoe gebracht.'

Bourne zweeg zo lang dat Marks zich gedwongen voelde te zeggen: 'Wat denk je?'

'Dat Oliver Liss niet langer de leiding heeft bij Treadstone.'

'Waarom zeg je dat?'

'Liss zou jou nooit opdracht geven mij naar Ouarzazate te brengen; hij zou nog eerder zijn eigen polsen doorsnijden.' Hij keek naar Marks. 'Nee, Peter, er is daar iets radicaal veranderd.'

'Dat idee had ik ook, maar wat?' Marks haalde zijn smartphone tevoorschijn en opende een paar websites met regeringsnieuws. 'Jezus,' zei hij ten slotte, 'Liss is gearresteerd door het ministerie van Justitie in verband met zijn mogelijke betrokkenheid bij illegale transacties van Black River.' Hij keek op. 'Maar hij was toch een week of wat geleden van alle beschuldigingen vrijgesproken?'

'Ik zei toch dat er iets radicaal was veranderd,' zei Bourne. 'Willard krijgt zijn orders van iemand anders.'

'Dat moet dan iemand zijn die heel hoog in de voedselketen zit, als dat onderzoek is heropend.'

Bourne knikte. 'En nu snap jij er net zo weinig van als ik. Het ziet ernaar uit dat je baas je heeft verraden zonder er een traan om te laten.'

'Dat is eerlijk gezegd niet echt een verrassing.' Marks wreef zijn been. Het zachte grommen dat zijn stokkende adem vergezelde, was een zacht protest.

'Ik ken een arts in Londen die niet moeilijk doet over een schotwond.' Bourne zette de auto in de versnelling, controleerde het verkeer en reed de weg op. 'Voor de goede orde, Diego heeft me in de val gelokt. Er stonden in de club mensen op me te wachten.'

'Moest Moreno hem echt vermoorden?'

'Dat zullen we nooit te weten komen,' zei Bourne. 'Maar Ottavio heeft mijn huid gered. Hij verdiende het niet om te worden afgeschoten als een hond.'

'En dat brengt me op de vraag wie ons in godsnaam heeft beschoten.'

Bourne vertelde hem over Severus Domna en Jalal Essai zonder in detail te treden over Holly.

'Ik ben in Londen aangevallen. Ik heb een vreemde gouden

ring van de wijsvinger van mijn belagers getrokken.' Hij zocht in zijn zakken. 'Shit, ik ben hem kwijt.'

'Scarlett heeft hem gevonden. Ik heb hem aan haar gegeven als souvenir,' zei Bourne. 'Elk lid van Severus Domna draagt er een.'

'Dus dit draait allemaal om een oude Treadstone-missie.' Marks leek even na te denken over de implicaties hiervan. 'Weet jij eigenlijk waarom Alex Conklin die laptop wilde hebben?'

'Geen flauw idee,' zei Bourne, hoewel dat hem inmiddels steeds duidelijker begon te worden. Was er buiten Soraya en Moira iemand die hij kon vertrouwen? Hij wist dat Soraya en Peter bevriend waren, maar hij wist nog steeds niet of hij Marks kon vertrouwen.

Marks, die niet helemaal op zijn gemak leek, ging verzitten. 'Ik moet je iets vertellen. Ik ben bang dat ik Soraya heb overgehaald om voor Treadstone te komen werken.'

Bourne wist dat Typhon niet fatsoenlijk kon draaien zonder haar. Hij nam aan dat Danziger systematisch bezig was de oude CI te ontmantelen en om te werken naar het beeld van Bud Hallidays geliefde NSA. Niet dat hij daar iets mee te maken had. Hij had de pest aan alle spionagediensten en vertrouwde er niet een. Maar hij wist dat Typhon goed werk had verricht onder de oorspronkelijke directeur en later onder Soraya. 'Wat heeft Willard voor haar bedacht?'

'Dit ga je niet leuk vinden.'

'Laat je daar niet door weerhouden.'

'Ze moet contact maken met Leonid Arkadin en zijn laptop te pakken zien te krijgen.'

'Dezelfde laptop die ik van Jalal Essai heb gepikt?'

'Precies.'

Bourne wilde lachen, maar dan zou Marks hem vragen stellen die hij niet wilde beantwoorden. In plaats daarvan vroeg hij: 'Was het jouw idee Soraya met Arkadin te laten aanpappen?'

'Nee, dat van Willard.'

'Daar heeft hij dan niet lang over hoeven nadenken.'

'Hij vertelde het me de dag nadat ik haar had gerekruteerd.'

'Dus het is mogelijk dat hij die missie al voor haar had bedacht voordat hij jou vroeg haar te rekruteren.'

Marks haalde zijn schouders op, alsof hij niet inzag hoe dat van belang kon zijn.

Maar voor Bourne was het wel degelijk van belang. Hij zag een patroon in Willards denken. Hij blies de lucht uit zijn longen. Stel nu eens dat Soraya niet de eerste vrouw was die Treadstone had gerekruteerd om een oogje op Arkadin te houden? Alles leek te kloppen. De enige reden waarom Tracy zou liegen en zich doelbewust in Arkadins greep zou plaatsen, was dat hij haar zou inhuren zodat ze in zijn buurt kon blijven. Vervolgens kon ze informatie over zijn verblijfplaats en zijn zakelijke activiteiten doorsluizen. Een briljant plan, dat had gewerkt totdat Tracy in Khartoum om het leven was gekomen. Toen was Arkadin opnieuw verdwenen. Willard had naar een manier gezocht om het contact te herstellen, daarom had hij gebruikgemaakt van een beproefde Treadstone-tactiek. Voor Arkadin waren vrouwen de laatste mensen waarvan hij zou vermoeden dat ze hem in de gaten hielden.

'Ik neem aan dat Soraya hem heeft gevonden.'

'Ze is momenteel bij hem in Sonora en ze weet wat ze moet doen,' zei Marks. 'Denk je dat zij hem in Tineghir kan krijgen?'

'Nee,' zei Bourne. 'Maar ik wel.'

'Hoe?'

Bourne glimlachte. Hij herinnerde zich de notitie in het dagboek van Noah Perlis. 'Ik zal haar de informatie sms'en. Ze weet wat ze ermee moet doen.'

Ze bevonden zich inmiddels in de buitenwijken van Londen. Bourne verliet de snelweg bij de eerstvolgende afrit en zette de auto aan de kant in een zijstraat. Marks overhandigde hem zijn smartphone en gaf hem het nummer van Soraya. Bourne toetste het in, drukte op de sms-knop, schreef de tekst en verzond het bericht.

Nadat hij Marks zijn telefoon terug had gegeven, startte hij de motor en reed hij verder.

'Ik weet niet hoe het is gebeurd,' zei Marks, 'maar Severus Domna heeft Willard en Treadstone in haar zak.'

'Waarom denk je dat?'

'Jalal Essai is Amazigh. Hij komt uit het Atlasgebergte.'

'Ouarzazate.'

'De vraag is dus: krijgt Willard zijn bevelen van Essai of van Severus Domna?'

'Voorlopig doet dat er niet toe,' zei Bourne, 'maar ik zet mijn geld op Severus Domna. Ik betwijfel of Essai voldoende invloed heeft om Liss door justitie gevangen te laten zetten.'

'Omdat Essai gebroken heeft met Severus Domna, nietwaar?'

Bourne knikte. 'En dat maakt de situatie een stuk interessanter.' Hij sloeg links af en vervolgens rechts af. Ze bevonden zich nu in een straat met keurige witte Georgian huizen. Een Skye-terriër die vlijtig aan traptreden snuffelde, ging zijn baasje voor op het trottoir. De arts bevond zich drie huizen verder. 'Het gebeurt niet vaak dat mijn vijanden elkaar naar de strot vliegen.'

'Ik neem aan dat je naar Tineghir gaat, ondanks het gevaar. Dat zal geen eenvoudige beslissing zijn geweest.'

'Jij hebt je eigen lastige beslissing te nemen,' zei Bourne. 'Als je in deze business wilt blijven werken, zul je terug moeten naar D.C. om met Willard af te rekenen. Anders kun je er donder op zeggen dat hij Soraya en jou uiteindelijk op een of andere manier kapotmaakt.'

24

Frederick Willard wist van de White Knights Lounge. Hij was er al langer van op de hoogte; sinds het moment waarop hij was begonnen met het samenstellen van zijn privédossier over minister van Defensie Halliday. Bud Halliday bezat het soort van arrogantie dat mannen met zijn verheven status maar al te vaak ten val bracht, samen met alle loonslaven die zich voor hem uit de naad hadden gewerkt. Mannen als Halliday waren zo gewend aan hun macht dat ze meenden boven de wet te staan.

Willard was getuige geweest van besprekingen die Bud Halliday had gevoerd met een heer uit het Midden-Oosten, later door hem geïdentificeerd als Jalal Essai. Het was informatie waarover hij al beschikte tijdens zijn gesprek met Benjamin El-Arian. Hij wist niet of El-Arian op de hoogte was van de samenwerking, maar hij was in elk geval niet van plan hem erover te vertellen. Sommige informatie was uitsluitend bedoeld om met de juiste persoon te worden gedeeld.

En die persoon verscheen nu, exact op tijd, geflankeerd door zijn lijfwachten als een Romeinse keizer.

M. Errol Danziger begaf zich in de richting van Willards zitbox en schoof aan. Te oordelen naar de vlekken en de gescheurde kunstlederen bekleding had de antieke muurbank al heel wat wilde feestjes doorstaan.

'Wat een smerig hondenkot is dit,' zei Danziger. Hij zag eruit alsof hij het liefst een levensgroot condoom had gedragen. 'Je bent wel afgegleden sinds je bij ons weg bent.'

Ze bevonden zich in een *bar-and-grill* met een vage naam, niet ver van een van de snelwegen die Washington met Virginia verbond. Het etablissement werd hoofdzakelijk bezocht door kroeglopers die een bepaalde leeftijd en levertoxiciteit hadden bereikt; de rest van de mensheid reed er met een grote boog omheen. Het stonk er naar verschaald bier en maanden oude frituurolie. Het viel onmogelijk te zeggen in welke kleur de muren waren geschilderd. Een oude analoge jukebox speelde Willie Nelson en John Mellencamp, maar er werd niet gedanst, en zo te zien, luisterde er geen mens. Iemand aan het uiteinde van de bar kreunde.

Willard wreef in zijn handen. 'Wat kan ik voor u bestellen?'

'Een enkele reis weg uit dit stinkhol,' zei Danziger, die probeerde niet al te diep in te ademen. 'Hoe sneller, hoe beter.'

'Niemand die wij kennen of die ons zou herkennen, komt zelfs maar in de buurt van deze dump,' zei Willard. 'Kunt u een betere plaats bedenken voor ons gesprek?'

Danziger trok een chagrijnig gezicht. 'Schiet alsjeblieft een beetje op, man.'

'U heeft een probleem,' zei Willard zonder verdere inleiding.

'Ik heb zoveel problemen, maar daar heb jij geen donder mee te maken.'

'Niet zo snel.'

'Luister, je ligt uit de CI, en dat betekent dat je een nul bent. Ik heb alleen met deze ontmoeting ingestemd bij wijze van – ik weet niet – erkentelijkheid voor je diensten in het verleden. Maar ik zie dat ik mijn tijd verspil.'

Willard liet zich niet uit het veld slaan. 'Dit specifieke probleem betreft uw baas.'

Danziger leunde naar achteren alsof hij de afstand tussen hem en Willard zo groot wilde maken als de muurbank toeliet.

Willard spreidde zijn handen. 'Wilt u het horen? Zo niet, dan staat het u vrij om te vertrekken.'

'Ga je gang.'

'Bud Halliday heeft een, laten we zeggen, niet al te frisse relatie met een man genaamd Jalal Essai.'

Danziger zet zijn stekels op. 'Als je van plan bent me te chan...'

'Rustig maar. De relatie is puur zakelijk.'

'Wat heb ik er dan mee te maken?'

'Alles,' zei Willard. 'Essai is levensgevaarlijk voor hem – en voor u. Hij is lid van een groep die bekendstaat als Severus Domna.'

'Nooit van gehoord.'

'Erg weinig mensen hebben ervan gehoord. Maar het was iemand van Severus Domna die ervoor heeft gezorgd dat Oliver Liss opnieuw door justitie onder de loep is genomen en hem hangende het onderzoek in voorarrest heeft geplaatst.'

Een dronken bezoeker begon luidkeels te blèren in een jammerlijke poging tot een duet met Connie Francis. Een van Danzigers gorilla's ging eropaf en liet de man stoppen.

Danziger trok zijn wenkbrauwen op. 'Wil je soms zeggen dat de Amerikaanse regering bevelen aanneemt van – wat? – kan ik uit die naam opmaken dat Severus Domna een moslimorganisatie is?'

'Severus Domna heeft leden in vrijwel elk land van de wereld.'

'Christelijk én moslim?'

'En waarschijnlijk ook joods, hindoestaans, jaïnistisch, boeddhistisch en elke andere religie die u kunt bedenken.'

Danziger snoof. 'Wat een flauwekul! Het is al absurd om te denken dat mensen van verschillende religies het eens kunnen worden over een dag in de week om met elkaar te vergaderen, laat staan dat ze samenwerken in een wereldwijde organisatie. En met welk doel?'

'Het enige wat ik weet, is dat de doelen van Severus Domna niet onze doelen zijn.'

Danziger reageerde alsof Willard hem had beledigd. 'Onze doelen? Jij bent tegenwoordig een burger.' Hij liet het woord smerig en minachtend klinken.

'De directeur van Treadstone kan moeilijk als burger worden aangemerkt,' zei Willard.

'Treadstone, hè? Je kunt het beter *Headstone* noemen.' Hij lachte schor. 'Ik heb niks met jou en je Headstone te maken. Deze vergadering is gesloten.'

Terwijl hij aanstalten maakte om op te stappen, speelde Willard zijn troef. 'Samenwerken met een buitenlandse groepering is hoogverraad, en daar staat de doodstraf op. Stelt u zich de schande eens voor – als u tenminste nog zo lang leeft.'

'Wat heeft dat verdomme te betekenen?'

'Stelt u zich eens een wereld zonder Bud Halliday voor.'

Danziger verroerde zich niet. Voor de eerste keer sinds hij binnen was gekomen, leek hij niet helemaal zeker van zichzelf.

'Denk eens even na, directeur,' vervolgde Willard, 'waarom zou ik onze tijd met onzin verspillen? Wat zou ik daarmee winnen?'

Danziger liet zich terugzakken op de bank. 'Ja, wat heb je eraan om mij zo'n onzinverhaal te vertellen?'

'Als u dit een onzinverhaal vindt, praat ik tegen een muur.'

'Ik weet eerlijk gezegd niet wat ik ervan vind,' zei Danziger. 'Maar voorlopig ben ik bereid te luisteren.'

'Dat is alles wat ik van u vraag,' zei Willard. Maar dat was het natuurlijk niet. Hij wilde veel meer van Danziger, en nu wist hij dat hij het zou krijgen.

Op de weg terug naar zijn kantoor liet Karpov de chauffeur stoppen. Voor iedereen onzichtbaar gaf hij over in een pluk hoog gras. Het was niet dat hij nooit eerder iemand had doodgeschoten. Integendeel, hij had een hoop schoften naar de eeuwige jachtvelden gestuurd. Zijn maag was in opstand gekomen door de situatie waarin hij plotseling verkeerde; een situatie die aanvoelde als de ingewanden van een rottende vis of de bodem van een beerput. Er moest een manier zijn om te ontsnappen uit de gevangenis waarin hij was terechtgekomen. Ongelukkigerwijs zat hij klem tussen president Imov en Viktor Tsjerkesov. Imov was een probleem waar alle opkomende siloviks mee te maken kregen, maar hij stond nu ook in het krijt bij Tsjerkesov, en hij was ervan overtuigd dat die hem vroeg of laat om een of andere onmogelijke gunst zou vragen. Hij zag al voor zich hoe de gunsten zich in de toekomst zouden vermeerderen en hoe ze hem steeds zwaarder zouden vallen totdat hij er uiteindelijk compleet aan onderdoor zou gaan. Wat had Tsjerkesov het listig gespeeld! Door hem te geven wat hij wilde, had Tsjerkesov de enige manier gevonden om zijn – Karpovs – integriteit te omzeilen. Hij kon nu nog maar één ding doen, namelijk datgene wat goede Russische soldaten al eeuwenlang doen: de ene voet voor de andere zetten en gewoon doorlopen over de zich steeds hoger opstapelende puinhopen.

Hij zei tegen zichzelf dat het allemaal voor de goede zaak was – een leven zonder Maslov en de Kazanskaja was elk ongemak waard. Aan de andere kant, was het net als zeggen: *Befehl ist Befehl*, en dat maakte hem nog neerslachtiger.

Hij nam mismoedig plaats op de achterbank van zijn auto en bleef piekeren. Vijf minuten later miste zijn chauffeur een afslag.

'Stop onmiddellijk,' beval Karpov.

'Hier?'

'Ja. Hier.'

Zijn chauffeur staarde hem aan in de achteruitkijkspiegel. 'Maar het verkeer...'

'Doe wat je gezegd is!'

De chauffeur zette de auto aan de kant. Karpov stapte uit, opende het voorportier, reikte naar binnen en sleurde de man achter het stuur vandaan. Zonder ook maar enige aandacht te schenken aan de toeterende claxons en de piepende remmen van voertuigen die hen onverwacht moesten ontwijken, sloeg hij het hoofd van de chauffeur tegen de zijkant van de auto. De man zakte in elkaar en Karpov ramde zijn knie tegen zijn kin. Er vlogen tanden uit de mond van de chauffeur. Karpov gaf hem nog een paar trappen na terwijl hij al op de weg lag. Vervolgens stapte hij achter het stuur, gooide de deur dicht en reed weg.

Ik had Amerikaan moeten zijn, dacht hij terwijl hij met de rug van zijn hand steeds opnieuw zijn lippen schoonveegde. Maar hij was een patriot, hij hield van Rusland. Het was jammer dat Rusland niet van hem hield. Rusland was een genadeloze meesteres, harteloos en wreed. *Ik had Amerikaan moeten zijn.* Hij verzon een melodietje en zong de zin zachtjes tegen zichzelf alsof het een slaapliedje was, en hij ging zich er zelfs iets beter door voelen. Hij concentreerde zich op het ten val brengen van Maslov en de vraag hoe hij de FSB-2 zou reorganiseren wanneer Imov hem tot directeur had benoemd.

Maar zijn eerste taak was het afrekenen met de drie mollen binnen de FSB-2. Gewapend met de namen die Boekin had opgehoest, parkeerde hij de auto voor het negentiende-eeuwse gebouw waarin de FSB-2 huisde en liep de trap op. Hij wist voor welke directoraten de mollen werkten. Op weg naar boven in de lift trok hij zijn pistool.

Hij liet de eerste mol naar zijn kantoor komen. Toen de man besefte wat er aan de hand was en zich uit de voeten wilde maken, begon Karpov met zijn pistool te zwaaien. Siloviks van over de hele verdieping kwamen uit hun kamers tevoorschijn terwijl secretaresses en assistenten hun geestdodende papierwinkel in de steek lieten om het zich ontvouwende drama te kunnen volgen. Er vormde zich een menigte, wat Karpov des te beter vond. Met de eerste mol op sleeptouw ging hij naar het kantoor van de tweede. De man stond te telefoneren met zijn rug naar de deur. Toen hij zich omdraaide, schoot Karpov hem door het hoofd. De eerste mol verstijfde toen het slachtoffer met uitgestrekte armen naar achteren werd geblazen en tegen het venster klapte terwijl zijn telefoon met een boogje door de lucht vloog. Toen hij vervolgens op de grond in elkaar zakte, liet hij een interessant abstract patroon van bloed en stukjes bot en hersenen op het glas achter. Terwijl verbijsterde siloviks zich in de deuropening verdrongen, maakte Karpov foto's met zijn mobiele telefoon.

Hij baande zich een weg door de opgewonden mensenkluwen en sleurde de inmiddels bibberende eerste mol naar zijn volgende stopplaats, een verdieping hoger. Toen ze arriveerden, had het nieuws zich al verspreid en werden ze in stille verbijstering begroet door een menigte siloviks.

Terwijl Karpov zijn gevangene voortsleepte naar het kantoor van de derde mol, baande kolonel Lemtov zich een weg naar de kop van de groep.

'Kolonel Karpov,' riep hij, 'wat heeft deze misdadige vertoning te betekenen?'

'Opzij, kolonel. Ik zeg het niet nog een keer.'

'Wie bent u om...'

'Ik ben zaakgelastigde van president Imov,' zei Karpov. 'Bel zijn kantoor maar. Of beter, bel Tsjerkesov zelf.'

Vervolgens gebruikte hij de mol om kolonel Lemtov opzij te duwen. Dakaev, de derde mol, bevond zich niet in zijn kantoor. Karpov stond op het punt om contact op te nemen met de beveiliging toen een doodsbange secretaresse hem meldde dat haar baas een vergadering voorzat. Ze legde uit waar het zaaltje was, en Karpov beende erheen.

Hij trof twaalf mannen aan een rechthoekige tafel. Dakaev zat aan het hoofd. Aangezien hij een directoraatshoofd was, was hij levend meer waard dan dood. Karpov smeet de eerste mol tegen de tafel. Iedereen behalve Dakaev schoof zijn stoel zo ver mogelijk naar achteren. Dakaev bewoog zich niet en bleef zitten met zijn handen gevouwen op het bureaublad. In tegenstelling tot kolonel Lemtov toonde deze man geen woede of verwarring; hij besefte heel goed wat er aan de hand was.

Daar moest verandering in komen. Karpov greep de eerste mol beet en sleurde hem over de tafel naar Dakaev. Daarbij scheurden vellen papier, belandden pennen op de grond en vielen glazen met water om. Vlak voor Dakaevs gezicht rukte Karpov zijn gevangene overeind. Hij keek Dakaev recht in de ogen en drukte de loop van zijn pistool tegen het achterhoofd van de eerste mol.

'Genade,' smeekte de eerste mol terwijl in het kruis van zijn pantalon een vlek verscheen.

Karpov haalde de trekker over. Het hoofd van de man klapte tegen de tafel, veerde nog even op en bleef vervolgens liggen in een plas met zijn eigen bloed. Er verscheen een donkerrood Pollock-achtig patroon op Dakaevs kostuum, overhemd, stropdas en frisgeschoren gezicht.

Karpov gebaarde met het pistool. 'Sta op.'

Dakaev gehoorzaamde. 'Maak je mij ook van kant?'

'Misschien later.' Karpov greep hem bij zijn stropdas en keek hem recht in de ogen. 'Dat hangt helemaal van jou af.'

'Ik begrijp het,' zei Dakaev. 'Ik wil immuniteit.'

'Immuniteit? Hier heb je je immuniteit.' Karpov sloeg met de loop van het pistool tegen de zijkant van zijn hoofd.

Dakaev zakte in elkaar, kwam op een ontstelde silovik terecht die als verlamd in zijn stoel zat en gleed vervolgens op de grond. Karpov boog zich over hem heen. Hij lag als een zoutzak tegen de muur aan.

'Je gaat me alles vertellen wat je weet over hoe jullie te werk gaan en wie jullie contacten zijn – namen, plaatsen, data, elk fucking detail, hoe onbelangrijk ook – en dan beslis ik wat ik met je ga doen.'

Hij trok Dakaev overeind. 'De anderen gaan verder met waar ze mee bezig waren.'

In de gang stuitte hij op absolute stilte. De mensen stonden erbij als tinnen soldaatjes en niemand bewoog zich. Het was alsof ze bang waren om adem te halen. Kolonel Lemtov wendde zijn blik af toen hij de bloedende Dakaev meenam naar de liften.

Ze gingen omlaag, voorbij de kelder, naar de catacomben van het gebouw waar de gevangeniscellen uit het ruwe gesteente waren gehouwen. Het was er koud en vochtig. De bewakers droegen dikke overjassen en bontmutsen met oorbeschermers, alsof het hartje winter was. Wanneer er iemand sprak, vormde zijn adem wolkjes voor zijn gezicht.

Karpov bracht Dakaev naar de laatste cel aan de linkerkant. De inrichting bestond uit een metalen stoel die met bouten aan de betonnen vloer was bevestigd, een enorme roestvrijstalen wasbak, een toilet van hetzelfde materiaal, en uit een van de muren stak een plank waarop een dun matras lag. Onder de stoel bevond zich een grote afvoerput.

'Zo. Alle benodigdheden staan klaar,' zei Karpov terwijl hij Dakaev in de stoel duwde. 'Ik moet bekennen dat ik al een tijdje niet geoefend heb, maar ik ben ervan overtuigd dat jou dat niks uitmaakt.'

'Die poespas is helemaal niet nodig,' zei Dakaev. 'Ik hoor bij geen enkele club. Ik vertel je alles wat je wilt weten.'

'Daar twijfel ik niet aan.' Karpov zette de kraan open en het water stroomde in de wasbak. 'Aan de andere kant; als iemand van zichzelf zegt dat hij bij geen enkele club hoort, kun je er moeilijk van uitgaan dat hij uit vrije wil de waarheid spreekt.'

'Maar ik...'

Karpov stak de loop van het pistool in zijn mond. 'Luister goed, agnostische vriend. Een man die bij niks of niemand hoort, verdient het niet om te leven. Voordat ik je bekentenis aanhoor, wil ik je laten zien hoe belangrijk het is om ergens voor te gaan. Wanneer je hier vertrekt – tenzij dat tussen zes planken is – ben je een loyaal lid van de FSB-2. Nooit zullen mensen als Dimitri Maslov meer in staat zijn je in verleiding te brengen. Je zult onomkoopbaar zijn.'

Karpov trapte zijn gevangene uit de stoel zodat hij op zijn handen en voeten terechtkwam. Hij greep hem bij zijn boord en trok hem over de rand van de wasbak, die inmiddels met ijskoud water was gevuld.

'Daar gaan we dan,' zei hij. En hij duwde Dakaevs hoofd onder water.

Soraya keek naar Arkadin, die met Moira danste, waarschijnlijk om haar jaloers te maken. Ze bevonden zich in een *cantina* die de hele nacht geopend was en waar het een komen en gaan was van arbeiders uit de ploegendiensten van de maquiladora's. Er klonk een trieste ranchera uit een jukebox die spookachtig oplichtte als een slechte interpretatie van de ufo uit *Close Encounters of the Third Kind*.

Soraya omklemde met beide handen een kop zwarte koffie en keek naar Arkadins heupen, die zich bewogen alsof ze met kwik waren gevuld. Wat kon die man dansen! Ze haalde haar smartphone tevoorschijn om de sms'jes van Peter Marks te bestuderen. Het laatste bericht bevatte instructies over hoe Arkadin naar Tineghir kon worden gelokt. Hoe was Peter in vredesnaam aan die informatie gekomen?

Ze had haar verbazing over de ontmoeting met Moira weten te verbergen achter haar professionele façade. Toen ze aan boord van het jacht was geklommen, had ze even het gevoel gehad dat ze in een diepe put viel. Het spel was zo radicaal veranderd dat ze gedwongen was geweest om zonder uitstel haar achterstand in te lopen. Ze had elk woord van het gesprek tussen Moira en Arkadin op een goudschaaltje gewogen, niet alleen voor de inhoudelijke betekenis, maar ook om nuanceverschillen in toon op te vangen; elke aanwijzing die zou kunnen verklaren waarom Moira eigenlijk hier was. Wat wilde ze van Arkadin? De deal die ze hem in overweging had gegeven, was ongetwijfeld even nep als haar eigen voorstel.

Buiten was het aardedonker. Er scheen geen maan. Door het wolkendek was alleen op de hemelkruin een fletse diadeem van sterren zichtbaar. Binnen, in de cantina, stonk het naar bier en lichaamsgeur. Het zaaltje was gevuld met vertwijfeling, gelardeerd met wanhoop en radeloosheid. Ze voelde zich omringd door mensen voor wie de dag van morgen niet bestond.

Ze wilde dat Moira en zij met elkaar konden praten, al was het maar even, maar met Arkadin erbij was dat onmogelijk. Zelfs een gelijktijdig bezoek aan het damestoilet zou ongetwijfeld zijn argwaan wekken. Ze kende het nummer van Moira's mobiele telefoon niet, dus een sms'je sturen was ook niet mogelijk. Het enige dat resteerde was een normaal gesprek met gecodeerde berichten. Als ze parallelle wegen bewandelden of misschien zelfs hetzelfde pad, was het van cruciaal belang dat ze elkaar niet voor de voeten liepen.

Arkadin en Moira baadden in het zweet toen ze terugkwamen bij de tafel. Arkadin bestelde bier voor hen en nog een kop koffie voor Soraya. Wat er morgen ook zou gebeuren; vanavond genoot hij zichtbaar van het samenzijn met twee vrouwen.

'Zeg, Moira,' zei Soraya, 'weet jij iets van het Midden-Oosten, of hou je je alleen met Amerika bezig?'

'Ik werk in Mexico, Colombia, Bolivia en tot op zekere hoogte Brazilië.'

'Zelfstandig?'

'Ik heb mijn eigen bedrijf, maar momenteel ben ik bij Berengária Moreno gedetacheerd.' Moira gebaarde met haar kin. 'En jij?'

'Eigen bedrijf. Maar er is een concern dat op een vijandige overname zint.'

'Multinational?'

'Volledig Amerikaans.'

Moira knikte. 'Import-export, hè?'

Soraya roerde wat suiker door haar koffie. 'Yep.'

'Je zou kunnen overwegen van mijn, eh, expertise tegen vijandelijke bieders gebruik te maken.'

'Nee, dank je.' Soraya nipte van haar koffie en plaatste het kopje op de schotel terug. 'Ik heb mijn eigen, eh, handhavers.'

'Hoe noem je een gedachte in het hoofd van een vrouw?' Arkadin boog zich naar voren en keek van de een naar de ander. *'Een toerist!'* Hij lachte zo hard dat hij zich bijna in zijn bier verslikte. Toen hij hun duistere blikken zag, zei hij: 'Jezus, relax een beetje, dames, we zijn hier om plezier te maken, niet om over zaken te praten.'

Moira keek hem even aan. 'Wat krijg je als je een Rus met een Vietnamese kruist? *Een autodief die niet kan rijden.*'

Soraya lachte. 'Nu gaan we het krijgen.'

Arkadin glimlachte. 'Ken je er nog meer?'

'Even denken.' Moira trommelde met haar vingers op tafel. 'O, ja. Twee Russen en een Mexicaan zitten in een auto. Wie is degene die rijdt? *De politie.*'

Arkadin lachte en gebaarde met een wijsvinger naar Moira. 'Waar haal je die moppen vandaan?'

'De gevangenis,' zei Moira. 'Roberto Corellos steekt graag de draak met Russen.'

'Tijd om over te stappen op tequila,' zei Arkadin, en hij gebaarde naar de ober. 'Breng maar een hele fles,' zei hij tegen de jonge vrouw die naar het tafeltje kwam. 'Wel iets lekkers, graag. Een *reposado* of *anejo*.'

In plaats van de zoveelste ranchera begon de jukebox *Twenty-four Hours from Tulsa* te spelen. Gene Pitneys hoge nasale stem galmde luid boven het gelach en geschreeuw van de dronken klanten uit. Maar de ochtend naderde, en daarmee veranderde ook de clientèle. Terwijl de nachtbrakers langzaam maar zeker naar buiten waggelden, sleepte de volgende ploeg van de maquiladora zich naar binnen. Ze waren met minder omdat de meesten van hen naar huis strompelden en zich zonder hun kleren uit te trekken in bed lieten vallen.

Nog voordat de tequila op tafel kwam, greep Arkadin Moira bij de hand om haar naar de dansvloer te loodsen, die voor het eerst die nacht groter was dan een postzegel. Hij drukte haar dicht tegen zich aan terwijl ze heen en weer wiegden op het door Burt Bacharach geschreven lied.

'Je bent best een *smart-ass*,' zei hij met een glimlach als van een haai.

'Dat is niet vanzelf gekomen,' zei ze.

Hij lachte. 'Ik kan het me voorstellen.'

'Doe maar niet.'

Arkadin liet haar een pirouette maken. 'Je verspilt je tijd in Zuid-Amerika. Je kunt beter voor mij komen werken.'

'Nog voordat ik Corello heb uitgeschakeld?'

'Zie dat maar als je laatste klus.' Hij drukte zijn neus in haar hals en inhaleerde diep. 'Hoe ga je het doen?'

'Ik dacht dat je niet over zaken wilde praten.'

'Alleen dit, daarna maken we alleen nog maar plezier. Ik zweer het.'

'Corellos is verslaafd aan vrouwen, en ik heb contact met zijn leverancier. Een man is op zijn kwetsbaarst als hij net seks heeft gehad. Ik regel iemand die goed is met een mes.'

Arkadin drukte haar heupen dichter tegen zijn onderlichaam. 'Klinkt goed. Regel het meteen maar.'

'Ik wil een bonus.'

Hij nestelde zijn neus in haar nek en likte haar zweet. 'Ik geef je alles wat je wilt.'

'Dan hebben we een deal.'

Karpovs mobiele telefoon ging over terwijl hij bezig was Dimitri Maslovs mol te deprogrammeren. Dakaev stond op het punt te verdrinken – of beter gezegd, de man was ervan overtuigd dat hij zou verdrinken, dat was tenslotte het idee. Tien minuten later, toen Dakaev weer in zijn roestvrijstalen stoel zat en Karpov zichzelf een glas thee inschonk, ging zijn telefoon opnieuw. Ditmaal nam hij op. Aan de andere kant van de lijn klonk een vertrouwde stem.

'Jason!' zei Karpov. 'Wat ben ik blij je stem te horen.'

'Ben je druk?'

Karpov wierp een blik op Dakaev, in elkaar gezakt en met zijn kin op zijn borst. Hij zag er nauwelijks menselijk uit, en ook dat was het idee. Je kon niet iets nieuws opbouwen zonder af te breken wat er eerst was geweest.

'Druk? Wat dacht jij dan? Maar nooit te druk voor jou. Wat kan ik voor je doen?'

'Ik neem aan dat je Dimitri Maslovs luitenant Vjatsjeslav Oserov kent.'

'Dat heb je correct aangenomen.'

'Zou je in staat zijn om hem op een bepaalde locatie te krijgen?'

'Wanneer je zoiets als de hel voor ogen hebt, dan is dat geen enkel probleem.'

Bourne lachte in zijn oor. 'Ik dacht zelf aan iets minder terminaals. Een locatie, laten we zeggen, in Marokko.'

Karpov nam een slok van zijn thee, die dringend suiker nodig had. 'Mag ik vragen waarom je Oserov in Marokko wilt hebben?'

'Als lokaas, Boris. Ik ben van plan Arkadin te pakken.'

Karpov dacht aan zijn reis naar Sonora en zijn deal met Arkadin, en hij voegde hem toe aan het lijstje met president Imov en Viktor Tsjerkesov. Hij had Arkadin beloofd dat hij Oserov mocht hebben, maar Arkadin kon de klere krijgen. *Ik ben te oud en te eigenwijs om bij zoveel gevaarlijke mensen in het krijt te staan*, dacht hij. *Een minder is een stap op weg naar geen.*

Hij keek opnieuw naar Dakaev, de link naar Dimitri Maslov en bijgevolg Vjatsjeslav Oserov. Na wat zijn gevangene zojuist had moeten doormaken, twijfelde hij er niet aan dat de man een gat in de lucht zou springen als hij de kans kreeg te doen wat Karpov van hem vroeg.

'Geef me de details maar.' Karpov luisterde en glimlachte tevreden. Toen Bourne klaar was, grinnikte hij. 'Jason, vriend, wat zou ik er niet voor over hebben om jou te kunnen zijn!'

Even na zonsopgang waren ze alle drie zo bezweet dat ze het water in wilden. In het klooster overhandigde Arkadin Moira en Soraya oversized T-shirts. Hij droeg zelf een surfzwembroek tot aan zijn knieën. Zijn bovenlichaam en zijn armen waren een museum van tatoeages dat correct geïnterpreteerd zijn carrière in de grupperovka beschreef.

Het drietal waadde door de branding, bespeeld door de golven die uitvloeiden over het gouden zand. De zeemeeuwen zeilden en fladderden boven hun hoofden, en kleine visjes knabbelden aan hun voeten en enkels. Het water kwam omhoog en kletste in hun gezicht waardoor ze lachten als kleine kinderen. Het pure plezier van zee, zon en vrijheid.

Eenmaal voorbij de branding vond Moira het vreemd dat Arkadin naar schelpen bleef duiken in plaats van naar haar borsten te staren onder het natte T-shirt, vooral gezien de manier waarop hij in de cantina met haar had gedanst. Ze bezat nu – door het gecodeerde gesprek dat Soraya was begonnen en Arkadin met zijn vrouwonvriendelijke grap had afgekapt – in elk geval wat informatie over Soraya's missie.

Terwijl Arkadin nog steeds naar schelpen zocht, besloot ze een poging te wagen om een kort gesprekje met Soraya te voeren. Ze dook in een aanzwellende golf en begon in de richting van Soraya's luchtbed te zwemmen, maar iets greep haar linkerenkel vast en trok haar terug.

Ze maakte een schaarbeweging met haar lichaam en keek achterom. Het was Arkadin. Ze duwde hem weg met haar handpalmen tegen zijn borst, maar hij trok haar nog dichter naar zich toe. Toen ze boven water kwam, keek ze hem recht in het gezicht.

'Waar slaat dat nou op?' Ze veegde het water van haar gezicht. 'Zo kan ik niet fatsoenlijk staan.'

Hij liet haar onmiddellijk los. 'Ik heb geen zin meer en ik heb honger.'

Moira draaide zich om en riep naar Soraya, die zich van haar luchtbed liet glijden en naar het strand begon te zwemmen.

'We gaan ontbijten,' zei Moira.

De twee vrouwen waadden de zee uit met Arkadin in hun kielzog. Toen ze de vloedlijn hadden bereikt en voor hen alleen nog droog zand was, boog Arkadin zich naar voren. Met de zeisvormige rand van zijn schelp sneed hij de pezen in Moira's linkerknieholte door.

25

Het stadje Whitney in Oxfordshire lag een kilometer of twintig van Oxford aan de rivier de Windrush. Het enige wat er miste waren Hobbits en Orks. Bourne was uit Londen vertrokken in een huurauto. De middag was koel en droog met af en toe een zonnetje dat tussen de rollende wolken doorkeek. Hij had niet tegen Peter Marks gelogen. Hij was beslist van plan om naar Tineghir te gaan. Maar hij moest eerst nog iets anders doen.

Basil Bayswater woonde in een boerderijtje met een strooien dak dat regelrecht uit een roman van Tolkien kwam. Het had eigenwijze ronde vensters en een tuinpad met wit grind tot aan de voordeur dat aan weerszijden met keurige bloemperkjes was omzoomd. De deur was dik en van hout, en in het midden was een bronzen klopper bevestigd in de vorm van een brullende leeuwenkop. Bourne gebruikte hem.

Even later werd de deur geopend door een man die een stuk jonger was dan hij had verwacht.

'Ja? Kan ik misschien helpen?' Hij had lang, naar achteren gekamd haar, een breed voorhoofd, donkere, oplettende ogen en een wilskrachtige kin.

'Ik ben op zoek naar Basil Bayswater,' zei Bourne.

'Dat ben ik.'

'Dat lijkt me sterk,' zei Bourne.

'Ah, u bedoelt mijn vader, professor Basil Bayswater. Die is helaas drie jaar geleden overleden.'

Moira schreeuwde het uit. Ondertussen vormde haar bloed een rode bloem in het water die op een gestrande kwal leek.

'Jezus christus!' riep Soraya uit. 'Ben je nou helemaal van de pot gerukt?'

Moira bleef schreeuwen, vouwde dubbel en greep naar haar linkerbeen.

Arkadin, die Soraya even negeerde, ontblootte zijn tanden en zei tegen Moira: 'Dacht je soms dat ik je niet had herkend?'

Moira voelde haar maag veranderen in een ijsklomp.

'Wat bedoel je?' zei ze hees.

'Ik heb je op Bali gezien. Daar was je met Bourne.'

In haar herinnering zag ze de vlucht door het dorp Tenganan, waarna Bourne was neergeschoten door een sluipschutter die zich in het bos had verborgen.

Plotseling verwijdden haar ogen zich.

'Ja, dat was ik.' Hij lachte, gooide de bloederige schelp in de lucht en ving hem op alsof het een bal was. 'Je was met Bourne samen. Je bent zijn liefje. En nu heeft het lot je naar mij gebracht.'

Soraya was tegelijkertijd razend en doodsbang. 'Wat is hier verdomme gaande?'

'Dat zullen we snel weten.' Arkadin richtte zich tot haar. 'Dit is het vriendinnetje van Jason Bourne, maar het zou me niets verbazen als jullie elkaar kenden.'

Soraya slaagde er met pure wilskracht in haar paniek binnen de perken te houden. 'Ik zou niet weten waar je het over hebt.'

'Oké, dan zal ik het uitleggen. Ik heb je verhaal nooit geloofd, maar ik wilde je niet laten gaan voordat ik wist wat je werkelijk in je schild voerde. Ik heb sterk het vermoeden dat je door Willard bent gestuurd. Hij heeft me ditzelfde geintje al een keer eerder geflikt; toen was het een vrouw die Tracy Atherton heette. Het was de bedoeling dat ze me in de gaten hield en rapport uitbracht over mijn zakelijke transacties. En dat werkte. Ze was al dood voordat ik erachter kwam. Maar jou had ik vanaf het begin al door, want Willard is een gewoontedier, zeker als het om dingen gaat die hem al eerder zijn gelukt.'

'Laat haar gaan,' zei Soraya, die steeds kwader werd.

'Dat zou ik kunnen doen,' zei Arkadin. 'Misschien laat ik haar zelfs leven. Maar dat hangt helemaal van jou af.'

Soraya liep naar Moira toe en hielp haar in het zand te gaan liggen. Vervolgens trok ze haar natte T-shirt over haar hoofd uit en bond het zo strak mogelijk om Moira's linkerdij. Moira had inmiddels het bewustzijn verloren als gevolg van de schok, de pijn of beide.

'Ik wil jou,' vervolgde Arkadin. 'Jij hebt het over Khartoum gehad. Jij wilt dat ik daarnaartoe ga. Als je me vertelt wie je bent en wat je weet, ben ik misschien bereid Moira's straf te verminderen.'

'We moeten haar meteen naar een ziekenhuis brengen,' zei Soraya. 'De wond moet zo snel mogelijk worden schoongemaakt en gedesinfecteerd.'

'Nogmaals' – Arkadin spreidde zijn handen – 'dat hangt helemaal van jou af.'

Soraya keek naar Moira's knieholte. *Mijn god*, dacht ze, *zou ze ooit weer normaal kunnen lopen?* Ze besefte dat haar kansen steeds slechter werden naarmate ze langer wachtten om Moira in de handen van een competente chirurg te krijgen. Ze had eerder dit soort doorgesneden pezen gezien. Zoiets kon niet eenvoudig worden hersteld, en dan was het nog maar de vraag hoe de zenuwen eraan toe waren.

Ze haalde diep adem. 'Wat wil je weten?'

'Om te beginnen, wie ben je?'

'Soraya Moore.'

'Dé Soraya Moore, directeur van Typhon?'

'Niet meer.' Ze streelde Moira's natte haar. 'Willard heeft Treadstone uit de mottenballen gehaald.'

'Geen wonder dat hij wil weten waar ik mee bezig ben. En verder?'

'Nog veel meer,' zei Soraya. 'Maar dat vertel ik op weg naar het ziekenhuis.'

Arkadin keek haar dreigend aan. 'Niks daarvan. Je vertelt het me nu.'

'Dan kun je ons evengoed meteen allebei om zeep helpen.'

Arkadin vloekte in stilte, maar uiteindelijk stemde hij toe. Hij nam Moira in zijn armen en droeg haar terug naar het klooster. Terwijl hij haar op de achterbank van zijn auto legde, ging Soraya een overhemd halen. Ze was bezig Arkadins bureauladen te doorzoeken toen hij haar vond.

'Wel godverdomme,' zei hij. Hij greep haar bij de pols en sleepte haar naar buiten.

Terwijl hij haar min of meer in de passagiersstoel van de auto gooide, zei hij: 'Nog één zo'n geintje en je bent er geweest.' Hij liep om de auto heen, stapte achter het stuur en startte de motor.

'Je hebt gelijk.' Soraya hield Moira's been omhoog terwijl ze door de buitenwijken van Puerto Peñasco reden. 'Willard wilde dat ik met je zou aanpappen zodat ik kon rapporteren waar je mee bezig was.'

'En wat nog meer? Volgens mij is er nog iets.'

'Klopt,' zei ze. Ze wist dat ze het foutloos moest spelen. Ze was er niet langer van overtuigd dat ze hem te slim af kon zijn, maar dit moest lukken. 'Willard is geïnteresseerd geraakt in een man die je vast wel kent, want hij werkt voor Maslov: Vjatsjeslav Oserov.'

Arkadins knokkels kleurden wit op het stuurwiel, maar zijn stem verraadde niets van wat hij moest voelen. 'Waarom is Willard in Oserov geïnteresseerd?'

'Geen idee,' zei Soraya. Dat was in elk geval waar. 'Maar ik weet wel dat Oserov gisteren in Marrakech is gesignaleerd door een agent van Treadstone. Hij is Oserov gevolgd naar het Atlasgebergte, naar een dorp dat Tineghir heet.'

Ze arriveerden bij Santa Fe General aan Morua Avenue, maar Arkadin maakte geen aanstalten om uit te stappen.

'Wat moest Oserov in Tineghir?'

'Hij zocht een ring.'

Arkadin schudde zijn hoofd. 'Wees eens wat duidelijker.'

'Die ring schijnt op een of andere manier een verborgen bestand op de harde schijf van een laptop te kunnen decoderen.'

Ze keek hem aan. 'Ik weet het, maar ik snap het ook niet.' Al deze informatie had zich in de laatste sms bevonden die ze van Peter had gekregen. Ze opende de achterdeur. 'Kunnen we Moira nu alsjeblieft naar de Eerste Hulp brengen?'

Arkadin stapte uit en gooide de deur dicht die ze zojuist had geopend. 'Ik wil meer.'

'Ik heb je alles verteld wat ik weet.'

Hij keek haar recht in de ogen. 'Je ziet wat er gebeurt met mensen die me belazeren.'

'Ik belazer je niet,' zei Soraya. 'Ik heb verraad gepleegd, wat wil je nog meer van me?'

'Alles,' zei hij. 'Ik wil alles.'

Ze haasten zich met Moira de Eerste Hulp binnen. Terwijl het personeel haar op de benodigde apparatuur aansloot en de vitale functies controleerde, vroeg Soraya wie de beste neurochirurg in Sonora was. Ze sprak het Spaans van de streek en zag eruit als een latina. Dat opende deuren voor haar. Zodra ze het privénummer van de chirurg had, belde ze hem persoonlijk op. Volgens zijn assistent was hij niet beschikbaar, totdat Soraya dreigde de assistent persoonlijk op te zoeken en hem de nek om te draaien. De chirurg kwam kort daarna aan de telefoon. Soraya beschreef Moira's verwondingen en vertelde hem waar ze zich bevonden. Hij zei dat hij, wanneer hij op een contante bonus van tweeduizend Amerikaanse dollars kon rekenen, onmiddellijk zou komen.

'We gaan,' zei Arkadin zodra ze de verbinding had verbroken.

'Ik laat Moira niet alleen.'

'We hebben nog meer te bespreken.'

'Dan doen we dat hier.'

'In het klooster.'

'Luister, ik ben echt niet van plan je te naaien,' zei ze.

'Godzijdank. Ik naai nog liever een schorpioen.'

De ironie van zijn opmerking deed haar lachen, ondanks haar bezorgdheid en haar vertwijfeling. Ze ging op zoek naar koffie en hij volgde haar.

Bourne reed zo snel als hij durfde zonder de aandacht van de politie op zich te vestigen naar Oxford. De stad was precies zoals hij hem beide keren dat hij er geweest was, had achtergelaten. De rustige straten, de schilderachtige winkeltjes, de mensen die er al een leven lang woonden en werkten, de tearooms, de boekhandels – alles was als een schaalmodel, gebouwd door een geobsedeerde achttiende-eeuwse academicus. Als je erdoorheen reed, was het alsof je een bezoekje bracht aan het interieur van een reusachtige sneeuwbol.

Bourne parkeerde zijn auto in de buurt van de plaats waar Chrissie haar Range Rover had neergezet toen ze samen waren gekomen. Even later liep hij de trap op van het Centre for the Study of Ancient Documents. Ook professor Liam Giles bevond zich daar waar ze hem de vorige keer hadden ontmoet, gebogen over zijn bureau in zijn enorme kantoor. Hij keek op toen Bourne binnenkwam en knipperde uilachtig met zijn ogen, alsof hij hem niet herkende. Pas toen zag Bourne dat het Giles niet was, maar een andere man die enigszins op hem leek en ongeveer even oud was.

'Waar is professor Giles?'

'Die is er niet,' zei de man.

'Ik moet hem spreken.'

'Dat vermoedde ik al. Mag ik vragen waarom?'

'Waar is hij?'

De man knipperde opnieuw als een uil met zijn ogen. 'Weg.'

Bourne had onderweg Giles' officiële biografie gelezen, die beschikbaar was op de universiteitswebsite.

'Het gaat over zijn dochter.'

De man achter Giles' bureau knipperde met zijn ogen. 'Is ze ziek?'

'Dat mag ik niet zeggen. Waar kan ik professor Giles vinden?'

'Ik denk niet...'

'Luister, het is dringend,' zei Bourne. 'Het is een kwestie van leven en dood.'

'Doet u met opzet zo dramatisch, meneer?'

Bourne toonde de man het legitimatiebewijs van de EMS dat hij na de crash uit de ambulance had meegenomen. 'Ik ben volkomen serieus.'

'Hemeltjelief.' De man gebaarde. 'Hij zit momenteel op het toilet. Het zou me niet verbazen als hij strijd levert met de palingpastei die hij gisteravond heeft gegeten.'

De neurochirurg was jong, zo donker als een Indiër en met de lange delicate vingers van een klassiek pianist. Hij had verfijnde trekken, dus hij was een Indiër. Maar hij was een keiharde zakenman die weigerde ook maar iets te ondernemen zolang Soraya hem geen pak met bankbiljetten in de hand had gedrukt. Na de afhandeling van het zakelijke gedeelte haastte hij zich weg om te overleggen met de artsen van de Spoedeisende Hulp die Moira klaar hadden gemaakt voor de operatie. Vervolgens beende hij naar de ok.

Soraya dronk haar smerige koffie zonder hem te proeven, maar tien minuten later, toen ze somber door de gang ijsbeerde, begon het spul een gat in haar maag te branden, en toen Arkadin voorstelde iets te gaan eten, stemde ze toe. Ze vonden een restaurant dat zich niet ver van het ziekenhuis bevond. Soraya vergewiste zich ervan dat het niet gekoloniseerd was door insecten alvorens ze een tafeltje uitkoos. Ze bestelden hun eten, gingen zitten en wachtten. Hoewel ze tegenover elkaar zaten, keken ze naar andere dingen, of in elk geval Soraya deed dat.

'Ik heb je zonder T-shirt gezien,' zei Arkadin. 'Het zag er goed uit.'

Soraya keek hem aan. 'Donder toch op, man.'

'Ze was een vijand,' zei hij, daarbij op Moira doelend. 'Door welke wet wordt ze beschermd?'

Soraya staarde naar buiten door het raam en zag een straat die haar even vreemd voorkwam als de achterkant van de maan.

De maaltijd werd gebracht, en Arkadin begon te eten. Soraya keek naar een stel jonge vrouwen op weg naar hun werk met te veel make-up op en te weinig kleren aan. Latina's toonden hun lichaam met zoveel nonchalance dat het haar nog steeds versteld deed staan. Hun cultuur was zo anders dan die van haar. En toch voelde ze zich helemaal op haar plaats met die sfeer van vertwijfeling die hier hing. Uitzichtloosheid was iets wat ze begreep. Het was sinds mensenheugenis het culturele lot van haar geslacht geweest en het was de belangrijkste reden waarom ze had gekozen voor de geheime dienst, waar ze, ondanks het heersende vooroordeel jegens vrouwen, in staat was zich te handhaven op een manier die haar het gevoel gaf dat ze iemand was. En plotseling zag ze de meisjes in hun te strakke topjes en te korte rokjes in een heel ander licht. Die kleren waren hun manier – misschien wel hun enige manier – om zich te handhaven binnen een cultuur die hen doorlopend vernederde en minachtte.

'Als Moira het niet redt of nooit meer kan lopen...'

'Bespaar me je bloedeloze dreigementen,' zei hij, en hij dweilde het laatste restje van zijn *huevos rancheros* op.

Dat was wat Arkadin deed, dacht ze. Hij mocht nog zo denken dat het niet zo was; zijn business was het vernederen en minachten van vrouwen. Dat vormde de basis van alles wat hij zei en deed. Hij had geen hart, geen wroeging, geen schuldgevoel, geen ziel – kortom niets wat hem als mens definieerde en onderscheidde. *Maar als hij geen mens is*, dacht ze in een soort van irrationele paniek, *wat is hij dan wel?*

Het herentoilet bevond zich vijf deuren voorbij het kantoor van de professor. Giles, die zich achter de gesloten deur van een van de hokjes ophield, had duidelijk hoorbaar een probleem met de verwerking van zijn maaginhoud. De toiletruimte was doordrongen van een zure stank, en Bourne beende naar het raampje om het zo ver mogelijk open te schuiven. Een zwoel briesje schepte traag de kwalijke geur om zoals een heks met haar pollepel in de borrelende ketel roert.

Bourne wachtte totdat de geluiden waren weggestorven. 'Professor Giles.'

Er kwam een tijdlang geen antwoord. Ten slotte ging de deur

open. De professor, die zichtbaar groen in het gezicht zag, liep onvast langs Bourne. Hij boog zich over de wasbak, liet het koude water lopen en stak zijn hoofd onder de kraan.

Bourne leunde met zijn armen over elkaar tegen de muur. Toen Giles zijn hoofd onder de kraan vandaan haalde, gaf Bourne hem een handvol papieren handdoekjes. De professor accepteerde ze zonder iets te zeggen en veegde zijn gezicht en zijn haar ermee droog. Pas nadat hij de verfrommelde handdoekjes in de afvalbak had gedeponeerd, leek hij Bourne te herkennen.

Hij rechtte plotseling zijn rug en keek hem recht in de ogen. 'Ah, de verloren zoon is terug,' zei hij op zijn professoraalste toon.

'Verwachtte u mij?'

'Niet echt. Aan de andere kant verbaast het me niets dat ik u hier aantref.' Hij schonk Bourne een flets glimlachje. 'Het zwarte schaap komt altijd terug.'

'Professor, ik wil u vragen of u nog een keer contact zou willen opnemen met uw schakende collega.'

Giles fronste zijn wenkbrauwen. 'Ik weet niet of dat zo simpel is. Hij leeft nogal teruggetrokken en hij houdt niet van vragen.'

Dat kan ik me voorstellen, dacht Bourne. 'Toch hoop ik dat u het wilt proberen.'

'Vooruit dan maar,' zei Giles.

'Hoe heet hij trouwens?'

Giles aarzelde. 'James.'

'James hoe?'

Opnieuw een aarzeling. 'Weatherly.'

'Niet Basil Bayswater?'

De professor draaide zich om naar de deur.

'Welke vraag wilt u hem stellen?'

'Ik wil graag weten hoe het hem in het hiernamaals bevalt.'

Giles, die al op weg was naar de deur, bleef staan en draaide zich weer langzaam om naar Bourne. 'Pardon?'

'Aangezien Basil Bayswater drie jaar geleden is begraven door zijn zoon,' zei Bourne, 'lijkt het me dat hij de perfecte man is om mij te vertellen hoe het is om dood te zijn.'

'Ik zeg toch,' meldde Giles ietwat nukkig, 'dat hij James Weatherly heet.'

Bourne nam hem bij de elleboog. 'Luister, professor. Er is geen mens die dat gelooft, zelfs u niet.' Hij loodste Giles weg van de deur naar de andere kant van het toilet. 'Ik wil graag van u weten waarom u tegen mij gelogen heeft.' Toen de professor bleef zwijgen, vervolgde Bourne: 'U heeft Bayswater niet gebeld voor de vertaling van de inscriptie; u kende hem namelijk al.'

'Tja, ik ben bang dat u gelijk heeft. We zijn niet helemaal eerlijk tegen elkaar geweest.' Hij haalde zijn schouders op. 'Maar ja, zo gaat dat in het leven. Niets is ooit wat het lijkt.'

'U bent lid van Severus Domna.'

Giles' glimlach leek ineens wat minder vriendelijk. 'Het heeft geen zin om het nog te ontkennen nu je me de ring gaat geven.'

Op dat moment, alsof hij zijn oor aan de deur te luisteren had gelegd, betrad de man die achter het bureau van de professor had gezeten het toilet. Met de SIG Sauer in zijn hand zag hij er een stuk minder uilachtig uit. Direct daarna kwamen achter hem nog twee mannen binnen. Ze waren groter, gespierd en hadden pistolen met geluiddempers in hun hand. Ze verspreidden zich en richtten hun wapens op Bourne.

'Je ziet het,' zei professor Giles, 'je hebt helaas geen keus.'

26

Vjatsjeslav Oserov koesterde niet alleen de wonden in zijn gezicht, maar tevens zijn immense haat jegens Leonid Arkadin;
de man die hem al jarenlang het leven zuur maakte en verantwoordelijk was voor zijn monstrueuze verminking in Bangalore. De chemische rotzooi had zich door meerdere lagen van zijn
huid gevreten en zich vervolgens in zijn vlees gebrand waardoor
herstel moeilijk was en een normaal leven leiden onmogelijk.

Na zijn terugkeer naar Moskou had hij dagenlang in dikke
lagen verband rondgelopen waardoor niet alleen bloed naar
buiten was gesijpeld, maar ook een dikke gele vloeistof waarvan de stank hem had doen kokhalzen. Hij had geweigerd pijnstillers te gebruiken, en toen de arts op bevel van Maslov een
poging had gedaan hem een kalmerend middel te injecteren,
had hij zijn arm gebroken en bijna zijn nek.

Het huilen van Oserov, tot wanhoop gedreven door zijn pijn,
had dagenlang door alle kantoren getrokken en was zelfs tot in
de toiletten doorgedrongen, waar de andere mannen samen-
kwamen voor een moment van respijt. Zijn geschreeuw, als van
een dier dat uiteen werd gereten, was zo afgrijselijk dat zelfs
Maslovs geharde criminelen erdoor werden gedemoraliseerd.
Uiteindelijk had Maslov zich verplicht gevoeld hem aan een pi-
laar vast te binden – zoals Odysseus aan de mast – en zijn mond
dicht te tapen om hem en zijn mensen een beetje rust te geven.
Inmiddels had Oserov al diepe groeven in zijn slapen gehad, als
bloederige tatoeages van een primitieve cultuur, waar hij in zijn

doodsstrijd met zijn nagels in zijn nog gezonde huid had gegraven.

Hij had eigenlijk professionele hulp nodig. Maar Maslov kon hem onmogelijk naar een ziekenhuis of kliniek sturen zonder dat er lastige vragen zouden worden gesteld en de FSB-2 een onderzoek zou instellen. Hij had daarom geprobeerd Oserov in zijn eigen appartement te installeren. Dat verkeerde echter in een schrikbarende staat van verval en was als een verlaten jungletempel teruggevorderd door insecten en knaagdieren. Niemand had zin daar samen met Oserov zijn tijd door te brengen, en van Oserov kon niet worden verwacht dat hij er in zijn eentje zou overleven. Het kantoor was de enige optie.

Oserov was niet meer in staat zichzelf te bekijken. Hij vermeed spiegels fanatieker dan de gemiddelde vampier. Hij wilde ook niet gezien worden in de zon of enig ander fel licht. Al met al gaf zijn gedrag aanleiding tot een nieuwe bijnaam onder de mannen van de Kazanskaja: *Die Vampyr*.

En nu zat hij te piekeren in een van Maslovs kantoren – die om veiligheidsredenen wekelijks werden verplaatst. In dit vertrek, dat Maslov aan hem had toegewezen, was de verlichting uit en waren de gordijnen gesloten tegen het daglicht. Een lampje aan de andere kant van het vertrek wierp een kleine cirkel van licht op de bekraste houten vloer.

Het fiasco in Bangalore – de mislukte moord op Arkadin, of in elk geval het feit dat hij er niet in was geslaagd de laptop voor Maslov te bemachtigen – had hem in meerdere opzichten getekend. Zijn fysieke verschijning was gecompromitteerd. Maar wat erger was: hij was het vertrouwen van zijn baas verloren. Zonder de Kazanskaja was Oserov niets. Hij pijnigde al dagenlang zijn hersenen, op zoek naar een manier om opnieuw bij Maslov in de gratie te komen en zijn positie als veldcommandant in ere te herstellen.

Maar er had zich niet één plan aangediend. Het interesseerde hem niet dat zijn geest, die verscheurd was door zijn pijnlijke verwondingen, nauwelijks in staat was om twee coherente gedachten met elkaar te verbinden. Hij kon alleen maar denken aan wraak op Arkadin en hoe hij op een of andere manier die vervloekte laptop voor Maslov te pakken kon krijgen. Oserov had er geen idee van waarom zijn baas dat ding wilde hebben, en het interesseerde hem ook niet. Zijn lot was actie of sterven; zo was het geweest sinds hij zich bij de Kazanskaja had aangesloten en zo zou het blijven.

Maar het kon vreemd gaan in het leven. De redding kwam voor Oserov uit een onverwachte hoek. Er werd gebeld. Hij was zo verzonken in zwarte gedachten dat hij in eerste instantie weigerde op te nemen. Vervolgens liet zijn assistent hem weten dat het telefoontje via een beveiligde lijn was binnengekomen en dat hij wist wie het was. Toch voelde hij nog weerstand en meende hij noch over de interesse, noch over het geduld te beschikken voor hetgeen Yasha Dakaev te melden had.

Oserovs assistent stak zijn hoofd om de deur hoewel hij strikte orders had dat nooit te doen.

'Wat is er?' blafte Oserov.

'Hij zegt dat het dringend is,' zei de assistent, en hij trok zich haastig terug.

'Godverdomme,' mopperde Oserov, en hij nam de telefoon op. 'Ik hoop dat dit de moeite waard is, Yasha.'

'Dat is het zeker.' Dakaevs stem klonk vlak en ver weg, maar hij moest dan ook altijd een stil hoekje in de burelen van de FSB-2 zien te vinden om zijn telefoontjes te plegen. 'Ik heb informatie over Arkadin.'

'Dat zou tijd worden!' Oserov schoot overeind. Zijn hart leek ineens weer op volle snelheid te pompen.

'Volgens het rapport dat ik net op mijn bureau heb gehad, is hij onderweg naar Ouarzazate in Marokko,' zei Dakaev. 'Naar een dorp in het Atlasgebergte dat Tineghir heet, om precies te zijn.'

'Wat moet die vent verdomme in zo'n achterlijk gat in Marokko?'

'Geen idee,' zei Dakaev. 'Maar volgens onze informant is hij onderweg.'

Dit is mijn kans, dacht Oserov terwijl hij opsprong. *Als ik nu niet in actie kom, kan ik er net zo goed meteen een einde aan maken.* Voor het eerst sinds die laatste nacht in Bangalore voelde hij zich weer volledig opgeladen. Zijn mislukking had hem verlamd, en hij had zichzelf van binnenuit opgevreten. Hij was gedesoriënteerd geraakt door schaamte en woede.

Hij liet zijn assistent binnenkomen en gaf hem de bijzonderheden door.

'Zorg ervoor dat ik hier weg kan,' beval hij. 'Reserveer de eerste vlucht vanuit Moskou die die kant opgaat.'

'Weet Maslov dat u weer op pad gaat?'

'Weet je vrouw dat je maîtresse Ivana Istvanskaja heet?'

Zijn assistent blies haastig de aftocht.

Hij haalde diep adem en begon een plan op te stellen. Nu hij een tweede kans had gekregen, zwoer hij er het beste van te maken.

Bourne stak zijn handen in de lucht. Op hetzelfde moment trapte hij professor Giles in de lenden. Terwijl Giles wild zwaaiend met zijn armen in de richting van de drie gewapende mannen wankelde, nam Bourne een aanloop naar het open raam en dook erdoorheen.

Zodra zijn voeten de grond raakten, zette hij het op een lopen. Maar toen het aangrenzende universiteitsgebouw opdoemde, was hij gedwongen zijn tempo aan te passen aan dat van de andere voetgangers. Hij trok zijn zwarte overjas uit, propte hem in een afvalbak en keek om zich heen. Even verderop liep een groepje volwassenen, waarschijnlijk professoren die zich van het ene gebouw naar het andere begaven, en hij voegde zich bij hen.

Een paar seconden later zag hij de twee mannen van Severus Domna uit het gebouw naar buiten rennen. Ze splitsten zich onmiddellijk op in een soort militaire formatie.

Een van de mannen begaf zich in zijn richting, maar had Bourne, die ondertussen onopvallend naar de andere kant van het groepje glipte, niet gezien. De professoren bespraken de verdienste van de conservatieve Duitse filosofen en – hoe kon het ook anders – het effect dat Nietzsche had gehad op de nazi's in het algemeen en op Hitler in het bijzonder.

Tenzij hij de kans kreeg om professor Giles alleen te spreken, wat hij betwijfelde, had Bourne geen behoefte aan een nieuwe confrontatie met Severus Domna. De organisatie was als een hydra: als je er één kop afhakte, kwamen er twee voor in de plaats.

Bournes achtervolger had zijn wapen onder zijn overjas verborgen en naderde nu het groepje professoren, dat zich van geen kwaad bewust was in zijn filosofische ivoren toren. Zijn tegenstander, die op zoek was naar een man in een zwarte overjas, kon alleen de anonieme rug van zijn overhemd zien. Bourne maakte met alle plezier gebruik van elk hulpmiddel dat hem werd aangereikt.

Het groepje professoren liep de trap op en stroomde op gedisciplineerde wijze het universiteitsgebouw binnen. Bourne, die met een witharige professor in debat was over de subtiliteiten van het oud-Duits, stapte over de drempel.

De gewapende achtervolger reageerde onmiddellijk toen hij in de glazen ruit van de geopende deur Bournes spiegelbeeld zag. Met twee stappen tegelijk probeerde hij zich een weg te banen tussen de mannen door die, hoewel ze wat ouder waren, beslist niet lijdzaam bleven toekijken, zeker niet als het om decorum en protocol ging. Ze vormden gezamenlijk een levende muur en dreven hem terug zoals een falanx van Romeinse soldaten zich op de barbaarse vijand zou werpen. De achtervolger, die volledig verrast was, blies de aftocht.

De onderbreking gaf Bourne de tijd die hij nodig had om zich los te maken uit het groepje professoren. Hij rende de hal in, omringd door het geroezemoes van keurig geschoeide voeten en gedempte conversaties dat weerkaatste tussen de gladde marmeren vloer en de stenen muren. Een rij vierkante vensters, hoog boven hem, wierp als een zegening het ijle zonlicht op de kruinen van de studenten. De houten deuren passeerden in een waas terwijl Bourne zich naar de achterkant van het gebouw haastte. Er klonk een bel die aangaf dat de colleges van vier uur op het punt stonden te beginnen.

Hij rende een hoek om, de korte gang in die uitkwam op de achterdeur. Maar de deur ging open en de man van Severus Domna stormde naar binnen. Ze bevonden zich alleen in de stille gang. Zijn tegenstander had zijn overjas over zijn rechterarm en de hand met het gedempte pistool. Hij richtte het wapen op de aanstormende Bourne.

Bourne liet zich vallen en gleed op zijn rug verder over de marmeren vloer terwijl de kogel over zijn hoofd floot. Hij trapte met de zolen van zijn schoenen tegen de enkels van de gewapende man, die tegen de grond klapte. Terwijl het pistool kletterend op de tegels viel, draaide Bourne zich om. Hij ramde zijn knie in de kin van de man, en het lichaam verslapte.

In de gang, even om de hoek, zwol het geluid van stemmen aan. Bourne krabbelde overeind, pakte het pistool van de grond en sleepte zijn tegenstander via de achterdeur naar buiten, de trap af. Hij deponeerde hem achter een dichte haag van bukshout. Na het pistool in zijn zak te hebben gestoken, vervolgde hij op een normaal tempo zijn weg tussen de universitcitsgebouwen door. Hij passeerde lachende en keuvelende studenten met frisse gezichten en een nors uit zijn ogen kijkende, gejaagde professor die te laat was voor zijn volgende college. Even later bevond Bourne zich op St Giles' Street. Zoals in Engeland gcbruikelijk, was de middag somber en bewolkt geworden. Er was een kille wind opgestoken die door goten en langs winkelgevels schuurde. De mensen haastten zich met opgetrokken schouders over straat als bootjes die vluchtten voor een naderende storm. Bourne vermengde zich zoals hij dat gewend was met de massa en haastte zich naar zijn auto.

'Ga maar,' zei Moira toen ze uit de verkoeverkamer was en weer volledig bij bewustzijn.

Soraya schudde haar hoofd. 'Ik laat je niet alleen.'

'Het is toch al te laat,' zei Moira. 'Je kunt hier niks meer doen.'

'Je kunt beter niet alleen zijn,' drong Soraya aan.

'Jij ook niet. Je zit nog steeds met Arkadin opgescheept.'

Soraya glimlachte enigszins bedrukt, want alles wat Moira zei was waar. 'Maar...'

'Maar,' onderbrak Soraya, 'er komt iemand om voor me te zorgen, iemand die van me houdt.'

Soraya was enigszins van haar stuk gebracht. 'Bedoel je Jason? Komt Jason naar je toe?'

Moira glimlachte. Ze was alweer in slaap gevallen.

Arkadin stond haar op te wachten. Maar Soraya wilde eerst de jonge neurochirurg spreken, die op zijn manier vrij optimistisch was in zijn prognose.

'De belangrijkste factor bij dit soort letsel aan zenuwen en pezen is de snelheid waarmee de patiënt medische zorg krijgt.' Hij sprak op formele toon, alsof hij Catalaan was in plaats van Mexicaan. 'Wat dat betreft heeft uw vriendin veel geluk gehad.' Hij draaide zijn hand om zodat de rug bovenkwam. 'Aan de andere kant; de wond was gerafeld en niet regelmatig. Bovendien was het voorwerp waarmee ze gesneden is, niet schoon. Als gevolg daarvan was de procedure gecompliceerder dan hij anders zou zijn geweest. Nogmaals, u heeft er goed aan gedaan mij te bellen. Ik zeg dit niet om naar complimentjes te vissen; het is gewoon een feit. Niemand anders had deze operatie kunnen uitvoeren zonder de boel te verprutsen of iets over het hoofd te zien.'

Soraya slaakte een zucht van opluchting. 'Dus ze komt er weer bovenop.'

'Natuurlijk komt ze er weer bovenop,' zei de neurochirurg. 'Met de vereiste revalidatie en voldoende fysiotherapie.'

Een kille hand omklemde Soraya's hart. 'Ze kan straks toch wel weer gewoon lopen? Ik bedoel, zonder te trekkebenen.'

De neurochirurg schudde zijn hoofd. 'De pezen van een kind zijn nog dermate elastisch dat zoiets wel mogelijk is. Maar bij een volwassene is die rek er grotendeels uit. Nee, nee, ze zal zeker wat moeizaam lopen. De mate waarin is volledig afhankelijk van de revalidatie. En uiteraard haar wil om zich aan te passen.'

Soraya dacht even na. 'Weet ze dat allemaal?'

'Ze vroeg ernaar, en ik heb het haar verteld. Het is echt beter zo. De geest heeft veel meer tijd nodig om zich aan te passen dan het lichaam.'

'Kunnen we nu gaan?' zei Arkadin nadat de neurochirurg was vertrokken.

Soraya schonk hem een dodelijke blik, liep langs hem heen en beende de overvolle lobby uit, de straat op. Puerto Peñasco leek een droom. Het stadje had er niet vreemder uit kunnen zien als het in een dal in Bhutan had gelegen. Ze keek naar de mensen, die traag langs haar heen liepen, als slaapwandelaars. Ze zag hun Azteekse en Mixteekse en Olmeekse trekken en dacht aan kloppende harten die uit de borstkassen van levende slachtoffers werden gerukt. Ze had het gevoel dat ze bedekt was met gestold bloed. Ze wilde wegrennen, maar ze was verlamd, als aan de grond genageld door de handen van alle geofferde mannen en vrouwen en kinderen die beneden haar begraven lagen.

Toen voelde ze Arkadin vlak naast zich, en ze huiverde, alsof ze van de ene nachtmerrie in de andere terecht was gekomen. Ze vroeg zich af hoe ze het nog kon verdragen bij hem in de buurt te zijn, om met hem te praten na wat hij Moira had aangedaan. Als hij ook maar iets van berouw had getoond, zou ze zich misschien anders hebben gevoeld. Maar het enige dat hij had gezegd, was: '*Ze is de vijand.*' En dat betekende uiteraard dat zij, Soraya, ook de vijand was; dat haar hetzelfde – of erger – kon overkomen.

Zonder een woord met haar te wisselen, loodste hij haar terug naar zijn auto, en even later waren ze weer op weg naar het klooster.

'Wat wil je nu nog van me?' vroeg ze hem op doffe toon.

'Hetzelfde als wat jij van mij wilt,' zei hij. 'Vernietiging.'

Zodra ze terug waren in het klooster begon Arkadin te pakken. 'Terwijl jij bezig was met handenwringen, heb ik tickets voor ons gereserveerd.'

'Voor ons?'

'Ja,' zei hij. 'We gaan samen naar Tineghir.'

'Als ik ergens met jou naartoe moet, ga ik over mijn nek.'

Hij draaide zich om en keek haar aan. 'Ik denk dat ik je kan gebruiken in Marokko, daarom laat ik je liever leven. Maar als je moeilijk gaat doen, heb ik geen andere keus.' Hij ging verder met pakken. 'Ik weet, in tegenstelling tot jou, wanneer ik het zinkende schip moet verlaten.'

Op dat moment zag Soraya de laptop, die voor haar inmiddels een mythische betekenis had gekregen. Hij had op zijn eigen manier gelijk, dacht ze. Zoals Moira ook gelijk had gehad. Het was tijd om haar persoonlijke aversie jegens zijn manier van doen opzij te zetten. Het was tijd dat ze zich weer als een professional ging gedragen. Het was tijd om het zinkende schip te verlaten – en een nieuwe start te maken.

'Ik heb het Atlasgebergte altijd al willen zien,' zei ze.

'Zie je wel?' Hij pakte de laptop op. 'Dat was toch niet zo moeilijk?'

Vanuit de anonieme auto die hij die ochtend had gestolen, keek Jalal Essai naar Frederick Willard die uit de Monition Club kwam. Het viel Essai op dat de man zich niet bewoog als iemand die van de receptioniste de kous op de kop had gekregen of tevergeefs had gewacht op een gesprek met een clublid. Sterker nog, Willard liep de trap af zoals Fred Astaire dat kon hebben gedaan; lichtvoetig en bijna dansend, alsof in zijn hoofd muziek werd gespeeld. De zelfverzekerde houding baarde Essai zorgen. Zelfs de haren in zijn nek gingen overeind staan, wat nog veel erger was.

Essai, wiens leven voortdurend in gevaar was geweest sinds zijn woning was binnengevallen door Severus Domna, wist, omdat hij aan de andere kant had gestaan, dat een passieve reactie zoals vluchten uiteindelijk alleen zijn dood tot gevolg zou hebben. De organisatie zou steeds opnieuw achter hem aankomen totdat ze er op een of andere manier in zou slagen om hem van het leven te beroven. Onder dergelijke extreme omstandigheden was er maar één manier om in leven te blijven.

Willard liep een hoek om en bleef staan om een taxi te roepen. Essai parkeerde de auto langs het trottoir en liet het venster aan de passagierskant omlaag rollen.

'Heeft u een lift nodig?' vroeg hij.

Willard keek verbaasd en deed een stap achteruit alsof hij beledigd was. 'Nee, dank u,' zei hij, en hij richtte zich weer op het verkeer, op zoek naar een lege taxi.

'Meneer Willard, wilt u alstublieft instappen.'

Toen Willard opnieuw keek, zag hij dat de man een vervaarlijk uitziend EAA 10mm Hunter Witness-pistool op zijn gezicht had gericht.

'Toe,' zei Essai, 'laten we geen scène maken.'

Willard opende de deur en nam zwijgend plaats op de passagiersstoel.

'Ik zou wel eens willen weten hoe je van plan bent auto te rijden terwijl je tegelijkertijd mij in bedwang wilt houden.'

Als antwoord sloeg Essai de loop van de Hunter Witness tegen de zijkant van Willards hoofd, vlak boven zijn linkeroor. Willard slaakte een zucht en zijn ogen rolden omhoog. Essai duwde het bewusteloze lichaam tegen het portier en stak het pistool weer in de schouderholster. Vervolgens zette hij de auto in de versnelling, wachtte op een opening in het verkeer en voegde in.

Hij reed in zuidelijke richting door het district. Na een of andere onzichtbare scheidslijn verdwenen de reusachtige regeringsgebouwen om plaats te maken voor kleinere bedrijven, goedkope winkeltjes, fastfoodrestaurants, kerkgebouwtjes en *corner bars*. Buiten de bars hingen jongeren in *hoodies* rond die zakjes met drugs ruilden voor stapeltjes bankbiljetten. Oude mannen zaten op stoepen met het hoofd in de handen of leunden knikkebollend en met de ogen halfgesloten achterover tegen de grijze stenen treden. Blanken werden in deze buurten steeds zeldzamer en zouden uiteindelijk wel helemaal verdwijnen. Dit was een ander Washington; een Washington dat toeristen nooit zagen – evenmin als leden van het Congres. Er was zelden een politiewagen te zien, en als er per ongeluk toch eens een verscheen, reed die zo snel dat het leek alsof de inzittenden op doorreis waren.

Essai parkeerde de auto tegenover iets dat voor een hotel moest doorgaan. De kamers werden per uur verhuurd, en toen hij Willard naar binnen sleepte, namen de hoeren aan dat Willard een alcoholist was die van zijn stokje was gegaan. Ze toonden Essai hun verlopen handelswaar, maar hij negeerde hen.

Hij plaatste een zwarte dokterstas op de bekraste balie van het onwelriekend geurende hok waar de receptionist zat en schoof hem een biljet van twintig dollar toe. De receptionist was een bleek type, zo mager als een lat en van een onbestemde leeftijd. Hij keek porno op een draagbaar tv'tje.

'Wat,' zei Essai, 'geen conciërge?'

De receptionist lachte, maar hield zijn blik op het televisiescherm gericht. Zonder te kijken pakte hij een sleutel van een pennenbord en legde die op de balie.

'Ik wil niet gestoord worden,' zei Essai.

'Dat wil niemand.'

Hij schoof de receptionist nog een twintigje toe. De man liet het geld handig verdwijnen, pakte een andere sleutel en zei: 'Tweede verdieping aan de achterkant. Daar kun je doodgaan, en geen hond die het merkt.'

Essai pakte de sleutel en de zwarte tas op en draaide zich om.

Er was geen lift, en het was nog een flinke klus om Willard boven te krijgen, maar het lukte Essai. Een smerig venster aan de andere kant van de smalle gang liet licht binnen dat loodgrijs was en krachteloos. Halverwege brandde een kaal peertje dat de obscene graffiti benadrukte die op de muren was gekrabbeld.

De kamer zag eruit als een gevangeniscel. Het kale meubilair – een bed, een schommelstoel en een toilettafel waaruit een lade miste – was grijs en kleurloos. Het raam keek uit op een luchtkoker waarin het altijd nacht was. Er hing een sterke geur van carbol en bleekmiddel. Essai wilde niet weten wat zich hier had afgespeeld.

Hij dumpte Willard op het bed, opende de dokterstas en legde een aantal voorwerpen netjes naast elkaar op de vlekkerige beddensprei. Hij had deze tas met inhoud altijd bij zich. Het was een gewoonte die erin was geslopen sinds hij op jonge leeftijd in training was gegaan voor zijn verblijf in Amerika, waar hij op slinkse wijze zou binnendringen in de levens van mensen die door Severus Domna waren geselecteerd. Hij had er geen idee van hoe de groep aan Bud Halliday was gekomen of hoe ze hadden kunnen vermoeden dat de man zo snel carrière zou maken binnen de Amerikaanse politiek, maar aan de andere kant; hij was gewend geraakt aan de mysterieuze vooruitziendheid van Severus Domna.

Hij ontkleedde Willard met behulp van een stanleymes. Vervolgens pakte hij een Depend-luier uit en drapeerde die om zijn lenden. Hij gaf Willard een paar zachte tikken in het gezicht, juist voldoende om hem langzaam wakker te laten worden. Voordat Willard volledig bij bewustzijn was, tilde hij zijn hoofd en schouders op waarna hij een fles wonderolie in zijn keelgat schonk. Willard begon te hoesten en te kokhalzen, maar toen Essai het wat rustiger aan deed, slikte Willard alles netjes door.

Nadat hij de fles had weggegooid, sloeg Essai Willard krachtig op een wang en vervolgens op de andere. Het bloed steeg hem direct naar het hoofd. Willard begon wakker te worden, en zijn ogen knipperden snel. Vervolgens keek hij om zich heen.

'Waar ben ik?' Zijn stem klonk schor en dik.

Toen hij met zijn tong langs zijn lippen likte, reikte Essai naar de rol met duct tape.

'Wat is dat voor vieze smaak?'

Willard begon te kokhalzen, en Essai plakte een stuk tape over zijn mond.

'Als je overgeeft, stik je. Ik adviseer je weerstand te bieden aan je reflex tot kokhalzen.'

Hij ging op de stoel zitten en begon ontspannen te schommelen terwijl Willard worstelde om de wonderolie binnen te houden. Toen hij zag dat zijn gevangene de strijd begon te winnen, zei hij: 'Mijn naam is Jalal Essai.' Willards ogen verwijdden zich. 'Ah, ik zie dat je van me hebt gehoord. Goed zo. Dat maakt mijn werk een stuk eenvoudiger. Je bent net bij Benjamin El-Arian geweest. Ik ga ervan uit dat het El-Arian is geweest die je over mij heeft verteld. Hij heeft me ongetwijfeld als schurk afgeschilderd. Tja, goed en slecht – het is maar hoe je het bekijkt. El-Arian zou dat bestrijden, maar ja, hij heeft bewezen een nogal besluiteloos man te zijn, iemand die met alle winden mee waait.'

Essai stond op, liep naar het bed en trok de tape van Willards gezicht.

'Je zult je wel afvragen hoe je aan die smaak in je mond komt.' Hij glimlachte. 'Dat komt door de fles wonderolie die je op hebt.' Hij wees. 'Vandaar die luier. Binnenkort begint je lichaam een hoop smerigheid te produceren. De luier is bedoeld om de boel een beetje netjes te houden – voor zover dat mogelijk is, natuurlijk. Ik ben bang dat het te veel is om allemaal geabsorbeerd te worden, en dan...' Hij haalde zijn schouders op.

'Ik weet niet wat je van me wilt, maar je krijgt het in elk geval niet.'

'Bravo! Zo mag ik het horen! Maar helaas voor jou heb ik al wat ik wil. Net als de anderen die El-Arian achter me aan heeft gestuurd, word ook jij bij hem voor de deur gedumpt. Die procedure wordt herhaald totdat hij ermee ophoudt en mij met rust laat.'

'Dat kun je wel vergeten.'

'Dan hebben hij en ik nog een lange weg te gaan.' Essai maakte een prop van het stuk tape en gooide het weg. De rol plaatste hij weer in de zwarte tas. 'Jij hebt daarentegen een aanzienlijk kortere weg te gaan.'

'Ik voel me niet zo lekker.' Willard zei het op een vreemde toon, alsof hij een lastig kind was dat in zichzelf praatte.

'Nee,' zei Essai terwijl hij een stap achteruit deed, 'dat kan ik me goed voorstellen.'

27

De volgende ochtend toen Bourne op Heathrow Airport arriveerde, lag de nacht nog over de asfaltwegen en de betonnen trottoirs. Het miezerde en het was koud, en hij was blij dat hij uit Londen weg kon. Zijn vlucht vertrok om vijf voor halfacht en zou om kwart over een in Marrakech arriveren na een korte tussenlanding in Madrid. Er waren geen rechtstreekse lijnvluchten.

Hij bevond zich in de enige coffeeshop die op dat tijdstip was geopend. De plastic stoelen en tafeltjes zagen er bleek uit in het fluorescerende licht, en hij nipte van een veel te sterk geroosterde koffie die naar as smaakte, toen don Fernando Hererra verscheen, op hem afliep en zonder uitnodiging of begroeting ging zitten.

'Gecondoleerd met uw verlies,' zei Bourne.

Don Fernando zei niets. Verloren in zijn schitterende kostuum leek hij ouder te zijn geworden sinds de vorige keer dat Bourne hem had gezien, hoewel er maar een week voorbij was gegaan. Hij staarde afwezig naar een etalage met koffers aan de overkant van de promenade.

'Hoe heeft u me gevonden?' zei Bourne.

'Ik vermoedde dat u naar Marrakech zou gaan.' Plotseling boog hij zich naar voren. Hij keek Bourne recht in de ogen en zei: 'Waarom heeft u mijn zoon vermoord? Hij wilde u alleen maar helpen.'

'Ik heb hem niet vermoord, don Fernando.' Op dat moment

voelde Bourne de punt van een scherp mes aan de binnenkant van zijn dij. 'Denkt u dat dat verstandig is?'

'Ik heb te veel meegemaakt om nog verstandig te kunnen zijn.' Zijn ogen waren flets en vochtig, vol verdriet. 'Ik ben nu een vader die rouwt om zijn dode zoon. Meer niet. Dat is het enige leven dat dit oude lichaam nog kan opbrengen.'

'Ik zou Diego nooit iets hebben gedaan,' zei Bourne. 'Dat moet u toch weten.'

'Maar u bent de enige mogelijkheid.' Don Fernando's stem was zacht, maar klonk niettemin als een schreeuw van pijn en smart. 'Verraad. Verráád!' Hij schudde zijn hoofd. 'De enige andere mogelijkheid is Ottavio Moreno. Maar Ottavio is mijn peetzoon. Hij zou Diego met geen vinger aanraken.'

Bourne verroerde zich niet. Hij voelde een druppel bloed langs zijn been glijden. Hij kon hier op elk moment een einde aan maken, maar hij wilde geen risico nemen; met een gewelddadig einde zou hij niets opschieten. Hij mocht don Hererra heel graag; hij zou de man nooit iets kunnen doen. 'En toch was Ottavio degene die Diego heeft doodgestoken,' zei hij.

'U líégt!' siste de oude man. 'Wat voor reden zou...?'

'Severus Domna.'

Hererra knipperde met zijn ogen. In zijn rechterwang verscheen een zenuwtrekje. 'Wat zegt u?'

'Ik neem aan dat u van Severus Domna hebt gehoord?'

De oude man knikte. 'Ik heb door de jaren heen met verschillende leden de degens gekruist.'

Dat interesseerde Bourne in hoge mate. Hij was blij dat hij besloten had niet in actie te komen. 'Ik bezit iets wat Severus Domna wil hebben,' zei hij. 'De agenten hebben me gevolgd in Londen, Oxford – waar ik ook naartoe ging. Een van hen heeft contact opgenomen met Diego. Hij kreeg opdracht mij mee te nemen naar de Vesper Club, waar ze me zouden opwachten. Ottavio was daarachter gekomen. Hij heeft misschien overhaast gehandeld, maar hij beschermde mij.'

'Kennen jullie elkaar dan?'

'Ja,' zei Bourne. 'Hij is gisteren omgekomen.'

Het gezicht van de oude man verstrakte. 'Hoe?'

'Hij is doodgeschoten door een man die voor Jalal Essai werkte.'

Don Hererra rechtte zijn rug. Het leven begon terug te keren op zijn wangen. 'Essai?'

'Hij wil hetzelfde als Severus Domna.'

'Is hij dan niet langer aangesloten bij de groep?'

'Nee.' Bourne werd zich langzaam bewust van het feit dat het mes werd teruggetrokken.

'Mijn oprechte verontschuldigingen,' zei de oude man.

'Ik weet dat u heel trots op Diego moet zijn geweest.'

Don Hererra zei een tijdlang niets. Bourne gebaarde naar een ober en bestelde twee koppen koffie. Nadat een kop en een schotel voor don Hererra op tafel waren geplaatst, roerde de oude man er wat suiker door. Hij nam een slok en huiverde.

'Ik zal blij zijn als ik weer in Sevilla ben.' Zijn ogen hielden die van Bourne vast. 'Voordat u gaat, wil ik u iets vertellen. Ik hield Ottavio Moreno altijd in mijn armen wanneer ik zijn moeder bezocht. Ze heet Tanirt en ze woont in Tineghir.' Hij zweeg en keek hem onderzoekend aan. Dit was opnieuw de behoedzame don Hererra. 'Ik neem aan dat u daarnaartoe gaat?'

Bourne knikte.

'Wees voorzichtig. Tineghir is de nexus van Severus Domna. Het is de plaats waar de groep is ontstaan en tot bloei is gekomen, grotendeels dankzij de familie van Jalal Essai. Maar het is tot een breuk gekomen toen Jalals broer Severus Domna de rug toekeerde en met zijn gezin naar Bali vertrok.'

Dat was Holly's vader, dacht Bourne.

'De familie El-Arian had haar zinnen gezet op de macht van de Essais, en Benjamin heeft van de scheuring gebruikgemaakt om zijn invloed uit te breiden. Voor zover ik weet is hij inmiddels alweer een paar jaar de leider van Severus Domna.'

'Dus Essai en El-Arian kunnen elkaars bloed wel drinken.'

Don Fernando knikte. 'Van wat ik ervan heb meegekregen, weet ik dat Severus Domna niet bepaald vriendelijk omgaat met leden die uittreden. *Blood in, blood out.*' Hij dronk zijn koffie op. 'Maar terug naar Tanirt. Ik ken haar al heel lang. Ze is in veel opzichten de vrouw bij wie ik me mijn hele volwassen leven het meest thuis heb gevoeld, en dat is inclusief mijn overleden echtgenote.'

'Het lijkt me dat ik het zou moeten weten als ze uw maîtresse is.'

De oude man glimlachte. 'Tanirt is een bijzondere vrouw, maar dat zult u zelf wel ontdekken wanneer u met haar praat.' Hij boog zich naar voren. 'Escúchame, señor, ze is de eerste persoon die u moet bezoeken zodra u in Marokko bent.' Hij schreef iets op een stukje papier. 'U kunt haar bereiken op dit nummer. Ze zal u verwachten. U kunt erop rekenen dat haar advies u goed van pas zal komen. Ze ziet elke kant van elke situatie.'

'Moet ik soms geloven dat ze eerst de maîtresse van Gustavo Moreno was en nu die van u?'

'Wanneer u haar ontmoet, zult u het begrijpen,' zei don Fernando. 'Maar ik zal u één ding zeggen: Tanirt is niemands maîtresse. Ze is wie ze is. Niet elke man kan haar op die manier bezitten. Ze is...' Zijn blik dwaalde even af. ' wild.'

Dimitri Maslov nam met behoedzaam optimisme het nieuws in ontvangst dat kolonel Boris Karpov zich liet knippen en scheren in kapsalon Metropole. Karpov was ook een behoedzaam mens, en hij liet zijn haar nooit twee keer op hetzelfde adres knippen.

Maslov nam contact op met Oserov, maar kreeg te horen dat Oserov afwezig was zonder verlof en een dag eerder uit Moskou was vertrokken. Maslov was ziedend. Hij had genoeg van Oserov. Hij had de man alleen maar zo lang aangehouden om Arkadin over de zeik te krijgen, voor wie hij tegelijkertijd een vaderlijke liefde koesterde en de bittere haat van een afgedankte ouder. Maar het was Oserovs smadelijke fiasco in Bangalore geweest dat hem definitief de das om had gedaan. Hij was voor Maslov volkomen onbruikbaar geworden nu hij de stank van de nederlaag verspreidde.

'Waar is hij naartoe?' informeerde Maslov bij Oserovs assistent. Ze bevonden zich in het kantoorgebouw, omringd door Maslovs mannen.

'Tineghir.' De assistent kuchte en likte zijn droge lippen. 'Marokko.'

'Waarom is hij naar Marokko?'

'Hij... dat heeft hij niet gezegd.'

'Heb je geprobeerd dat uit te zoeken?'

'Hoe had ik dat moeten doen?'

Maslov trok zijn speciaal voor hem vervaardigde Makarov en schoot de assistent tussen de ogen. Vervolgens liet hij tergend langzaam een moordzuchtige blik over elk van zijn mannen glijden. De mannen die het dichtst bij hem stonden, deden een stap achteruit alsof ze een vuistslag van een onzichtbare hand hadden gekregen.

'Iedereen die denkt dat hij kan gaan pissen zonder dat ik daartoe bevel heb gegeven, mag nu naar voren stappen.'

Er bewoog niemand.

'Iedereen die denkt dat hij een bevel kan negeren, mag naar voren stappen.'

Niemand durfde zelfs maar te ademen.

'Jevgeni.' Hij richtte zich tot een gedrongen man met een litteken onder een oog. Bewapen jezelf en je twee beste mannen. Jullie gaan met mij mee.'

Hij liep terug naar zijn kantoor, begaf zich naar de kast achter zijn bureau en begon wapens te selecteren. Als het debacle in Bangalore hem iets had geleerd, was het wel dat je, wanneer je iets lastigs voor elkaar wilde krijgen, dat zelf moest doen. De tijden waren veranderd. Hij wist het, maar hij had het niet willen geloven. Alles was moeilijker dan het was geweest. De regering was puur vijandig, de siloviks waren uitgeweken naar de meer plooibare oligarchen en het werd steeds lastiger om fatsoenlijke mensen te vinden. Het gemakkelijke geld was binnen. Tegenwoordig moest hij voor elke dollar zijn best doen. Hij werkte twee keer zo hard om dezelfde winst te maken die hij tien jaar eerder had gemaakt. Het was om te huilen. *Het komt erop neer*, zo dacht hij, terwijl hij een geluiddemper op de loop van zijn Makarov bevestigde, *dat er geen lol meer aan is om crimineel te zijn. Je moet tegenwoordig keihard werken voor je geld.* Hij was gereduceerd tot het niveau van een apparatsjik, en daar baalde hij van. De nieuwe realiteit was voor hem een bittere pil. Hij was volledig uitgeput omdat hij alleen maar bezig was het hoofd boven water te houden. En daar kwam dan nog bij dat Boris Karpov zijn persoonlijke *bête noire* was geworden.

Behangen met wapens sloeg hij de deuren van de kast dicht. Hij woog zijn Makarov in zijn hand en voelde plotseling nieuwe energie. Na al die jaren achter een bureau voelde het goed om weer in actie te komen en het recht in eigen hand te nemen; om er eindelijk weer eens keihard tegenaan te gaan. Hij voelde zich weer mens.

Kapsalon Metropole bevond zich even buiten de immense marmeren lobby van het Federated Moskva Hotel, een oud respectabel etablissement dat zich tussen het Bolsjoi Theater en het Rode Plein bevond. Het gebouw was zo pompeus dat het leek alsof het elk moment in elkaar kon storten als gevolg van de aanslag op de kroonlijsten, relingen, uitgehouwen stenen panelen, massieve lateien en uitstekende balustrades.

Metropole was uitgerust met drie ouderwetse kappersstoelen met daarachter een spiegelwand en kasten waarin de benodigde gereedschappen voor het kappersberoep waren uitgestald: scharen, rechte scheermessen, scheerschuimdispensers, hoge glazen potten met een blauw, vloeibaar, desinfecterend middel, netjes opgevouwen handdoeken, kammen, borstels, elektrische tondeuses, bussen met talkpoeder en flessen met verfrissende aftershave.

Alle drie de stoelen waren bezet door klanten waarover een zwart nylon schort was uitgespreid dat was vastgezet rond de hals. De twee mannen in de buitenste stoelen werden geknipt door kappers in de traditionele witte Metropole-uniformen. De man in het midden, die achteroverlag met een hete handdoek rond zijn gezicht gewikkeld, was Boris Karpov. Terwijl zijn kapper bezig was een scheermes aan te zetten op de riem, floot Karpov een oud Russisch volkswijsje dat hij zich herinnerde uit zijn jeugd. Op de achtergrond klonk uit een antieke radio een krakend nieuwsbericht waarin het nieuwste regeringsinitiatief tegen de groeiende werkloosheid werd aangekondigd. Twee mannen – een jong en een oud – zaten in houten stoelen aan de andere kant van de kapsalon en lazen de *Pravda* terwijl ze op hun beurt wachtten.

Jevgeni's mannen hadden tien minuten eerder de hotellobby uitgekamd op zoek naar FSB-2-agenten. Ze hadden er geen gevonden en vervolgens hun baas het sein veilig gegeven. Jevgeni, die net als zijn mannen een lange winterjas droeg, betrad het Federated Moskva samen met een gezin dat achter een chagrijnig kijkende gids van Intourist aan hobbelde. Terwijl de gids het gezin naar de receptie loodste, liep Jevgeni rechtstreeks naar Metropole om zich ervan te verzekeren dat het inderdaad Boris Karpov was die zich in de middelste stoel liet verwennen. Zodra de kapper de handdoek rond Karpovs gezicht had verwijderd, draaide Jevgeni zich om en gebaarde naar zijn man bij de draaideur. Deze gaf op zijn beurt een teken aan Maslov, die vervolgens uit de voor het hotel geparkeerde zwarte BMW stapte en via het trottoir de trap opliep.

Zodra hij door de draaideur was, kwamen Jevgeni en zijn team volgens plan in actie. De twee mannen posteerden zich aan weerszijden van de ingang van de kapsalon. Er was geen andere uitgang.

Jevgeni liep naar binnen, trok zijn Makarov en gebaarde met de loop naar de twee wachtende mannen dat ze als de bliksem moesten vertrekken. Vervolgens zwaaide hij met de Makarov naar de klanten die geknipt werden om hen en de kappers duidelijk te maken dat ze zich niet mochten bewegen. Hij knikte, en Maslov betrad de kapsalon.

'Karpov, Boris Karpov.' Maslov had zijn Makarov in de aanslag. 'Ik had begrepen dat je naar me op zoek was.'

Karpov opende zijn ogen en liet zijn blik even op Maslov rusten. 'Shit, dit is pijnlijk.'

Maslov grijnsde wolfachtig. 'Alleen voor jou.'

Karpov tilde een hand op vanonder zijn schort. De kapper nam het scheermes van zijn wang en stapte naar achteren. Karpov keek van Maslov via Jevgeni naar de twee gewapende mannen die nu in de deuropening verschenen.

'Het ziet er niet goed voor me uit, maar als je bereid bent te luisteren, kunnen we denk ik wel tot een vergelijk komen.'

Maslov lachte. 'Nee maar, de onkreukbare kolonel Karpov smeekt om zijn leven.'

'Ik ben alleen maar praktisch,' zei Karpov. 'Ik word binnenkort hoofd van de FSB-2, dus waarom zou je me van kant maken? Ik zou een uitstekende vriend kunnen zijn, denk je ook niet?'

'De enige goede vriend,' zei Maslov, 'is een dode vriend.'

Hij richtte op Karpov, maar nog voordat hij de trekker kon overhalen, werd hij van de sokken geblazen door een explosie. In Karpovs schort was een gat verschenen van de kogel die hij had afgevuurd. Hij wierp de schort van zich af op hetzelfde moment dat de twee andere klanten – beiden undercoveragent voor de FSB-2 – door hun schort vuurden. De twee mannen van Jevgeni zakten in elkaar. Jevgeni doodde een van Karpovs mannen alvorens Karpov hem driemaal in de borst schoot.

Karpov, met zijn gezicht nog onder het scheerschuim, liep naar Maslov die op de zwart met witte tegels lag.

'En hoe voelt dat nu?' Hij richtte zijn pistool op Maslovs gezicht. 'Het einde van een tijdperk?'

Zonder op antwoord te wachten haalde hij de trekker over.

Moira opende haar ogen na voor haar gevoel dagen of misschien wel weken te hebben geslapen en keek in het gezicht van Berengária Moreno.

Berengária glimlachte, maar het was een glimlach vol bezorgdheid. 'Hoe voel je je?'

'Alsof ik ben aangereden door een trein.' Haar linkerbeen zat van beneden tot boven in het gips. Het hing in een systeem van draagriemen en katrollen dat haar onderbeen tot boven het niveau van haar hoofd had getakeld.

'Je ziet er goed uit, mami.' Berengária's stem klonk licht en opgewekt. Ze kuste Moira teder op de mond. 'Er staat beneden een privéambulance te wachten om ons naar de haciënda te rijden. Ik heb een fulltime verpleegster en fysiotherapeut geregeld, en ze hebben zich al geïnstalleerd in de gastenverblijven.'

'Dat had je niet hoeven doen.' Het was onzinnig om dat te zeggen. Gelukkig was Berengária zo verstandig de opmerking te negeren.

'Je zult me toch Barbara moeten gaan noemen.'

'Ik weet het.'

Plotseling veranderde ze haar toon, en haar stem klonk zacht toen ze zich naar Moira boog. 'Ik was ervan overtuigd dat ik je nooit meer zou zien.'

'Wat maar weer aantoont dat het leven geen zekerheden kent.'

Berengária lachte. 'Vertel mij wat.'

'Barbara...'

'Mami, alsjeblieft, ik word boos als je denkt dat ik ook maar íéts verwacht. Ik zou alles voor je doen, zelfs je met rust laten, als je dat zou willen.'

Moira legde een hand op Barbara's wang. 'Voorlopig wil ik alleen herstellen.' Ze slaakte een diepe zucht. 'Ik wil weer kunnen rennen, Barbara.'

Barbara legde haar hand op die van Moira. 'Ik weet zeker dat het je gaat lukken. En daar ga ik je bij helpen, als je wilt – en zo niet...' Ze haalde haar schouders op.

'Dank je.'

'Zorg ervoor dat je beter wordt, mami. Dat is de beste manier om me te bedanken.'

Moira's gezicht bewolkte. 'Weet je, ik heb niet tegen Arkadin gelogen. Er moet met Corellos worden afgerekend, hoe sneller hoe beter.'

'Ik weet het.' Barbara sprak zo zacht dat haar stem bijna onhoorbaar was.

'We zullen een plan moeten maken. Dan heb ik in elk geval iets om over na te denken behalve mijn been.'

'Volgens mij kun je je beter op je herstel concentreren, maar daar ben je waarschijnlijk te eigenwijs voor.'

De wolken op Moira's gezicht werden nog donkerder. 'Je zit in de verkeerde business, dame, dat besef je toch wel?'

'Het was mijn broers leven.'

'Volgens mij hoef je dat leven niet te kopiëren, maar daar ben je waarschijnlijk te eigenwijs voor.'

Barbara glimlachte zuur. 'Een mens kan nu eenmaal onmogelijk aan zijn familie ontsnappen.' Ze streelde afwezig Moira's gips. 'Mijn broer was goed voor me. Hij beschermde me en hielp me als anderen misbruik van me probeerden te maken.' Ze keek in Moira's ogen. 'Hij leerde me hoe ik hard moest zijn. Hoe ik mijn hoofd boven water moest houden in de mannenwereld. Ik zou niet weten waar ik zonder hem was geweest.'

Moira dacht daar even over na. Een belangrijke reden om bij Barbara te blijven was dat ze haar ervan wilde overtuigen met de onderneming van haar broer te stoppen – ondanks het feit dat ze meende hem iets schuldig te zijn. Moira had al jaren geen contact meer met haar familie en wist niet eens of haar ouders nog leefden. Ze vroeg zich af of het haar iets kon schelen. Maar haar broer was een heel ander verhaal. Ze wist waar hij was, wat hij deed en met wie hij omging. Ze was er aan de andere kant van overtuigd dat hij niets van haar wist. Ze hadden met elkaar gebroken toen ze net in de twintig waren. In tegenstelling tot bij haar ouders, voelde ze wel iets voor hem, maar het was niet goed.

Ze haalde diep adem en blies de verschaalde lucht van haar verleden uit. 'Ik genees sneller dan de chirurg had verwacht, en niemand is trotser op zijn werk dan hijzelf.'

Barbara's ogen fonkelden. 'Tja, je weet wat ze zeggen: niets is wat je ervan verwacht.'

Ditmaal lachten beide vrouwen samen.

Benjamin El-Arian zat achter zijn bureau in zijn kantoor. Hij was telefonisch in gesprek met Idir Syphax, de topman van Severus Domna in Tineghir. Syphax had bevestigd dat zowel Arkadin als Bourne onderweg was naar Marokko. El-Arian wilde zich ervan overtuigen dat elk door hem uitgewerkt detail voor hun strategie helder was en operationeel. Dit was geen tijd voor verrassingen; hij maakte zich geen illusies met betrekking tot de competentie van de twee mannen.

'Is alles klaar in het huis?'

'Ja,' zei Idir in zijn oor. 'Het systeem is meerdere malen gecontroleerd, de laatste keer door mijzelf, op jouw verzoek. Zodra ze eenmaal binnen zijn, kunnen ze er niet meer uit.'

'We hebben de rattenval opnieuw uitgevonden.'

Zacht gniffelen. 'Dat kun je wel stellen.'

Nu volgde voor El-Arian de moeilijkste vraag. 'En hoe zit het met de vrouw?' Hij kon zich er niet toe zetten Tanirts naam te noemen.

'Daar kunnen we natuurlijk niks mee. De mannen zijn doodsbang voor haar.'

En terecht, dacht El-Arian. 'Laat haar dan maar met rust.'

'Ik zal bidden tot Allah,' zei Idir.

El-Arian was tevreden. Ook omdat Willard zowaar zijn kant van de afspraak was nagekomen. Hij stond op het punt iets terug te zeggen toen hij buiten op straat voor zijn bruinrode zandstenen huis in Georgetown een auto met piepende banden hoorde wegrijden. Omdat hij een draadloze headset droeg, kon hij meteen opstaan, naar het venster lopen en tussen de houten latten van de blinden door naar buiten kijken zonder het gesprek te moeten afbreken.

Op zijn bordes lag een groot, vreemd gevormd pakket dat eruitzag alsof iemand het daar zomaar had neergegooid. De cilindrische vorm was verpakt in een oud tapijt. Hij schatte de lengte op ongeveer een meter tachtig.

Terwijl hij zijn telefoongesprek voortzette, liep hij de hal in. Hij opende de voordeur en trok het tapijt naar binnen. Hij kreunde; het was enorm zwaar. Het tapijt was op drie plaatsen met gewoon touw vastgebonden. Hij liep terug naar zijn bureau, haalde een zakmes uit een la en beende weer naar de hal. Daar ging hij op zijn hurken zitten, sneed de drie stukken touw door en rolde het tapijt open. Er begon zich onmiddellijk een ziekmakende stank te verspreiden die hem ontzet achteruit deed deinzen.

Toen hij het lichaam zag, het herkende en vervolgens besefte dat het nog leefde, verbrak hij de verbinding. Hij staarde met ontzetting naar Frederick Willard en dacht: *Allah bewaar me. Jalal Essai heeft me de oorlog verklaard.* Dit was, in tegenstelling tot de dood van de mannen die hij op pad had gestuurd om Essai te liquideren, een persoonlijk statement.

Hij zette zijn natuurlijke afkeer van zich af en boog zich over Willard. Het ene oog wilde niet open en het andere was zo ontstoken dat er geen wit meer te zien was.

'Ik zal voor je bidden, vriend,' zei El-Arian.

'Ik heb niks met Allah of God.' Willards droge, gebarsten lippen bewogen zich nauwelijks. Er moest iets afschuwelijks met zijn keel zijn gebeurd, want zijn stem was vrijwel onherkenbaar en klonk als een scheermes dat door vlees sneed. 'De rest is duisternis. Er is niemand meer die nog kan worden vertrouwd.'

El-Arian stelde hem een vraag, maar er kwam geen antwoord. Hij boog zich naar voren en raakte de zijkant van Willards hals aan. Er was geen hartslag. El-Arian sprak een gebed uit; al was het niet voor de ongelovige, dan toch in elk geval voor zichzelf.

DEEL VIER

28

'Je lijkt verrast,' zei Tanirt.

Bourne was inderdaad verrast. Hij had een vrouw van don Fernando's leeftijd verwacht, hooguit een jaar of tien jonger. Hoewel het moeilijk was om een exacte schatting te maken, leek Tanirt eind dertig. Dit moest een illusie zijn. Ervan uitgaande dat Ottavio werkelijk haar zoon was, moest ze minstens vijftig zijn.

'Ik ben zonder verwachtingen naar Marokko gekomen,' zei hij.

'Leugenaar.' Tanirt had een donkere huid en donker haar. Haar figuur was weelderig en had nog niets van zijn bekoorlijke rijpheid verloren. Ze bewoog alsof ze een prinses of koningin was, en haar grote vochtige ogen leken alles gelijktijdig in zich op te nemen.

Ze bestudeerde hem even. 'Ik zie je. Je naam is niet Adam Stone,' zei ze met absolute zekerheid.

'Doet dat ertoe?'

'Waarheid is het enige dat ertoe doet.'

'Ik heet Bourne.'

'Niet de naam waarmee je geboren bent, maar de naam die je tegenwoordig gebruikt.' Ze knikte alsof ze tevreden was. 'Mag ik je hand hebben, Bourne?'

Hij had haar direct gebeld nadat hij in Marrakech was geland. Zoals don Fernando hem had verzekerd, verwachtte ze hem. Ze had hem uitgelegd waar hij haar kon ontmoeten: een snoepwinkel in het hart van een marktgebied aan de zuidrand van de stad. Hij had de markt zonder problemen gevonden en zijn auto geparkeerd. Vervolgens was hij te voet verdergegaan door het labyrint van steegjes met kraampjes en winkeltjes die alles verkochten van bewerkt leer tot en met kamelenvoer. De snoepwinkel was eigendom van een gerimpelde Berber die Bourne leek te herkennen zodra hij hem zag. Hij glimlachte en gebaarde naar binnen, waar het geurde naar karamel en geroosterd sesamzaad. Het was er donker en vol schaduwen. Toch was Tanirt heel duidelijk zichtbaar, alsof ze van binnenuit werd verlicht.

Nu bood hij haar zijn hand aan met de palm naar boven, en ze pakte hem vast. Ze keek hem aan. Ze droeg een eenvoudig gewaad dat ze met een riem om haar middel had gebonden. Hoewel ze niets van haar lichaam toonde, leek haar seksualiteit buitengewoon onthullend en te pulseren met leven.

Ze hield teder zijn hand vast terwijl haar wijsvinger de lijnen in zijn palm en zijn vingers volgde. 'Je bent een Steenbok, geboren op de laatste dag van het jaar.'

'Ja.' Er was geen enkele manier waarop ze dat had kunnen weten, en toch wist ze het. Bourne voelde iets tintelen in zijn tenen dat omhoogborrelde via zijn lichaam en hem verwarmde, hem naar haar toe trok, alsof ze een energiekoppeling tussen hen tot stand had gebracht. Hij voelde zich plotseling erg ongemakkelijk en overwoog de winkel te verlaten, maar hij deed het niet.

'Je hebt...' Ze zweeg en legde haar hand op de zijne, alsof ze haar visioen probeerde te blokkeren.

'Wat is er?' vroeg Bourne.

Ze keek hem aan, en op dat moment had hij het gevoel dat hij in die ogen zou kunnen verdrinken. Ze had zijn hand niet losgelaten. Integendeel; ze hield hem stevig gevangen in haar eigen handen. Ze bezat een magnetisme dat tegelijkertijd intens opwindend en intens verontrustend was. Hij voelde hoe innerlijke krachten hem alle kanten op begonnen te trekken, alsof ze elkaar tegenwerkten.

'Wil je echt dat ik het je vertel?' Haar stem was die van een geoefende alt; diep en rijk en welluidend. Zelfs op laag volume leek hij door te dringen tot in elk volgepakt hoekje en gaatje van de snoepwinkel.

'Je bent er zelf over begonnen,' merkt Bourne op.

Ze glimlachte, maar het was geen vrolijke glimlach. 'Kom mee.'

Hij volgde haar naar de achterkant van de winkel, waar ze via een smalle deur naar buiten liepen. Opnieuw in het labyrintische hart van de markt werd hij met een duizelingwekkende verzameling goederen en diensten geconfronteerd: levende hanen en vleermuizen met satijnen vleugels in kooitjes, kaketoes op bamboestokken, grote vissen in tanks met zeewater, een geslacht en gevild lam dat aan een haak hing terwijl het bloed er nog van afdroop. Er waggelde ook een bruine kip voorbij die kakelde alsof haar de nek werd omgedraaid.

'Je ziet hier veel dingen en veel dieren, maar wat mensen betreft alleen Amazighs – Berbers.' Tanirt wees naar het zuiden, in de richting van het Atlasgebergte. 'Tineghir ligt midden in een oase op een hoogte van meer dan vijftienhonderd meter. Het is een relatief smalle strook vruchtbare grond tussen de bergketens van de Hoge Atlas in het noorden en de Anti-Atlas in het zuiden.

Het is een heel homogeen stadje en het wordt net als de streek eromheen door Amazighs bewoond. De Romeinen noemden ons Mazighen; de Grieken Libiërs. Maar hoe je ons ook noemt, we zijn allemaal Berbers en we zijn de oorspronkelijke bewoners van grote delen van Noord-Afrika en het Nijldal. Zo was de Romeinse schrijver Apuleius eigenlijk een Berber, net als Sint Augustinus van Hippo. En dat geldt natuurlijk ook voor Septimus Severus, keizer van Rome. En het was een Berber, Abd ar-Rahman de Eerste, die het zuiden van Spanje veroverde en in Córdoba het Omajjadenkalifaat vestigde, het hart van wat hij al-Andalus noemde, het tegenwoordige Andalusië.'

Ze keek hem aan. 'Ik vertel je dit zodat je beter kunt begrijpen wat er komen gaat. Dit is een historische plaats; een plaats van veroveringen, van grote daden en van grote mannen. Het is ook een plaats waar veel energie is gebundeld – zeg maar een energiecentrum. Een nexuslocatie.'

Ze pakte opnieuw zijn hand vast. 'Bourne, je bent een raadsel,' zei ze zacht. 'Je hebt een lange levenslijn – een ongebruikelijk lange levenslijn. En toch...'

'Wat is er?'

'En toch zul je hier vandaag of morgen, maar in elk geval binnen een week sterven.'

Heel Marrakech leek een soek, en alle Marokkanen leken verkopers van het een of ander. Alles leek te worden gekocht uit en verkocht vanuit de winkelpuien en de marktkraampjes die de straten en boulevards flankeerden.

Arkadin en Soraya waren bij aankomst in de gaten gehouden, wat hij had verwacht, maar er was niemand op hen afgekomen en ze waren niet gevolgd op hun weg van het vliegveld naar de stad. Dat stelde hem niet gerust. Integendeel; het had tot gevolg dat hij nog meer op zijn hoede was. Als de Severus Domna-agenten op het vliegveld hem niet hadden gevolgd, was dat omdat daar geen reden toe was. Zijn conclusie was dat de stad, en waarschijnlijk de complete provincie Ouarzazate, ervan vergeven was.

Soraya bevestigde die mening toen hij erover begon. 'Het is niet logisch dat je hier bent,' zei ze in een taxi die naar wierook, linzen en gebakken uien stonk. 'Waarom trap je in zo'n doorzichtige valstrik?'

'Omdat ik dat kan.' Arkadin had zijn kleine koffertje op zijn schoot. In het koffertje zat de laptop.

'Ik geloof er niks van.'

'Het interesseert me geen donder wat jij gelooft.'

'Alweer een leugen. Anders zou ik hier niet met jou zijn.'

Hij keek haar aan en schudde zijn hoofd. 'Ik kan je binnen tien minuten zo hard laten schreeuwen dat je al je vroegere vriendjes vergeet.'

'Wat romantisch.'

'Als moeder Teresa. Niet als Mata Hari.' Hij zei het met een flinke dosis afschuw, alsof hij door haar cynisme zijn respect voor haar had verloren of haar in elk geval een stuk minder interessant vond.

'Je denkt toch niet dat het me ook maar enigszins kan schelen wat een suffe trut als jij van me denkt.' Het was geen vraag. Ze stuiterden een tijdje op en neer op de achterbank. Even later zei hij, alsof hij voortborduurde op het vorige gesprek: 'Je bent hier als verzekering. Bourne en jij hebben een band. Zodra dat van pas komt, maak ik er gebruik van.'

Soraya dacht na over haar situatie en zweeg gedurende de rest van de rit.

In Marrakech nam Arkadin haar mee door een doolhof van straten waar Marokkanen haar nastaarden en langs hun lippen likten alsof ze op die manier konden proeven hoe zacht haar vlees was. Ze werden verzwolgen door een gekkenhuis van junglegekrijs. Uiteindelijk gingen ze een bedompte winkel binnen die naar machineolie stonk. Een kaal, molachtig mannetje begroette Arkadin op de overgedienstige manier van een begrafenisondernemer; onafgebroken buigend en in zijn handen wrijvend. Achter in de winkel lag een klein Perzisch tapijt. De molman schoof het opzij, wipte een zware metalen ring omhoog en trok een luik open. Hij knipte een zaklamp aan en begaf zich naar beneden via een metalen wenteltrap. Nadat hij een lichtschakelaar had omgezet, kwamen enkele fluorescerende spiraallampen tot leven die aan een zo laag plafond waren bevestigd dat ze gedwongen waren om in gebukte houding over de glanzend gepoetste vloerplanken te lopen. In tegenstelling tot het winkeltje boven hun hoofden, dat uitgesproken stoffig was en lukraak volgeplempt leek met zomaar wat dozen, vaten en kratten, zag de kelder er onberispelijk uit. Langs de muren stonden draagbare ontvochtigingstoestellen zij aan zij met zacht zoemende luchtzuiveringsapparatuur. De ruimte was netjes in paden ingedeeld met langwerpige kasten die tot aan het middel reikten en elk drie laden hadden waarin alle denkbare handwapens waren uitgestald die de moderne mens kende. Op elk wapen lag een net kaartje waarop de prijs en een omschrijving stonden vermeld.

'Tja, aangezien u mijn voorraad kent,' zei de man, 'laat ik de keuze graag aan u over. Neem gewoon maar mee wat u wilt hebben, dan zorg ik boven voor de benodigde ammunitie en dan kunnen we daar afrekenen.'

Arkadin knikte afwezig. Hij liep langs de laden en ging volledig op in het wapenarsenaal. Ondertussen beraadde hij zich op vuurkracht, gebruiksgemak, vuursnelheid en de praktische aspecten met betrekking tot het gewicht en de omvang van elk wapen.

Toen ze alleen waren, haalde hij iets uit een lade tevoorschijn wat Soraya deed denken aan een zaklamp met een grote accu eronder. Hij draaide zich naar haar om en schudde het ding heen en weer. De accu klapte open en werd automatisch vergrendeld. Het was een opvouwbaar machinepistool.

'Ik heb nog nooit zoiets gezien.' Ze was gefascineerd; ze kon het niet helpen.

'Het is een prototype, nog niet op de markt. Een Magpul FMG. Gebruikt standaard negen millimeter Glock-patronen maar spuugt ze een *shitload* sneller uit dan een pistool.' Hij streelde de gedrongen loop. 'Niet slecht, hè?'

Soraya was het met hem eens. Ze zou er zelf wel een willen hebben.

Arkadin moest haar gretige blik hebben gezien. 'Hier.'

Ze nam het wapen aan, bestudeerde het met een kennersblik, haalde het uit elkaar en zette het vervolgens weer in elkaar.

'Verrekte handig.' Arkadin leek geen haast te hebben de FMG van haar over te nemen. Hij leek naar Soraya te kijken, maar in werkelijkheid zag hij iets anders; een tafereel dat zich ver daarvandaan had afgespeeld.

In Sint Petersburg was hij met Tracy meegelopen naar haar hotelkamer. Ze had hem niet gevraagd mee naar boven te komen, maar ze had geen bezwaar gemaakt toen hij dat uit zichzelf had gedaan. Binnen legde ze haar tasje en haar sleutel op tafel en liep de badkamer in. Ze sloot de deur, maar hij hoorde geen klik van een slot.

De rivier glinsterde in het maanlicht, zwart en gezwollen en vol geheimen, als een slang uit de oudheid, altijd half slapend. Het was benauwd in de kamer. Hij liep naar het venster, ontgrendelde het en duwde het open. De wind, gezwollen als de rivier en met de geur ervan, wervelde het vertrek in. Hij wierp even een blik op het bed en stelde zich Tracy daar voor, haar naaktheid onthuld door het maanlicht.

Er klonk een zacht geluid, als een zucht, of het schrapen van de keel, en hij draaide zich om. De badkamerdeur, die niet vergrendeld was geweest, was opengegaan, en nu duwde een volgend windvlaagje hem verder zodat een smal streepje boterkleurig licht op het tapijt viel. Hij begaf zich in het licht en keek in de badkamer. Hij zag Tracy's rug, of eigenlijk een smalle strook ervan, bleek en onaangeraakt. Iets lager was de welving van haar billen en de diepe plooi ertussen. De siddering van genot in zijn onderbuik was zo extreem dat ze bijna pijn deed. Ze had iets – iets dat te maken had met zijn tegenstrijdige gevoelens van haat en afhankelijkheid – iets dat hem zwak maakte. Hij verfoeide zichzelf, maar hij kon het niet helpen. Hij deed nog een stap naar voren en duwde de deur iets verder open.

De deur, die oud en afgebladderd was, piepte, en Tracy wierp een blik over haar schouder. Daarbij werd haar lichaam aan hem onthuld in al zijn glorie. Ze keek hem aan met een blik vol medelijden en walging; een blik die een dierlijk geluid over zijn lippen bracht. Hij haastte zich de deur te sluiten. Toen ze even later verscheen, kon hij niet naar haar kijken. Hij hoorde haar door de kamer lopen en het venster sluiten.

'Door wie ben jij opgevoed?' zei ze.

Het was geen vraag, maar een klap in zijn gezicht. Hij was niet in staat haar antwoord te geven, en daarom – en om nog veel meer dingen – brandde hij van verlangen om haar te doden, om het kraakbeen in haar keel te voelen scheuren onder de druk van zijn vingers; om haar warme bloed over zijn handen te voelen stromen. Maar hij had haar nodig, zoals zij hem nodig had. Hun relatie was een cirkel van haat waaruit ze geen van beiden konden ontsnappen.

Maar Tracy was *ontsnapt,* dacht hij nu, *de dood in.* Hij miste haar en walgde van zichzelf omdat hij haar miste. Tot nu toe, welteverstaan. Terwijl zijn ogen zich weer scherpstelden op Soraya die de FMG inklapte, voelde hij een onheilspellende rilling door zijn lichaam trekken. Hij zag heel even haar schedel, waardoor ze eruitzag als de dood. Het volgende moment viel alles weer op zijn plaats en kon hij weer ademhalen.

Haar huid was, in tegenstelling tot die van Tracy, glanzend bruin. Ze had zich net als Tracy aan hem laten zien toen ze het T-shirt had uitgetrokken dat hij haar had geleend om het als tourniquet voor Moira's dij te gebruiken. Grote borsten met donkere stijve tepels had ze. Hij kon ze nu ook zien, onder haar topje, bijna even duidelijk als wanneer ze halfnaakt was.

'Dat komt omdat je me niet kunt krijgen,' zei Soraya alsof ze zijn gedachten kon lezen.

'Integendeel, ik zou je nu kunnen krijgen.'

'Me verkrachten, bedoel je.'

'Ja.'

'Als je dat van plan was geweest,' zei ze terwijl ze hem de rug toekeerde, 'zou je het allang hebben gedaan.'

Hij kwam vlak achter haar staan en zei: 'Breng me niet in de verleiding.'

Ze draaide zich plotseling om. 'Je hebt niks tegen vrouwen, maar tegen mannen.'

Hij keek haar dreigend aan, maar bewoog zich niet.

'Jouw kick is mannen vermoorden en vrouwen verleiden. Maar verkrachting? Jij zou net zomin een vrouw verkrachten als ik.'

In gedachten bevond hij zich weer in zijn geboorteplaats Nizjni Tagil, waar hij korte tijd lid was geweest van de bende van Stas Koezin en meisjes had ontvoerd om Koezins barbaarse bordeel te bevoorraden. Nachtenlang had hij de meisjes horen gillen en krijsen terwijl ze verkracht en geslagen werden. Uiteindelijk had hij Koezin en de helft van zijn bende om zeep geholpen.

'Verkrachting is voor beesten,' zei hij met gezwollen tong. 'Ik ben geen beest.'

'Dat is jouw leven: de strijd om mens te zijn, en geen beest.'

Hij wendde zijn blik af.

'Heeft Treadstone dit met je gedaan?'

Hij lachte. 'Treadstone stelde niks voor. Het gaat om alles wat voor die tijd is gebeurd; alles wat ik probeer te vergeten.'

'Interessant. Voor Bourne is het juist het tegenovergestelde. Hij vecht om te kunnen herinneren.'

'Dan heeft hij geluk gehad,' snauwde Arkadin.

'Het is jammer dat jullie vijanden zijn.'

'God heeft ons tot vijand gemaakt.' Arkadin nam het wapen uit haar handen. 'Een god die Alexander Conklin heette.'

'Weet je hoe je moet sterven, Bourne?' fluisterde Tanirt.

Je bent geboren op de dag van Siwa, die tegelijkertijd het einde is en het begin. Begrijp je dat? Je bent voorbestemd te sterven en opnieuw geboren te worden. Dat had Suparwita hem nog maar een paar dagen geleden verteld op Bali.

'Ik ben een keer gestorven,' zei hij, 'en vervolgens weer herboren.'

'Vlees, vlees, altijd maar weer vlees,' prevelde ze. En vervolgens: 'Dit is anders.'

Tanirt zei het met een kracht die hij in elke vezel van zijn wezen voelde. Hij boog zich naar haar toe. De belofte van haar dijen en haar borsten trokken hem steeds verder haar invloedssfeer binnen.

Hij schudde zijn hoofd. 'Dat begrijp ik niet.'

Haar handen grepen hem vast en trokken hem nog dichterbij. 'Het kan maar op één manier worden uitgelegd.' Ze keerde hem de rug toe en loodste hem naar de snoepwinkel terug. Binnen duwde ze een aantal geurige balen opzij waardoor een stoffige houten trap bezaaid met palmsuikerkristallen werd onthuld. Ze begaven zich naar de bovenverdieping waar blijkbaar iemand woonde – of waar in elk geval tot voor kort iemand had gewoond. De dochter van de eigenaar, te oordelen naar de posters van film- en rocksterren aan de muur. Het was hier lichter, en door de vensters viel verblindend zonlicht naar binnen. Maar het was er ook vreselijk heet. Tanirt leek er niets van te merken.

In het midden van de kamer draaide ze zich naar hem om. 'Vertel eens, Bourne, waar geloof jij in?'

Hij gaf geen antwoord.

'De hand van God, een levensdoel, het noodlot? Of misschien wel alle drie?'

'Ik geloof in de vrije wil,' zei hij ten slotte, 'in het vermogen om je eigen keus te maken zonder inmenging van organisaties of het lot of wat dan ook.'

'Met andere woorden, je gelooft in chaos, want de mens heeft geen enkele zeggenschap over dit universum.'

'Dat zou betekenen dat ik hulpeloos ben, en dat ben ik niet.'

'Dus geen wetmatigheid en geen chaos.' Ze glimlachte. 'Jij volgt een speciaal pad, het pad ertussenin – een pad waarin niemand je voor is gegaan.'

'Ik weet niet of ik het zo zou formuleren.'

'Natuurlijk niet. Je bent geen filosoof. Hoe zou jij het formuleren?'

'Wat gaat dit naartoe?' zei hij.

'Altijd maar de soldaat, de ongeduldige soldaat,' zei Tanirt. 'De dood. Dit gaat naar het wezen van je dood.'

'De dood is het einde van het leven,' zei Bourne. 'Wat valt er verder te weten over het wezen ervan?'

Ze liep naar een van de vensters en opende het. 'Vertel eens. Hoeveel vijanden zie je?'

Bourne kwam naast haar staan en voelde haar intense warmte, alsof ze een motor was die al urenlang draaide. Vanuit dit relatief hooggelegen observatiepunt kon hij een groot aantal straten overzien inclusief de mensen die er rondliepen.

'Ergens tussen de drie en de negen. Het is moeilijk om dat

precies te beoordelen,' zei hij na verloop van tijd. 'Wie van hen gaat het doen?'

'Geen van hen.'

'Dan moet het Arkadin zijn.'

Tanirt hield haar hoofd schuin. 'Die man, Arkadin – dat is de boodschapper, maar hij is niet degene die jou doodt.'

Bourne keek haar aan. 'Wie dan wel?'

'Bourne, heb je enig idee wie je bent?'

Hij was inmiddels lang genoeg hier om te weten dat er geen antwoord van hem werd verwacht.

'Er is iets met je gebeurd,' zei Tanirt. 'Je was één persoon, nu ben je er twee.'

Ze plaatste de palm van haar hand tegen zijn borst en zijn hart leek een slag te missen – of beter gezegd, er voorbij te racen. Hij hapte naar lucht.

'Die twee personen zijn niet met elkaar verenigbaar – op geen enkele manier. Daarom woedt in jou een oorlog; een oorlog die tot je dood zal leiden.'

'Tanirt.'

Ze tilde de hand op die op zijn borst had gelegen, en hij voelde zich plotseling alsof hij wegzakte in een moeras.

'De boodschapper – die man, Arkadin – arriveert in Tineghir met de persoon die je zal doden. Het is iemand die je kent, misschien zelfs heel goed. Het is een vrouw.'

'Moira? Heet ze Moira?'

Tanirt schudde haar hoofd. 'Ze is Egyptische.'

Soraya!

'Dat... dat kan ik niet geloven.'

Tanirt lachte haar raadselachtige glimlach. 'Dat is het mysterie, Bourne. Een van jullie kan het niet geloven. Maar de ander weet dat het mogelijk is.'

Voor het eerst in zijn herinnering voelde Bourne zich compleet hulpeloos. 'Wat moet ik doen?'

Tanirt nam zijn hand in de hare. 'Hoe je reageert, wat je doet, zal bepalen of je blijft leven of zult sterven.'

29

'Gefeliciteerd met je verjaardag,' zei M. Errol Danziger toen Bud Halliday de telefoon opnam.

'Ik ben een paar maanden geleden jarig geweest,' zei de minister van Defensie. 'Wat wil je?'

'Ik wacht beneden in mijn auto.'

'Ik heb het te druk.'

'Maar niet hiervoor.'

Er was iets in Danzigers stem dat Halliday ervan weerhield het verzoek af te wimpelen. Halliday belde zijn assistent en verzocht hem zijn agenda voor het eerstkomende uur vrij te maken. Vervolgens pakte hij zijn jas en nam de trap omlaag. Lopend over het terrein van het Witte Huis werd hij beleefd begroet door de bewakers en de agenten van de geheime dienst. Hij glimlachte naar de mannen die hij van naam kende.

Terwijl hij achter in Danzigers auto stapte, zei hij: 'Ik hoop dat dit de moeite waard is.'

'Geloof me,' zei Danziger. 'Dit is veel meer dan de moeite waard.'

Twintig minuten later stopte de auto voor 1910 Massachusetts Avenue, SE. Danziger, die zich het dichtst bij het trottoir bevond, stapte uit en hield de deur open voor zijn baas.

'Gebouw Zevenentwintig?' zei Halliday terwijl hij samen met Danziger het bordes betrad van een van de moderne steenrode gebouwen op de General Health Campus. 'Is er soms iemand dood?' In Gebouw 27 was het kantoor gevestigd van de hoofd patholoog-anatoom van D.C.

Danziger lachte. 'Een vriend van je.'

Ze passeerden twee lagen beveiliging en namen de bovenmaatse roestvrijstalen lift naar de kelder. De lift rook naar bleekmiddel vermengd met de misselijkmakende zoete geur die Halliday al te vaak had moeten inademen.

Ze werden verwacht. Een assistent-lijkschouwer – een schriel bebrild mannetje met een haviksneus – knikte naar hen en ging hun voor door de koude ruimte. Hij bleef staan op driekwart van de muur met roestvrijstalen deuren, opende er een en trok een lijk op een schuiflade naar buiten.

'Mijn god,' zei Halliday, 'is dat Frederick Willard?'

'Helemaal.' Danziger zag eruit alsof hij een vreugdedansje wilde maken.

Halliday deed een stap naar voren. Hij haalde een spiegeltje tevoorschijn en stak het onder Willards neusgaten. 'Geen ademhaling.' Hij draaide zich om naar de assistent-lijkschouwer. 'Wat is er in godsnaam met hem gebeurd?'

'Dat is voorlopig nog moeilijk te zeggen,' zei de man. 'Het is zo druk, en we hebben zo weinig tijd...'

'Even in het kort,' zei Halliday.

'Hij is gemarteld.'

Halliday moest lachen. Hij keek naar Danziger. 'Verdomd ironisch, hè?'

'Dat dacht ik ook.'

Op dat moment zoemde de telefoon van de minister. Hij haalde hem tevoorschijn en keek ernaar. Hij was nodig op het Witte Huis.

De president bevond zich niet in het Oval Office, maar in de *War Room*, drie verdiepingen beneden de westelijke vleugel. De muren van de ruimte waren behangen met immense computerschermen en in het midden stond een ovale tafel met alle parafernalia van twaalf virtuele ministeries.

Toen Bud Halliday arriveerde, was de president in vergadering met nationale veiligheidsadviseur Hendricks, directeur

Brey van de FBI en minister Findlay van het departement van Binnenlandse Veiligheid. Naar hun grimmige blikken te oordelen, was er een noodsituatie ophanden.

'Fijn dat je erbij kunt zijn, Bud,' zei de president, en hij wees Halliday op een stoel aan de andere kant van de tafel.

'Wat is er aan de hand?' zei Halliday.

'We zitten met een probleem,' zei Findlay, 'en we zouden graag jouw mening erover horen.'

'Een terroristische aanval op een van onze overzeese bases?'

'Een stuk dichter bij huis.' Hendricks leek het voortouw te nemen. Hij draaide een dossiermap om die voor hem lag en schoof hem over tafel naar Halliday. Vervolgens spreidde hij zijn handen. 'Ga je gang.'

Halliday sloeg de map open en werd geconfronteerd met een foto van Jalal Essai. Hij bleef volkomen rustig en zag met voldoening dat zijn hand absoluut niet trilde toen hij de licht doorschijnende vellen papier van het dossier omsloeg.

Toen hij ervan overtuigd was dat hij zichzelf volledig onder controle had, keek hij op. 'Waarom houden we deze man in de gaten?'

'We hebben informatie die hem in verband brengt met het martelen van en de moord op Frederick Willard.'

'Is er bewijsmateriaal?'

'Nog niet,' zei Findlay.

'Maar alles wijst erop dat het eraan zit te komen,' zei Hendricks.

'Moet ik de rest van het verhaal soms raden?' vroeg Halliday op sarcastische toon.

'Het probleem is dat deze man, Essai, verdwenen is – en dat terwijl hij een groot gevaar vormt voor de nationale veiligheid.' Dat was Findlay weer.

Halliday tikte met zijn vingers op het dossier. 'Maar hier staat informatie over Essai in die meerdere jaren beslaat. Hoe is het mogelijk dat we niet...?'

'Dat is de vraag die moet worden beantwoord, Bud,' zei de president.

Halliday hield zijn hoofd schuin. 'Wat ik wilde vragen, is: waar is die informatie vandaan gekomen?'

'In elk geval niet van jouw toko,' zei Brey.

'En ook niet van de jouwe,' kaatste Halliday terug. Hij keek de mannen een voor een aan. 'Ik hoop dat jullie niet van plan zijn om mijn mensen deze vergissing in de schoenen te schuiven.'

'Dit was geen vergissing,' zei Findlay. 'In elk geval niet van ónze kant.'

Er viel een gespannen stilte die uiteindelijk werd verbroken door de president. 'We hadden gehoopt dat je wat meer zou meewerken, Bud.'

'Ha! Ik niet!' zei Brey.

'Zodra je met het bewijsmateriaal zou worden geconfronteerd,' voegde Hendricks eraan toe.

'Wat voor bewijsmateriaal?' zei Halliday. 'Ik heb niks uit te leggen en hoef me nergens voor te verontschuldigen.'

'Ik krijg van jullie allemaal honderd dollar,' zei Brey met een zelfgenoegzame grijns op zijn gezicht.

Halliday schonk hem een woeste blik.

Hendricks nam de telefoon op, sprak even zachtjes in de hoorn en verbrak vervolgens de verbinding.

'In godsnaam, Bud,' zei de president, 'je maakt dit wel verdomd lastig.'

'Wat is hier eigenlijk gaande?' Halliday stond op. 'Zijn jullie de inquisitie?'

'Je maakt het er niet beter op voor jezelf.' Er klonk diepe droefenis in de stem van de president. 'Laatste kans.'

Halliday, die eruitzag als een standbeeld voor oorlogsveteranen, knarsetandde van woede.

Het volgende moment ging de deur van de War Room open en kwam de tweeling binnen, Michelle en Mandy. Ze lachten. Naar hem.

Christus, dacht hij. *Jezus christus.*

'Gaat u zitten, meneer de minister.'

De stem van de president was zo vervuld van onderdrukte

woede en persoonlijk verraad dat Halliday een rilling langs zijn ruggengraat voelde lopen. Met lood in de schoenen deed hij wat hem was bevolen.

Voor hem strekte zich de lange, vernederende weg naar de schande en de ondergang uit. Luisterend naar de opnamen die de tweeling in het geheime appartement van zijn gesprekken met Jalal Essai had gemaakt, vroeg hij zich af of hij de moed bezat om zich op een stil plekje terug te trekken en zich dan door het hoofd te schieten.

Oserov arriveerde in Marokko met zijn gezicht in het verband. In Marrakech vond hij een winkel waar ze een afdruk van was voor hem maakten en op basis daarvan een latex masker dat zo wit was als sterrenlicht en precies op zijn monsterlijke gezicht paste. Het schrikwekkende, kille stoïcisme logenstrafte het uitzinnige leed dat eronder verborgen ging, maar hij was dankbaar voor de anonimiteit die het masker hem verschafte. Hij kocht een dikke zwart-met-bruin gestreepte *thobe* met een capuchon om zijn hoofd en de bovenkant van zijn gezicht in te verbergen. Wanneer hij die droeg, zorgde de capuchon ervoor dat de rest van zijn gezicht in schaduwen was gehuld.

Na een korte maaltijd, die hij naar binnen werkte zonder hem echt te proeven, huurde hij een auto en plande hij zijn route. Vervolgens vertrok hij in de richting van Tineghir.

Idir Syphax verplaatste zich langzaam en methodisch door het huis in het centrum van Tineghir. Hij bewoog zich van schaduw naar schaduw als een schim of in een droom; geluidloos en licht als lucht. Idir was geboren en getogen in de Hoge Atlas van Ouarzazate. Hij was gewend aan winterse kou en sneeuw. Hij stond bekend als de man die ijs naar de woestijn bracht, wat betekende dat hij bijzonder was. De plaatselijke Berbers waren bang voor hem, net als voor Tanirt.

Idir was slank en gespierd. Hij had een brede mond met grote witte tanden en een neus als de voorsteven van een schip. Zijn hoofd en nek waren in de traditionele blauwe Berbersjaal gewikkeld. Hij droeg blauw-met-witgeblokte gewaden.

Aan de buitenkant was het huis identiek aan de aangrenzende gebouwen. Vanbinnen was het echter gebouwd als een fort. De muren waren vervaardigd van massief beton en versterkt met stalen staven. In de kernhouten deuren zaten metalen platen van vijf centimeter dik zodat ze zelfs voor semiautomatisch vuur ondoordringbaar waren. Er waren twee onafhankelijke elektronische beveiligingssystemen: bewegingsdetectors in de buitenste kamers en infrarood-warmtedetectors in de centrale vertrekken.

Idirs familie had banden met de Etana's die eeuwen teruggingen in de geschiedenis. De Etana's hadden de Monition Club opgericht zodat de leden van Severus Domna elkaar op verschillende plaatsen verspreid over de wereld konden ontmoeten zonder de aandacht te trekken of de werkelijke naam van de groep te gebruiken. Voor de buitenwereld was de Monition Club een filantropische instelling die zich bezighield met het bevorderen van antropologie en oude filosofieën. Het was een hermetisch gesloten wereldje waarin de sub rosa leden zich konden verplaatsen, elkaar konden ontmoeten, hun werk konden vergelijken en initiatieven konden ondernemen.

Idir had zo zijn eigen ideeën over macht en opvolging, maar voordat hij ook maar iets had kunnen ondernemen, had Benjamin El-Arian zich in het machtsvacuüm geworpen dat was ontstaan toen de broer van Jalal Essai zijn biezen had gepakt. Nu Jalal zijn ware aard had getoond, was voor Severus Domna de familie Essai dood en begraven. Jalals desertie had plaatsgevonden onder het oog van El-Arian. Idir had al een aantal gesprekken gevoerd met Marlon Etana, de hoogste in rang binnen de Europese tak van de organisatie. Samen, zo had hij tegen Etana gezegd, waren ze ruimschoots opgewassen tegen Benjamin El-Arian. Etana was daar niet van overtuigd geweest, maar zijn jarenlange verblijf in het Westen had hem behoedzaam gemaakt, misschien zelfs timide, zo meende Idir. Geen begeerlijke eigenschap voor een leider. Hij had plannen voor Severus Domna – grote plannen – ver voorbij de draagwijdte van

445

wat het dan ook was dat El-Arian of Etana zou kunnen bedenken. Hij had onderhandeld, geargumenteerd en zelfs aan de ijdelheid en het ego van de leiders geappelleerd. Maar alles was vergeefs geweest. Daarmee bleef alleen de weg van het geweld open.

Tevreden met zijn laatste inspectie sloot hij het huis af en liep hij weg. Maar niet te ver. Het spektakel stond op het punt een aanvang te nemen, en hij had voor zichzelf een plaats op de eerste rij gereserveerd.

Het moment waarop Arkadin op zijn vermoedens had gereageerd – het moment waarop hij de pezen in Moira's knieholte had doorgesneden – was het moment geweest waarop de idylle van zijn verblijf in Sonora in scherven was gevallen. Plotseling had hij ingezien dat het een illusie was. Het trage tempo en de warme zon, de soepele dansers en de trieste ranchera's – het was allemaal niets voor hem. Zijn leven voerde in een andere richting. Hoe dan ook, vanaf dat moment had hij niet kunnen wachten om uit Mexico te vertrekken. Hij was op een lafhartige manier verraden. Sonora had hem de spiegel van zijn leven voorgehouden; het leven dat in zijn bloed zat, hoezeer hij het misschien ook achter zich wilde laten.

In Marokko was hij weer in zijn element; als een haai die zich een weg baande door diepe, gevaarlijke wateren. Maar haaien overleefden die duistere wateren al duizenden jaren. En hetzelfde gold voor Leonid Arkadin.

Bewapend en gevaarlijker dan ooit reed hij uit Marrakech weg met Soraya, een vrouw die hij verbijsterend complex vond. Totdat hij door Tracy was belazerd, had hij alleen vrouwen gekend die in elk denkbaar opzicht dominant waren geweest. Voor het gemak rekende hij zijn eigen moeder niet mee, die hem volledig in haar macht had gehad en hem had opgesloten in een kast waar de ratten drie van zijn tenen hadden afgeknaagd alvorens hij in opstand was gekomen, allereerst door in woede te ontsteken en de dieren de kop af te bijten en vervolgens door zijn moeder het leven te benemen. Hij verachtte

446

haar zo dat hij haar uit zijn bewustzijn en zijn herinnering had gebannen. De vluchtige indrukken die resteerden, waren scènes uit een goedkope korrelige film die hij op jeugdige leeftijd had gezien.

En toch was het zijn moeder geweest die hem had geleerd het andere geslacht door een bepaalde bril te bekijken. Zo flirtte hij onophoudelijk. Hij voelde alleen minachting voor vrouwen die voor zijn mannelijke charmes bezweken. Daar speelde hij mee totdat ze hem gingen vervelen om ze vervolgens als kapotte schoenen bij het oud vuil te zetten. In die zeldzame gevallen waarin hij weerstand ontmoette – Tracy, Devra, de dj die hij in Sebastopol had ontmoet en nu Soraya – reageerde hij anders, minder zelfverzekerd. In die gevallen ging hij langzaam maar zeker aan zichzelf twijfelen, wat tot levensgevaarlijke situaties kon leiden. Zo was hij niet in staat geweest om door Tracy's façade te kijken en was hij er niet in geslaagd Devra te beschermen. En hoe zat het met Soraya? Dat wist hij nog niet, maar hij moest voortdurend denken aan wat ze over zijn leven had gezegd, over dat hij worstelde om een mens te zijn, en geen beest. Vroeger zou hij iedereen die een dergelijke beschuldiging had gemaakt, hebben uitgelachen. Maar er was iets in hem veranderd. Hij wist niet of het een verandering ten goede was, maar hij was zich zelfbewust geworden, en zijn zelfbewustzijn verzekerde hem er nu van dat ze hem niet had beschuldigd, maar eenvoudig een feit had geconstateerd.

Dit alles ging door zijn hoofd terwijl hij met Soraya naar Tineghir reed. Het was in Marrakech vrij fris geweest, maar hier in de besneeuwde Hoge Atlas sneed door de bergkloven een ijzige wind die de wadi met bevroren lucht overspoelde.

'We zijn er bijna,' zei hij.

Soraya reageerde niet. Ze had de hele rit geen woord gezegd.

'Weet je niks meer te zeggen?'

Hij had het bewust op spottende toon gezegd, maar ze glimlachte alleen naar hem en keek vervolgens weer naar buiten. Deze plotselinge verandering in haar houding ergerde hem, maar hij wist niet wat hij eraan moest doen. Hij kon haar niet verleiden en hij kon haar niet intimideren. Wat was er dan nog over?

Toen zag hij vanuit een ooghoek de lange gestalte – te lang om een Berber te kunnen zijn – die gekleed ging in een zwart-met-bruin gestreepte thobe. De capuchon wierp een schaduw over zijn gezicht, maar tijdens het voorbijrijden zag hij dat de man geen misvormingen had. Toch liep hij met de tred van Oserov. Maar hoe zou dit Oserov kunnen zijn?

'Soraya, zie je die man in die zwart-met-bruin gestreepte thobe?'

Ze knikte.

Hij stopte de auto. 'Ga naar hem toe en maak een praatje. Verzin maar wat. Ik wil weten of hij een Rus is, en zo ja, of hij Oserov heet. Vjatsjeslav Germanovitsj Oserov.'

'En dan?'

'Ik blijf hier wachten en hou jullie in de gaten. Als het Oserov is, geef me dan een teken,' zei hij, 'dan maak ik hem af.'

Ze schonk hem een mysterieuze glimlach. 'Ik vroeg me al af wanneer hij weer tevoorschijn zou komen.'

'Wie?'

'Je woede.'

'Je weet niet wat Oserov heeft gedaan. Je weet niet waar hij toe in staat is.'

'Dat doet er ook niet toe.' Ze opende het portier en stapte uit. 'Ik heb gezien waar jij toe in staat bent.'

Soraya baande zich behoedzaam een weg door de overvolle straat in de richting van de man met de zwart-met-bruin gestreepte thobe. De sleutel voor haar, zo wist ze, was kalm blijven en haar verstand gebruiken. Arkadin was haar één keer te slim af geweest; ze zou zich niet opnieuw door hem in de luren laten leggen. Gedurende de rit naar Tineghir had ze een paar keer overwogen te ontsnappen, maar dat had ze om twee redenen niet gedaan. Ze was er allereerst niet werkelijk van overtuigd dat ze aan Arkadin kon ontsnappen. Maar de tweede en veel belangrijker reden was dat ze had gezworen Jason niet in de steek te laten. Hij had meerdere malen haar leven gered. Wat voor verraderlijke verhalen er binnen de CI ook de ronde deden, ze wist dat ze altijd op hem kon rekenen. Nu zijn leven gevaar liep, was ze niet van plan te vluchten en zich te verschuilen. Sterker nog, ze moest iets doen om Arkadins plan in de war te schoppen.

Ze liep op de man af en sprak hem aan in het Egyptisch-Arabisch. In eerste instantie negeerde hij haar. Het was mogelijk dat hij haar door de herrie op straat niet hoorde of dacht dat ze het tegen iemand anders had. Ze ging recht voor hem staan en sprak hem opnieuw aan. Hij hield zijn hoofd schuin omlaag en reageerde niet.

'Ik heb hulp nodig. Spreekt u Engels?' zei ze.

Toen hij zijn hoofd schudde, haalde ze haar schouders op. Ze keerde hem de rug toe en maakte aanstalten om weg te lopen. Maar plotseling draaide ze zich weer om, en ze zei in het Russisch: 'Zeg, ben jij niet Vjatsjeslav Germanovitsj?' Zijn hoofd kwam een stukje omhoog. 'Jij bent toch een collega van Leonid?'

'Ben jij een vriendin van Arkadin?' Zijn stem klonk onduidelijk, alsof hij iets in zijn keel had dat hij niet helemaal had doorgeslikt. 'Waar is hij?'

'Daar.' Ze wees naar de auto. 'Hij zit achter het stuur.'

Alles gebeurde tegelijk. Soraya deed een paar stappen naar achteren. Oserov maakte een halve draai en liet zich gedeeltelijk door zijn knieën zakken. Onder zijn thobe had hij een AK-47 verborgen. Zijn lichaam maakte één vloeiende beweging waarbij hij het aanvalsgeweer in de aanslag bracht, richtte en het vuur op de auto opende. Mensen begonnen te schreeuwen en renden alle kanten op. Oserov vuurde onafgebroken en begon in de richting van de auto te lopen die sidderde op zijn schokbrekers door het spervuur van kogels.

Toen hij zich naast de auto bevond, bleef hij staan. Hij probeerde het portier aan de bestuurderskant, maar dat was zo verwrongen dat het niet meegaf. Hij vloekte, draaide de AK-47 om en gebruikte de kolf om de restanten van het raam kapot te slaan. Hij keek naar binnen. Er was niemand.

Hij draaide zich om en richtte de AK-47 op Soraya. 'Waar is hij? Waar is Arkadin?'

Soraya zag Arkadin als een slang onder de auto vandaan glijden, opstaan en zijn arm rond Oserovs nek leggen. Arkadin trok hem met zoveel kracht naar achteren dat zijn voeten van de grond kwamen. Oserov probeerde de kolf van het geweer in Arkadins ribbenkast te rammen, maar Arkadin wist elke aanval te ontwijken. Oserov rukte zijn hoofd heen en weer om te voorkomen dat Arkadin hem in een wurggreep zou krijgen, maar daardoor begon zijn masker los te laten. Arkadin, die het zag, trok het weg en onthulde het gruwelijk vervormde, opgezwollen gelaat.

Soraya stak de inmiddels lege straat over en naderde de twee antagonisten met langzame, doelbewuste tred. Oserov liet de AK-47 vallen en trok een gemeen uitziende dolk. Soraya zag dat het wapen zich buiten Arkadins gezichtslijn bevond – hij was zich er niet van bewust dat Oserov van plan was het in zijn zij te stoten.

Arkadin, in een gevecht op leven en dood verwikkeld met zijn gehate vijand, ademde de stank in van een open riool. En plotseling besefte hij dat de lucht van Oserov kwam, alsof de mensen die hij vermoord had uit de grond omhoog waren gekropen en zich rond zijn lichaam hadden gestrengeld als diepgewortelde slingerplanten. Oserov leek van binnenuit weg te rotten. Arkadin verstevigde zijn greep, maar Oserov bleef zich verzetten in een poging zich uit de bankschroef te bevrijden. Nu ze elkaar eenmaal hadden gevonden, wilde geen van beiden de ander loslaten, alsof hun epische worsteling een strijd was van één persoon die twee personen was geworden. Twee mensen die streden om de overwinning; die elkaar te lijf gingen in de peilloze afgrond van redeloze razernij. Het conflict ging niet alleen om Oserovs misdaden, maar ook om Arkadins eigen onmenselijke verleden; een verleden dat hij onafgebroken uit zijn geest probeerde te verdrijven om het zo diep mogelijk te begraven.

Maar het bleef steeds opnieuw als een zombie verrijzen uit zijn graf.

Dat is jouw leven, had Soraya gezegd, *de strijd om mens te zijn, en geen beest.*

Mensen in zijn verleden hadden samengespannen om hem kapot te maken, hem tot een beest te reduceren. Zijn enige kans om iets meer van zichzelf te maken, had zich gemanifesteerd in de gedaante van Tracy Atherton. Tracy had hem veel dingen geleerd, maar uiteindelijk had ze hem verraden. Hij had haar dood gewenst, en nu was ze dood. Oserov, zijn vijand, belichaamde alles en iedereen die ooit tegen hem had samengespannen, en nu had hij hem eindelijk te pakken; nu was hij langzaam maar onverbiddelijk bezig het leven uit hem te persen.

Plotseling werd zijn aandacht getrokken door een beweging in zijn ooghoek. Soraya rende de laatste vijf meter die hen van elkaar scheidden. Ze gaf Oserov een vuistslag op zijn linkerpols die zijn hand verlamde. Arkadin zag de dolk pas toen hij voor Oserovs voeten op de grond viel.

Gedurende een bevroren moment keek hij Soraya recht in de ogen. Ze wisselden zwijgend een geheime boodschap uit die in een flits weer verdwenen was en waarover nooit meer zou worden gesproken. Dat was het moment waarop Arkadin de woede die zich gedurende al die jaren in hem had opgebouwd, niet langer kon bedwingen, en hij ramde de muis van zijn hand tegen de zijkant van Oserovs hoofd. Het hoofd schoot met een ruk naar rechts en raakte Arkadins gespierde arm. De wervelkolom knapte, en Oserov begon als een dolle marionet met zijn armen en benen te trekken. Zijn vingernagels klauwden naar Arkadins onderarm en gutsten kleine bloedstroompjes in zijn vlees. Hij bulkte als een buffel, en heel even slaagde hij erin zoveel kracht te verzamelen dat hij zich bijna los wist te worstelen.

Maar toen gaf Arkadin opnieuw een ruk aan het hoofd, harder ditmaal, en alle energie die nog in Oserov aanwezig was, vloeide uit hem weg. Oserov slaakte een zacht, ziekmakend gilletje. Hij probeerde iets te zeggen dat van cruciaal belang voor hem leek, maar het enige dat uit zijn mond kwam, waren zijn tong en een golf bloed.

En nog wilde Arkadin hem niet loslaten. Hij bleef de zijkant van Oserovs hoofd bewerken, alsof de nek niet al meervoudige fracturen had opgelopen.

'Arkadin,' zei Soraya zacht, 'hij is dood.'

Hij staarde haar aan met het vuur van de krankzinnigheid. Haar handen raakten zijn arm aan en probeerden Oserov los te trekken, maar hij voelde niets. Het was alsof de uiteinden van zijn zenuwen gevangen waren in de laatste momenten van zijn strijd; alsof zijn wil om Oserov te vernietigen nooit zou verdwijnen en hem niet zou toestaan los te laten. En hij dacht: *Als ik hem vast blijf houden, kan ik hem steeds opnieuw blijven vermoorden.*

Maar geleidelijk aan begon de orkaan van emotie weg te ebben. Hij voelde Soraya's handen op zijn schouders. Vervolgens hoorde hij haar stem die steeds weer zei: 'Hij is dood,' en uiteindelijk ontspande hij zijn arm. Het lichaam zakte in elkaar als een hoop oud vuil.

Hij keek naar Oserovs mismaakte gezicht en voelde noch triomf, noch voldoening. Hij voelde helemaal niets. Hij was leeg. Er was niets meer in hem, alleen de peilloze afgrond die steeds dieper en donkerder werd.

Hij toetste een code in op zijn mobiele telefoon en liep naar de achterkant van de auto. Vervolgens opende hij de kofferbak en haalde het koffertje met de laptop tevoorschijn.

Soraya keek om zich heen en zag een aantal mannen in Berbergewaad. Ze hadden toegekeken vanuit de schaduwen. Nu Oserov in elkaar was gezakt, kwamen ze op de auto af.

'Daar heb je Severus Domna,' zei Soraya. 'Die zijn hier voor ons.'

Op dat moment kwam naast hen een auto met gierende banden tot stilstand. Arkadin opende de achterdeur.

'Instappen,' beval hij, en ze gehoorzaamde.

Arkadin glipte naast haar naar binnen en de auto vertrok op hoge snelheid. Er waren drie mannen, stuk voor stuk zwaarbewapend. Arkadin sprak tegen hen in een Russisch dialect, en Soraya herinnerde zich een gesprek in Puerto Peñasco.

Wat wil je nu nog van me? Had ze Arkadin gevraagd.

En vervolgens had hij geantwoord: *Hetzelfde als wat jij van mij wilt. Vernietiging.*

Toen hoorde ze de woorden *verschroeide aarde*, en ze besefte dat hij naar Tineghir was gekomen om oorlog te voeren.

30

Bourne arriveerde in Tineghir bewapend met de kennis die Tanirt hem had gegeven. Het was onvermijdelijk dat zijn blik getrokken werd door de menigte rond de met kogels doorzeefde
auto. De dode man was onherkenbaar, maar door het zwaar
mismaakte gezicht wist hij dat het Oserov moest zijn.

Bij de plaats des onheils liep geen politie rond. Sterker nog,
nergens in de omtrek was zelfs maar één agent te bekennen.
Wel krioelde het van Severus Domnasoldaten, die in deze streek
waarschijnlijk voor hetzelfde doorgingen. Niemand had de
moeite genomen iets met het lichaam te doen. Vliegen zoemden
rond in steeds groter wordende zwermen, en de stank van de
dood begon om zich heen te grijpen als een zich via de lucht
verspreidende ziekte.

Bourne reed voorbij de plaats van handeling, stapte een paar
blokken verder uit zijn auto en zette te voet zijn reis voort. De
woorden van Tanirt hadden hem doen besluiten zijn plan aan
te passen – en niet ten goede, vond hij. Maar hij had geen keus.
Dat had ze hem heel duidelijk gemaakt.

Hij keek omhoog. De hemel was bleek en verstoken van kleur,
zoals vaak het geval is rond een uur of vijf in de ochtend. Het
was alleen halverwege de middag. In plaats van naar het opgegeven adres te gaan, het Severus Domnahuis, zocht hij naar een
café of restaurant, en toen hij iets had gevonden, liep hij naar
binnen. Hij ging zitten aan een tafeltje met uitzicht op de voordeur en bestelde een bord couscous en een *whisky berbere*, wat

muntthee was. Hij wachtte met zijn ene been over het andere en maakte zijn geest leeg. Hij dacht alleen aan Soraya en aan niets anders. Er werd een klein glas voor hem op tafel gezet. De geurige thee werd ingeschonken vanuit de hoogte, zonder een druppel te morsen. Op dat moment zag hij de Rus naar binnen kijken, die langzaam voorbijliep. Het was niet Arkadin, maar het *was* een Rus. Bourne zag het aan zijn gezicht en aan de manier waarop hij zijn ogen gebruikte; die hadden niets Berbers, noch islamitisch. Hij kon er veel dingen uit opmaken, geen van alle hoopgevend.

De couscous werd geserveerd, maar hij had geen trek. Soraya was de eerste die het café binnenkwam, maar Arkadin was niet ver achter haar. Hij had verwacht dat Soraya er angstig uit zou zien, maar dat was niet het geval, en Bourne vroeg zich af of hij haar had onderschat. Als dat zo was, dan was dat het eerste positieve teken die dag.

Soraya baande zich een weg tussen de tafeltjes door en ging zitten zonder een woord te zeggen. Arkadin bleef even in de deuropening staan om de situatie in zich op te nemen. Bourne begon met zijn rechterhand zijn couscous te eten, wat de gewoonte was. Zijn linkerhand lag in zijn schoot.

'Hoe gaat het?' vroeg hij.

'Klote.'

Hij schonk haar een dun glimlachje. 'Hoeveel mannen heeft hij bij zich?'

Ze leek verrast. 'Drie.'

Arkadin kwam op hem af. Toen hij vlakbij was, pakte hij een stoel van een aangrenzend tafeltje en ging zitten.

'Hoe is de couscous?'

'Niet slecht,' zei Bourne. Hij schoof het bord over de tafel.

Arkadin gebruikte de vingertoppen van zijn rechterhand om de couscous te proeven. Hij knikte, likte de olie van zijn vingers en veegde ze af aan het tafelblad.

Arkadin boog zich naar voren. 'We hebben elkaar een tijd achternagezeten.'

Bourne trok het bord weer naar zich toe. 'En daar zitten we dan.'

'Als drie vlooien in een Marokkaans tapijt.'

Bourne pakte zijn vork op. 'Het lijkt me een slecht idee om te gaan schieten met het pistool dat je onder tafel op me gericht hebt.'

Onder Arkadins rechteroog was een lichte trilling zichtbaar. 'Dat bepaal jij niet.'

'Dat is nog maar de vraag. Ik heb een Beretta 8000 met .357 hollepuntkogels op je ballen gericht.'

De dreigende blik op Arkadins gezicht werd uitgewist door zijn schrille lach. Het geluid kwam op Bourne over alsof hij nooit echt had geleerd hoe hij moest lachen. 'Vlooien in een tapijt, zeg dat wel,' zei Arkadin.

'Trouwens,' zei Bourne, 'als ik dood ben, kom je nooit levend dat huis uit.'

'Dat zie ik toch anders.'

Bourne begroef de tanden van zijn vork in een hoopje couscous. 'Luister, Leonid, er zijn hier andere krachten aan het werk, krachten die jij en ik niet aankunnen.'

'Ik kan alles aan. En ik heb bondgenoten meegenomen.'

'De vijand van mijn vijand is mijn vriend,' zei Bourne, een Arabisch spreekwoord citerend.

Arkadins ogen versmalden zich. 'Wat wil je daarmee zeggen?'

'Wij zijn de enige twee afgestudeerden van Treadstone. We zijn getraind voor dit soort situaties. Maar we zijn niet precies hetzelfde. Misschien eerder spiegelbeelden.'

'Kom ter zake, man! Je hebt tien seconden.'

'Samen kunnen we Severus Domna verslaan.'

Arkadin snoof. 'Je bent niet goed wijs.'

'Denk eens even na. Severus Domna heeft ons hiernaartoe gehaald. Ze hebben het huis voor ons geprepareerd en ze geloven dat een van ons de ander zal vermoorden als we samenkomen.'

'En wat dan nog?'

'Dan verloopt alles netjes volgens plan.' Bourne zweeg even. 'Onze enige kans is het onverwachte te doen.'

'De vijand van mijn vijand is mijn vriend.'

Bourne knikte.

'Totdat hij dat niet meer is.'

Arkadin legde de Magpul die hij in zijn hand had gehouden op tafel en Bourne haalde de Beretta tevoorschijn die Tanirt hem had gegeven.

'We zijn een team,' zei Bourne. 'Met zijn drieën.'

Arkadin wierp een blik op Soraya. 'Laat maar horen dan.'

'Om te beginnen,' zei Bourne, 'is er een man die Idir Syphax heet.'

Het huis was het middelste van het blok en de zijmuren stonden tegen die van zijn buren. De nacht was gevallen, snel en volledig; als een capuchon die over een hoofd was getrokken. Alle bergen rond het dal waren pikzwart. Een bittere wind sneed door de stad en joeg sneeuwkristallen of zandkorrels door de straten en de steegjes. Het licht van de sterren was hallucinerend.

Idir Syphax zat gehurkt op een dak tegenover de achterkant van het huis. Hij werd geflankeerd door twee scherpschutters van Severus Domna die hun Sako TRG-22-geweren in de aanslag hadden. Idir keek naar het huis alsof hij wachtte op zijn dochter die al lang thuis had moeten zijn; alsof hij voelde hoe het gevaar van onbekende plaatsen zijn vleugels spreidde; alsof het huis zelf zijn kind was. En in zekere zin was dat ook zo. Hij had het huis ontworpen met behulp van advies van Tanirt. *Ik wil een fort bouwen*, had hij tegen haar gezegd. En zij had geantwoord: *De beste manier om dat te doen is volgens het ontwerp van de Grote Tempel van Baäl. Dat was het grootste fort dat de mensheid ooit heeft gekend.* Nadat hij haar tekeningen nauwkeurig had bestudeerd, had hij ingestemd, en hij had persoonlijk geholpen bij de bouw. Elke plank, elke spijker, elke stalen balk en elk stuk beton droeg de tatoeage van zijn zweet. Het huis was niet bedacht voor mensen, maar voor een ding, een idee, misschien zelfs een ideaal; hoe dan ook, iets ongrijpbaars. In die zin was het een heilige plek, even heilig als een moskee. Het was het begin van alle dingen en het einde. De alfa en de omega; een kosmos in zichzelf.

Idir begreep dit, maar anderen binnen Severus Domna niet. Voor Benjamin El-Arian was het huis een venusvliegenvanger. Voor Marlon Etana was het een middel tot een doel. Hoe dan ook, voor hen beiden was het huis een dood ding, op zijn hoogst een lastdier. Het was voor hen niet heilig en geen poort naar het goddelijke. Ze begrepen niet dat Tanirt de locatie had gekozen met behulp van de oude incantatie waarover ze beschikte en waarop hij zijn zinnen had gezet. Hij had haar ooit gevraagd in welke taal ze zong. Volgens haar was het Oegaritisch, de taal van de alchemisten aan het hof van koning Salomo in wat tegenwoordig Syrië is. Daarom had ze het standbeeld exact in het hart van het huis geplaatst; de ruimte die de heiligheid ervan uitstraalde. Hij had het moeten laten smokkelen omdat de sharia standbeelden van dit type ten strengste verbood. En natuurlijk was noch Benjamin El-Arian, noch Marlon Etana van het bestaan ervan op de hoogte. Ze zouden hem als ketter levend hebben verbrand. Maar als Tanirt hem iets had geleerd, dan was het wel dat er oude krachten bestonden – misschien was *mysteries* een betere term – die aan religie waren voorafgegaan; alle religies, zelfs het judaïsme, die stuk voor stuk uitvindingen waren van mensen die in het reine trachtten te komen met hun angst voor de dood. De oorsprong van de mysteries, zo had Tanirt hem verteld, was goddelijk en had volgens haar niets te maken met het menselijk concept van God. *Heeft Baäl bestaan?* had ze hem retorisch gevraagd. *Ik betwijfel het. Maar er was beslist iets.*

Afgezien van de wind was de nacht stil. Hij wist dat ze zouden komen, maar hij wist niet van welke kant. Alle pogingen om hen te volgen, hadden gefaald – en niet geheel onverwacht, zo had hij tegen zichzelf gezegd. Aan de andere kant was er wel het een en ander gebeurd. De drie mannen van Arkadin waren geneutraliseerd ten koste van vier van zijn eigen mannen. De Russen hadden zich heftig verzet. Niet dat het er iets toe deed; Arkadin zou er niet in slagen binnen te komen, wat hij ook probeerde. Elk huis had zwakke punten die als ingang konden dienen – zoals de riolering of een afvoerkanaal of de plaats waar de elektrische leidingen naar binnen kwamen. Omdat dit huis niet voor mensen was ontworpen, was er geen riolering. En omdat er geen verwarming of airconditioning was en er geen ijskasten of ovens waren die energie gebruikten, waren alle elektrische systemen aangesloten op een reusachtige generator die zich in een afgeschermde ruimte bevond. Er was letterlijk geen enkele manier om het huis binnen te komen zonder dat de verschillende alarmsystemen in werking werden gesteld, die op hun beurt weer andere veiligheidsmaatregelen activeerden.

Zijn zoon, Badis, had ook mee willen komen, maar Idir had daar natuurlijk niets van willen weten. Badis vroeg nog steeds naar Tanirt, hoewel hij inmiddels elf was en oud genoeg om beter te weten. Badis herinnerde zich alleen de momenten waarop Tanirt van zijn vader had gehouden, of in elk geval had gezegd dat ze van hem hield. Tegenwoordig riep ze in Idir een peilloze angst op die zijn dromen binnendrong en zijn slaap versplinterde met onbeschrijflijke nachtmerries.

Het was allemaal misgegaan toen hij haar ten huwelijk had gevraagd en ze had geweigerd.

Is het omdat je niet gelooft dat ik van je hou? had hij gevraagd.

Ik weet dat je van me houdt.

Is het vanwege mijn zoon? Je denkt dat ik je niet gelukkig kan maken omdat ik meer van Badis houd dan van wie ook.

Hij is jouw zoon niet.

Van wie is hij dan?

Als je dat nog moet vragen, had ze gezegd, *zul je het nooit begrijpen.*

Toen had hij zijn fatale fout gemaakt. Hij had haar verward met andere vrouwen. Hij had geprobeerd haar te dwingen, maar hoe meer hij had gedreigd, hoe krachtiger ze had geleken, totdat haar energie uiteindelijk zijn volledige woonkamer had gevuld en ze hem had verstikt met haar aanwezigheid. Happend naar lucht was hij weggevlucht uit zijn eigen huis.

De geluiden van de Sako's die ontgrendeld werden, brachten

hem weer terug in de werkelijkheid. Hij tuurde in het duister. Bewoog daar een schaduw over het dak van het huis? Zijn scherpschutters dachten van wel. In het ijle maanlicht was een waas van beweging te zien en vervolgens opnieuw niets. Doodse stilte. En toen, vanuit een ooghoek, zag hij de schaduw opnieuw bewegen. Zijn hart maakte een sprongetje en het bevel om te vuren lag al op zijn lippen – toen hij achter zich zijn naam hoorde.

Hij draaide zich bliksemsnel om en zag Leonid Arkadin wijdbeens voor hem staan met een vreemd uitziend, doosachtig wapen in zijn hand.

'Verrassing,' zei Arkadin, en vervolgens vuurde hij met de Magpul twee korte salvo's af die de hoofden van de scherpschutters van hun romp bliezen. Ze zakten als marionetten in elkaar.

'Ik ben niet bang van je,' zei Idir. Zijn gezicht en zijn gewaad zaten onder het bloed en onder de hersenen van zijn mannen. 'Ik ben niet bang voor de dood.'

'Niet voor je eigen dood, misschien.'

Arkadin gebaarde met zijn hoofd, en de vrouw, Soraya Moore, kwam tevoorschijn uit de schaduwen. Idirs adem stokte. Ze duwde Badis voor zich uit.

'Papa!' Badis wilde naar zijn vader rennen, maar Soraya greep hem vast en trok hem terug. 'Papa! Pápa!'

Er verscheen een wanhopige blik op Idirs donkere gezicht.

'Idir,' beval Arkadin, 'gooi je mannen van het dak.'

Idir keek hem even stomverbaasd aan. 'Hoezo?'

'Zodat je andere mannen weten wat hierboven is gebeurd en ze kunnen zien wat hun te wachten staat.'

Idir schudde zijn hoofd.

Arkadin stapte op Badis af en stak de korte loop van de Magpul in de mond van de jongen. 'Als ik de trekker overhaal, herkent zelfs zijn eigen moeder hem niet meer.'

Idir werd bleek om zijn neus en schonk hem een dreigende blik. Hij boog zich voorover om een van de scherpschutters op te pakken, maar er was zoveel bloed dat het lichaam uit zijn handen glipte.

Badis keek er met grote ogen naar en huiverde.

Bij zijn volgende poging slaagde Idir erin het lichaam op te pakken, en hij legde het op de balustrade. Even nadat hij het over de rand had geduwd, hoorden ze hoe het te pletter viel. Badis huiverde. Idir gooide haastig het tweede lichaam van het dak. Het doffe, bijna modderige geluid deed Badis een sprongetje maken.

Arkadin gebaarde. Soraya sleepte de tegenstribbelende jongen naar de rand van het dak en duwde zijn hoofd over de balustrade.

Idir wilde naar zijn zoon rennen, maar Arkadin zwaaide met de Magpul en schudde zijn hoofd.

'Je ziet het, de dood kent veel kanten,' zei Arkadin. 'Uiteindelijk wordt iedereen bang.'

En zo werden de messen ten slotte in hun geheel uit de schede gehaald. Bourne kwam van het dak af toen hij de twee salvo's hoorde. Zodra hij Arkadin zag naderen, die Idir Syphax voor zich uit duwde, liep hij hun tegemoet. Bourne en Arkadin keken elkaar even aan alsof ze vijandelijke agenten waren die op het punt stonden in een stukje niemandsland een gevangenenruil tot stand te brengen.

'Waar is Soraya?' zei Bourne.

'Op het dak met de jongen,' zei Arkadin.

'En je hebt hem niks gedaan?'

Arkadin keek even naar Idir en schonk Bourne vervolgens een vuile blik. 'Als ik geen andere keus had gehad, had ik er niet moeilijk over gedaan.'

'Dat was niet onze afspraak.'

'Onze afspraak,' zei Arkadin zonder omhaal, 'was dat we deze klus zouden klaren.'

Idir schuifelde onrustig heen en weer in de gespannen stilte. Zijn ogen schoten van Bourne naar Arkadin en weer terug. 'Jullie moeten betere afspraken maken.'

Arkadin sloeg hem in het gezicht. 'Kop dicht.'

Bourne overhandigde Arkadin het koffertje met de laptop.

Hij nam Idir van hem over en zei: 'Jij loodst ons naar binnen. Je gaat als eerste door elke barrière, elektronisch of wat dan ook.' Hij haalde zijn mobiele telefoon tevoorschijn. 'Ik sta voortdurend in contact met Soraya. Als er ook maar iets misgaat...' Hij maakte een zwaaiende beweging met de telefoon.

'Ik begrijp het.' Idirs stem klonk dof, maar in zijn ogen brandde het vuur van de haat en de woede.

Hij liep om het huis en ontsloot de voordeur met twee sleutels. Zodra hij binnen was, gaf hij een code in op een toetsenpaneel in de muur links van de deur.

Stilte.

Er blafte een hond. Het klonk onnatuurlijk luid in de nacht, en in die gespannen atmosfeer leek het maanlicht op het huis te vallen met het geluid van natte sneeuw.

Idir hoestte en deed het licht aan. 'Eerst komen de bewegingsdetectors en daarna de infrarooddetectors.' Hij voelde in zijn zak en haalde een kleine afstandsbediening tevoorschijn. 'Ik kan ze allebei vanaf hier uitschakelen.'

'Zonder de generator gaat alles down,' zei Bourne. 'Breng ons ernaartoe.'

Maar toen Idir zich in beweging zette, zei Bourne: 'Niet die kant op.'

Er verscheen een blik van ontzetting op Idirs gezicht. 'Je hebt met Tanirt gesproken.' Hij ademde haar naam en huiverde.

'Als jij de weg weet,' zei Arkadin geërgerd, 'waarom hebben we hém dan verdomme nodig?'

'Hij weet hoe de generator moet worden uitgeschakeld zonder dat het gebouw wordt opgeblazen.'

Dat ontnuchterende nieuws zorgde ervoor dat Arkadin even zijn mond hield. Idir ging de andere kant op en nam hen mee langs de vertrekken aan de buitenzijde. Ze kwamen bij de eerste bewegingsdetector. Het rode oog was uitdrukkingsloos en donker.

Ze liepen erlangs, Idir als eerste. Even later bereikten ze een deur en Idir deed hem van het slot. Ze betraden een gang die voortdurend van richting leek te veranderen en Bourne deed denken aan de piramiden van Gizeh. Verderop doemde weer een deur op. Ook deze werd door Idir geopend. Een volgende gang, korter ditmaal en kaarsrecht. Hier passeerden ze geen deuren. De muren waren kaal en in een neutrale vleeskleur gestukadoord. De gang eindigde bij een derde deur, die van staal was. Idir opende hem. Even verderop zagen ze de contouren van een wenteltrap die afdaalde in het duister.

'Doe het licht aan,' beval Arkadin.

'Er is daarbeneden geen elektriciteit,' zei Idir. 'Alleen fakkels.'

Arkadin deed een uitval, maar Bourne hield hem tegen.

'Hou die vent in godsnaam uit mijn buurt,' zei Idir. 'Hij is gestoord.'

Ze liepen de trap af, de duisternis in. Beneden stak Idir een rieten fakkel aan die hij aan Bourne gaf. Vervolgens reikte hij in een nis in de muur waarin een smeedijzeren mand was geplaatst met daarin een hele verzameling fakkels. Hij stak er nog een aan.

'Waar zijn de alarmsystemen?' vroeg Bourne.

'Daarvoor lopen er hier te veel dieren rond,' zei Idir.

Arkadin keek om zich heen naar de kale betonnen vloer die naar stof en gedroogde uitwerpselen rook. 'Wat voor dieren?'

Idir liep door. In het flakkerende schijnsel van de fakkels leek de benedenverdieping immens. Alleen de vlammen waren te zien, die knisperden in het donker. De rook verdichtte de zuurstofarme atmosfeer. Plotseling bevonden ze zich in een smalle doorgang. Na ongeveer veertig passen begon een bocht die naar rechts boog. Ook hier waren geen deuren in de kale muren. De gang bleef afbuigen. Bourne had het gevoel dat ze zich in een spiraal van steeds kleiner wordende concentrische cirkels bewogen, en hij vermoedde dat ze het hart van het gebouw naderden. Er leek een onzichtbaar gewicht op hen te drukken dat het ademhalen bemoeilijkte, alsof ze zich plotseling beneden een diep onderaards meer bevonden.

Plotseling kwam er een einde aan de gang en betraden ze een ruimte zonder toegangsdeur die ruwweg de vorm van een pentagram had, al was het maar omdat er vijf wanden waren. De ruimte was vervuld van een diep pulserend geluid dat leek op het kloppen van een reusachtig hart. De vibraties brachten de zware lucht in trilling.

'Daar staat hij.' Idir knikte naar iets in het midden van de ruimte dat op een ruwe stenen sokkel leek. Op de sokkel stond een zwart basalten standbeeld van de antieke god Baäl.

Arkadin draaide zich om naar Idir. 'Wat is dit voor shit?'

Idir deed een stap in de richting van Bourne. 'De generator is onder het standbeeld.'

Arkadin zei op spottende toon: 'Al dat idiote abracadabra...'

'De missende instructies zijn verborgen in het standbeeld.'

'Ah, dat gaat er meer op lijken.' Terwijl Arkadin behoedzaam naar het standbeeld liep, kwam Idir dichter bij Bourne staan.

'Jullie hebben overduidelijk de pest aan elkaar,' fluisterde hij. 'Als hij het standbeeld verplaatst, wordt een lading C-4 aan de zijkant van de generator geactiveerd met een vertraging van drie minuten. Zelfs ik kan het niet tegenhouden, maar ik kan jou wel op tijd buiten krijgen. Maak in godsnaam die smeerlap af zodat hij mijn zoon niks doet.'

Arkadin reikte naar het standbeeld. Bourne voelde hoe Idir zijn adem inhield; hij was klaar om weg te rennen. Bourne zag het moment heel helder. Dit was het punt in de tijd dat Suparwita en Tanirt op een of andere manier hadden voorzien. Dit was het moment waarop hij Tracy's dood kon wreken. Het moment waarop zijn twee oorlogvoerende persoonlijkheden hem eindelijk van binnenuit zouden verscheuren. Het moment van zijn eigen dood. Maar geloofde hij hen wel? Lag niet ergens in zijn leven een heel duidelijke scheidslijn? Was alles werkelijk doortrokken van het onbekende leven dat hij zich niet kon herinneren? Hij kon de gevaren de rug toekeren of hij kon ze overwinnen. De keuze die hij nu zou maken, zou hem bijblijven en zou hem voor altijd veranderen. Zou hij Arkadin verraden, of Idir? En toen besefte hij dat hij geen keus had. Hij zag zijn pad duidelijk voor zich, alsof het verlicht werd door het schijnsel van de volle maan.

Idirs smeekbede was slim, maar niet relevant.

'Leonid, stop!' riep Bourne uit. 'Als je het standbeeld beweegt, veroorzaak je een explosie.'

Arkadins uitgestrekte arm verstijfde. Zijn vingers bevonden zich nog maar een paar centimeter van het basalt. Hij draaide met een ruk zijn hoofd om. 'Heeft die smeerlap dat achter mijn rug om gezegd?'

'Waarom heb je dat gedaan?' Idirs stem klonk wanhopig.

'Omdat je me niet hebt verteld hoe de generator moet worden uitgeschakeld.'

Arkadins blik verplaatste zich naar Bourne. 'En waarom is dat verdomme zo belangrijk?'

'Omdat,' zei Bourne, 'de generator een aantal veiligheidsmaatregelen aanstuurt die ervoor zorgen dat we hier nooit meer weg kunnen.'

Arkadin beende naar Idir en sloeg de loop van zijn Magpul in het gezicht van de Berber. Idir spuwde een tand uit die vergezeld ging van een dikke guts bloed.

'Ik heb het helemaal gehad met jou,' zei hij. 'Ik ga jou stukje bij beetje kapotmaken. Je vertelt ons wat we willen weten, of je dat nu wilt of niet. Je bent niet bang om dood te gaan, maar je hebt me inmiddels laten zien wat je grootste angst is. Zodra ik hier uit ben, gooi ik Badis hoogstpersoonlijk van dat dak.'

'Nee! Alsjeblieft!' schreeuwde Idir, die naar de zijkant van het generatorhuis rende. 'Hier,' prevelde hij nu zachtjes. 'Kijk.' Hij drukte op een steen onder aan de sokkel en de steen gleed opzij. Toen hij vervolgens een schakelaar omzette, stierf het pulserende geluid van de generator weg. 'Zie je wel? Hij is uit.' Hij stond op. 'Ik heb gedaan wat jullie hebben gevraagd. Mijn leven is niets waard, maar ik smeek jullie, spaar het leven van mijn zoon.'

Arkadin plaatste met een grijns het koffertje op de sokkel, opende het en haalde de laptop eruit. 'Oké,' zei hij terwijl hij de computer opstartte, 'en nu de ring.'

Idir schuifelde langzaam in de richting van de sokkel. Hij boog zich naar voren en slaagde er nog net in met een vingernagel de bovenkant van de computer aan te raken. Arkadin gaf hem een harde klap in zijn gezicht waardoor hij naar achteren wankelde.

Terwijl Bourne de ring tevoorschijn haalde, zei Idir: 'Daar heb je niks aan.'

'Hou toch je kop, man,' beet Arkadin.

'Laat eens horen wat hij te zeggen heeft,' zei Bourne. 'Wat bedoel je, Idir?'

'Dat is niet de goede laptop.'

'Hij liegt,' zei Arkadin. 'Kijk maar...' hij nam de ring uit Bournes hand en duwde hem in de computer -- 'hij heeft een speciale sleuf voor de ring.'

Idir lachte hard. Het geluid had een hysterisch, bijna krankzinnig randje.

Arkadin drukte de ring meerdere malen in de sleuf, maar het verborgen bestand op de gepartitioneerde harde schijf werd niet geopend.

'Stelletje idioten!' Idir kon zich niet inhouden. 'Jullie zijn belazerd. Ik zei toch dat het de verkeerde laptop was.'

Arkadin schreeuwde iets onverstaanbaars en draaide zich om.

'Leonid, nee!'

Bourne nam een sprong en wierp zich boven op hem. Hij kon niet meer voorkomen dat Arkadin vuurde. Maar omdat hij met al zijn kracht tegen de rechterschouder van de Rus beukte, miste het salvo grotendeels zijn doel, hoewel twee kogels Idir in de borst en de schouder raakten.

Beide fakkels lagen op de grond, maar brandden vrolijk knisperend verder. Ze waren inmiddels voor meer dan de helft opgebruikt. Bourne en Arkadin bestookten elkaar met handen, voeten en knieën. Arkadin hamerde erop los met de Magpul in zijn rechterhand en Bourne was gedwongen zijn armen voor zijn gezicht te houden om de slagen af te weren. Op zijn polsen verschenen eerst diepe kneuzingen en al snel rauwe wonden. Hij trapte een knie omhoog in Arkadins maag, maar dat leek nauwelijks effect te sorteren. Bij de volgende slag greep

Bourne de loop vast, maar die werd onmiddellijk losgerukt en veroorzaakte daarbij een diepe snee in zijn handpalm. Arkadin richtte het wapen op Bourne. Die ramde vervolgens de muis van zijn gewonde hand tegen de neus van zijn tegenstander. Er spatte bloed in het rond toen Arkadins hoofd naar achteren schoot en tegen de grond klapte. De Rus vuurde een kort salvo af. Het geluid was oorverdovend in de vijfhoekige ruimte. Bourne haalde opnieuw uit en sloeg Arkadins hoofd naar rechts, waar een waas van beweging zijn aandacht trok.

Een grote rat, geschrokken van het lawaai, sprong blindelings op Arkadins gezicht. Arkadin sloeg ernaar en miste. Hij rolde opzij, greep een van de fakkels beet en begon wild om zich heen te meppen. Ondertussen rende de rat weg om via Idirs in elkaar gezakte lichaam een goed heenkomen te zoeken. Maar de vlammen grepen zijn staart, en de rat gilde, net als Idir, wiens gewaad nu in brand stond en een scherpe stank begon te verspreiden. Hij sloeg met zijn goede arm wild om zich heen naar de vlammen, maar toen struikelde hij en viel tegen de sokkel. Daarbij raakte zijn hoofd het standbeeld van Baäl, dat van het generatorhuis stortte en aan stukken viel op de vloer.

Bourne kwam overeind en haastte zich naar Idir, maar de gulzige vlammen hadden hem al in hun greep waardoor het onmogelijk was om dichterbij te komen. Hij rook de misselijkmakende stank van geroosterd mensenvlees en zag de heldere vlammen. En vervolgens hoorde hij een onheilspellend tikken dat de laatste drie minuten van hun leven aftelde.

Arkadin draaide zich half om en vuurde, maar Bourne bevond zich inmiddels achter Idir, en het salvo miste. De brandende fakkels waren bijna aan hun einde. Bourne pakte er een op en rende weg in de richting van de gang. Eenmaal onder dekking van de muur trok hij de Beretta. Hij stond op het punt te vuren toen hij Arkadin op handen en voeten tussen het puin van het kapotte standbeeld zag kruipen. De Rus haalde een geheugenkaart tevoorschijn, veegde hem schoon en stak hem in de sleuf van de laptop.

'Leonid, hou op,' riep Bourne. 'Die laptop is nep.'

Toen er geen reactie kwam, riep Bourne opnieuw de naam van Arkadin, ditmaal luider. 'We hebben nog twee minuten om hier weg te komen.'

'Dat wilde Idir ons tenminste laten geloven.' Arkadin klonk afwezig. 'Waarom zou hij ons de waarheid vertellen?'

'Omdat hij doodsbang was dat zijn zoon iets zou overkomen.'

'In het land van de blinden,' pareerde Arkadin, 'voelt niemand zich geroepen de waarheid te vertellen.'

'Leonid, schiet op! Laat zitten! Dit is zonde van de tijd.'

Er kwam opnieuw geen reactie, en zodra Bourne zijn gezicht in de pentagramkamer liet zien, vuurde Arkadin op hem. Terwijl zijn fakkel begon te vonken en te sputteren, sprintte Bourne de gang in waardoor ze waren gekomen. Halverwege hield het ding het voor gezien. Hij smeet de fakkel opzij en bleef rennen terwijl zijn eidetische geheugen hem feilloos bij de wenteltrap bracht.

Nu was het een kwestie van tijd. Hij schatte dat hij minder dan twee minuten had om het huis uit te komen voordat de c-4 zou exploderen. Boven aan de wenteltrap zag hij dat er geen licht was. De deur was dicht.

Hij rende de trap af, pakte een nieuwe fakkel, stak hem aan en sprintte weer omhoog. *Twintig seconden verspild. Nog anderhalve minuut te gaan.* Hij haastte zich naar de deur en lichtte bij met de fakkel. Er zat geen klink aan deze kant. Zelfs geen slot dat het gladde oppervlak ontsierde. Maar er moest een uitweg zijn. Hij voelde met zijn vingertoppen langs de rand waar de deur in de sponning viel. Niets. Hij liet zich op zijn knieën vallen, probeerde de dorpel en vond een vierkantje dat meegaf toen hij erop drukte. Hij sprong naar achteren en de deur ging open. Nog ruim een minuut om een uitweg te vinden uit de doolhof van concentrische cirkels en buiten te komen.

Hij haastte zich door de twee geopende deuren en bevond zich in wat volgens hem de laatste gang moest zijn. *Nog dertig seconden.* En toen zag hij de voordeur. Hij greep de klink vast en draaide eraan. Maar de deur gaf niet mee. Hij begon erop te slaan. Zinloos. Zachtjes vloekend draaide hij zich om. Hij wierp een blik in de raamloze, deurloze gang. *Alles in het huis is een illusie*, had Tanirt hem verteld. *Dat is het belangrijkste advies dat ik je kan geven.*

Twintig seconden.

Terwijl hij vlak langs de buitenmuur liep, voelde hij lucht langs zijn hoofd gaan. Er waren geen ventilatiegaten – waar kwam dit dan vandaan? Hij liet zijn hand over de muur glijden die, zo vermoedde hij, de buitenmuur moest zijn van het huis. Hij tikte er met zijn knokkels tegen en luisterde naar afwijkende geluiden. *Massief. Massief.* Hij liep verder terug, de gang in.

Vijftien seconden.

Plotseling veranderde het geluid. *Hol.* Hij deed een stap achteruit en trapte met de hak van zijn schoen de muur in – finaal erdoorheen. Nog een keer. *Tien seconden.* Geen tijd meer. Hij duwde de fakkel in het grillige gat en stak de muur in brand. De vlammen vraten zowel de verf op als het hout erachter. Hij liet de fakkel vallen, nam een aanloop en sprong met zijn armen voor zijn hoofd door het gat.

Glas versplinterde in buitenwaartse richting, en het volgende moment rolde hij over straat. Hij kwam onmiddellijk overeind en begon te rennen. Achter hem leek de nacht vlam te vatten. Het huis zwol op als een ballon waarna de schokgolf van de explosie hem van de grond rukte en hem tegen de muur kwakte van het gebouw aan de overkant van de straat.

Eerst hoorde hij niets door de klap. Hij krabbelde overeind, leunde onvast tegen de muur en schudde zijn hoofd. Hij hoorde schreeuwen. Iemand schreeuwde zijn naam. Hij herkende de stem van Soraya en zag haar vervolgens zijn kant op rennen. Badis was nergens te zien.

'Jason! Jáson!' Even later stond ze voor hem. 'Is alles oké?'

Hij knikte, maar toen ze hem even had bekeken, trok ze haar jas uit. Ze scheurde een mouw van haar shirt en verbond er zijn bloedende handen mee.

'Waar is Badis?'

'Die heb ik laten gaan toen het huis ontplofte.' Ze keek hem aan. 'En de vader?'

Bourne schudde zijn hoofd.

'En Arkadin? Ik ben een rondje om het gebouw gelopen, maar ik heb hem niet gezien.'

Bourne keek achterom naar de rook en de vlammen. 'Hij wilde de laptop en de ring niet achterlaten.'

Toen Soraya zijn handen had verbonden, bleven ze nog even kijken naar wat er over was van het huis dat was verwoest door het vuur. De straat was verlaten. Toch moesten er honderden ogen zijn die het schouwspel gadesloegen – ze waren alleen nergens te zien. Er verscheen niet één soldaat van Severus Domna, en Bourne zag waarom. Tanirt stond aan de andere kant van de straat met een monalisaglimlach op haar lippen.

Soraya knikte. 'Ik denk dat Arkadin eindelijk heeft gekregen wat hij wilde.'

Bourne vermoedde dat ze daar wel eens gelijk in kon hebben.

31

'Ik heb je toch gezegd,' zei Peter Marks chagrijnig, 'dat ik niemand wilde zien.'

Het was een terechtwijzing, geen vraag. Maar Elisa, de verpleegster die voor hem zorgde sinds hij zichzelf had laten opnemen in het Walter Reed Army Medical Center, leek niet onder de indruk. Marks lag in bed met een verband om zijn gewonde been, dat aanvoelde alsof er voortdurend messen in werden gestoken. Hij had alle pijnstillers geweigerd, maar tot zijn grote ergernis was hij ondanks zijn stoïcisme nog steeds niet bij Elisa in het gevlij gekomen. En dat was erg jammer, dacht Marks, want ze zag er fantastisch uit en was ook nog eens ontzettend slim.

'Ik denk dat u in dit geval wel een uitzondering wilt maken.'

'Als het Shakira of Keira Knightley niet is, heb ik geen interesse.'

'Het feit dat u voldoende bevoorrecht bent om in dit ziekenhuis te belanden, geeft u niet het recht om u als een verwend kind te gedragen.'

Marks hield zijn hoofd schuin. 'Waarom kom je niet even hier om de zaak vanuit mijn standpunt te bekijken?'

'Alleen als u belooft uw handen thuis te houden,' zei ze met een ondeugende glimlach.

Marks lachte. 'Oké. Wie is het?' Ze bezat de gave om hem zelfs zijn slechtste humeur te laten vergeten.

Ze kwam naar hem toe, schudde zijn kussen op en liet vervolgens de bovenkant van het bed een stuk omhoogkomen. 'Ik wil dat u netjes gaat zitten.'

'Zal ik ook een pootje ophouden?'

'Als dát zou kunnen.' Haar glimlach verbreedde zich. 'Zolang u maar niet op me kwijlt.'

'Ik heb hier zo weinig pleziertjes – neem me dat nou niet ook nog af.' Hij trok een gezicht terwijl hij zich verder omhoogworstelde. 'Jezus, wat doet mijn kont pijn.'

Ze beet op een overdreven manier op haar onderlip. 'U maakt het zo gemakkelijk voor me dat ik het niet over mijn hart verkrijg om u nog verder te vernederen.' Ze pakte een borstel van het nachtkastje, boog zich wat naar voren en fatsoeneerde zijn haar.

'Voor wie moet ik mezelf in godsnaam zo opdoffen?' zei Marks. 'De president?'

'Bijna goed.' Elisa liep naar de deur. 'De minister van Defensie.'

Mijn god, dacht Marks. *Wat wil Bud Halliday in vredesnaam van mij?*

Maar het was Chris Hendricks die binnenkwam. Marks keek verbaasd. 'Waar is Halliday?'

'Ook goedemorgen, meneer Marks.' Hendricks schudde hem de hand, trok een stoel naar zich toe en nam zonder zijn jas uit te doen naast het bed plaats.

'Sorry, meneer. Goedemorgen,' sputterde Marks. 'Ik geloof... Nou, van harte gefeliciteerd dan maar.'

'Zo mag ik het horen.' Hendricks glimlachte. 'En hoe voelt u zich?'

'Ik sta binnen de kortste tijd weer op mijn eigen benen,' zei Marks. 'Ik word hier uitstekend verzorgd.'

'Dat geloof ik graag.' Hendricks legde zijn handen in zijn schoot. 'Meneer Marks, er is weinig tijd, dus ik zal meteen ter zake komen. Terwijl u in Engeland was, heeft Bud Halliday zijn ontslag ingediend. Oliver Liss is gearresteerd, en ik zie hem eerlijk gezegd niet op korte termijn terugkomen. Uw directe superieur, Frederick Willard, is dood.'

'Dood? Mijn god, wat is er gebeurd?'

'Dat is een onderwerp voor een andere keer. U begrijpt dat er door al deze plotselinge veranderingen een machtsvacuüm is ontstaan aan de top van de piramide, of in elk geval een ervan.' Hendricks schraapte zijn keel. 'De geheime dienst heeft net als de natuur een broertje dood aan vacuüms. Ik heb met een scheef oog de systematische ontmanteling van de CI gevolgd – uw oude werkgever. Het bevalt me wat uw collega met Typhon heeft gedaan. In deze tijd is een door moslims bemande *Black Ops*-organisatie die zich op de wereld van de extremistische moslims richt een elegante oplossing voor een van onze grootste problemen.

Helaas maakt Typhon tegenwoordig deel uit van de CI. God mag weten hoe lang het zou duren om dat allemaal weer recht te trekken, en ik wil geen tijd verspillen.' Hij boog zich naar voren. 'Daarom zou ik u graag zien aan het hoofd van een gerevitaliseerd Treadstone dat de missie van Typhon overneemt. U valt rechtstreeks onder mij en de president.'

Op Marks' voorhoofd verscheen een diepe frons.

'Is er iets, meneer Marks?'

'Er is zoveel. Ten eerste, hoe kunt u in vredesnaam op de hoogte zijn van Treadstone? En ten tweede, als u inderdaad zo onder de indruk bent van Typhon, waarom heeft u dan geen contact opgenomen met de voormalige directrice, Soraya Moore?'

'Wie zegt dat ik dat niet heb gedaan?'

'Heeft ze nee gezegd?'

'De vraag waar het hier om gaat,' zei Hendricks, 'is of u geïnteresseerd bent.'

'Natuurlijk ben ik geïnteresseerd. Maar ik wil weten hoe het met Soraya zit.'

'Meneer Marks, ik vertrouw erop dat u even ongeduldig bent om hieruit te komen als u met uw vragen bent.' Hendricks stond op, liep naar de deur en opende die. Hij knikte, en Soraya kwam binnen.

'Meneer Marks,' zei minister Hendricks, 'mag ik u voorstellen aan uw mededirecteur.' Terwijl Soraya naar het bed liep, voegde hij eraan toe: 'Ik ben ervan overtuigd dat u het een en ander te bespreken heeft, dus ik hoop dat u me wilt excuseren.'

Noch Marks, noch Soraya besteedde ook maar enige aandacht aan hem toen hij de kamer verliet en zachtjes de deur achter zich sloot.

'Nee, maar! Wie hebben we daar!' Deron stapte uit de deuropening naar buiten toen Bourne binnenkwam. Zodra Bourne binnen was, sloot hij hem in de armen. 'Jezus, man, je ziet eruit als een lijk. Wat ben jij mager!'

Hij keek naar Bournes handen, die in het verband zaten. 'En wat is dat nou weer?'

'Ik heb ruzie gehad met iets dat me wilde opeten.'

Deron lachte. 'Dan is het goed. Kom erin.' Hij loodste Bourne zijn huis in Northeast Washington binnen. Deron was een lange, slanke, aantrekkelijke man met een huid die een lichte cacaokleur had. Hij had een geaffecteerd Brits accent. 'Wat dacht je van een borrel, of beter nog, een hapje eten?'

'Sorry, kerel, geen tijd. Ik vlieg vanavond naar Londen.'

'Kijk eens aan, dan heb ik een prachtig paspoort voor je.'

Bourne lachte. 'Vandaag even niet. Ik kom alleen het pakje ophalen.'

Deron draaide zich om en keek hem aan. 'Na al die tijd.'

Bourne glimlachte. 'Ik heb er eindelijk een goed thuis voor gevonden.'

'Fantastisch. Ik word altijd zo triest van thuislozen.' Deron ging Bourne voor door het rommelige huis en vervolgens zijn enorme studio in, waar het rook naar olieverf en terpentijn. Er stond een doek op een houten ezel. 'Kijk ondertussen maar even naar mijn nieuwste creatie,' zei hij, om vervolgens in een ander vertrek te verdwijnen.

Bourne liep om de ezel heen en bekeek het schilderij. Het was bijna af – in elk geval voldoende om hem de adem te benemen. Een vrouw in het wit met een parasol tegen de brandende zon liep door het hoge gras terwijl een jongetje, mogelijk haar zoon, van een afstandje toekeek. De manier waarop het licht was geschilderd, was in één woord overweldigend. Bourne deed een stap dichterbij en boog zich naar voren om de penseelstreken beter te kunnen zien. Ze kwamen perfect overeen met die van het origineel van *La Promenade*, dat in 1875 was geschilderd door Claude Monet.

'En? Wat denk je?'

Bourne draaide zich om. Deron was teruggekomen met een stevige attachékoffer. 'Subliem. Beter dan het origineel.'

Deron lachte. 'Alsjeblieft, zeg, laten we hopen van niet!' Hij overhandigde Bourne de koffer. 'Kijk eens aan. Nog helemaal heel.'

'Bedankt, Deron.'

'Het was een hele uitdaging. Ik doe schilderijen, paspoorten, visa en dat soort dingen. Maar een computer? Om je de waarheid te zeggen, die composietbehuizing was een ramp. Ik had er geen idee van of die wel echt genoeg was.'

'Je hebt het geweldig gedaan.'

'Alweer een tevreden klant,' zei hij, en hij lachte.

Ze liepen langzaam terug door het huis.

'Hoe is het met Kiki?'

'Zoals altijd. Ze is weer zes weken in Afrika om de lokale bevolking te helpen. Het is stil zonder haar.'

'Waarom trouwen jullie niet?'

'Als het ooit zover komt, ben jij de eerste die het hoort.' Ze bleven staan bij de voordeur. Deron schudde Bourne de hand. 'Kom je wel eens in Oxford?'

'Toevallig wel, ja.'

'Doe dan maar de groeten aan de Grand Old Dame.'

'Ik zal het doen.' Bourne opende de deur. 'Bedankt voor alles.'

Deron wuifde zijn woorden weg. 'Gods zegen, Jason.'

Tijdens de nachtvlucht naar Londen droomde Bourne dat hij weer op Bali was, op de top van de Pura Lempuyang, waar hij door de poort keek die de berg Agung omlijstte. In zijn droom zag hij Holly Marie langzaam van rechts naar links lopen. Terwijl ze de heilige berg passeerde, begon Bourne in haar richting te rennen, en toen ze geduwd werd, ving hij haar op voordat ze van de steile stenen trap kon vallen, haar dood tegemoet. Hij hield haar in zijn armen en keek naar haar gezicht. Maar het was Tracy's gezicht.

Tracy beefde, en hij zag de grillige glasscherf die haar doorboorde. Ze zat onder het bloed, dat over zijn handen en zijn armen liep.

'Wat gebeurt er, Jason? Het is mijn tijd nog niet om dood te gaan.'

Maar het was niet Tracy's stem die hij hoorde in zijn droom; het was die van Scarlett.

Londen begroette hem met een ongewoon heldere blauwe ochtend. Chrissie had erop gestaan hem van Heathrow op te pikken. Ze stond vlak buiten de beveiliging op hem te wachten. Ze glimlachte toen hij haar op de wang kuste.

'Heb je bagage?'

'Alleen wat ik hier bij me heb,' zei Bourne.

Ze haakte haar arm in de zijne en zei: 'Wat ontzettend leuk dat je alweer zo snel langskomt. Scarlett was helemaal in de wolken toen ik het haar vertelde. We gaan lunchen in Oxford en dan haal ik haar op uit school.'

Ze liepen naar de parkeerplaats en stapten in haar gehavende Range Rover.

'Weet je nog?' zei ze lachend.

'Hoe reageerde Scarlett op het nieuws over haar tante?'

Chrissie slaakte een zucht terwijl ze wegreed. 'Ongeveer zoals we konden verwachten. Ze was vierentwintig uur niet aanspreekbaar. Ik mocht zelfs niet in haar buurt komen.'

'Kinderen zijn sterk.'

'Gelukkig wel.' Nadat ze het terrein van de luchthaven had verlaten, nam ze de snelweg.

'Waar ligt Tracy?'

'We hebben haar begraven op een heel oud kerkhof, even buiten Oxford.'

'Ik wil er graag meteen naartoe, als je het niet erg vindt.'

Ze keek even naar hem. 'Nee, natuurlijk niet.'

De rit naar Oxford was snel en stil. Zowel Bourne als Chrissie was in gedachten verzonken. In Oxford stopten ze even bij een bloemist. Bij de begraafplaats parkeerden ze de SUV. Ze stapten uit, en Chrissie nam hem mee tussen de rijen met grafstenen door, waarvan sommige inderdaad al erg oud waren, naar een monumentale eik. Er stond een frisse oostenwind die haar haar deed opwaaien. Ze bleef op een afstandje staan terwijl Bourne naar Tracy's graf liep.

Hij bleef even staan en legde vervolgens het boeket witte rozen bij haar steen. Hij wilde zich haar herinneren zoals ze de avond voor haar dood was geweest. Hij wilde zich alleen hun intieme momenten herinneren. Maar hoe je het ook wendde of keerde, haar dood was het meest intieme moment tussen hen geweest. Hij dacht niet dat hij ooit het gevoel van haar bloed op zijn handen en armen zou vergeten; een karmozijnrode zijden sjaal die over hun lichamen werd gedrapeerd. Haar ogen die omhoogkeken in de zijne. Hij had zo graag het leven dat uit haar was weggevloeid, willen vasthouden. Hij hoorde haar stem in zijn oor fluisteren, en zijn gezichtsveld verwaterde. In zijn ogen brandden tranen, maar ze zouden niet vloeien. Wat zou hij ervoor overhebben om haar ademhaling naast zich te voelen...

Toen voelde hij Chrissies arm om zich heen.

Scarlett rende weg van een groepje snaterende schoolmeisjes en wierp zich in zijn armen. Hij tilde haar op en draaide een rondje.

'Ik ben naar de begrafenis van tante Tracy geweest,' zei Scarlett met haar kinderlijke plechtstatigheid. 'Ik wou dat ik haar beter had gekend.'

Bourne drukte haar tegen zich aan. Vervolgens stapten ze allemaal in de Range Rover om op zijn verzoek naar Chrissies kantoor in het All Souls College te rijden. Het was een ruim, vierkant vertrek met vensters die uitkeken over het oude universiteitsterrein. Er hing een geur van oude boeken en wierook.

Terwijl Bourne en Scarlett op de sofa plaatsnamen, zette Chrissie thee.

'Wat zit er in dat koffertje?' vroeg Scarlett.

'Dat laat ik zo meteen zien,' zei Bourne tegen haar.

Chrissie bracht het theeservies op een antiek zwartgelakt dienblad. Bourne wachtte geduldig totdat ze de thee had ingeschonken, maar Scarlett bleef onrustig totdat haar moeder haar een biscuitje gaf.

'Zo,' zei Chrissie terwijl ze een stoel naar het tafeltje trok, 'wat is de bedoeling?'

Bourne plaatste de attachékoffer op zijn schoot. 'Ik heb een verjaardagscadeautje voor je.'

Chrissie fronste haar wenkbrauwen. 'Ik ben pas over vijf maanden jarig.'

'Dan ben ik in ieder geval ruim op tijd.' Hij opende het slot, knipte de koffer open en haalde een laptop tevoorschijn die hij naast het theeservies op tafel zette. 'Kom maar naast me zitten,' zei hij.

Chrissie stond op en kwam op de bank zitten terwijl Bourne de laptop opende en opstartte. Hij had tijdens de vliegreis de accu opgeladen. Scarlett zat op het puntje van de bank om dichter bij het scherm te kunnen zitten.

Het scherm lichtte op en er verschenen allerlei afbeeldingen nadat de computer het opstartproces had afgerond.

'Scarlett,' zei Bourne, 'heb je de ring bij je die ik je gegeven heb?'

'Die heb ik altijd bij me.' Scarlett haalde hem tevoorschijn. 'Moet ik hem teruggeven?'

Bourne lachte. 'Nee hoor, hij is echt van jou.' Hij stak zijn hand uit. 'Heel even maar.'

Hij pakte de ring aan en stak hem in de sleuf die daar speciaal voor was vervaardigd. Dit was de laptop die hij in opdracht van Alex Conklin had gestolen van Jalal Essai, Holly's oom. Hij had hem nooit afgeleverd omdat hij had ontdekt wat erop stond, en hij had besloten dat het te belangrijk was om aan Treadstone te geven of aan welke geheime dienst dan ook. In plaats daarvan had hij Deron gevraagd een nep-laptop te maken. Toen hij Holly had vergezeld tijdens een van haar reisjes naar Sonora om een narcorrancho te bevoorraden, had hij kennisgemaakt met Gustavo Moreno. Bourne had ervoor gezorgd dat de nep-laptop in handen van de drugsbaron was gevallen. Wanneer op een gegeven moment bekend zou worden dat Moreno de computer bezat, zou Conklin Bourne in elk geval niet verdenken.

Hij had ook de ring van Salomo verwisseld met het exemplaar dat Marks zijn belager in Londen had afgenomen. Het feit dat Scarlett Marks' ring had gevonden nadat Marks was neergeschoten, had hem een perfecte dekmantel gegeven voor de omwisseling. Hij had terecht aangenomen dat de ring van Salomo bij haar een stuk veiliger zou zijn dan bij hemzelf.

De twee delen pasten perfect bij elkaar. De mysterieuze inscriptie op de binnenzijde van de ring decodeerde het geheime bestand op de harde schijf van de laptop. Het was een PDF-bestand; een perfecte replica van een oude Hebreeuwse tekst.

Chrissie boog zich naar voren. 'Wat is dit? Het lijken wel... instructies?'

'Herinner je je het gesprek nog dat we met professor Giles hebben gehad?'

Ze keek hem aan. 'Dat is ook toevallig. Hij is gisteren meegenomen door een team van MI6.'

'Ik ben bang dat ik daar iets mee te maken had,' zei Bourne. 'De professor maakte deel uit van de groep die ons zoveel problemen heeft veroorzaakt.'

'Bedoel je...?' Ze keek opnieuw naar de oude tekst. 'Mijn god, Jason, je wilt toch niet zeggen dat...?'

'Volgens dit bestand,' zei Bourne, 'ligt het goud van koning Salomo in Syrië begraven.'

Chrissies opwinding nam toe. 'In Oegarit, ergens op of rond de berg Casius, waar de god Baäl zou hebben gewoond.' Ze fronste haar wenkbrauwen toen ze bij het einde van de tekst kwam. 'Maar waar precies? De tekst is niet compleet.'

'Dat klopt,' zei Bourne terwijl hij aan het sD-kaartje dacht dat Arkadin in het kapotte standbeeld van Baäl had gevonden. 'Het laatste stukje informatie is verloren gegaan. Het spijt me.'

'Nee, dat hoeft niet.' Ze draaide zich naar hem toe en nam hem in haar armen. 'Mijn god, wat een geweldig cadeau.'

'Als het waar is, en als je het goud van koning Salomo vindt.'

'Nee, alleen de tekst zelf is al onbetaalbaar. Hij bevat een schat aan informatie waarmee we kunnen onderzoeken in hoeverre bepaalde ideeën over het hof van koning Salomo feit of fictie zijn. Ik... ik weet niet hoe ik je moet bedanken.'

Bourne glimlachte. 'Waarom schenk je de laptop niet uit naam van je zus aan de universiteit?'

'Tja, ik... Maar natuurlijk! Wat een geweldig idee! Zo is ze dichter bij me en maakt ze ook deel uit van Oxford.'

Hij voelde hoe de herinnering aan Tracy in hem tot rust kwam met een tevreden zucht. Hij kon nu aan haar denken in al haar incarnaties zonder te zwelgen in verdriet.

Hij legde zijn arm om Scarlett. 'Weet je, je tante heeft een belangrijke rol gespeeld in dit geschenk.'

Het meisje keek hem met grote ogen aan. 'Echt waar?'

Bourne knikte. 'Ik zal je vertellen hoe dat zo gekomen is – en hoe ontzettend dapper ze was.'